Un tourbillon de neige et de cendres

Partie 2

DU MÊME AUTEUR

Le Chardon et le Tartan, Les Éditions Libre Expression, 1997
Le Talisman, Les Éditions Libre Expression, 1997
Le Voyage, Les Éditions Libre Expression, 1998
Les Tambours de l'automne, Les Éditions Libre Expression, 1998
La Croix de feu – partie 1, Les Éditions Libre Expression, 2002
La Croix de feu – partie 2, Les Éditions Libre Expression, 2002
Un Tourbillon de neige et de cendres – partie 1, Les Éditions Libre Expression, 2006

Et aussi :
Lord John, Les Éditions Libre Expression, 2004

Diana Gabaldon

Un tourbillon de neige et de cendres

Partie 2

Traduit de l'américain par
Philippe Safavi

Libre Expression
QUEBECOR MEDIA

Libre Expression

Catalogage avant publication de Bibliothèque et Archives Canada

Gabaldon, Diana

Un tourbillon de neige et de cendres

Traduction de : A breath of snow and ashes.

Suite de : La croix de feu.

ISBN-13 : 978-2-7648-0274-8 (v. 1)
ISBN-10 : 2-7648-0274-9 (v. 1)
ISBN-13 : 978-2-7648-0310-3 (v. 2)
ISBN-10 : 2-7648-0310-9 (v. 2)

I. Safavi, Philippe. II. Titre.

PS3557.A22B7414 2006   813'.54   C2006-940773-8

Titre original
A BREATH OF SNOW AND ASHES

Traduction française
PHILIPPE SAFAVI

Direction littéraire
JOHANNE GUAY

Maquette de la couverture
FRANCE LAFOND

Illustration de couverture
FERENC BÉLA REGÖS
www.regoes-grafik.net

Infographie et mise en pages
LUC JACQUES

Les Éditions Libre Expression
7, chemin Bates
Outremont (Québec) H2V 4V7
Tél. : 514 849-5259

Distribution au Canada : Messageries ADP
2315, rue de la Province
Longueuil (Québec) J4G 1G4
Téléphone : 450 640-1234
Sans frais : 1 800 71-3022

Dépôt légal – Bibliothèque et Archives nationales du Québec, 2006

ISBN-13 : 978-2-7648-0310-3
ISBN-10 : 2-7648-0310-9

La Croix de feu

TOME 5

Résumé

Partie 1

En 1770, la guerre de l'Indépendance américaine est sur le point d'éclater et un grand événement se prépare chez les Fraser : le mariage de la fille de Claire, Brianna, ainsi que celui de la tante de Jamie, Jocasta. Jamie reçoit abruptement l'ordre de constituer, au nom de Sa Majesté, une force armée prête à intervenir en cas d'urgence.

Partie 2

Dans cette seconde partie, les rebondissements sont nombreux. L'ignoble Bonnet court toujours ; le colonel Fraser s'engage dans la bataille d'Alamance ; Brianna tremble pour son mari, Roger ; et l'automne 1771 à Fraser's Ridge oblige Claire à déployer toutes les ressources de sa science pour tenter de sauver ceux qu'elle aime.

*Ce livre est dédié à
Charles Dickens, Robert Louis Stevenson, Dorothy L. Sayers,
John D. MacDonald et P.G. Wodehouse.*

Le temps correspond à beaucoup de choses que les gens appellent Dieu. Il préexiste à tout et n'a pas de fin. Il est tout-puissant, car personne ne peut rien contre le temps, n'est-ce pas ? Pas plus les montagnes que les armées.

En outre, le temps guérit tout, bien sûr. Donnez à n'importe quoi assez de temps, et tout se réglera : la douleur sera absorbée, les souffrances seront effacées, les pertes subsumées.

Poussière tu es, à la poussière tu retourneras. N'oublie pas, homme, que tu n'es que poussière et que poussière tu redeviendras.

Et si le temps est apparenté à Dieu d'une manière ou d'une autre, alors la mémoire est forcément le fait du diable.

SEPTIÈME PARTIE

La pente raide

53

Les principes

James Fraser, esquire,
Fraser's Ridge, Caroline du Nord
Le 3 juillet, Anno Domini 1774

À Lord John Grey,
Plantation de Mount Josiah, colonie de Virginie

Mon cher ami,

Je ne sais comment exprimer ma gratitude pour la traite tirée sur votre compte bancaire en acompte de la vente prochaine des objets que je vous ai confiés. M. Higgins nous a remis le document en faisant preuve du plus grand tact, mais, à son anxiété et ses efforts pour se montrer le plus discret possible, j'ai cru comprendre que vous nous croyiez au plus mal. Je m'empresse de vous rassurer sur ce point : pour ce qui est des victuailles, des vêtements et de nos besoins de première nécessité, nous ne manquons de rien.

Je vous avais promis de vous donner des détails de l'affaire. Je constate à présent que je dois le faire sans tarder, ne serait-ce que pour dissiper cette vision de famine endémique décimant ma famille et mes métayers.

Outre une obligation légale mineure nécessitant des liquidités, je me trouve dans l'obligation d'acquérir un certain nombre de fusils. J'avais bon espoir de me les procurer par l'intermédiaire d'un ami, mais cet arrangement n'étant plus envisageable, je me vois contraint de m'adresser plus au-delà de nos terres.

Ma famille et moi-même avons été conviés à un barbecue en l'honneur de Mme Flora MacDonald, l'héroïne du soulèvement. Vous la connaissez, n'est-ce pas ? Je me souviens vous avoir entendu un jour raconter votre rencontre à Londres, alors qu'elle était emprisonnée là-bas. La fête aura lieu le mois prochain sur la plantation de ma tante, à River Run. Comme de nombreux Écossais assisteront à cet événement, certains venant de très loin, je pense pouvoir, avec des liquidités en poche, me procurer les armes nécessaires en empruntant d'autres voies. À ce propos, si, fort de vos relations, vous pouviez me suggérer quelques pistes utiles, je vous en serais infiniment reconnaissant.

Je vous écris dans l'urgence, M. Higgins étant sur son départ, mais ma fille tient à joindre à cette lettre une de ses nouvelles inventions : une boîte d'allumettes. Elle a pris soin d'entraîner M. Higgins à leur maniement. S'il ne s'est pas brusquement transformé en torche vivante au cours de son voyage de retour, il vous montrera comment les utiliser.

Votre humble et dévoué,
James Fraser

PS : Il me faut trente mousquets, et autant de poudre et de munitions que possible. Ils n'ont pas besoin d'être flambant neufs, mais doivent être en bon état et fonctionnels.

* * *

Je l'observai saupoudrer la lettre* avant de la plier.

– D'autres pistes ? Tu veux dire « des contrebandiers » ? Tu es sûr que lord John comprendra ton allusion ?

---

*   À cette époque-là, on saupoudrait l'encre pour la faire sécher, notamment avec de la poudre de craie. *(N.d.T.)*

– Oui, oui, m'assura Jamie. Je connais certains des contrebandiers qui acheminent des marchandises depuis la côte. Il doit forcément savoir le nom de ceux qui passent par Roanoke, où les clients potentiels sont plus nombreux en raison du blocus du Massachusetts. Ils traversent la Virginie avant de monter vers le nord par l'intérieur des terres.

Il saisit une mèche en cire d'abeille sur l'étagère et la tint quelques instants au-dessus des braises avant de faire tomber plusieurs gouttes brunes sur le rabat de l'enveloppe. Je pressai le dos de ma main gauche dans la cire chaude, y laissant l'empreinte de mon alliance.

– Maudit Manfred McGillivray, bougonna Jamie. À cause de lui, je suis obligé de passer par un contrebandier qui m'en demandera trois fois le prix.

– Mais tu te renseigneras quand même sur lui au barbecue, n'est-ce pas?

Flora MacDonald était une légende vivante pour les Highlanders. C'était elle, qui avait sauvé Charles Stuart des Anglais, après Culloden, en l'habillant avec les vêtements de sa femme de chambre et en le faisant passer sur l'île de Skye où l'attendaient les Français. Sa récente arrivée dans la colonie avait fait grand bruit, au point que nous en avions entendu parler jusqu'à Fraser's Ridge. Tous les Écossais connus de la vallée de Cape Fear et même de plus loin assisteraient au banquet donné en son honneur. L'endroit était donc idéal pour faire circuler l'information au sujet du jeune disparu.

– Bien sûr, *Sassenach*. Tu me prends pour qui?

Je déposai un baiser sur son front.

– Pour un homme très généreux, quoiqu'un peu téméraire. J'ai aussi remarqué que tu as évité de dire à lord John pourquoi il te fallait ces mousquets.

Avec la tranche de sa main, il balaya avec soin les derniers grains de sable sur le bureau.

– Je n'en suis pas sûr moi-même, *Sassenach*.

– Comment ça? Tu ne comptes pas les donner à Oiseau?

Il ne répondit pas tout de suite, ses deux doigts raides tapotant le bord de la table. Puis il saisit une pile de journaux et de classeurs, et en sortit un papier qu'il me tendit. Il s'agissait d'une lettre de John Ashe, ancien commandant de milice pendant la guerre de Régulation. Me voyant froncer les sourcils en lisant son récit de la dernière escarmouche entre le gouverneur et l'Assemblée, il m'indiqua :

– Le quatrième paragraphe.

Je descendis jusqu'à l'emplacement indiqué, et une décharge électrique prémonitoire me parcourut.

Un Congrès continental a été proposé, rassemblant des délégués envoyés par chaque colonie. La Chambre basse de l'Assemblée du Connecticut a déjà avancé le nom des siens par l'intermédiaire des comités de correspondance. Certains messieurs que vous connaissez fort bien suggèrent que la Caroline du Nord en fasse autant, et ils se réuniront à la mi-août pour désigner leurs délégués. J'aimerais tant que vous vous joigniez à nous, cher ami, car que je suis convaincu qu'en votre âme et conscience vous êtes profondément attaché à la liberté ; un homme tel que vous ne peut être l'ami de la tyrannie.

– «Certains messieurs que vous connaissez fort bien», répétai-je en repliant la lettre. Tu sais de qui il veut parler ?

– Je m'en doute.

– Mi-août. Ça tombe avant ou après le barbecue ?

– Après. Un des autres m'a envoyé la date de la réunion. Elle se tiendra à Halifax.

Je reposai la lettre sur la table, les mains moites.

– Un des autres ?

Il esquissa un sourire.

– Un des autres membres du comité de correspondance.

– Ah… Tu aurais pu m'en parler.

Bien évidemment, il avait encore trouvé le moyen de se faire embarquer dans le comité de correspondance de Caroline du Nord, le centre des intrigues politiques, où les graines de la rébellion étaient en train d'être plantées, tout en restant un agent indien pour la Couronne et œuvrant ostensiblement pour armer les Indiens afin d'écraser précisément ces germes séditieux.

– Mais je t'en parle, *Sassenach*. C'est la première fois qu'ils me demandent de les rencontrer en privé.

– Je vois… Tu vas y aller? Tu crois… tu crois qu'il est temps?

Le temps de faire le grand saut et de se déclarer ouvertement pour les whigs. Le temps de retourner sa veste et de risquer, une fois de plus, d'être arrêté comme traître.

Il se lissa les cheveux en arrière. À voir sa chevelure en broussailles, je devinais qu'il avait longuement réfléchi à la question.

– Je n'en sais rien, répondit-il enfin. Il nous reste deux ans, n'est-ce pas? Le 4 juillet 1776, selon Brianna.

– Non, ça, c'est la date de la Déclaration d'indépendance, mais les combats commenceront bien avant. Il sera alors beaucoup trop tard.

Il fixa la lettre sur le bureau, l'air sombre.

– Il va donc falloir se décider très vite.

J'hésitai.

– Ce n'est peut-être pas si dangereux que ça. Si le gouvernement n'essaie même pas d'empêcher Henderson d'acheter des terres dans le Tennessee, je ne vois pas pourquoi il se donnerait la peine d'envoyer des forces jusqu'ici pour nous déloger. Surtout, si tu ne fais que rencontrer des whigs locaux.

Il m'adressa un sourire ironique.

– Ce n'est pas le gouvernement qui me préoccupe, *Sassenach,* ce sont les gens du coin. Le gouverneur n'a pas pendu les O'Brian ni brûlé leur maison. Les Indiens non plus. Cet acte n'était pas motivé par le profit ni la nécessité de faire respecter la loi. Ce geste de haine a sans doute été perpétré par quelqu'un qui les connaissait bien.

Cela me fit froid dans le dos. Certes, il existait un certain nombre de désaccords politiques et de sujets à controverse à Fraser's Ridge, mais nous n'en étions pas encore à régler nos comptes à coups de poing, sans parler d'incendies et d'assassinats.

Mais cela ne saurait tarder.

Je ne me souvenais que trop bien des abris antibombes et des coupons de rationnement, des black-out et des préposés à la défense passive, de l'esprit de coopération contre un ennemi redoutable. Et de toutes les histoires nous parvenant depuis l'Allemagne et la France; des gens dénoncés, traînés devant les S.S.*, arrachés de leurs maisons... d'autres cachés dans leurs greniers et leurs granges, passant clandestinement les frontières.

En temps de guerre, les gouvernements et leurs armées étaient une menace, mais c'étaient souvent vos voisins qui vous perdaient ou vous sauvaient.

– Qui? demandai-je.

– Je ne peux que faire des suppositions. Les McGillivray? Richard Brown? Les amis d'Hodgepile, si tant est qu'il en ait eu? Les amis des autres hommes que nous avons tués? L'Indien que tu as rencontré, Donner, s'il est encore en vie? Neil Forbes? Il a une dent contre Brianna; Roger Mac et elle feraient bien de ne pas l'oublier. Hiram Crombie et sa clique?

– Hiram? C'est vrai qu'il ne t'aime pas beaucoup, et moi encore moins, mais de là à...

– J'en doute aussi, admit-il. Toutefois, la possibilité existe toujours. Ses gens n'ont pas du tout soutenu les jacobites; ils ne verront pas d'un bon œil que l'on tente de renverser le roi de ce côté-ci de l'océan non plus.

Par nécessité, Crombie et les autres avaient dû prêter allégeance au roi George afin d'obtenir l'autorisation de se rendre dans les colonies d'Amérique. Jamie l'avait prêtée aussi par nécessité, car cet acte de loyauté était une des conditions

---

* Membres des formations de police militarisées de l'Allemagne nazie, devenues en 1940 de véritables unités militaires. *(N.d.T.)*

de sa grâce. À présent, par une nécessité plus grande, il devrait rompre son serment. Mais quand ?

– J'espère que tu as raison, *Sassenach*.

Je fus surprise.

– À quel sujet ? Sur ce qui va arriver ? Tu sais très bien que oui. Brianna et Roger te l'ont confirmé. Pourquoi ?

Il se gratta le menton.

– Je n'ai encore jamais combattu pour des principes. Uniquement par nécessité. Je me demande si c'est mieux.

Il ne paraissait pas perturbé outre mesure, seulement intrigué. Pour ma part, je trouvais cela troublant.

– Mais, cette fois, c'est une question de principe, protestai-je. D'ailleurs, ce sera peut-être la première guerre jamais menée pour ce genre de raison.

– Plutôt que pour une affaire sordide de commerce ou de terres ? demanda Jamie.

– Je ne dis pas que le commerce et les terres n'auront rien à voir là-dedans.

Je me demandais comment j'en avais été amenée à défendre la révolution américaine, une période historique que je connaissais uniquement grâce aux manuels scolaires de Brianna. Je poursuivis néanmoins sur ma lancée :

– Mais cela va beaucoup plus loin. « Nous tenons pour évidentes par elles-mêmes les vérités suivantes : tous les hommes sont créés égaux ; ils sont doués par le Créateur de certains droits inaliénables ; parmi ces droits se trouvent la vie, la liberté et la recherche du bonheur. »

– Qui a dit ça ? demanda-t-il intéressé.

– Thomas Jefferson le dira, au nom de la nouvelle république. Ça s'appelle la Déclaration d'indépendance.

– « Tous les hommes », répéta-t-il. Tu penses qu'il inclut les Indiens ?

Agacée d'avoir été poussée de force dans cette position, je rétorquai :

– Je ne sais pas, je ne l'ai jamais rencontré. Mais si je le croise, je lui demanderai, d'accord ?

– Peu importe, je lui demanderai moi-même, puisque j'en aurai sans doute l'occasion. En attendant, j'interrogerai Brianna. Mais pour ce qui est des principes, *Sassenach*…

Il s'enfonça dans son fauteuil, croisa les bras sur sa poitrine et ferma les yeux, récitant :

– «Tant qu'au moins cent d'entre nous resteront en vie, nous ne tomberons jamais sous le joug anglais. En vérité, nous ne nous battons ni pour la gloire, ni pour les richesses, ni pour les honneurs, mais pour la liberté… pour elle seule, car aucun honnête homme ne peut y renoncer si ce n'est en lui donnant sa vie. »

– La Déclaration d'Arbroath, dit-il en rouvrant les yeux. Écrite il y a environ quatre siècles. Si ce n'est pas une question de principe, ça !

Il se leva, mais resta devant la table branlante qui lui servait de bureau, fixant la lettre d'Ashe. Il marmonna comme s'il se parlait à lui-même :

– Pour ce qui est de mes propres principes…

Il parut soudain se souvenir de ma présence et releva les yeux vers moi.

– Oui, je crois bien que je donnerai les mousquets à Oiseau, même si je risque de le regretter plus tard, quand je les retrouverai pointés sur moi d'ici deux ou trois ans. Toutefois, il les aura et en fera ce qui lui semble le plus juste pour défendre son peuple et lui-même.

– C'est le prix de l'honneur ?

Un soupçon de sourire traversa son visage.

– Disons plutôt que c'est le prix du sang.

54

Le barbecue de Flora MacDonald

Que dit-on à une légende vivante? Ou au mari d'une légende vivante?

– Oh, je crois que je vais me trouver mal, gémit Rachel Campbell.

Elle s'éventait avec vigueur au point de soulever une brise perceptible.

– Que vais-je bien pouvoir lui dire?

– Bonjour, madame MacDonald? suggéra son mari avec un léger sourire.

Elle lui donna une tape sur le bras du bout de son éventail, ne parvenant qu'à le faire rire. En dépit des trente-cinq ans qui les séparaient, Farquard Campbell se comportait toujours avec sa jeune épouse comme un gamin taquin, aux antipodes de son allure digne et sévère.

– Je sens que je vais me sentir mal, répéta Rachel.

Elle semblait avoir décidé que c'était encore la meilleure stratégie mondaine.

– Naturellement, *a nighean,* faites comme il vous plaira, mais si vous vous effondrez, vous devrez compter sur monsieur Fraser pour vous relever, mes pauvres vieux membres ne sont plus en mesure de le faire.

Rachel se tourna vers Jamie, qui lui sourit, et cacha son teint rosissant en se détournant. Si elle était sincèrement éprise de son mari, elle ne cachait pas son admiration pour le mien.

Jamie se plia en une élégante courbette.

– À votre service, madame.

Elle émit un gloussement. Je croisai le regard de Jamie et tentai de dissimuler mon sourire.

– Et vous, monsieur Fraser, que lui direz-vous ?

Jamie pinça les lèvres et, songeur, contempla le soleil qui brillait entre les ormes bordant la pelouse de River Run.

– Mmm... sans doute que je suis ravi que le beau temps soit au rendez-vous pour lui souhaiter la bienvenue. Il pleuvait lors de notre dernière rencontre.

Bouche bée, Rachel en laissa tomber son éventail sur le gazon. Son époux le ramassa avec un gémissement sourd, mais elle ne lui prêta pas la moindre attention. Elle roulait des yeux extatiques.

– Vous l'avez déjà rencontrée ? Quand ? Où ? Avec le prin... Avec lui ?

– Oh, non. Sur l'île de Skye. Je m'y étais rendu avec mon père pour une histoire de moutons. À Portree, nous sommes tombés par hasard sur Hugh MacDonald d'Armadale, son beau-père. Il l'avait emmenée en ville avec lui, pour une sorte de promenade dominicale.

– Oh ! s'exclama Rachel aux anges. Était-elle aussi belle et gracieuse qu'on le dit ?

Jamie fronça les sourcils, se remémorant.

– Euh... à vrai dire, non. Elle était très grippée, et je suis sûr qu'elle aurait eu plus belle allure sans son nez rouge. Gracieuse ? Je tenais un gâteau à la main, elle me l'a arraché et l'a englouti d'une seule bouchée.

Voyant l'air atterré de Rachel, je m'empressai de demander :

– Quel âge aviez-vous, tous les deux, à l'époque ?

– Six ou sept ans. Elle ne s'en souvient sans doute pas, mais je lui ai donné un coup de pied sur le tibia, et elle m'a tiré les cheveux.

Se remettant du choc, Rachel l'assaillit de nouveau de questions auxquelles il répondit par d'autres anecdotes.

Naturellement, il était venu préparé à cela ; dans tout le domaine, on s'échangeait des histoires, drôles, admiratives, nostalgiques, sur l'avant-Culloden. Il était étrange que la défaite de Charles Stuart et sa fuite honteuse aient fait de Flora MacDonald une héroïne et aient uni ces exilés highlanders d'une manière inconcevable s'il avait été vainqueur.

Je pris alors conscience que Charles était sans doute encore en vie, ivre mort, quelque part à Rome. En réalité, il n'était déjà plus de ce monde pour tous ces gens qui l'avaient aimé ou haï. L'ambre du temps l'avait scellé à jamais dans un moment précis de sa vie, *Biladha Tearlach,* « l'année de Charlie ». Encore à présent, j'en entendais certains utiliser ce terme.

De toute évidence, c'était la venue de Flora qui provoquait ce déferlement de sentimentalisme. Comme cela devait lui paraître étrange ! Je ressentis un élan de sympathie pour elle et, pour la première fois, me demandai à mon tour ce que j'allais bien pouvoir lui dire.

J'avais déjà rencontré des personnalités connues – notamment Bonnie Prince Charlie, Charles-Édouard Stuart en personne –, mais toujours alors qu'elles menaient leur existence normale, tout comme moi, et avant les événements qui les rendraient célèbres. Sauf Louis… mais, c'était un roi. Il y avait une étiquette à respecter avec les têtes couronnées, car, après tout, on ne les abordait pas comme le commun des mortels. Pas même quand…

J'ouvris mon éventail d'un coup sec, le sang me montant aux joues. J'inspirai à fond, essayant, en dépit de mon envie, de ne pas m'éventer avec autant de frénésie que Rachel.

Au cours de toutes ces années écoulées depuis les faits, je ne m'étais pas une seule fois souvenue, de façon délibérée ou accidentelle, de ces deux ou trois minutes d'intimité avec Louis de France.

Pourtant, les images me revenaient, aussi brusquement qu'une main surgissant de la foule pour m'agripper le bras, retrousser ma jupe et me pénétrer, d'une manière plus choquante que l'expérience elle-même l'avait été.

Un fort parfum de roses flottait autour de moi, et j'entendis craquer le panier de ma jupe sous le poids de Louis, son soupir de plaisir. La pièce était sombre, éclairée par une seule chandelle dont la flamme vacillait juste au coin de mon champ de vision, qui fut obstrué par la silhouette de l'homme entre mes…

– Claire ! Claire ! Tu te sens mal ?

Dieu merci, je n'étais pas affalée par terre, mais adossée au mausolée d'Hector Cameron. Me voyant sur le point de tourner de l'œil, Jamie avait bondi pour me rattraper.

– Lâche-moi ! dis-je à bout de souffle mais impérative. Lâche-moi !

Il perçut la note de terreur dans ma voix et desserra sa poigne, sans toutefois se résoudre à me lâcher complètement, de peur que je tombe. Avec toute l'énergie que ma panique me procurait, je parvins à me redresser.

Je sentais toujours les roses ; cependant, ce n'était plus le parfum écœurant de l'huile essentielle, mais celui de fleurs fraîches. Je me tenais près d'un immense églantier qui grimpait sur le mur du mausolée.

Savoir que les fleurs étaient bien réelles était réconfortant, mais j'avais toujours l'impression de me tenir au bord d'un abysse, seule, séparée de toutes les autres âmes de l'Univers. Jamie se trouvait tout près de moi, mais semblait pourtant à des années-lumière.

Puis, il me toucha et prononça mon nom plusieurs fois, de manière insistante et, tout aussi brusquement qu'il s'était ouvert, le gouffre entre nous se referma. Je lui tombai presque dans les bras. Me serrant contre lui, il me chuchota :

– Que se passe-t-il, *a nighean* ? Qu'est-ce qui t'a effrayée ?

– Rien.

J'étais de nouveau en sécurité dans le présent, Louis s'en était retourné dans les limbes, un souvenir désagréable mais inoffensif. La sensation stupéfiante de viol, de chagrin et de perte s'était atténuée, n'étant plus qu'une ombre dans mon esprit. Surtout, Jamie était là, solide, physique, sentant la sueur, le whisky et les chevaux… à mes côtés. Je ne l'avais pas perdu.

D'autres personnes se rapprochaient, intriguées, inquiètes. Rachel m'éventa avec zèle. Le courant d'air frais me fit le plus grand bien ; j'étais en nage, mes cheveux me collant dans la nuque. Soudain gênée, je balbutiai :

– Ça va très bien… juste un petit malaise… la chaleur…

Une pluie de propositions s'abattit sur moi : on offrit d'aller me chercher un verre de vin, une coupe de sabayon, des feuilles de citronnier, une plume brûlée… Mais tous s'interrompirent quand Jamie sortit sa flasque de son sporran. Du whisky de trois ans d'âge, vieilli dans des fûts en cerisier. Mon ventre se noua en sentant son arôme puissant. Le souvenir de la nuit où nous nous étions saoulés ensemble après qu'il m'eut sauvée d'Hodgepile et de ses hommes refit surface. Ah, non, je n'allais pas retomber dans cette histoire-là !

Toutefois, dès la première gorgée, le whisky fut simplement fort et apaisant.

Ensuite, des flash-back. J'avais entendu des collègues en discuter, se demandant si le phénomène était le même que la psychose traumatique et, le cas échéant, s'il existait vraiment ou devait être classé parmi les « crises de nerfs ».

Je bus une autre gorgée. Le traumatisme existait bel et bien. Je me sentais mieux, mais avais été très ébranlée, et mes genoux en tremblaient encore. Plus inquiétant : ce n'était pas la première fois. J'avais vécu une expérience similaire quand Ute McGillivray m'avait attaquée. Cela allait-il se reproduire encore et encore ?

– Veux-tu que je te porte à l'intérieur, *Sassenach* ? Tu ferais peut-être mieux de t'allonger un peu.

Jamie avait chassé les autres et envoyé un esclave me chercher un tabouret, s'agitait autour de moi tel un frelon anxieux.

– Non, c'est passé maintenant, le rassurai-je. Jamie…

– Quoi ?

Je bus une nouvelle gorgée de whisky pour me donner du courage.

– Parfois, je me réveille au milieu de la nuit et te vois… te débattre. Je devine que c'est avec Jack Randall. Fais-tu parfois ce rêve?

Il me dévisagea un instant, les traits impassibles, mais une ombre passa sur son visage. Il regarda autour de nous pour s'assurer que nous étions seuls.

– Pourquoi? demanda-t-il à voix basse.

– J'ai besoin de le savoir.

Il hésita quelques secondes, puis acquiesça.

– Oui. Généralement, ce sont des rêves. Dans ce cas, ce n'est pas grave. Je me réveille et je sais où je suis. Je récite une brève prière, et ça passe. Mais parfois… (il ferma les yeux un instant)… je suis réveillé. Et pourtant, il est là, avec moi.

– Ah.

En dépit de mon profond chagrin pour lui, j'étais un peu rassurée.

– Donc, je ne suis pas folle.

Il sourit.

– Tu en es sûre? Ravi de l'apprendre, *Sassenach*.

Il se tenait tout près, l'étoffe de son tartan effleurant mon bras, prêt à me cueillir si je tournais de l'œil. Il m'examina, vérifiant que je n'allais pas m'effondrer d'un instant à l'autre, puis me toucha l'épaule en marmonnant :

– Reste assise ici, je reviens.

Je le vis se diriger vers les tables dressées à l'autre bout de la grande pelouse. Se faufilant entre les esclaves qui déposaient les plats, il se pencha au-dessus d'un grand saladier rempli d'écrevisses bouillies et saisit quelque chose dans une coupe. Quand il revint, il me prit la main, l'ouvrit et fit pleuvoir une pincée de sel dans ma paume.

– Garde-le sur toi, *Sassenach*. Ils ne t'importuneront plus.

Je refermai la main, me sentant absurdement réconfortée. On pouvait faire confiance à un Highlander pour savoir comment se débarrasser d'un fantôme vous hantant en plein jour ! Le sel, disaient-ils, empêchait les morts de sortir de leur tombe. Si Louis était toujours bien vivant, l'autre homme, cet inconnu dont le poids m'oppressait dans le noir, était assurément mort.

Un cri nous parvint depuis la rivière, provoquant une onde d'excitation. Un bateau était en vue. Aussitôt, chacun se dressa sur la pointe des pieds, frémissant d'impatience.

Je souris, mais leur agitation était contagieuse. Puis, les cornemuses retentirent, et je sentis les larmes me monter aux yeux.

La main de Jamie se resserra sur mon épaule. Je relevai la tête et le vis qui se passait les doigts sur la lèvre supérieure. Lui aussi, il était tourné vers la rivière.

Je baissai les yeux et tentai de me ressaisir. Une fois ma vision plus claire, j'aperçus les grains de sel sur le sol, empilés avec soin devant les portes du mausolée.

* * *

Elle était beaucoup plus petite que je l'avais imaginée. Les personnes célèbres le sont toujours. Tous les invités sur leur trente et un (un océan de tartans !) s'agglutinèrent autour du débarcadère, si impressionnés qu'ils en oubliaient la courtoisie. J'entraperçus le sommet de son crâne, ses cheveux coiffés haut et ornés de roses blanches, puis il disparut derrière un mur de dos.

Son époux Allan était visible. Un homme corpulent et séduisant avec des cheveux noirs et argentés tirés dans sa nuque. Il marchait derrière sa femme, saluant et souriant sous le flot de compliments et de paroles de bienvenue en gaélique.

Malgré moi, j'avais une forte envie de me joindre à la foule pour les regarder, mais je résistai. Je me tenais avec Jocasta sur la terrasse. Mme MacDonald viendrait à nous.

Jamie et Duncan jouaient des coudes dans la foule, essayant de libérer un passage avec Ulysse, le majordome de Jocasta.

29

– C'est vraiment elle ?

Brianna se tenait derrière moi, murmurant dans mon oreille, fascinée par la multitude d'où les hommes venaient d'extraire l'invitée d'honneur, l'escortant depuis le débarcadère et remontant la pelouse en direction de la terrasse.

– Je l'imaginais plus grande. Oh, quel dommage que Roger ne soit pas là ! Il aurait adoré la rencontrer.

Il se trouvait pour un mois à l'académie presbytérienne de Charlotte, où on examinait ses qualifications en vue d'une ordination. Je murmurai à mon tour :

– Il en aura peut-être encore l'occasion. J'ai entendu dire qu'ils avaient acheté une plantation près de Barbecue Creek, vers Mount Pleasant.

Ils n'y resteraient qu'un an ou deux, mais je me gardai de le dire. Pour tous les gens d'ici, ils avaient émigré définitivement.

Toutefois, j'avais vu le haut monument funéraire sur l'île de Skye, où Flora MacDonald était née et où elle s'éteindrait un jour, déçue par l'Amérique.

Certes, ce n'était pas ma première rencontre avec quelqu'un dont le destin m'était connu, mais cette situation était toujours troublante. La foule s'écarta, et elle en émergea, petite et ravissante, discutant en riant avec Jamie. Il la tenait par le bras, la guidant vers la terrasse. Il fit un geste dans ma direction pour me présenter.

Elle leva les yeux vers moi, marqua un temps d'arrêt et cligna des yeux, son sourire s'effaçant un instant. Il revint l'instant suivant tandis que nous nous saluions respectivement d'un signe de tête. Mais qu'avait-elle donc lu sur mon visage ?

Elle se tourna aussitôt vers Jocasta et lui présenta ses deux filles, Anne et Fanny, un de ses fils, un de ses gendres, son mari… Le temps qu'elle en ait terminé, elle avait retrouvé une parfaite maîtrise d'elle-même et se retourna vers moi avec un sourire charmant et doux, me prenant les mains.

– Madame Fraser ! Je suis ravie de vous rencontrer enfin. J'ai tellement entendu parler de votre bonté et de vos talents, j'avoue que je suis très intimidée de me trouver devant vous.

Elle avait parlé avec une telle chaleur et sincérité que je ne sus quoi répondre, tout en me demandant, cynique, qui avait bien pu lui parler de moi. En effet, j'avais acquis une certaine réputation à Cross Creek et à Campbelton, mais pas franchement des meilleures.

– J'ai eu le privilège de rencontrer le docteur Fentiman lors du bal donné en notre honneur à Wilmington. C'était si gentil, si incroyable de la part de tout le monde ! Nous avons été si bien traités depuis notre arrivée... Il m'a parlé avec ravissement de votre...

J'aurais bien aimé savoir la suite, mes rapports avec le docteur étant encore marqués par une certaine méfiance, même si un rapprochement s'était esquissé, mais, au même moment, son mari lui glissa quelques mots à l'oreille. Il désirait lui présenter d'autres sommités. Avec une grimace de regret, elle me serra les mains et s'éloigna, affichant de nouveau son sourire éclatant.

– Hum... elle a de la chance d'avoir encore presque toutes ses dents, observa Brianna *sotto voce*.

Étant justement en train de penser la même chose, je toussai dans mon poing pour masquer mon fou rire au moment même où Jocasta tourna subitement la tête vers nous.

– Alors, c'est elle, dit Ian.

Il venait d'apparaître à mes côtés et observait l'invitée d'honneur avec grand intérêt. Pour l'occasion, il avait revêtu un kilt, un gilet et une veste, ses cheveux châtains sagement coiffés en queue de cheval. Il paraissait tout à fait civilisé, mis à part les tatouages sur ses pommettes et l'arête de son nez.

– Oui, c'est elle, déclara Jamie. Fionnaghal, la belle.

Surprise par son ton nostalgique, je me tournai vers lui.

– C'est son vrai nom, expliqua-t-il. Fionnaghal. Ce sont les Anglais qui l'appellent Flora.

Brianna se mit à rire.

– Dis, papa, tu n'aurais pas eu le béguin pour elle, quand tu étais petit?

– Si j'ai eu quoi?

– Si tu n'as pas été amoureux, traduisis-je en battant délicatement des cils au-dessus de mon éventail.

– Oh, ne soyez pas idiotes! J'avais sept ans!

Néanmoins, ses oreilles avaient rosi.

– Moi, j'étais amoureux d'elle, quand j'avais sept ans, dit Ian d'un air rêveur. Mon oncle, avez-vous entendu Ulysse? Il dit qu'elle a apporté un miroir que lui a offert le prince *Tearlach,* avec ses armoiries au dos. Il l'a installé dans le petit salon, avec deux valets de pied pour monter la garde.

En effet, tous ceux qui ne s'agglutinaient pas autour des MacDonald se bousculaient aux doubles portes-fenêtres de la maison dans un joyeux chahut qui résonnait dans le couloir menant à la minuscule pièce.

– *Seaumais!*

Une voix impérieuse interrompit nos taquineries. Jamie lança un regard austère à Brianna, puis alla rejoindre sa tante. Duncan était retenu par une conversation avec quelques autres personnages influents (je reconnus l'avocat Neil Forbes, ainsi que Cornelius Harnett et le colonel Moore). Invisible, Ulysse était sans doute occupé en coulisse par la logistique d'un barbecue pour deux cents personnes, laissant ainsi Jocasta livrée à elle-même. Elle posa une main sur le bras de Jamie et mit le cap sur Allan MacDonald, que la foule avait séparé de sa femme et qui se tenait sous un arbre, l'air un peu offensé.

Je les observai traverser la pelouse, amusée par le sens de la mise en scène de Jocasta. Sa camériste Phaedre la suivait docilement et aurait fort bien pu la guider, mais l'effet aurait été moins théâtral. Les têtes se retournaient sur leur passage, Jocasta grande et mince, gracieuse en dépit de son âge, dans une robe en soie bleue et ses cheveux blancs coiffés en pièce montée sur son crâne; Jamie, avec sa taille de viking, drapé dans le tartan cramoisi des Fraser, tous deux avec leurs traits virils des MacKenzie et leur démarche féline.

– Colum et Dougal auraient été fiers de leur petite sœur.

– Ah oui ? dit Ian, distrait.

Il contemplait toujours Flora MacDonald, en train d'accepter le bouquet de fleurs que lui tendait une des petites-filles de Farquard Campbell sous les applaudissements.

Brianna suivit mon regard et me glissa sur un ton taquin :

– Tu n'es pas jalouse, n'est-ce pas, maman ?

J'affectai un air complaisant.

– Absolument pas. Après tout, moi aussi, j'ai encore toutes mes dents.

* * *

Dans la cohue initiale, je ne l'avais pas vu, mais le major MacDonald se trouvait parmi les convives, pimpant dans un uniforme écarlate et un nouveau chapeau orné de dentelle dorée. Il l'ôta et me salua bas, la mine enjouée, sans doute parce que je n'étais pas accompagnée de bêtes, Adso et la truie blanche étant restés à Fraser's Ridge.

– Votre humble serviteur, madame. Je vous ai vue échanger quelques mots avec mademoiselle Flora. N'est-elle pas charmante ? Et quelle belle femme !

– En effet. Vous la connaissiez donc déjà ?

Une profonde satisfaction illumina son visage buriné.

– Oh oui. Il serait présomptueux de ma part de parler d'amitié, mais je peux dire avec modestie que nous sommes accointés. J'ai accompagné madame MacDonald et sa famille depuis Wilmington et j'ai eu l'immense honneur de les aider à obtenir leur situation actuelle.

– Vraiment ?

Je le dévisageai avec intérêt. Le major n'était pas homme à se laisser impressionner par la célébrité. En revanche, il était du genre à savoir en apprécier les avantages. Tout comme le gouverneur Martin.

Il regardait Flora MacDonald de manière possessive, approuvant la façon dont on se pressait autour d'elle. Il se balança sur ses talons, me déclarant :

– Elle a très gracieusement accepté de prendre la parole aujourd'hui. À votre avis, quel serait le meilleur endroit ? La terrasse, d'où tout le monde pourra la voir ? Ou près de la statue sur la pelouse, où il y a plus de place et où tous les invités pourront s'approcher pour l'entendre ?

– Si vous l'installez sur la pelouse par ce temps, elle va attraper un coup de chaleur.

J'inclinai mon propre chapeau pour protéger mon nez du soleil. Il faisait plus de trente degrés, et l'humidité était pesante. Mes jupons me collaient aux jambes. Je demandai :

– De quoi va-t-elle parler ?

– Oh, c'est juste un petit discours sur la loyauté, madame. Ah, j'aperçois votre mari qui discute avec Kingsburgh. Si vous voulez bien m'excuser ?

Après une courbette, il se recoiffa et partit rejoindre Jamie et Jocasta qui bavardaient toujours avec Allan MacDonald, surnommé « Kingsburgh », à la mode écossaise, d'après le nom de son domaine sur l'île de Skye.

Les plats continuaient d'arriver : des soupières de hochepot* – et une immense bassine de soupe à la Reine, nul doute en hommage à l'invitée d'honneur – des plateaux de poissons, de poulet et de lapin frits, des boulettes de gibier dans une sauce au vin, des saucisses fumées, des pâtés de viande en croûte, de la dinde rôtie, de la tourte au pigeon, du colcannon**, de la purée de pommes de terre aux oignons, de la purée de navet, des pommes rôties farcies de crème de potiron, des tartes aux courges, au maïs et aux champignons, de gigantesques paniers remplis de petits pains frais de formes diverses et

---

* Définition du *Grand Dictionnaire terminologique* : « Sous ce nom, on désigne un potage gras fait avec oreilles et queue de porc, poitrine de bœuf, poitrine et épaule de mouton, lard salé, et légumes divers : choux, carottes, oignons, poireaux, pommes de terre, émincés. »

** Purée de pommes de terre irlandaise. *(N.d.T.)*

variées… tout cela n'étant qu'un prélude au barbecue dont les effluves succulents flottaient dans l'air : un certain nombre de porcs, trois ou quatre bœufs, deux chevreuils et, *la pièce de résistance,* un bison qu'ils s'étaient procuré Dieu seul savait où et comment.

Un murmure de plaisir glouton s'éleva autour de moi, tandis que les convives commençaient mentalement à desserrer leur ceinture et s'approchaient des tables, très déterminés à faire honneur à leur hôtesse.

Jamie était de nouveau en compagnie de Mme MacDonald, lui offrant une assiette de ce qui me parut être de la salade de brocolis. Il m'aperçut et me fit signe de les rejoindre. Je répondis non de la tête, en pointant le menton vers le buffet, où les invités s'affairaient, telles des sauterelles dans un champ d'orge. Je ne voulais pas rater l'occasion de m'enquérir de Manfred McGillivray avant que la torpeur de la satiété n'abrutisse les convives.

Je me frayai un chemin dans la foule, acceptant les amuse-gueules que me proposaient les serveurs, m'arrêtant ici et là pour échanger quelques mots avec des connaissances, notamment celles vivant autour d'Hillsboro. Manfred y avait passé beaucoup de temps, prenant des commandes de fusils, livrant les produits finis et effectuant de menus travaux de réparation. À sa place, je me serais réfugiée là-bas. Toutefois, aucun de ceux à qui je parlai ne l'avait vu.

Un monsieur que j'interrogeais interrompit ses libations pour déclarer :

– Un brave garçon. On le regrette. Faut dire qu'en dehors de Robin, il n'y a pas beaucoup d'armuriers dans la région. Il faut aller les chercher jusqu'en Virginie.

Je le savais déjà et me demandais d'ailleurs où en était Jamie dans sa quête de mousquets. Peut-être allait-il devoir faire appel aux relations de lord John avec les contrebandiers.

Je pris une petite tarte sur le plateau d'un esclave qui passait par là et poursuivis mon chemin, tout en grignotant et en papotant. On parlait beaucoup des articles incendiaires parus récemment dans le *Chronicle,* le journal local, dont le propriétaire, un certain Fogarty Simms, semblait avoir la sympathie de la plupart des gens présents.

– C'est qu'il ne manque pas de cran, ce Simms, me confia monsieur Goodwin. Mais je doute qu'il tienne le coup encore longtemps. Je lui ai parlé la semaine dernière, et il m'a avoué craindre pour sa vie. Il a reçu des menaces, voyez-vous ?

À en juger par les différentes descriptions que je glanais, je déduisis que M. Simms était loyaliste. Le bruit courait qu'un journal concurrent allait bientôt paraître, destiné à défendre les idées des whigs avec leurs propos inconsidérés sur la tyrannie et le renversement du roi. Personne ne savait encore qui se cachait derrière ce nouveau projet, mais on parlait, avec une indignation considérable, d'un imprimeur qu'on aurait fait venir du Nord, où les gens entretenaient couramment ce genre de sentiments pervers.

Tous semblaient d'accord sur un point : on ne pouvait que botter le derrière de tels individus pour leur faire retrouver la raison.

Je ne m'étais toujours pas assise, mais, après avoir déambulé une bonne heure entre des mâchoires en mouvement et des plateaux errants chargés de hors-d'œuvre, j'avais l'impression de sortir d'un banquet à la cour de France. Ces derniers duraient si longtemps qu'on plaçait discrètement des pots de chambre sous les chaises des invités, et il n'était pas rare qu'un convive tourne de l'œil et glisse sous la table sans que l'on s'en inquiète outre mesure.

Les festivités à River Run étaient moins formelles, mais presque aussi longues. Après une heure de mise en bouche, les viandes grillées furent hissées hors des fours creusés dans le sol et présentées sur des bards en bois que portaient des esclaves. Transpirant abondamment, mais pas du tout découragés par leurs efforts de mastication, les invités applaudirent le spectacle des immenses pièces de bœuf, de porc, de gibier et de bison, entourées des dépouilles grillées de centaines de pigeons et de cailles.

Assise à côté de Flora MacDonald, Jocasta semblait tout à fait satisfaite de cette manifestation d'enthousiasme devant son hospitalité. Elle se pencha vers Duncan en souriant, lui posa une main sur le bras et lui murmura quelques mots. Après plusieurs litres de bière et une bouteille de whisky, son mari s'était départi de sa nervosité et prenait du plaisir. Il adressa un large sourire à son épouse, puis lança une boutade à Mme MacDonald, qui se mit à rire.

Je trouvai Flora admirable. Assaillie de tous côtés par des gens voulant lui dire un mot, elle conservait un maintien impeccable, se montrant charmante et gracieuse avec tous, même si cela signifiait de rester parfois dix minutes avec sa fourchette en l'air en attendant la fin d'une histoire interminable. Au moins, elle était à l'ombre, et Phaedre, toute vêtue de mousseline blanche, se tenait derrière elle, agitant avec soin un immense éventail en feuilles de palmier nain et chassant les mouches.

– Un peu de punch au citron, m'dame ?

Un esclave épuisé et dégoulinant de sueur me présenta un autre plateau, sur lequel je pris une coupe. Moi aussi en nage, j'avais les jambes lourdes et la gorge sèche à force de parler. À ce stade, peu m'importait ce que contenait le verre, tant que c'était liquide et frais.

Je changeai d'opinion peu après y avoir trempé les lèvres. Il s'agissait d'un mélange de rhum, de jus de citron et de sirop d'orgeat. Bien que liquide et frais, j'avais plus envie de le verser dans mon décolleté que dans ma gorge. Avec discrétion, je m'approchai d'un cytise dans l'intention de l'arroser avec cette boisson trop sucrée, mais en fus empêchée par l'apparition soudaine de Neil Forbes, qui surgit de derrière l'arbrisseau.

Aussi surpris que moi, il fit un bond et jeta un coup d'œil furtif par-dessus son épaule. J'aperçus Robert Howe et Cornelius Harnett qui s'éloignaient dans la direction opposée. Ils avaient dû tous les trois s'entretenir en secret, cachés par le cytise.

Il inclina la tête.

– Madame Fraser, votre serviteur.

Je lui répondis d'une petite révérence en murmurant une politesse. Je comptais poursuivre mon chemin comme si de rien n'était, mais il se pencha en avant, me barrant la route.

– J'ai entendu dire que votre mari rassemblait des armes, madame Fraser.

Il parlait à voix basse, et son ton n'avait rien d'amical.

Comme toutes les autres femmes, je tenais mon éventail ouvert. Je l'agitai langoureusement devant mon nez pour cacher mon expression.

– Oh, vraiment? Qui vous a raconté cela?

– Un des messieurs qu'il a abordé dans ce dessein.

L'avocat était grand et plutôt obèse. Son vilain teint rougeaud était peut-être davantage le résultat d'un excès de table que de son mécontentement. Néanmoins...

– Sans vouloir abuser de votre bonté, madame, pourriez-vous exercer votre influence sur lui pour lui suggérer qu'il ne prend pas là la voie la plus sage?

J'inspirai une grande bouffée d'air chaud.

– Mais de quelle voie parlez-vous donc?

– Une voie fâcheuse, madame. En m'efforçant d'envisager l'affaire sous le jour le plus clément, je ne peux que présumer qu'il destine ces fusils à sa propre milice, ce qui est légitime quoique inquiétant. Tout dépend de ce qu'il compte faire de ses hommes. Cependant, ses rapports avec les Cherokees sont bien connus. Le bruit court que ces armes atterriront entre leurs mains afin qu'ils les retournent contre les sujets de Sa Majesté qui oseraient objecter la tyrannie, les abus et la corruption de ceux qui gouvernent cette colonie, si on peut parler de gouverner.

Je le regardai fixement par-dessus mon éventail.

– Si je n'avais pas déjà su que vous étiez avocat, ce petit discours me l'aurait appris. Il me semble avoir compris que vous soupçonnez mon mari de vouloir donner des armes aux Indiens, ce qui ne vous plaît pas. D'un autre côté, vous ne voyez aucune objection à ce qu'il arme sa propre milice, à condition que celle-ci se comporte selon vos désirs. C'est bien cela?

Une lueur amusée traversa ses yeux caves.

– Votre perspicacité me laisse pantois, madame.

Je refermai mon éventail d'un coup sec.

– Mais peut-on savoir quels sont vos désirs, exactement? Je ne vous demanderai pas pourquoi vous considérez que mon mari ferait mieux d'en tenir compte.

Il éclata de rire, son visage lourd, déjà rougi par la chaleur, s'empourprant encore davantage sous sa perruque à catogan.

– Je désire la justice, madame, la chute des tyrans et la liberté. Comme tout honnête homme.

« … pour la liberté… car aucun honnête homme ne peut y renoncer si ce n'est qu'en lui donnant sa vie.» La phrase résonna dans ma tête. Il dut le lire sur mon visage, car il me scrutait avec attention.

– J'ai la plus grande estime pour votre mari, madame. Vous lui ferez part de ce que je vous ai dit?

Sans attendre ma réponse, il tourna les talons.

Il n'avait pas baissé la voix en prononçant les mots «tyrannie» et «liberté». Je vis des têtes se retourner ici et là; des hommes échangèrent des messes basses en le regardant s'éloigner.

Distraite, j'avalai une gorgée de punch au citron et réprimai une grimace. Je cherchai Jamie du regard. Il se trouvait toujours près d'Allan MacDonald, mais s'était légèrement écarté pour discuter avec le major.

Les événements s'enchaînaient plus vite que je ne l'aurais voulu. J'avais pensé que, dans cette partie de la colonie, les velléités républicaines ne concernaient qu'une minorité, mais le fait que Forbes parle aussi ouvertement dans un lieu public signifiait qu'elles gagnaient du terrain.

Je me retournai dans la direction prise par l'avocat et le vis aux prises avec deux hommes aux traits tendus par la colère et la suspicion. J'étais trop loin pour les entendre, mais leur attitude et leur expression parlaient d'elles-mêmes. Le ton monta, et je tentai d'accrocher le regard de Jamie. La dernière fois que j'avais assisté à un barbecue de ce genre à River Run, il y avait eu une rixe sur la pelouse, et tout portait à croire que l'incident allait se reproduire. Dans ce genre de réunion, l'alcool, la chaleur et la politique formaient un cocktail explosif, surtout avec une si forte concentration de Highlanders.

D'autres hommes se rapprochèrent de Forbes et de ses deux adversaires, les poings déjà serrés. L'éruption aurait sans doute eu lieu, si le grand gong de Jocasta n'avait pas retenti sur la terrasse, faisant sursauter tout le monde.

Le major était perché sur une barrique de tabac retournée, les mains en l'air, souriant à la foule, la chaleur, la bière et l'enthousiasme faisant luire son visage.

– *Ceud mile fàilte !* (tonnerre d'applaudissements) Nous souhaitons cent mille fois la bienvenue à nos invités d'honneur !

Il poursuivit en gaélique, tendant une main ouverte vers les MacDonald qui se tenaient à ses côtés, saluant le public en souriant. À leur attitude, je devinai qu'ils étaient rodés à ce genre de manifestation.

Après quelques autres remarques d'introduction, Jamie et Kingsburgh aidèrent Mme MacDonald à se hisser sur la barrique, où elle oscilla un instant puis retrouva son équilibre, se stabilisant en posant les mains sur la tête de chacun de ses chevaliers servants sous les rires de la foule.

Elle leva un visage épanoui vers l'assistance, et chacun se tut sur-le-champ pour l'entendre.

Elle avait une voix claire et haute, et l'habitude de prendre la parole en public, un attribut très inhabituel chez une femme à cette époque. J'étais trop loin pour distinguer chacune de ses paroles, mais n'eus aucun mal à comprendre l'essentiel de son discours.

Après avoir remercié ses amphitryons, la communauté écossaise qui avait si chaleureusement et généreusement accueilli sa famille, puis les invités, elle prononça une émouvante exhortation contre ce qu'elle appelait le « factionnalisme ».

Elle enjoignit son auditoire à se serrer les coudes pour réprimer ce mouvement dangereux qui ne pouvait que provoquer des troubles dangereux, menaçant la paix et la prospérité que tant d'entre eux étaient parvenus à trouver dans ce beau pays, après avoir tout risqué.

À ma grande surprise, je me rendis compte qu'elle avait tout à fait raison. J'avais déjà entendu Brianna et Roger discuter de la question : pourquoi tant de Highlanders ayant tellement souffert sous la domination britannique se battraient-ils aux côtés des Anglais, comme bon nombre d'entre eux le feraient plus tard ?

Roger avait expliqué patiemment :

– Parce qu'ils ont quelque chose à y gagner et pas grand-chose à perdre. En outre, ils sont mieux placés que n'importe qui pour savoir ce que signifie se battre contre les Anglais. Tu crois que ceux qui ont connu les campagnes d'épuration de Cumberland, survécu aux dangers de la traversée de l'Atlantique, puis reconstruit leur vie ici à partir de rien tiennent à revivre toutes ces épreuves ?

– Oui, mais, quand même, ils voudront se battre pour la liberté ! avait protesté Brianna.

Cynique, Roger lui avait répondu :

– Ils l'ont, la liberté. Ils sont bien plus libres ici qu'ils ne l'ont jamais été en Écosse. En cas de guerre, ils risquent de la perdre, ce dont ils sont pleinement conscients. En outre, la plupart d'entre eux ont prêté serment de loyauté à la Couronne. Ils ne le briseront pas à la légère, et surtout pas pour ce qui leur paraît être simplement une autre crise politique, aussi brève qu'un feu de paille. C'est comme... comme...

Il s'était creusé la tête à la recherche d'une comparaison adéquate.

– Comme les Panthères noires, ou le Mouvement pour les droits civiques. Tout le monde comprenait leur point de vue idéaliste, mais, beaucoup, dans la classe moyenne, avaient peur et les trouvaient menaçants. Ils voulaient juste qu'ils disparaissent pour que leur vie reprenne son cours normal.

Sauf que, bien sûr, la vie n'était jamais calme, et que ce mouvement échevelé ne disparaîtrait pas. Je pouvais voir Brianna de l'autre côté de la foule, écoutant, songeuse, Flora MacDonald énoncer les vertus de la loyauté.

J'entendis un « Hphm ! » grave derrière moi. Je me retournai et vis Neil Forbes, ses traits encore alourdis par la réprobation. Il avait trouvé des renforts : trois ou quatre autres hommes se tenaient près de lui, scrutant la foule en s'efforçant de ne pas en avoir l'air. À en juger par l'humeur du public, j'estimai qu'ils étaient deux fois moins nombreux que leurs opposants, chacun s'enfonçant encore un peu plus dans ses convictions à mesure que l'alcool produisait son effet et que le discours se poursuivait.

Soudain, je me rendis compte que Brianna et Neil Forbes se regardaient. Étant tous deux plus grands que la moyenne, ils s'observaient par-dessus les têtes des convives, lui, avec animosité, elle, avec froideur. Quelques années plus tôt, elle avait rejeté ses avances en manquant singulièrement de tact. Il n'avait pas été amoureux d'elle, mais il possédait un ego assez développé et n'était pas homme à essuyer un affront public avec une résignation philosophique.

Brianna détourna le regard comme si elle l'avait à peine remarqué et échangea quelques mots avec sa voisine. J'entendis Forbes grommeler, puis parler à voix basse à ses compatriotes. Les hommes se séparèrent, tournant grossièrement le dos à Mme MacDonald qui n'avait pas fini de parler.

Ils jouèrent des coudes dans la foule compacte en soulevant quelques murmures d'indignation, mais personne ne tenta de les retenir. L'affront de leur départ fut bientôt noyé par un nouveau tonnerre d'applaudissements marquant la conclusion du discours, suivi par les cornemuses, quelques coups de feu tirés en l'air et d'un concert de « Hip ! Hip ! Hip ! Hourra ! » mené par le major MacDonald. Dans un tel tintamarre, personne n'aurait remarqué l'arrivée d'une armée, et encore moins le départ de quelques whigs grincheux.

Je retrouvai Jamie, à l'ombre du mausolée d'Hector Cameron, occupé à se lisser les cheveux avec les doigts avant de les rattacher.

– Ce fut un succès retentissant, tu ne trouves pas? demandai-je.

Il observait du coin de l'œil un monsieur visiblement éméché qui tentait tant bien que mal de recharger son mousquet.

– Surtout pour certains. Surveille bien celui-ci, *Sassenach*.

– Il arrive trop tard pour tirer sur Neil Forbes. Tu l'as vu faire sa sortie?

Il noua adroitement le lacet en cuir sur sa nuque.

– Oui, il ne pouvait vraiment pas s'exprimer de façon plus ouverte, à moins de grimper sur la barrique à côté de Fionnaghal.

– Il aurait constitué une excellente cible.

Je fixai l'homme au mousquet en train de renverser la poudre sur ses souliers.

– Je ne crois pas qu'il ait de balles.

– Bah, dans ce cas…

Il fit un geste de dédain vers le maladroit, puis reprit :

– Le major MacDonald est en pleine forme, tu ne trouves pas? Il m'a dit qu'il avait organisé toute une série de discours pour Mme MacDonald un peu partout dans la colonie.

– Avec lui comme impresario, j'imagine.

– Naturellement.

Il ne semblait pas ravi par cette perspective. De fait, je lui trouvai plutôt l'air sombre. Son humeur ne s'améliorerait guère avec le récit de ma conversation avec Neil Forbes, mais je devais quand même lui faire mon compte rendu.

Il haussa les épaules.

– C'était inévitable. J'avais espéré que cela ne s'ébruiterait pas, mais, étant donné nos rapports avec Robin McGillivray, je n'avais guère d'autre choix que de m'adresser là où c'était possible, avec le risque de fuites.

Il semblait ne pas tenir en place.

– Tu te sens mieux, *Sassenach* ?

– Moi, oui, mais toi, tu n'as pas l'air dans ton assiette. Que se passe-t-il ?

– Oh, rien. Du moins, rien que je ne sache déjà. Tu crois être prêt, mais, quand tu te trouves au pied du mur, tu donnerais tout pour revenir quelques années en arrière.

Il se tourna vers la pelouse, transformée en champ de tartans sur lequel flottaient les ombrelles des dames, telles des fleurs aux couleurs vives. Sur la terrasse ombragée, un sonneur de cornemuse poursuivait son *piobreachd,* une mélodie en contrepoint perçant au brouhaha des conversations.

– Je savais qu'il me faudrait un jour me dresser contre bon nombre d'entre eux. Combattre des amis et des parents. Mais quand je me retrouve ici, avec la main de Fionnaghal sur ma tête comme une bénédiction, les regardant tous en face, observant l'effet de ses mots sur eux, voyant la résolution grandir en eux… c'est comme si, soudain, une immense épée tombait du ciel entre eux et moi, nous séparant à jamais. Le jour approche, et je ne peux rien y faire.

Il détourna les yeux. Je tendis la main vers lui, voulant l'aider, le soulager, tout en sachant que c'était peine perdue. Après tout, c'était à cause de moi qu'il se retrouvait dans cette position, sur ce petit mont des Oliviers.

Il prit néanmoins ma main et la serra fort sans me regarder. Je murmurai :

– « Mon père, que cette coupe s'éloigne de moi ! »

Il hocha la tête, fixant toujours les pétales de roses jaunes jonchant le sol. Puis, il releva les yeux vers moi avec un sourire qui trahissait une telle douleur que mon cœur se fendit. Il s'essuya le front du revers de sa main, puis examina ses doigts humides.

– Ça va, ce n'est que de la sueur, pas du sang. Je survivrai.

« Peut-être pas », m'affolai-je soudain. Se battre du côté des vainqueurs ne voulait pas forcément dire s'en sortir sain et sauf.

Il vit la panique sur mon visage et relâcha légèrement ma main, croyant qu'il me faisait mal. C'était le cas, mais pas physiquement. Il récita d'une voix douce :

– « Pas parce que je le veux, mais parce que tu le veux. » J'ai choisi ma voie en t'épousant, *Sassenach,* même si je ne m'en rendais pas compte à l'époque. Mais j'ai choisi et ne peux plus rebrousser chemin, même si j'en avais envie.

– Tu en as envie ?

Je lus la réponse dans ses yeux.

– Non, et toi ? Parce que tu as choisi, toi aussi, autant que moi.

Je fis non de la tête et sentis la tension dans son corps se relâcher. Il soutint mon regard, ses yeux à présent aussi clairs que le ciel bleu au-dessus de nos têtes. L'espace d'un instant, nous fûmes seuls tous les deux dans l'Univers, puis les éclats de rire d'un groupe de jeunes filles brisèrent le silence, et je repris, abordant un sujet moins dangereux :

– Tu as eu des nouvelles de ce pauvre Manfred ?

Il fit une moue cynique.

– « Pauvre » Manfred ?

– C'est peut-être une canaille à la moralité douteuse et il a causé bien des dégâts, mais il ne mérite pas pour autant de mourir.

Il ne semblait pas partager tout à fait cet avis, mais se garda de faire des commentaires. Il avait interrogé plusieurs personnes, sans aucun succès pour le moment.

– Mais il réapparaîtra tôt ou tard, m'assura-t-il. Sans doute au moment le moins opportun.

– Ah ! Ah ! Ah ! Je n'aurais jamais pensé pouvoir vivre une journée pareille ! Merci, monsieur, merci mille fois !

Mme Bug venait d'apparaître, s'éventant vivement, le teint rougi par la bière, la chaleur et le bonheur.

– Vous avez pu entendre tout ce qu'elle a dit, *mo chridhe* ?

– Ses moindres paroles ! Archie m'a trouvé un petit coin charmant, près des jardinières, d'où je pouvais tout entendre sans être piétinée.

Quand Jamie lui avait proposé de l'emmener au barbecue, elle avait frôlé l'apoplexie. Archie y allait lui aussi, bien sûr, puis continuerait jusqu'à Cross Creek pour effectuer des achats, mais elle n'avait jamais quitté Fraser's Ridge depuis son arrivée, quelques années plus tôt.

En dépit de l'inquiétude que suscitait en moi l'atmosphère très loyaliste qui nous entourait, sa joie était contagieuse, et je me mis à sourire, Jamie et moi nous relayant pour répondre à son flot de questions : elle n'avait encore jamais vu d'esclaves de près et les trouvait d'une beauté exotique. Coûtaient-ils très cher ? Fallait-il leur apprendre à porter des habits et à parler normalement ? Elle avait entendu dire que l'Afrique était une terre païenne où les gens se promenaient entièrement nus et s'entretuaient à coups de lance, à la manière dont on chasse les sangliers. Et, parlant de nudité, ne trouvions-nous pas un peu choquante cette statue de jeune guerrier au milieu de la pelouse ? Le malheureux ne portait rien du tout derrière son bouclier ! Et qui était cette femme étendue à ses pieds ? Ses cheveux semblaient faits de serpents. Quelle vision d'horreur ! Et qui était cet Hector Cameron dans cette tombe ? Tout en marbre, comme les sépultures royales d'Holyrood, vous imaginez un peu ! Ah, c'était feu le mari de Mme Innes ? Et quand avait-elle épousé M. Duncan ? Quel homme doux et charmant, quel dommage qu'il soit manchot ! Avait-il perdu son bras au cours d'une bataille quelconque ? Et, oh ! le mari de Mme MacDonald – quel bel homme, lui aussi – allait prendre la parole !

Jamie lança un regard las vers la terrasse. En effet, Allan MacDonald était en train de grimper sur un tabouret (la barrique avait dû lui paraître un peu exagérée). Un attroupement, moins nombreux que pour sa femme, mais néanmoins conséquent, se formait déjà autour de lui.

– Vous n'allez pas l'écouter ?

Mme Bug était déjà prête à s'envoler vers la terrasse, flottant au-dessus du sol comme un colibri.

– Non, je l'entendrai aussi bien d'ici, répondit Jamie. Rapprochez-vous donc de la terrasse, *a nighean*.

Elle partit aussitôt, vibrante d'excitation. Jamie se toucha délicatement les oreilles des deux mains pour s'assurer qu'elles étaient encore attachées, me faisant rire.

– C'était vraiment gentil de ta part de l'emmener. Je crois qu'elle ne s'est jamais autant amusée depuis un demi-siècle.

– Tu as raison, elle a sans doute…

Il s'interrompit, apercevant quelque chose par-dessus mon épaule. Je me retournai, mais il courait déjà, et je me précipitai derrière lui.

Pâle comme un linge, le visage défait, Jocasta chancelait sur le seuil d'une des portes latérales. Elle serait sûrement tombée si Jamie ne l'avait pas rattrapée de justesse, glissant un bras autour de sa taille pour la soutenir.

– Ma tante, que vous arrive-t-il?

Il avait parlé à voix basse pour ne pas attirer l'attention et l'entraîna à l'intérieur.

– Oh, mon Dieu, mon Dieu, ma tête!

Elle écartait les doigts devant son visage, touchant à peine sa peau, protégeant son œil gauche.

– Mon œil!

Le bandeau de lin qu'elle portait en public était froissé et humide. Elle ne pleurait pas, mais larmoyait abondamment des deux yeux, surtout du gauche. Le bord inférieur du tissu était trempé.

Je posai une main sur l'épaule de Jamie, cherchant en vain des domestiques aux alentours.

– Il faut que je l'examine. Porte-la dans le grand salon.

C'était la pièce la plus proche, et tous les invités étaient dehors, ou bien déambulaient dans le petit salon pour admirer le miroir du prince.

– Non! Pas là!

Elle avait presque hurlé. Perplexe, Jamie me regarda, puis lui parla doucement:

– Ne vous inquiétez pas, ma tante. Je vais vous monter dans votre chambre.

Il la prit dans ses bras et la souleva comme une enfant, ses jupes en soie retombant avec un bruissement d'eau.

– Je vous rejoins tout de suite, annonçai-je.

Je venais d'apercevoir une esclave nommée Angelina qui passait à l'autre bout du couloir et me dépêchai de la rattraper. Je lui donnai mes instructions, puis revins au pas de course vers l'escalier, m'arrêtant un bref instant pour observer le salon.

Il n'y avait personne, mais des coupes de punch oubliées et une forte odeur de tabac de pipe m'indiquèrent que Jocasta y avait sans doute rencontré des invités un peu plus tôt. Son panier à ouvrage était ouvert, un vêtement à demi tricoté pendant mollement sur le côté, telle une dépouille de lapin.

Plusieurs bobines de fil étaient éparpillées sur le parquet : des enfants, peut-être. J'hésitai, mais mon instinct prit le dessus, et je ramassai hâtivement les objets épars, les remettant dans le panier. Puis, je repliai le tricot et l'enfonçai sur le dessus, retirant ma main avec un cri.

Une petite entaille dans mon pouce suintait du sang. Je suçai mon doigt en inspirant fort pour refermer la plaie tout en examinant avec prudence le contenu du panier de mon autre main, cherchant ce qui m'avait blessée.

Un couteau, petit mais tranchant, qui servait sans doute à trancher le fil à broder. Son étui en cuir gisait au fond du panier. Je le rangeai dedans, saisis la boîte à épingles, puis refermai le couvercle avant de filer de nouveau vers l'escalier.

Allan MacDonald avait terminé son bref discours. J'entendis les applaudissements à l'extérieur, ponctués de bravos enthousiastes et des interjections d'approbation en gaélique.

– Maudits Écossais, marmonnai-je entre mes dents. Ils n'apprennent donc jamais ?

Je n'avais pas le temps de réfléchir aux implications des harangues des MacDonald. Le temps que j'atteigne le palier, un esclave était déjà sur mes talons, haletant sous le poids du coffret de médecine que j'avais envoyé chercher. Un autre montait derrière lui avec un seau d'eau chaude venant de la cuisine.

Jocasta était pliée en deux dans son grand fauteuil, gémissant et pinçant les lèvres. Elle avait perdu son bonnet et agitait ses mains dans ses cheveux en désordre comme si elles cherchaient désespérément quelque chose à saisir. Jamie lui massait le dos, lui murmurant des paroles de réconfort en gaélique. Il parut fort soulagé de me voir apparaître.

Depuis longtemps, je soupçonnais que la cécité de Jocasta était due à un glaucome, une augmentation de la pression à l'intérieur de l'œil qui, non traitée, pouvait endommager le nerf optique. À présent, je n'en doutais plus. En outre, je savais de quelle forme de la maladie elle souffrait : la plus dangereuse, une crise aiguë de glaucome à angle fermé.

Il n'existait pas encore de traitement, car la pathologie elle-même ne serait pas identifiée avant longtemps. Même s'il y en avait eu un, il était bien trop tard, sa cécité était définitive. Toutefois, pour la situation présente, je pouvais faire quelque chose ... geste que je redoutais d'accomplir.

Je sortis le pot d'hydrastis de mon coffre et le tendis à Angelina.

– Mettez-en un peu à tremper.

Je me tournai vers l'autre esclave, un homme dont j'ignorais le nom.

– Quant à vous, remettez l'eau sur le feu. Allez chercher des chiffons propres et faites-les bouillir.

Tout en parlant, j'avais sorti ma petite lampe à alcool. Le feu s'était presque éteint, mais il restait des braises ardentes. J'allumai une mèche, puis ouvris la boîte à épingles et sélectionnai la plus longue, une tige d'acier d'une dizaine de centimètres de long, servant à raccommoder les tapis.

Jamie me regarda horrifié.

– Tu ne vas pas...

– Il le faut. Il n'y a rien d'autre à faire. Tiens-lui les mains.

Il était presque aussi pâle que Jocasta. Il saisit les doigts noueux de sa tante et les écarta doucement de sa tête.

Je soulevai le bandeau de lin. Le globe gauche saillait, injecté de sang. Les larmes s'accumulaient tout autour, débordant en ruisselant. Je pouvais presque sentir la pression à l'intérieur sans avoir besoin de le toucher. Je serrai les dents.

J'adressai une brève prière à sainte Claire, qui, après tout, était patronne des yeux souffrants ainsi que ma propre sainte, passai l'aiguille dans la flamme, versai de l'alcool pur sur un chiffon puis essuyai la suie.

Ravalant un excès de salive, j'écartai la paupière de l'œil affecté, recommandai mon âme à Dieu, et enfonçai d'un coup sec l'aiguille dans la sclérotique, près du bord de l'iris.

J'entendis une toux et un bruit d'éclaboussures sur le sol près de moi, suivi d'une odeur de vomi, mais ce n'était pas le moment de me laisser déconcentrer. Je retirai l'aiguille avec délicatesse. Jocasta s'était figée, ses doigts enfoncés dans les mains de Jamie. Elle ne bougeait pas d'un pouce, mais émettait de petits halètements secs, comme si elle n'osait même pas respirer.

Un filet de liquide suintait de l'œil, de l'humeur vitrée, légèrement trouble mais malgré tout reconnaissable sur la surface humide de la sclérotique. Je tenais encore les paupières écartées. Je saisis un linge imbibé d'infusion d'hydrastis, le pressai pour l'essorer et le posai doucement sur le visage de Jocasta. Elle tressaillit au contact du tissu chaud contre sa peau, puis libéra ses mains et l'attrapa.

Je le lâchai, la laissant presser le linge contre son œil fermé ; elle trouvait un apaisement dans la chaleur du tissu.

Des pas légers dans l'escalier me firent me retourner. Angelina revint, essoufflée, tenant une poignée de sel dans sa main fermée contre son cœur, une cuillère dans l'autre. Je fis tomber le sel de sa paume moite dans la casserole d'eau chaude et lui ordonnai de la remuer jusqu'à ce qu'il se dissolve.

Je lui demandai à voix basse :

– Vous avez apporté le laudanum ?

Jocasta s'était enfoncée dans son fauteuil, les yeux fermés, mais raide comme une statue, pressant les paupières, ses poings serrés sur ses genoux. Angelina la regarda effrayée, puis me murmura :

– Je ne l'ai pas trouvé, m'dame. Je ne sais pas qui a pu le prendre. Personne n'a la clef, sauf monsieur Ulysse et madame Cameron.

– Ulysse vous a ouvert le placard où sont gardés les simples. Il sait donc que madame Cameron se trouve mal ?

Elle acquiesça avec vigueur, faisant voler le ruban de son bonnet.

– Oh, oui, m'dame. Il serait fou de rage s'il apprenait que je ne lui ai rien dit. Il m'a demandé de venir le chercher si elle demandait après lui. Autrement, qu'elle ne s'inquiète de rien ; il s'occupe de tout.

Jocasta poussa un long soupir, se détendant un peu.

– Que Dieu le bénisse, murmura-t-elle les yeux fermés. Il s'occupe vraiment de tout. Sans lui, je serai perdue. Perdue.

Ses tempes blanches étaient moites, et les longues mèches humides de transpiration qui s'étaient échappées de sa coiffure retombaient sur ses épaules en tachant sa robe. Angelina dénoua ses lacets et lui ôta son corset. Puis Jamie la déposa en chemise sur son lit, une épaisse couche de serviettes sous sa nuque. Je remplis d'eau salée une de mes seringues en crocs de serpent à sonnette et, pendant que Jamie tenait ses paupières écartées, je tentai d'irriguer son globe oculaire, espérant prévenir une infection là où je l'avais transpercé. La plaie formait un point rouge vif sur la sclérotique, sous une petite cloque de conjonctive. Jamie ne pouvait la regarder sans cligner des yeux. Je lui souris.

– Ça va aller. Tu peux redescendre, si tu veux.

Il hocha la tête et s'apprêtait à partir quand Jocasta tendit la main pour l'arrêter.

– Non, reste un peu, *a chuisle,* si tu veux bien.

Cette dernière observation était de pure forme, car elle le retenait fermement par la manche et ne le lâcha qu'une fois qu'il fut assis à son chevet. Elle tourna la tête de droite à gauche, tendant l'oreille.

– Il y a quelqu'un d'autre ? Les esclaves sont partis ?

– Oui, répondis-je. Ils sont redescendus aider au service. Il ne reste plus que Jamie et moi.

– Bien. Il faut que je te dise quelque chose, mon neveu. Mais personne d'autre ne doit l'entendre.

Elle leva sa main blanche vers moi.

– Ma nièce, voulez-vous bien vérifier que nous sommes vraiment seuls ?

Je sortis docilement dans le couloir. Je ne vis personne, même si j'entendais des voix venant d'une pièce au fond du couloir : des rires et des froufrous de jupes. Des jeunes femmes bavardaient tout en remettant de l'ordre dans leurs coiffures et leurs tenues. Je refermai la porte, et tous les bruits de la maison furent aussitôt étouffés en un brouhaha lointain.

Jamie tenait toujours la main de Jocasta, la caressant du pouce comme je l'avais souvent vu faire pour apaiser un animal nerveux. Néanmoins, ce traitement était plus efficace sur les chevaux et les chiens que sur sa tante.

– Que se passe-t-il, ma tante ?

– C'était lui. Il est ici !

– Qui est ici, ma tante ?

– Je ne sais pas !

Ses yeux roulaient désespérément dans leurs orbites comme s'ils cherchaient à percer non seulement les ténèbres, mais aussi les murs.

Jamie m'interrogea du regard, mais il pouvait constater autant que moi qu'elle ne délirait pas, même si ses propos semblaient incohérents. Elle se rendit compte de l'effet qu'elle donnait. Je voyais sur son visage ses efforts pour se ressaisir.

– Il est venu pour l'or, dit-elle en baissant la voix. L'or du Français.

– Ah oui ? dit Jamie.

Percevant le scepticisme dans son ton, elle poussa un soupir d'exaspération. Elle voulut secouer la tête, mais s'arrêta aussitôt avec un « Aïe ! » et pressa ses mains contre ses tempes.

Elle inspira pendant quelques secondes, serrant les lèvres, puis reprit sur un ton plus calme :

– Cela a commencé hier soir. La douleur dans mon œil.

Elle s'était réveillée au milieu de la nuit en sentant un élancement dans son globe, une douleur qui avait peu à peu irradié dans tout le côté gauche de son visage.

– Ce n'était pas la première fois, expliqua-t-elle.

Elle s'était redressée en position assise et semblait se sentir mieux. Par intervalles, elle tamponnait son œil avec le linge chaud.

– Les douleurs sont apparues quand ma vue s'est mise à baisser. Parfois dans un œil, parfois dans les deux. Mais hier soir, j'ai tout de suite compris ce qui m'attendait.

Cependant, Jocasta MacKenzie Cameron n'était pas femme à laisser une incommodité physique entraver ses plans, sans parler d'interrompre ce qui promettait d'être l'événement mondain le plus retentissant de l'histoire de Cross Creek.

– Quelle malchance ! Juste au moment où madame Flora MacDonald allait arriver !

Par chance, tout était parfaitement planifié à l'avance. Les viandes rôtissaient déjà dans leurs fours, les fûts de bière étaient au frais dans les écuries et l'air était empli des odeurs de pain frais et de cuisine. Ses esclaves étaient bien entraînés, et elle savait qu'elle pouvait compter sur Ulysse pour tout gérer d'une main de maître. Tout ce qu'elle avait à faire, c'était tenir debout.

– Je ne voulais pas prendre d'opium ni de laudanum, de peur de m'endormir. Je me suis donc rabattue sur le whisky.

Elle était grande et habituée à une consommation d'alcool qui aurait assommé un homme moderne. Le temps que les MacDonald arrivent, elle avait déjà sifflé les trois quarts d'une bouteille, mais la douleur ne cessait d'empirer.

– Puis, quand mes yeux ont commencé à larmoyer, j'ai craint que tout le monde perçoive mon malaise. Alors, je me suis retranchée dans mon salon. J'avais pris soin de placer un flacon de laudanum dans mon panier à ouvrage, au cas où le whisky ne serait pas assez efficace. Les invités se pressaient au-dehors, essayant d'approcher les MacDonald, mais le salon était désert, dans la mesure où je pouvais m'en rendre compte avec les martèlements dans ma tête et mon œil sur le point d'exploser.

Jocasta avait vite récupéré son flacon de laudanum et en avait avalé quelques gorgées. Puis elle en avait attendu les effets.

– Je ne sais pas si tu y as jamais goûté, mon neveu, mais le laudanum procure une étrange sensation, un peu comme si tu te dissolvais. Si tu en prends une goutte de trop, tu te mets à voir des choses qui n'existent pas, aveugle ou pas, et à les entendre aussi.

Entre les effets de la drogue, du whisky et du vacarme au-dehors, elle n'avait pas entendu les pas approcher. Quand la voix avait soudain parlé à côté d'elle, elle avait d'abord cru à une hallucination.

Les yeux fermés, son visage déjà pâle blêmissant encore un peu plus à l'évocation de la scène, elle répéta les mots prononcés :

– «Vous voilà donc, ma fille. Vous vous souvenez de moi?»

– Je suppose que c'était le cas, devina Jamie.

– En effet. Cette voix s'était adressée à moi deux fois auparavant. Lors du *gathering* quand ta fille s'est mariée, et il y a plus de vingt ans, dans une auberge près de Coigach, en Écosse.

Elle abaissa le linge et le trempa d'une main sûre dans le bol d'eau chaude. Ses yeux à vif rouges et enflés se détachaient sur la blancheur de son visage, mais elle avait retrouvé sa parfaite maîtrise d'elle-même.

– Oui, je la connaissais, répéta-t-elle.

Toutefois, elle n'était pas parvenue à la resituer tout de suite. Quand elle avait enfin compris, elle avait dû s'accrocher aux accoudoirs de son fauteuil. Rassemblant toutes ses forces, elle avait demandé :

– Qui êtes-vous?

Son cœur s'était mis à battre en rythme avec les élancements dans sa tête et son œil, et son esprit à flotter dans le whisky et le laudanum. Peut-être ce dernier avait-il transformé le tapage de la foule au-dehors en bruits de la mer, les pas d'un esclave dans le couloir en claquements des sabots de l'aubergiste dans son escalier.

— On aurait dit que j'y étais, déclara-t-elle. J'y étais vraiment, dans cette auberge à Coigach. Je pouvais sentir la mer et entendre les hommes, Hector et Dougal. Ils se disputaient, quelque part derrière moi. Et l'homme masqué, je pouvais le voir, lui aussi.

Elle tourna ses yeux aveugles vers moi. Elle parlait avec une telle conviction que je ne doutais pas une seconde de ses paroles.

— Il se tenait au pied de l'escalier, tout comme vingt-cinq ans plus tôt, un couteau à la main et me fixant à travers les trous dans son masque.

Il avait répondu :

— Vous savez très bien qui je suis, ma fille.

Elle avait senti son sourire dans sa voix. Elle n'avait jamais vu son visage, même à l'époque où elle voyait encore.

Elle se redressa, les bras croisés sur ses seins dans une attitude défensive, ses cheveux blancs décoiffés et retombant en désordre dans son dos. Un frisson convulsif la parcourut.

— Il est revenu. Il vient pour l'or et, quand il l'aura trouvé, il me tuera.

Jamie posa une main sur son bras, tentant de la calmer.

— Personne ne vous fera le moindre mal tant que je serai là, ma tante. Cet homme est donc entré dans le salon et vous l'avez reconnu à sa voix. Que vous a-t-il dit d'autre?

Elle tremblotait encore, mais moins violemment. Ce devait être l'effet de l'absorption massive de laudanum et d'alcool autant que la peur.

— Il a dit... Il a dit qu'il était venu pour rendre l'or à son vrai propriétaire. Qu'il nous avait été confié pour le garder et que, s'il ne me reprochait pas d'en avoir dépensé une partie pour nous-mêmes, Hector et moi, il ne m'appartenait pas et ne m'appartiendrait jamais. Je devais lui dire où il était caché, puis il s'occuperait de tout. Ensuite, il a posé sa main sur moi.

Elle tendit un bras vers Jamie.

– Sur mon poignet. Tu vois les marques ? Tu les vois, dis ?

Elle paraissait anxieuse, comme s'il lui était tout à coup venu à l'esprit que nous pouvions douter de l'existence de l'intrus.

– Oui, ma tante. Vous avez des marques.

Des traînées violacées là où les doigts avaient pressé la peau.

– Il m'a serré le poignet, puis l'a tordu si fort que j'ai cru que l'os allait se briser. Ensuite, il m'a lâchée, mais il est resté devant moi. Je sentais son souffle chaud et l'odeur du tabac sur mon visage.

Je tenais son autre poignet, prenant son pouls. Il battait fort et vite, mais, irrégulièrement, sautait un temps. Cela n'avait rien de surprenant. Je me demandai à quelle fréquence elle prenait du laudanum, et en quelles quantités.

– J'ai alors glissé ma main dans mon panier à ouvrage, sorti mon petit poignard de son étui et lui en ai flanqué un bon coup dans les parties.

Pris de surprise, Jamie éclata de rire.

– Et vous l'avez touché ?

– Oui, répondis-je à la place de Jocasta. J'ai vu du sang séché sur le tapis.

Jamie tapota la main de sa tante.

– Ça lui apprendra à terroriser une femme aveugle sans défense. Vous avez bien fait, ma tante. Ensuite, il est parti ?

– Oui.

Le récit de sa victoire l'avait rassérénée. Elle libéra sa main et se redressa encore un peu plus droite dans son lit. Écartant la serviette enroulée autour de son cou, elle la jeta sur le sol avec une grimace de dégoût.

Constatant qu'elle se sentait mieux, Jamie m'interrogea du regard, puis se leva.

– Je vais aller faire un tour pour voir si j'aperçois un homme qui boite parmi les invités.

Il s'arrêta sur le seuil.

– Ma tante, vous avez dit que vous aviez rencontré cet homme déjà deux fois auparavant. À l'auberge de Coigach, quand les hommes ont déchargé l'or du navire… et au *gathering,* il y a quatre ans ?

Elle acquiesça, écartant les cheveux de devant son visage.

– Oui, le dernier jour. Il est entré dans ma tente alors que je m'y trouvais seule. J'ai senti qu'il y avait quelqu'un, même s'il ne disait rien. Quand j'ai demandé qui était là, il a ri, puis a déclaré : «Alors, c'est bien vrai, vous n'y voyez plus rien ?»

Elle s'était levée d'un bond face au visiteur invisible, reconnaissant sa voix sans savoir encore pourquoi. Puis, il avait dit : «Vous ne me replacez donc pas, madame Cameron ? J'étais un ami de votre mari, même si de longues années se sont écoulées depuis la dernière fois que nous nous sommes vus. C'était sur la côte d'Écosse, une nuit de pleine lune. »

– Alors, tout m'est revenu. Je lui ai répondu : «Je suis peut-être aveugle, monsieur, mais je vous reconnais. Que voulez-vous ?» Mais il était déjà parti. L'instant suivant, j'ai entendu Phaedre et Ulysse s'approcher de la tente en discutant. Il avait dû les entendre aussi et s'enfuir. Je les ai interrogés, mais trop absorbés par leurs chamailleries, ils ne l'avaient pas vu sortir. Après ça, je me suis fait accompagner partout, jusqu'au départ. Il ne m'a plus approchée, jusqu'à aujourd'hui.

Méditatif, Jamie se passa un doigt le long de son nez droit.

– Pourquoi ne m'avez-vous rien dit, lors du *gathering* ?

Une pointe d'humour adoucit ses traits tirés. Elle massa son poignet meurtri, répondant :

– Je croyais que j'avais des visions.

Phaedre retrouva le flacon de laudanum là où sa maîtresse l'avait fait tomber, sous le grand fauteuil du salon. Elle repéra aussi une série de gouttelettes de sang que, dans ma hâte, je n'avais pas vues. Toutefois, elles s'arrêtaient avant la porte. La blessure que Jocasta avait infligée à l'intrus ne devait pas être bien profonde.

Prévenu discrètement, Duncan se précipita au chevet de son épouse, d'où on le renvoya aussitôt s'occuper des invités. Aucune faiblesse ni maladie ne devait ternir une telle occasion !

En revanche, Ulysse fut accueilli de manière plus cordiale. En fait, Jocasta l'avait demandé à son chevet. Jetant un coup d'œil dans sa chambre un peu plus tard pour m'assurer qu'elle allait bien, je le vis assis sur le lit de sa maîtresse, lui tenant la main avec une telle tendresse, sur son visage d'ordinaire impavide, que j'en fus émue. Je reculai sur la pointe des pieds pour ne pas les déranger. Il m'aperçut et me salua de la tête.

Ils parlaient à voix basse. Toujours coiffé de sa perruque poudrée, il penchait la tête vers la sienne. Il semblait la contredire, de manière très respectueuse. Elle secoua la tête et laissa échapper un gémissement de douleur. Il serra sa main un peu plus fort. Je remarquai qu'il avait ôté ses gants. Les longs doigts blancs de Jocasta paraissaient fragiles dans sa grande main noire.

Elle se ressaisit, puis lui dit quelques mots sur un ton déterminé avant de se renfoncer dans ses oreillers. Il se leva, resta un moment devant le lit à la contempler, puis sortit ses gants de sa poche et les renfila en me rejoignant dans le couloir.

– Voulez-vous bien aller chercher votre mari, madame Fraser ? Sa tante souhaite que je lui parle.

La fête battait toujours son plein, mais avait adopté un rythme moins frénétique, plus digestif. Les gens nous saluaient, Jamie et moi, tandis que nous suivions Ulysse vers la maison, mais personne ne nous arrêta.

Il nous conduisit dans l'office du majordome, une pièce minuscule au sous-sol, près de la cuisine d'hiver. Les étagères croulaient sous l'argenterie, les bouteilles de vernis, de vinaigre, de cirage, de bleu de lessive. Elles contenaient aussi une trousse de couture remplie d'épingles, d'aiguilles, de fils, des outils de réparation et une bonne réserve privée d'eau-de-vie, de whisky et d'un assortiment de liqueurs.

Il descendit ces derniers objets de leur étagère et appuya avec ses gants blancs sur la cloison située à l'arrière. Il y eut un déclic, puis un panneau coulissa sur le côté dans un bruit râpeux.

Il s'écarta, invitant Jamie à regarder à l'intérieur. Celui-ci se pencha en avant. Il faisait sombre dans la pièce, la seule lumière filtrant par les hautes fenêtres qui donnaient dans la cuisine.

– C'est vide, conclut-il.

– En effet, monsieur. Ce ne devrait pas l'être.

La voix d'Ulysse était basse et respectueuse mais ferme.

Je regardai hors de la pièce pour m'assurer qu'on ne pouvait nous entendre. La cuisine sens dessus dessous semblait avoir été dévastée par une bombe, mais elle était déserte, hormis un jeune esclave simple d'esprit qui lavait les marmites en fredonnant.

– Qu'y avait-il, dans cette cachette? demandai-je.

– Une partie d'un lingot d'or.

L'or français qu'Hector Cameron avait apporté d'Écosse, dix mille livres en lingots marqués de la fleur de lys royale, constituait la base de la richesse de River Run. Certes, ce secret était bien gardé. Régulièrement, Hector, puis, après sa mort, Ulysse, avaient pris un des lingots, gratté des fragments de métal jaune en une petite pile anonyme qu'ils avaient emmenée ensuite dans un des entrepôts au bord du fleuve ou, pour plus de sécurité, jusqu'à une des villes côtières telles qu'Edenton, Wilmington ou New Bern. Là, ils avaient échangé des quantités assez minimes pour ne pas éveiller les soupçons contre de l'argent liquide ou des certificats d'entrepôt pouvant être utilisés n'importe où.

Ulysse pointa le menton vers le trou dans le mur.

– Il restait environ la moitié du lingot. Il a disparu il y a quelques mois. Bien sûr, depuis, j'ai changé de cachette.

– Et le reste? demanda Jamie.

– Lors de ma dernière vérification, il était toujours là.

L'ensemble de l'or était caché dans le mausolée d'Hector Cameron, à l'abri, dans un cercueil et gardé par son esprit. Outre Ulysse, un ou deux esclaves étaient dans le secret, mais la peur des fantômes suffisait à les tenir à distance. Je revis en pensée le sel répandu devant le seuil et frissonnai malgré moi en dépit de la chaleur qui régnait dans le sous-sol.

– Malheureusement, je n'ai pas pu vérifier aujourd'hui, ajouta le majordome.

– Évidemment, avec tout ce remue-ménage. Duncan est-il au courant?

Ulysse acquiesça.

– Le voleur pourrait être n'importe qui. Cette maison est un véritable moulin.

– Oui, mais à présent que cet homme venu de la mer est réapparu, cela change tout, ne pensez-vous pas, monsieur?

– En effet.

Jamie réfléchit un moment.

– Tu vas devoir rester ici encore un peu, n'est-ce pas, *Sassenach*? Pour surveiller l'œil de ma tante?

Je hochai la tête. À condition que mon intervention rudimentaire ne provoque pas d'infection, je ne pouvais plus faire grand-chose. Toutefois, je devais veiller à ce qu'il soit toujours bien irrigué et propre jusqu'à sa cicatrisation complète.

Jamie se tourna vers Ulysse.

– Bien, dans ce cas, nous resterons un moment. Je renverrai les Bug à Fraser's Ridge pour s'occuper de la maison et surveiller les foins. Pendant ce temps, nous redoublerons de vigilance ici.

La maison était remplie d'invités. Je dormais dans le cabinet de toilette de Jocasta afin de pouvoir veiller sur elle. La baisse de tension dans son globe oculaire avait soulagé sa douleur, et elle s'était endormie. Ses signes vitaux étaient assez rassurants pour que je m'assoupisse à mon tour.

Toutefois, sachant que j'avais une patiente à côté, je dormais d'un sommeil léger, me réveillant de temps en temps pour me glisser dans sa chambre sur la pointe des pieds. Duncan dormait sur une paillasse, au pied de son lit, exténué par les événements de la journée. Tout en allumant une mèche dans l'âtre, je l'entendis respirer profondément.

Jocasta était allongée sur le dos, les bras croisés gracieusement sur sa poitrine par-dessus le couvre-lit et la tête renversée en arrière, austère et aristocratique, telle une gisante de la basilique Saint-Denis. Il ne lui manquait qu'une couronne et un petit chien de pierre étendu à ses pieds.

Cela me fit sourire, car Jamie dormait exactement dans la même position, sur le dos, les bras croisés, droit comme une flèche. Le contraire de Brianna qui, elle, était une dormeuse agitée depuis son enfance, tout comme moi.

J'en ressentis un petit plaisir. Je savais qu'elle avait hérité de quelques-uns de mes traits, bien entendu, mais elle ressemblait tant à Jamie que de les remarquer me surprenait toujours un peu.

Je soufflai la mèche, mais ne retournai pas me coucher tout de suite. J'avais pris le lit de camp de Phaedre dans le cabinet de toilette, mais cette petite pièce était chaude et sans aération. La chaleur de la journée et l'alcool m'avaient laissé la bouche pâteuse et avec un léger mal de tête. Je saisis la carafe sur la table de chevet de Jocasta, mais elle était vide.

Je n'avais pas besoin de rallumer une mèche. Une des appliques du couloir brûlait toujours, sa lueur étant visible sous la porte. Je l'ouvris doucement. Le couloir était jonché de corps, les domestiques dormant devant les chambres des maîtres. Des ronflements et des respirations profondes remplissaient l'air. Toutefois, au bout du couloir, une silhouette isolée se dressait devant la grande fenêtre à croisillons qui donnait sur le fleuve.

Phaedre dut m'entendre, mais ne se retourna pas. Elle regardait dehors, et je vins me placer près d'elle. Elle ne portait que sa chemise, ses cheveux nus retombant en une masse épaisse sur ses épaules. Il était rare qu'une esclave ait une si belle chevelure. La plupart les coupaient très court sous leurs turbans ou leurs fichus, n'ayant ni le temps ni les outils pour les entretenir. Cependant, de par sa fonction de cameriste, Phaedre devait avoir un peu de temps libre… et un peigne.

– Vous voulez récupérer votre lit ? chuchotai-je. Je ne vais pas me recoucher avant un bon moment et je peux dormir sur le divan.

– Oh, non, madame. Je vous remercie, mais je n'ai pas sommeil.

Voyant la carafe dans ma main, elle voulut la prendre.

– Je vais aller vous chercher de l'eau, madame.

– Non, je m'en occupe. J'ai besoin de prendre un peu d'air.

Mais je ne partis pas, contemplant la vue.

C'était une belle nuit, avec un plafond d'étoiles bas et brillant se reflétant dans le ruban argenté qui serpentait jusqu'à se perdre dans l'obscurité. La mince faucille de la lune achevait sa descente vers la courbe de la Terre. Derrière les arbres, plusieurs feux de camp brillaient au bord de l'eau.

La fenêtre étant ouverte, les insectes grouillaient. Un nuage d'entre eux dansait autour des chandelles de l'applique derrière nous. De minuscules ailes effleuraient mon visage et mes bras. Des grillons stridulaient, si nombreux que leurs bruits formaient un seul son constant et haut perché, comme un archet passant sans cesse sur les cordes d'un violon.

Phaedre voulut fermer la fenêtre, car il était considéré malsain de dormir à l'air libre, et cela l'était probablement, compte tenu des diverses maladies véhiculées par les moustiques dans cette région de marécages.

– J'ai cru entendre quelque chose. Par là-bas.

Elle me montra un point dans le noir.

– Ce doit être mon mari. Ou Ulysse.

– Ulysse ?

Jamie, Ian et le majordome avaient organisé un système de patrouille et devaient être quelque part dans la nuit, errant autour de la maison et surveillant le mausolée d'Hector, au cas où. Ne sachant rien de l'or disparu ni du visiteur de Jocasta, Phaedre ne pouvait être au courant de cette surveillance renforcée, hormis de cette manière indirecte qu'avaient les esclaves de tout savoir, un instinct qui l'avait sans doute incitée à se relever pour regarder par la fenêtre.

Je tentai de prendre un ton rassurant.

– Ils jettent juste un coup d'œil. Avec le monde qu'il y a ici...

Les MacDonald étaient hébergés sur la plantation de Farquard Campbell, où bon nombre des invités les avaient suivis, mais beaucoup d'autres passaient la nuit à River Run.

Elle acquiesça, mais paraissait toujours aussi inquiète.

– Quelque chose ne va pas, je le sens, mais je ne sais pas quoi.

– Les yeux de votre maîtresse... commençai-je.

– Non, non, ce n'est pas ça. C'est dans l'air. Pas uniquement depuis ce soir. Je veux dire... il se passe quelque chose. Un événement approche.

Elle se tourna vers moi, incapable d'expliquer, mais me transmit son inquiétude.

Peut-être était-ce juste l'angoisse de savoir qu'un conflit allait bientôt éclater... Quoi que ce soit, la tension était palpable. Ce pouvait être autre chose... de plus souterrain, à peine perceptible mais présent, comme la silhouette vague d'un serpent de mer entraperçue une fraction de seconde, puis disparue et classée ensuite parmi les légendes.

Phaedre regardait de nouveau dehors.

– Ma grand-mère... Elle a été amenée d'Afrique. Elle savait faire parler les os. Ils lui disaient quand le malheur allait arriver.

– Vraiment?

Dans cette atmosphère chargée des bruits de la nuit, avec tant d'âmes à la dérive autour de nous, cette déclaration ne paraissait pas étrange.

– Elle vous a enseigné à les faire parler, vous aussi?

Elle fit non de la tête, mais se mordillait un coin de la lèvre. Je devinai qu'elle en savait plus que ce qu'elle voulait laisser paraître.

Il m'était venu un doute très dérangeant. Je ne voyais pas comment Stephen Bonnet pouvait avoir un lien avec les événements de la journée; il ne pouvait être l'homme qui avait surgi du passé de Jocasta, et le vol furtif n'était pas son style. Cependant, il avait de bonnes raisons de penser que de l'or était caché quelque part à River Run... et d'après ce que Roger nous avait raconté de la rencontre de Phaedre avec un grand Irlandais à Cross Creek...

– Cet Irlandais, que vous avez croisé le jour où vous étiez avec Jemmy, vous l'avez revu?

Elle parut surprise. Bonnet était clairement très loin de ses pensées.

– Non, madame. Je ne l'ai jamais revu, jamais.

Elle réfléchit un instant, baissant ses grands yeux bruns. Sa peau était de la couleur du café noir avec un soupçon de lait. Quant à ses cheveux..., il devait y avoir un Blanc quelque part dans son arbre généalogique. Elle se retourna vers le fleuve et le dernier vestige de lune.

– Non, madame, répéta-t-elle dans un souffle. Tout ce que je sais, c'est que quelque chose ne va pas.

Au loin, près des écuries, un coq se mit à chanter, un son incongru et sinistre dans la nuit.

55

Wendigo

La lumière était parfaite.

Jocasta avait expliqué à sa petite-nièce, en levant son visage vers les rayons de soleil qui se déversaient par les grandes portes-fenêtres ouvertes sur la terrasse :

– Nous avons commencé par cette pièce. Je voulais un endroit où peindre, et j'ai choisi celui-ci, car la lumière est claire comme du cristal, le matin, et comme une eau dormante l'après-midi. Ensuite, nous avons construit le reste de la maison tout autour.

Avec un regret chargé d'affection, la vieille dame avait effleuré de ses doigts le chevalet, les pots de pigments et les brosses, comme si elle caressait la statue d'un amant depuis longtemps parti... une passion encore vive dans la mémoire, mais acceptée comme définitivement envolée.

Son carnet de croquis à la main, Brianna s'était empressée de capturer cette expression fugitive d'un chagrin auquel on a survécu.

Le croquis gisait avec les autres au fond de sa boîte, attendant le jour où elle pourrait le reprendre sous une forme plus achevée, captant cette lumière crue, les traits sévères du visage de sa grand-tante tourné vers un soleil qu'elle ne pouvait voir.

Toutefois, pour l'instant, le tableau en cours était une affaire d'argent plutôt que d'amour de l'art. Il ne s'était rien passé de suspect depuis le départ des MacDonald, mais ses parents avaient décidé de rester encore un peu. Roger se trouvant à Charlotte (les lettres qu'il lui avait envoyées étaient cachées au fond de sa boîte avec ses croquis), elle n'avait aucune raison de rentrer à Fraser's Ridge. Apprenant qu'elle se trouvait à River Run, deux ou trois relations de Jocasta, de riches planteurs, lui avaient commandé des portraits de famille, une rentrée d'argent bienvenue.

Impressionné, Ian contemplait la toile sur le chevalet.

– C'est magnifique. Je ne comprendrai jamais comment tu fais.

En toute honnêteté, elle non plus, mais elle n'en avait pas besoin. Cependant, quand elle essayait de l'expliquer à ceux qui la complimentaient, ils prenaient cette attitude pour de la fausse modestie ou de la condescendance.

Elle se contenta donc de lui sourire, laissant son plaisir transparaître sur son visage.

– Quand j'étais petite, mon père m'emmenait me promener au jardin public. Un vieux monsieur peignait sur un chevalet, et j'insistais toujours pour que nous nous arrêtions près de lui pour regarder. Papa se mettait à discuter avec lui. Pour ma part, je me contentais d'observer, jusqu'au jour où j'ai enfin osé lui demander comment il s'y prenait. Il m'a répondu : « Ma petite, il n'existe qu'un seul truc : regardes ce que tu vois. »

Les yeux de Ian passaient du tableau à sa cousine, comme s'il comparait le portrait avec la main qui l'avait peint. Il jeta un coup d'œil vers la porte, puis interrogea à voix basse :

– Ton père. Tu ne veux pas dire oncle Jamie, n'est-ce pas ?

– Non.

Elle éprouvait toujours une certaine douleur à l'évocation de son premier père. Elle ne voyait pas d'objections à en parler à Ian, mais pas ici, pas avec tous les esclaves qui allaient et venaient, et le flot ininterrompu de visiteurs susceptibles d'entrer à tout moment.

Elle se retourna et vit les esclaves dans le hall d'entrée, en train de se disputer au sujet d'un gratte-pieds égaré. Alors, elle souleva le couvercle du compartiment contenant des pinceaux et glissa la main sous la bande de feutre qui le bordait. Elle en sortit deux miniatures qu'elle lui montra, chacune dans une paume ouverte.

– Regarde. Qu'en penses-tu ?

– Mince !

Il regardait celle de Claire, ses longs cheveux bouclés retombant sur ses épaules nues, son menton ferme et autoritaire contrastant avec la courbe généreuse de ses lèvres.

– Pour les yeux… ce n'est pas encore ça, dit-elle. Je ne suis pas parvenue à trouver la couleur exacte, c'est dur de travailler à une si petite échelle. Pour papa, c'est beaucoup plus facile.

Les bleus étaient si simples à peindre : une minuscule touche de cobalt soulignée de blanc, avec une légère ombre verte intensifiant le bleu sans se laisser voir… Toutefois, son père était aussi plus facile à peindre. Puissant, coloré, net.

En revanche, obtenir un brun de la profondeur et de la subtilité indispensable était nettement plus ardu, sans parler de capturer le ton de topaze fumé des yeux de sa mère, toujours clairs mais aussi changeants que la lumière sur un ruisseau à truites coulant sur la tourbe. Cela nécessitait plus de nuances, impossibles à créer sur l'espace restreint d'une miniature. Elle réessayerait sur un portrait plus grand.

– Tu les trouves ressemblants ?

– Stupéfiants !

Son regard passait d'un petit tableau à l'autre.

– Tes parents les ont déjà vus ?

– Non, je voulais m'assurer qu'ils étaient bons, avant de les montrer à qui que ce soit. Mais si à ton avis, c'est le cas, je devrais les présenter à mes modèles. Ils me commanderont peut-être d'autres miniatures. Je pourrais les peindre à la maison, à Fraser's Ridge. J'ai juste besoin de ma boîte de peintures et des plaquettes d'ivoire. Je peindrais d'après mes esquisses, les sujets n'auraient même pas besoin de venir poser régulièrement.

Elle lui montra la grande toile sur laquelle elle était en train de travailler : ressemblant assez à un grand furet empaillé dans son meilleur habit, Farquard Campbell était entouré de ses nombreux enfants et petits-enfants, dont la plupart n'étaient encore que des pâtés blanchâtres. Sa stratégie consistait à faire poser les mères avec leurs petits un par un et de croquer rapidement leurs membres et leur visage avant qu'ils ne commencent à gigoter ou à brailler.

Ian regarda le tableau, mais son attention était irrémédiablement attirée vers les miniatures. Il les contempla, un demi-sourire aux lèvres, jusqu'à ce qu'il se rende compte que Brianna l'observait avec attention. Il sursauta, alarmé.

– Oh, non ! N'y compte pas !

– Oh, allez, Ian. Juste un petit croquis. Ça ne fait pas mal, tu sais !

Il recula comme si elle tenait une arme à la main au lieu d'un pinceau.

– C'est ce que tu crois. Les Kahnyen'kehakas pensent que le fait de posséder une image ressemblant à quelqu'un donne un pouvoir sur cette personne. C'est pourquoi les sorciers portent des masques, afin que les démons qui provoquent les maladies ne puissent leur faire du mal.

Il avait parlé sur un ton si sérieux qu'elle le dévisagea pour vérifier qu'il ne plaisantait pas.

– Euh… Ian, maman t'a expliqué ce qu'étaient les microbes, n'est-ce pas ?

– Oui, bien sûr, répondit-il avec un manque de conviction patent. Elle m'a montré des petites bestioles qui nageaient et m'a dit qu'elles vivaient dans mes dents !

Il fit une grimace de dégoût avant de reprendre :

– Un jour, un voyageur français est arrivé au village, un physicien. Ses dessins d'oiseaux et d'animaux ont fasciné tout le monde. Mais il a commis la grave erreur de proposer de dessiner la femme du chef de guerre. J'ai eu un mal fou à le sortir de là vivant.

– Mais tu n'es pas mohawk. Et, même si tu l'étais, tu n'as pas peur que je te vole ton âme, quand même ?

Il lui lança un étrange regard qu'elle ne sut comment interpréter.

– Non, non, bien sûr que non.

Il ne paraissait guère plus convaincu que par la théorie des microbes, mais prit néanmoins place sur le tabouret qu'elle avait placé pour ses sujets devant les portes-fenêtres afin d'obtenir la meilleure lumière. Il leva haut le menton et crispa la mâchoire, comme un condamné s'apprêtant avec héroïsme à être exécuté.

Réprimant un sourire, elle prit son carnet de croquis et le dessina le plus vite possible avant qu'il ne change d'avis. Ian était un modèle difficile, ses traits n'ayant pas la structure osseuse solide et précise de ses parents ou de Roger. Pourtant, il n'avait en rien un visage doux, même sans tenir compte des pointillés tatoués de l'arête de son nez au haut de ses pommettes.

Il était jeune et frais, pourtant, la fermeté de sa bouche (elle était légèrement tordue, comment ne s'en était-elle encore jamais rendu compte ?) appartenait à un homme mûr, encadrée de sillons qui se creuseraient encore plus profondément avec l'âge, mais étaient déjà bien tracés.

Ses yeux seraient la partie la plus délicate. Grands et noisette, ils étaient son trait le plus séduisant, toutefois, on ne les aurait pas décrits comme «beaux». Ils contenaient toute une gamme de couleurs, les couleurs de l'automne, de la terre sombre et humide, des feuilles de chêne, avec une pointe de soleil se couchant sur des champs d'herbes sèches.

Leur couleur était un défi qu'elle se sentait en mesure de relever. Leur expression, en revanche, pouvait changer en un instant, passant d'une gentillesse candide – presque prise pour du crétinisme – à la dangerosité, et faire de lui un individu qu'on n'aurait pas voulu croiser dans une ruelle obscure.

À présent, elle se situait quelque part entre ces deux extrêmes, mais elle vira d'un coup vers la méchanceté quand son attention fut attirée par un mouvement dans le dos de Brianna, sur la terrasse.

Elle se retourna et sursauta. Il y avait quelqu'un. Elle voyait le bord d'une ombre derrière la porte-fenêtre, mais la personne à qui elle appartenait se tenait hors de sa vue. Puis, cet individu se mit à siffloter.

Tout d'abord, elle n'y vit rien de très étrange, puis son monde bascula d'un coup. L'intrus sifflait *Yellow Submarine*.

Le sang lui monta à la tête, et elle se raccrocha à la table pour ne pas tomber. Ian bondit du tabouret comme un chat, saisit un des couteaux de sa palette et se glissa sans un bruit dans le couloir.

Les mains et les lèvres glacées, Brianna tenta de siffler à son tour, mais ne parvint à émettre qu'un mince filet d'air. Se redressant, elle se ressaisit et chanta les dernières paroles de la chanson. Le sifflement sur la terrasse s'interrompit aussitôt. Il y eut un silence de mort. Puis, d'une voix ferme, elle demanda :

– Qui êtes-vous ? Entrez.

L'ombre s'allongea peu à peu, surmontée d'une tête de lion, la lumière filtrant entre les boucles de sa crinière et luisant sur les dalles de la terrasse. La tête elle-même apparut à l'angle de la porte, regardant prudemment à l'intérieur. Stupéfaite, Brianna constata qu'il s'agissait d'un Indien, bien qu'il portât des vêtements européens – usés, certes – et un collier en coquillages. Il était maigre et sale, et ses yeux rapprochés la fixaient avec ardeur et une sorte d'avidité.

– Vous êtes seule, madame ? chuchota-t-il d'une voix rauque. J'ai cru entendre des voix.

– Vous voyez bien qu'il n'y a personne d'autre. Qui êtes-vous ?

– Euh… Wendigo, madame. Wendigo Donner. Vous vous appelez bien Fraser, n'est-ce pas ?

Il était lentement entré dans la pièce et lançait des regards inquiets autour de lui.

– Oui, c'est mon nom de jeune fille. Vous êtes…

Elle s'interrompit, ne sachant pas trop comment le lui demander.

– Oui.

Il la regarda de haut en bas avec une décontraction qu'aucun homme du XVIIIe siècle ne se serait permis d'afficher devant une dame.

– Vous aussi, hein? Forcément, vous êtes sa fille.

Il parlait avec intensité, tout en se rapprochant.

Selon elle, il ne lui voulait pas de mal, il était juste fasciné. Cependant, Ian n'attendit pas de le vérifier. La lumière s'obscurcit brièvement devant la porte, et il attrapa Donner par derrière, le cri d'alarme de l'Indien étouffé par le bras contre sa gorge, la pointe du couteau de palette s'enfonçant sous son oreille.

– Qui es-tu et que veux-tu?

Les yeux exorbités, l'Indien émettait des gargouillis.

– Comment veux-tu qu'il te réponde si tu l'étrangles?

À contrecœur, Ian libéra sa prise. Donner cracha, puis se massa la gorge en le regardant de travers.

– T'avais pas besoin de faire ça, je lui faisais rien!

Il se tourna vers Brianna en désignant Ian d'un signe de tête.

– Lui aussi, il est…?

– Non, mais il est au courant. Asseyez-vous. Vous avez rencontré ma mère lors de son… enlèvement, n'est-ce pas?

Les épais sourcils de Ian se hissèrent, et il serra plus fort le couteau, qui était flexible, mais jusqu'à un certain point.

Donner se recroquevilla sur le tabouret, le surveillant prudemment du coin de l'œil.

– Ouais. Ils ont bien failli m'avoir. Votre mère m'avait averti que votre père était mauvais et qu'il valait mieux qu'il ne me trouve pas en débarquant, mais je ne l'ai pas crue. Enfin, pas tout à fait. Mais quand j'ai entendu ces tambours, je ne vous dis pas la frousse! J'ai détalé et j'ai sacrément bien fait. Quand je suis revenu le lendemain matin, quelle horreur!

Ian parla dans sa barbe, des mots que Brianna devina être du mohawk. Donner en comprit visiblement l'essence, car il écarta encore un peu son tabouret, voûtant les épaules.

– Hé, mais je ne lui ai rien fait, à votre mère ! C'est vrai, quoi ! J'allais même l'aider à s'enfuir. Sauf que Fraser et ses types sont arrivés avant. Vous n'avez qu'à le lui demander ! Bon sang, pourquoi l'aurais-je blessée ? C'était la première que je trouvais ici... J'avais besoin d'elle !

– La première ? répéta Ian perplexe. La première...

– Il veut dire la première voyageuse, expliqua Brianna. Pourquoi aviez-vous besoin d'elle ?

Il déglutit, tripotant avec nervosité son collier en coquillages.

– Pour qu'elle me dise comment rentrer. Vous-même, vous êtes née ici ou vous avez effectué la traversée ? Je parie que vous venez de là-bas, vous aussi. Ici, ils n'en font pas des grandes comme vous. Elles sont toutes petites. Moi, je les aime grandes.

Il lui adressa un sourire doucereux.

– J'ai traversé, répondit simplement Brianna. Mais qu'est-ce que vous fichez ici ?

– J'essayais de trouver votre mère pour lui parler.

Inquiet, il jeta un coup d'œil aux alentours. Des esclaves travaillaient dans le potager ; on les entendait parler.

– Je me suis caché un moment chez les Cherokees, puis, quand j'ai pensé le danger écarté, je suis allé à Fraser's Ridge. Là-bas, une vieille m'a dit que vous étiez tous ici. Vous parlez d'une trotte !

C'était presque un reproche.

– J'ai tenté d'entrer deux fois, mais un grand Noir m'a chassé. Apparemment, j'étais pas assez bien habillé. Ça fait trois jours que je traîne dans le coin, essayant de l'apercevoir, de la trouver seule à l'extérieur. Puis, je vous ai vue lui parler, là, sur la terrasse, et je vous ai entendue l'appeler maman. Étant donné votre taille, j'ai pensé que vous deviez... enfin, je me suis dit que si les Beatles ne vous disaient rien, je ne risquais rien d'essayer, pas vrai ?

– Alors comme ça, tu veux repartir là d'où tu es venu ? demanda Ian, l'air de trouver l'idée excellente.

– Oh, oui ! répondit Donner avec ferveur. Et comment !

– Par où êtes-vous passé ? interrogea Brianna. Par l'Écosse ?

– Non, mais vous, vous avez traversé là ? Votre mère m'a raconté qu'elle était venue, repartie, puis revenue. Vous pouvez tous aller et venir ainsi ? Comme par une porte-tambour ?

– Oh, non ! C'est horrible et très dangereux, même avec des pierres précieuses.

– Des pierres précieuses ? Il vous en faut pour faire le voyage ?

– Pas forcément, mais il semblerait qu'elles offrent une sorte de protection. Et aussi qu'elles aident à… naviguer, mais nous ignorons de quelle manière.

Elle hésita, voulant lui poser d'autres questions, mais désirant encore plus la présence de sa mère.

– Ian, tu veux bien aller chercher maman ? Je crois qu'elle est dans le potager avec Phaedre.

Suspicieux, son cousin dévisagea le visiteur, puis fit non de la tête.

– Je ne te laisserai pas seule avec cet individu. Vas-y, toi, je le surveille.

Elle aurait pu discuter, mais une longue expérience des mâles écossais lui avait appris à reconnaître quand il était inutile d'insister. En outre, la façon dont Donner la regardait la mettait mal à l'aise. Il fixait sa main, et plus particulièrement son cabochon de rubis. Elle se sentait de taille à le maîtriser au besoin, mais néanmoins…

Elle laissa tomber son pinceau dans le pot de térébenthine, puis déclara :

– Je reviens tout de suite. Ne bougez surtout pas !

* * *

J'étais secouée, mais pas autant que j'aurais pu l'être. J'avais toujours pressenti que Donner était en vie. Je l'espérais, contre toute attente. Toutefois, en le voyant en chair et en os assis dans le salon de Jocasta, je restai d'abord sans voix. Il parlait, quand j'entrai, mais s'interrompit en m'apercevant. Comme de raison, il ne se leva pas ni ne commenta le fait que j'avais survécu. Il se contenta de me saluer d'un signe de tête, puis reprit sa conversation.

– C'était pour arrêter les Blancs. Sauver nos terres, notre peuple.

– Mais vous vous êtes trompé d'époque, observa Brianna. Vous êtes arrivé trop tard.

– Mais non! Je devais me retrouver en 1766 et c'est bien à cette date que je suis arrivé.

Il se martela la tempe du plat de la main.

– Mais qu'est-ce qui m'a pris, nom de nom!

– Le crétinisme congénital? suggérai-je. Ou l'abus de substances hallucinogènes?

Il esquissa un petit sourire.

– Ah oui, ça, c'est possible.

– Mais si vous êtes arrivé en 1766 afin de..., objecta Brianna, qu'en est-il de Robert Springer, Dent-de-loutre? D'après l'histoire que maman a entendue, il comptait mettre en garde les tribus indigènes contre l'homme blanc pour empêcher celui-ci de coloniser leurs terres. Sauf que, lors de sa venue, il était déjà trop tard. Même ainsi, il a débarqué quarante ou cinquante ans avant vous!

– Mais c'était pas ça, le plan! Pas du tout!

Dans son agitation, Donner s'était levé d'un bond et se passait violemment les mains dans les cheveux, les faisant se dresser, tel un buisson de ronces.

– Mais alors, quel était-il? questionnai-je. Vous en aviez bien un, je présume?

– Ouais, ouais... En effet, Bob voulait faire comme vous disiez, mais les autres ont dit non, que ça ne marcherait jamais. Il y avait trop de tribus différentes, et toutes avaient trop d'intérêts à commercer avec les Blancs. On ne pourrait jamais tout arrêter, mais on pouvait s'arranger pour que ça se passe mieux.

Le plan officiel du groupe avait donc été moins ambitieux. Les voyageurs arriveraient dans les années 1760 et, au cours des dix années suivantes, dans la confusion et les mouvements de tribus qui accompagneraient la fin de la guerre franco-indienne, s'infiltreraient dans les divers villages le long de la Ligne du Traité, depuis les colonies jusqu'aux territoires canadiens. Ils utiliseraient ensuite leur pouvoir de persuasion, patiemment acquis, pour convaincre les Indiens de se battre du côté anglais lors de la révolution, dans le but d'assurer une victoire britannique.

Avec une désinvolture laissant deviner qu'il avait appris par cœur cette théorie, Donner expliqua :

– Pour les Anglais, les tribus sont des nations souveraines. Ils continueront de commercer avec elles, ce qui nous va, mais ils n'essaieront pas de repousser les Indiens toujours plus loin, ni de les écraser. Alors que les colons (il agita une main méprisante vers la terrasse), ce ne sont que des rapaces qui grignotent petit à petit les terres des Indiens depuis plus d'un siècle. Rien ne les arrêtera, ces ordures !

Brianna paraissait surprise, mais, à sa tête, je devinais aussi son trouble. De toute évidence, ce plan n'était pas si fou que ça.

– Comment avez-vous pu imaginer que vous y parviendriez ? demandai-je. Avec juste une poignée d'hommes…

Je m'interrompis, voyant son expression changer.

– Oh, zut ! Vous étiez plus qu'une poignée, n'est-ce pas ?

Donner baissa la tête.

– Combien ? poursuivit Ian.

Il semblait calme, mais il serrait les poings sur ses genoux.

Donner se rassit brusquement, s'avachissant comme un sac de riz.

– Je ne sais pas. Il y avait entre deux et trois cents types dans le groupe. Mais la plupart n'entendaient pas les pierres.

Il leva la tête vers Brianna.

– Vous les entendez, vous ?

Elle acquiesça.

– Y a-t-il eu d'autres voyageurs, en dehors de vous et de vos amis ?

Donner haussa les épaules.

– J'ai bien l'impression que oui. Cependant, Raymond nous avait expliqué qu'on ne pouvait passer que cinq à la fois. Alors, on a formé des cellules de cinq gars pour s'entraîner. Tout était gardé secret. Personne dans le grand groupe ne savait qui pouvait voyager ou pas. Raymond était le seul à connaître tout le monde.

Je ne pus m'empêcher de demander :

– À quoi ressemblait ce Raymond ?

Depuis que j'avais entendu prononcer ce prénom, un doute avait surgi au fond de mon esprit.

Donner me regarda, surpris. Il ne s'était pas attendu à cette question.

– Misère… j'en sais rien. Il était petit, si je me souviens bien. Avec des cheveux blancs. Il les portait longs, comme nous tous.

– Avec un front plutôt large ?

Je savais que je ne devais pas influencer ses réponses, mais c'était plus fort que moi.

Il me dévisagea un instant avec un air confus.

– Je ne me souviens pas. Ça fait drôlement longtemps. Comment voulez-vous que je me rappelle de trucs pareils ?

Je soupirai.

– Bon, alors racontez-nous ce qui est arrivé après votre traversée des pierres.

Donner se lécha les lèvres, forçant visiblement pour se souvenir. Je compris qu'il n'était pas stupide, mais plutôt qu'il n'aimait pas y repenser.

– Eh bien, comme je disais, on était cinq. Moi, Robert, Jeremy et Atta. Ah, et Jojo. On a traversé sur l'île et…

Brianna et moi demandâmes en chœur :

– Quelle île ?

– Ocracoke. C'est la porte le plus au nord des îles du Triangle des Bermudes. On voulait arriver le plus près possible du...

– Le Triangle des...

Brianna et moi avions encore parlé à l'unisson. Nous échangeâmes un regard, puis, m'efforçant de rester calme, je poursuivis :

– Savez-vous où se trouvent la plupart de ces portes ?

Sans attendre sa réponse, Brianna renchérit :

– Combien y en a-t-il ?

La réponse fut confuse, ce à quoi nous aurions pu nous attendre. Raymond leur avait dit qu'il existait beaucoup de ces portes dans le monde, mais qu'elles étaient souvent groupées. Un de ces groupes se trouvait dans les Caraïbes. Un autre dans le Nord-Est, près de la frontière canadienne. Un autre encore dans le désert du Sud-Ouest, en Arizona croyait-il se souvenir, et au Mexique. Il y en avait aussi dans le nord de la Grande-Bretagne et sur la côte française, ainsi qu'à la pointe de la péninsule ibérique. Il y en avait sans doute plus, mais il leur avait indiqué seulement ceux-là.

Toutes les portes n'étaient pas signalées par des cercles de pierre, mais la plupart de celles situées dans des zones habitées depuis longtemps l'étaient.

– Selon Raymond, elles étaient plus sûres, mais je ne sais pas pourquoi.

Celle d'Ocracoke n'était pas marquée d'un cercle complet, mais uniquement de quatre pierres. L'une d'elles portait des inscriptions qui, toujours de l'avis de Raymond, étaient africaines, peut-être écrites par des esclaves.

– Un petit ruisseau coulait entre elles. Ray ne savait pas si l'eau jouait un rôle ou pas, mais il le soupçonnait. Sauf qu'on n'avait aucune idée du genre d'influence. Vous le savez, vous ?

Brianna et moi fîmes non de la tête, ouvrant grand des yeux de chouette. Ian, lui, plissait le front. Avait-il entendu des choses à ce sujet, à l'époque où il était prisonnier de Geillis Duncan ?

Les cinq hommes, plus Raymond, s'étaient rendus le plus loin possible en voiture. La route longeant la côte était mauvaise, la chaussée souvent emportée par des tempêtes, et ils avaient été contraints d'abandonner leur véhicule plusieurs kilomètres avant le lieu choisi. Ils avaient poursuivi leur chemin à travers la forêt de pins, zigzaguant entre les sables mouvants. C'était à la fin de l'automne...

– Le *Samhain,* murmura Brianna.

Le temps était mauvais. Il avait plu pendant des jours, et le terrain était boueux et glissant. Un vent violent soufflait, de hautes vagues martelant la plage. Ils pouvaient les entendre, même depuis le site isolé où se trouvait la porte.

– On avait tous la trouille, sauf peut-être Bob, mais en même temps, c'était excitant. Les arbres étaient presque couchés, tellement le vent était fort, et le ciel était vert, l'air empli de sel à cause de la tempête, le vent transportant l'écume qui se mêlait à la pluie. On était trempés jusqu'au slibard.

– Jusqu'au quoi? demanda Ian.

– Le slip... tu sais, le sous-vêtement, le pagne, quoi, dit Brianna avec un geste d'impatience. Continuez.

Une fois arrivés sur place, Raymond les avait passés en revue pour s'assurer qu'ils portaient bien tous les quelques articles dont ils auraient besoin : briquet à amadou, tabac, un peu d'argent de l'époque. Puis, il leur avait donné à chacun un collier en coquillages et une bourse en cuir contenant, leur expliqua-t-il, une amulette avec des herbes cérémonielles.

Voyant l'expression sur mon visage, il déclara :

– Ah, vous les connaissez! Quel genre vous avez utilisé?

– Aucun, répondis-je. Continuez. Comment avez-vous programmé la date de votre arrivée?

– On n'a rien fait, répondit-il avec un soupir. Raymond nous avait prévenus qu'on se retrouverait deux cents ans en arrière, à un ou deux ans près. On n'avait rien pour se diriger dans le temps. C'est justement ce que j'espérais apprendre de vous. Parce que, croyez-moi, j'aimerais drôlement rentrer et arriver avant de me mettre dans ce bourbier avec Raymond et les autres.

Suivant les instructions de Raymond, ils avaient marché en suivant un parcours précis entre les pierres, récitant des incantations. Donner n'avait aucune idée de leur signification, ni de la langue utilisée. À la fin du parcours, ils s'étaient dirigés à la queue leu leu vers la pierre portant les inscriptions africaines, passant à la gauche de celle-ci.

– Tout à coup… pouf! (Il frappa du poing dans sa paume). Le premier de la file était là, puis il disparut! On a tous paniqué. Bien sûr, c'était censé se passer ainsi, mais, quand même, ça vous remue les tripes! Il n'était plus là, tout simplement.

Secoués par cette preuve d'efficacité, ils avaient recommencé le parcours et, chaque fois, le premier à passer de l'autre côté de la pierre disparaissait. Donner était le quatrième.

Il pâlit au seul souvenir de son expérience.

– Mon Dieu… mon Dieu, je n'ai jamais rien vécu de pareil et j'espère ne jamais revivre un tel cauchemar.

Trop captivée par son récit pour s'émouvoir, Brianna demanda :

– L'amulette… la bourse en cuir qu'on vous avait donnée, où est-elle?

– J'en sais rien. J'ai dû la lâcher pendant la traversée, à moins qu'elle ne soit partie ailleurs. Je suis tombé dans les pommes et, quand je suis revenu à moi, elle n'était plus là. Jojo était étendu à côté de moi, mort.

Cette dernière information me fit un choc. Les cahiers de Geillis Duncan contenaient des listes de personnes retrouvées près des cercles de pierre, certaines en vie, d'autres mortes. Je savais à quel point la traversée était périlleuse, mais ce rappel me coupa les jambes, et je dus m'asseoir sur l'ottomane capitonnée de Jocasta.

Donner frissonnait. Le front moite et le regard vague, il paraissait en piteux état.

Je m'éclaircis la gorge avant de m'enquérir de la suite :

– Et les autres, ils ont pu…

– Je ne les ai jamais revus.

Il ignorait ce qui avait tué Jojo. Il n'avait pas pris le temps de l'examiner, mais se souvenait vaguement de traces de brûlure sur sa chemise, rien de plus. Se retrouvant seul, il avait paniqué et s'était mis à courir dans les broussailles et les marais salants, s'effondrant au bout de plusieurs heures de course folle, passant la nuit couché sur des herbes rêches dans les dunes de sable. Après avoir passé trois jours sans rien à se mettre sous la dent, il avait découvert un nid de tortue dont il avait mangé les œufs. Il avait ensuite rejoint le continent à bord d'un canoë volé, puis avait erré, effectuant de petits travaux ici et là, cherchant un refuge dans l'alcool quand il en avait les moyens, jusqu'à ce qu'il tombe sur Hodgepile et son gang, un an plus tôt.

Les colliers en coquillages, nous expliqua-t-il, devaient permettre aux conspirateurs de se reconnaître s'ils se rencontraient, mais jamais il n'avait vu quiconque en porter un.

Brianna avait déjà une longueur d'avance sur nous :

– Vous pensez que Dent-de-loutre a fait rater le passage de votre groupe en tentant de manière délibérée d'arriver à une autre époque ?

Il la dévisagea la bouche entrouverte.

– Mince, je n'avais jamais pensé à ça. Il est passé le premier.

Il répéta d'un air songeur :

– Le premier.

Brianna allait lui poser une autre question, quand des voix résonnèrent dans le couloir, venant du petit salon. Affolé, Donner se leva d'un bond.

– Merde, c'est lui ! Il faut que vous m'aidiez.

Avant que j'aie pu lui demander de qui il parlait, la silhouette sévère d'Ulysse apparut sur le seuil. Il foudroya Donner du regard, qui se recroquevilla sur place.

– Vous ! Ne vous ai-je pas déjà dit de déguerpir ? Comment osez-vous vous introduire dans la maison de madame Innes et harceler ses hôtes ?

Il s'effaça et fit un signe à la personne qui se tenait derrière lui. Un petit monsieur rondelet, au costume froissé et à l'air furibond, s'avança dans la pièce et pointa un index accusateur vers Donner.

– C'est lui. Cette fripouille m'a dérobé mon portefeuille à la taverne de Jacob, ce matin. Il me l'a extirpé de ma poche pendant que je prenais mon petit-déjeuner.

– Ce n'est pas moi !

La mine outragée de Donner n'était guère convaincante, la culpabilité étant écrite en toutes lettres sur son visage. Ulysse l'attrapa par la peau du cou et le fouilla sans ménagement. Il y découvrit l'objet du vol, pour la plus grande satisfaction de son propriétaire, qui agita un poing vers le coupable.

– Voleur ! Je te traque depuis ce matin. Pouilleux ! Vermine ! Sauvage, mangeur de chiens ! Oh ! je vous demande pardon, mesdames.

Il esquissa une courbette devant Brianna et moi avant de reprendre ses insultes. Nous échangeâmes un regard perplexe, mais je ne voyais pas comment soustraire Donner à la colère justifiée de sa victime, quand bien même j'en aurais eu envie. À la demande de cette dernière, Ulysse envoya chercher deux valets de pied et une paire de menottes dont la vue fit pâlir Brianna, puis on traîna Donner vers la geôle de Cross Creek. Il continua à hurler qu'il n'avait rien fait, qu'on l'avait piégé, qu'il était un ami de ces dames, qu'il suffisait de le leur demander !

Après son départ, un profond silence s'abattit dans la pièce. Puis Ian s'ébroua comme s'il cherchait à se débarrasser de poux, reposa le couteau à palette et saisit le carnet d'esquisses de Brianna. Elle avait demandé à Donner de lui tracer le parcours que lui et ses amis avaient effectué avant de franchir leur porte de pierres. Ce n'était qu'un gribouillis indéchiffrable de cercles et de courbes rappelant plutôt un dessin de Jemmy.

– Weddigo, quel drôle de nom… dit-il en reposant le carnet.

– Wendigo, rectifia Brianna. C'est un esprit cannibale ojibway qui vit dans les bois. Il hurle pendant les tempêtes et se nourrit de chair humaine.

– Sympathique !

– Ce n'est pas rien de le dire.

Je me sentais moi-même assez ébranlée. Au-delà du choc de la réapparition de Donner, de ses révélations, puis de son arrestation, j'étais assaillie d'images qui naissaient de manière incontrôlable dans mon esprit, déclenchées par le souvenir de ma première rencontre avec lui. Le goût du sang dans ma bouche et la puanteur des corps crasseux étouffaient le parfum des fleurs sur la terrasse.

– Je suppose que c'est une sorte de *nom de guerre**, déclarai-je en affectant la nonchalance. Il n'a sûrement pas été baptisé avec ce prénom-là.

– Tu te sens bien, maman ? s'inquiéta Brianna. Tu veux que j'aille te chercher quelque chose ? Un verre d'eau ?

Ian et moi répondîmes en chœur :

– Du whisky.

J'éclatai de rire. Le temps que le majordome arrive avec la carafe et les verres, je me sentais déjà mieux.

– Que va-t-il lui arriver, Ulysse ?

Les beaux traits impassibles du Noir n'exprimaient qu'un vague dégoût pour notre visiteur. Je le vis froncer les sourcils en apercevant les traces de terre laissées par les semelles de Donner sur le plancher.

– Je suppose qu'ils vont le pendre. Monsieur Townsend, le monsieur qui était ici tout à l'heure, avait dix livres dans son portefeuille.

C'était plus qu'assez pour mériter la pendaison. Le XVIIIe siècle n'était pas tendre avec les voleurs. Dérober ne serait-ce qu'une livre pouvait vous valoir la peine capitale.

---

* NdT : En français dans le texte.

— Tant mieux, déclara Ian.

Je n'aimais pas Donner, n'avais aucune confiance en lui et, pour être franche, je ne pensais pas que sa mort serait une grande perte pour l'humanité. Cependant, c'était un voyageur dans le temps, comme nous. Cela nous imposait-il le devoir de l'aider? Plus important encore, avait-il d'autres informations importantes à nous divulguer?

— Monsieur Townsend est parti à Campbelton, ajouta le majordome en présentant le plateau à Ian. Il souhaite demander à monsieur Farquard de traiter l'affaire au plus tôt, car il doit partir pour Halifax et voudrait faire enregistrer son témoignage aujourd'hui même.

Farquard Campbell était magistrat, sans doute ce qui se rapprochait le plus d'un juge de paix, depuis que la cour itinérante avait cessé de fonctionner.

— Ils ne le pendront sans doute pas avant demain, dit Brianna.

D'habitude, elle ne buvait pas, mais je remarquai qu'elle avait accepté un verre de whisky. La rencontre l'avait secouée, elle aussi. Elle avait retourné son rubis et caressait inconsciemment la pierre du bout du pouce.

Ian la dévisagea d'un air suspicieux.

— Non, tu ne vas tout de même pas…

Il se tourna vers moi et vit avec horreur l'indécision sur mon visage.

— Ah non! Cet individu est un voleur et une fripouille. Si vous ne l'avez pas vu incendier et assassiner de vos propres yeux, ma tante, vous savez néanmoins qu'il l'a fait. Pour l'amour de Dieu, qu'on le pende et qu'on n'en parle plus!

— C'est que… commençai-je.

Des pas et des bruits dans le couloir m'épargnèrent de trouver une réponse. Jamie et Duncan étaient de retour de Cross Creek. Je ressentis un immense soulagement en voyant Jamie apparaître sur le seuil, brûlé par le soleil et couvert de poussière.

— Pendre qui? demanda-t-il joyeusement.

* * *

Jamie partageait l'avis de Ian : qu'ils pendent Donner, et bon débarras. Brianna et moi parvînmes toutefois à le convaincre que nous devions lui parler encore au moins une fois afin d'être sûres qu'il ne pouvait rien nous apprendre de plus.

– C'est bon, je parlerai à son geôlier.

Il agita un doigt sous mon nez, ajoutant :

– Mais soyons d'accord : ni l'une ni l'autre ne s'approchera de ce voyou sans que Ian ou moi soyons présents.

Agacée, Brianna protesta :

– Mais que veux-tu qu'il nous fasse ! Je fais au moins deux fois sa taille !

– Peut-être, rétorqua son père, mais tu fais au moins dix fois celle d'un serpent à sonnette. Tu voudrais qu'on t'enferme seule avec un de ces spécimens ?

Ian se mit à ricaner, ce qui lui valut un coup de coude dans les côtes de sa cousine. Sans leur prêter attention, Jamie poursuivit :

– Je vous apporte des nouvelles fraîches… et une lettre de Roger Mac.

Il la sortit de sous sa chemise, tout en souriant à sa fille.

– Tu n'es pas trop distraite pour la lire ?

Elle alluma une chandelle et attrapa l'enveloppe. Ian tenta de la lui voler, et elle lui tapa sur les doigts en riant, avant de s'enfuir de la pièce pour aller la lire en toute tranquillité.

– Quel genre de nouvelles ? demandai-je.

Ulysse avait laissé son plateau avec la carafe. Je remplis mon verre vide et le tendis à Jamie.

– Quelqu'un a vu Manfred McGillivray. *Slàinte !*

Il vida le verre d'un trait.

– Où ça ? questionna Ian.

Il ne semblait pas ravi ; pour ma part, j'étais enchantée.

– Dans un bordel, bien évidemment !

Malheureusement, son informateur n'avait pu lui dire lequel, sans doute trop saoul au moment des faits pour savoir où il se trouvait. Il avait juste pu lui apprendre que l'établissement était situé à Cross Creek ou Campbelton. Autre point : il y avait croisé Manfred plusieurs semaines plus tôt. Le jeune homme pouvait déjà être loin.

– C'est toujours un début, observai-je pleine d'espoir.

La pénicilline était efficace, même pour les cas avancés de syphilis. J'en avais apporté un lot, en train de fermenter dans la cuisine d'hiver.

– Quand tu iras à la prison, je t'accompagnerai. Une fois que j'aurais parlé à Donner, nous pourrons nous mettre à la recherche de la maison close.

L'air satisfait de Jamie disparut aussitôt.

– Quoi ? Pourquoi ?

– Je doute que Manfred y soit encore, ma tante, rétorqua Ian avec un sourire en coin. D'une part, il n'en a pas les moyens.

– Homme de peu de foi ! Il aura peut-être dit à quelqu'un où il loge, non ? En outre, j'ai besoin de savoir s'il présente des symptômes.

À mon époque, il pouvait se passer dix, vingt ou trente ans entre l'apparition du premier chancre et celle des autres signes visibles de la maladie ; ici, la syphilis était beaucoup plus fulgurante, pouvant emporter un homme dans l'année suivant l'infection. Manfred était parti depuis trois mois, et Dieu seul savait de quand datait la contamination.

Si Jamie paraissait peu enthousiasmé à l'idée de rechercher un bordel, de toute évidence, la perspective réjouissait Ian.

– Je vous aiderai, annonça-t-il. Fergus pourra venir aussi. Il sait y faire avec les putains ; elles lui parleront plus facilement.

– Fergus ? Fergus est ici ?

– Oui, répondit Jamie. C'était mon autre nouvelle. Il est en train de présenter ses hommages à ma tante en ce moment même.

– Que fait-il ici ?

– Tu as entendu les conversations, pendant le barbecue, à propos de monsieur Simms, l'imprimeur, et de ses ennuis ?

Visiblement, ils se seraient aggravés. Il envisage de revendre son affaire avant qu'on incendie son imprimerie avec lui dedans. J'ai pensé que cela pourrait intéresser Fergus et Marsali. Ce travail serait plus dans leurs cordes que l'agriculture. Je l'ai fait venir pour qu'il en discute avec monsieur Simms.

– C'est une idée formidable ! m'exclamai-je. Mais… avec quel argent rachèterait-il l'affaire ?

Jamie toussota, l'air évasif.

– Eh bien… euh… il doit bien y avoir un moyen de conclure un marché, surtout si Simms est pressé de partir.

– Soit, dis-je résignée. Je préfère ne pas connaître les détails scabreux.

Je me tournai vers Ian, le regardant dans le blanc des yeux.

– Quant à toi, qu'une chose soit claire. Loin de moi l'idée de vouloir te faire la morale, mais je t'interdis, tu m'entends, je t'interdis d'interroger les prostituées en profondeur et dans l'intimité. Tu m'as bien comprise ?

Il feignit d'être choqué.

– Ma tante ! Quelle idée !

Mais un large sourire illuminait son visage tatoué.

56

Du goudron et des plumes

Je dus me résigner à laisser Jamie partir seul pour la prison afin de demander un droit de visite. Il m'avait assurée que la procédure serait plus simple sans ma présence. En outre, j'avais plusieurs courses à faire à Cross Creek. Outre le sel, le sucre, les épingles et les autres produits usuels dont nous commencions à manquer, je devais me procurer d'urgence du quinquina, pour Lizzie. L'onguent au hou glabre permettait de traiter les crises de paludisme, mais, pour les prévenir, «l'écorce du Jésuite» était plus efficace.

Les restrictions commerciales britanniques commençaient à se faire sentir sérieusement. Bien entendu, on ne trouvait du thé nulle part, ce à quoi je m'étais attendue, mais pas moyen non plus de mettre la main sur un peu de sucre, hormis à des prix exorbitants, ni sur des épingles.

En revanche, je trouvai du sel. Avec un sac d'une livre dans mon panier, je remontai des docks. C'était une journée chaude et humide; dès que l'on s'écartait du fleuve et de sa légère brise, l'air devenait statique et épais comme de la mélasse. Le sel s'étant solidifié dans les sacs de jute, le marchand avait dû le casser avec un burin.

Je me demandais où Ian et Fergus en étaient dans leurs recherches. J'avais déjà un plan concernant la maison close et ses occupantes, mais il fallait d'abord la trouver.

Je n'en avais pas encore parlé à Jamie. Le cas échéant, il serait toujours temps… Je m'engageai dans une rue latérale bordée de grands ormes formant un toit de feuillage. Je m'avançai sous l'ombre fraîche et me rendis compte que je me trouvais à la lisière du quartier chic de Cross Creek (qui comptait dix maisons tout au plus). De là, j'aperçus la demeure relativement modeste du docteur Fentiman, reconnaissable à sa petite enseigne ornée d'un caducée. Le médecin était absent quand je me présentai, mais sa gouvernante, une jeune femme très laide au strabisme prononcé, me laissa entrer et me fit asseoir dans la salle de consultation.

Cette pièce était étonnamment fraîche et agréable, avec d'immenses fenêtres, et une grande bâche en toile élimée tendue sur le sol, peinte en damier jaune et bleu. En plus d'un bureau prenaient place deux fauteuils confortables et une chaise longue sur laquelle les patients s'étendaient pour l'auscultation. Un microscope était posé sur le bureau ; je l'examinai avec intérêt, constatant non sans une certaine complaisance que, malgré sa qualité, il n'était pas aussi puissant que le mien.

J'étais très intriguée par le reste de son équipement et je me demandais si ouvrir les placards ne serait pas abuser de l'hospitalité du médecin, quand celui-ci arriva, précédé d'effluves d'eau-de-vie.

Il fredonnait et portait son chapeau sous l'aisselle, sa sacoche de médecine usée coincée sous le coude de l'autre bras. En m'apercevant, il laissa tomber l'un et l'autre et se précipita vers moi, la mine joviale. Il s'inclina sur ma main et pressa dessus des lèvres humides.

– Madame Fraser ! Ma chère dame, comme je suis ravi de vous voir ! Vous n'êtes pas souffrante, j'espère ?

J'étais assez étourdie par les vapeurs d'alcool qu'il exhalait, mais parvins à ne pas tituber, essuyant avec discrétion ma main sur ma jupe tout en l'assurant que j'étais en pleine forme, et les membres de ma famille aussi.

– Parfait ! Parfait !

Il s'assit alors sur un tabouret et m'adressa un incroyable sourire, dévoilant ses molaires tachées de nicotine. Son énorme perruque était de travers, si bien qu'il me faisait penser à une souris pointant le nez par-dessous un couvre-théière.

– Parfait! Parfait! Parfait!

J'interprétai son geste vague comme une invitation à m'asseoir à mon tour. Je lui tendis le petit cadeau que j'avais apporté afin de l'amadouer. Toutefois, il était tellement imbibé d'alcool que j'aurais pu aborder le sujet qui m'amenait sans autres préliminaires.

Il fut aux anges : c'était un globe oculaire que Ian avait ramassé pour moi après une rixe à Yanceyville, et que j'avais vite placé dans un bocal d'alcool éthylique. Ayant eu vent des goûts étranges du docteur Fentiman, j'avais pensé que cela lui ferait plaisir. Je ne m'étais pas trompée. Extasié, il ne cessait de répéter « Splendide! » en tenant le bocal à la lumière, le tournant sans cesse d'un côté puis de l'autre.

– Splendide! répéta-t-il pour la énième fois. Il aura droit à une place de choix dans ma collection, vous pouvez me croire, madame Fraser.

Feignant un grand intérêt (j'avais déjà entendu parler de ladite collection), je demandai :

– Ah! Vous faites une collection?

– Oh, mais oui, mais oui. Aimeriez-vous la voir?

Il m'était difficile de refuser. Il se dirigeait déjà vers une porte à l'arrière de la salle. Il s'agissait en fait d'un haut placard dont les étagères accueillaient une quarantaine de récipients en verre remplis d'alcool, ainsi qu'un certain nombre d'objets qu'on pouvait qualifier au mieux de « curieux ».

Ils allaient du franchement grotesque au vraiment stupéfiant. Il sortit l'un après l'autre un gros orteil avec une verrue de la taille et de la forme d'un champignon, une langue fendue en deux (du vivant de son propriétaire, car les deux moitiés étaient cicatrisées), un chat à six pattes, un cerveau difforme (« extrait du crâne d'un meurtrier pendu », m'informa-t-il avec fierté. Je songeai à Donner, me demandant à quoi ressemblait le sien), et plusieurs bébés, apparemment mort-nés, présentant tout un éventail de malformations atroces.

Ensuite, il apporta un large récipient cylindrique qu'il tenait avec des mains tremblantes.

– Voici à présent la pièce maîtresse de ma collection. Un éminent médecin allemand, *Herr Doktor* Blumenbach, un collectionneur de crânes de renommée mondiale, me presse, que dis-je, me harcèle, afin que je le lui cède.

La pièce en question était constituée de la colonne vertébrale et des deux crânes d'un bébé à deux têtes. C'était en effet fascinant. Cet objet aurait aussi fait jurer à n'importe quelle femme en âge de procréer de ne plus jamais avoir de rapports sexuels.

Toutefois, la collection macabre du docteur m'offrait l'occasion rêvée d'aborder le sujet qui m'avait amenée.

– Vraiment captivant, m'extasiai-je.

Je me penchai plus près pour examiner les cavités des crânes jumeaux. Ceux-ci étaient entiers. La division se situait au niveau vertébral, si bien que les deux têtes d'un blanc spectral flottaient côte à côte, inclinées l'une vers l'autre en se touchant presque, comme si elles échangeaient un secret, ne s'écartant que lorsqu'un mouvement du bocal les séparait momentanément.

– Je me demande bien ce qui peut provoquer un tel phénomène.

– Oh, sans nul doute un puissant choc émotionnel vécu par la mère. Les femmes gravides sont terriblement vulnérables à toutes sortes d'excitations et de désarrois. Elles doivent rester cloîtrées, enfermées à double tour si besoin est, à l'abri des influences néfastes.

– Excellente idée ! Mais, je crois savoir que certaines malformations – comme celle-ci, par exemple – sont dues à la syphilis de la mère.

Je lui montrai un des bocaux. Je reconnaissais la déformation typique de la mâchoire et l'aspect affaissé du nez. L'enfant avait été conservé avec sa chair intacte et était recroquevillé dans son liquide. À en juger par sa taille et l'absence de cheveux, il était sans doute né prématurément. J'espérai pour lui qu'il était mort avant.

– La chiphi… la syphilis, répéta le docteur en tanguant légèrement. Oh, oui, oui, absolument. J'ai obtenu cette petite créature d'une… euh…

Soudain, il se rendit compte que le sujet n'était peut-être pas convenable pour une dame. Les cerveaux d'assassins et les enfants à deux têtes, oui, mais pas les maladies vénériennes. Un des bocaux dans son placard contenait ce qui me semblait être le scrotum d'un homme noir atteint d'éléphantiasis. Il s'était bien gardé de me le montrer.

– Prostituée ? suggérai-je. En effet, ce genre de calamité est souvent le lot de ces malheureuses.

Je ratai ma cible, car il changea de cap.

Après avoir vérifié que personne ne nous entendait, il se pencha en avant pour chuchoter d'une voix rauque :

– Non, non. En fait, c'est un collègue de Londres qui m'a envoyé ce spécimen il y a quelques années. Il s'agirait de l'enfant d'un aristocrate étranger !

– Vous m'en direz tant. Comme c'est… intéressant.

À cet instant inopportun, la gouvernante entra avec le thé, ou plutôt, une mixture infecte à base de glands grillés et de camomille bouillis dans l'eau. La conversation dériva inexorablement vers des banalités mondaines. Je craignais que l'infusion ne le dessoûle avant que j'aie pu le remettre dans la bonne voie, mais, heureusement, le plateau contenait aussi une bonne bouteille de bordeaux dont je remplis nos verres à ras bord.

Je tentai de le ramener sur des sujets médicaux en examinant les autres bocaux sur son bureau. L'un d'eux contenait une main affectée de la maladie de Dupuytren, un état si avancé qu'elle n'était plus qu'un enchevêtrement de doigts tordus. J'aurais aimé la montrer à Tom Christie. Depuis son opération, il m'évitait, mais, pour autant que je sache, sa main fonctionnait toujours.

– Ne trouvez-vous pas remarquable toute cette panoplie d'affections que le corps humain peut présenter ?

Il venait de découvrir l'état de sa perruque et la remit droite. Avec son air ratatiné, il ressemblait à un chimpanzé solennel, mis à part la couperose qui faisait luire son nez comme un phare.

– Remarquable, convint-il. Mais, à mon avis, la résistance de l'homme face aux blessures les plus cruelles est la chose la plus surprenante.

C'était un fait, mais cela n'abondait pas du tout dans le sens de ma recherche.

– Effectivement, mais…

– Je regrette de ne pouvoir vous montrer un spécimen en particulier, il aurait fait merveille dans ma collection. Hélas, le monsieur en question a absolument tenu à l'emporter avec lui.

– Il a… quoi?

Après tout, il m'était déjà arrivé de donner à des enfants que j'avais opérés leur appendice ou leurs amygdales dans un flacon. Il n'était donc pas impensable qu'un patient souhaite conserver son membre amputé.

Méditatif, le docteur Fentiman but une gorgée de vin.

– Oui, un cas extraordinaire. Un testicule… si je peux me permettre de le préciser.

Il hésita un instant, mais ne put résister à l'envie de me décrire le cas.

– Le monsieur avait été blessé aux bourses. Un accident des plus désagréables.

– En effet.

Je ressentis un léger picotement à la base de l'échine. Pouvait-il s'agir du mystérieux visiteur de Jocasta? Afin de garder la tête claire, je n'avais pas touché à mon verre, mais, tout à coup, une gorgée de vin me parut s'imposer.

– Vous a-t-il raconté comment cela lui était arrivé?

– Un accident de chasse, m'a-t-il dit. Mais ils disent tous cela, n'est-ce pas?

Il m'adressa un clin d'œil. Le bout de son nez était rouge vif.

– Selon moi, il s'agissait plutôt d'un *duello*. L'œuvre d'un rival jaloux, peut-être…

– Peut-être.

Un *duello*? Ces jours-ci, la plupart des duels se faisaient au revolver, pas à l'épée. Le bordeaux était vraiment excellent, je me sentais déjà mieux.

– Vous… euh… avez extrait son testicule?

– Oui. La balle avait provoqué de sérieux dégâts qui avaient été négligés trop longtemps. Il m'a dit que la blessure datait de quelques jours. J'ai été contraint de lui enlever le testicule lésé, mais j'ai pu sauver l'autre.

– Je suis sûre qu'il vous en a été reconnaissant.

« La balle? Non, ce ne pouvait pas être notre homme. Néanmoins… »

– Cela s'est passé récemment?

Il s'enfonça dans son fauteuil, le fait de fouiller dans sa mémoire provoquant un léger strabisme.

– Mmm… non. C'était au printemps, il y a deux ans. En mai peut-être.

– Votre patient ne s'appelait pas Bonnet, par hasard? J'ai entendu parler d'une mésaventure de ce genre impliquant un certain Stephen Bonnet.

L'assurance de ma voix me surprit moi-même.

– Comme vous pouvez l'imaginer, il ne m'a pas donné son nom. C'est généralement le cas, quand la blessure est susceptible de causer un embarras public. Je n'insiste jamais.

– Mais vous vous souvenez sans doute de lui.

Je m'aperçus que j'étais assise sur le bord du fauteuil, serrant mon verre de vin. Je le reposai en m'efforçant de me calmer.

– Mmm…

Il commençait à s'endormir. Je voyais ses paupières s'alourdir.

– Un monsieur assez grand. Élégant. Il avait un… un très beau cheval…

– Encore un peu de thé, docteur?

Je remplis sa tasse et la lui mis dans la main.

– Parlez-m'en encore. L'opération a dû être délicate?

Les hommes n'aiment pas entendre que l'extraction d'un testicule est un jeu d'enfant, bien que ce soit le cas. Toutefois, je devais admettre que le fait que le patient reste éveillé durant l'intervention devait la compliquer un peu.

Décrire l'opération ranima un peu le docteur.

– … et la balle avait traversé le testicule, formant un trou presque parfait. On pouvait voir à travers, je vous l'assure.

Il regrettait amèrement la perte de ce spécimen, et j'eus toutes les peines du monde à lui faire raconter ce qu'il était advenu de son propriétaire.

– C'est assez étrange. C'est à cause du cheval, voyez-vous… Un très bel animal… avec une longue crinière, comme une chevelure de femme, si inhabituelle…

Un cheval frison. Fentiman s'était souvenu que le planteur Phillip Wylie était grand amateur de cette race et avait suggéré à son patient, sans argent et incapable de monter à cheval pendant un moment de toute façon, de le lui vendre. L'homme avait accepté et demandé au médecin d'entrer en contact avec Wylie, alors présent en ville.

Le docteur était donc parti en quête de l'acheteur potentiel, laissant son patient confortablement étendu sur la chaise longue avec quelques gouttes de laudanum.

Phillip Wylie s'était montré très intéressé par l'offre (le contraire m'eut étonnée) et s'était précipité pour voir le cheval. Ce dernier se trouvait bien chez le docteur, mais plus le patient, qui s'était éclipsé à pied en emportant une douzaine de petites cuillères en argent, une tabatière en émail, la bouteille de laudanum et six shillings, tout l'argent qu'il y avait dans la maison.

– Je ne peux pas imaginer comment il a fait. Dans son état!

À son honneur, il paraissait plus affligé par la santé de son patient que par le vol. Fentiman était un vrai ivrogne. Je ne l'avais encore jamais vu sans un bon coup dans le nez, mais ce n'était pas un mauvais médecin.

Philosophe, il ajouta :

– Enfin… tout est bien qui finit bien, n'est-ce pas, ma chère dame ?

Ce par quoi je compris que Phillip Wylie lui avait acheté le cheval, compensant plus que largement ses pertes.

Je me demandais comment Jamie prendrait la nouvelle. Il avait gagné l'étalon à Phillip Wylie (car il ne pouvait s'agir que de Lucas) lors d'une partie de cartes mouvementée à River Run, pour se le faire voler quelques heures plus tard par Stephen Bonnet.

Il serait sans doute content d'apprendre que le cheval se trouvait entre de bonnes mains, même si ce n'était pas les siennes. Quant aux informations sur Bonnet…

Quand nous n'avions pas retrouvé son corps, après que Brianna lui avait tiré dessus, Jamie avait lâché cyniquement : « La racaille a la vie dure. »

Fentiman bâilla. Il battit des paupières, les yeux larmoyants, puis tapota sa veste à la recherche d'un mouchoir. N'en trouvant pas, il se baissa pour fouiller dans sa sacoche qu'il avait lâchée à ses pieds en s'asseyant.

Entre-temps, j'avais sorti mon propre mouchoir. En le lui tendant, j'aperçus l'intérieur du sac.

– Qu'est-ce donc ?

Je pointai un doigt. Je savais fort bien de quoi il s'agissait, mais je désirais en connaître la provenance : deux ravissantes seringues en cuivre. Chacune composée d'un piston surmonté de deux anses arrondies, d'un canon cylindrique et d'une très longue aiguille au bout émoussé.

– Je… euh… c'est… ah…

Il balbutiait comme un écolier surpris en train de fumer dans les toilettes. Puis il lui vint une idée.

– C'est pour les oreilles. Pour les nettoyer. Oui, indubitablement, des clystères à oreilles.

– Ah, vraiment ?

J'en saisis une. Il tenta de m'arrêter, mais ses réflexes étaient ralentis, et il ne parvint qu'à effleurer ma manche.

– Comme c'est ingénieux !

J'actionnai le piston. Il était un peu raide mais convenable, toujours mieux que mes seringues improvisées à l'aide d'un tube en cuir et de crocs de serpents à sonnette. Bien sûr, la pointe émoussée ne ferait pas l'affaire, mais il suffisait de l'aiguiser.

– Où les trouvez-vous ? J'aimerais beaucoup en commander une.

Il parut horrifié, restant la bouche grande ouverte.

– Je... euh... Je ne suis pas sûr que...

Sa gouvernante, qui avait décidément l'art de mal choisir son moment, ne trouva rien de mieux que de réapparaître à cet instant.

– Monsieur Brennan est arrivé. C'est le jour de sa femme, annonça-t-elle laconiquement.

– Ah !

Fentiman se leva d'un bond, saisit sa sacoche et la referma à toute vitesse.

– Toutes mes excuses, madame Fraser... je dois y aller... une urgence... j'ai été ravi...

Il fila vers la porte, serrant sa sacoche contre lui, marchant, dans sa hâte, sur son chapeau.

La mine résignée, la gouvernante ramassa la malheureuse coiffe, la remettant en forme à coups de poing.

– Madame a encore besoin de quelque chose ?

À son ton, il était clair que, que je le veuille ou non, il était temps de partir.

– Non, merci, je dois y aller. Mais... dites-moi... (Je lui montrai la seringue que je tenais toujours à la main.) Savez-vous de quoi il s'agit et où le docteur Fentiman les achète ?

Elle la fixa comme on regarde un éperlan vieux de deux jours sur l'étal d'un poissonnier.

– C'est une seringue à pénis. Je crois me souvenir qu'il l'a fait venir de Philadelphie.

– Ah, une seringue à... euh... pénis. Je vois.

96

– Oui, madame ; c'est pour traiter la blennorragie, ou la chaude-pisse, si vous préférez. Le docteur reçoit beaucoup de messieurs qui fréquentent la maison de Madame Silvie.

– Madame Silvie... Ah. Sauriez-vous par hasard où se trouve son... établissement ?

– Derrière l'auberge de Silas Jameson.

Intriguée, elle semblait se demander quel genre de débile mentale pouvait ignorer ça.

– Ce sera tout, madame ?

– Oui, merci.

J'allais lui rendre la seringue, quand une idée me vint. Après tout, le médecin en avait deux.

– Je vous en offre un shilling.

– Marché conclu.

Elle marqua une pause, puis ajouta :

– Si vous comptez l'utiliser sur votre homme, assommez-le d'abord.

* * *

Ma première mission était accomplie, mais j'avais à présent une autre voie à explorer avant de me lancer à l'assaut du bordel de Madame Silvie.

J'avais projeté de me rendre chez un verrier afin de lui expliquer, à l'aide de dessins, comment me fabriquer le corps d'une seringue hypodermique, laissant le soin à Brianna de créer une aiguille creuse et de la fixer. Toutefois, si l'unique souffleur de verre de Cross Creek était capable de confectionner des bouteilles, des flacons et des coupes simples, un seul coup d'œil à sa réserve suffit à me convaincre que mes besoins se situaient bien au-delà de ses compétences.

À présent, je n'avais plus à m'en soucier. Les seringues en métal n'avaient pas les qualités de celles qui étaient en verre, mais présentaient l'avantage d'être incassables et, si les aiguilles jetables étaient bien pratiques, je pouvais simplement stériliser l'ensemble de l'instrument après chaque usage. Le bout était épais et appointé. Il faudrait le chauffer au rouge, puis l'étirer pour le rendre le plus fin possible, ce qui était à la portée de n'importe quel idiot équipé d'une forge. Ensuite, il n'y aurait plus qu'à couper l'extrémité en biais et à l'affûter suffisamment pour qu'elle transperce facilement la peau. Facile! Dans mon euphorie, je me retins de justesse d'esquisser un pas de danse en pleine rue. À présent, il ne me restait plus qu'à renouveler mon stock de quinquina.

Mon enthousiasme se dilua considérablement quand, débouchant sur la grand-rue, j'aperçus l'échoppe de M. Bogues, l'apothicaire. La porte ouverte laissait entrer les mouches, et le perron d'ordinaire immaculé était crotté d'empreintes à tel point qu'une armée ennemie semblait être passée par là.

En entrant, j'eus l'impression qu'on avait mis la boutique à sac. La plupart des étagères étaient vides, jonchées de vestiges de feuilles desséchées et de pots cassés. Miranda, la fille des Bogues âgée de dix ans, montait la garde, l'air morose, sur un petit assortiment de flacons et de bocaux ainsi que sur une carapace de tortue.

– Miranda! Que s'est-il passé?

Son visage s'illumina en me voyant.

– Madame Fraser! Vous ne voudriez pas un peu de marrube? Il nous en reste presque une demi-livre, et c'est pas cher. Trois *farthings* l'once seulement!

Bien qu'il poussât en abondance dans mon jardin, je répondis :

– Dans ce cas, j'en prendrai une once. Où sont tes parents?

Sa mine enjouée disparut aussitôt.

– Maman est à l'arrière, en train de préparer nos malles. Papa est parti chez M. Raintree pour lui vendre Jack.

Jack était le cheval d'attelage de l'apothicaire et le meilleur ami de Miranda. Je me mordis l'intérieur de la lèvre.

– Monsieur Raintree est un homme très gentil. Il possède un grand pré pour ses chevaux et une écurie bien chaude.

Je suis sûre que Jack sera heureux chez lui. Il se fera plein d'amis.

Elle acquiesça, serrant les lèvres. Une grosse larme coula sur sa joue.

Je jetai un bref coup d'œil derrière moi pour m'assurer que personne ne venait, contournai le comptoir, m'assis sur un tonneau et la pris dans mes bras. Elle s'accrocha à moi en éclatant en sanglots, s'efforçant de ne pas faire trop de bruit pour ne pas être entendue de la maison attenante à la boutique. Je ne pouvais pas faire grand-chose d'autre que de lui tapoter doucement le dos. Au-delà de ma compassion pour la pauvre enfant, je ressentais un certain malaise. De toute évidence, les Bogues vendaient tous leurs biens. Pourquoi ?

Je descendais si rarement de ma montagne que je ne savais plus où en était Ralston Bogues, sur le plan politique. N'étant pas Écossais, il n'était pas venu au barbecue en l'honneur de Flora MacDonald. Son échoppe avait toujours été prospère, et la famille, relativement aisée, à en juger par les vêtements des enfants : Miranda et ses deux petits frères étaient toujours chaussés. Les Bogues vivaient à Cross Creek au moins depuis la naissance de Miranda, sinon plus. Pour qu'ils s'en aillent de cette manière, quelque chose de grave avait dû se passer… ou bien ils s'attendaient au pire.

Assise sur mes genoux, Miranda s'essuyait le visage sur mon tablier, tout en reniflant.

– Tu sais où vous partez ? Monsieur Raintree pourra éventuellement t'écrire pour te donner des nouvelles de Jack.

Elle sembla retrouver un peu d'espoir.

– Vous pensez qu'il pourra m'écrire en Angleterre ? C'est très, très loin.

L'Angleterre ? C'était vraiment du sérieux.

Je rentrai ses mèches sous son bonnet.

– Je pense que oui. Monsieur Fraser écrit tous les jours à sa sœur en Écosse, qui est encore plus loin que l'Angleterre !

Rassérénée, elle sauta à terre et lissa sa robe.

– Et moi, je pourrai écrire à Jack ?

– Je suis sûre que monsieur Raintree lui lira tes lettres. Tu sais bien écrire, n'est-ce pas ?

– Oh, oui, madame. Papa dit que je lis et que j'écris bien mieux que lui à mon âge. Et en latin ! Il m'a appris les noms de tous les simples pour que je puisse aller les lui chercher quand il en avait besoin. Vous voyez ce bocal ?

Avec fierté, elle me montra un grand pot d'apothicaire en faïence, orné d'élégantes lettres bleues et or.

– *Electuary Limonensis*. Et celui-ci, c'est de l'*Ipeca-cuanha* !

J'admirai sa prouesse tout en me disant que je connaissais désormais les inclinations politiques de son père. Pour avoir choisi de rentrer en Angleterre, les Bogues devaient être loyalistes. J'étais navrée de les voir partir, mais, sachant ce que nous réservait l'avenir proche, ils seraient plus en sécurité. En outre, Ralston pouvait encore vendre sa boutique à un bon prix. Sous peu, les loyalistes verraient leurs biens confisqués ; bon nombre d'entre eux seraient arrêtés, voire pire.

– Randy ? Tu n'as pas vu l'autre chaussure de Georgie ? J'en ai retrouvé une sous le bahut… Oh ! Bonjour, madame Fraser ! Je vous demande pardon, j'ignorais qu'il y avait du monde.

Le regard perçant de Mélanie Bogues enregistra ma place derrière le comptoir, les yeux rouges de sa fille et les taches mouillées sur mon tablier, mais elle ne dit rien, se contentant de donner une petite tape sur l'épaule de Miranda quand elle passa devant elle.

Je me levai et sortis de derrière le comptoir.

– Votre fille m'annonce que vous rentrez en Angleterre. Vous allez nous manquer.

Elle sourit tristement.

– Comme c'est gentil de votre part, madame Fraser. Nous ne sommes pas ravis de partir non plus. Quant au voyage, j'en frémis d'avance !

Elle parlait avec la ferveur de quelqu'un qui avait déjà effectué la traversée et aurait préféré de loin être ébouillanté vivant que de revivre une telle expérience. Je la comprenais, y étant déjà passée. Remonter sur le bateau avec trois enfants, dont deux petits garçons de moins de cinq ans... il y avait de quoi être inquiète !

J'aurais voulu lui demander la motivation d'une décision aussi grave, mais ne voulus pas en parler devant Miranda. Il était arrivé quelque chose, c'était certain. Mélanie était nerveuse et ne cessait de regarder derrière elle comme si elle craignait d'être agressée.

– Monsieur Bogues est-il...

Je fus interrompue par une ombre s'étirant depuis le perron. Mélanie sursauta, portant une main à son cœur, et je fis volte-face. Le seuil était obstrué par une femme râblée, accoutrée de façon étrange. Je crus d'abord qu'elle était indienne, car elle ne portait pas de bonnet, et ses cheveux étaient tressés. Toutefois, quand elle entra dans l'échoppe, je constatai qu'elle était blanche. Ou plutôt rose : le soleil avait brûlé ses traits lourds, et le bout de son nez était rouge vif. Son regard passa de Mélanie à moi.

– Laquelle de vous deux est Claire Fraser ?

– Moi.

Je me retins de reculer d'un pas. Elle n'était pas menaçante, mais irradiait une telle force physique qu'elle m'intimidait.

– Qui êtes-vous ?

– Jezebel Hatfield Morton. Un gars sur les docks m'a dit que je vous trouverais ici.

Contrairement à Mélanie Bogues, qui parlait avec un accent doux et clair, elle avait cette élocution hachée et ce parler rude des gens qui vivaient dans l'arrière-pays depuis trois ou quatre générations et n'ayant pour interlocuteurs, outre les membres de leur famille, que les opossums et les ratons laveurs.

– Oui... euh... en effet. Je peux faire quelque chose pour vous ?

Elle ne semblait pas souffrante, bien au contraire ; pour un peu, elle aurait déchiré la boutonnière de la chemise d'homme qu'elle portait. Mélanie et Miranda la dévisageaient les yeux écarquillés. Quel que soit le danger que redoutait Mélanie, ce n'était pas Mlle Morton.

Elle avança encore d'un pas dans la boutique, m'examinant en inclinant la tête sur le côté, d'un air fasciné.

– Peut-être bien que oui. Je me demandais si vous sauriez pas où ce qu'a fichu le camp ce putois d'Isaiah Morton ?

Je restai bouche bée, puis me ressaisis, rectifiant mentalement : pas Mlle, donc, mais Mme Morton. La première Mme Isaiah Morton. Isaiah avait combattu dans la milice de Jamie pendant la guerre de Régulation. Je me souvins qu'il avait fait allusion à sa première épouse avec des tremblements dans la voix.

– Ah... euh... je crois qu'il travaille quelque part dans le Nord. À Guilford ? À moins que ce ne soit à Paleyville ?

En fait, c'était à Hillsboro, mais cela n'avait guère d'importance, puisque, en ce moment même, il se trouvait à Cross Creek, venu chercher une commande de fûts pour son employeur, un brasseur. Je l'avais aperçu chez le tonnelier à peine une heure plus tôt, en compagnie de la seconde Mme Morton et de leur petite fille. Jezebel Hatfield Morton ne paraissait pas du style à prendre ce genre de trahison de manière civilisée.

Elle fit une moue de dégoût.

– C'est un sale petit rat gluant. Mais faites-moi confiance, il va me le payer.

Son assurance calme n'augurait rien de bon pour le pauvre Isaiah.

La meilleure attitude était sans doute de me taire, mais je ne pus m'empêcher de lui demander :

– Que lui voulez-vous ?

Isaiah était d'une gentillesse un peu rude mais, objectivement, je ne voyais pas ce qui, chez lui, pouvait enflammer une femme, et encore moins deux.

Jezebel parut amusée.

– Je ne lui veux rien du tout. Mais aucun homme ne me plaque pour une traînée pâlichonne. Une fois que je lui aurai mis la main dessus, je lui ouvrirai son crâne d'œuf en deux et clouerai sa peau miteuse contre ma porte.

Dans la bouche d'une autre, cette affirmation aurait paru purement rhétorique, mais énoncée par cette redoutable virago, c'était clairement une déclaration d'intention. Elle me regarda de travers, se grattant sous un de ses seins massifs, sa chemise trempée de sueur lui collant à la peau.

– On m'a dit que vous aviez sauvé la vie de ce petit bouffeur de crapauds à Alamance, c'est vrai?

– Euh... oui.

Je me tins sur mes gardes, prête à réagir en cas d'attaque. Elle me barrait la seule issue donnant sur la rue. Si elle se ruait sur moi, je pouvais plonger derrière le comptoir et m'échapper par la porte de la maison des Bogues.

Elle portait un grand couteau de boucher glissé sous une ceinture indienne en coquillages. Celle-ci servait aussi à retenir une sorte de kilt volumineux déchiré au niveau des genoux et qui avait dû être autrefois un jupon en flanelle rouge. Ses jambes robustes étaient nues, tout comme ses pieds. Un revolver et une poire à poudre étaient également accrochés à ses hanches, mais, Dieu merci, elle ne semblait pas vouloir s'en servir!

– Dommage. D'un autre côté, s'il était mort, j'aurais pas le plaisir de l'étriper, donc c'est aussi bien. Mais, vous bilez pas, si je le coince pas, un de mes frères s'en chargera.

Là-dessus, elle se détendit un peu et jeta un œil autour d'elle, remarquant les étagères vides.

– Qu'est-ce qui s'est passé ici?

Poussant prudemment Miranda derrière elle, Mélanie murmura :

– Nous fermons la boutique. Nous rentrons en Angleterre.

– Pas vrai! Pourquoi? Ils vous ont tué votre homme? Ou ils vous l'ont passé au goudron et aux plumes?

Mélanie blêmit.

– Non, répondit-elle d'une voix faible.

Angoissée, elle se tourna vers la porte. C'était donc de cela qu'elle avait peur. J'en eus froid dans le dos.

– Si c'est ça qui vous tarabuste, à votre place, je me dépêcherais. Dans Center Street, ils en ont coincé un et s'apprêtent à le transformer en cochon grillé. Ça pue le goudron chaud partout en ville, et y a toute une foule qui rapplique dare-dare pour ne pas rater le spectacle.

Mélanie et Miranda poussèrent un cri étranglé et se précipitèrent vers la porte. Je leur emboîtai le pas et manquai de peu de percuter Ralston Bogues qui entrait au même instant, juste à temps pour arrêter sa femme au bord de l'hystérie.

– Miranda, va t'occuper de tes petits frères, ordonna-t-il. Mélanie, calme-toi. Tout va bien.

– Mais… le goudron… haleta-t-elle. Elle a dit… elle a dit…

– Ils n'en ont pas après moi, pas encore, mais après l'imprimeur.

Le teint pâle, il dégoulinait de transpiration. Il détacha doucement les doigts de sa femme agrippés à son bras et se glissa derrière le comptoir, regardant Jezebel avec surprise.

– Emmène les enfants chez les Ferguson. Je vous rejoins dès que je peux.

Il sortit un fusil de chasse et ouvrit un tiroir à la recherche de cartouches et de sa boîte à poudre.

– Ralston ! Que vas-tu faire ?

Mélanie avait chuchoté, attendant que sa fille quitte la pièce, mais son ton n'en était pas moins insistant.

– Va chez les Ferguson, se contenta-t-il de répéter sans quitter des yeux la cartouche dans sa main.

– Non ! Non, n'y va pas ! Ralston, viens avec nous, avec moi, je t'en prie !

Elle lui prit le bras, paniquée. Il se dégagea et continua tant bien que mal de charger son fusil.

– Pars, Mélanie.

– Je ne veux pas !

Elle se tourna vers moi, implorante :

– Madame Fraser, dites-lui ! Je vous en prie, expliquez-lui que ça ne sert à rien ! À rien ! Il ne faut pas qu'il y aille !

J'ouvris la bouche, ne sachant pas quoi dire à l'un comme à l'autre, mais n'eus pas le temps de décider. Ralston trancha à ma place :

– Je doute que madame Fraser partage ton avis, Mélanie. Son mari est en ce moment même en train d'essayer de les retenir, tout seul.

Il passa la bandoulière de sa cartouchière sur son épaule, arma son fusil et, me saluant d'un léger signe de tête, ressortit.

* * *

Jezebel avait dit vrai, toute la ville sentait vraiment le goudron. Cela n'avait rien d'inhabituel en été, surtout près des docks, mais, brûlant mes narines, l'odeur épaisse et âcre revêtait cette fois une aura de menace. Refoulant ma peur, je m'efforçai de suivre Ralston Bogues qui, sans réellement courir, marchait aussi vite que possible.

Jezebel avait aussi dit vrai au sujet de la foule qui se déversait hors des tavernes. L'angle de Center Street était noir de monde, surtout des hommes, mais j'aperçus également quelques femmes assez grossières, des poissonnières et des domestiques en servage.

En les apercevant, l'apothicaire hésita. Quelques têtes se tournèrent vers lui, plusieurs tirèrent sur la manche de leur voisin, le pointant du doigt... Les expressions sur les visages n'étaient guère amicales.

– Fous le camp, Bogues ! cria un homme. C'est pas tes affaires ! Pas encore.

Un autre ramassa une pierre et la lança. Elle atterrit sur le trottoir en bois à quelques mètres de Bogues, sans faire de dégâts, mais attirant l'attention. La foule commençait à se retourner, refluant dans notre direction.

– Papa !

Je fis volte-face et aperçus Miranda qui approchait en courant, son bonnet pendant dans son dos et ses couettes volant au vent. Je ne pris même pas le temps de réfléchir ; je l'attrapai au vol et la projetai vers son père. Pris par surprise, celui-ci lâcha son arme pour rattraper sa fille.

Un homme plongea en avant vers l'arme, mais je le pris de vitesse. Je reculai, serrant le fusil contre moi, le défiant du regard.

Je ne le connaissais pas, mais lui savait qui j'étais. Il hésita, puis lança un regard derrière lui. J'entendais la voix de Jamie, parmi tant d'autres, chacune essayant de surpasser les autres. Hors d'haleine, je n'arrivais pas à distinguer ce qu'ils disaient, mais, pour l'instant, il s'agissait d'une confrontation verbale, et non d'un bain de sang. L'homme hésita, puis tourna les talons et s'enfonça de nouveau dans la foule.

Bogues eut le bon sens de ne pas lâcher sa fille qui s'était enroulée fermement autour de son cou, enfouissant le visage dans sa chemise. Il fit mine d'approcher pour tenter de reprendre son arme. Je signalai mon désaccord d'un signe de tête et serrai le fusil plus fort contre moi. Le canon était chaud et glissant dans ma paume.

– Ramenez Miranda à la maison. Je vais… faire quelque chose.

Le fusil était chargé et armé. Je n'avais droit qu'à un seul coup. Je pouvais tout au plus détourner l'attention un moment, mais cela pouvait peut-être être utile.

Je jouai des coudes dans la cohue, le fusil à demi caché dans mes jupes, le canon pointé vers le haut pour ne pas renverser la poudre. L'odeur de goudron devint soudain plus puissante. Un chaudron était renversé devant l'atelier de l'imprimeur, l'épaisse substance noire formant une flaque fumante qui empestait au soleil.

Des braises ardentes et des morceaux de charbon jonchaient la rue, entre les pieds des gens. M. Townsend, un brave citoyen que je connaissais, donnait des coups de pied dans un feu de joie bâti à la hâte, empêchant plusieurs jeunes hommes de le reconstruire.

Je trouvai Jamie exactement là où Ralston avait annoncé qu'il serait : devant l'imprimerie, brandissant un balai taché de goudron avec une lueur belliqueuse au fond des yeux.

– C'est votre homme ? Sacré morceau !

Jezebel m'avait rattrapée et observait la scène avec intérêt par-dessus mon épaule.

Il y avait du goudron partout sous le porche et sur Jamie. Un gros grumeau pendait dans ses cheveux, et je remarquai une longue traînée rouge sur son bras, là où un jet bouillant l'avait sans doute atteint. Malgré tout, il souriait. Deux autres balais gisaient à ses pieds, l'un d'eux brisé, possiblement sur le crâne de quelqu'un. Pour le moment du moins, il s'amusait.

Je ne vis pas tout de suite l'imprimeur, Fogarty Simms. Puis, un visage affolé apparut brièvement derrière une fenêtre, se retirant très vite avant qu'une pierre ne la fasse voler en éclats.

– Sors de là, Simms, pauvre lâche ! hurla un homme près de moi. Tu préfères qu'on t'enfume ?

– Enfumez-le ! Enfumez-le ! entonnèrent des cris enthousiastes.

À mes côtés, un jeune homme se baissa pour ramasser un tison enflammé tombé du feu. Je lui écrasai la main du talon. Il le lâcha et tomba à genoux, grimaçant de douleur.

– Aïe ! Ouille ! Oh, mon Dieu ! Oh mon Dieu !

Prudente, je m'éloignai. Pouvais-je approcher Jamie d'assez près pour lui donner le fusil ou ne risquais-je pas d'envenimer la situation ?

– Écartez-vous de cette porte, Fraser ! Nous n'en avons pas après vous !

Je reconnus l'accent cultivé de Neil Forbes, l'avocat. Il n'était pas impeccablement vêtu comme à son habitude, mais portait une tenue en homespun grossier. Ce n'était donc pas une attaque improvisée ; il avait prévu de se salir.

– Parle pour toi, Forbes ! Moi, j'en ai après lui !

Un grand gaillard portant un tablier de boucher, le visage empourpré et indigné, montra son œil enflé et violacé.

– Regarde ce qu'il m'a fait !

Une grosse trace de goudron lui barrait le ventre, où Jamie l'avait apparemment frappé. Il agita un poing charnu en direction du porche.

– Tu vas me le payer, Fraser !

– Mais certainement, avec la même monnaie, Buchan !

Jamie brandit de nouveau son balai, telle une lance. Buchan poussa un cri et recula à toute vitesse, roulant des yeux alarmés qui firent rire la foule.

– Reviens ! lança Jamie. Si tu veux jouer les Sauvages, je dois te barbouiller encore un peu.

Buchan avait fait demi-tour pour s'enfuir, mais la foule lui barrait la route. Jamie projeta son ustensile en avant, lui tachant de goudron son fond de culotte. Buchan bondit, pris de panique, soulevant une nouvelle vague d'hilarité et de huées tandis qu'il s'efforçait de fuir en poussant les autres et en trébuchant.

– Y en a-t-il d'autres qui veulent jouer aux Sauvages ? cria Jamie.

Il trempa son balai dans la flaque fumante à ses pieds, puis lui fit décrire un large arc de cercle devant lui. Des gouttes de goudron brûlant volèrent dans les airs, et les hommes se bousculèrent pour se mettre à l'abri, se marchant sur les pieds et se renversant.

Je fus poussée d'un côté puis de l'autre, projetée contre un baril au milieu de la rue. Je serais sûrement tombée si Jezebel ne m'avait rattrapée par un bras et hissée debout sans le moindre effort apparent. Elle m'indiqua Jamie d'un air approbateur :

– En voilà, un sacré costaud ! Ça, c'est le genre de beau gars qui pourrait encore me surprendre.

Je massai mon coude meurtri.

– Oui, je sais. Il ne cesse de me surprendre moi aussi.

Ce genre de sentiments ne faisait pas l'unanimité.

– Laisse-le-nous, Fraser ! Ou on t'emplumera toi aussi ! Saletés de tories !

Le cri venait de derrière moi. Me retournant, j'aperçus un homme qui agitait un oreiller de plumes dans une main. Un coin étant déjà décousu, à chaque geste, il répandait une pluie de duvet.

– Qu'on les enduise tous de goudron et de plumes !

Cette fois, le cri venait d'en haut. Je levai le nez juste à temps pour apercevoir un jeune homme ouvrant grand les volets à l'étage d'une maison d'en face. Il tentait de pousser un matelas par la fenêtre, mais en était empêché par une femme, manifestement la maîtresse des lieux. Elle lui avait bondi sur le dos et lui martelait le crâne à coups de louche en poussant des cris indignés.

Un jeune homme près de moi se mit à caqueter comme une poule, coinçant les mains sous ses aisselles et battant des coudes pour le plus grand amusement de ses amis. Bientôt, tous l'imitèrent, repoussant encore toute possibilité de faire appel à la raison.

À l'autre bout de la rue, un refrain retentit :

– Tories ! Tories ! Tories !

La situation prenait un nouveau tour, et pas pour le meilleur. Je tenais toujours le fusil, ne sachant trop quoi faire, mais certaine que je devais agir. Ils n'allaient pas tarder à se ruer sur lui.

– Donnez-moi ça, tante Claire.

Je fis volte-face. Ian se tenait derrière moi, essoufflé. Je lui tendis l'arme sans hésiter.

– *Restez en arrière,* lança Jamie en français. *Oui, vous !*

Il aurait pu s'adresser à la foule, mais il fixait Ian. Puis, j'aperçus Fergus, donnant des coups de coude pour conserver sa place au premier rang de la foule. Ian, qui avait été sur le point de pointer le fusil, hésita.

– Il a raison, lui soufflai-je. Ne tire pas, pas encore !

Je me rendais compte à présent qu'un coup de feu précipité ferait plus de mal que de bien. Il suffisait de se souvenir de la mésaventure de Bobby Higgins, lors du massacre de Boston. Je ne voulais pas d'une tuerie à Cross Creek, surtout avec Jamie au premier plan.

– Je n'allais pas tirer, mais je n'ai pas non plus l'intention de les laisser l'attraper. Si jamais ils tentent quoi que ce soit…

Il n'acheva pas sa phrase. Il serrait les mâchoires, et je pouvais sentir l'odeur de sa sueur même au-dessus de la puanteur du goudron.

Heureusement, des cris au-dessus de nos têtes détournèrent momentanément l'attention de la foule. Un autre homme, sans doute le maître des lieux, était apparu à la fenêtre, tirant en arrière le jeune excité au matelas et le rouant de coups. Puis, la rixe se poursuivit hors de vue et, quelques minutes plus tard, les bruits de bagarre et les cris de la femme s'estompèrent. Le matelas resta pendu à moitié hors de la fenêtre.

La foule se remit alors à scander : «Tories! Tories! Tories!»

– Sors de là, Simms! hurla Forbes.

Il s'était armé lui aussi d'un balai et se rapprochait peu à peu de l'imprimerie. Jamie le vit aussi et fit une grimace de dérision.

Silas Jameson, le propriétaire de la taverne locale, avançait derrière Forbes, voûté comme un lutteur, un sourire mauvais aux lèvres.

– Sors de là, Simms! Quel genre d'homme se cache sous la jupe d'un Écossais?

Cela fit rire tout le monde, y compris Jamie, qui rétorqua :

– Un homme sage! Ce tartan a abrité plus d'un malheureux, en son temps!

– Et pas mal d'heureuses aussi, je parie! lança une voix égrillarde.

– Pourquoi? Tu crois que ta femme se cache sous mon kilt? Viens donc vérifier, si tu l'oses!

– Y aurait pas une petite place pour moi aussi là-dessous? lança une poissonnière.

La menace et la frivolité se succédant, la foule, inconstante, rugit de rire. Jusqu'à présent, Jamie était parvenu à la maîtriser, mais il marchait sur des charbons ardents.

Il avait décidé de protéger Simms, et rien au monde ne pourrait le convaincre de l'abandonner à la fureur de la populace. Si celle-ci voulait l'imprimeur, elle devrait d'abord lui passer sur le corps, ce qui risquait d'arriver à tout moment.

– Sors, Simms! cria une voix avec un fort accent des Lowlands écossaises. Tu ne vas quand même pas rester caché dans le cul de Fraser toute la journée!

– Je préfère encore avoir un imprimeur dans le cul qu'un avocat! répliqua Jamie. Ils sont plus petits.

En guise d'illustration, il agita son balai vers Forbes. L'avocat était corpulent, alors que Fogarty Simms était un petit maigrelet. Forbes devint cramoisi, et je vis plusieurs personnes lancer des regards entendus dans sa direction. Il avait la quarantaine et ne s'était jamais marié. Des bruits couraient…

Tout en continuant à darder son arme domestique vers lui, Jamie lança:

– Un avocat vous volerait votre merde, puis vous ferait payer le clystère!

Ouvrant une bouche indignée, Forbes recula d'un pas et répliqua, mais personne n'entendit, tant la foule riait.

Jamie attendit une accalmie pour renchérir:

– Après quoi, il essaiera de vous la revendre comme selles nocturnes!

Il retourna son balai et donna une tape dans le ventre de Forbes avec le manche.

La foule poussa des cris de joie et, Forbes, qui n'avait pas l'habitude d'en venir aux mains, perdit la tête et se rua sur Jamie, tenant son propre balai comme une pelle. Fraser, qui attendait ce genre d'erreur, bondit de côté, tel un danseur, lui fit un croc-en-jambe et l'envoya atterrir dans la flaque de goudron, pour le plus grand bonheur de la rue.

– Tenez-moi ça, tante Claire.

Le fusil de chasse atterrit de nouveau entre mes mains. J'eus à peine le temps de me retourner pour voir Ian se glisser rapidement entre les badauds, faisant un signe à Fergus. En quelques secondes, ils avaient rejoint la maison où le matelas pendait à la fenêtre.

Comme s'il s'agissait d'un numéro longuement répété à l'avance, Ian se pencha en avant et fit la courte échelle à Fergus, qui s'élança en l'air et planta son crochet dans le matelas. Il resta suspendu un moment, puis Ian bondit à son tour et l'attrapa par la taille. Sous leur poids, le tissu se déchira, et ils retombèrent tous les deux sur le sol, sous une pluie de duvet. Dans l'air chaud et humide, des tourbillons de petites plumes blanches envahirent la rue, telle une tempête de neige délirante sous le regard ébahi de la foule.

Il y en avait partout, piquant les yeux, le nez et la gorge, collant à la peau, aux cheveux, aux vêtements et aux cils. J'en ôtai une de mon œil larmoyant et reculai à toute vitesse pour éviter d'être piétinée par la foule à demi aveuglée qui titubait, les gens hurlant et se cognant les uns contre les autres.

Je jetai un œil vers l'imprimerie, juste à temps pour apercevoir Jamie qui passa un bras par la porte, attrapa Fogarty Simms par la manche et l'extirpa comme un fétu de paille. Il le poussa en avant, puis se retourna en brandissant son balai pour couvrir sa fuite. Ralston Bogues, qui attendait non loin sous un arbre, courut vers Simms armé d'un bâton pour le protéger.

Le sauvetage n'était pas entièrement passé inaperçu, même si la plupart des individus dans la rue étaient occupés à se débattre contre le nuage étourdissant de plumes. Plusieurs hommes virent ce qui arrivait et se mirent à hurler comme une meute en chasse.

C'était le moment ou jamais. Je pointai le fusil vers le ciel, et, déterminée, cherchai la gâchette.

En vain. On m'arracha l'arme des mains avec une telle adresse qu'il me fallut du temps pour me rendre compte de sa disparition, fixant, incrédule, mes mains vides. Puis, un rugissement retentit derrière moi, si puissant que toute la rue se tut aussitôt.

– Isaiah Morton, tu es mort !

Le coup partit à quelques centimètres de mon oreille, et je fus aveuglée par un nuage de poudre. Toussant et crachant, je m'essuyai le visage sur mon tablier, retrouvant la vue juste à temps pour voir la silhouette rondelette d'Isaiah Morton détaler à toutes jambes. Jezebel le poursuivait, aplatissant tous ceux qui se trouvaient sur son passage. Elle bondit lestement au-dessus de Forbes, toujours à quatre pattes, couvert de goudron et de plumes, l'air hagard, puis poussa sans ménagement les autres, courant à une vitesse étonnante pour quelqu'un de sa taille. Morton disparut à un angle de rue, l'implacable furie le talonnant de près.

J'étais moi-même légèrement hébétée. Mes oreilles résonnaient encore.

Je sentis une main sur mon bras et relevai la tête. Jamie me dévisageait, un œil fermé, ne semblant pas en croire ses yeux. Il me parlait, mais je ne parvenais pas à l'entendre. Toutefois, ses gestes vers mon visage et son expression narquoise étaient suffisamment éloquents. Je m'essuyai la figure avec mon tablier en maugréant :

– Peuh, tu peux bien parler !

Il ressemblait à un grand dalmatien, avec sa chemise blanche pleine de taches de goudron et ses touffes de plumes d'oie prises dans ses sourcils, ses cheveux et sa barbe. Il me dit autre chose, mais je lui montrai mes oreilles, lui signalant ma surdité momentanée.

Il sourit, me prit par les épaules et posa son front contre le mien. Il tremblait légèrement, mais j'ignorais si c'était d'envie de rire ou d'épuisement. Il se redressa, m'embrassa et me prit le bras.

Neil Forbes était assis au milieu de la rue, les jambes écartées, ses cheveux d'ordinaire impeccables pointant dans tous les sens. Il avait perdu une chaussure, et quelques âmes compatissantes tentaient de lui enlever ses plumes. Quand nous passâmes devant lui, Jamie le salua aimablement.

Forbes marmonna, nous foudroyant du regard. Tout compte fait, je n'étais pas mécontente de ne rien entendre.

$$* * *$$

Ian et Fergus avaient suivi le gros des émeutiers, sans doute partis semer la pagaille ailleurs. Jamie et moi nous retranchâmes au Sycomore, une auberge de River Street, afin de nous rafraîchir et de remettre un peu d'ordre dans nos tenues. L'hilarité de Jamie se calma à mesure que je lui ôtais ses plumes et ses taches de goudron, puis cessa tout à fait quand je lui racontai ma visite chez le docteur Fentiman.

Il avait grimacé quand je lui avais décrit l'extraction du testicule de Bonnet. Quand j'en arrivai à la seringue à pénis, il croisa carrément les jambes.

– Comment ça fonctionne ? demanda-t-il.

– Eh bien, on enfonce peu à peu la pointe à l'intérieur de la verge, puis on projette une solution, comme du chlorure mercureux, dans l'urètre.

– Dans l'u… quoi ?

– Tu veux que je te fasse une démonstration ? J'ai laissé mon panier chez les Bogues, mais je pourrais aller le chercher et…

– Non.

Il se pencha en avant, plantant fermement ses coudes dans ses genoux.

– Tu crois que ça brûle beaucoup ?

– Ce n'est certainement pas agréable.

Il frissonna.

– Non, en effet.

– Je ne pense pas que ce soit très efficace non plus. C'est triste, non ? Subir une telle torture sans être soigné pour autant. Tu ne trouves pas ?

Il m'observait avec la même appréhension qu'un homme en train d'entendre le tic-tac dans un paquet suspect posé à ses côtés.

– Qu'est-ce que tu…

Je ne le laissai pas finir, lançant à brûle-pourpoint :

– Alors, ça ne t'ennuie pas d'aller chez Madame Silvie pour lui demander de me laisser traiter ses filles ?

Il me regarda, méfiant.

– Qui est Madame Silvie ?

– La tenancière du bordel local. C'est la gouvernante du docteur Fentiman qui m'en a parlé. Je me doute qu'il existe plusieurs maisons closes en ville, mais Madame Silvie connaît sûrement la concurrence, et elle pourra te dire…

Jamie passa une main sur son visage, puis tira sur ses paupières inférieures, faisant ressortir le rouge de ses yeux.

– Un bordel, soupira-t-il. Tu tiens vraiment à m'envoyer dans un bordel !

– Si tu préfères, je t'accompagnerai, bien sûr. Mais je pense que tu seras plus efficace seul.

Acerbe, j'ajoutai :

– J'irais bien toute seule, mais elles ne m'écouteront sans doute pas.

Il ferma un œil, me regardant avec l'autre, qu'on aurait cru sablé au papier de verre.

– Oh, ça m'étonnerait. Alors, c'est pour cette raison que tu as insisté pour venir avec moi en ville ?

Il paraissait amer.

– Eh bien… oui, avouai-je. Mais j'avais vraiment besoin de quinquina. En outre, si je n'étais pas venue, tu n'aurais rien su au sujet de Bonnet, ni de Lucas.

Il maugréa en gaélique. J'interprétai qu'il se serait fort bien passé de savoir ce qui était arrivé à l'un comme à l'autre.

– Et puis, tu as l'habitude des bordels, non ? Tu avais une chambre dans l'un d'eux, à Édimbourg.

– Oui, mais je n'étais pas marié à l'époque. Enfin, si, mais… quoi qu'il en soit, cela m'arrangeait que les gens croient que je…

Il s'interrompit et me dévisagea d'un air implorant.

– *Sassenach,* tu veux vraiment que tout Cross Creek pense que je suis…

– Ils ne le penseront pas si je viens avec toi.

– Oh, Seigneur !

– Où est passée ta compassion pour tes semblables ? Tu ne veux tout de même pas que tous ces malheureux subissent une séance avec les instruments de torture du docteur Fentiman uniquement parce que tu...

– Tant que je ne suis pas obligé de la subir moi-même, je me fiche bien du prix que mes semblables payent pour leurs péchés. D'ailleurs, ça leur fait les pieds.

– Je suis plutôt d'accord avec toi, mais il n'y a pas qu'eux. Et les femmes ? Je ne parle pas uniquement des prostituées, mais des épouses des hommes contaminés. Et leurs enfants ? Tu ne peux pas les laisser tous mourir de la petite vérole alors qu'il existe un moyen de les sauver !

Il avait l'air d'un animal traqué, et mon raisonnement n'arrangeait en rien son désarroi.

– Mais la pénicilline ne marche pas toujours, tu l'as avoué toi-même. Si le traitement n'a pas d'effets sur les filles ?

– C'est une possibilité, mais je préfère tenter une action qui risque de ne pas marcher plutôt que de rester les bras croisés.

Le voyant toujours aussi perplexe, je mis la raison de côté et utilisai ma meilleure arme :

– Et Ian alors ?

– Quoi Ian ? répliqua-t-il, méfiant.

Mais j'avais fait mouche. Je devinai qu'une image s'était instantanément affichée dans son esprit. Ian fréquentait des bordels, en partie à cause de Jamie, même si cela avait été malgré lui.

– Ian est un bon garçon, déclara-t-il avec fermeté.

– Cela n'empêche rien. Cela pourrait lui arriver.

Je n'avais aucune idée de la vie privée de Ian, s'il en avait une. Mais il avait vingt et un ans, était sans attaches et, pour autant que je sache, en pleine forme, dans la pleine vigueur mâle de sa jeunesse. Par conséquent...

Je pouvais voir Jamie en arriver à contrecœur à la même conclusion. Quand nous nous étions mariés, il avait vingt-trois ans et était vierge. Du fait de circonstances en dehors de tout contrôle, Ian avait été introduit aux plaisirs de la chair beaucoup plus jeune.

– Mmphm.

Il saisit la serviette et se frotta la tête avec vigueur. Puis, il la jeta de côté et noua ses cheveux encore humides derrière sa nuque.

– Puisque c'est décidé, autant agir vite, déclarai-je. Cependant, je crois préférable de venir avec toi. Laisse-moi le temps d'aller chercher mon coffre.

Il ne répondit pas, se concentrant sur sa toilette. Heureusement, il n'avait pas porté son gilet ni sa veste plus tôt dans la rue, si bien qu'il pouvait encore cacher sa chemise tachée.

– *Sassenach*…

Je me retournai sur le seuil. Il me fixait, le regard mauvais.

– … Tu me le paieras !

* * *

L'établissement de Madame Silvie était une maison ordinaire d'un étage, exiguë et plutôt miteuse. Les bardeaux de son toit rebiquaient aux extrémités, lui donnant un air échevelé, comme une femme surprise à peine ses bigoudis ôtés.

En voyant le perron affaissé et le jardin en friche, Jamie émit toutes sortes d'interjections écossaises réprobatrices, mais je supposai qu'il cachait ainsi son embarras.

Je ne savais pas trop à quoi m'attendre, la seule autre tenancière de maison close que j'avais rencontrée étant une émigrée française assez distinguée, à Édimbourg. Finalement, la propriétaire du bordel le plus prisé de Cross Creek était une jeune femme d'environ vingt-cinq ans, sans le moindre attrait physique et aux immenses oreilles décollées.

Je crus d'abord qu'il s'agissait de la bonne, et ce ne fut qu'en entendant Jamie la saluer avec courtoisie en l'appelant « Madame Silvie » que je me rendis compte que la maquerelle nous avait ouvert la porte elle-même. Je jetai un coup d'œil en biais à Jamie, me demandant comment il la connaissait déjà, puis, en étant plus attentive, je compris qu'il avait remarqué la bonne qualité de sa robe et la broche accrochée sur son sein.

Elle le regarda d'abord, moi ensuite, en fronçant les sourcils.

– Pouvons-nous entrer ? questionnai-je.

J'avançai dans le vestibule sans attendre sa réponse.

– Je m'appelle madame Fraser, et voici mon mari.

Je le désignai d'un geste, remarquant qu'il rosissait déjà.

Madame Silvie nous détailla avec méfiance de haut en bas.

– Pour les couples, c'est une livre de plus.

– Je vous demande pardon… oh !

Je me sentis rougir à mon tour, en comprenant enfin ce qu'elle voulait dire. Jamie, lui, avait saisi tout de suite et était couleur de betterave.

– Ce n'est pas un problème, m'assura-t-elle. Cela sort un peu de l'ordinaire, c'est sûr, mais Dottie est la fille qu'il vous faut, vu qu'elle a un faible pour le beau sexe.

Jamie émit un grondement sourd : puisque c'était mon idée, à moi de me débrouiller seule. Je pris mon ton le plus charmant possible :

– Euh… il y a là un léger malentendu. Nous voulons juste nous entretenir avec vos…

Je cherchais le mot. Je ne pouvais quand même pas les appeler ses « employées ».

– Vos filles, m'aida Jamie.

– Oui, voilà, nous entretenir avec vos filles.

– Ah, je vois. Vous êtes méthodistes ? Ou baptistes ? Dans ce cas, ce sera deux livres. Pour le dérangement.

Jamie se mit à rire.

– Ce n'est pas cher. À moins que ce ne soit deux livres par fille ?

– Par fille, assurément.

– Deux livres l'âme ? Qui fixerait un prix pour le salut ?

À présent, il la taquinait ouvertement. Ayant compris que nous n'étions ni des clients ni des missionnaires faisant du porte-à-porte, elle était amusée, tout en veillant à ne pas le montrer.

– Moi, répliqua-t-elle. Une putain connaît le prix de chaque chose, mais la valeur de rien, m'a-t-on dit.

– Et quel est donc le prix de la vie d'une de vos filles, Madame Silvie ?

La lueur amusée disparut de son regard.

– Vous me menacez, monsieur ?

Elle bomba le torse, posant une main sur la clochette posée sur une console près de la porte.

– Je suis bien protégée, monsieur, croyez-moi. Je vous conseille de sortir sur-le-champ.

– Si je voulais vous nuire, madame, je ne serais pas venu avec ma femme. Je ne suis pas pervers à ce point.

Sa main se détendit un peu.

– En matière de perversité, plus rien ne m'étonne, monsieur.

Reprenant un ton plus sérieux, Jamie lui demanda :

– Avez-vous déjà entendu parler d'un certain Mac Dubh ?

L'expression de la maquerelle se métamorphosa. J'étais stupéfaite, mais j'eus le bon sens de me taire.

– En effet, répondit-elle. C'était vous, alors ?

Il acquiesça.

Madame Silvie pinça les lèvres, méditative, puis elle sembla se souvenir de ma présence.

– Il vous a raconté ?

– Je ne crois pas.

Je fis les gros yeux à Jamie, qui évitait mon regard avec soin. Elle s'en aperçut et rit.

– Un jour, une de mes filles est partie avec un client au Toad and Spoon (un bouge malfamé au bord du fleuve). Là, il a commencé à la battre. Puis il l'a traînée dans la grande salle et l'a offerte aux autres hommes présents. Elle a cru que

119

sa dernière heure était arrivée. Saviez-vous qu'il est possible d'être violée à mort ?

– Oui, je sais.

– Un grand gaillard écossais se trouvait là et s'est opposé à la proposition. Il était seul contre tous.

– Une de tes spécialités, dis-je à Jamie entre mes dents.

Il toussota.

– Il a alors proposé de jouer la fille aux cartes. Ils ont fait une partie de poque*, et il a gagné.

– Vraiment ? dis-je poliment.

Tricher aux cartes était une autre de ses spécialités que je tentais de décourager, convaincue qu'il finirait par se faire étriper. Rien d'étonnant, donc, qu'il ne se soit pas vanté de cette aventure.

– Il est donc parti avec Alice, l'a enveloppée dans son plaid et l'a déposée devant la porte.

Malgré elle, elle dévisageait Jamie avec admiration.

– Vous êtes donc venu réclamer ma dette ? Je vous adresse tous mes remerciements, pour ce qu'ils valent.

– Ils me vont droit au cœur, madame. Mais non. Nous sommes venus sauver vos filles d'un mal pire que les violeurs avinés.

Elle nous fixa, l'œil inquisiteur.

– De la petite vérole, expliquai-je succinctement.

Elle resta interdite.

En dépit de son jeune âge, Madame Silvie était dure en affaires et passablement butée. Même si les putains vivaient toujours dans la peur de la syphilis, essayer de lui parler de spirochètes était une perte de temps, et ma proposition d'injecter de la pénicilline à tous les membres de son personnel (en fait, il se résumait à trois filles) fut reçue avec un non catégorique.

Jamie me laissa me dépatouiller un bon moment. Puis, constatant, qu'à l'évidence, nous étions face à un mur, il tenta une autre voie.

---

* Ancêtre du poker. *(N.d.T.)*

– Ma femme ne vous fait pas cette proposition uniquement par bonté désintéressée, affirma-t-il.

Entre-temps, nous avions été admis dans un charmant petit salon décoré avec des rideaux en vichy. Il se pencha en avant, prenant soin de ne pas faire craquer la chaise délicate sur laquelle il était assis.

– Le fils d'un de nos amis est venu la trouver, lui expliquant qu'une prostituée d'Hillsboro lui avait donné la syphilis. Elle a vu son chancre : sans aucun doute, le garçon est contaminé. Toutefois, il a paniqué et s'est enfui avant qu'elle ait pu le traiter. Depuis, nous le cherchons partout et, justement, hier quelqu'un nous a dit l'avoir vu dans votre établissement.

Une lueur d'horreur traversa le visage de Madame Silvie.

– Qui ? Un garçon écossais ? À quoi ressemble-t-il ?

Jamie lui décrivit Manfred McGillivray. Quand il eut fini, Madame Silvie était pâle comme un linge.

– Je l'ai eu. Deux fois. Oh, Seigneur !

Elle inspira profondément, puis se ressaisit.

– Pourtant, il était propre ! Je l'ai bien examiné avant, comme je le fais avec tous les clients.

Je lui expliquai que le chancre pouvait guérir, mais que la maladie restait dans le sang pour réapparaître plus tard. Après tout, n'avait-elle pas connu elle-même des filles qui avaient contracté la syphilis avec des hommes ne présentant aucune lésion ?

– Si, bien sûr..., mais c'est parce qu'elles ont été négligentes. Je fais toujours très attention, et mes filles aussi. J'y veille.

Je pouvais voir qu'elle était en plein déni. Plutôt que d'admettre qu'elle pouvait avoir contracté une infection mortelle, elle répéterait que c'était impossible. Sous peu, elle s'en serait convaincue elle-même et nous jetterait dehors.

Jamie le sentit aussi.

– Il y a un jeu de cartes dans la maison ?

– Pardon ? Ah, oui, bien sûr.

Il lui sourit.

– Apportez-le. Je vous prends au *loo**, au poque ou au *gleek*. À vous de choisir.

Une lueur intéressée s'alluma au fond de ses yeux.

– Une partie honnête ? Quels sont les enjeux ?

– Tout ce qu'il y a de plus correct, l'assura-t-il. Si je gagne, ma femme pique toute la maisonnée.

– Si vous perdez ?

– Un fût de mon meilleur whisky.

Elle hésita quelques minutes, l'examinant avec attention. Il avait un morceau de goudron dans les cheveux, des plumes sur sa veste, mais ses yeux étaient d'un bleu profond et sans malice. Elle soupira et tendit la main.

– Topez là.

* * *

– Tu as triché ?

Je m'accrochai à son bras pour ne pas trébucher. Il faisait nuit, à présent, et la seule lumière dans les rues de Cross Creek était la lueur des étoiles. Il bâilla avant de répondre :

– Je n'en ai pas eu besoin. C'est peut-être une bonne putain, mais les cartes ne sont pas son fort. Elle aurait dû choisir le *loo,* il repose principalement sur la chance, alors que le poque demande un certain entraînement. Cela dit, c'est plus facile de tricher au *loo.*

– Qu'est-ce que tu appelles une « bonne putain », exactement ?

Je n'avais encore jamais réfléchi aux qualifications nécessaires pour exercer ce métier, mais il devait bien y en avoir, outre le fait de posséder l'anatomie requise et d'être disposée à la rendre disponible.

Cela fit rire Jamie.

---

* *Loo* et *gleek,* jeux de cartes populaires en Angleterre au XVIIIe siècle. *(N.d.T.)*

– Il vaut mieux pour elle qu'elle aime vraiment les hommes, sans les prendre trop au sérieux. Et si elle prend du plaisir au lit, ça aide aussi. Aïe !

Je venais de buter contre une pierre et avais enfoncé mes doigts dans son bras, juste là où la projection de goudron l'avait brûlé, plus tôt dans la journée.

– Oh, désolée ! Ça fait très mal ? Je pourrai te mettre un peu de baume, quand on sera à l'auberge.

– Ce ne sont que quelques cloques. Ça passera.

Il se frotta le bras, puis, me prenant par le coude, me guida vers la grand-rue. Pressentant que la journée serait longue, nous avions décidé de passer la nuit à l'auberge McLanahan's King plutôt que de faire la longue route jusqu'à River Run.

Les odeurs de goudron chaud flottaient encore dans cette partie de la ville, et la brise du soir poussait de petites plumes sur le bord de la chaussée. De temps à autre, une plumule frôlait mon oreille, tel un papillon de nuit.

– Je me demande s'ils sont encore en train de déplumer Neil Forbes ? se questionna Jamie.

– Sa femme ferait mieux de lui enfiler une taie d'oreiller sur la tête et de s'en servir comme coussin. Ah, non ! C'est vrai, il n'est pas marié. Ils devraient plutôt…

– … L'appeler « coq » et le mettre dans le poulailler. Pour ce qui est de crier cocorico, il est doué, mais je ne suis pas sûr qu'il sache satisfaire les poules.

Nous n'avions bu qu'un café léger, chez Madame Silvie, après les injections, mais nous étions ivres de fatigue, ayant atteint le stade d'épuisement où les plaisanteries les plus mauvaises nous faisaient pleurer de rire, trébucher et nous percuter.

Jamie se redressa d'un coup, inspirant à fond.

– Tu ne sens pas le brûlé ?

Une lueur rouge éclairait le ciel, visible au-dessus des toits, et une forte odeur de bois brûlé supplantait celle du goudron. Jamie se mit à courir vers le coin de la rue, moi sur ses talons.

L'imprimerie de M. Simms était ravagée par les flammes. Ses ennemis politiques, privés de leur proie, avaient décidé de se défouler sur son atelier.

Un groupe d'hommes tournait en rond dans la rue, comme plus tôt dans la journée. J'entendis encore scander « Tories ! ». Certains brandissaient des torches. D'autres hommes accouraient en criant. L'un d'eux hurla : « Maudits whigs ! », puis les deux groupes s'affrontèrent, en se bousculant et en se tapant dessus.

Jamie m'attrapa par le bras et m'entraîna à toute vitesse dans la direction d'où nous étions venus, loin de la scène de bataille. Mon cœur battait à tout rompre. Hors d'haleine, je m'arrêtai sous un arbre pour reprendre mon souffle. Une fois ressaisie, je déclarai :

– Je suppose que Fergus devra se trouver un autre métier. Je connais une boutique d'apothicaire à vendre pour une bouchée de pain.

– Il ferait mieux de s'associer avec Madame Silvie, au moins, ce secteur n'est pas soumis à la politique. Viens, *Sassenach*. On va faire un détour.

Quand nous arrivâmes enfin à l'auberge, Ian faisait les cent pas devant la porte, nous attendant. En nous apercevant, il nous regarda, sa mine sévère me rappelant sa mère.

– Mais où étiez-vous ? On a passé toute la ville au peigne fin. Fergus était persuadé que tu avais été pris dans l'émeute là-bas et qu'ils t'avaient blessé ou tué.

Il pointa le menton en direction de l'imprimerie. Bien que l'incendie fût presque consumé, l'embrasement était encore visible.

Jamie prit un air pieux.

– Nous faisions nos bonnes œuvres. Nous visitions les souffrants, comme le Christ nous l'a recommandé.

Ian fit une moue cynique.

– Il a aussi conseillé de visiter les prisons. Dommage que tu n'aies pas commencé par là.

– Pourquoi dis-tu ça ?

– Donner s'est échappé. Pendant la bagarre, cet après-midi, le geôlier est venu voir le spectacle en oubliant de verrouiller la porte. L'autre bougre n'a eu qu'à la pousser pour sortir.

Jamie poussa un long soupir.

– Bon, d'un côté, on a perdu une imprimerie et un voleur, de l'autre, on a sauvé quatre prostituées. Tu penses que c'est un échange équitable, *Sassenach*?

– Des prostituées? Quelles prostituées? s'exclama Ian.

– Celles de Madame Silvie, répondis-je en le dévisageant avec attention.

Tout à coup, son expression devint louche, mais peut-être n'était-ce que la lumière.

– Ian, tu n'as tout de même pas…

– Bien sûr que si, dit Jamie sur un ton résigné. Regarde-le.

Telle une tache d'huile, la culpabilité s'était répandue sur son visage. Espérant changer de sujet, il déclara très vite :

– Je me suis renseigné sur Manfred. Il a descendu le fleuve. Il veut trouver un bateau à Wilmington.

– Merci, nous l'avons appris aussi, rétorquai-je. Avec laquelle as-tu été? Madame Silvie ou l'une des filles?

Il baissa la tête, penaud, et répondit à voix basse.

– Madame Silvie.

– Heureusement pour toi, il me reste un peu de pénicilline et une jolie seringue bien émoussée. À l'intérieur, jeune débauché, tu vas m'enlever ces culottes.

Sortant sous le porche pour nous demander si nous voulions dîner, Mme McLanahan entendit cette dernière phrase et me regarda, surprise, mais j'étais trop épuisée pour m'en préoccuper.

Un peu plus tard, nous nous retrouvâmes enfin dans un bon lit propre, à l'abri de l'agitation et des combats de la journée. J'avais laissé la fenêtre entrouverte, et une brise à peine perceptible s'infiltra dans l'épaisseur de l'air chaud. Plusieurs particules grises entrèrent en virevoltant, plumettes salies ou fragments de cendre.

Jamie était étendu sur le ventre, un bras en travers de mon ventre. Je distinguai les cloques qui recouvraient pratiquement tout son avant-bras. L'odeur du goudron perdurait sous les émanations âcres de l'incendie, telle une menace sous-jacente. Les hommes qui avaient mis le feu à l'imprimerie de Simms, et qui avaient été à deux doigts de brûler vifs Simms lui-même ainsi que Jamie, étaient des rebelles en puissance, ceux qui s'appelleraient bientôt des patriotes.

— Je peux t'entendre réfléchir, *Sassenach.* Qu'y a-t-il ?

Il paraissait paisible, au bord du sommeil. Je caressai doucement son bras.

— Je pensais au goudron et aux plumes. Jamie, le moment est venu.

— Je sais.

Des hommes éméchés passèrent dans la rue, chantant en chœur. La lueur de leurs torches illumina le plafond un instant, puis disparut. Je sentais que Jamie les observait lui aussi, écoutant les voix éraillées s'éloigner dans la nuit. Il ne dit rien et, au bout d'un moment, son grand corps lové contre le mien se détendit, sombrant de nouveau dans le sommeil.

Sans savoir s'il m'entendait toujours, je lui chuchotai :

— À quoi penses-tu ?

— Je me disais que tu aurais fait une prostituée formidable, *Sassenach,* si tu avais été de mœurs légères.

— Quoi ?

— Mais je suis ravi que ce ne soit pas le cas.

L'instant suivant, il se mit à ronfler.

57

Le retour du pasteur

4 septembre 1774

Sur le chemin du retour, Roger évita Coopersville. Ce n'était pas qu'il craignait la colère d'Ute McGillivray, mais il ne voulait pas ternir la joie des retrouvailles par une altercation ou la froideur des voisins. Il prit donc la longue route, gravissant lentement la pente qui montait vers Fraser's Ridge, s'enfonçant dans la végétation qui reprenait ses droits sur le sentier peu fréquenté, traversant à gué torrents et ruisseaux.

Sa mule ressortait d'un de ces cours d'eau, s'ébrouant en projetant des gouttelettes glacées, quand il aperçut un mouvement sur un rocher près de la berge. Occupé à pêcher, Aidan fit semblant de ne pas le voir.

Roger dirigea Clarence vers lui, l'observa un moment en silence, puis demanda :

– Alors, ça mord ?

– Passable, répondit l'enfant sans quitter sa ligne des yeux.

Puis il releva la tête vers lui, et un immense sourire illumina son visage. Jetant sa canne dans l'herbe, il s'élança vers lui et tendit les deux bras pour que Roger le hisse devant lui sur sa selle.

Il glissa ses bras autour de la taille de son idole et pressa son visage contre sa poitrine.

– Tu es rentré! Je t'attendais. Alors, tu es un vrai pasteur maintenant?

– Presque. Comment savais-tu que je passerais par ici aujourd'hui?

– Je te guette depuis une bonne semaine.

Aidan s'écarta légèrement pour l'examiner.

– Tu n'as pas changé.

– Pourquoi aurais-je changé? Et comment va ton ventre?

– Parfait. Tu veux voir ma cicatrice?

Il se pencha en arrière et souleva sa chemise pour dévoiler une belle zébrure d'une dizaine de centimètres sur sa peau pâle.

– Très belle, approuva Roger. Tu as bien pris soin de ta maman et du petit Orrie, maintenant que tu as retrouvé la forme?

Aidan bomba son torse maigrelet.

– Oh, oui. Hier, j'ai ramené six truites. La plus grosse faisait la taille de mon bras!

Il tendit son bras en guise d'illustration.

– Tu te moques de moi!

– Mais c'est vrai! s'indigna l'enfant.

Clarence commençait à s'impatienter, décrivant de petits cercles et tirant sur ses rênes.

– Il faut que j'y aille. Je t'emmène?

Aidan paraissait tenté, mais fit non de la tête.

– Faut que je coure chez Mme Ogilvie. Je lui ai promis de la prévenir dès que tu serais rentré.

– Pourquoi donc?

– Son bébé est né la semaine dernière. Elle veut que tu le baptises.

La petite bulle de bonheur que Roger portait en lui enfla encore un peu. Son premier baptême! Ou plutôt, son premier baptême officiel, rectifia-t-il en pensant à la petite O'Brian, qu'il avait enterrée sans même connaître son nom. Il lui faudrait attendre son ordination, mais il avait déjà hâte d'y être. Il reposa Aidan sur le sol.

128

– Dis-lui que ce sera avec plaisir. Elle n'aura qu'à me faire savoir quand elle désire procéder. Et n'oublie pas tes poissons !

Ramassant sa canne et un chapelet de petits poissons argentés, dont aucun ne dépassait la taille d'une main, Aidan plongea dans le sous-bois, laissant Roger reprendre le chemin de la maison.

Il sentit la fumée bien avant de voir la cabane. L'odeur était plus puissante que celle d'une cheminée. Après tout ce qu'il avait entendu en chemin sur les événements de Cross Creek, il fut pris d'une vague appréhension. À coups de talons, il pressa Clarence d'avancer. Flairant le bercail même au travers de la fumée, la mule ne se fit pas prier et se mit à trotter sur le sentier escarpé.

Un grand soulagement l'envahit en apercevant enfin leur maison, solide et intacte. Cependant, d'épaisses volutes de fumée s'élevaient autour d'elle, et, au milieu, il distingua Brianna, voilée comme une musulmane avec une écharpe sur la tête drapée devant son visage. Il descendit de selle, voulut crier son nom, mais fut aussitôt pris d'une quinte de toux. Le maudit four était ouvert, crachant de la fumée comme la porte de l'enfer. Il reconnaissait à présent l'odeur un peu moisie : celle de la terre brûlée.

– Roger ! Roger !

Elle venait de l'apercevoir et se précipita vers lui, ses jupes et son écharpe volant au vent, bondissant tel un cabri par-dessus une pile de mottes coupées avant de se jeter dans ses bras.

Il la serra contre lui et ne la lâcha plus, se disant que rien au monde n'était plus divin que la sensation de ce corps contre le sien et le goût de sa bouche, même si elle avait clairement mangé des oignons crus au déjeuner.

Elle mit fin à leur étreinte, le visage rayonnant et baigné de larmes, juste le temps de dire :

– Je t'aime !

Puis, elle lui prit la tête dans ses deux mains et l'embrassa de nouveau.

– Tu m'as manqué. Quand t'es-tu rasé pour la dernière fois? Je t'aime.

– Il y a quatre jours, quand j'ai quitté Charlotte. Je t'aime aussi. Tout va bien?

– Oui. Enfin, non. Jemmy est tombé d'un arbre et s'est cassé une dent. Heureusement, c'était une dent de lait, et maman ne pense pas qu'elle gênera la définitive quand elle poussera. Ian a peut-être contracté la syphilis, et on est tous furieux contre lui. Papa a failli être couvert de goudron et de plumes à Cross Creek. On a rencontré Flora MacDonald, et maman a enfoncé une aiguille dans l'œil de Jocasta.

Roger fit une grimace de révulsion.

– Pouach! Mais qu'est-ce qui lui a pris?

– C'était pour qu'il n'éclate pas. Et j'ai reçu pour six livres de commandes de portraits! J'ai acheté du fil de fer et de la soie pour faire des paravents, et assez de laine pour te tisser un manteau d'hiver. Elle est verte. Mais le plus important, c'est qu'on a rencontré un autre... enfin, je te raconterai ça plus tard. Comment ça s'est passé avec les presbytériens? Ça y est? Tu es pasteur?

Il hésita un instant, ne sachant à quelle partie de ce déluge réagir en premier, puis opta pour la dernière, uniquement parce qu'il s'en souvenait encore.

– Presque. C'est Mme Bug qui t'a donné des leçons d'incohérence?

– Comment ça, «presque» pasteur? Oh! Attends une minute, il faut que j'ouvre la trappe un peu plus.

Elle repartit en courant vers le four. La haute cheminée en briques d'argile qui s'élevait d'un côté ressemblait à une pierre tombale. Des mottes fumantes étaient éparpillées un peu partout autour d'elle, donnant l'impression d'une immense sépulture infernale d'où quelque démon, immense et ardent, venait de surgir. S'il avait été catholique, il se serait signé.

Il la rejoignit prudemment au bord de la fosse où elle s'était agenouillée, retournant avec sa pelle une autre couche de mottes sur la structure en osier qui formait une voûte au sommet du four.

À travers les tourbillons de fumée, il distinguait des objets aux formes irrégulières étendus sur des corniches bordant les murs de la fosse, parmi lesquels il reconnut des assiettes et des pots. La majorité des autres objets étaient tubulaires, d'un peu moins d'un mètre de long, avec une extrémité effilée et arrondie, l'autre légèrement évasée. Ils étaient rose sombre, parcourus de traînées noires de fumée. Ils lui firent penser à une collection de phallus géants, ce qui le troubla autant que l'histoire de l'œil de Jocasta.

– Mes canalisations ! lui expliqua Brianna fièrement. Pour l'eau courante. Regarde, elles sont parfaites ! Ou elles le seront si elles n'éclatent pas en refroidissant.

Il s'efforça de paraître enthousiaste.

– Formidable. Tiens, je t'ai rapporté un petit cadeau.

Il extirpa une orange de la poche de sa veste, dont elle s'empara avec un cri ravi. Toutefois, elle hésita un instant avant d'enfoncer son pouce dans l'écorce.

– Mange-la, j'en ai une autre pour Jemmy.

– Mmmm… je t'adore. Alors, ces presbytériens ? Qu'est-ce qu'ils ont dit ?

– En gros, que c'est d'accord. J'ai un diplôme universitaire, et je connais assez de latin et de grec pour les avoir impressionnés. Mon hébreu n'est pas tout à fait à la hauteur, mais j'y travaille. Le révérend Caldwell m'a donné un bouquin.

Il tapota la poche de son manteau.

– Oui, je te vois bien prêcher en hébreu aux Crombie et aux Buchanan. Puis ? Quoi d'autre ?

Le jus de l'orange lui coulait sur le menton. Un morceau de pulpe étant resté collé au coin de ses lèvres, il se pencha pour embrasser Brianna, sentant le sucre et l'acidité lui piquer la langue.

– Ils m'ont interrogé sur la doctrine et la compréhension des textes sacrés, et nous avons beaucoup discuté. Nous avons aussi beaucoup prié ensemble.

Il était légèrement gêné de lui en parler. Cela avait été une expérience très forte, comme de retourner dans une maison d'enfance sans avoir su à quel point elle lui avait manqué. Avouer sa vocation avait été une joie, la vivre parmi des gens qui comprenaient et la partageaient…

– Je suis provisoirement « ministre du monde ». Je dois être ordonné pour pouvoir administrer des sacrements comme le mariage et le baptême, mais pour cela, il me faudra patienter jusqu'à la tenue d'une session presbytérienne quelque part. En attendant, je peux prêcher, enseigner et enterrer.

Elle le dévisagea avec un sourire mélancolique.

– Tu es heureux ?

– Très.

– Tant mieux. Je comprends. Alors, maintenant, tu es uni à Dieu, c'est ça ?

Il éclata de rire et sentit sa gorge se détendre. Il allait devoir régler ce problème. Il ne pouvait pas boire tous les dimanches avant le sermon, ce serait le scandale assuré.

– Oui, en quelque sorte. Mais je suis avant tout marié avec toi… je ne l'oublierai pas.

– Tu n'as pas intérêt.

Cette fois, son sourire était sans réserve.

– Dis-moi, puisque nous sommes mariés…

Elle le regarda avec une lueur coquine dans les yeux qui lui chatouilla toute la colonne vertébrale.

– … Jemmy est chez Marsali, il joue avec Germain. Je n'ai encore jamais fait l'amour avec un prêtre. Ça fait un peu pervers et dépravé, tu ne trouves pas ?

– « Que tu es belle, mon amie, que tu es belle ! Tes yeux sont des colombes. Notre lit, c'est la verdure. Les contours de tes hanches sont comme des colliers, œuvre d'un artiste. Ton nombril est une coupe ronde, où le vin parfumé ne manque pas ; ton ventre est un tas de blé entouré de muguet (Il tendit la main et la toucha délicatement) ; tes seins sont comme deux faons, les jumeaux d'une gazelle. »

– Vraiment, tu trouves ?

– Puisque c'est dans la *Bible,* c'est forcément vrai.

– Parle-moi encore de mon nombril.

Cependant, avant qu'il n'ait eu le temps de le faire, une ombre surgit des bois et courut vers eux. C'était Aidan, hors d'haleine.

– Madame… Ogil… vie… dit que… Viens tout de suite !

Il attendit un peu d'avoir retrouvé son souffle pour transmettre la fin du message.

– La petite… elle va très mal… Ils veulent que tu la baptises, au cas où elle mourrait.

Roger porta la main à sa poche qui contenait le *Livre des prières communes* qu'on lui avait donné à Charlotte. Il formait une masse rassurante contre sa paume.

Brianna s'inquiéta :

– Tu peux le faire ? Chez les catholiques, c'est possible. En cas d'urgence, un laïc peut baptiser quelqu'un.

– Oui, dans un tel cas de figure, c'est autorisé.

Il examina sa femme, couverte de suie et de terre, ses vêtements empestant la fumée et l'argile cuite plutôt que la myrrhe et l'aloès.

– Tu veux m'accompagner ?

Il l'implorait de dire oui du regard.

– Je ne voudrais rater ça pour rien au monde !

Elle ôta son écharpe et secoua la tête pour libérer ses cheveux, lumineux tels des étendards flottant au vent.

* * *

C'était le premier enfant des Ogilvie, une petite fille. Forte de son expérience de mère, Brianna comprit tout de suite qu'elle souffrait d'une méchante colique. Hormis cela, elle était en parfaite santé. Les parents, d'une jeunesse alarmante (ils paraissaient tous les deux n'avoir guère plus de quinze ans) se confondaient en remerciements : pour le diagnostic et les conseils de Brianna, pour sa proposition de demander à sa mère de passer les voir (ils avaient trop peur d'approcher la femme du laird, indépendamment des histoires qu'ils avaient entendues à son sujet) et pour le fait que Roger se soit déplacé pour baptiser leur bébé.

Un vrai pasteur (car rien n'aurait pu les persuader du contraire) était venu jusque dans ces terres reculées et avait daigné apporter la bénédiction de Dieu à leur enfant ! Ils ne croyaient pas à leur chance.

Roger et Brianna s'attardèrent jusqu'à la tombée du soir, puis rentrèrent chez eux, rayonnant du plaisir d'avoir accompli une bonne action.

Le baptême s'était très bien déroulé. Même le nourrisson avait cessé de s'époumoner quand il avait versé de l'eau sur son crâne glabre, en confiant son âme à la protection divine. Il ressentait une profonde joie et une grande humilité d'avoir été autorisé à effectuer la cérémonie. Il y avait juste un petit détail sur lequel ses sentiments étaient partagés entre la fierté et la consternation.

– Son prénom… commença Brianna.

Elle s'interrompit, se mordant la lèvre.

– J'ai essayé de les arrêter, tu es témoin ! J'ai tout fait. Je leur ai suggéré Elizabeth, Mairi, Elspeth même. Tu m'as bien entendu, non ?

– Oh, allons, dit-elle d'une voix tremblante. Je trouve que Rogerina est un prénom ravissant !

Cette fois, n'en pouvant plus, elle s'assit dans l'herbe et ricana comme une hyène.

– Oh, mon Dieu, la pauvre petite ! dit-il en éclatant de rire à son tour. J'avais déjà entendu parler d'une Thomasina, et même d'une Jamesina, mais là… Oh ! la pauvre !

– Peut-être qu'ils l'appelleront simplement Ina pour faire plus court. Ou bien, ils l'épelleront à l'envers, Aniregor, et la surnommeront Annie.

– Merci, tu es d'un grand réconfort !

Il lui tendit la main et l'aida à se hisser debout.

Elle s'appuya contre lui et lui enlaça la taille, l'embrassant. Puis elle lui murmura dans l'oreille :

– «Je suis celui que j'aime et celui que j'aime est moi.» Vous avez été parfait, révérend. Maintenant, rentrons chez nous.

HUITIÈME PARTIE

L'appel

58

Aimez-vous les uns les autres

Roger inspira le plus profondément possible et hurla de toutes ses forces. Ce qui ne fit pas grand bruit. Il essaya encore, et encore. Non seulement cela faisait mal, mais c'était extrêmement frustrant, ces sons étranglés lui donnant envie de ne plus jamais ouvrir la bouche de sa vie.

Il s'essuya les yeux sur sa manche, s'apprêtant à effectuer une autre tentative. Au moment où il gonflait le torse, serrant les poings, il entendit des voix. Elles n'étaient pas loin, mais il avait le vent contre lui et ne pouvait entendre ce qu'elles disaient. Probablement des chasseurs. C'était une belle journée d'automne, avec un air sec et un soleil qui diaprait le sous-bois de taches de lumière changeantes.

Les feuilles commençaient à rougir et certaines tombaient déjà, formant un mouvement continu et silencieux à la lisière de son champ de vision. Dans un tel décor, il pouvait facilement être confondu avec le gibier. Il voulut appeler de nouveau, puis hésita, se demandant s'il ne préférait pas qu'on lui tire dessus par erreur plutôt que de se ridiculiser avec ses croassements pathétiques.

– Crétin, marmonna-t-il entre ses dents.

Il hurla «Ohé!» encore quatre ou cinq fois sans succès, puis, enfin, un lointain «Hé!» lui répondit. Il se hissa sur la pointe des pieds, soulagé, puis se mit à tousser, surpris de ne pas cracher de sang. Sa gorge était à vif. Quand les chasseurs apparurent enfin, il les accueillit avec soulagement. C'étaient Allan Christie et Ian Murray, tous deux armés de carabines.

Le visage de chouette d'Allan s'illumina d'un large sourire :

– Pasteur MacKenzie ! Qu'est-ce que vous faites ici tout seul ? Vous répétez votre premier sermon ?

– À vrai dire, oui.

D'une certaine manière, il disait vrai. Il n'y avait pas d'autre explication plausible à sa présence en solitaire dans la forêt, sans arme, collet ni canne à pêche.

– Vous avez intérêt à ce qu'il soit bon, le taquina Allan. Tout le monde sera là. Papa fait travailler Malva d'arrache-pied du matin au soir pour récurer la cabane de fond en comble.

– Ah ? Remerciez-la de ma part et dites-lui combien j'apprécie son aide.

Après y avoir longuement réfléchi, il avait demandé au maître d'école l'autorisation d'utiliser sa maison pour les offices du dimanche. Ce n'était qu'une cabane rustique, comme la plupart des habitations de Fraser's Ridge, mais les classes s'y tenant déjà, la pièce principale était aménagée pour accueillir du monde. Jamie Fraser lui aurait certainement prêté la Grande Maison, mais Roger craignait que ses paroissiens (quel terme intimidant !) ne se sentent pas à leur aise chez un papiste, aussi accommodant et tolérant soit-il.

Allan se tourna vers Ian.

– Tu viendras, n'est-ce pas ?

Ian fut pris de court.

– Euh… oui, mais j'ai été baptisé catholique, ça ne fait rien ?

– Tu es toujours chrétien, non ? Certains disent que les Indiens ont fait de toi un païen.

– Ah, c'est ce qu'on raconte ?

Roger remarqua avec intérêt que les traits de Ian s'étaient durcis et qu'il n'avait pas répondu à la question.

– Ta femme viendra t'écouter, cousin ?

– Oui, et le petit Jemmy aussi.

« Qu'est-ce que tu penses de cette expression ? » lui avait demandé Brianna la mine inspirée, le menton levé, la bouche à peine entrouverte. « Tu préfères que je joue à Jackie Kennedy ou à la reine d'Angleterre passant ses troupes en revue ? » Elle avait alors pincé les lèvres, rentré le menton, adopté un air d'approbation digne.

« Oh, s'il faut vraiment choisir, à la Kennedy, je t'en prie ! » avait-il répondu.

– Bon, dans ce cas, je viendrai aussi, annonça Ian. Si tu m'assures que personne n'y verra d'objection.

Allan le rassura d'un geste.

– Mais non, tout le monde y sera.

Cette perspective noua le ventre de Roger. Préférant changer de sujet, il les interrogea :

– Vous chassez les biches ?

– Oui, répondit Allan. Mais on a entendu un couguar par là. (Il pointa un doigt dans la forêt environnante). Selon Ian, s'il y a un prédateur dans les parages, les biches ont déguerpi depuis belle lurette.

Roger jeta un œil vers Ian, dont l'expression inhabituellement impavide lui indiqua tout ce qu'il avait besoin de savoir. Allan Christie, qui était né et avait grandi à Édimbourg, ne pouvait sans doute pas distinguer le cri d'un couguar de celui d'un homme, mais Ian, si.

– Dommage qu'il ait fait fuir le gibier. Dans ce cas, si vous rentrez, je vais marcher avec vous.

* * *

Pour son premier sermon, il avait choisi le texte : « Aime ton prochain comme toi-même ».

– C'est dans les vieux pots qu'on fait les meilleures soupes, avait-il expliqué à Brianna.

Il avait déjà entendu une bonne centaine de variations sur ce thème, si bien qu'il était raisonnablement sûr de trouver de quoi tenir les trente à quarante minutes nécessaires.

Une messe typique était bien plus longue, incluant la lecture de plusieurs psaumes, une discussion sur la leçon du jour et des interventions des membres de l'assemblée, mais sa voix n'était pas encore prête pour une telle épreuve. Il devrait s'entraîner progressivement pour être capable d'effectuer un office complet, qui pouvait durer jusqu'à trois heures. En attendant, il avait prié Tom Christie, son aîné, de s'occuper des lectures et des prières d'ouverture.

Brianna était sagement assise dans un coin, l'observant avec un sourire (pas celui de Jackie Kennedy, Dieu merci!) et une lueur chaleureuse dans les yeux chaque fois que leurs regards se croisaient.

Il avait apporté ses notes, au cas où l'inspiration viendrait à manquer, mais ce ne fut pas nécessaire. Il eut une sueur froide quand, après avoir lu la leçon du jour à voix haute, Tom Christie referma sa *Bible* d'un coup sec et le fixa dans le blanc des yeux, mais, une fois lancé, il se sentit tout à fait à son aise. Ce n'était pas comme donner un cours à l'université, même si ses nouvelles ouailles étaient beaucoup plus attentives que ses anciens étudiants. Ils ne l'interrompaient pas non plus pour poser des questions ou discuter d'un détail… du moins pas pendant son prêche.

Au cours des premières minutes, il fut intensément conscient de tout ce qui l'entourait : de la vague odeur de renfermé de la salle, de celle des corps, des relents de cuisine de la veille (des oignons frits), de la lessive avec laquelle le parquet avait été récuré. Mais, bientôt, plus rien d'autre n'exista que les rangées de visages devant lui.

Allan Christie n'avait pas exagéré : ils étaient tous venus. La pièce était pratiquement aussi bondée que lors de sa dernière intervention publique, lors de la résurrection inattendue de la vieille Mme Wilson.

Il se demanda si les événements de ces étranges funérailles n'avaient pas joué un rôle dans sa nouvelle popularité. Certains le dévisageaient s'attendant à le voir transmuter l'eau en vin, mais la plupart semblaient surtout satisfaits de son sermon. Sa voix était rauque, mais suffisamment puissante.

Il croyait en ses paroles. Une fois les premières minutes passées, les mots sortirent d'eux-mêmes, et, n'ayant plus besoin de se concentrer sur son élocution, il put promener son regard de visage en visage, donnant l'impression qu'il s'adressait à chacun en particulier, tout en laissant des pensées passagères traverser son esprit.

Fergus et Marsali n'étaient pas là, absence qui n'avait rien d'étonnant. En revanche, Germain était assis avec Jemmy et Aidan McCallum auprès de Brianna. Quand il avait pris la parole, les trois garçons s'étaient donné des coups de coude et avaient échangé des messes basses en le montrant du doigt, mais Brianna les avait rappelés à l'ordre en leur chuchotant une menace assez redoutable pour qu'ils cessent de gigoter. La mère d'Aidan était assise de l'autre côté, le fixant avec une telle adoration que c'en était gênant.

Les Christie avaient la place d'honneur, au milieu du premier rang. Malva, modeste avec son bonnet en dentelle, était assise entre son frère, qui la dominait d'un air protecteur, et son père, qui ne semblait pas voir les regards que les jeunes hommes lançaient vers sa fille.

À la surprise de Roger, Jamie et Claire étaient venus, préférant s'asseoir tout au fond. Son beau-père était calme et impassible, mais le visage de Claire était un livre ouvert. Elle avait l'air de trouver la cérémonie très amusante.

– ... et si nous considérons vraiment l'amour du Christ pour ce qu'il est...

Ce fut son instinct, affiné par d'innombrables cours magistraux, qui lui indiqua un problème potentiel. Pour le moment, il nota une vague agitation dans un coin, au fond de la salle, où plusieurs adolescents s'étaient installés. Il y avait plusieurs fils McAfee (ils étaient toute une ribambelle) avec Jacky Lachlan, démon notoire.

Il perçut à peine un coup de coude, une lueur dans un regard, une sorte de courant d'excitation sous-jacent. De temps en temps, il lançait un œil noir dans leur direction, dans l'espoir de les intimider. Ce fut ainsi qu'il aperçut le serpent rampant entre les souliers de Mme Crombie. C'était une grande couleuvre tachetée aux vives rayures rouges, jaunes et noires, relativement tranquille.

– … Certes, vous pourriez me demander : « Qui donc est mon prochain ? » Une bonne question, dans un pays où la moitié des personnes que l'on croise sont des étrangers, et bien souvent, un peu étranges aussi.

Un petit rire parcourut l'assistance. Pendant ce temps, la couleuvre poursuivait sa promenade, dressant la tête et dardant sa langue avec curiosité. Elle devait être apprivoisée, car la proximité des humains ne la dérangeait aucunement.

Toutefois, l'inverse n'était pas vrai. Les serpents étant rares en Écosse, la plupart des immigrants en avaient peur. Outre l'inévitable association qu'ils faisaient avec le diable, ils ne savaient pas reconnaître les espèces venimeuses des inoffensives, ne connaissant que leur vipère locale. S'ils baissaient les yeux et apercevaient le reptile, ce serait la panique.

Un gloussement étranglé, vite interrompu, s'éleva dans le coin où étaient assis les coupables. Plusieurs têtes se tournèrent vers eux en sifflant des « Chut ! ».

– … « Lorsque j'avais faim, tu m'as nourri ; lorsque j'ai eu soif, tu m'as donné à boire. » Qui parmi nous ferait la sourde oreille, si un… un *Sassenach* affamé, par exemple, venait frapper à leur porte ?

Il y eut quelques regards amusés, voire un peu choqués, vers Claire, qui avait rosi et se retenait de rire.

Après une brève halte, le serpent avait repris sa route vers l'autre bout du banc. Un mouvement soudain attira l'attention de Roger. Jamie venait de sursauter, ayant à son tour aperçu la couleuvre. À présent, il se tenait raide tel un piquet, comme s'il s'agissait d'une bombe.

Sans cesser de parler à la foule, Roger envoyait des prières au Tout-Puissant afin que, dans son infinie clémence, il fasse sortir l'intruse par la porte entrouverte à l'arrière. En même temps, il déboutonna discrètement sa veste pour pouvoir être plus libre de ses mouvements.

Si cette maudite bestiole se dirigeait vers l'avant de la salle, il lui faudrait plonger et l'attraper aussi sec. Cela provoquerait un moment de stupeur, mais ce serait bénin comparé à ce qui arriverait si...

— ... Vous vous souvenez sans doute des paroles de Jésus à la femme de Samarie venue puiser de l'eau dans le puits de Jacob...

Indécise, la couleuvre s'était enroulée autour d'un pied de banc. Elle n'était qu'à un mètre de Jamie, qui la fixait avec des yeux de faucon, un voile de transpiration sur le front. Roger savait que son beau-père avait une sainte horreur des serpents, ce qui n'avait rien d'étonnant, car un grand serpent à sonnette avait failli le tuer trois ans plus tôt.

Le reptile était trop loin pour que Roger tente de l'attraper lui-même ; trois bancs les séparaient. Quant à Brianna, qui aurait pu s'en charger, elle avait pris place de l'autre côté de la pièce. Il n'y avait donc pas d'autre solution : il allait devoir interrompre son sermon et, d'une voix très calme, demander à quelqu'un de fiable dans l'assistance d'attraper la couleuvre et de la jeter dehors. Qui ? Son regard balaya les fidèles, et il aperçut Ian Murray, qui se trouvait à un pas de la bête. Au même instant, sans doute lassée par le spectacle, celle-ci abandonna son pied de banc et partit vers l'arrière de la salle. Jamie se pencha soudain, l'attrapa au passage et la glissa sous son plaid.

En l'entendant bouger, plusieurs personnes tournèrent la tête vers lui. Il toussota dans son poing et s'efforça de paraître captivé par le discours de son gendre. Constatant qu'il ne s'était rien passé, les curieux se tournèrent de nouveau vers Roger, s'installant plus confortablement sur leur siège.

— ... Nous retrouvons la ville de Samarie dans la parabole du Bon Samaritain. Je sais que la plupart d'entre vous la connaissent bien, mais pour les enfants qui ne l'ont sans doute encore jamais entendue...

Roger sourit à Jemmy, Germain et Aidan, qui se tortillèrent comme des asticots, ravis d'être ainsi distingués.

Du coin de l'œil, il pouvait voir Jamie, pâle et pétrifié dans sa plus belle chemise en lin. Une ombre remuait sous le tissu, et un vague éclat d'écailles colorées luisait près de son poing fermé. Le serpent tentait de s'enfuir en remontant dans sa manche et aurait pointé sa tête par le col de sa chemise s'il ne l'avait désespérément retenu par la queue. Jamie transpirait à profusion, Roger aussi. Il vit Brianna le regarder en fronçant les sourcils.

– … Tirant deux pièces d'argent, le Samaritain les tendit à l'aubergiste et lui dit : «Prends soin de lui, et si tu dépenses plus, c'est moi qui te dédommagerai à mon retour.»

Puis, Roger aperçut Claire en train de se pencher vers Jamie et de lui murmurer quelques mots. Son beau-père fit non de la tête. Il devina qu'elle avait vu le serpent (le contraire eut été étonnant) et qu'elle lui demandait de sortir pour s'en débarrasser au-dehors, ce qu'il refusait. Jamie ne voulait pas encore perturber le sermon, car, pour accéder à la porte, il aurait été obligé de déranger plusieurs personnes.

Roger marqua une pause pour s'essuyer le front avec le grand mouchoir que Brianna lui avait donné à cet effet. Pendant ce temps, Claire sortit un grand sac en calicot d'une poche de sa jupe.

Elle semblait insister, mais Jamie ne voulait rien entendre, se tenant stoïque tel le jeune spartiate* se faisant dévorer les entrailles par un renard.

Soudain, la couleuvre sortit la tête juste sous son menton, pointant la langue. Il ouvrit grand des yeux affolés. Claire se hissa sur la pointe des pieds, saisit l'animal par le cou, l'extirpa de la chemise de son mari tel un long bout de ficelle et le fourra dans sa pochette, la refermant aussitôt en tirant sur le lacet.

– Louons le Seigneur ! lâcha Roger.

---

* Pris en main à l'âge de sept ans par l'État, les jeunes spartiates recevaient une éducation militaire et civique, prônant notamment l'endurance et la bravoure. Selon la légende, l'un d'eux ayant caché un renard sous ses vêtements se laissa dévorer plutôt que d'avouer son larcin. *(N.d.T.)*

Les fidèles, assez perplexes, répondirent docilement en chœur : «Amen!»

L'homme se tenant près de Claire avait vu toute la scène et la dévisageait, les yeux exorbités. Elle glissa le sac (à présent agité de convulsions) dans sa jupe et fit retomber les pans de son châle. Puis elle lança un œil noir à son voisin, l'air de dire : «Quoi, tu veux ma photo?», avant de se retourner vers le pasteur l'air pieusement absorbée.

Roger tint bon jusqu'au bout, assez soulagé de savoir le reptile captif pour entamer le dernier cantique : un chant interminable dont il devait chanter chaque phrase une à une, attendant que l'assistance la répète à l'unisson. Le peu de voix qui lui restait grinçait comme une charnière mal huilée.

Quand il sortit enfin serrer des mains et accepter les compliments de ses ouailles, sa chemise lui collait à la peau, et l'air frais eut l'effet d'un baume.

– Un grand sermon, monsieur MacKenzie, un grand sermon! l'assura Mme Gwilty.

Elle donna un coup de coude au monsieur qui l'accompagnait, peut-être son mari ou son beau-père.

– N'était-ce pas un grand sermon, monsieur Gwilty?

– Mmphm... fit le vieil homme desséché. Pas mal, pas mal. Vous avez oublié la belle histoire de la catin, mais vous nous la replacerez sans doute un de ces jours.

– Sans nul doute, confirma Roger. Merci d'être venus.

Tout en le saluant, il se demandait de quelle catin il voulait parler.

– Pour rien au monde je n'aurais raté ça! l'informa la dame suivante. Mais pour ce qui est des chants, ils étaient un peu décevants, vous ne pensez pas?

– Oui, en effet. Peut-être la prochaine fois...

– Je n'ai jamais beaucoup aimé le psaume 109, il est tellement sinistre. La prochaine fois, vous nous en choisirez un davantage enlevé, qu'en dites-vous?

– Mais... euh, oui, pourquoi pas?

– Papa! Papa! Papa!

Jemmy se précipita dans ses jambes, s'accrochant affectueusement autour de sa cuisse et manquant de le faire tomber.

– Beau travail! lui dit Brianna avec un sourire amusé. Qu'est-ce qui se passait au fond de la salle? Tu n'arrêtais pas de lancer des coups d'œil vers l'arrière, mais je ne voyais rien...

– Beau sermon, monsieur! Beau sermon!

Le plus âgé des Ogilvie le salua en passant, puis s'éloigna, déclarant à sa femme :

– Le pauvre garçon chante comme une casserole, mais son prêche n'était pas si mal, tout compte fait.

Germain et Aidan avaient rejoint Jemmy, et tous trois essayaient de l'embrasser en même temps. Il faisait de son mieux pour les satisfaire, tout en souriant à tout le monde et en acceptant aimablement les suggestions : qu'il parle plus fort, prêche en gaélique, évite le latin (quel latin?) et les références papistes, prenne l'air plus sévère, paraisse plus heureux, cesse de se tortiller et rajoute plus d'histoires.

Jamie sortit à son tour et lui serra la main avec gravité.

– Très bien, déclara-t-il.

– Merci.

Roger chercha ses mots, puis se contenta de répéter :

– Vous... euh... merci.

Claire, qui lui souriait derrière l'épaule de Jamie, cita :

– «Il n'y a pas de plus grand amour que de donner sa vie pour ses amis.»

Le vent souleva son châle, et il aperçut un pan de sa jupe remuer bizarrement. Jamie se mit à rire.

– Mmphm... Un de ces jours, tu devrais passer voir Rab McAfee et Isaiah Lachlan, Roger Mac, et leur faire un petit sermon sur le thème : «Celui qui aime son fils met de la diligence à le discipliner.»

– McAfee et Lachlan, oui, en effet. Mais j'aurais plus vite fait de coincer leurs fils moi-même et de leur flanquer une bonne correction.

Il attendit que les derniers fidèles soient partis, remercia Tom Christie et sa famille, puis prit congé et, accompagné des siens, reprit le chemin de la Grande Maison où le déjeuner l'attendait. Normalement, il y aurait eu un second office dans l'après-midi, mais il ne s'en sentait pas encore la force.

La vieille Mme Abernathy marchait laborieusement devant eux sur le sentier, assistée de son amie, Mme Coinneach, qui était presque aussi âgée.

– Un garçon séduisant, disait-elle de sa voix éraillée. Mais ce qu'il est nerveux ! Vous avez vu ça, il transpirait à grosses gouttes !

– Bah, il doit être timide, répondit Mme Coinneach. Ça lui passera avec le temps.

* * *

Étendu sur le lit, Roger savourait l'agréable sensation d'une journée rondement menée, le soulagement d'un désastre évité et la vue de sa femme. La lueur du feu traversait le lin fin de sa chemise quand elle s'agenouilla devant l'âtre, caressant sa peau et les pointes de ses cheveux, si bien que Brianna paraissait illuminée de l'intérieur.

Ayant étouffé le feu pour la nuit, et avant de rejoindre Roger, elle s'arrêta pour observer leur fils Jemmy, blotti au fond de son lit avec un air angélique trompeur.

– Tu sembles songeur. À quoi penses-tu ?

– Je me demandais quelles paroles monsieur MacNeill a prises pour du latin, et où il a vu des allusions catholiques.

Il s'écarta pour lui laisser plus de place dans le lit.

– Tu n'as pas commencé par un *Ave Maria,* le rassura-t-elle. Je m'en serais aperçue.

– Mmm… ne me parle pas de chant, s'il te plaît.

– Ça s'arrangera, dit-elle d'un ton convaincu.

Elle tourna dans un sens puis dans l'autre, creusant son nid. Leur matelas était en laine, beaucoup plus confortable et moins bruyant que ceux qui étaient confectionnés en spathes de maïs, mais néanmoins rempli de bosses et de creux. Enfin confortablement installée, elle se tourna vers lui avec un soupir de contentement, son corps paraissant fondre puis se remodeler autour du sien, un de ses nombreux talents miraculeux. Elle avait tressé ses cheveux en une natte épaisse pour la nuit, et il fit courir ses doigts sur toute sa longueur, repensant au serpent avec un bref frisson. Il se demanda ce que Claire en avait fait. Avec son sens pratique, elle l'avait probablement libéré dans son potager afin qu'il mange les souris.

– Tu as retrouvé l'histoire de catin que tu as oublié de mentionner ?

Elle remua lascivement ses hanches contre les siennes.

– Non. La *Bible* est remplie de catins.

Avec délicatesse, il saisit le lobe de son oreille entre ses dents.

– C'est quoi, une catin ? interrogea une petite voix endormie.

– Rendors-toi, Jemmy, répondit Roger. Je te l'expliquerai demain matin.

Il glissa une main le long de la taille très ronde, solide et chaude de Brianna.

L'enfant serait de nouveau endormi quelques secondes plus tard, mais ils se contentèrent de caresses discrètes sous les couvertures. Une fois bien entré dans le pays des rêves, plus rien ne pouvait en extirper Jemmy, mais il s'était plus d'une fois réveillé, dans son premier sommeil, dérangé par les bruits bizarres de ses parents.

Décrivant doucement des ronds avec son pouce autour du mamelon de Roger, Brianna lui demanda :

– Alors, c'était comme tu l'avais imaginé ?

– Quoi... oh, tu veux parler du prêche ? Eh bien... si on fait exception du serpent...

– Pas uniquement ça, je veux parler de l'ensemble.

Le regard de sa femme fouillait le sien. Il tenta de se concentrer sur ses paroles plutôt que sur ses gestes. Il posa sa main sur la sienne.

– Oui. Tu veux savoir si je suis toujours sûr d'avoir pris la bonne décision ? Absolument. Dans le cas contraire, je ne serais jamais allé jusque-là.

– Papa, pas Jamie, l'autre, disait toujours que se sentir destiné à quelque chose en particulier était une vraie bénédiction. Tu penses avoir toujours eu cette vocation ?

– Pendant un temps, j'étais convaincu d'être destiné à être un homme-grenouille. Ne ris pas, c'est vrai ! Et toi ?

– Moi ?

Elle réfléchit un instant, pinçant les lèvres.

– Comme j'ai fréquenté une école catholique, on nous poussait sans cesse à entrer dans les ordres, mais j'étais déjà sûre de ne pas avoir de vocation religieuse.

– Dieu merci !

La ferveur de son ton la fit rire.

– Puis, pendant assez longtemps, j'ai voulu être historienne. Ça m'intéressait beaucoup. J'en avais les moyens, mais, ce dont j'avais vraiment envie, c'était de construire des choses. (Elle libéra sa main et agita ses longs doigts agiles). Mais je ne sais pas si on peut vraiment parler de vocation.

– Tu ne penses pas que la maternité est une vocation ?

Il s'aventurait sur un terrain dangereux. Ses règles étaient en retard de plusieurs jours, mais ni elle ni lui n'en parlaient… ni n'étaient prêts à aborder cette question pour l'instant.

Elle jeta un coup d'œil vers le lit de leur fils et esquissa une grimace qu'il ne sut interpréter.

– Peut-on appeler « vocation » ce qui, pour la plupart des gens, est un accident ? Je ne veux pas dire que ce n'est pas important, mais cela ne devrait-il pas impliquer un choix personnel ?

Un choix. Certes, Jemmy n'avait jamais été prévu, mais, le prochain, s'il y en avait un, aurait été attendu et voulu.

– Je ne sais pas.

Il lissa la longue tresse le long de la colonne vertébrale de Brianna, et elle se rapprocha de lui. Elle lui sembla plus pleine qu'à l'accoutumée. Peut-être étaient-ce ses seins. Plus doux, plus gros.

– Jemmy est profondément endormi, murmura-t-elle.

Elle posa une main sur sa poitrine velue, l'autre plus bas.

Quelque temps plus tard, se sentant emporté à son tour vers le pays des rêves, il l'entendit parler et s'efforça de s'extirper du sommeil. Il voulut lui demander ce qu'elle venait de dire, mais ne parvint qu'à marmonner un :

– Mmm ?

– J'ai toujours pensé que j'avais une vocation…, répéta-t-elle.

Elle fixait les ombres entre les poutres du plafond.

– … Que j'étais destinée à accomplir quelque chose, mais je ne sais pas encore quoi.

– En tout cas, je peux te dire une chose : tu n'étais pas destinée à être bonne sœur.

* * *

Le visage de l'homme était dans l'ombre. Il vit un œil, un éclat humide, et son cœur accéléra. Les bodhrana *parlaient.*

Il y avait un objet en bois dans sa main, une baguette ou un bâton… il sembla changer de forme, devenant immense, et pourtant il le tenait toujours fermement, battant le tambour, battant dans le crâne de l'homme dont les yeux étaient tournés vers lui, brillants de terreur.

Un animal l'accompagnait, grand et à demi visible, frôlant sa cuisse en marchant dans le noir, excité par le sang, tout comme lui ; chassant.

Le bâton s'abattit, s'éleva, s'abattit, s'éleva, encore et encore au bout de son poignet, le bodhran *vivant et parlant dans ses os, vibrant tout le long de son bras ; un crâne implosa dans un craquement humide et mou.*

Ils étaient unis plus étroitement encore qu'un homme et une femme, la terreur et la furie vengeresse se fondant dans ce son rond et dans la nuit. Le corps tomba, et il le sentit se détacher de lui. C'était comme une perte et une déchirure ; la terre sèche et les aiguilles de pin lui piquèrent la joue.

Les yeux vides brillaient, et le visage flasque était baigné par la lueur du feu; il le connaissait sans savoir son nom. L'animal pantelait dans le noir derrière lui, son souffle chaud sur sa nuque. Tout brûlait : l'herbe, les arbres, le ciel. Les bodhrana *parlaient dans ses os, mais il ne comprenait pas ce qu'ils disaient. Il frappait la terre, le corps inerte et mou, l'arbre en flammes avec une rage qui projetait des étincelles, afin que les tambours quittent son sang et parlent clairement. Puis la baguette lui échappa, sa main heurta le tronc et s'embrasa.*

Il se réveilla en sursaut avec la main en feu. D'un geste machinal, il la porta à sa bouche, suçant le sang métallique. Son cœur palpitait si fort qu'il respirait à peine. Il lutta pour retrouver son calme, refouler la panique et respirer plus calmement, avant que sa gorge ne se referme et qu'il ne s'étrangle.

La douleur dans sa main l'aida à détourner son attention de l'idée de suffocation. Dans son sommeil, il avait donné un coup de poing dans le mur en rondins de bois brut. Il avait l'impression que ses phalanges avaient été broyées. Il la pressa dans son autre main, serrant les dents.

Roulant sur le côté, il aperçut dans la pénombre l'éclat humide d'une paire d'yeux. S'il avait eu encore du souffle, il aurait hurlé.

– Ça ne va pas, Roger ? chuchota Brianna.

Elle posa la main sur son épaule, son dos, son front, cherchant s'il était blessé quelque part.

– Si… si… ça va, haleta-t-il. Juste… un mauvais… rêve.

Il n'avait pas rêvé qu'il suffoquait : sa poitrine était comprimée, chaque inspiration lui demandant un effort conscient.

Elle repoussa les couvertures, se leva, le hissa en position assise, lui ordonnant à voix basse :

– Réveille-toi complètement et redresse-toi. Inspire lentement. Je vais te préparer du thé… enfin, une boisson chaude.

Il n'avait pas la force de protester. La cicatrice sur sa gorge le serrait comme un étau. La douleur vive dans sa main s'était atténuée en un élancement battant en rythme avec son cœur. Il repoussa son rêve, la sensation des tambours résonnant dans ses os et, dans sa lutte, s'aperçut qu'il respirait mieux. Le temps que Brianna revienne avec une tasse d'eau chaude mélangée avec une substance nauséabonde, il avait presque retrouvé un souffle normal.

Refusant de boire la boisson infecte, il préféra y tremper ses doigts meurtris.

– Tu veux me raconter ton cauchemar ?

Il hésita, mais pouvait encore sentir le rêve flotter dans l'air de la nuit ; garder le silence et essayer de se rendormir serait l'inviter à revenir le hanter. En outre, elle pourrait peut-être lui expliquer sa signification.

– C'était confus, mais il y avait un rapport avec la nuit où nous sommes allés récupérer Claire chez les bandits. Je voyais l'homme… celui que j'ai tué. Je lui fracassais le crâne. Quand il est tombé, j'ai vu son visage et, tout à coup, je me suis rendu compte que je l'avais déjà rencontré… Je… je sais de qui il s'agit.

Le trouble d'avoir identifié sa victime transparaissait dans sa voix, et Brianna posa avec douceur sa main sur la sienne, l'interrogeant du regard.

– Tu te rappelles d'un affreux petit chasseur de primes nommé Harley Boble ? On ne l'a croisé qu'une seule fois, lors du *gathering* à Mount Helicon.

– Oui, je m'en souviens. Lui ? Tu es sûr ? Tu m'as dit qu'il faisait nuit noire, et que tout était très confus…

– J'en suis certain. En le frappant, j'ignorais qui il était, mais j'ai vu son visage quand il est tombé. Les herbes étaient en feu. Je l'ai vu clairement. Je l'ai reconnu de nouveau dans mon rêve et, à mon réveil, j'avais son nom dans la tête.

Il fléchit sa main en grimaçant.

– C'est encore pire de tuer quelqu'un que tu connais.

Vivre avec le souvenir d'avoir provoqué la mort d'un être était déjà lourd pour Roger ; à présent, il se voyait comme un assassin.

– Oui, mais tu ne le connaissais pas quand tu l'as tué, souligna-t-elle. Tu ne l'as reconnu qu'après.

– Tu as raison, ajouta-t-il sans grand soulagement.

Il faisait frisquet dans la pièce. Il remarqua que Brianna avait la chair de poule.

– Tu as froid, recouchons-nous.

Il ressentit un immense apaisement quand elle se lova en chien de fusil derrière lui, la chaleur de son corps pénétrant ses os transis. Elle glissa un bras autour de lui, son poing remontant vers son menton, et il baisa sa main. Il sentait son souffle dans sa nuque et, l'espace d'un instant déroutant, revit l'étrange animal de son rêve.

– Brianna... J'avais vraiment l'intention de le tuer.

– Je sais, murmura-t-elle.

Elle le serra plus fort contre elle comme pour l'empêcher de tomber.

59

Monsieur fait sa cour

De Lord John Grey
Plantation de Mount Josiah

Mon cher ami,

    C'est l'esprit quelque peu agité que je prends la plume.
    Vous vous souvenez certainement de M. Josiah Quincy. Je ne vous l'aurais jamais envoyé si j'avais eu la moindre idée de ses véritables desseins. En effet, je suis convaincu que c'est de son fait si votre nom est désormais associé au présumé Comité de correspondance de la Caroline du Nord. Un ami nous sachant accointés m'a montré hier une missive provenant de cet organe et contenant une liste de destinataires. Votre nom y figurait. De vous voir en telle compagnie m'a inquiété au point que j'ai décidé de vous écrire sur-le-champ pour vous en informer.
    J'aurais immédiatement brûlé la lettre s'il n'avait été évident que cet exemplaire en était un parmi d'autres, probablement acheminés en ce moment même dans diverses colonies. Mon ami, vous devez coûte que coûte vous dissocier de ce genre d'organisation et faire le nécessaire afin que votre nom n'apparaisse plus dans de tels contextes.
    Car sachez-le : la poste n'est pas sûre. J'ai souvent reçu des documents officiels, quelques-uns même frappés du sceau royal, qui non seulement avaient été clairement ouverts, mais, dans certains cas, portaient le paraphe ou la signature de

ceux qui les avaient interceptés et inspectés. Ces intrusions peuvent être le fait de whigs comme de tories, et j'ai entendu dire que le gouverneur Martin se faisait désormais adresser son courrier chez son frère, à New York, qui le lui renvoie ensuite par messager privé (j'ai reçu récemment un de ces derniers à dîner), car il ne peut plus se fier à la poste de la Caroline du Nord.

Je ne peux qu'espérer qu'aucun document compromettant contenant votre nom ne tombera entre les mains de personnes ayant le pouvoir d'arrêter ou de lancer d'autres mesures répressives à l'encontre des orateurs de propos séditieux. Si, par mégarde, le fait de vous avoir présenté M. Quincy vous a nui ou mis en danger, je m'en excuse sincèrement et vous assure que je ferai tout ce qui est en mon pouvoir pour corriger cette situation.

En attendant, je vous offre les services de M. Higgins qui acheminera votre courrier en toute sécurité, pas uniquement celui m'étant destiné. Il est absolument digne de confiance, et je vous l'enverrai régulièrement.

Malgré tout, j'ai bon espoir que la situation générale puisse encore s'améliorer. Ces têtes brûlées qui incitent à la rébellion n'ont, pour la plupart, jamais connu la guerre, autrement elles ne s'exposeraient pas à ses terreurs et ses épreuves ; elles ne risqueraient pas à la légère de verser le sang et de sacrifier leur vie pour une peccadille, telle qu'un désaccord avec leur parent.

À Londres, le sentiment est que l'affaire se résumera à « quelques nez cassés », pour reprendre les termes de Lord North. Je l'espère.

Cette lettre a aussi un côté plus personnel. Mon fils William a acheté une commission de lieutenant et rejoindra très bientôt son régiment. Naturellement, je suis très fier de lui, mais, connaissant les dangers et les incertitudes d'une vie de soldat, j'avoue que j'aurais préféré le voir adopter une autre discipline, soit qu'il se consacre entièrement à la gestion de son immense domaine, soit, si cette vie s'avérait trop morne pour lui, qu'il se lance en politique ou dans le commerce. En effet, il a un don inné pour accroître ses ressources, et je ne doute pas de ses possibilités d'acquérir une influence non négligeable dans ces deux sphères.

Ses biens sont toujours sous mon contrôle jusqu'à ce que William atteigne sa majorité. Malgré mes efforts, je ne suis pas parvenu à le dissuader. Je me souviens à quel point moi-même, à son âge, j'étais déterminé à servir. Il se lassera peut-être des rigueurs militaires pour prendre un autre chemin. Je dois bien reconnaître que la vie de soldat a également de nombreuses vertus, aussi rudes soient-elles parfois.

Sur une note moins alarmante...

Contre toute attente, je me trouve une nouvelle fois dans la position d'intermédiaire. Non pas, je me hâte de l'ajouter, au nom de Sa Majesté, mais de celui de Robert Higgins, qui m'implore d'user de la petite influence dont je jouis auprès de vous pour présenter sa demande en mariage.

M. Higgins m'a toujours servi avec efficacité et fidélité, et je suis ravi de lui offrir mon aide dans la mesure de mes moyens. J'espère que vous serez aussi bien disposé à son égard, car, comme vous le constaterez, votre avis et vos conseils lui seront indispensables.

Il faut dire que la situation est assez délicate et requiert la plus grande discrétion. Il semblerait que M. Higgins ait noué des liens avec deux jeunes femmes habitant à Fraser's Ridge. Je lui ai souligné la difficulté de se battre sur deux fronts à la fois et lui ai conseillé de concentrer ses forces afin d'augmenter ses chances de réussite avec un seul des objets de son affection... tout en se ménageant une possibilité de repli et de regroupement si sa première tentative échouait.

Les deux dames en question se nomment Mlle Wemyss et Mlle Christie. Selon M. Higgins (très prolixe sur le sujet), elles sont toutes deux abondamment dotées de beauté et de charme. Pressé de choisir entre l'une et l'autre, il a d'abord protesté qu'il en était incapable, mais, après une longue discussion, a fini par désigner Mlle Wemyss comme premier choix.

Sa décision est motivée par une considération pratique : la demoiselle et son père sont tous deux employés chez vous comme domestiques sous servage. Je vous offre donc, si cela vous convient, de racheter leurs contrats, à la condition que Mlle Wemyss accepte d'épouser M. Higgins.

Je ne souhaite en rien vous priver de deux domestiques que vous estimez, mais M. Higgins craint que Mlle Wemyss refuse de quitter son père. De même, il espère que mon offre de libérer le père et la fille de leur servitude (car je le lui ai promis, dans la mesure où il continue de travailler pour moi) supplantera les objections possibles de Mlle Wemyss quant à l'absence de biens de son prétendant et d'autres petits inconvénients liés à sa vie passée.

Je crois comprendre que Mlle Christie, bien que tout aussi jolie, a un père plus difficile à convaincre, et que sa situation sociale est plus élevée que celle de Mlle Wemyss. Toutefois, dans l'éventualité où Mlle Wemyss et son père déclineraient l'offre de M. Higgins, et avec votre assistance, je ferai la meilleure proposition possible susceptible de satisfaire M. Christie.

Que pensez-vous de ce plan d'attaque ? Je vous saurais gré de bien réfléchir à ses implications et, si vous estimez que la proposition a des chances d'être accueillie favorablement, d'aborder la question avec le père et la fille... si possible avec la plus grande discrétion afin de ne pas compromettre, en cas d'échec, une démarche ultérieure auprès de la seconde demoiselle.

Très conscient de sa position inférieure en tant que prétendant, M. Higgins l'est tout autant de la faveur qu'il demande,

Votre humble et dévoué serviteur,
John Grey

– « ... et d'autres petits inconvénients liés à sa vie passée », lus-je par-dessus l'épaule de Jamie. Comme le fait d'avoir été condamné pour meurtre, marqué au fer rouge au visage, et de ne pas avoir de famille ni un sou ?

– Oui, je crois que c'est ce qu'il a voulu dire, convint Jamie.

Il réaligna les feuilles de papier, les tapotant contre le bord du bureau. Il paraissait amusé par la lettre de Lord John, mais plissait le front. J'en ignorais la raison : il était peut-être préoccupé par les nouvelles de Willie, ou bien il se concentrait déjà sur la question délicate de l'offre en mariage de Bobby Higgins.

Il me répondit en levant les yeux vers le plafond. À l'étage au-dessus se trouvait la chambre que Lizzie partageait avec son père. On n'entendait aucun bruit, bien que Joseph soit monté quelques instants plus tôt.

– Il dort ? me questionna Jamie.

Il regarda dehors par la fenêtre. En ce milieu d'après-midi, une lumière égayante baignait la cour.

– Un des symptômes les plus courants de la dépression, répondis-je.

M. Wemyss avait très mal vécu la dissolution des fiançailles de sa fille, beaucoup plus mal, d'ailleurs, que la principale intéressée. Déjà frêle, il avait considérablement maigri, s'était retranché en lui-même et ne parlait que si on lui adressait la parole. On avait de plus en plus de mal à l'extirper du lit le matin.

Jamie me dévisagea, perplexe, le concept de la dépression nerveuse lui échappant quelque peu, puis, tapotant la table de ses deux doigts raides, me demanda :

– Qu'en penses-tu, *Sassenach* ?

– Bobby est un charmant jeune homme, et Lizzie semble l'apprécier.

– Et si les Wemyss étaient encore en servage, sa proposition présenterait quelque intérêt. Mais ce n'est pas le cas.

Quelques années plus tôt, il avait rendu à Joseph son contrat de servage, et Brianna avait libéré Lizzie du sien, à peine la signature apposée. Cependant, personne ne le savait, car le statut d'esclave de Joseph lui évitait de servir dans la milice. De même, en tant qu'esclave, Lizzie était sous la protection de Jamie, étant considérée comme sa propriété, et personne n'aurait osé lui manquer ouvertement de respect.

– Il acceptera peut-être de les prendre à son service en tant que domestiques, suggérai-je. Leurs deux salaires lui reviendront nettement moins cher que s'il avait eu à racheter leurs contrats.

Nous ne payions Joseph que trois livres par an, mais il était nourri, logé et blanchi.

– Je lui en parlerai, mais je dois d'abord discuter avec Joseph, dit Jamie dubitatif.

– Quant à Malva…

Je baissai la voix. Elle se trouvait dans mon infirmerie, filtrant les bouillons de culture pour préparer un nouveau lot de pénicilline. J'avais promis à Madame Silvie de lui en envoyer avec une seringue. Je ne pouvais qu'espérer qu'elle l'utiliserait réellement.

– Tu penses que Tom Christie sera sensible à la demande de Bobby, si Joseph ne l'est pas ? Il est évident que les deux filles ont un faible pour le garçon.

Jamie fit une moue de dérision.

– Oui, bien sûr, Tom Christie va adorer l'idée de marier sa fille à un meurtrier sans le sou ! Si John Grey le connaissait, il n'aurait jamais suggéré une telle chose. Christie est fier comme Nabuchodonosor, sinon plus !

– Mais quel mari pourrait-il espérer trouver pour sa fille, ici, au milieu de nulle part ?

– Je n'ai pas l'honneur de recevoir ses confidences, répondit-il sèchement. S'il ne laisse aucun des jeunes hommes d'ici approcher sa fille, c'est sans doute qu'il estime qu'aucun d'eux n'en est digne. Je ne serais pas surpris s'il s'arrangeait pour envoyer Malva à Edenton ou New Bern pour la marier là-bas. Roger Mac m'a confié qu'il lui en avait parlé.

– Vraiment ? Roger et lui semblent s'entendre comme cul et chemise, ces temps-ci.

Il sourit malgré lui.

– C'est que Roger Mac prend très à cœur le bien-être de ses ouailles. Sans perdre de vue son propre intérêt, bien sûr.

– Que veux-tu dire par là?

Il me fixa un instant comme s'il évaluait ma capacité à garder un secret.

– Mmphm. Promets-moi de ne pas en parler à Brianna, mais Roger Mac s'est mis en tête de marier Tom Christie à Amy McCallum.

J'écarquillai les yeux, puis réfléchis. L'idée n'était pas mauvaise, même si elle ne me serait jamais venue à l'esprit. Certes, Tom avait probablement vingt ans de plus qu'Amy, mais il était en bonne santé et assez robuste pour pourvoir au besoin de la veuve et de ses deux fils. En outre, elle avait grand besoin d'un homme. La question était de savoir si Malva et elle pouvaient cohabiter sous un même toit. Malva dirigeait la maison de son père depuis qu'elle était en âge de le faire et, bien que charmante, elle était aussi fière que son père et accepterait mal d'être supplantée.

– Mmm… fis-je dubitative. Peut-être. Qu'entends-tu par les « intérêts » de Roger?

Jamie la dévisagea, surpris.

– Tu n'as pas remarqué comment la veuve McCallum le regarde?

– Non.

– Moi si, tout comme Brianna. Pour l'instant, elle ronge son frein, mais, crois-moi, *Sassenach,* si Roger ne marie pas rapidement la veuve, il risque de trouver l'enfer moins chaud que son propre foyer!

– Oh, voyons! Roger ne regarde pas madame McCallum, tout de même!

– Non, et c'est bien pour cette raison qu'il a encore ses deux testicules. Mais si tu crois que ma fille va supporter…

Nous parlions à voix basse, mais le son de la porte de mon infirmerie nous fit taire aussitôt. Malva passa la tête dans le bureau, les joues rouges et ses mèches brunes flottant autour de son visage. En dépit de son tablier tout taché, elle ressemblait à une figurine en porcelaine de Dresde, et je vis Jamie sourire devant son expression à la fois passionnée et ingénue.

– Mme Fraser, j'ai passé tout le liquide et l'ai mis en bouteille. Vous m'avez dit de donner le bouillon sale au cochon... Vous voulez dire la grosse truie blanche qui vit sous la maison ?

Elle ne paraissait guère enchantée par cette perspective, ce qui était compréhensible.

– Laissez ça, Malva, je m'en occupe. Merci pour tout. Allez donc retrouver Mme Bug à la cuisine et, si cela vous dit, demandez-lui du pain et du miel avant de rentrer chez vous.

Elle fit une brève révérence et s'éloigna vers la cuisine. J'entendais la voix de Ian, taquinant Mme Bug, et vis Malva s'arrêter un instant pour rajuster son bonnet, enrouler une mèche autour d'un doigt pour la faire boucler, puis redresser le dos avant d'entrer dans la pièce.

Je murmurai à Jamie :

– Tom Christie peut bien échafauder tous les plans qu'il veut, tu n'es pas le seul à avoir une fille qui a du caractère et qui sait ce qu'elle veut.

Avec un grognement dédaigneux, il se replongea dans son travail pendant que je retournai dans mon infirmerie. Malva avait préparé une grande cuvette avec tous les restes spongieux de mes cultures de pénicilline. J'ouvris la fenêtre et regardai prudemment à l'extérieur. Un mètre plus bas se trouvait le monticule de terre indiquant l'entrée de la tanière de la truie blanche. Je me penchai un peu plus.

– La truie ? Tu es chez toi ?

Les châtaigniers perdaient leurs fruits mûrs. Elle pouvait être dans les bois, en train de s'empiffrer. Mais non, je distinguai ses empreintes dans la terre molle et ses ronflements sonores sous la maison.

– La truie ! répétai-je sur un ton plus péremptoire.

Cette fois, j'entendis nettement une chose massive remuer sous le plancher. Je balançai le contenu de ma bassine sur le monticule. Presque aussitôt, une grosse truffe rose apparut, précédant une immense tête couverte de soies blanches et des épaules de la taille d'une barrique de tabac. Le reste de la truie suivit, et elle se jeta avec délice sur la gourmandise, agitant sa queue en tire-bouchon avec ravissement.

Me penchant par la fenêtre, je lui déclarai :

– N'oublie pas à qui tu dois toutes ces friandises !

J'eus un mal fou à refermer la fenêtre, car son rebord était considérablement fendu et cabossé. La truie étant d'une nature impatiente, elle n'hésitait pas à venir chercher la bassine elle-même quand on la gardait trop longtemps à la main.

Tout en m'occupant du monstre blanc, je n'avais pas entièrement oublié la proposition de Bobby, et ses complications potentielles. Sans parler de Malva qui n'était pas insensible aux beaux yeux bleus de Bobby, un jeune homme très séduisant. D'un autre côté, elle n'était pas non plus indifférente aux charmes de Ian, même s'ils étaient moins évidents.

Que penserait Tom Christie de Ian, comme gendre ? Il n'était pas entièrement sans le sou. Bien que n'ayant aucun revenu, il possédait cinq arpents de terre quasiment inexploités. Les tatouages tribaux étaient-ils socialement plus acceptables qu'une marque au fer rouge en travers du visage ? Probablement. D'un autre côté, Bobby était protestant, alors que Ian était, nominalement du moins, catholique.

Néanmoins, il était le neveu de Jamie, ce qui pouvait faire pencher la balance d'un côté comme de l'autre. Christie était intensément jaloux de Jamie. Verrait-il une alliance entre sa famille et la nôtre comme un bienfait ou bien une calamité à éviter à tout prix ?

Bien sûr, si Roger parvenait à lui faire épouser Amy McCallum, cela l'occuperait un moment. Brianna ne m'avait pas parlé de la veuve, mais, à présent que j'y pensais, son silence indiquait peut-être qu'elle refoulait ses sentiments.

J'entendais des voix et des rires dans la cuisine. Apparemment, tout le monde prenait du bon temps. Je décidai de les rejoindre, mais, en passant devant le bureau de Jamie, je remarquai qu'il se tenait toujours debout devant sa table, les mains croisées dans le dos, fixant la lettre de Lord John, l'air ailleurs.

Avec un pincement au cœur, je me dis qu'il était en train de penser non pas à sa fille mais à son fils.

J'entrai et glissai un bras autour de sa taille, appuyant ma tête contre son épaule.

– Pourquoi n'essaies-tu pas de convaincre Lord John? Fais-lui comprendre que les Américains n'ont peut-être pas complètement tort, ou, du moins, tente de le convertir à ta façon de penser.

Lord John ne se battrait pas dans le conflit à venir, mais Willie risquait de se retrouver au front, et du mauvais côté. Certes, se battre dans un camp comme dans l'autre serait dangereux, mais il n'empêche que les Américains gagneraient. Le seul moyen concevable d'influencer Willie était de passer par son père putatif, dont il respectait les opinions.

Jamie émit un rire cynique et me serra contre lui.

– John? Te souviens-tu de ce que je t'ai dit à propos des Highlanders, quand Arch Bug est entré ici avec sa hache?

«Ils vivent par leur serment, ils meurent par lui.»

Il avait raison, j'en avais été témoin. Cette fidélité tribale, brutale... était si difficile à comprendre, même quand je l'avais sous les yeux.

– Oui, je m'en souviens.

Il indiqua la lettre d'un signe de tête, la mine contrite, mais teintée de respect.

– Il est pareil. Tous les Anglais ne le sont pas, mais lui, si. C'est l'homme du roi. Même si l'archange Gabriel apparaissait devant lui pour lui annoncer les événements, il ne pourrait se parjurer.

– Je crois que tu te trompes.

Il eut un mouvement de surprise, et je poursuivis, choisissant soigneusement mes mots, car je m'aventurais sur un terrain glissant :

– Je comprends ce que tu veux dire : c'est un homme d'honneur. Mais justement. Je ne pense pas que son allégeance

163

au roi soit de la même nature que celle qui unissait Colum à ses hommes, ou les hommes de Lallybroch à toi. Ce qui compte pour lui, ce pour quoi il sacrifiera sa vie, c'est l'honneur.

— Oui, mais pour un soldat tel que lui, l'honneur ne réside-t-il pas dans l'accomplissement de son devoir ? Or, celui-ci lui est dicté par son allégeance au roi.

— Ce n'est pas tout à fait ce que je voulais dire. C'est l'idée, qui est importante pour lui. Il ne suit pas un homme mais un idéal. De tous ceux que tu connais, il est peut-être le seul qui pourra comprendre. Cette guerre sera menée pour des idéaux. Peut-être pour la première fois dans l'histoire.

Il ferma un œil et me scruta de l'autre.

— Toi, tu as discuté avec Roger Mac. Tu n'aurais jamais pensé ça toute seule, *Sassenach*.

Je décidai de ne pas relever l'insulte implicite. En outre, il avait raison.

— Je devine que toi aussi. Donc, tu comprends ?

Il émit un grognement écossais, indiquant son assentiment réticent.

— Je lui ai demandé s'il ne considérait pas les Croisades comme des guerres menées pour un idéal. Il a bien été obligé d'admettre que des idéaux avaient été en jeu, même s'il soutient qu'il s'agissait surtout d'argent et de politique. Je lui ai répondu que c'était toujours le cas et que cela le serait encore sûrement cette fois-ci.

Voyant mes narines se dilater, il ajouta avec précipitation :

— Mais oui, je comprends. Pour ce qui est de John...

— Pour ce qui est de John Grey, tu as une chance de le convaincre, parce qu'il est à la fois rationnel et idéaliste. Tu vas devoir le persuader que son honneur ne réside pas dans l'obéissance au roi, mais dans la défense de l'idéal de liberté. Ce sera difficile, mais pas impossible.

Il émit un autre grognement, celui-ci montant du fond de sa poitrine et chargé de doutes. Enfin, je compris.

– Toi-même, tu ne le fais pas pour défendre des idéaux, n'est-ce pas ? Ce n'est pas pour... la liberté, l'autodétermination et tout ça ?

– Non, répondit-il doucement. Même pas pour le fait d'être du côté des vainqueurs, pour une fois. Même si ça me changera !

Il m'adressa un sourire penaud qui, me prenant par surprise, me fit rire. Je lui demandai, plus gentiment :

– Pour quoi, alors ?

– Pour toi, répondit-il sans hésiter. Pour Brianna et le petit. Pour ma famille. Pour l'avenir. Et si ça, ce n'est pas un idéal, je me demande bien ce qui l'est !

* * *

Jamie exerça de son mieux sa mission d'ambassadeur, mais la marque au fer rouge sur le visage de Bobby s'avéra un obstacle insurmontable. Tout en admettant que c'était un charmant garçon, M. Wemyss ne pouvait se résoudre à marier sa fille à un assassin, quelles que soient les circonstances ayant entraîné sa condamnation.

– Vous savez tout comme moi que les gens ne se donneront pas la peine de savoir pourquoi et comment il a été condamné. Je suis sûr qu'il n'a rien fait pour provoquer l'agression sauvage qui lui a coûté son œil, mais cela ne change rien. Comment pourrais-je exposer ma chère petite Elizabeth à des risques de représailles ? S'il est pris à partie et battu de nouveau dans la rue, qu'arrivera-t-il à ma fille ? À ses enfants ?

Rien qu'à l'idée, il se tordait les mains.

– Et s'il perdait un jour la protection de Lord John ? Il ne trouvera jamais un autre emploi décent avec cette marque d'infamie sur le visage. Ils se retrouveraient à la rue, réduits à la mendicité. J'ai connu ce genre d'épreuve dans ma vie, et pour rien au monde je ne ferais courir un tel risque à ma fille.

Jamie se massa les tempes.

– Oui, je comprends, Joseph. C'est regrettable, mais vous n'avez pas tout à fait tort. Cependant, je doute fort que Lord John le jette à la rue un jour.

M. Wemyss se contenta de baisser la tête, profondément navré.

Jamie repoussa sa chaise et se leva.

– Dans ce cas, je vais lui demander d'entrer pour que vous lui donniez votre réponse.

Je me levai à mon tour, et M. Wemyss bondit, paniqué.

– Oh, monsieur ! Ne me laissez pas seul avec lui !

– Ne craignez rien, Joseph, il ne vous sautera pas à la gorge.

– Non, je sais bien, répondit M. Wemyss peu convaincu. Mais quand même… je vous serais très reconnaissant si vous restiez pendant que je lui parle. Et vous aussi, madame…

Il me regarda d'un air implorant. Je me tournai vers Jamie, qui acquiesça, résigné.

– D'accord, dit-il. Je vais le chercher.

* * *

– Je suis vraiment désolé, monsieur.

Joseph Wemyss paraissait aussi malheureux que Bobby. Petit et timide, il n'avait pas l'habitude de conduire un entretien et ne cessait de lancer des regards alentour.

– Désolé, répéta-t-il avec une sincérité désarmante. Je vous aime bien, jeune homme, et je suis sûr qu'Elisabeth aussi. Mais son avenir, son bonheur, sont ma responsabilité. Et je ne peux envisager… Je ne pense pas vraiment…

– Je serais très gentil avec elle, implora Bobby. Elle aura une nouvelle robe chaque année et je vendrais tout ce que j'ai pour qu'elle ne manque de rien !

Il regarda aussi Jamie, cherchant un soutien.

Celui-ci déclara de son ton le plus doux :

– Je suis certain que M. Wemyss ne doute pas un instant de vos bonnes intentions, Bobby. Mais il a raison. Il est de son devoir de trouver le meilleur parti possible pour la petite Lizzie.

Bobby déglutit péniblement. Il s'était mis sur son trente et un pour présenter sa requête, avec un col amidonné qui menaçait de l'étrangler, sa veste de livrée, des culottes en laine propres et une paire de bas de soie reprisés avec soin à un ou deux endroits seulement.

– Je sais que je n'ai pas beaucoup d'argent et aucune propriété, mais j'ai une bonne situation, monsieur. Lord John me paye dix livres par an et m'a autorisé à construire un cottage sur son domaine. En attendant qu'il soit terminé, on aura nos propres quartiers dans sa maison.

– Je sais, vous l'avez déjà dit.

M. Wemyss évitait de regarder Bobby en face, soit par timidité, soit, ce que je pensais plus probable, parce qu'il ne voulait pas avoir l'air de fixer la marque sur son visage.

Bobby insista encore un peu mais sans résultat, M. Wemyss ne pouvant se résoudre à avouer la vraie raison de son refus.

Finalement, ne supportant plus la tension, il se leva abruptement et traversa la pièce presque en courant, annonçant :

– Je… j'y réfléchirai encore.

Sur le pas de la porte, il se retourna et ajouta avant de disparaître :

– Mais je ne pense pas changer d'avis.

Quand il fut sorti, Bobby se tourna déconcerté vers Jamie.

– J'ai encore un espoir, monsieur ? Je sais que vous me direz la vérité.

Il le fixait de ses grands yeux bleus. Devant cet appel pathétique, Jamie détourna le regard.

– Je ne crois pas.

Son ton était doux mais définitif, et Bobby s'affaissa légèrement sur sa chaise. Il avait lissé ses cheveux bouclés avec de l'eau. À présent secs, certains s'échappaient de la masse compacte. Choqué et consterné, il ressemblait à un agneau à qui on venait de couper la queue.

Se tournant vers moi, il déclara :

— Peut-être que mademoiselle Wemyss a offert ses sentiments à quelqu'un d'autre ? Dans ce cas, je n'insisterai pas... mais, sinon...

Il hésita, jetant un œil vers la porte par laquelle Joseph s'était éclipsé si brusquement.

— Vous pensez que j'ai une chance de surmonter les objections de son père ? Peut-être... peut-être que si je gagnais un peu plus d'argent... ou bien, si c'est une question de religion...

Il pâlit, puis redressa les épaules avec courage.

— Je veux bien me faire baptiser papiste s'il le souhaite. Je comptais le lui dire, mais j'ai oublié. Vous voudrez bien le lui expliquer, monsieur ?

— Euh... oui, je lui en parlerai, répondit Jamie à contrecœur. Vous êtes bien sûr que vous voulez Lizzie, n'est-ce pas ? Et non Malva ?

Il fut pris de court.

— Pour être sincère, monsieur, je les aime bien toutes les deux. Je suis certain d'être heureux avec l'une comme avec l'autre, mais... à vrai dire, j'ai une peur bleue de monsieur Christie. En outre, il ne vous aime pas, ce qui n'est pas le cas de monsieur Wemyss. Si vous pouviez... lui parler pour moi, monsieur ? S'il vous plaît ?

Jamie ne put résister à ses supplications candides.

— J'essayerai, mais je ne vous promets rien, Bobby. Vous restez avec nous combien de temps avant de rentrer chez Lord John ?

Le jeune homme retrouva aussitôt un air plus serein.

— Milord m'a donné une semaine pour faire ma cour. Mais vous-même, vous partez demain ou après-demain n'est-ce pas ?

Jamie le regarda, surpris.

— Je pars où ?

— Mais... je l'ignore, monsieur. Je pensais que vous le saviez vous-même.

Après quelque temps à démêler cet imbroglio, il en ressortit que, en chemin, Bobby avait rencontré un groupe de fermiers menant leurs porcs au marché. Ces animaux ne faisant pas les meilleurs compagnons de voyage, il n'avait passé qu'une seule nuit avec ces hommes. Toutefois, au cours du dîner, ils avaient fait allusion à une réunion, se demandant entre eux qui y assisterait.

– Votre nom a été mentionné, monsieur. «Jamie Fraser» qu'ils ont dit, et ils ont aussi parlé de Fraser's Ridge, si bien que je suis sûr qu'ils parlaient de vous.

– De quel genre de réunion s'agit-il? demandai-je intriguée. Et où aura-t-elle lieu?

– Je n'ai pas vraiment fait attention, madame. Je sais juste que c'est lundi prochain.

Il ne se souvenait pas non plus du nom des fermiers, ayant été occupé à essayer d'avaler son repas en s'efforçant d'oublier la présence des cochons. Actuellement, il était encore trop secoué par l'échec de sa demande en mariage pour se souvenir des détails et, après quelques questions et réponses confuses, Jamie le libéra.

– Tu as une idée de ce que…

Je m'interrompis. À son front plissé, il était évident qu'il savait de quoi il retournait.

– Ce ne peut être que la réunion pour choisir les délégués du futur Congrès continental.

Après le barbecue de Flora MacDonald, on lui avait fait savoir que le lieu et la date initialement prévus pour la rencontre avaient été abandonnés, les organisateurs craignant des interférences. John Ashe lui avait annoncé qu'un nouveau rendez-vous serait fixé et que les intéressés seraient prévenus.

Mais c'était avant l'incident de Cross Creek.

– Le message a pu se perdre, suggérai-je sans grande conviction.

– Un, c'est possible. Six messages, peu probable.

– Six?

– Ne voyant rien venir, j'ai écrit moi-même aux six personnes que je connaissais au sein du comité de correspondance. Aucune ne m'a répondu.

Il se mit à tapoter sa cuisse de son doigt raide, puis s'en rendit compte et arrêta.

– Ils ne te font plus confiance, dis-je après un long silence.

– Après avoir sauvé Simms et goudronné Neil Forbes sur la voie publique, cela n'a rien d'étonnant.

Il ne put s'empêcher de sourire en revoyant la scène.

– Sans compter que ce pauvre Bobby n'a pas dû arranger les choses. Il leur a sûrement dit qu'il acheminait des lettres entre Lord John et moi.

Amical et volubile, Bobby était tout à fait capable de garder un secret, à condition qu'on lui dise explicitement lequel. Autrement, n'importe qui partageant un repas avec lui savait tout de sa vie avant l'arrivée du dessert.

– Peux-tu t'arranger pour savoir où la réunion aura lieu?

Il poussa un soupir de frustration.

– Oui, peut-être, mais même si je m'y rends, on ne me laissera sans doute pas y assister, et ce, dans le moindre des cas. Le jeu n'en vaut pas la chandelle.

Il marqua une pause avant d'ajouter avec une moue cynique :

– J'aurais dû les laisser griller l'imprimeur.

Je me rapprochai de lui, essayant de paraître encourageante.

– Tu trouveras un autre moyen.

La grosse bougie – elle brûlait une heure – était posée sur son bureau, à moitié fondue. Il la caressa du bout d'un doigt. Personne ne semblait remarquer qu'elle ne fondait jamais en entier.

– Il y aurait peut-être un autre moyen, dit-il songeur. Mais cela m'obligerait à en utiliser une autre.

Il voulait dire «une autre gemme».

Mon ventre se noua. Il n'en restait que deux. Une pour Roger, l'autre pour Brianna et Jemmy si... Je refoulai cette pensée, citant plutôt :

– «Que sert-il à un homme de gagner le monde, s'il y perd son âme?» Être secrètement riches ne nous servira pas à grand-chose si tu te retrouves couvert de goudron et de plumes.

Il baissa les yeux vers son avant-bras. Il avait retroussé ses manches pour écrire, et les traces de brûlures étaient encore visibles. Avec un soupir, il contourna son bureau et saisit une plume dans le pot.

– Oui, je suppose que je ferais mieux d'écrire encore quelques lettres.

60

La chevauchée du pâle cavalier

Le 20 septembre, Roger prêcha. Tout un sermon basé sur le texte : «Dieu a choisi les choses faibles du monde pour confondre les fortes.» Le 21 du même mois, une de ces choses faibles entreprit de lui en démontrer la véracité.

Padraic et Hortense MacNeill ainsi que leurs enfants n'étaient pas venus à l'office. Ils ne manquaient jamais une messe, et leur absence suscita des commentaires, au point que Roger demanda à Brianna si cela l'ennuierait d'aller leur rendre visite pour s'assurer que tout allait bien.

Tout en grattant le fond de son bol de porridge, il expliqua :

– J'irais bien moi-même, mais j'ai promis à John McAfee et son père de les accompagner à Brownsville. Il veut demander la main d'une fille de là-bas.

– Il veut que tu les maries sur-le-champ au cas où elle accepterait ou bien que tu empêches les Brown de l'assassiner?

Depuis qu'ils avaient rendu le corps de Lionel Brown, il n'y avait pas eu d'actes graves de violence, uniquement des escarmouches chaque fois que des hommes de Brownsville croisaient des gens de Fraser's Ridge en public.

Roger fit la grimace.

– Ce serait plutôt la seconde option. Cependant, j'ai bon espoir qu'un mariage entre les deux communautés calme un peu les tensions.

Jamie, qui lisait un journal arrivé avec le dernier paquet de courrier, releva la tête.

– Oui, en effet, ce serait une bonne chose, mais ça ne marche pas toujours. Mon oncle Colum a voulu en faire autant en mariant ma mère avec un Grant. Malheureusement, elle n'était pas d'accord. Elle a rejeté Malcolm Grant, poignardé mon oncle Dougal et s'est enfuie avec mon père.

– Vraiment?

Brianna, qui n'avait encore jamais entendu cette histoire, parut ravie. Roger toussota et éloigna discrètement le couteau affûté avec lequel elle avait coupé des saucisses.

– Quoi qu'il en soit, ça ne t'ennuie pas de passer chez Padraic pour voir si sa famille va bien?

Finalement, Lizzie et moi accompagnâmes Brianna, car nous voulions aussi passer voir Marsali et Fergus, dont la cabane se trouvait un peu plus loin que celle des MacNeill. En chemin, nous rencontrâmes Marsali qui revenait de la nouvelle malterie, si bien que nous étions quatre en arrivant chez les MacNeill.

– Pourquoi y a-t-il tant de mouches, tout à coup? questionna Lizzie.

Elle chassa une grosse mouche bleue qui dansait devant son visage.

Marsali leva le nez et huma l'air.

– Il y a quelque chose de mort pas loin. Dans les bois peut-être. Vous entendez les corbeaux?

Tout un groupe croassait dans les arbres autour de nous. J'en vis d'autres qui décrivaient des cercles dans le ciel brillant.

– Ce n'est pas dans les bois, dit Brianna.

Elle s'était raidie, regardant vers la cabane. La porte était fermée, et une nuée de mouches grouillait sur la peau tendue devant la fenêtre.

– Dépêchons-nous!

L'odeur à l'intérieur était indicible. Quand la porte s'ouvrit, les filles se plaquèrent une main sur la bouche. Hélas! il fallait bien respirer. Je m'avançai dans la pièce sombre et arrachai la peau clouée devant la fenêtre.

– Lizzie, allumez un feu près de la porte et un autre de l'autre côté de la fenêtre. Prenez des herbes sèches et du petit bois, puis ajoutez ce que vous trouverez, bois humide, mousse, feuilles mouillées… tout ce qui fait de la fumée.

Les insectes étaient entrés avec nous et voletaient en sifflant devant mon visage : taons, mouches, moucherons. Attirés par l'odeur, ils s'étaient agglutinés au-dehors parmi les bûches chauffées par le soleil, avides de nourriture, voulant pondre leurs œufs.

D'ici quelques minutes, les bestioles pulluleraient dans la pièce, mais il nous fallait de la lumière et de l'air. J'ôtai mon fichu et l'agitai devant moi en guise de chasse-mouches, m'approchant du lit.

Hortense et ses deux enfants y étaient étendus, nus, leur peau pâle moite de transpiration dans l'atmosphère étouffante. Leurs jambes étaient striées de traînées d'un brun rougeâtre. J'espérai que ce n'était que de la diarrhée et non du sang.

J'entendis un gémissement. Ils n'étaient donc pas tous morts, Dieu merci. Les couvertures avaient été jetées en vrac sur le sol, ce qui était une bonne chose, car elles n'avaient pas été souillées. Le mieux était de brûler le matelas en paille dès que nous aurions enlevé les corps de là.

– Surtout, ne mets pas tes doigts dans ta bouche, murmurai-je à Brianna.

– Tu me prends pour une idiote ? répliqua-t-elle entre ses dents.

Elle se pencha sur une fillette de cinq ou six ans, recroquevillée dans une attitude d'épuisement total après une crise de diarrhée. Elle la souleva en la prenant sous les aisselles.

– Viens avec moi, ma puce.

L'enfant était trop faible pour protester ; ses bras et ses jambes pendaient mollement le long de son corps. L'état de sa petite sœur était encore plus alarmant. Âgée de moins d'un an, elle ne bougeait plus, et ses yeux étaient profondément enfoncés dans leurs orbites, signe de sévère déshydratation. Je soulevai la menotte et pinçai avec délicatesse la peau grise entre le pouce et l'index. Elle resta étirée un instant, puis, lentement, très lentement, reprit sa place.

– Zut! marmonnai-je.

Je m'inclinai et posai une main sur son cœur. Je l'entendais battre encore vaguement; elle n'était pas morte, mais pas loin de l'être. Si elle s'avérait trop affaiblie pour téter ou boire, je ne pourrais plus rien faire pour elle.

Je regardai autour de moi. Aucune présence d'eau. Une gourde vide gisait au pied du lit. Depuis combien de temps n'avaient-elles plus rien à boire?

– Brianna, va chercher de l'eau, vite!

Ayant déposé l'enfant sur le sol, elle l'essuyait avec un chiffon. Elle releva la tête et, voyant mon expression, se leva aussitôt. Elle saisit la bouilloire que je lui tendais et courut dehors.

Des mouches se promenaient sur le visage d'Hortense. Je les chassai avec mon fichu qui effleura le nez de la malheureuse sans aucune réaction de sa part. Elle respirait; je voyais son ventre étiré par les gaz se soulever à peine.

Où était Padraic? Parti chasser, sans doute.

Je percevais une faible odeur sucrée et âcre de pommes pourries sous la puanteur des selles liquides. Je glissai une main sous l'épaule d'Hortense, la soulevai un peu et extirpai une bouteille vide de sous elle. Je n'eus qu'à approcher le goulot de mon nez pour deviner ce qu'elle avait contenu.

– Zut de zut!

Grièvement malade et sans une goutte d'eau à portée de main, elle avait bu de l'eau-de-vie de pommes, soit pour étancher sa soif, soit pour soulager ses crampes d'estomac. C'était une réaction logique… sauf que l'alcool était un diurétique. Il avait fait perdre encore plus d'eau à un corps déjà sérieusement déshydraté et achevé d'irriter l'appareil gastro-intestinal.

Mince, en avait-elle donné également aux enfants?

Je me penchai sur l'aînée. Elle était molle comme une poupée de chiffon, sa tête retombant sur ses épaules. Toutefois, sa peau semblait avoir conservé un peu de son élasticité. Je la pinçai entre le pouce et l'index. Elle resta étirée un instant, mais retrouva plus vite sa place que celle du bébé.

En outre, l'enfant avait ouvert les yeux, ce qui était bon signe. Je lui souris, chassant les mouches qui se pressaient sur sa bouche entrouverte, les lèvres desséchées et poisseuses.

– Ne t'inquiète pas, ma chérie, je suis là.

Je n'étais pas certaine que ma présence change quoi que ce soit. Si seulement j'étais venue un jour plus tôt!

J'entendis les pas précipités de Brianna dans la cour et la rejoignis sur le seuil.

– Il me faut…

– Monsieur MacNeill est dans la forêt! m'interrompit-elle. Je l'ai trouvé en allant à la source. Il est…

La bouilloire dans sa main était toujours vide. Je la lui arrachai avec un cri d'exaspération.

– De l'eau! Elles ont besoin d'eau!

– Mais je… Monsieur MacNeill, il est…

Je lui remis la bouilloire dans les mains.

– Je m'en occupe. Va chercher de l'eau! Fais-les boire, le bébé en premier. Demande à Lizzie de t'aider, les feux peuvent attendre! Fais vite!

J'entendis d'abord les mouches, un bourdonnement qui me donna la chair de poule. En plein air, elles l'avaient trouvé rapidement, attirées par l'odeur. Je pris une grande inspiration et écartai les branches de symphorines pour rejoindre Padraic, gisant dans l'herbe au pied d'un sycomore.

Je compris tout de suite qu'il n'était pas mort en voyant que les mouches ne le recouvraient pas comme un drap, mais formaient un nuage au-dessus de lui, se posant sur sa peau, mais s'envolant aussitôt au moindre frémissement.

Il était recroquevillé, ne portant qu'une chemise, une cruche gisant près de sa tête. Je m'agenouillai pour l'examiner.

Sa chemise et ses jambes étaient souillées, tout comme l'herbe sur laquelle il était étendu. Ses excréments très liquides avaient été en grande partie absorbés par la terre, mais il restait un peu de matière solide. Il avait été atteint plus tardivement qu'Hortense et les enfants, autrement il n'aurait évacué que de l'eau teintée de sang.

– Padraic ?

– Madame Claire, Dieu soit loué, vous êtes venue.

Sa voix était si rauque que je le comprenais à peine.

– Mes petites… ils sont sains et saufs ?

En tremblant, il se hissa sur un coude. Il tenta d'entrouvrir les yeux, mais ils étaient trop enflés, réduits à deux minuscules fentes à cause des piqûres de taons.

Je posai une main sur lui pour le rassurer.

– Oui, je les ai trouvées. Étendez-vous, Padraic. Vous allez devoir attendre un peu pendant que je les soigne. Je reviens ensuite vous soigner.

Il était très malade, mais ne courait pas un danger immédiat, contrairement aux enfants.

– Ne vous occupez pas de moi, murmura-t-il. Ne… vous…

Oscillant, il chassa les insectes qui couraient sur son visage, puis gémit quand une crampe lui tenailla les entrailles. Il se plia en deux comme broyé par une main géante.

Je retournai déjà au pas de course vers la maison. Je remarquai des éclaboussures sur le chemin. Bien, Brianna était passée par là avec la bouilloire pleine, cette fois.

Dysenterie amibienne ? Empoisonnement alimentaire ? Typhoïde ? Typhus ? Choléra ? Seigneur, non, pas ça ! Toutes ces maladies et bien d'autres encore étaient actuellement regroupées sous le seul terme « flux sanglant », pour des raisons évidentes. En effet, à court terme, le résultat était le même.

Le danger le plus immédiat de toutes les pathologies diarrhéiques était la déshydratation. Afin d'expulser l'envahisseur microbien qui irritait les viscères, l'appareil gastro-intestinal se vidait sans cesse, privant le corps de l'eau nécessaire pour faire circuler le sang, éliminer les déchets, refroidir l'organisme par la transpiration et maintenir irrigué le cerveau et les membranes... l'eau étant indispensable à la vie.

Si l'on pouvait conserver le patient suffisamment hydraté à l'aide d'infusions intraveineuses salines et glucosées, l'intestin avait de fortes chances de se réparer lui-même et le patient, de guérir. En l'absence d'intraveineuse, la seule solution était d'administrer du liquide par la bouche ou le rectum le plus vite possible et sans interruption, aussi longtemps que nécessaire.

Si le patient ne parvenait même pas à retenir l'eau... Mais je ne pensais pas que les MacNeill vomissaient. Je n'avais pas senti cette odeur-là parmi les autres dans la cabane. Il ne s'agissait donc sans doute pas du choléra. C'était toujours ça.

Brianna était assise sur le sol, la tête de la fille aînée sur les genoux, pressant une tasse contre ses lèvres. Lizzie, agenouillée devant le foyer, les joues rouges, attisait le feu. Les mouches s'agglutinaient sur le corps inerte de la femme sur le lit. Quant à Marsali, penchée sur le bébé couché sur ses genoux, elle tentait frénétiquement de le réveiller pour le faire boire.

Ses jupes étaient trempées. La petite tête était renversée en arrière, l'eau dégoulinant sur sa joue horriblement flasque.

– Elle n'y arrive pas! répétait Marsali désemparée. Elle n'y arrive pas!

Oubliant mon propre conseil concernant les doigts dans la bouche, j'enfonçai mon index dans celle de l'enfant, touchant son palais pour provoquer un réflexe laryngé. J'y parvins; le bébé s'étrangla avec l'eau contenue dans sa bouche et suffoqua. Je sentis sa langue presser mon doigt l'espace d'un instant.

Elle tétait. C'était un nourrisson non sevré, et téter était un des premiers instincts de survie. Je regardai vers sa mère, mais sa poitrine plate et ses mamelons concaves m'indiquèrent tout ce que j'avais besoin de savoir. Néanmoins, je pressai un sein en effectuant un mouvement vers le mamelon, encore et encore. Pas la moindre goutte de lait ne perla au bout du téton, et le tissu mammaire était tout mou entre mes doigts. Pas d'eau, donc pas de lait.

Comprenant ce que j'essayais de faire, Marsali saisit le col de sa chemise et l'arracha, appuyant le bébé contre son propre sein nu. Les petites jambes ballaient inertes contre sa robe, les orteils bleus recroquevillés tels des pétales fanés.

Je renversai en arrière la tête d'Hortense, faisant goutter de l'eau entre ses lèvres entrouvertes. Du coin de l'œil, je voyais Marsali pétrir son sein pour faire monter le lait. Mes propres doigts reproduisaient son mouvement, massant la gorge de la femme pour la faire déglutir.

Sa chair ruisselait de sueur, en grande partie la mienne. Je sentais la transpiration dégouliner dans mon dos, entre mes fesses, et ma propre odeur, une exhalation métallique comme du cuivre brûlant.

Soudain, des contractions péristaltiques parcoururent la gorge d'Hortense, et j'ôtai ma main. La femme s'étrangla, toussa, puis roula sur le côté, dégurgitant le maigre contenu de son estomac. J'essuyai les traces de vomi sur son visage et pressai de nouveau la coupe contre ses lèvres, mais en vain : elles ne remuaient pas. L'eau remplissait sa bouche, puis débordait et se déversait dans son cou.

J'entendis la petite voix de Lizzie derrière moi, calme et abstraite, comme si elle se trouvait très loin.

– Ça vous ennuierait de cesser de jurer, madame ? Les petites risquent de vous entendre.

Je me retournai stupéfaite, puis me rendis compte que je répétais « Nom de Dieu » sans interruption en travaillant.

– Désolée.

Je me penchai de nouveau sur Hortense. De temps à autre, je parvenais à lui faire avaler un peu d'eau, mais pas assez. D'autant plus que ses entrailles continuaient à vouloir se débarrasser de ce qui les gênait. Maudit flux sanglant.

Lizzie s'était mise à prier.

– « Je vous salue, Marie, mère de Dieu... »

Brianna murmurait des paroles maternelles d'encouragement.

– « ... Vous êtes bénie entre toutes les femmes... »

Sous mon pouce posé sur l'artère carotide, son pouls sursauta, manqua un temps, repartit, fit des embardées telle une carriole ayant perdu une roue. Arythmique, son cœur commençait à lâcher.

– «Et Jésus, le fruit de vos entrailles est béni...»

Je frappai du poing le centre de son buste, puis encore et encore, si fort que le lit et le corps sursautaient à chaque coup. Les mouches alarmées s'élevèrent en bourdonnant de la paille souillée.

– Oh non, murmura Marsali derrière moi. Oh, non, non, s'il vous plaît.

J'avais déjà entendu ce ton incrédule, mi-protestation mi-supplication vaine. J'en connaissais le sens.

– «... Priez pour nous, pauvres pécheurs...»

Comme si elle avait elle aussi compris ce qui était arrivé, Hortense tourna soudain la tête sur le côté et ouvrit les yeux, fixant l'endroit où se trouvait Marsali, même si elle ne voyait rien. Puis elle referma les paupières et se recroquevilla en chien de fusil sur le flanc. Elle renversa la tête en arrière, et son corps se contracta dans un spasme. Ensuite, elle se détendit brusquement : elle refusait de laisser partir son enfant seule.

– «Maintenant et à l'heure de notre mort... Je vous salue, Marie, pleine de grâce...»

La voix douce de Lizzie débitait aussi machinalement la prière que moi, ma litanie de blasphèmes, un peu plus tôt. Je pris le poignet d'Hortense, cherchant son pouls par pure formalité. Marsali était voûtée sur le petit corps, le berçant contre son sein. Du lait s'écoulait de son mamelon gonflé, lentement, puis plus vite, tombant comme une pluie blanche sur le minuscule visage immobile, cherchant en vain à le nourrir.

L'air était étouffant, rempli d'odeurs, de mouches et des prières de Lizzie, mais la cabane paraissait vide et étrangement silencieuse.

Il y eut des bruits à l'extérieur, des grognements de douleur, un halètement, puis un son de chute et un râle. Padraic était parvenu à se traîner jusque sur son porche. Brianna releva la tête vers la porte, mais elle tenait toujours la fillette dans ses bras, vivante.

Avec délicatesse, je reposai la main inerte que je tenais et allai l'aider.

61

Pestilence

Les jours raccourcissaient, mais l'aube pointait encore de bonne heure. La façade de la maison était orientée à l'est, et le soleil levant illuminait le plancher en chêne blanc de mon infirmerie. Je voyais la barre lumineuse avancer peu à peu sur les lattes. Si j'avais eu une montre, j'aurais pu calibrer le sol comme un cadran solaire, les jointures des planches marquant les minutes.

Pour l'instant, je les comptais en battements de cœur, attendant que l'astre solaire atteigne le comptoir où j'avais préparé mon microscope, les lamelles et le bécher posés à côté.

J'entendis des pas dans le couloir. Jamie poussa la porte d'une épaule, tenant dans chaque main une tasse fumante enveloppée dans un linge pour ne pas se brûler. Il m'en tendit une et se baissa pour déposer un baiser sur mon front.

– *Ciamar a tha thu, mo chridle.* Comment ça se passe ?

– Ce pourrait être pire.

Un bâillement interrompit mon sourire de remerciements. Je n'avais pas besoin d'ajouter que Padraic et sa fille aînée étaient encore en vie. Dans le cas contraire, il l'aurait lu sur mon visage. De fait, en l'absence de complications, ils avaient tous deux de fortes chances de s'en sortir. J'avais passé la nuit à leur chevet, les réveillant toutes les heures pour leur faire boire une décoction d'eau au miel, mélangée à un peu de sel, alternant avec une infusion de menthe poivrée et d'écorce de cornouiller pour calmer leurs intestins.

Je soulevai la tasse, une tisane d'ambroisie, fermant les yeux pour inhaler ses effluves légèrement amers, sentant par anticipation les muscles courbaturés de ma nuque et de mes épaules se détendre.

Me voyant étirer le cou, il y posa une main massive chauffée par la tasse. Je poussai un couinement extatique qui le fit rire, et il se mit à me masser.

– Tu ne devrais pas monter te coucher, *Sassenach*? Tu as veillé toute la nuit.

– Oh, j'ai dormi un peu.

Assise près de la fenêtre, je m'étais assoupie plusieurs fois, pour me réveiller en sursaut chaque fois qu'un papillon de nuit, attiré par ma chandelle, frôlait mon visage. Mme Bug était venue à l'aube, fraîche et proprement vêtue, pour prendre ma relève.

– Je vais aller m'allonger un peu, promis-je. Mais d'abord, je veux jeter un coup d'œil là-dessus, montrant d'un geste vague mon microscope.

J'avais préparé à côté une série de petits flacons bouchés avec des morceaux de chiffon, chacun contenant un liquide brun.

– Un coup d'œil sur quoi?

Il leva son nez, humant avec prudence.

– C'est de la merde?

– Oui, répondis-je en bâillant.

Le plus discrètement possible, j'avais prélevé des échantillons de selles d'Hortense et du bébé, puis de mes patients vivants. Jamie les observait d'un air suspicieux.

– Que comptes-tu y trouver, exactement?

– Je n'en sais rien. Peut-être rien de reconnaissable. Mais il est possible que la maladie des MacNeill ait été provoquée par une amibe ou un bacille, auquel cas, je devrais pouvoir les identifier, les amibes étant assez grosses. Enfin… relativement.

– Ah oui? Et à quoi cela te servira-t-il?

Me connaissant, il n'aurait jamais dû poser une telle question.

– D'abord à satisfaire ma curiosité, admis-je. Mais si je peux dénicher un organisme responsable, j'en saurai plus sur la maladie en question, sur sa durée, par exemple, s'il faut s'attendre à d'éventuelles complications et, enfin, sur sa contagiosité.

Il figea, sa tasse en suspens devant ses lèvres.

– Ça s'attrape ?

– Je ne sais pas, mais je le soupçonne. J'ai été vaccinée contre le typhus et la typhoïde, mais ça ne me semble être ni l'un ni l'autre. Il n'existe pas de vaccin contre la dysenterie ou la giardiase.

Il resta un instant immobile à m'observer, puis ses doigts exercèrent une dernière pression sur ma nuque et s'écartèrent. Je pris un peu d'infusion, soupirant de plaisir en sentant le liquide chaud me brûler la gorge, puis descendre réconforter mon estomac.

Jamie s'assit sur un tabouret, étirant ses immenses jambes devant lui. Il fixait la tasse fumante qu'il tenait des deux mains.

– Tu trouves cette boisson assez chaude, *Sassenach* ?

– Oui, très chaude même, pourquoi ?

Il approcha la tasse de ses lèvres et but une gorgée qu'il garda quelques secondes en bouche avant de l'avaler.

– Brianna est entrée dans la cuisine pendant que je faisais chauffer l'eau. Elle a préparé la bassine et le pain de savon, puis a pris une louche dans la bouilloire et se l'est versée sur les mains, d'abord sur une, puis sur l'autre. Quelques instants plus tôt, l'eau bouillait.

– Elle s'est brûlée ?

– Oui. Elle s'est frottée avec la brosse du bout des ongles jusqu'aux coudes. J'ai aperçu une cloque sur sa main, là où elle avait été ébouillantée.

Il se tut, me dévisageant par-dessus le bord de sa tasse, l'air inquiet. Je bus une autre gorgée. Il faisait frais dans la pièce. Mon souffle chaud se condensa dans l'air quand je poussai un long soupir.

– Le bébé de Padraic est mort dans les bras de Marsali. Brianna s'occupait de l'autre enfant. Elle sait que ce qu'ils avaient est contagieux.

Le sachant, elle ne pouvait toucher son propre enfant avant de laver sa peur de son mieux.

– Oui, mais… quand même…

Je posai une main sur mon poignet, cherchant à le rassurer autant que moi-même.

– C'est différent.

La fraîcheur matinale passagère touchait les esprits aussi bien que les corps, dissipant la confusion douillette des rêves. La végétation était encore nimbée d'ombres bleutées mystérieuses. J'inspirai une grande bouffée d'air sentant bon les herbes mouillées et les belles-de-jour.

– C'est différent, répétai-je. Pour elle. Je suis née à la fin d'une guerre, la Grande Guerre. On l'a appelée ainsi parce que le monde n'avait jamais connu un tel carnage. Je t'en ai déjà parlé, tu t'en souviens ?

Il confirma d'un petit signe de tête et je poursuivis :

– L'année qui a suivi ma naissance, il y a eu une grande épidémie de grippe partout dans le monde. Les gens mouraient par centaines de milliers. Des villages entiers ont été décimés en l'espace d'une semaine. Puis, l'autre guerre a éclaté. La « mienne ».

Tout en m'entendant parler, je sentis la commissure de mes lèvres se retrousser dans une moue ironique. Jamie s'en aperçut lui aussi et sourit. Il comprenait cette étrange sensation de fierté d'avoir traversé un terrible conflit qui laissait l'impression d'appartenir à tous et à chacun. Il devina là où je voulais en venir.

– Or, elle n'a jamais connu de fléau ni de guerre, acheva-t-il pour moi.

Ce devait être étrange pour lui, né guerrier, entraîné à se battre sitôt en âge de tenir une épée, ayant grandi avec l'idée qu'il devait défendre sa famille et lui-même par la violence. Une notion assez incompréhensible, mais aussi merveilleuse.

– Uniquement par l'entremise des images. Par le cinéma, la télévision.

Cette dernière, il ne pourrait jamais la comprendre, ni moi la lui expliquer. Comment traduire la manière dont les films se concentraient sur la guerre elle-même, les bombes, les avions, les sous-marins, sur l'urgence fascinante du sang versé sciemment, sur cette vision de noblesse trouvée dans une mort délibérée.

Lui, il savait à quoi ressemblait vraiment un champ de bataille et ce qui se passait ensuite.

– Les hommes – et les femmes – qui ont combattu dans ces guerres ne sont pas morts l'arme au poing. Ils ont succombé aux maladies et à la négligence, parce qu'il n'y avait rien pour les empêcher.

J'indiquai de ma tasse la fenêtre ouverte et les montagnes paisibles, le creux, au loin, où était nichée la cabane de Padraic MacNeill.

– Oui, je sais, je l'ai vu de mes propres yeux, murmura-t-il. Quand la peste et la fièvre s'emparent d'une ville, la moitié d'un régiment peut mourir du flux.

Des papillons voletaient parmi les fleurs de la cour, des piérides blanches et jaune souffre, ainsi que, ici et là, la grande voile majestueuse d'un glauque du Canada se détachant sur les ombres de la forêt.

– Brianna est née sept ans après que la pénicilline fut entrée dans l'usage commun. Elle est née en Amérique, pas celle-ci (je montrai de nouveau la fenêtre), mais l'autre, celle qui sera. À son époque, il sera très rare qu'une grande quantité de personnes meurent d'une maladie contagieuse.

La lumière du soleil l'avait rejoint, illuminant la tasse dans sa main.

– Tu te souviens de la première fois qu'un proche est mort?

Il me regarda, surpris, puis réfléchit, fouillant sa mémoire.

– Mon frère est le premier mort qui ait été important à mes yeux. Mais j'en ai sûrement connu d'autres avant lui.

– Je ne m'en souviens pas vraiment non plus.

Les premiers avaient été mes parents, naturellement. Cependant, étant née en Angleterre, j'avais grandi dans l'ombre des cénotaphes et des monuments aux morts, et, régulièrement, des membres de ma famille mouraient. J'avais un souvenir très net de mon père mettant son feutre et son manteau noirs pour se rendre à l'enterrement de la femme du boulanger, Mme Briggs. Mais elle n'avait pas été la première. Je savais déjà ce qu'étaient la mort et les funérailles. Quel âge avais-je... quatre ans peut-être ?

J'étais très fatiguée. Mes yeux me brûlaient, et les premières lueurs délicates du jour cédaient la place à la lumière vive du soleil.

– Je crois que la mort de Frank a été la première à toucher Brianna personnellement. Il y en a peut-être eu d'autres, je ne sais pas, mais le problème est que...

– Je sais quel est le problème.

Il prit ma tasse vide de ma main, la posa sur le comptoir, puis finit la sienne avant de la reposer à son tour.

– Mais ce n'est pas pour elle qu'elle a peur, n'est-ce pas ? reprit-il. C'est pour le petit.

J'acquiesçai. Elle avait appris, de manière purement théorique, qu'un tel drame était possible. Mais de voir son enfant mourir sous ses yeux d'un trouble aussi banal qu'une diarrhée...

– C'est une bonne mère, dis-je en bâillant de nouveau.

Néanmoins, jusqu'à la veille, elle n'avait jamais ressenti viscéralement la peur qu'une entité aussi infime qu'un microbe puisse soudain lui arracher son enfant.

Jamie se releva et me hissa debout.

– Monte te coucher, *Sassenach*. Ils peuvent attendre (il indiqua du menton les flacons posés sur mon comptoir). Je n'ai jamais vu de la merde se gâter pour avoir traîné trop longtemps.

Je me mis à rire et m'effondrai doucement contre lui, ma joue écrasée contre sa poitrine.

– Tu as raison.

Toutefois, je ne partis pas. Je restai là, dans ses bras, et nous contemplâmes ensemble les rayons solaires grimper lentement le long du mur.

62

Les amibes

Je tournai le réflecteur du microscope de quelques millimètres, juste assez pour avoir le plus de clarté possible.

– Là!

Je m'écartai pour laisser Malva regarder dans l'oculaire.

– Vous la voyez? La grosse tache claire au milieu, avec des lobes et de minuscules points noirs à l'intérieur?

Un œil fermé, elle se pencha sur l'appareil, le front plissé par la concentration, puis elle poussa un petit cri de triomphe.

– Je le vois très bien! Comme un flan aux groseilles qu'on aurait renversé par terre, c'est ça?

– Exactement. C'est une amibe, un des micro-organismes les plus gros. Je suis presque sûre que c'est le méchant que nous recherchons.

Nous examinions les échantillons de selles de tous les malades, car la famille de Padraic n'était plus la seule contaminée. Trois foyers comptaient au moins une personne souffrant d'un violent flux sanguin et, dans tous les prélèvements effectués jusque-là, j'avais retrouvé cet intrus amibien.

Malva paraissait fascinée par ce qu'elle voyait.

– Comment une chose si petite peut-elle provoquer un tel *stramash* chez une grande personne?

Avec délicatesse, je sortis une autre lamelle du bain de colorant et la mis à sécher.

– Il y a une explication, mais ce serait un peu long. Il s'agit de cellules… vous vous souvenez de celles que je vous ai montrées et qui provenaient de la muqueuse de votre bouche?

Elle acquiesça, se passant la langue à l'intérieur de la joue.

– Le corps produit tout un tas de cellules différentes. Certaines ont pour tâche de lutter contre les bactéries, ces petites taches rouges, vous vous en rappelez?

Je lui montrai la lamelle qui, contenant de la matière fécale, abritait de vastes quantités d'*Escherichia coli* et autres bactéries.

– Mais il en existe des millions de sortes. Parfois, le corps rencontre un micro-organisme contre lequel les cellules spéciales ne peuvent rien. Je vous ai déjà fait voir le *Plasmodium* dans le sang de Lizzie, n'est-ce pas?

J'indiquai le flacon bouché sur le comptoir. J'avais prélevé du sang à Lizzie quelques jours plus tôt et montré à Malva les parasites paludéens.

– Je crois que cette amibe fait partie de ces intrus contre lesquels le corps ne sait pas se protéger.

– Dans ce cas, nous n'avons qu'à donner un peu de pénicilline aux malades, non?

Son «nous» enthousiaste me fit sourire.

– Malheureusement, la pénicilline n'est pas efficace contre la dysenterie amibienne. C'est ainsi qu'on appelle un flux sanguin très violent. J'ai bien peur qu'actuellement notre seule arme soit des herbes.

J'ouvris mon placard et, tout en réfléchissant, j'examinai les rangées de bocaux et de petits paquets enveloppés dans de la gaze.

– De l'armoise amère, pour commencer.

Je descendis le flacon et le tendis à Malva, qui était venue se placer à côté de moi, contemplant avec intérêt les mystères de ma pharmacie.

– De l'ail, ajoutai-je. Il est généralement utile pour les infections de l'appareil digestif, mais, en cataplasme, il est aussi bon pour les maladies de peau.

– Et l'oignon? proposa-t-elle. Quand j'étais petite et que j'avais mal à l'oreille, ma grand-mère m'en mettait. Ça sentait très mauvais, mais ça marchait!

– En tout cas, ça ne peut pas faire de mal. Allez donc dans l'office nous en chercher trois gros… et prenez aussi plusieurs gousses d'ail!

– Tout de suite, madame!

Elle posa l'armoise et sortit en courant, ses sandales claquant sur le plancher. Je me retournai vers les étagères, m'efforçant de calmer mon sentiment d'urgence.

J'étais déchirée entre l'envie d'être auprès des patients et de les soigner, et le besoin de préparer des médicaments susceptibles de les aider. Mais d'autres personnes pouvaient s'occuper des malades, alors que j'étais la seule à posséder les connaissances suffisantes pour tenter de composer un remède antiparasitaire.

De l'armoise, de l'ail, de l'aigremoine… Et de la gentiane. Tout ce qui avait une forte teneur en cuivre ou en soufre. Ah, de la rhubarbe! La saison était passée, mais la dernière récolte avait été bonne. J'avais préparé plusieurs douzaines de bouteilles de pulpe bouillie et de sirop. Mme Bug aimait s'en servir pour ses tartes, et cela nous fournissait de la vitamine C pour les mois d'hiver. Elle ferait une excellente base pour les médicaments… même si ses effets légers allaient passer inaperçus face aux ravages d'une maladie aussi virulente.

Je moulus l'armoise et l'aigremoine dans mon mortier tout en me demandant d'où était venue cette nouvelle saleté. La dysenterie amibienne était d'habitude une pathologie des tropiques. Néanmoins, j'avais déjà vu bon nombre de maladies tropicales sur la côte, importées des Antilles par le commerce des esclaves et du sucre. Certaines se propageaient à l'intérieur des terres, car, comme toutes les affections qui n'étaient pas instantanément fatales, elles tendaient à devenir chroniques et à se déplacer avec leurs hôtes.

Il n'était pas impossible qu'un pêcheur ait contracté cette dysenterie au cours d'un voyage et, étant l'un des rares à n'avoir développé qu'une forme bénigne de maladie, qu'il transporte à présent un peu partout la souche enkystée de l'amibe dans son appareil digestif, libérant des kystes infectieux à droite et à gauche.

Mais pourquoi cette épidémie soudaine? La dysenterie se propageait presque toujours dans les aliments et l'eau contaminée. Qu'est-ce que…

– Voilà, madame!

Hors d'haleine, Malva était de retour, plusieurs gros oignons bruns craquelés et luisants dans une main, une douzaine de têtes d'ail retenues dans son tablier. Je les lui fis couper en tranches fines et eus la bonne idée de lui demander de les faire bouillir avec du miel. J'ignorais si l'effet antibactérien du miel serait efficace contre une amibe, mais on ne perdait rien à essayer… et cela rendrait la mixture un peu plus agréable à avaler. Pour le moment, entre les oignons, l'ail et la rhubarbe, elle faisait surtout larmoyer.

– Pouah! Qu'est-ce que vous fabriquez là-dedans?

La mine suspicieuse, Brianna se tenait sur le seuil, le nez pincé.

Je m'y étais déjà habituée, mais il était vrai que l'air dans l'infirmerie était imprégné des effluves d'échantillons fécaux auxquels venaient s'ajouter les émanations d'oignons. Malva releva le nez, les yeux pleins de larmes, renifla et s'essuya le nez sur sa manche.

– On fait des bédicabents, informa-t-elle Brianna, dignement.

– Il y a de nouveaux malades? demandai-je à ma fille.

Elle fit non de la tête et avança dans l'infirmerie, contournant avec soin le comptoir où j'étais en train de préparer d'autres lamelles.

– Pas que je sache. J'ai apporté de la nourriture aux McLachlan ce matin, et ils m'ont dit que seuls les deux petits derniers étaient atteints. Quant à Mme Coinneach, elle a eu la diarrhée il y a deux jours, mais rien de dramatique. Elle n'a plus rien.

– Ils donnent de l'eau avec du miel aux petits ?

Elle acquiesça.

– Je les ai vus. Ils semblent bien malades, mais pas autant que les MacNeill.

Rien qu'au souvenir de la scène, Brianna n'avait pas tellement l'air dans son assiette non plus. Elle se ressaisit et se tourna vers le placard.

– Je peux t'emprunter un peu d'acide sulfurique, maman ?

Elle avait apporté une grande tasse en faïence.

– D'ordinaire, on vient chez les voisins quémander un peu de sucre, répondis-je en riant. Bien sûr, ma chérie, mais fais très attention. Tu ferais mieux de le verser dans un de ces flacons avec un bouchon ciré. Je ne voudrais pas que tu trébuches et que tu le renverses.

– Ça n'arrivera pas, m'assura-t-elle. Il ne m'en faut que quelques gouttes. Je compte le diluer dans beaucoup d'eau. C'est pour fabriquer du papier.

– Du papier ? s'exclama Malva. Mais comment ?

– On écrase une matière fibreuse quelconque, ce qu'on a sous la main. On la malaxe avec un reste de papier usé, de vieux chiffons, un peu de fils, des feuilles ou des fleurs molles. Puis on laisse macérer pendant plusieurs jours dans de l'eau et... quand on en a, un peu d'acide sulfurique.

De son index, elle tapota avec affection la bouteille carrée.

– Une fois la pâtée décomposée en une sorte de pulpe, on l'étale en une fine couche sur des tamis, on l'écrase bien pour faire sortir l'eau, on fait sécher et... abracadabra ! On obtient du papier.

Je vis Malva répéter en silence «abracadabra» et me tournai pour qu'elle ne me voit pas sourire. Brianna déboucha la bouteille et versa avec précaution plusieurs gouttes dans sa tasse. Immédiatement, l'odeur brûlante de l'acide sulfurique s'éleva, tel un démon, au-dessus des autres miasmes.

Malva se raidit.

– Qu'est-ce que c'est?

Brianna la regarda, surprise.

– De l'acide sulfurique! répondit-elle comme si cela coulait de source.

– Du vitriol, précisai-je. Vous n'en avez jamais vu… euh, senti auparavant?

Elle acquiesça et déversa les oignons hachés dans un pot qu'elle referma avec un couvercle. Puis, se tamponnant les yeux avec un coin de son tablier, elle s'approcha de la bouteille verte.

– Ma mère – elle est morte quand j'étais petite – en avait. Je me souviens de l'odeur et qu'elle me répétait de ne surtout pas y toucher. Jamais. Les gens disaient que ça sentait l'enfer.

– Vraiment? m'étonnai-je. Je me demande ce qu'elle faisait avec.

Cette information me troublait. D'ordinaire, on n'en trouvait que chez un alchimiste ou un apothicaire. Je ne voyais qu'une raison pour laquelle un particulier aurait voulu en conserver chez lui : comme arme d'agression… pour en jeter au visage de quelqu'un.

Malva ne répondit pas et retourna s'occuper des aulx. Toutefois, j'avais surpris son étrange expression, un mélange d'hostilité et de nostalgie qui fit retentir une sonnette d'alarme au fond de moi.

La nostalgie pour une mère disparue depuis longtemps et la rage d'une petite fille abandonnée. Désorientée et seule.

Brianna me dévisageait, soucieuse.

– Quoi? Qu'est-ce qui ne va pas? demanda-t-elle.

Je posai une main sur son bras, juste pour sentir la force et la joie de sa présence et de toutes ces années où je l'avais vue grandir. Les larmes me piquaient les yeux, mais c'étaient sûrement les oignons.

– Rien. Rien du tout.

* * *

Je n'en pouvais plus, des enterrements. Le troisième en quelques jours. Nous avions enterré Hortense et le bébé ensemble, puis la vieille Mme Ogilvie. À présent, c'était encore un enfant, l'un des jumeaux de Mme McAfee. L'autre jumeau, un garçon, se tenait devant la fosse de sa sœur, dans un tel état de choc qu'on aurait dit un spectre ambulant, même si la maladie ne l'avait pas touché.

La cérémonie se déroulait en retard, le cercueil n'ayant pas été prêt à temps, et la nuit commençait à tomber. L'or des feuilles d'automne avait viré au gris, et une brume blanche s'enroulait au pied des troncs humides des sapins. Le paysage n'aurait pu être plus triste et, pourtant, il était bien plus approprié que le soleil vif et la brise douce qui avaient présidé à l'ensevelissement d'Hortense et de la petite Angelica.

– «L'Éternel est mon berger; je ne manquerai de rien. Il me fait reposer dans de verts pâturages. Il me dirige près des eaux paisibles…»

La voix de Roger se brisait de douleur, mais personne ne semblait le remarquer. Il lutta quelques minutes, déglutissant, puis il poursuivit tant bien que mal. Il tenait la petite *Bible* verte dans sa main, mais ne lisait pas. Il récitait de mémoire, son regard passant de M. McAfee – il était seul, car sa femme et sa sœur étaient toutes deux malades – au petit garçon devant lui. Il devait avoir l'âge de Jemmy.

– «Quand je marche… Quand je marche dans la vallée de l'ombre de la mort, je… je ne crains aucun mal…»

Sa voix tremblait, et je remarquai des larmes sur ses joues. Je cherchai Brianna du regard. Elle se tenait à l'écart, Jemmy à moitié enfoui dans les plis de sa cape noire. Elle avait remonté sa capuche, mais son visage pâle ressortait de l'ombre, digne *mater dolorosa*.

Même la redingote rouge du major MacDonald semblait éteinte, paraissant gris anthracite dans les derniers vestiges du jour. Il était arrivé dans l'après-midi et avait aidé à transporter le petit cercueil. Il tenait son chapeau sous le bras, la tête baissée. Lui aussi, il avait un enfant... une fille, vivant quelque part en Écosse avec sa mère.

J'oscillai légèrement, et Jamie me retint par le coude. Je n'avais pratiquement pas dormi ni mangé depuis trois jours. Pourtant, je n'avais pas faim et ne me sentais pas fatiguée. Plutôt lointaine et irréelle, comme si le vent me traversait.

Le père poussa un cri d'une douleur incommensurable et se laissa tomber à genoux devant la tombe. Je sentis les muscles de Jamie se contracter par compassion instinctive et m'écartai, lui murmurant :

– Vas-y.

Il s'approcha de M. McAfee, se pencha pour lui chuchoter quelques mots à l'oreille et passa un bras autour de ses épaules. Roger s'était tu.

Mes pensées refusaient de m'obéir. J'avais beau essayer de me concentrer sur la cérémonie, elles vagabondaient. Mes bras étaient courbaturés. J'avais moulu des herbes, soulevé des patients, porté des seaux d'eau... J'avais l'impression de refaire les mêmes gestes sans arrêt et ressentais les coups répétitifs du pilon dans le mortier, le poids mort des corps inertes. Je revoyais nettement les lamelles d'*Entamœba,* les pseudopodes affamés se déplaçant au ralenti, dévorant tout sur leur passage. De l'eau. J'en entendais distinctement couler. Ils vivaient dans l'eau, même si seule la forme kystique était infectieuse. La maladie se propageait grâce à l'eau. C'était soudain clair dans ma tête.

Puis, je me retrouvai étendue sur le sol sans avoir eu conscience d'être tombée, sans aucun souvenir de m'être jamais tenue debout, l'odeur de la terre humide et froide, et celle du bois trempé emplissant mes narines. J'eus une vague vision de lombric. J'apercevais des mouvements au-dessus de moi. La petite *Bible* verte était tombée par terre et gisait ouverte à quelques centimètres de mes yeux, le vent faisant

tourner ses pages, une à une, comme un *sors Virgiliana**
fantomatique… Sur quoi s'arrêterait-elle?

Des mains s'agitaient dans un brouhaha de voix, mais
je n'y prêtai pas attention. Une immense amibe flottait
majestueusement dans les ténèbres devant moi, son pseudopode
s'avançant lentement, très lentement, pour m'accueillir dans
son étreinte.

---

* Forme de divination. *(N.d.T.)*

63

Un moment décisif

La fièvre grondait dans ma tête, tel un orage. Des accès de douleur fulgurante traversaient mon corps dans des éclats aveuglants, des éclairs foudroyant des réseaux de nerfs, pénétrant dans les creux cachés de mes articulations, brûlant mes fibres musculaires. Impitoyable, frappant sans répit comme un archange destructeur abattant son épée de feu.

Je savais rarement si mes yeux étaient ouverts ou fermés, si j'étais éveillée ou endormie. Je ne voyais qu'un magma gris tourbillonnant, traversé de zébrures rouges. Cette rougeur battait dans mes veines et sur ma peau. Je saisis une artère écarlate et la suivis, me raccrochant à son tracé lumineux, ballottée par les assauts de la tempête. Le tonnerre grondait de plus en plus fort à mesure que je pénétrais toujours plus loin dans l'obscurité bouillonnante autour de moi, devenant hideusement régulier comme les battements d'une timbale, m'assourdissant. Je me sentais telle une carcasse vide, étirée, vibrant à chaque fracas.

Sa source était à présent devant moi, palpitant avec un tel vacarme que je ne pus me retenir de hurler plus fort, uniquement pour entendre un autre son… mes lèvres se retroussèrent et ma gorge se gonfla sous l'effort du cri. Pourtant, je n'entendais que le martèlement. En proie au désespoir, je tendis les mains devant moi à travers la brume grise (étaient-ce vraiment mes mains ?) et attrapai un objet chaud et humide, qui glissait, palpitait, se convulsait entre mes doigts.

J'ouvris les yeux et constatai que je tenais mon cœur. Horrifiée, je le lâchai, et il rampa en laissant derrière lui une traînée sanglante, ses valves s'ouvrant dans un déclic sourd et se refermant avec un bruit de ventouse comme des gueules de poissons suffocants.

Parfois, des visages apparaissaient dans les vapeurs fiévreuses, certains me paraissant familiers, même si j'étais incapable de mettre un nom dessus. Les autres, je ne les avais jamais vus. Ces têtes inconnues prenaient forme parfois à la lisière du sommeil, m'étudiant avec curiosité ou indifférence, puis se détournaient.

Ceux que je croyais reconnaître portaient des expressions de compassion ou d'inquiétude. Ils tentaient de retenir mon regard, mais celui-ci glissait inexorablement, coupable, vertigineux, incapable de s'accrocher nulle part. Leurs lèvres remuaient. Je savais qu'ils me parlaient, mais je n'entendais rien, leurs paroles noyées par le tumulte silencieux de ma tempête.

* * *

J'éprouvais une sensation étrange, mais, pour la première fois depuis un nombre incalculable de jours, je ne me sentais pas souffrante. Les nuages de fièvre s'éloignaient. Ils grondaient encore quelque part non loin, mais, pour l'instant, je ne les voyais plus. Ma vue était claire; je distinguai le bois brut des poutres au-dessus de moi.

De fait, je le voyais si clairement que sa beauté me frappa. Les veines et les nœuds de son grain poli étaient à la fois statiques et d'une grâce vivante, ses couleurs rendues miroitantes par la suie et l'essence même de la terre. Je pouvais soudain comprendre comment la poutre avait été transformée tout en conservant l'esprit de l'arbre.

Ma découverte me fascinait tant que je tendis la main pour la toucher. Mes doigts effleurèrent le bois avec ravissement, suivant sa surface fraîche, les sillons en V laissés par les coups de hache, réguliers comme un vol d'oies sauvages. J'entendais battre leurs ailes puissantes et, en même temps, je sentais les muscles de mes épaules fléchir et pousser, la joie vibrant le long de mes bras tandis que la hache s'enfonçait dans le bois. Tout en méditant sur cette captivante sensation, il me vint vaguement à l'esprit que la poutre se trouvait à près de trois mètres du sol.

Je me retournai sans le moindre effort et me vis étendue sur le lit.

J'étais sur le dos, les couvertures en désordre comme si j'avais vainement tenté de les repousser sans en avoir eu la force. L'air dans la chambre était étrangement figé, et les pavés en couleur de l'édredon en patchwork brillaient tels des joyaux au fond de l'océan, vifs mais étouffés.

En revanche, ma peau avait la couleur de la nacre, d'une pâleur exsangue et chatoyante. Puis je compris : j'étais si maigre que ma peau s'était étirée sur mon squelette et que l'éclat des os et du cartilage sous-jacents prêtait ce lustre à mon visage.

Et quels os ! J'étais émerveillée par la perfection de leurs formes. Je suivis des yeux l'arc délicat de ma cage thoracique, la beauté émouvante de mon crâne sculpté.

Mes cheveux étaient emmêlés, collés, remplis de nœuds… pourtant, je fus attirée par eux, par leurs courbes que je suivais de l'œil… et du doigt ? Je n'avais pas conscience d'avoir bougé, mais je sentais leur douceur, le soyeux frais des boucles brunes et la vigueur élastique des fils d'argent ; je les entendais bruisser l'un contre l'autre, une cascade de notes telle une gamme à la harpe.

« Mon Dieu ! Que tu es ravissante ! »

J'entendis mes mots sans qu'aucun son ne résonne dans l'air.

Mes paupières étaient ouvertes. Je croisai et soutins un regard d'ambre et d'or patiné. Ces yeux regardaient à travers moi, quelque chose de très lointain. Toutefois, ils me voyaient aussi. Je vis leurs pupilles se dilater légèrement et sentis leur chaleur m'étreindre, remplies de connaissance et d'acceptation. « Oui, me disaient-ils. Je te connais. Partons. » Une immense paix m'envahit, et l'air autour de moi remua enfin, comme une brise s'engouffrant sous des plumes.

Puis, un son m'attira vers la fenêtre, et je vis l'homme qui se tenait là. Je ne connaissais pas son nom et, pourtant, je l'aimais. Il tournait le dos au lit, les mains sur le rebord de la fenêtre, la tête baissée. La lumière de l'aube illuminait ses cheveux d'une aura rouge et recouvrait ses bras d'or. Un spasme de chagrin le parcourut. Je le perçus, comme le tremblement d'un séisme lointain.

Quelqu'un bougea près de lui. Une femme brune, une fille plutôt. Elle s'approcha, posa une main sur son dos, murmurant quelques mots. Je vis la manière dont elle le regardait, la tendresse dans l'inclination de sa tête, l'intimité de son corps ondulant vers lui.

« Non, pensai-je avec un grand calme. Ça, jamais. »

Je regardai de nouveau mon corps étendu sur le lit et, en proie à la fois à une décision ferme et un regret infini, j'inspirai.

64

Je suis la résurrection

Je continuais à dormir pendant de longues périodes, ne me réveillant que pour manger. Les rêves fébriles avaient disparu, et mon sommeil était un lac profond d'eaux noires où je m'enfonçais dans l'oubli, dérivant entre les algues, aussi indolente qu'un poisson. Parfois, je flottais juste sous la surface, consciente des personnes et des objets du monde terrestre, mais incapable de les rejoindre. Des voix parlaient près de moi, étouffées et dénuées de sens. De temps à autre, une phrase pénétrait le liquide clair qui m'enveloppait et se promenait dans ma tête, suspendue telle une minuscule méduse, ronde et transparente, pourtant vibrante d'une signification mystérieuse, ses mots surnageant comme un filet dérivant.

Chaque phrase restait un moment dans mon champ de conscience, se déployant et se repliant avec ses rythmes curieux, puis s'éloignait lentement, laissant le silence.

Entre les petites méduses, il y avait de vastes étendues d'eau limpide, parfois remplies d'une lumière rayonnante, parfois plongées dans une obscurité d'une paix absolue. Je m'élevais et descendais entre la surface et les profondeurs, au gré de courants inconnus.

« Médecin, guéris. » Un filet de bulles. Un mouvement. Une spore de conscience dormante, délogée par la carbonatation, se fendit et s'épanouit. Puis un élancement, aussi brutal qu'un coup de poignard. « Qui m'appelle ? » « Médecin, guéris. »

J'ouvris les yeux.

Ce ne fut pas un grand choc, car la pièce était plongée dans la pénombre, comme sous l'eau, et je n'eus pas la sensation d'être extirpée de mon élément.

– «Ô Seigneur, Jésus-Christ, le grand médecin, toi qui guéris tous les maux du monde, étends ta bénédiction sur ton humble servante, apporte la sagesse à ceux qui veillent sur elle dans sa souffrance; bénis tous les moyens mis en œuvre pour sa guérison…»

Les mots s'écoulaient comme un ruisseau gargouillant, frais sur ma peau. Un homme se tenait devant moi, sa tête brune penchée sur un livre. La faible lumière dans la pièce l'enveloppait, et il semblait en faire partie. Il lisait à voix haute, d'une voix craquelée d'adolescent en pleine mue.

– «Tends-lui la main et, si telle est ta volonté, rends-lui sa santé et sa force afin qu'elle vive pour louer ta bonté et ta grâce; qu'elle vive dans la gloire de ton nom saint. *Amen.*»

Je cherchai désespérément son prénom. Ma propre voix était éraillée à force de ne plus servir. Parler me demanda un effort immense.

– Roger?

Il ouvrit des yeux incrédules. Ils me parurent d'un vert d'une vivacité incroyable, couleur de serpentine et de feuilles d'été.

– Claire?

La sensation onirique de submersion menaçait de m'engloutir de nouveau.

– Je ne sais pas. C'est moi?

* * *

Je parvins à lever une main pendant quelques secondes, mais j'étais trop faible pour redresser la tête. Roger me hissa en position assise, me calant contre des oreillers et, me soutenant d'une main dans la nuque, tint une tasse d'eau devant mes lèvres sèches. Ce fut l'étrange sensation de sa paume contre ma peau nue qui déclencha un vague processus de prise de conscience. Puis, ses doigts chauds contre l'arrière de mon crâne. Je bondis tel un saumon ferré, envoyant voler la tasse.

– Quoi? Quoi? balbutiai-je.

Je pris ma tête entre mes mains, trop choquée pour formuler une phrase entière et sentant à peine l'eau froide traverser le drap.

– QUOI?

Roger paraissait presque aussi offensé que moi. Il chercha ses mots, bégayant :

– Je... je... je croyais que... que vous saviez. Vous ne...? Enfin... ce... ce n'est pas si grave. Ils... ils repousseront.

Je tentai en vain d'articuler un bout de phrase, mais les connexions ne se faisaient plus entre ma langue et mon cerveau. Tout l'espace dans mon esprit était occupé par la disparition de la masse lourde et douce de mes cheveux, remplacée par un tapis de crins drus.

– Malva et Mme Bug vous les ont coupés avant-hier. Nous... nous n'étions pas là, Brianna et moi, autrement, nous ne les aurions pas laissées faire. Elles pensaient que c'était bon pour calmer une forte fièvre. C'est la pratique, ici. Brianna était furieuse contre elles, mais elles croyaient... elles croyaient aider à vous sauver la vie. Oh, Seigneur, Claire... ne faites pas cette tête !

Il s'effaça derrière un rideau de larmes qui se referma soudain pour me protéger du regard du monde.

Je n'avais pas conscience de pleurer. Le chagrin s'échappait simplement de moi comme d'une gourde transpercée d'un coup de couteau.

– Je vais chercher Jamie ! déclara-t-il précipitamment.

– NON !

Je le retins par la manche avec une force que je n'aurais jamais imaginé posséder.

– Non ! Je ne veux pas qu'il me voie ainsi !

Il ne répondit pas, et je m'accrochai obstinément à son bras, le seul moyen que je trouvais pour tenter d'éviter l'impensable.

– Il... euh... vous a vue.

Il baissa les yeux, évitant mon regard.

– Je veux dire... il vous a déjà vue.

Ce fut un choc presque aussi brutal que ma découverte initiale.

– Que... qu'est-ce qu'il a dit?

Il releva lentement les yeux, comme un homme craignant de regarder Méduse en face. Ou plutôt l'anti-Méduse.

Avec douceur, il posa une main sur mon bras.

– Il n'a rien dit. Il a... juste pleuré.

Je pleurais toujours moi aussi, mais de manière un peu plus ordinaire, moins hystérique. La sensation de froid glacial était passée, et la chaleur remontait dans mes membres, même si un courant d'air semblait me souffler sur la tête. Mon cœur ralentissait, et j'eus de nouveau la vague impression d'être sortie de mon corps.

L'état de choc? Le terme se forma dans mon esprit caoutchouteux. Après tout, il était possible de subir un choc physique résultant de plaies émotionnelles... Bien sûr, je le savais.

– Claire!

Roger devait appeler mon nom depuis quelque temps. Il me secouait le bras. Avec un effort surhumain, je me forçai à le fixer. Il paraissait au bord de la panique, et je me demandai si j'avais recommencé à mourir. Mais il était trop tard pour cela.

– Quoi?

Il soupira de soulagement.

– Pendant un instant, vous avez eu l'air... bizarre. Vous... vous voulez encore un peu d'eau?

Sa proposition était à mes yeux tellement incongrue que je faillis me mettre à rire. Toutefois, j'avais très soif, et une tasse d'eau fraîche me parut la chose la plus désirable au monde.

– Oui.

Mes larmes continuaient de couler, mais elles étaient plutôt apaisantes. Je ne tentai pas de les retenir, me contentant de les essuyer avec un coin du drap humide.

Je commençai à prendre conscience que je n'avais peut-être pas fait le choix le plus sage, ni le plus facile, en décidant de revenir à la vie. Les éléments extérieurs à la conscience de mon propre corps me revenaient peu à peu. Des problèmes, des soucis, du danger... de la douleur. Des choses sombres et effrayantes comme un nuage de chauves-souris. Je ne voulais pas regarder de trop près les images qui formaient une pile désordonnée au fond de mon cerveau... des images dont je m'étais délestée dans ma lutte pour ne pas sombrer.

Mais si j'étais revenue, j'étais de nouveau moi-même... à savoir un médecin.

– L'épidémie ? Elle est toujours...

Roger tenait mes mains autour de la tasse, m'aidant à boire. C'était de l'eau, certes, mais avec autre chose... de la menthe et une herbe plus forte, plus amère. De l'angélique ?

– Elle s'est arrêtée. Il n'y a pas eu de nouveaux cas depuis une semaine.

– Une semaine ? Depuis combien de temps je suis...

– Plus ou moins ça. Vous êtes une des dernières à être tombée malade.

Je bus une nouvelle gorgée. Un goût sucré flottait au-dessus de l'amertume... du miel. Je fus un peu soulagée d'avoir réussi à identifier au moins un élément du puzzle de la réalité.

Au ton de Roger, je devinais que quelques malades étaient morts, mais je n'en demandai pas plus pour l'instant. Décider de vivre était une chose, réintégrer le monde des vivants représentait un combat que je n'avais pas encore le courage de mener. J'avais arraché mes racines et me retrouvai comme une plante fanée ; replanter mes deux pieds dans la terre était encore au-dessus de mes forces.

Que des gens que je connaissais, que j'aimais peut-être, soient morts me paraissait une perte aussi douloureuse que celle de mes cheveux.

Je bus encore deux tasses d'eau sucrée, puis me renfonçai dans mon oreiller avec un soupir, mon estomac tel un petit ballon froid.

Roger reposa la tasse sur la table de chevet.

– Reposez-vous. Je vais aller chercher Brianna. Dormez, si vous en avez envie.

Quand il se leva, je remarquai à quel point il avait l'air épuisé et maigre. Il avait dû aider à soigner les malades toute la semaine, dont moi, entre autres. Et enterrer les morts.

– Roger ?

Parler me demandait un effort considérable ; j'avais du mal à trouver les mots et à les démêler de la bouillie dans ma tête.

– Vous avez mangé quelque chose récemment ?

Son front soucieux se dérida, et il me sourit.

– Non, pas depuis hier.

– Allez. Allez manger, d'accord ?

– Oui.

Toutefois, il ne sortit pas. Il hésita, puis se rapprocha du lit en quelques enjambées, prit ma tête entre ses mains et me baisa le front.

– Vous êtes très belle, chuchota-t-il.

Après une dernière caresse sur ma joue, il sortit.

– Quoi ? demandai-je faiblement.

Mais la seule réponse fut le gonflement du rideau poussé par une légère brise, apportant un parfum de pommes.

* * *

À vrai dire, je ressemblais à un squelette avec une coupe en brosse très peu flatteuse, comme je m'en rendis compte quand j'eus assez de forces pour persuader Jamie de me donner un miroir.

– Tu pourrais peut-être mettre un bonnet ? suggéra-t-il, prudent.

Il tripotait une coiffe en mousseline que Marsali m'avait apportée.

– Tu peux toujours courir !

Encore choquée par la vision d'horreur dans la glace, j'eus un peu de mal à articuler cette dernière pensée. En fait, je devais me retenir de lui arracher le bonnet des mains et de l'enfiler jusqu'au menton.

J'avais déjà rejeté d'autres offres de couvre-chefs de la part de Mme Bug (qui s'était longuement autocongratulée pour l'efficacité de son traitement radical contre la fièvre, persuadée qu'elle m'avait sauvé la vie), ainsi que de Marsali, Malva et de toutes les autres femmes venues me rendre visite.

Je refusais par pur esprit de contradiction. La vue de ma chevelure libre outrageait leur sens écossais de la bienséance féminine, et depuis des années elles s'efforçaient – avec divers degrés de subtilité – de m'imposer le port du bonnet. Je n'allais pas laisser les circonstances accomplir ce contre quoi j'avais tant lutté.

Après m'être vue, ma résolution était moins ferme, sans compter que je devais bien reconnaître que j'avais un peu froid à la tête. D'un autre côté, en me voyant capituler, Jamie aurait été très inquiet, et, ces derniers temps, je l'avais suffisamment effrayé, à en juger par ses joues creuses et les profonds cernes sous ses yeux.

De fait, son visage s'illumina quand je refusai son offre, et il jeta le bonnet de côté.

Je reposai le miroir, face cachée, sur le couvre-lit.

– Ma seule consolation, c'est la tête des gens quand ils entrent dans la chambre et me voient. C'est comique !

– Tu es très belle, *Sassenach*.

Là-dessus, il éclata de rire. Surprise, je repris le miroir, me regardant de nouveau, ce qui l'acheva : il était plié en deux de rire et se tenait les côtes.

Je me renfonçai dans le lit, me sentant mieux. La fièvre avait complètement disparu, mais j'étais encore faible, à peine capable de me redresser en position assise sans aide. Après le moindre effort, je m'endormais soudain sans prévenir.

Toujours hilare, Jamie prit ma main et la baisa. La chaleur du contact de sa peau hérissa le duvet de mon avant-bras, et mes doigts se refermèrent sur les siens.

— Je t'aime, chuchota-t-il.

Me sentant vraiment mieux, je répondis :

— Ah !... Eh bien... moi aussi, je t'aime. Et puis, ils repousseront, après tout.

Il baisa de nouveau ma main et la reposa avec douceur sur le couvre-lit.

— Tu as mangé ?

Je réprimai un soupir de lassitude.

— Un peu. J'avalerai un morceau un peu plus tard.

Depuis de longues années, j'avais compris pourquoi les malades étaient appelés des «patients». Coincés au fond de leur lit, ils étaient obligés de supporter stoïquement le harcèlement et les agaceries de ceux qui étaient en bonne santé.

Depuis que j'avais repris conscience, à savoir depuis deux jours, toutes les personnes qui entraient dans ma chambre marquaient d'abord un temps d'arrêt devant mon allure, puis m'enjoignaient de porter un bonnet avant d'essayer de me faire avaler de la nourriture de force. Plus sensible au ton de ma voix que Mme Bug, Malva, Brianna ou Marsali, Jamie jeta un coup d'œil vers le plateau posé près du lit et décida avec sagesse de ne pas insister.

— Dis-moi ce qui s'est passé ? Qui a été malade ? Comment vont-ils ? Et qui... est mort ?

Il me dévisagea prudemment, essayant de deviner si la vérité allait me faire tourner de l'œil, mourir ou bondir hors de mon lit.

— Tu es sûre que tu te sens assez forte, *Sassenach* ? Ce genre de nouvelles peut attendre.

— Il faudra bien que je le sache tôt ou tard, non ? Et je préfère savoir plutôt que de m'inquiéter de ce que je ne sais pas.

— Soit. Padraic et sa fille sont pratiquement tirés d'affaire. Evan a perdu son petit dernier, Bobby, et Grace est encore mal en point, mais Hugh et Caitlin n'ont pas été atteints. Trois des pêcheurs sont morts. Il y a encore une douzaine de malades, mais la plupart sont en train de se remettre. Et puis il y a Tom Christie. On m'a dit qu'il était encore très souffrant.

– Tom Christie? Malva ne m'a rien dit.

D'un autre côté, quand je l'avais interrogée un peu plus tôt, elle avait refusé de parler de quoi que ce soit, répétant que je devais me reposer et ne m'inquiéter de rien.

– Et Allan?

– Non, il n'a rien.

– Depuis combien de temps Tom est-il malade?

– Je ne sais pas. La petite te le dira.

J'acquiesçai d'un signe de tête. Une erreur. Prise de vertige, je dus fermer les yeux, des motifs lumineux clignotant sous mes paupières.

J'entendis Jamie bondir devant mon léger malaise et lui dis, un peu essoufflée :

– C'est drôle, quand je ferme les yeux, je vois souvent des étoiles..., mais pas comme dans le ciel. Elles ressemblent à celles qui bordaient une petite valise de poupée que j'avais, enfant. Pourquoi, à ton avis?

– Je n'en ai pas la moindre idée. Tu n'es pas en train de te remettre à délirer, n'est-ce pas?

Je rouvris les paupières et m'efforçai de sourire.

– Je ne crois pas. Pourquoi, j'ai déliré?

– Un peu, oui!

– J'ai dit des choses que je devrais savoir?

– Probablement pas, mais je te raconterai peut-être un jour.

J'envisageai de me laisser de nouveau emporter par le sommeil plutôt que de subir d'autres humiliations, mais je décidai de faire face et de renouer les fils de vie qui me rattachaient encore à la Terre.

– Chez Brianna et Marsali, ils vont tous bien, hein?

C'était une question de pure forme, car elles s'étaient relayées à mon chevet. Ni l'une ni l'autre ne m'avait rien dit qui puisse me bouleverser, dans mon état de faiblesse, mais j'étais sûre que si un des enfants avait été malade, elles n'auraient pu me le cacher.

– Oui, oui, tout le monde va bien.

Je sentis néanmoins une hésitation dans sa voix.

– Quoi?

– Ils vont bien, répéta-t-il très vite. Personne n'est tombé malade.

– Tu peux me dire la vérité. Autrement, je tirerai les vers du nez à Mme Bug. Ce ne devrait pas être trop difficile.

Au même instant, j'entendis le claquement des sabots de cette dernière dans l'escalier. Elle marchait d'un pas plus lent et précautionneux qu'à son habitude, ce qui m'indiqua qu'elle était chargée. En effet, quelques secondes plus tard, elle franchit la porte de biais avec un sourire rayonnant, tenant un plateau d'une main et Henri-Christian accroché à elle comme un petit singe.

– Je vous ai apporté un petit quelque chose à manger, *a leannan*.

Elle repoussa le bol de porridge pratiquement intact et l'assiette de toasts refroidis pour faire de la place aux nouvelles victuailles.

– On dirait que vous n'avez pas grand faim?

Sans attendre ma réponse, elle déposa délicatement Henri-Christian dans mes bras. Sans crainte aucune et amical comme toujours, il glissa aussitôt sa tête sous mon menton, frotta son nez contre ma poitrine et se mit à me sucer les doigts, ses petites dents de lait me mordillant la peau.

– Bonjour, toi! Qu'est-ce qui t'est donc arrivé là?

Je lissai en arrière le duvet sur son crâne rond, dégageant une vilaine tache jaunâtre, vestige d'une ecchymose.

– C'est la progéniture du diable qui a essayé de tuer le pauvre chéri, m'informa Mme Bug en pinçant les lèvres. Elle y serait parvenue, si Roger Mac n'était pas intervenu, le saint homme!

– De quelle progéniture s'agit-il?

– Des enfants de pêcheurs, m'expliqua Jamie.

Il toucha du bout du doigt le nez d'Henri-Christian et le retira aussitôt quand l'enfant essaya de l'attraper, puis il le toucha de nouveau. Henri-Christian gloussa de rire et posa sa menotte sur son propre nez, ravi par ce nouveau jeu.

– Ces petits misérables ont essayé de le noyer, poursuivit Mme Bug. Ils l'ont enlevé avec son panier, puis l'ont déposé dans le torrent, laissant le courant l'emporter !

– Je ne crois pas qu'ils voulaient vraiment le noyer, précisa Jamie. Dans ce cas, ils ne l'auraient pas laissé dans son panier.

– Hmph ! fit Mme Bug. En tout cas, ils ne lui voulaient pas du bien !

Examinant rapidement le bébé, je découvris plusieurs autres ecchymoses, une croûte sur le talon et un genou écorché.

– Mon pauvre chéri, on dirait que tu as été sérieusement secoué.

Je me tournai vers Jamie.

– C'est Roger qui l'a sauvé ?

– Oui. La petite Joanie est venue me trouver en hurlant qu'on avait volé son frère. Je suis arrivé juste à temps pour assister au dénouement de l'affaire.

Les garnements avaient déposé le panier dans le bassin à truites, un élargissement du torrent où l'eau était assez calme. Tressé dans un osier robuste, le panier avait flotté… le temps que le courant le pousse vers le déversoir, après quoi la rivière serpentait entre des rochers avant de chuter d'un mètre dans un bouillonnement d'écume et de pierres.

Roger était en train de construire une clôture non loin. En entendant les rires des garçons et les cris perçants de Félicité, il avait lâché le piquet qu'il tenait et avait accouru, pensant que les grands chahutaient la gamine.

En arrivant, il avait aperçu le panier d'Henri-Christian s'incliner lentement au bord du déversoir, puis rebondir de rocher en rocher, tournoyant dans le courant, et commencer à prendre l'eau.

Courant sur la berge, il avait plongé, atterrissant à plat ventre juste sous la cascade, à l'instant même où Henri-Christian, hurlant comme un diable, lui tombait sur le dos. Il l'avait repêché juste à temps.

– J'ai atteint la rive à ce moment-là, raconta Jamie. Je l'ai vu émerger de l'eau comme un triton, des algues sur la tête, le nez en sang et serrant le petit dans ses bras. Un sacré spectacle !

Les garnements, qui avaient couru le long de la berge en criant, s'étaient arrêtés pile en le voyant. L'un d'eux avait pris ses jambes à son cou, et les autres s'apprêtaient à l'imiter quand Roger avait pointé un doigt vers eux en hurlant par-dessus le vacarme du torrent :

– *Sheas !*

Ils étaient restés pétrifiés de terreur.

Sans les quitter du regard, Roger s'était approché de la berge, puis s'était accroupi et, prenant un peu d'eau dans sa main en coupe, l'avait versé sur la tête du bébé vagissant (qui s'était aussitôt tu). Puis, il avait tonné :

– Je te baptise Henri-Christian, au nom du Père, du Fils et du Saint-Esprit ! Vous m'entendez, bande de petits vauriens ? Il s'appelle CHRISTian ! Il appartient au Seigneur ! Touchez encore à un de ses cheveux, et Satan jaillira hors de terre pour vous traîner par les pieds jusqu'aux ENFERS !

Cette fois, les garçons avaient détalé, se précipitant dans les broussailles en dérapant et en se bousculant.

Partagée entre la consternation et l'envie de rire, je baissai les yeux vers Henri-Christian, qui venait de découvrir le plaisir de sucer son pouce et était plongé dans une étude approfondie de ce nouvel art.

– Ce devait être une scène impressionnante !

– En tout cas, moi, j'ai été impressionné ! dit Jamie en riant. J'ignorais que Roger Mac avait ce talent pour menacer des feux de l'enfer et de la damnation. Avec sa voix rauque, c'était d'autant plus efficace.

– Tu crois que mettre le bébé dans le torrent était un simple jeu d'enfants, bien qu'idiot?

Il caressa le crâne d'Henri-Christian.

– Oh, oui, c'était de l'espièglerie, mais les enfants ne sont pas les seuls responsables.

Jamie avait attrapé un des garnements par la peau du cou alors qu'il tentait de fuir, manquant de le faire mourir de frayeur. L'entraînant fermement dans les bois, il l'avait plaqué contre un arbre et exigé des explications sur cette tentative de meurtre.

Tremblant et balbutiant, l'enfant avait tenté de s'excuser en affirmant qu'ils n'avaient pas eu l'intention de faire du mal au bébé. Ils avaient juste voulu vérifier s'il flottait, car leurs parents disaient tous que c'était le fils d'un démon, et tout le monde savait que la progéniture de Satan ne coulait pas, l'eau rejetant leur impureté. Aussi, ils avaient emporté le petit dans son panier, parce qu'ils avaient peur de le toucher, persuadés que sa peau les brûlerait.

– Je lui ai dit que j'allais lui montrer ce qui brûlait vraiment et lui ai flanqué une bonne raclée.

Il avait ensuite libéré le gamin en lui ordonnant de rentrer chez lui, de changer de culottes et d'aller prévenir ses complices qu'ils étaient tous attendus dans son bureau avant le dîner pour recevoir la même correction, autrement il viendrait en personne chez eux pour leur donner la fessée devant leurs parents.

– Ils sont venus? demandai-je fascinée.

Il parut surpris.

– Bien sûr. Ils ont reçu leur châtiment, puis nous sommes allés à la cuisine manger du pain et du miel. J'avais prié Marsali d'amener Henri-Christian, et je leur ai demandé de le toucher, chacun à son tour, pour voir. Ensuite, un des garçons a voulu savoir si la déclaration de monsieur Roger, à propos du bébé appartenant au Seigneur, était vraie. Je lui ai répondu que si monsieur Roger l'avait dit, ce devait être vrai, mais qu'avant tout, Henri-Christian était à moi et qu'ils avaient tous intérêt à ne jamais l'oublier.

Son index suivit la courbe de la joue du bébé qui commençait à s'endormir, ses paupières lourdes, son minuscule pouce trempé à moitié hors de sa bouche.

– Je suis désolée d'avoir raté ça! chuchotai-je pour ne pas le réveiller.

Comme tous les bébés endormis, il était devenu très chaud et lourd dans le creux de mon bras. Remarquant que j'avais du mal à le tenir, Jamie me le prit et le rendit à Mme Bug, qui s'était discrètement affairée dans la chambre, remettant de l'ordre tout en suivant avec approbation le récit de Jamie. Tapotant avec douceur le dos d'Henri-Christian, elle me chuchota :

– Oh, fallait les voir! Ils osaient à peine toucher du bout du doigt le ventre du petit, comme s'il s'agissait d'une patate brûlante! Et lui qui gigotait comme un ver de terre! Les chenapans roulaient des yeux effrayés.

Quand elle sortit avec le bébé, je glissai à Jamie :

– Si leurs parents croient qu'il est né d'un démon, et que tu es son grand-père...

– Je te rappelle que tu es sa grand-mère, *Sassenach*. Ça pourrait venir de ton côté. Cela dit, je préférerais qu'ils ne s'appesantissent pas trop sur cet aspect de la question.

– Je vois ce que tu veux dire... Tu penses qu'ils savent que Marsali n'est pas ta fille par le sang? Pour Fergus, ils sont sans doute déjà au courant.

– Cela ne fait pas une grande différence. Ils croient que l'enfant a été échangé par des esprits à sa naissance.

– Comment le sais-tu?

– Les gens parlent. Tout va bien, *Sassenach*?

Libérée du poids du bébé, j'avais repoussé les couvertures pour m'aérer un peu. Jamie m'examinait d'un air réprobateur.

– Bon sang! Je peux même compter tes côtes sous ta chemise de nuit!

– Profites-en, ça ne durera pas, rétorquai-je.

Malgré ma boutade, j'étais vexée. Jamie le sentit et prit ma main, suivant le tracé des veines bleutées le long de mon avant-bras.

– Ne te fâche pas, *Sassenach*. Ce n'est pas ce que je voulais dire. Tiens, regardons plutôt ce que Mme Bug t'a apporté.

Il souleva la soucoupe qui recouvrait un petit plat, examina son contenu d'un air perplexe, puis planta un doigt dedans et le lécha.

– Mmmm... du pudding au sirop d'érable !

Je n'avais pas d'appétit, mais le gâteau me semblait relativement inoffensif, et je ne protestai pas quand il approcha une cuillérée de ma bouche avec la concentration d'un pilote de ligne.

– Je peux me nourrir toute seule, tu s...

Il glissa la cuillère entre mes lèvres. De stupéfiantes révélations de douceur crémeuse explosèrent aussitôt dans ma bouche, et je fermai les yeux en proie à une légère extase.

– Oh, mon Dieu ! J'avais oublié à quoi ressemblait la bonne cuisine !

– Ha ! je savais bien que tu ne mangeais pas ! Tiens, prends-en encore un peu.

Je parvins à le persuader que je pouvais tenir moi-même ma cuillère et mangeai la moitié du pudding, lui laissant le reste.

– Tu n'es peut-être pas aussi maigrichon que moi, mais tu aurais bien besoin de manger un peu aussi.

– Tu as raison. J'ai été assez... occupé ces temps-ci.

Je l'observai avec attention tandis qu'il raclait le fond du plat, suçant la cuillère jusqu'à ce qu'il ne reste plus une trace du dessert. Il paraissait enjoué, mais mon sixième sens me revenait peu à peu. Pendant ma maladie, je n'avais eu ni énergie ni conscience de quoi que ce soit en dehors de ma carcasse ravagée par la fièvre. À présent, je retrouvais les petits détails familiers de son corps, de sa voix et de son comportement, accordant mes sens à sa présence, telles les cordes d'un violon mises au diapason. Je sentais une tension en lui et commençai à penser qu'elle n'était pas entièrement due à mon épreuve récente.

– Quoi ? demandai-je.

– Quoi « quoi » ?

Je le connaissais trop bien. Son air faussement surpris confirma mes doutes.

– Qu'est-ce que tu ne me dis pas? C'est encore Brown? Tu as eu des nouvelles de Stephen Bonnet? De Donner? La truie blanche a dévoré un des enfants?

Cela le fit sourire.

– Non, ce n'est pas elle. Elle a bien chargé MacDonald de nouveau il y a quelques jours quand il est passé, mais il a rejoint le porche à temps. Il court vite, pour un homme de son âge!

– Il est plus jeune que toi.

– Oui, bon, je cours vite aussi. La truie ne m'a pas encore rattrapé, n'est-ce pas?

La visite du major m'inquiéta un peu, mais ce n'étaient pas des nouvelles de troubles politiques ou de bruits de bottes qui préoccupaient Jamie. Il me l'aurait dit aussitôt. Je le dévisageai sans rien dire, attendant. Il poussa un grand soupir.

– Je crois que je vais devoir les envoyer ailleurs, dit-il enfin.

– Qui?

– Fergus, Marsali et les enfants.

– Quoi? Mais pourquoi? Et... où?

Il me prit la main et caressa doucement mes doigts.

– Fergus a tenté de se tuer, il y a trois jours.

– Mon Dieu!

Il se mordit la lèvre inférieure, incapable de parler. Je serrai convulsivement sa main. Je voulais nier ce que je venais d'entendre, rejeter cette notion..., mais je ne le pouvais pas. Elle resta en suspens entre nous, tel un crapaud venimeux que nous refusions de toucher.

– Comment? le questionnai-je enfin.

J'avais voulu demander : «Tu en es sûr?», mais je savais qu'il l'était.

– Avec un couteau. Il m'a avoué qu'il aurait préféré se pendre, mais qu'il n'arrivait pas à nouer la corde d'une seule main.

Le pudding avait formé une boule dure au fond de mon estomac.

– Tu… l'as trouvé ? Ou c'est Marsali ?

Il secoua la tête :

– Elle ne sait pas. Ou plutôt, je soupçonne qu'elle est au courant, mais refuse de l'admettre.

– Il ne doit pas être sérieusement touché, autrement elle serait bien forcée de le reconnaître.

Ma poitrine me faisait toujours mal, mais les mots venaient plus facilement.

– Non, poursuivit Jamie, je l'ai vu passer pendant que je grattais une peau de cerf sur la colline. Il ne m'a pas vu, et je ne l'ai pas appelé. Je ne sais pas ce qui m'a paru étrange chez lui… J'ai poursuivi ma tâche, mais ça m'a tracassé. Je n'arrivais pas à me débarrasser de l'idée que quelque chose clochait. Finalement, j'ai posé mes outils et je suis allé le chercher, tout en me disant que j'étais idiot.

Fergus avait marché jusqu'à la lisière de Fraser's Ridge, puis avait descendu le versant menant à White Spring, la plus lointaine et isolée des trois sources de notre montagne, baptisée «la source blanche» en raison d'un grand rocher gris pâle à côté.

Jamie était arrivé à temps pour voir Fergus allongé dans le ruisseau, sa manche retroussée, sa veste roulée en boule sous sa nuque, son bras manchot sous l'eau.

– J'aurais sans doute dû crier, mais… je ne pouvais croire ce que je voyais, tu comprends ?

Puis Fergus avait saisi un petit couteau à désosser de sa main droite et, d'un coup net et précis, s'était ouvert les veines à l'intérieur du coude gauche.

– Cette fois, j'ai crié.

Jamie ferma les yeux et se passa une main sur le visage comme pour effacer l'image de sa mémoire.

Il avait dévalé la pente, attrapé Fergus, l'avait hissé sur ses pieds, puis l'avait giflé.

– Tu l'as frappé ?

– Oui, il a de la chance que je ne lui ai pas brisé le cou, ce petit crétin!

Tout en parlant, son visage s'empourprait.

Je me souvins alors de la conversation que j'avais eue avec Fergus dans l'étable.

– Ça s'est passé après que les garçons eurent enlevé Henri-Christian? Je veux dire...

– Je sais à quoi tu penses. Oui, ça a eu lieu le lendemain. Mais ce n'était pas uniquement à cause de tous les ennuis liés au nanisme de son fils. Après lui avoir bandé le bras et l'avoir secoué un peu, je lui ai parlé. Il m'a avoué qu'il y pensait depuis un certain temps. L'enlèvement du petit n'a fait qu'achever de le convaincre.

– Mais... comment a-t-il pu? m'exclamai-je horrifiée. Comment peut-il songer à abandonner Marsali et les enfants? Comment?

Abattu, Jamie baissa la tête, les mains posées sur les genoux.

– Il pense qu'ils s'en sortiront mieux sans lui. Lui mort, Marsali pourra se remarier, trouver un homme qui veillera sur elle et les enfants. Qui subviendra à leurs besoins. Qui protégera le petit Henri.

– Et lui, il considère... qu'il en est incapable?

– *Sassenach,* il sait qu'il en est incapable.

Je m'apprêtai à protester, mais me mordis la langue, ne trouvant pour l'instant aucun argument pour réfuter cette affirmation.

Jamie se leva et se mit à arpenter la chambre, prenant des objets et les reposant. Au bout d'un moment, je lui demandai:

– Tu ferais pareil, si tu étais dans son cas?

Il réfléchit, me tournant le dos, la main sur ma brosse à cheveux.

– Non. Mais c'est très dur pour un homme de vivre avec une telle infirmité.

– Oui, je comprends...

219

Il se tourna vers moi. Ses traits étaient tirés, remplis d'une lassitude qui n'avait rien à voir avec le manque de sommeil.

– Non, *Sassenach*. Tu ne peux pas comprendre.

Il avait parlé avec douceur, mais sur un ton tellement désespéré que je sentis un picotement dans mes yeux. Ce symptôme était autant dû à la faiblesse physique qu'au désarroi psychologique, mais je savais que si je m'y abandonnais, je me désintégrerais dans un torrent de larmes, et ce n'était pas le moment. Je me mordis la lèvre et m'essuyai les yeux avec un coin du drap. J'entendis Jamie s'agenouiller à côté du lit et je tendis la main à l'aveuglette pour l'attirer contre mon sein. Il glissa ses bras autour de ma taille et poussa un profond soupir, son souffle chaud traversant le lin de ma chemise. Je caressai ses cheveux d'une main tremblante et le sentis soudain céder, toute la tension en lui s'échappant comme l'eau d'une cruche percée.

Ce fut comme si toute la force à laquelle il s'était raccroché se vidait de lui... pour se déverser en moi. En tenant son corps, je reprenais le contrôle du mien ; mon cœur cessa de vaciller, retrouvant son rythme normal, solide, infatigable.

Les larmes avaient battu en retraite, mais restaient proches de la surface. Je suivis les lignes de son visage de mes doigts, sa peau halée, son grand front avec ses épais sourcils auburn, les larges crêtes de ses pommettes, son long nez droit comme une lame, ses yeux fermés, à peine bridés, avec leurs étranges cils, blonds à la racine et d'un auburn si sombre à l'extrémité qu'ils paraissaient presque noirs. Je caressai le bord net de son oreille où de petits poils blonds et drus poussaient en formant une spirale, chatouillant le bout de mon doigt.

– Tu ne sais donc pas ? Il n'y en a pas un parmi vous qui le sait ? Ce n'est pas ce que l'on donne, ce que l'on fait ou ce que l'on apporte qui est important. C'est soi-même. C'est vous. C'est toi.

– Je sais. C'est ce que j'ai dit à Fergus. Ou du moins, je le crois. Je lui ai parlé de tant de choses !

Ils s'étaient agenouillés près de la source, s'étreignant, trempés de sang et d'eau. Il l'avait serré contre lui comme s'il cherchait à le rattacher à la terre, à sa famille, à la vie par la seule force de sa volonté. Emporté par la passion du moment, il ne se souvenait plus de ses paroles. Seules celles de la fin.

Le visage de Fergus pressé contre son épaule, ses cheveux noirs froids contre sa joue, il lui avait chuchoté :

– Tu dois tenir bon, pour eux, même si tu n'en as pas envie pour toi. *Tu comprends, mon enfant, mon fils ? Comprends-tu ?*

Il marqua une pause avant de reprendre doucement :

– C'est que, tu vois, je savais que tu étais en train de mourir. J'étais sûr qu'en rentrant à la maison, tu ne serais plus là et que je me retrouverais tout seul. Je ne m'adressais pas qu'à Fergus, mais aussi à moi-même.

Il redressa la tête et me regarda à travers un rideau de larmes et de rires.

– Oh, Claire, si tu étais morte et que tu m'avais abandonné, je t'en aurais tellement voulu !

J'avais moi aussi envie de rire ou de pleurer, ou les deux. Si j'avais encore eu quelques regrets d'avoir raté une occasion de paix éternelle, je les aurais perdus à cet instant-là. Je caressai ses lèvres.

– Je ne suis pas morte. Et je ne mourrai pas, enfin, je vais tâcher.

Je glissai une main sur sa nuque et l'attirai plus près. Il était nettement plus grand et plus lourd qu'Henri-Christian, mais j'aurais pu le tenir ainsi pour l'éternité, s'il avait fallu.

C'était le début de l'après-midi, et la lumière oblique faisait luire sa chevelure et le lin crémeux et élimé de sa chemise. Je pouvais sentir les bosses et les creux de ses vertèbres, ainsi que les muscles étroits entre ses omoplates et sa colonne vertébrale. Je tentai de lisser en arrière l'épi sur son crâne.

– Où comptes-tu les envoyer ? demandai-je.

– À Cross Creek peut-être, ou à Wilmington. Ce qui me paraîtra le plus propice au métier d'imprimeur.

Ses yeux mi-clos contemplaient les ombres du feuillage qui s'agitaient sur l'armoire qu'il m'avait fabriquée. Il remua et glissa une main sous mes fesses.

– Bon sang, *Sassenach*. Il ne te reste plus rien, là !

– Ne t'en fais pas, dis-je avec un soupir de résignation. Cette partie-là se remplumera bien assez tôt !

65

L'heure de la déclaration

Jamie les rencontra près de Woolam's Mill : cinq cavaliers. Deux lui étaient inconnus ; deux autres étaient des hommes de Salisbury qu'il connaissait, des ex-Régulateurs nommés Green et Wherry, de fervents whigs. Le cinquième était Richard Brown, le visage glacial et les yeux ardents.

Il maudit en silence son goût pour la conversation, car sans celui-ci, il se serait séparé du major MacDonald à Coopersville, comme à l'accoutumée. Mais ils s'étaient plongés dans une discussion sur la poésie, s'amusant à déclamer à tour de rôle. À présent, il se retrouvait au milieu de la route avec deux chevaux, pendant que MacDonald, dont les intestins étaient contrariés, se soulageait dans les bois.

Amos Green le salua d'un signe de tête et aurait poursuivi son chemin si Kitman Wherry ne s'était arrêté. Les deux inconnus l'imitèrent, fixant Jamie d'un air intrigué.

– Où vas-tu donc, l'ami ? demanda aimablement Wherry, qui était quaker. Tu te rends à la réunion d'Halifax ? Dans ce cas, fais donc la route avec nous.

Halifax. Il sentit une goutte de sueur lui couler dans le dos. La réunion du comité de correspondance pour élire les délégués qui se rendraient au Congrès continental.

Indiquant la monture vide, il répondit de façon courtoise :

– Merci, mais je raccompagne un ami. Je vous rattraperai peut-être plus tard sur la route.

«Ce n'est pas demain la veille», pensa-t-il en évitant avec soin de croiser le regard de Brown.

– Je ne suis pas sûr que tu sois le bienvenu, après ce qui s'est passé à Cross Creek.

Green avait parlé poliment, mais son ton glacé fit tiquer Wherry qui se tourna vers lui, surpris.

– Ah oui? Vous auriez préféré voir un innocent brûlé vif, ou couvert de goudron et de plumes?

Il ne voulait surtout pas déclencher une querelle, mais il était bien obligé de répondre.

Un des inconnus cracha par terre :

– Pas si innocent que ça, si c'est bien de Fogarty Simms qu'il s'agit.

Après réflexion, il ajouta :

– Ce sale petit tory.

– Oui, c'est bien de lui qu'il s'agit, reprit Green en crachant à son tour. Le comité de Cross Creek avait décidé de lui donner une bonne leçon, mais, vraisemblablement, monsieur Fraser n'était pas d'accord. D'après ce qu'on m'a raconté, vous avez fait une sacrée scène!

Il se pencha en arrière sur sa selle pour toiser Jamie de haut.

– Vous n'êtes pas très populaire, monsieur Fraser, ces temps-ci.

Le regard de Wherry allait de Green à Jamie.

– Sauver un homme du goudron et des plumes, quelles que soient ses opinions politiques, me paraît être un acte d'humanité, déclara Wherry.

Brown émit un rire cynique.

– Pour vous, peut-être, mais tout le monde ne le voit pas du même œil. On reconnaît un homme à ses fréquentations.

Se tournant vers Jamie, il poursuivit :

– Et puis il y a votre chère tante, n'est-ce pas? Sans parler de la célèbre madame MacDonald. J'ai lu son fameux discours dans la dernière édition du journal de Simms.

Il repartit d'un grand éclat de rire.

– Les invités de ma tante n'ont rien à voir avec moi, répondit Jamie.

– Ah non ? Et le mari de votre tante... c'est bien votre oncle, n'est-ce pas ?

– Duncan ?

Son incrédulité était visible sur son visage. Les deux inconnus échangèrent un regard et se détendirent.

– Non, c'est le quatrième mari de ma tante et un ami. Quel rapport avec lui ?

– Duncan Innes est comme cul et chemise avec Farquard Campbell et tout un tas d'autres loyalistes. À eux deux, ils ont avancé assez d'argent pour appareiller un navire plein à ras bord de pamphlets prêchant la réconciliation avec notre chère mère l'Angleterre. Je m'étonne que vous ne sachiez pas cela, monsieur Fraser.

Jamie n'était pas seulement étonné, mais estomaqué par la nouvelle. Il parvint néanmoins à le cacher.

– À chacun ses opinions, répliqua-t-il avec calme. Duncan fait ce qui lui plaît, et moi de même.

Wherry approuva d'un hochement de tête, mais les autres le dévisageaient avec des expressions allant du scepticisme à l'hostilité.

Conscient des réactions de ses compagnons, ce dernier demanda aimablement à Jamie :

– Et quelles sont tes opinions, mon ami ?

Il avait toujours su que ce moment arriverait. Maintes fois, il avait tenté d'imaginer les circonstances de sa déclaration, allant de l'héroïsme grandiloquent à l'ouvertement dangereux, mais, comme d'habitude dans ce genre de situation, le sens de l'humour de Dieu surpassa son imagination. Ainsi, il se retrouvait contraint de franchir ce pas irrévocable et public (en étant contraint par la même occasion de s'allier à un ennemi mortel), seul sur une route poussiéreuse, avec un officier de la Couronne accroupi dans les buissons juste derrière lui, ses culottes autour de ses chevilles.

– Je suis pour la liberté, dit-il sur un ton ne laissant pas le moindre doute sur sa position.

– Vraiment ?

Green le dévisagea durement, puis indiqua le cheval de MacDonald. L'épée régimentaire du major était accrochée à la selle, ses dorures et ses glands luisant au soleil.

– Dans ce cas, que faites-vous en compagnie d'un dragon anglais ?

– C'est un ami, répondit simplement Jamie.

Un des inconnus sursauta, comme piqué par un frelon.

– Un dragon ? Il y a des dragons anglais dans la région ?

– Juste un, pour autant que je sache, répondit Brown. Un certain MacDonald. Ce n'est pas un vrai soldat ; il est à la retraite, en demi-solde. Il travaille pour le gouverneur.

L'autre ne parut pas rassuré.

– Que faites-vous avec ce MacDonald ?

– Comme je vous l'ai dit, c'est un ami.

L'attitude des hommes avait brusquement changé, passant de l'hostilité à l'outrage.

– C'est l'espion du gouverneur, déclara Green.

C'était la vérité, et la moitié de l'arrière-pays le savait. MacDonald ne cherchait jamais à passer inaperçu ni à cacher l'objet de ses visites. En niant l'évidence, Jamie serait passé pour un simple d'esprit, un complice, ou les deux.

À présent, une certaine tension circulait entre les hommes ; ils échangeaient des regards, effleuraient les poignées de leurs couteaux et les crosses de leurs pistolets.

« Parfait ! » pensa Jamie. Non content de l'ironie de la situation, Dieu avait à présent décidé qu'il devrait se battre jusqu'à la mort avec les individus auxquels il venait de s'allier quelques instants plus tôt, pour défendre un officier de la Couronne contre laquelle il venait de se déclarer.

Brown fit avancer son cheval.

– Faites-le sortir de son trou, votre « ami », ordonna-t-il. On verra bien ce qu'il a à dire pour sa défense.

Un des inconnus ôta son chapeau et le coinça sous le bord de sa selle, se préparant.

– Ouais, c'est ça. On pourra peut-être lui donner une petite leçon qu'il n'aura qu'à rapporter au gouverneur, qu'en pensez-vous ?

– Attendez !

Wherry se redressa sur sa selle, tendant la main pour tenter de les calmer. Jamie aurait pu lui dire qu'il était déjà trop tard…

– On ne peut pas recourir à la violence contre…

– Et pourquoi pas ? répliqua Brown.

Sans quitter Jamie des yeux, il se mit à détacher la cravache fixée sur sa selle.

– On n'a pas de goudron sous la main, malheureusement, mais une bonne raclée ne leur ferait pas de mal. Après quoi, si on les renvoyait tous les deux nus comme des vers pleurnicher dans le giron du gouverneur.

Le second inconnu éclata de rire et cracha de nouveau une grosse glaire qui atterrit aux pieds de Jamie.

– Ouais ! On m'a dit que tu avais tenu tête à toute une foule, à Cross Creek. Ici, on est cinq contre deux, qu'est-ce que t'en dis ?

Jamie n'avait rien à ajouter. Lâchant ses rênes, il se laissa tomber entre les deux montures en hurlant et donna une puissante tape sur leur croupe avant de plonger dans les buissons qui bordaient la route, détalant à quatre pattes sur les racines et les cailloux.

Derrière lui, les chevaux ruaient et tournaient sur eux-mêmes, semant la confusion et la peur parmi les autres animaux. Il entendait les hommes crier de rage, tentant de reprendre le contrôle de leurs bêtes.

Il dévala une courte pente, buta contre des racines, tomba, roula jusqu'au pied du versant, se releva d'un bond, replongea dans un taillis de chênes et, caché derrière un rideau de jeunes pousses, se plaqua contre un tronc, haletant.

L'un des hommes eut la présence d'esprit, ou la fureur, de sauter à terre et de se lancer à sa poursuite. Par-dessus le vacarme sur la route, il l'entendait piétiner des branches mortes en jurant. Prudent, il regarda entre les branches et aperçut Richard Brown, nu-tête et échevelé, le pistolet au poing. Une confrontation était hors de question, car il n'était pas armé, hormis un petit couteau glissé dans son bas. Sans aucun doute, Brown lui tirerait dessus, prétendant ensuite devant les autres s'être défendu.

Un peu plus haut, il aperçut un éclat rouge. Se tournant dans la même direction, Brown le vit aussi et tira. Donald MacDonald, qui avait suspendu sa redingote à un arbre, sortit de sa cachette derrière Brown et lui assena un grand coup sur le crâne à l'aide d'une grosse branche.

Brown tomba à genoux, sonné. Jamie sortit à son tour du taillis et fit signe à MacDonald, qui le rejoignit au pas de course. Ils s'enfoncèrent dans la forêt, puis attendirent au bord d'un ruisseau jusqu'à ce qu'un long silence leur indique le retour du calme sur la route.

Les hommes avaient disparu, tout comme le cheval du major. Quant à Gideon, les oreilles couchées, il montra le blanc de ses yeux et hennit férocement en les voyant, retroussant sa lèvre supérieure et projetant de la bave. Brown et ses acolytes s'étaient judicieusement abstenus de voler un cheval enragé, mais ils l'avaient attaché à un arbre et avaient taillladé son harnais, qui pendait en lambeaux de son encolure. L'épée de MacDonald gisait dans la poussière, arrachée de son fourreau et brisée en deux.

Le major ramassa les morceaux, les examina, puis les glissa sous sa ceinture en se tournant vers Jamie.

– Vous pensez que Jones pourra la réparer, ou vaut-il mieux aller à Salisbury?

– Je dirais plutôt Wilmington ou New Bern. Dai Jones n'a pas les compétences pour ressouder une épée, et je ne pense pas que vous ayez beaucoup d'amis à Salisbury.

Salisbury avait été au cœur de la Régulation, et le ressentiment contre le gouvernement y était encore puissant.

MacDonald acquiesça, l'air morose, puis montra Gideon du menton.

– On peut monter cette chose ?

– Non.

Dans l'état d'énervement où était Gideon, Jamie ne se serait pas aventuré à le monter seul, et encore moins à deux et sans rênes. Heureusement, il restait la corde enroulée autour de sa selle. Il parvint à passer une boucle autour du cou du cheval sans se faire mordre, puis ils se remirent en route, sans un mot, rentrant à pied à Fraser's Ridge.

Au bout d'un long moment, le major observa, songeur :

– C'est vraiment malheureux qu'ils nous aient trouvés ensemble. Vous pensez que cela a définitivement ruiné vos chances de vous infiltrer dans leurs conseils ? J'aurais donné ma couille gauche pour avoir un œil et une oreille dans cette réunion dont ils parlaient !

Hébété, Jamie se rendit compte qu'ayant fait cette déclaration capitale entendue par l'homme dont il s'apprêtait à trahir la cause, et ayant failli être tué par ses nouveaux alliés, aucun des deux camps ne l'avait cru.

– Vous êtes-vous déjà demandé ce qu'on entend quand Dieu rit, Donald ?

Le major regarda l'horizon, où des nuages noirs s'amoncelaient derrière les montagnes.

– Un coup de tonnerre, je suppose. Vous ne pensez pas ?

– Non. Je crois qu'il fait un tout petit bruit, à peine perceptible.

66

Les ténèbres gagnent du terrain

Écoutant tous les sons de la maison au rez-de-chaussée et la voix de Jamie au-dehors, je me sentais tout à fait paisible. J'observais la lumière changer sur les branches de châtaigniers de l'autre côté de la fenêtre, quand des pas retentirent dans l'escalier, fermes et déterminés.

La porte s'ouvrit avec fracas, et Brianna entra, échevelée et le regard d'acier. Elle s'arrêta au pied de mon lit et, pointant l'index dans ma direction, déclara :

– Tu n'as pas le droit de mourir !

– Ah ? fis-je prise de court. Je ne savais pas que j'allais passer l'arme à gauche.

– Tu as essayé ! Je le sais !

– Mais… je ne l'ai pas fait exprès…

Si je n'avais pas tenté de mourir, je ne m'étais pas vraiment non plus efforcée de rester en vie. Je dus paraître coupable, car elle plissa des yeux accusateurs.

– Ne t'avise pas de recommencer !

Pivotant sur ses talons, elle repartit vers la porte, se retournant sur le seuil pour balbutier d'une voix étranglée :

– Parce que je t'aime et que je ne peux pas me passer de toi.

Là-dessus, elle dévala l'escalier quatre à quatre.

– Moi aussi, je t'aime, ma chérie ! lançai-je derrière elle.

Les larmes me montaient déjà aux yeux. Il n'y eut pas de réponse, hormis le bruit de la porte d'entrée qui se refermait.

Adso, qui se dorait au soleil sur le couvre-lit, ouvrit un œil, puis enfouit sa tête entre ses pattes, ronronnant de plus belle.

Je m'enfonçai dans mon oreiller, nettement moins sereine, mais néanmoins plus vivante. Puis, je repoussai les couvertures et sortis mes jambes du lit, Adso cessant aussitôt d'émettre le moindre grondement.

– Ne t'inquiète pas, je ne vais pas m'effondrer. Ton bol de lait et ta pâtée sont assurés. Garde-moi le lit au chaud.

Je m'étais déjà levée, et on m'avait même autorisée à effectuer quelques pas dehors, sous étroite surveillance. Mais personne ne m'avait encore laissée sortir seule, et j'étais sûre que ce serait encore le cas. Je descendis donc avec mes souliers à la main et, évitant la porte d'entrée dont les gonds grinçaient, et celle de la cuisine, où Mme Bug s'affairait, je me glissai dans l'infirmerie, ouvris la fenêtre, m'assurai que la truie blanche ne rôdait pas devant son antre, et enjambai prudemment l'ouverture.

Mon évasion me monta quelque peu à la tête, une exaltation qui me porta un court instant sur le sentier, après quoi je fus obligée de m'arrêter tous les dix mètres pour souffler, m'asseoir et reprendre des forces. Néanmoins, je persévérai jusqu'à la cabane des Christie.

Je lançai un « Y a quelqu'un ? », mais personne ne me répondit. Je frappai à la porte, puis entendis enfin la voix bourrue de Tom Christie m'invitant à entrer.

Il était assis à sa table, en train d'écrire, mais, à sa tête, il était clair qu'il aurait dû être au lit. Il écarquilla les yeux en me voyant et resserra en toute hâte le châle miteux autour de ses épaules.

– Madame Fraser ! Êtes-vous… Que faites… Mais que…

Incapable de parler, il pointa un doigt sur moi. En entrant, j'avais ôté mon grand chapeau, oubliant que je ressemblais à un rince-bouteilles excité.

– Ah, ça ! (Je me passai une main sur les cheveux). Vous devriez être content, je ne vais plus scandaliser les braves gens en exhibant ma chevelure luxuriante comme une dévergondée.

– Vous ressemblez plutôt à un bagnard. Asseyez-vous.

Épuisée par la marche, je me laissai volontiers tomber sur un tabouret.

– Comment vous sentez-vous? lui demandai-je.

La cabane était très sombre. Il écrivait à la lueur d'une bougie qu'il avait mouchée à mon entrée.

Il fut à la fois sidéré et contrarié par ma question.

– Comment je me sens? Vous avez fait tout ce chemin dans votre état critique pour vous enquérir de ma santé?

– Euh... oui, même si «critique» est un peu exagéré. Vous ne voulez pas sortir pour que je vous examine à la lumière?

Il resserra le châle autour de son cou comme pour se protéger.

– Pourquoi?

– Parce que j'aimerais vérifier votre état, et que vous ausculter me semble le meilleur moyen de procéder dans la mesure où vous paraissez incapable de me le dire vous-même.

– Vous êtes décidément abstruse, madame.

– Non, je suis médecin. Et je veux savoir...

Prise d'un bref étourdissement, je me raccrochai au bord de la table, attendant qu'il passe.

– Vous êtes folle. Et aussi encore souffrante. Ne bougez pas, je vais appeler mon fils qui ira prévenir votre mari.

Je le fis taire d'un geste de la main. Mon cœur palpitait, et je transpirais, mais il n'y avait rien d'inquiétant.

– J'ai en effet été souffrante, monsieur Christie, mais je n'ai pas été atteinte de la maladie qui a affecté des habitants de Fraser's Ridge. Or, selon la description de Malva, je soupçonne que vous êtes dans le même cas que moi.

Il s'était déjà levé pour appeler son fils. Il figea et me dévisagea, la bouche entrouverte. Puis il se rassit avec lenteur.

– Que voulez-vous dire?

232

Ayant enfin capté son attention, je lui exposai les faits, y ayant longtemps réfléchi au cours des derniers jours. Plusieurs familles avaient subi les ravages d'une dysenterie amibienne, mais pas moi. J'avais eu une fièvre dangereusement élevée, accompagnée d'un terrible mal de crâne, et, d'après ce qu'on m'en avait dit, de convulsions. Mais cela n'avait rien à voir avec la dysenterie.

– Vous en êtes certaine?

– On peut difficilement confondre le flux sanguin avec le mal de crâne et la fièvre, rétorquai-je. Vous-même, avez-vous eu la diarrhée?

– Non. J'ai eu comme vous des maux de tête épouvantables, une très forte fièvre, une grande faiblesse et... et des rêves atroces. J'ignorais que ce n'était pas ce dont avaient souffert les autres.

– Normal, vous ne les avez pas vus. À moins que... Malva ne vous a pas décrit la maladie?

C'était par simple curiosité.

– Non, je ne souhaite pas entendre ce genre de détails, et Malva me les épargne. Cela ne m'explique pas votre visite. Quelle différence cela fait-il, que vous et moi ayons eu de la fièvre, pendant que les autres avaient des coliques?

Il semblait agité. Il se leva et se mit à aller et venir dans la pièce, titubant légèrement.

Je me passai une main sur le visage. J'avais obtenu les informations de base que j'étais venue chercher. Lui expliquer pourquoi je les avais voulues était une autre paire de manches. J'avais eu déjà bien du mal à faire accepter la théorie microbienne à Jamie, Ian et Malva, et encore, avec des preuves à l'appui dans l'oculaire de mon microscope.

– Les maladies circulent, commençai-je avec une certaine lassitude. Elles passent d'une personne à l'autre, parfois directement, parfois à travers l'eau ou la nourriture partagées par un malade et un individu sain. Tous les gens qui ont eu le flux vivent près d'une petite source. J'ai de bonnes raisons de croire que l'eau de cette source était infestée par l'amibe... je veux dire qu'elle les a rendus malades.

– Oui, mais, dans notre cas… Je ne vous ai pas vue depuis des semaines. Je n'ai pas approché non plus quelqu'un ayant eu la fièvre. Comment se fait-il que nous ayons été affectés du même mal ? J'ai en effet connu des maladies comme vous les décrivez, la fièvre des prisons, par exemple, qui se propage dans des quartiers bondés et exigus. Mais toutes les maladies ne se répandent pas de cette manière !

Je n'étais pas en état de me lancer dans un exposé d'épidémiologie ou de santé publique.

– Non, c'est vrai. Mais certaines maladies peuvent être transmises par des moustiques, comme le paludisme.

Ou encore des formes de méningites virales… probablement ce dont j'avais été atteinte.

– Vous souvenez-vous d'avoir été piqué par un moustique récemment ?

Il laissa échapper une sorte d'aboiement que je devinai être sa façon de rire.

– Ma chère madame, qui, sous ce climat malsain, n'a pas été piqué mille fois pendant les mois chauds ?

Effectivement, tout le monde sauf Roger et moi. De temps à autre, un insecte désespéré tentait sa chance, mais, habituellement, nous en réchappions, même quand des nuées de moustiques s'abattaient sur nos montagnes et que tout le monde autour de nous se grattait. Je soupçonnais que ces suceurs de sang avaient évolué en contact si étroit avec les hommes d'ici depuis de longues années que Roger et moi n'avions pas une odeur reconnaissable, étant venus d'une époque trop lointaine. Brianna et Jemmy, qui partageaient mon patrimoine génétique, mais aussi celui de Jamie, étaient piqués, mais moins souvent que les autres.

Je ne me souvenais pas d'avoir été piquée, mais c'était toujours possible. Occupée comme je l'avais été, je ne m'en serais pas rendu compte.

– Quelle importance ? demanda Christie.

– Je ne sais pas. J'ai juste… besoin de comprendre.

J'avais aussi eu besoin de sortir de la maison et de reprendre le contrôle de ma vie de la manière la plus directe possible : par la pratique de la médecine. Mais je ne tenais pas à m'en expliquer avec Tom Christie.

– Hmphm.

Il me dévisagea un long moment, hésitant, puis me tendit soudain sa main, celle que j'avais opérée. Le «Z» de l'incision avait pâli pour revêtir un rose pâle sain, et ses doigts étaient droits.

– Je vous raccompagne chez vous, dit-il sur un ton résigné. Et, si vous insistez pour me poser des questions indiscrètes et ennuyeuses sur ma santé, je suppose que je serai bien obligé d'y répondre.

Surprise, je pris sa main et la trouvai solide et ferme, en dépit de ses traits hagards et de ses épaules affaissées.

– Vous n'avez pas besoin de me raccompagner. Vous devriez être au lit!

– Vous aussi.

Il me prit le bras et me guida vers la porte.

– Si vous avez choisi de risquer votre santé et votre vie en venant jusqu'ici, je peux en faire autant. Toutefois, j'insiste pour que vous vous recoiffiez avant de sortir.

* * *

Après de nombreuses haltes pour reprendre des forces, nous arrivâmes à la Grande Maison en nage, essoufflés et assez euphoriques. Personne ne s'était aperçu de mon absence, mais M. Christie insistant pour me raccompagner à l'intérieur, tout le monde apprit mon escapade *post facto,* et, du coup, fut très agacé.

Chacun y alla de ses remontrances, y compris Ian, qui grimpa l'escalier en me tenant pratiquement par la peau du cou, me faisant comprendre que je devrais m'estimer heureuse si on me donnait un bout de pain sec et du lait pour le dîner. Le plus humiliant fut d'apercevoir Tom Christie au pied des marches avec une pinte de bière, me regardant me faire gronder comme une enfant avec un sourire aux lèvres, le seul que j'aie jamais vu sur son visage barbu.

Jamie ouvrit le lit d'un coup sec.

– Mais qu'est-ce qui t'a pris, bon sang, *Sassenach* !

– Mais… je me sens très bien et…

– Très bien ? Tu as le teint couleur de lait tourné, et tu trembles tellement que… Ah ! Laisse-moi faire.

Tout en grognant, il écarta mes mains et dénoua les lacets de mes jupons.

– Tu as perdu la raison ou quoi ? Filer en douce sans prévenir personne ? Si tu étais tombée ? Si tu t'étais sentie mal de nouveau ?

– Si j'avais prévenu quelqu'un, on ne m'aurait pas laissée sortir. Et je te rappelle que je suis médecin. Je suis tout à fait capable de juger mon propre état de santé.

Son regard me suggéra clairement qu'il ne m'estimait même pas capable de juger un concours floral. Il me souleva de terre, me porta jusqu'au lit et m'y déposa avec délicatesse tout en maugréant qu'il ferait sans doute mieux de me balancer par la fenêtre. Puis il se redressa et me toisa d'un air menaçant.

– Si tu ne paraissais pas sur le point de tourner de l'œil, je te retournerais comme une crêpe et te donnerais une bonne claque sur les fesses.

– Tu ne peux pas, je n'en ai plus.

Il est vrai que j'étais plutôt faible. Mon cœur palpitait et mes oreilles bourdonnaient. Je fermai les yeux, la pièce tournoyant autour de moi, tel un manège, lumières clignotantes et orgue de Barbarie compris.

Dans cette confusion de sensations, je sentis vaguement des mains sur mes jambes, puis un courant d'air agréable sur mon corps brûlant. Quelque chose de chaud enveloppa ma tête, et je battis des mains, essayant de m'en débarrasser avant d'étouffer.

J'émergeai, hors d'haleine, pour découvrir que j'étais nue. Baissant les yeux, je vis mon corps squelettique, pâle et flasque, et tirai rapidement sur le drap pour me couvrir. Jamie était en train de ramasser ma robe, mes jupons et ma veste sur le sol, les ajoutant à ma chemise pliée sur son avant-bras. Il saisit également mes chaussures et mes bas, et versa le tout dans un sac. Puis, il se tourna vers moi en pointant un doigt accusateur.

– Toi, tu n'iras plus nulle part ! Tu n'as pas le droit de te tuer, je me suis bien fait comprendre ?

– Ah, je comprends mieux d'où Brianna a sorti cette idée, murmurai-je.

Je refermai les yeux pour tenter d'apaiser le vertige, puis ajoutai :

– Il me semble me souvenir d'une certaine abbaye en France. Ainsi que d'un jeune homme très têtu et très mal en point. Et de son ami Murtagh qui lui avait volé tous ses vêtements afin qu'il ne puisse se lever et errer dans la nature avant d'être guéri.

Silence. J'ouvris un œil. Il se tenait devant moi, immobile, le soleil couchant de l'autre côté de la fenêtre faisant flamboyer ses cheveux. Je poursuivis :

– Or, si je me souviens bien, cela ne t'a pas empêché de filer par la fenêtre et de décamper. Nu comme un ver, en plein hiver.

Les doigts raides de sa main droite tapotèrent deux fois sa cuisse.

– J'avais vingt-quatre ans. À cet âge, on ne réfléchit pas.

J'ouvris le deuxième œil.

– Ça, j'en conviens. Mais tu sais très bien pourquoi je suis sortie. Il le fallait.

Il poussa un profond soupir et vint s'asseoir sur le lit, faisant grincer le sommier sous son poids. Il prit ma main et la tint, tel un objet précieux et fragile. Il caressa doucement ma paume avec son pouce, allant et venant de la première phalange de mon majeur à la naissance du cubitus. Un lointain souvenir me revint, une vision du reflet bleuté de mes os sous ma peau translucide et les mains de maître Raymond posées sur mon bas-ventre enflammé et vide. Je l'entendis de nouveau me dire à travers un voile de fièvre : « Appelez-le. Appelez l'homme rouge. »

– Jamie… dis-je doucement.

La lumière fit scintiller mon alliance en argent. Il la saisit entre le pouce et l'index, et la fit coulisser de haut en bas sur mon annulaire. Elle était si lâche qu'elle glissait facilement sur l'articulation.

– Attention. Je ne veux pas la perdre.

– Tu ne la perdras pas.

Il replia mes doigts et resta silencieux de longues minutes. Nous contemplâmes les derniers rayons solaires battre en retraite sur le rebord de la fenêtre. Cherchant la chaleur, Adso changeait de place en les suivant, ses poils bordés d'une lueur argentée.

– Voir le soleil se lever et se coucher est un grand réconfort, dit soudain Jamie. Quand je vivais dans ma grotte, ou quand j'étais en prison, cela me redonnait espoir. La lumière qui allait et venait me rappelait que le monde poursuivait sa course comme à l'accoutumée.

Il fixait la ligne bleu foncé de l'horizon où le ciel se fondait dans l'infini.

– J'ai la même impression quand je t'entends t'affairer dans ton infirmerie, *Sassenach*. Quand je t'entends remuer tes flacons et jurer toute seule.

Il tourna vers moi ses yeux de la même couleur que la nuit tombante.

– Si tu n'étais plus là, le soleil ne pourrait plus se lever ni se coucher.

Il leva ma main et la baisa, puis il la reposa sur ma poitrine, refermée sur mon alliance, et sortit.

* * *

Mon sommeil était plus léger. Il n'était plus agité par des rêves fébriles ni aspiré dans le puits profond de l'oubli. J'ignorais ce qui m'avait réveillée, mais j'étais soudain alerte, les yeux grands ouverts, sans être passée par une phase intermédiaire.

Les volets étaient clos, mais la pleine lune projetait sur le lit des raies de lumière. Je levai une main au-dessus de ma tête.

Mon bras formait une ligne pâle, exsangue et fragile comme un pied d'amanite. Je fléchis les doigts et les ouvris, tel un filet pour attraper les ténèbres.

J'entendais Jamie respirer. Il était couché à sa place habituelle, par terre à côté du lit.

J'abaissai les bras et palpai doucement mon corps des deux mains, faisant l'inventaire. Des seins aplatis, des côtes que je pouvais compter, une, deux, trois, quatre, cinq, la concavité lisse de mon ventre, tendu tel un hamac entre les os saillants de mes hanches. De la peau, des os et pas grand-chose d'autre.

– Claire ?

La tête de Jamie se dressa, une présence plus devinée que vue, dans les ombres.

Une grande main glissa sur la couverture et toucha ma hanche.

– Tout va bien, *a nighean* ? chuchota-t-il. Tu as besoin de quelque chose ?

Il était fatigué. Sa tête était posée sur le bord du lit, son souffle traversant ma chemise. Si je n'avais pas senti la chaleur de sa peau, de son haleine, je n'en aurais sans doute pas eu le courage, mais je me sentais frigorifiée et désincarnée dans le clair de lune. Je refermai ma main sur la sienne et murmurai :

– Oui, j'ai besoin de toi.

Il resta immobile un instant, intégrant peu à peu mes paroles.

– Je ne vais pas t'empêcher de dormir ?

Je tirai sur son poignet en guise de réponse, et il se leva, émergeant de l'obscurité, les fines lignes de lumière ondoyant sur son corps comme des vaguelettes.

– On dirait un soyeux, dis-je doucement.

Il émit un petit rire et se glissa avec précaution sous la couverture. Nous restâmes un moment allongés côte à côte, intimidés, nous touchant à peine. Il respirait en essayant de se faire le plus discret possible. Hormis le léger bruissement des draps, il n'y avait pas un bruit dans la maison.

Enfin, je sentis un doigt contre ma cuisse.

– Tu m'as manqué, *Sassenach,* chuchota-t-il.

Je roulai sur le côté pour lui faire face et déposai un baiser sur son épaule. J'aurais voulu me rapprocher, poser ma tête contre sa poitrine, mais l'idée de mes cheveux drus contre sa peau m'en empêchait.

– Toi aussi, tu m'as manqué.

– Tu veux que je te prenne ? Tu le veux vraiment ?

Une main caressait mon bras, l'autre s'aventura plus bas, entamant une lente caresse rythmique. Je l'arrêtai en lui soufflant à l'oreille :

– Laisse-moi faire. Ne bouge pas.

Je lui fis l'amour, d'abord comme une voleuse à la tire, avec de brèves caresses et des baisers furtifs, lui dérobant son odeur, sa chaleur et son goût salé. Puis il glissa une main derrière ma nuque, me pressant contre lui.

– Prends ton temps, *Sassenach.* Je ne vais nulle part.

Il inspira quand je refermai doucement mes lèvres sur lui, l'engloutissant, et glissai une main sous la chaleur musquée de ses bourses.

Puis je me redressai et m'assis sur lui, légèrement étourdie par le besoin de lui appartenir. Nous poussâmes un profond soupir à l'unisson quand je m'enfonçai en lui. Je sentis son rire caresser mes seins.

– Comme tu m'as manqué, répéta-t-il.

Changée comme je l'étais, j'avais peur qu'il me touche et me penchai en avant, posant mes mains sur ses épaules pour l'empêcher de m'attirer contre lui. Il n'essaya pas, mais glissa un poing fermé entre nous.

Je ressentis un bref pincement au cœur à l'idée que les poils de mon pubis étaient plus longs que ceux sur ma tête, mais la lente pression de ses doigts s'enfonçant entre mes cuisses, oscillant d'avant en arrière, chassa cette pensée.

Je saisis son autre main et la portai à ma bouche, suçant ses doigts l'un après l'autre. Puis, je fus envahie d'un puissant frisson et m'accrochai à cette main de toutes mes forces.

Un peu plus tard, étendue près de lui, je la tenais toujours. J'admirai ses formes complexes et gracieuses dans l'obscurité, la couche dure des cals sur sa paume. J'effleurai des lèvres ses articulations noueuses et le bout encore sensible de ses doigts.

– J'ai des mains de maçon, dit-il en riant légèrement.

– Les mains d'homme calleuses sont très érotiques.

Sa main libre caressa mes cheveux ras et descendit le long de ma colonne vertébrale, me faisant tressaillir. Toute sensation de gêne oubliée, je me pressai contre lui et promenai mes doigts sur son corps, jouant avec les poils doux et frisés de son sexe et sa verge moite encore à demie dure.

Il cambra les reins, puis se détendit.

– En tout cas, *Sassenach,* si je n'ai pas de cal à cet endroit-là, ce n'est pas grâce à toi, crois-moi.

67

Qui rira le dernier

C'était un mousqueton d'occasion, vieux d'une bonne vingtaine d'années, mais bien entretenu. Le fût était poli par l'usure, son bois, doux au toucher, le métal du canon, patiné et propre.

Ours debout le retourna entre ses mains avec ravissement, caressant le canon, humant son parfum envoûtant d'huile et de poudre, puis il fit signe à ses amis de s'approcher pour le sentir à leur tour.

Cinq hommes avaient reçu des mousquetons des mains bienveillantes d'Oiseau-qui-chante-le-matin, et l'excitation dans la hutte se propageait peu à peu dans tout le village. Oiseau, qui avait encore vingt-cinq fusils à distribuer, était grisé par la sensation de richesse et de pouvoir, et donc très bien disposé à l'égard de tout le monde.

– Voici Hiram Crombie, lui déclara Jamie en tsalagi.

Pâle comme un linge, Crombie s'était tenu à ses côtés au cours des discussions préliminaires, de la présentation des armes, de la convocation des braves et des exclamations réjouies.

– Il est venu en ami pour vous parler du Christ.

– De votre Christ ? Celui qui est descendu dans le monde souterrain et est revenu ? Je me suis toujours demandé s'il y avait rencontré la Femme ciel ou Taupe ? J'aime beaucoup Taupe. J'aimerais savoir ce qu'il lui a dit.

Oiseau effleura la pierre rouge suspendue à son cou, une sculpture de Taupe, le guide du monde souterrain.

Heureusement, Crombie ne connaissait pas encore assez le tsalagi ; il en était encore à traduire mot à mot, laborieusement, et Oiseau parlait vite. En outre, Ian n'avait pas eu l'occasion de lui apprendre le mot « taupe ».

Jamie s'éclaircit la gorge.

– Je suis sûr qu'il sera ravi de vous raconter toutes les histoires qu'il connaît.

Revenant un instant à l'anglais, il déclara :

– Tsisqua vous souhaite la bienvenue.

Penstemon, la femme d'Oiseau, agita délicatement les narines. L'anxiété faisait beaucoup transpirer Crombie et il empestait comme un bouc. S'inclinant, il présenta à Oiseau le couteau qu'il avait apporté en guise de présent, tout en récitant un compliment appris par cœur. Il s'en sortit plutôt bien, selon Jamie, n'écorchant que quelques mots.

– Je viens vous offrir une grande joie, conclut-il.

Pendant de longues minutes, Oiseau examina Crombie de la tête aux pieds – il était petit, sec et dégoulinant de sueur –, puis il se retourna vers Jamie, déclarant sur un ton résigné :

– Tu es vraiment un drôle d'homme, Tueur d'ours. Mangeons !

C'était l'automne. Les récoltes étaient rentrées, et la chasse avait été bonne. L'arrivée des fusils était donc une bonne occasion de festoyer, avec des wapitis, du gibier et des cochons sauvages cuits dans des fosses et rôtis à la broche, d'immenses plateaux de maïs et de courges grillés, de haricots épicés aux oignons et à la coriandre, plusieurs ragoûts et des dizaines de petits poissons roulés dans la farine de maïs et fris dans la graisse d'ours, croustillants à souhait.

D'abord raide comme un piquet, M. Crombie se détendit sous l'influence de la nourriture, de la bière d'épinette et des attentions flatteuses dont il était l'objet. Celles-ci étaient dues en bonne partie à la présence de Ian à ses côtés, soucieux d'encourager et de corriger son élève. Or, Ian était extrêmement bien vu, notamment des jeunes femmes du village.

Jamie apprécia grandement le festin. Soulagé de la responsabilité de livrer les armes, il n'avait plus rien à faire qu'à discuter, écouter et manger... jusqu'au lendemain matin quand il repartirait.

Il ressentait une étrange sensation, comme il ne se souvenait pas d'en avoir connu auparavant. Il était coutumier des adieux ; la plupart du temps, ils s'accompagnaient de regrets, parfois, de soulagement, parfois encore d'un profond chagrin qui lui retournait le cœur. Mais pas ce soir-là. Tout lui paraissait cérémonieux ; c'était l'achèvement d'une action accomplie pour la dernière fois, de façon consciente et, pourtant, sans la moindre tristesse.

Il avait fait son possible ; à présent, il devait laisser Oiseau et les autres suivre leur chemin. Il les reverrait peut-être, mais plus par devoir ni en tant qu'agent du roi.

Il n'avait encore jamais vécu sans se sentir sous l'allégeance, volontaire ou non, à un roi, qu'il s'agisse du teutonique Geordie ou des Stuart.

Enfin, il entrevoyait ce que sa femme et sa fille avaient tenté de lui décrire.

Non loin de là, Hiram Crombie était en train de réciter un psaume. Il avait préalablement demandé à Ian de le lui traduire et l'avait mémorisé. Cependant...

– « L'huile se déverse sur sa tête et sa barbe... »

Penstemon jeta un coup d'œil inquiet vers le pot de graisse d'ours fondue qu'ils utilisaient comme condiment, se préparant à l'arracher des mains d'Hiram Crombie si celui-ci entreprenait de se le retourner sur la tête.

– Ce n'est pas sa coutume, c'est l'histoire de ses ancêtres, lui glissa Jamie.

Elle se détendit un peu, mais continua à surveiller Crombie étroitement ; il avait beau être un invité, tous les invités ne savaient pas forcément se comporter de manière convenable.

Néanmoins, Hiram ne commit pas d'impair et, en dépit de ses protestations entrecoupées de compliments maladroits envers ses hôtes, fut gavé jusqu'à ce que ses yeux lui sortent des orbites, pour le plus grand plaisir des Indiens.

Ian resterait encore quelques jours pour s'assurer que Crombie et le peuple d'Oiseau s'étaient bien compris. Jamie n'était pas certain que le sens des responsabilités de son neveu ne serait pas supplanté par son sens de l'humour, toujours un peu étrange. Il jugea donc plus prudent de prévenir Oiseau, lui indiquant Crombie en grande conversation avec deux hommes âgés.

– Il a déjà une épouse. Je ne pense pas qu'il apprécierait de trouver une jeune femme dans son lit. Il pourrait se montrer désobligeant à son égard, ne comprenant pas le compliment.

Penstemon, qui l'avait entendu, se pencha vers lui avec une moue dédaigneuse.

– Ne t'inquiète pas. Personne ne voudrait un enfant de lui. En revanche, un enfant de toi, Tueur d'ours…

Elle le dévisagea en battant des cils, et il se mit à rire, la saluant avec un geste de respect.

C'était une nuit parfaite, fraîche et sèche, et la porte avait été laissée entrouverte pour laisser entrer l'air. Les volutes de fumée blanche montaient en une colonne droite vers l'orifice du plafond, tels des esprits s'élevant dans la joie.

Dans la torpeur agréable de la boisson et des appétits repus, le silence était imprégné de paix et de bonheur.

Hiram se tourna vers Ours debout et observa, dans son tsalagi bancal :

– Il est bon que les hommes mangent comme des frères.

Ou plutôt, c'était ce qu'il avait voulu dire. Jamie se retint de rire. À la décharge de Crombie, il y avait très peu de différence en tsalagi entre «comme des frères» et «leurs frères».

Ours debout dévisagea longuement Hiram, puis s'écarta un peu de lui.

Ayant suivi la scène, Oiseau s'approcha de Jamie en déclarant :

– Tu es vraiment un drôle d'homme, Tueur d'ours. Tu as gagné.

*   *   *

À M. John Stuart,
Surintendant du bureau des Affaires indiennes, secteur Sud

De James Fraser, esquire
1er novembre, anno domini 1774
Fraser's Ridge

Cher monsieur,

Par la présente, je vous informe que je renonce à ma charge d'agent indien, mes convictions personnelles ne me permettant plus d'effectuer mes fonctions au nom de la Couronne, en mon âme et conscience.

Je vous remercie de toutes vos attentions et vous souhaite une agréable continuation.

Votre humble serviteur,
J. Fraser

NEUVIÈME PARTIE

Prisonnier du temps

68

Les sauvages

Plus que deux. La cire fondue formait une flaque luisante où se reflétait le halo de la mèche. Les pierres précieuses apparurent peu à peu, une verte, l'autre noire, brillant de leurs propres feux intérieurs. Jamie enfonça la pointe d'une plume dans la bougie molle, extirpa l'émeraude et la tint dans la lumière.

Il laissa tomber la gemme brûlante dans le mouchoir que je tenais ouvert, puis je la frottai pour ôter la cire avant qu'elle ne refroidisse. M'efforçant de conserver un ton badin, je déclarai :

– Nos réserves sont pratiquement épuisées. Espérons ne pas avoir à faire face à d'autres urgences aussi onéreuses.

Il souffla la mèche et annonça d'une voix ferme :

– Quoi qu'il arrive, je ne toucherai pas au diamant noir. Il est pour toi.

Je le fixai, interdite.

– Que veux-tu dire ?

– Si je venais à être tué, tu l'utiliseras pour partir. Retourne à travers les pierres.

– Quoi ? Mais… je ne suis pas sûre d'en avoir envie.

Je n'aimais pas aborder l'éventualité de son décès, mais il était inutile de se voiler la face. Batailles, maladies, emprisonnement, accidents, assassinat…

– Brianna et toi n'arrêtez pas de m'interdire de mourir, repris-je. J'en ferais autant avec vous si j'avais le moindre espoir d'être écoutée.

Cela le fit sourire.

– J'écoute toujours ce que tu me dis, *Sassenach*. Mais l'homme propose, et Dieu dispose. Or, s'il juge bon de me rappeler à lui, tu rentreras.

– Pourquoi faire? rétorquai-je à la fois irritée et confuse.

Je m'étais efforcée d'oublier mon premier retour à travers les menhirs à la veille de Culloden, et voilà qu'il forçait la porte de cette chambre forte dans mon esprit.

– Je resterai avec Brianna et Roger. Avec Jemmy, Marsali et Fergus. Avec Germain, Henri-Christian et les filles. Ils sont tous ici. Rentrer pour quoi, pour qui? Personne ne m'attend, là-bas.

Il me dévisagea, songeur, semblant hésiter à m'avouer quelque chose. Je commençais à avoir la chair de poule. Enfin, il secoua la tête et répondit :

– Je ne sais pas. Mais je t'ai vue, là-bas.

– Tu m'as vue où?

Il fit un geste vague vers la fenêtre.

– Là-bas. J'ai rêvé de toi. Je ne savais pas où j'étais. Mais je savais que c'était là-bas, dans ton temps.

Cette fois, tous les poils de mon corps se hérissèrent.

– Comment le sais-tu? Qu'est-ce que je faisais?

Il plissa le front.

– Je ne m'en rappelle plus, mais j'ai su que j'étais dans ton époque, à la lumière. Oui, c'est ça! Tu étais assise à ton bureau, tenant un objet à la main, peut-être une plume. Il y avait de la clarté partout autour de toi, sur ton visage, tes cheveux. Mais elle ne provenait ni d'une chandelle, ni d'un feu, ni du soleil. Je me souviens d'avoir pensé : «Alors, c'est ça, la fameuse lumière électrique!»

Je le fixai, médusée.

– Comment peux-tu reconnaître en rêve ce que tu n'as jamais vu dans ta vie réelle?

– Je rêve tout le temps de choses que je n'ai jamais vues, *Sassenach,* pas toi?

– Oui, parfois. De monstres, de plantes étranges, de paysages bizarres. Et de gens que je ne connais pas. Mais là, c'est différent. Tu as entendu parler d'électricité, mais tu ne l'as jamais vue.

– Peut-être que ce n'en était pas, admit-il, mais, sur le coup, j'ai pensé à ça. En outre, j'étais certain d'être à ton époque. Après tout, je rêve du passé, pourquoi ne rêverais-je pas du futur?

Je ne trouvai rien à répondre à cette logique toute celtique.

– Mmmoui, pourquoi pas, dis-je sceptique. Quel âge avais-je?

Il parut surpris, puis indécis. Il scruta mon visage comme pour le comparer à une image mentale. Pour la première fois, il ne paraissait pas sûr de lui.

– En fait... je ne sais pas. Je n'y ai pas réfléchi. Je n'ai pas remarqué de cheveux blancs ni aucun détail frappant. C'était juste... toi.

Perplexe, il baissa les yeux vers la pierre dans ma paume.

– Elle est chaude?

– Bien sûr, que crois-tu? Elle sort de la cire fondue!

Toutefois, l'émeraude semblait palpiter dans le creux de ma main, aussi chaude que mon sang et battant comme un cœur miniature. Quand je la lui rendis, je perçus une légère réticence, comme si elle ne voulait pas me quitter. Je frottai ma paume contre ma jupe.

– Donne-la à MacDonald, je l'entends, dehors, en train de parler à Arch Bug. Il doit être pressé de partir.

* * *

MacDonald était arrivé à Fraser's Ridge la veille, au beau milieu d'un déluge, le visage violacé par le froid, la fatigue et l'excitation. Il venait nous informer qu'il avait trouvé une imprimerie à vendre à New Bern.

Dégoulinant devant le feu, il expliqua :

– Le propriétaire est déjà parti... plus ou moins malgré lui. Ses amis veulent vendre son local et son équipement au plus vite, avant qu'ils ne soient saisis ou détruits, et pour qu'il puisse recommencer sa vie en Angleterre.

Par «plus ou moins malgré lui», il fallait comprendre que le propriétaire était un loyaliste, enlevé en pleine rue par le comité de sécurité local et mis de force sur un navire en partance pour l'Angleterre. Cette forme de déportation expéditive était désormais très en vogue. Si elle était plus humaine que le goudron et les plumes, cela signifiait aussi que les malheureux débarquaient au pays sans un sou en poche et devaient rembourser le billet du voyage par-dessus le marché.

— Je suis tombé sur certains de ses amis dans une taverne. Ils se lamentaient sur son triste sort tout en buvant à sa santé. Je leur ai dit que j'avais peut-être l'homme providentiel. Vous imaginez comme ils étaient tout ouïe quand j'ai annoncé que vous pourriez peut-être... j'ai bien dit «peut-être»... payer comptant.

— Qu'est-ce qui vous fait penser que j'ai l'argent? demanda Jamie.

MacDonald sursauta, puis lui lança un clin d'œil.

— Oh, j'ai entendu des rumeurs, ici et là. On raconte que vous cachez un petit magot en pierres précieuses... du moins, c'est ce que m'a raconté un marchand d'Edenton : sa banque en a acheté une.

Jamie et moi échangeâmes un regard.

— Bobby, soupirai-je.

— N'ayez crainte, je suis une vraie tombe, nous assura le major. Vous pouvez compter sur ma discrétion. En outre, je doute que beaucoup de gens soient au courant. D'un autre côté, quel pauvre homme peut s'offrir des mousquetons par douzaines?

Jamie prit un air résigné.

— Vous seriez surpris, Donald. Enfin, qu'importe... Je suppose en effet qu'on peut essayer de négocier. Combien demandent les amis de l'imprimeur... et offrent-ils une assurance en cas d'incendie?

* * *

MacDonald avait été chargé par les amis de l'imprimeur de négocier en leur nom, ces derniers étant pressés de régler ce problème foncier avant qu'une bonne âme patriote n'incendie les biens. Le marché fut donc conclu rapidement. Le major redescendit de la montagne avec l'émeraude. Il avait pour mission de la vendre, puis, avec l'argent, d'acheter l'imprimerie et de laisser le reste à Fergus pour ses frais annexes. Ensuite, il ferait savoir à New Bern qu'un nouvel imprimeur avait repris les lieux.

– Si on vous interroge sur les opinions politiques du repreneur...

Jamie n'eut pas besoin de finir, MacDonald acquiesça avec un air entendu.

Je soupçonnais Fergus de ne pas avoir d'opinions politiques. Pour lui, seule comptait sa famille, et son unique allégeance était envers Jamie.

Une fois le marché conclu, Marsali et lui partiraient rapidement pour New Bern avant que l'hiver ne s'installe. Jamie eut une discussion sérieuse avec son fils adoptif.

– Ce ne sera pas comme à Édimbourg. Il n'y a qu'un seul autre imprimeur en ville et, d'après ce que m'en a dit MacDonald, c'est un monsieur âgé qui a si peur du comité de sécurité et du gouverneur qu'il se refuse à imprimer autre chose que des sermons et des prospectus pour les courses de chevaux.

– Parfait ! répondit Fergus.

Depuis qu'il avait appris la nouvelle, il rayonnait comme un lampion.

– Cela nous laisse tout le marché des journaux et des placards, sans parler des pièces à scandale et des pamphlets. Dans ce métier, la sédition et l'agitation politique sont du pain béni, milord. Vous êtes bien placé pour le savoir.

– Justement ! Et je compte bien te marteler la tête jusqu'à ce que tu me promettes de faire attention. Je ne veux pas apprendre que tu as été pendu pour trahison, ou couvert de goudron et de plumes pour ne pas avoir assez trahi.

Fergus agita son crochet de manière nonchalante.

– Ne vous inquiétez pas, milord. Je sais jouer à ce jeu-là.

Jamie paraissait dubitatif.

– C'est vrai. Mais cela fait bien longtemps, Fergus. Tu as perdu l'habitude. En outre, tu ne sais pas encore qui est qui à New Bern. Il ne faudrait pas que tu ailles acheter tes saucisses chez l'homme que tu as découpé en rondelles dans le journal du matin, tu me suis?

– J'y veillerai, papa.

Assise près du feu, Marsali allaitait Henri-Christian sans perdre une miette de leur conversation. Elle avait l'air encore plus heureuse que Fergus, si cela était possible, et le regardait avec adoration. Elle se tourna vers Jamie, son autre idole, et répondit gravement :

– Nous ferons très attention, je te le promets.

Le visage de Jamie se radoucit.

– Tu vas me manquer, ma fille.

– Toi aussi. Vous allez tous nous manquer. Germain ne veut pas quitter Jemmy, naturellement, mais…

Elle observa Fergus qui rédigeait une liste tout en fredonnant et serra Henri-Christian un peu plus fort, le faisant protester en battant des pieds.

– Oui, je sais, dit Jamie.

Il toussota dans son poing pour masquer son émotion, puis se passa un doigt sous le nez.

– Bon, écoute-moi, Fergus. Il vous restera un peu d'argent. N'oubliez pas de graisser la patte du sergent de ville et de la garde de nuit, avant toute chose. MacDonald m'a donné les noms des membres du Conseil royal et du président de l'assemblée. Ce dernier pourra t'être utile, car c'est un homme du gouverneur. Agis avec tact, mais soigne-le bien.

Fergus acquiesça, penché sur sa liste, marmonnant :

– Papier, encre, pots-de-vin, peaux de chamois, brosses…

* * *

Il était impossible de monter en carriole jusqu'à Fraser's Ridge. Le seul accès était un petit sentier qui montait en serpentant depuis Coopersville, ce qui avait conduit au développement du hameau à cette croisée des chemins, les colporteurs et autres voyageurs s'y arrêtant et effectuant de brefs détours à pied jusqu'à nos hauteurs.

– Situation idéale pour décourager une invasion hostile, lançai-je à Brianna.

À bout de souffle, je déposai un instant le grand sac en toile contenant des bougeoirs, des pots de chambre et autres ustensiles ménagers, puis ajoutai :

– Malheureusement, ce n'est pas très pratique quand on quitte cette maudite montagne.

– Je suppose qu'il n'est jamais venu à l'esprit de papa que quelqu'un voudrait en partir.

Brianna déposa à son tour son fardeau : le chaudron de Marsali, rempli de fromages, de sacs de farine, de haricots, de riz, plus une boîte en bois contenant des poissons séchés et un chapelet de pommes.

– Ouf! Ce truc pèse une tonne!

Elle se retourna vers le sentier derrière nous et hurla :

– Germain!

Silence. Germain et Jemmy étaient censés conduire la chèvre Mirabel jusqu'à la carriole qui nous attendait en bas. Ils étaient partis de la cabane en même temps que nous, mais s'étaient laissé distancer.

À défaut des garçons, nous vîmes arriver Mme Bug, qui avançait avec peine en portant le rouet de Marsali sur le dos et en tirant Mirabel. Cette jolie chevrette blanche avec des rayures grises bêla joyeusement en nous apercevant. Mme Bug déposa sa charge et s'essuya le front avec son tablier.

– J'ai trouvé la pauvre petite attachée à un arbre. Aucun signe des garnements.

Brianna émit un grondement sourd qui était de mauvais augure pour Jemmy et Germain. Cependant, avant qu'elle

255

ne fasse marche arrière pour leur tordre le cou, Roger et Ian apparurent, chacun portant une partie du métier à tisser de Marsali, démonté pour l'occasion en un amas de grosses poutres. À la vue de l'embouteillage sur le sentier, ils posèrent leurs charges avec un soupir de soulagement.

Roger vit nos têtes puis la chèvre.

– Que se passe-t-il ? Où sont Jemmy et Germain ?

– Je te parie que ces canailles se cachent quelque part.

La natte de Brianna s'était défaite, et des mèches rousses lui collaient au visage. Pour une fois, je dus reconnaître que ma coupe en brosse, aussi peu seyante fut-elle, avait des avantages.

Ian émergea de la cuve en bois qu'il portait retournée sur sa tête.

– Vous voulez que j'aille les chercher ? Ils ne peuvent pas être bien loin.

Un bruit de pas précipités de l'autre côté du sentier nous fit faire volte-face. Ce n'étaient toujours pas les garçons, mais Marsali, hors d'haleine. Paniquée, elle regarda notre groupe et haleta :

– Henri-Christian… il n'est pas avec vous ? Mère Claire ? Brianna ?

– Je croyais qu'il était avec toi, répondit Brianna.

– Il l'était. Le petit Aidan McCallum s'en occupait pour moi pendant que je chargeais la carriole. Quand j'ai fait une pause pour le nourrir (elle porta une main à son sein), ils avaient disparu tous les deux ! J'ai pensé qu'ils étaient peut-être…

Elle n'acheva pas sa phrase, scrutant les buissons autour de nous, ses joues rougies par l'effort et l'agacement.

– Je vais l'étrangler ! marmonna-t-elle. Et où est Germain ?

Elle venait d'apercevoir Mirabel, qui profitait de la halte pour brouter l'herbe du sentier.

– Mmm… ça sent le complot, déclara Roger.

Ian et lui paraissaient amusés, mais les regards incendiaires des femmes exténuées leur firent aussitôt ravaler leur sourire.

Voyant Marsali au bord des larmes ou de la crise de nerfs, je glissai à Roger.

– Oui, bonne idée, allez donc les chercher.

– C'est ça, maugréa Marsali, et quand vous les retrouverez, flanquez-leur une bonne raclée de ma part.

* * *

Ian mit sa main en visière pour regarder par-dessus les éboulis.

– Tu sais où ils sont ?

– Je crois. Par ici.

Roger s'enfonça entre des buissons de houx et de gainiers roses, Ian sur ses talons, et ressortit sur la berge d'un ruisseau parallèle au sentier. En contrebas, il aperçut le gué près duquel Aidan aimait pêcher, mais il n'y avait personne. Il remonta alors le courant, marchant avec prudence sur les épaisses herbes sèches et les cailloux. La plupart des châtaigniers et des peupliers avaient perdu leurs feuilles qui formaient un tapis glissant, brun et or.

Aidan lui avait un jour montré sa cachette : une grotte peu profonde, d'à peine un mètre de hauteur, dissimulée au pied d'une pente escarpée envahie par un fourré de jeunes chênes. Les arbres à présent dénudés, l'entrée était facile à repérer – à condition de savoir ce qu'on cherchait. Ce jour-là, on pouvait particulièrement bien la localiser, car une mince colonne de fumée s'en échappait, son odeur se répandant dans l'air froid et sec.

Du regard, Ian interrogea Roger qui hocha la tête et gravit la pente sans faire le moindre effort pour être discret. Il entendit des bruits précipités à l'intérieur de la grotte, des chuchotements paniqués, puis le sifflement de l'eau jetée sur le feu.

Pendant ce temps, Ian grimpait en silence au-dessus de la grotte, vers une crevasse d'où il avait vu sortir une autre volute de fumée. S'accrochant au tronc d'un cornouiller poussant à même la roche, il se pencha et, mettant sa main en porte-voix, poussa un cri mohawk directement dans la fente.

Des hurlements de terreur, nettement plus perçants, retentirent à l'intérieur, et les garçons se précipitèrent dehors en se bousculant.

Roger attrapa au passage son propre rejeton par le col.

– Doucement, l'ami ! La fête est finie !

Serrant fermement Henri-Christian contre lui, Germain tenta de dévaler la pente, mais Ian bondit telle une panthère du haut d'un rocher et lui arracha le bébé des bras. Le garçon effectua encore quelques pas, puis s'arrêta.

Aidan, qui avait détalé vers le sommet, était parvenu à s'échapper, mais, voyant ses compagnons pris, il hésita sur la crête, puis, capitulant noblement, redescendit en traînant les pieds.

– Désolé d'interrompre vos projets, les garçons, dit Roger.

Il avait de la peine pour eux. Depuis des jours, il voyait Jemmy broyer du noir à cause du départ de Germain.

Ce dernier lui adressa un regard implorant.

– On ne veut pas partir, oncle Roger. On restera ici, on peut vivre dans la grotte et chasser notre manger.

– Oui, renchérit Aidan. Jemmy et moi, on leur donnera une part de nos repas.

– J'ai apporté des allumettes de maman, ajouta Jemmy. Comme ça, ils pourront faire du feu pour se chauffer. Et une miche de pain, aussi !

Germain ouvrit les bras.

– Vous voyez, oncle Roger, on ne dérangera personne !

– C'est ça, explique-le donc à ta mère, répondit Ian.

Germain croisa aussitôt les mains derrière lui, se protégeant les fesses.

Roger s'efforça de prendre un ton plus sévère.

– Mais qu'est-ce qui t'a pris d'emmener ton petit frère ici ? Il ne tient même pas debout. S'il fait deux pas hors de la grotte, il va dégringoler au pied de la pente et se briser le cou !

– Oh non ! Avant de sortir, je l'attacherai pour qu'il ne puisse aller nulle part. Mais je ne le laisserai pas seul. Quand il est né, j'ai promis à maman de toujours veiller sur lui.

Les larmes se mirent à couler le long des joues d'Aidan. Henri-Christian, perplexe, vagit par solidarité, ce qui fit trembler le menton de Jemmy. Il échappa à Roger et se précipita vers Germain, l'enserrant par la taille.

– Il doit pas partir, papa ! Les laisse pas l'emmener !

Ian et Roger se regardèrent. Ce dernier se gratta le nez, puis s'assit sur un rocher en soupirant. Il fit signe à Ian, qui ne savait trop dans quel sens tenir Henri-Christian et qui le lui tendit avec soulagement. Le bébé lui saisit aussitôt le nez d'une main et ses cheveux de l'autre.

Roger se libéra non sans mal.

– Vois, *a bhailach,* il a besoin de sa mère pour le nourrir. Il n'a même pas de dents ! Il ne peut pas vivre dans la nature et se nourrir de viande crue comme vous, les sauvages.

– Mais si, il a des dents ! s'exclama Aidan.

Il montra son doigt mordu.

– Il mange de la bouillie, expliqua Germain. On pourra lui écraser des biscuits dans du lait.

– Henri-Christian a besoin de sa mère, répéta Roger d'un ton plus ferme. Et ta mère a besoin de toi. Comment veux-tu qu'elle conduise seule la carriole jusqu'à New Bern, tout en s'occupant de tes sœurs et des deux mules !

– Papa pourra l'aider. Les filles l'écoutent, lui.

– Ton père est déjà parti, l'informa Ian. Il vous a précédé pour vous trouver une maison où loger à votre arrivée. Ta mère le suit avec la carriole et tous vos biens. Roger Mac a raison, *a bhailach…* tu ne peux pas la laisser tomber.

Germain pâlit. Il jeta un regard impuissant à Jemmy, toujours accroché à lui, puis à Aidan, un peu plus haut sur le versant. Le vent s'était levé, soulevant sa frange blonde, le faisant paraître encore plus petit et fragile.

Il glissa doucement ses bras autour des épaules de Jemmy et déposa un baiser sur le sommet de sa tête rousse.

– Je reviendrai, cousin. Et tu viendras me voir au bord de la mer.

Relevant le nez, il lança à Aidan.

– Et toi aussi, tu viendras, hein ?

Aidan acquiesça en reniflant.

De sa main libre, Roger détacha doucement Jemmy.

– Grimpe sur mon dos, *mo chuisle*. La pente est raide.

Ian se pencha et souleva Aidan, qui enroula aussitôt ses jambes autour de sa taille et enfouit son visage baigné de larmes dans sa chemise en daim.

– Tu veux qu'on te porte, toi aussi ? demanda Roger à Germain.

Ian lui tendit la main, mais Germain recula d'un pas, l'air digne.

– Non, oncle Roger. Je préfère marcher.

69

La ruée des castors

25 octobre 1774

Ils marchaient depuis une heure lorsque Brianna se rendit compte qu'ils ne traquaient pas du gibier. Ils avaient croisé une piste de cerfs, leurs fumées si fraîches qu'elles étaient encore poisseuses d'humidité, mais Ian n'y prêta pas attention, continuant à grimper la côte d'un pas déterminé.

Rollo était parti avec eux, mais, après plusieurs tentatives infructueuses pour signaler des odeurs intéressantes à son maître, il avait capitulé, dégoûté, et disparu dans le feuillage pour chasser de son côté.

La montée était trop ardue pour permettre de converser. Elle se contenta donc de suivre, gardant son fusil à la main et surveillant les buissons au passage, au cas où.

Ils avaient quitté la maison à l'aube, et il était midi passé quand ils s'arrêtèrent enfin au bord d'un torrent. Une vigne sauvage s'était enroulée autour du tronc de plaqueminier sous lequel elle s'était assise. Les animaux avaient mangé la plupart des grappes, mais il en restait encore, suspendues au-dessus de l'eau, hors de portée de tous, hormis de quelques écureuils intrépides, ou d'une femme assez grande.

Elle enleva ses mocassins et entra dans le torrent, grimaçant au contact de l'eau glacée qui lui mordait les chevilles. Les raisins étaient mûrs à souhait, d'un violet presque noir et suintant de jus. Les écureuils n'étaient pas encore arrivés jusque-là, mais les guêpes, si. Tout en coupant la tige d'une grappe particulièrement alléchante, elle surveillait du coin de l'œil les pillards au long dard.

Tournant le dos à son cousin, elle lui demanda :

– Alors, tu vas enfin me dire ce qu'on est venus chercher?

– Non.

Il affichait un petit sourire au coin des lèvres.

– Ah, c'est une surprise?

Elle lui lança une grappe qu'il attrapa au vol d'une main et déposa près du sac à dos contenant leurs provisions.

– Plus ou moins.

– Bah, tant qu'on n'est pas là juste en promenade.

Elle cueillit encore plusieurs grappes et le rejoignit sur la berge.

– Non, non, ce n'est pas qu'une balade.

Il glissa deux grains dans sa bouche, les écrasa, puis recracha avec adresse les peaux et les pépins. Elle mangeait plus délicatement, coupant les fruits en deux d'un coup de dent, puis ôtant les pépins du bout d'un ongle.

– Tu devrais manger les peaux, Ian. Elles sont pleines de vitamines.

Il la regarda, sceptique, mais ne répondit pas. Claire et elle lui avaient expliqué à de nombreuses reprises ce qu'étaient les vitamines… Peine perdue. Jamie et lui avaient bien été obligés de reconnaître l'existence des microbes pour les avoir vus au microscope, mais les vitamines ne se voyant pas, il pouvait donc les ignorer en toute sécurité.

– Elle est encore loin, ta surprise?

La peau du raisin étant en fait très amère, Brianna grimaça malgré elle alors qu'elle en croquait un. Ian, qui mâchait et crachait méthodiquement, la vit et sourit.

– Oui, c'est encore un peu plus loin.

Elle observa la ligne d'horizon. Le soleil descendait. S'ils faisaient demi-tour maintenant, il ferait nuit avant d'être de retour à la maison.

– Loin comment?

Ian regarda le soleil à son tour.

– Eh bien… on devrait y être demain vers midi.

– Quoi ?

Ian rentra la tête.

– Désolé, cousine. J'aurais dû te le dire avant de partir, mais tu ne serais peut-être pas venue.

Une guêpe se posa sur la grappe dans sa main, et elle la chassa d'un geste agacé.

– Tu sais très bien que je ne serais pas venue, Ian ! Qu'est-ce qui t'est passé par la tête ? Roger va avoir une attaque !

Ian sembla trouver l'image très drôle.

– Une attaque ? Roger Mac ? Je ne crois pas.

– Bon, peut-être pas, mais il va s'inquiéter. Jemmy va me réclamer.

– Mais non, tout se passera bien. J'ai dit à oncle Jamie qu'on serait partis trois jours, et il prendra le petit dans la Grande Maison. Dorloté par tante Claire, Mme Bug et Lizzie, il ne se rendra même pas compte de ton absence.

C'était probablement vrai, mais cela ne calma pas son irritation pour autant.

– Tu l'as dit à papa ? Il a dit oui, et vous avez tous les deux considéré parfaitement normal de… de… de me traîner dans la montagne pendant trois jours sans même me demander mon avis ? Bande de… de…

– D'insupportables, répugnants tyrans d'Écossais ?

Il imitait tellement bien l'accent anglais de Claire qu'elle rit malgré elle.

Essuyant le jus de raisin sur son menton, elle répliqua :

– Oui, exactement !

Il souriait toujours, mais son expression avait changé. Il ne la taquinait plus.

– Brianna, c'est important, je t'assure.

Il la dévisageait, chaleureux mais sérieux. Parfois, il avait un regard tellement doux et sincère qu'il donnait l'impression d'ouvrir son âme, rien qu'un instant. Elle s'était déjà demandé s'il en était conscient, mais, même dans ce cas, il était difficile de lui résister.

– D'accord, dit-elle résignée. Mais tu aurais quand même dû me prévenir. Je peux au moins savoir où l'on va ?

– Je ne peux pas te le dire.

Il avala un grain de raisin et se tourna pour ouvrir son sac qui – elle en prenait juste conscience – était étrangement volumineux.

– Un bout de pain, cousine ? Un morceau de fromage ?

– Non, allons-y.

Elle se leva et secoua les feuilles mortes accrochées à ses culottes.

– Plus tôt on arrivera, plus tôt on sera de retour.

* * *

Ils s'arrêtèrent une heure avant le coucher du soleil, pendant que la lumière était encore suffisante pour ramasser du bois. Le sac à dos contenait en fait deux couvertures, de la nourriture et une cruche de bière, qui fut bienvenue après toute une journée de marche, surtout ascendante.

Elle avala une longue gorgée de bière, puis huma le goulot qui fleurait bon le houblon.

– Mmm… c'est un bon lot. Qui l'a faite ?

– Lizzie. Elle a appris à brasser avec *Frau* Ute, avant le… euh… mphm.

– Oui, quel dommage, hein ?

Elle l'observa du coin de l'œil, guettant sa réaction à l'évocation de Lizzie. Ils s'étaient plu dès leur première rencontre, mais il était ensuite parti chez les Iroquois. À son retour, elle était fiancée à Manfred McGillivray. À présent qu'ils étaient de nouveau tous les deux libres…

Cependant, il ne fit aucun autre commentaire sur la jeune fille, se concentrant sur la tâche fastidieuse de démarrer le feu. Il avait fait chaud pendant la journée, mais les ombres sous les arbres bleuissaient déjà. La nuit serait fraîche.

– Je vais jeter un coup d'œil à la rivière, annonça-t-elle. J'ai aperçu une sorte de bassin un peu plus loin, et les insectes ne vont pas tarder à apparaître.

Elle prit une bobine de fil et un hameçon que Ian avait sortis de son sac. Il se contenta d'acquiescer, assemblant patiemment une pile de petit bois avant de frotter son silex.

En longeant le cours d'eau, elle vit que le supposé bassin à truites était plutôt un repère de castors. Le monticule de leur hutte se reflétait dans l'eau calme, et, plus loin, sur l'autre rive, de jeunes saules en train de se faire dévorer s'agitaient.

Elle avança lentement. Les castors ne lui feraient rien, mais ils se jetteraient dans l'eau en l'apercevant et frapperaient la surface de leur queue pour donner l'alerte. Elle les avait déjà entendus. Ils causeraient un vacarme épouvantable, une vraie pétarade qui effraierait les poissons des kilomètres à la ronde.

Des morceaux de bois rongés jonchaient la berge, la chair blanche des troncs ciselée avec une précision d'ébéniste, mais les débris de son côté étaient desséchés. Elle n'entendait rien autour d'elle, hormis le bruissement du vent dans les branches. Les castors n'étaient pas du genre discret ; il n'y en avait aucun dans ses environs immédiats.

Tout en surveillant les saules au loin, elle planta un morceau de fromage dans son hameçon, le fit tournoyer au-dessus de sa tête, puis laissa la ligne voler. L'hameçon atterrit au milieu du bassin avec un «plouf» trop faible pour alerter les rongeurs.

Il faisait doux, et la surface de l'eau brillait comme une soie grise agitée par la brise. Comme prévu, des nuages de moucherons voletaient sous les arbres, attirant les trichoptères, les perles et les libellules, dont les nymphes remontaient à la surface, à peine écloses et affamées.

Il aurait été préférable d'avoir une vraie canne et des mouches, mais cela valait la peine d'essayer. Certaines truites voraces rôdaient parfois à la tombée du soir, prêtes à se jeter sur tout ce qui flottait devant elles. Un jour, son père en avait attrapé une avec, pour seul appât, quelques-uns de ses cheveux roux enroulés autour d'un hameçon.

C'était une idée. Elle commençait déjà à enrouler sa ligne dans l'intention d'en faire autant quand le fil se tendit. Une prise ? Elle laissa un peu filer l'empile, puis un frisson montant des profondeurs parcourut tout son bras comme une décharge électrique.

Pendant la demi-heure qui suivit, elle ne pensa à rien d'autre qu'à ses proies aquatiques. Elle était trempée jusqu'à mi-cuisses, couverte de piqûres de moustiques, les poignets et les épaules endoloris, mais elle avait aussi trois gros poissons luisant dans l'herbe à ses pieds, encore quelques miettes de fromage dans sa poche…, et son instinct de chasseresse était satisfait.

Elle prenait son élan pour relancer sa ligne quand, soudainement, un concert de cris et de sifflements brisa la quiétude du soir. Un groupe de castors jaillit de la végétation sur la rive opposée, courant lourdement telle une division de minichars d'assaut en fourrure. Elle les observa, bouche bée, reculant d'un pas sans réfléchir.

Puis une silhouette massive et sombre fila entre les arbres derrière eux et, sentant une montée d'adrénaline fuser dans ses veines, elle bondit vers la forêt. Elle se serait enfuie, si elle n'avait pas malencontreusement marché sur un des poissons, plus glissant qu'un savon noir. Elle retomba d'un coup sur son arrière-train. De là où elle se trouvait, elle était aux premières loges pour voir Rollo courir sur la berge d'un pas souple et s'élancer dans un élégant arc de cercle au-dessus de l'eau. Aussi gracieux qu'une comète, il traversa les airs et atterrit dans la rivière au milieu des castors en projetant des éclaboussures dignes d'une chute de météore.

* * *

Ian releva la tête et écarquilla les yeux à la vue de Brianna. Son regard descendit lentement de ses cheveux dégoulinants à ses vêtements couverts de boue et jusqu'aux poissons, dont un, légèrement écrasé, qu'elle tenait au bout d'une lanière de cuir.

— Les poissons se sont bien défendus, à ce que je vois.

Elle laissa choir son butin devant lui.

– Oui, mais pas autant que les castors.

– Des castors? Ah oui, je les ai entendus battre l'eau. Tu t'es battue avec eux?

– Non, j'ai sauvé ton maudit chien.

Elle éternua, puis tomba à genoux devant le feu, goûtant la caresse de la chaleur sur son corps transi.

– Ah, Rollo est de retour? Où es-tu, bandit?

Le grand chien sortit à contrecœur des fourrés, remuant à peine la queue en réponse à l'appel de son maître.

– Qu'est-ce que cette histoire de castors, *a madadh*?

Devant le ton sévère de Ian, Rollo s'ébroua, puis s'aplatit sur le sol, l'air penaud, le museau entre les pattes.

Tout en essorant les pans trempés de sa chemise de chasse, Brianna expliqua :

– Il voulait peut-être juste pêcher, mais les castors n'ont pas été convaincus. Sur la berge, ils ont détalé, mais une fois dans l'eau… En tout cas, Ian, c'est à toi de nettoyer ces foutus poissons!

Il s'en occupait déjà, en éventrant un d'un coup de lame précis. Il sortit les entrailles avec le pouce et les jeta vers Rollo, qui soupira encore et parut s'enfoncer dans le tapis de feuilles, dédaignant la friandise.

– Il n'est pas blessé, au moins? s'inquiéta Ian.

Elle lui jeta un regard noir.

– Non, je suppose qu'il a honte. Tu pourrais me demander si je ne suis pas blessée. Tu as déjà vu de près des dents de castor?

Il avait du mal à se retenir de rire.

– Oui. Euh… tu n'as pas été mordue, j'espère? Enfin, je crois que je l'aurais remarqué si tu étais revenue à moitié rongée.

Le feu avait pris, mais ne chauffait pas encore assez. La brise du soir s'était levée et traversait le tissu mouillé de sa chemise et de ses culottes, faisant courir sur son dos ses doigts glacés.

– Non, mais ce n'étaient pas tant leurs dents que leurs queues.

Elle se tourna à genoux pour présenter son dos aux flammes et se frotta doucement le bras droit, là où une des palettes musclées l'avait frappée ; une marque violacée s'étendait du coude au poignet. Sur le coup, elle avait cru son avant-bras cassé.

– C'était comme d'être tabassée avec une batte de base-ball… enfin, une massue.

Les castors ne l'avaient pas attaquée directement, bien sûr, mais se retrouver dans l'eau avec un chien-loup affolé et une douzaine de rongeurs en proie à une agitation extrême avait été un peu comme s'aventurer à pied sous un portique de lavage automatique de voitures, un tourbillon aveuglant d'écume et d'objets contondants.

Elle serrait ses genoux contre elle, grelottant.

– Tiens, cousine, prends ça.

Ian se leva et ôta sa chemise en daim. Elle avait trop froid et était trop épuisée pour protester. Elle se retira pudiquement derrière un buisson et en émergea quelques instants plus tard avec la chemise et une couverture drapée en paréo autour des reins.

En se rasseyant devant le feu, elle examina le jeune homme d'un œil critique.

– Tu ne manges pas assez, Ian. On voit tes côtes.

Il n'avait jamais été bien épais, frôlant la maigreur, mais autrefois, son côté frêle d'adolescent avait paru normal, le simple résultat d'une croissance rapide.

À présent qu'il avait atteint sa pleine maturité et que sa musculature s'était développée (elle pouvait voir chaque muscle de ses bras et de ses épaules), ses vertèbres saillaient toujours sous sa peau hâlée, et les creux de sa cage thoracique formaient des ombres telles des dunes de sable sous-marines.

Il ne répondit pas, embrochant les poissons sur des branches de saule élaguées.

– Tu ne dors pas bien non plus.

Même dans la pénombre, elle distinguait nettement ses cernes et ses joues émaciées que les tatouages mohawks ne parvenaient pas à cacher. Depuis des mois, tout le monde s'en était rendu compte. Claire, sa mère, avait voulu lui en parler, mais Jamie lui avait conseillé de laisser le garçon tranquille ; il parlerait quand il serait prêt.

Prêt ou pas, maintenant qu'il l'avait entraînée jusqu'ici, elle ne comptait pas le lâcher si vite. Toute la journée, elle s'était interrogée sur le motif mystérieux de leur marche et la raison de sa présence. Pour chasser, il aurait pu emmener quelqu'un d'autre. Certes, elle tirait bien, mais bon nombre d'hommes à Fraser's Ridge chassaient bien mieux, notamment son père. En outre, elle n'était pas la mieux indiquée pour débusquer un ours hors de sa tanière ou transporter des kilos de viande et de peau.

Ils se trouvaient en terre cherokee. Ian rendait souvent visite aux Indiens et était en bons termes avec les habitants de plusieurs villages. Mais s'il était venu pour discuter sérieusement avec eux, il aurait demandé à Jamie de l'accompagner, ou à Peter Bewlie, dont la femme cherokee pouvait servir d'interprète.

Prenant son ton autoritaire qui impressionnait d'habitude les hommes, elle déclara :

– Ian ? Regarde-moi.

Il sursauta et releva la tête.

– Ian, reprit-elle sur un ton plus doux. Notre présence ici a un rapport avec ta femme ?

Il resta figé un instant, le regard insondable. Rollo releva la tête et émit un gémissement interrogatif qui sembla extirper son maître de sa stupeur.

– Oui.

Il ajusta l'angle de la branche de bois vert qu'il avait plantée dans le sol. La chair pâle du poisson se racornit et grésilla au-dessus des flammes.

Elle attendit, mais il n'en dit pas plus. Il arracha un morceau de truite à moitié cuit et le tendit à son chien, faisant claquer sa langue. Rollo se leva, vint lui renifler l'oreille, puis accepta la friandise et se recoucha, léchant délicatement la chair chaude avant de l'engloutir d'un coup de langue. Rassuré, il avala aussi les têtes et les viscères dédaignés plus tôt.

Ian pinça les lèvres, et Brianna pouvait voir les pensées défiler sur son visage tandis qu'il se décidait à parler ou non.

– J'ai envisagé de t'épouser, autrefois, tu sais, dit-il enfin.

Il la regarda franchement. En effet, il le lui avait même proposé et, bien qu'elle n'ait jamais douté de ses intentions les plus nobles (il était alors tout jeune homme), elle n'avait encore jamais songé qu'il avait dû réfléchir à toutes les implications de son offre.

Une lueur coquine dans les yeux de Ian lui confirma qu'il avait bien imaginé partager sa couche… et n'avait pas trouvé cette perspective désagréable. Elle résista à l'envie de détourner le regard, car cela n'aurait qu'accentuer leur gêne à tous les deux.

Jusqu'à ce jour, elle ne l'avait jamais considéré comme un homme, uniquement comme son cher petit cousin. Elle prit alors conscience de la chaleur du corps du garçon emprisonnée dans sa chemise en daim quand elle l'avait enfilée un peu plus tôt. S'efforçant de conserver un ton détaché, elle répondit :

– Il aurait pu m'arriver pire.

Cela le fit rire.

– Certes, mais ce n'est pas ce qui aurait pu t'arriver de mieux… c'est-à-dire Roger Mac, non ? Toutefois, je suis content d'apprendre que je n'étais pas le pire. Toujours mieux que Ronnie Sinclair, quand même ? Ou que maître Forbes ?

Elle refusa de se laisser désarçonner par ses taquineries.

– Je ne te le fais pas dire ! Tu aurais été le troisième sur ma liste.

– Le troisième ? Qui arrivait en deuxième place ?

Il parut presque vexé qu'un autre ait eu la préséance.

– Lord John Grey.

– Ah, oui, bon d'accord. Je suppose qu'il aurait fait l'affaire. Quoique…

Il ne finit pas sa phrase, l'observant avec prudence.

Elle se tint sur ses gardes. Ian était-il au courant des préférences de John Grey ? Sans doute, à voir sa tête. Toutefois, elle n'avait pas à dévoiler les secrets de Lord John.

Elle demanda plutôt :

– Tu l'as déjà rencontré ?

Ian était parti avec les parents de Brianna à la rescousse de Roger, prisonnier des Iroquois, quand Lord John était arrivé sur la plantation de sa tante à River Run, où elle avait fait sa connaissance.

– Oui, il y a plusieurs années. Lui et son… fils. Ou beau-fils. Ils rentraient en Virginie et avaient fait un détour par Fraser's Ridge. Je lui ai transmis la rougeole. (Cela le fit sourire). Tante Claire l'a soigné. Toi-même, tu le connais, n'est-ce pas ?

– Oui, je l'ai rencontré chez tante Jocasta. Ian, le poisson est en train de brûler.

Il arracha leur repas des flammes avec un juron gaélique, puis souffla sur ses doigts brûlés. Même légèrement calcinés dans les coins, les poissons étaient délicieux, parfaitement accompagnés de pain et de bière.

Ian reprit leur conversation :

– Et Willie, le fils de Lord John, tu l'as rencontré aussi à River Run ? Un gentil garçon.

Il ajouta d'un air songeur.

– Il est tombé dans les latrines.

Elle éclata de rire.

– Il ne serait pas un peu abruti ? Où était-il seulement très petit ?

– Non, il faisait une taille normale pour son âge. Et pour un Anglais, il m'a paru plutôt intelligent. Ce n'était pas sa faute, on observait un serpent et… enfin, il s'agissait d'un accident.

Offrant à Rollo un autre morceau de poisson, il répéta :

– Tu ne l'as donc pas connu ?

– Non, et j'ai l'impression que tu cherches à changer de sujet.

– C'est vrai. Encore un peu de bière ?

Elle lui fit une mine signifiant qu'il ne s'en tirerait pas si facilement, et accepta la cruche qu'il lui tendait.

Ils restèrent silencieux un moment, buvant et contemplant les dernières lueurs du jour, puis l'apparition des premières étoiles. Le parfum des pins s'intensifia, le soleil ayant réchauffé leur sève durant la journée. Au loin, elle entendait de temps à autre le claquement d'une queue de castor sur l'eau. Ils avaient dû poster des sentinelles au cas où Rollo et elle tenteraient une nouvelle percée nocturne.

Ian s'était enroulé dans sa couverture et allongé sur le dos, fixant la voûte céleste. Sans se cacher, elle l'observait, sachant qu'il était conscient de cet intérêt. Le visage du jeune homme, toujours animé, semblait paisible. Il réfléchissait, et elle le laissa prendre son temps. L'automne était là, et la nuit serait longue à plus d'un titre.

Elle regrettait de ne pas avoir interrogé sa mère davantage sur la fille qu'il appelait Emily, son prénom mohawk à rallonges étant imprononçable. Elle la lui avait décrite comme jolie, menue et très intelligente.

Était-elle morte ? Elle ne le pensait pas. Depuis son arrivée dans cette époque rude, elle avait vu bon nombre d'hommes affronter la perte d'une épouse. Aucun ne se comportait comme Ian.

L'emmenait-il voir Emily ? Elle rejeta aussitôt cette idée. Rejoindre les territoires mohawks représentait un mois de marche, au moins. Mais dans ce cas…

Il lui demanda soudain :

– Tu n'as jamais l'impression de… ne pas être à ta place ?

Il lui jeta un bref coup d'œil, ne sachant pas s'il s'était bien exprimé, mais elle l'avait très bien compris.

– Si, tout le temps.

Elle sourit, surprise elle-même du soulagement que lui procurait cet aveu. Puis elle rectifia :

– Enfin… peut-être pas tout le temps. Pas quand je suis seule dans la forêt. Ou quand on est tous les deux, avec Roger, quoique, même dans ce cas…

Voyant l'air surpris de Ian, elle se hâta de préciser :

– Non, pas dans ce sens-là. Ce n'est pas le fait d'être avec lui, mais plutôt... qu'on parle beaucoup de notre ancien monde.

Partagé entre la compassion et la curiosité, Ian aurait visiblement aimé en savoir plus sur leur «ancien monde», mais repoussa cette envie pour l'instant.

– Dans la forêt, oui, je le ressens, moi aussi. Du moins quand je suis éveillé. Quand je dors, c'est une autre histoire.

– Pourquoi? Tu as peur... quand la nuit tombe?

Parfois, elle ressentait également cette angoisse sourde au crépuscule, une sensation d'abandon et de solitude absolue quand la nuit s'étendait sur la Terre. Cette impression perdurait même après être rentrée dans leur cabane et avoir verrouillé la porte.

– Non, répondit-il. Toi si?

– Un peu. Pas tout le temps. Pas ce soir. Mais ça te fait quoi, de dormir dans les bois?

Il se redressa, se balançant lentement les bras croisés autour des genoux.

– À l'occasion, je repense aux anciens contes, ceux d'Écosse. Tu les connais? Et à d'autres, que j'ai entendus ici et là quand je vivais chez les Kahnyen'kehakas. Des histoires sur... des choses qui visitent un homme pendant qu'il dort. Pour emporter son âme.

En dépit de la beauté des étoiles et de la paix du soir, un frisson glacé parcourut le dos de Brianna.

– Des choses? Quel genre?

– On les appelle des *sidhe* en gaélique. Pour les Cherokees, ce sont des *nunnahee*. Les Mohawks ont tout un tas de noms pour les désigner, eux aussi. Mais quand j'ai entendu Mange-les-tortues en parler, je les ai tout de suite reconnus. Ce sont les mêmes... les «Anciens».

– Des fées?

Son incrédulité était audible. Il la regarda, irrité.

– Non, je sais ce que tu entends par là. Roger Mac m'a montré le petit tableau que tu as peint pour Jemmy, ces créatures avec des ailes de libellule, qui vivent dans des fleurs. Non, ces choses sont des…

Il chercha en vain un terme approprié, esquissant un geste impuissant dans le vide devant lui, puis il eut soudain une idée.

– Des vitamines.

– Des… vitamines?

Elle se passa une main lasse sur le front. La journée avait été longue. Ils avaient parcouru une trentaine de kilomètres. Ses jambes et son dos étaient engourdis de fatigue, et les bleus causés par sa bataille contre les castors l'élançaient.

– Dis, Ian, tu ne crois pas que ta tête est encore un peu fêlée?

– Non, enfin, je ne sais pas. Je voulais simplement dire… On ne peut pas voir les vitamines, mais tante Claire et toi savez qu'elles existent et oncle Jamie et moi devons vous croire sur parole. J'en sais autant à propos des Anciens. Tu ne peux pas me croire?

– C'est que…

Elle s'apprêtait à en convenir, ne serait-ce que pour rétablir la paix entre eux, mais un étrange sentiment l'envahit, brutal et froid comme l'ombre d'un nuage. Elle refusait d'admettre cette possibilité. Pas à voix haute. Et pas dans cet endroit. Il surprit l'expression de son visage.

– Ah, donc tu sais.

– Non, je ne sais pas. Mais, je ne peux pas non plus affirmer que c'est faux. Écoute, je ne tiens pas vraiment à aborder ce sujet en pleine nuit, au beau milieu de la forêt, à des milliers de kilomètres de toute civilisation, d'accord?

Il sourit.

– D'accord. De toute façon, ce n'est pas de cela dont je voulais parler. C'est plutôt…

Il plissa le front, se concentrant.

– Quand j'étais petit et que je me réveillais en pleine nuit, je savais tout de suite où j'étais. Il y avait la fenêtre, ici (il indiqua un point sur sa droite), la cuvette et l'aiguière sur la table, avec un liseré autour du bec. Et puis, là (il montra un laurier sauvage), le grand lit où dormaient Janet et Michael, avec le chien Jocky à son pied. Bien sûr, il régnait l'odeur de fumée de tourbe et… Enfin, bref, si je me réveillais et qu'aucun bruit ne troublait le silence de la maison, je savais quand même où je me trouvais.

Elle acquiesça, se souvenant de son ancienne chambre dans la maison de Furey Street. La couverture blanche à rayures qui grattait le menton; le matelas qui avait pris la forme de son corps, la soutenant telle une grande main chaude; Angus, le terrier écossais en peluche coiffé d'un béret, qui lui tenait compagnie pour la nuit; le ronronnement réconfortant des voix de ses parents discutant dans le séjour juste en dessous de sa chambre, ponctué par le saxo baryton de la musique du générique de *Perry Mason*.

Surtout, la sensation de sécurité totale.

Elle ferma les yeux et déglutit avant de répondre :

– Oui, je comprends ce que tu veux dire.

– Peu après avoir quitté la maison, je me suis souvent retrouvé dormant à la belle étoile avec oncle Jamie ou encore dans des auberges. Quand je me réveillais, j'étais un peu perdu, mais je savais malgré tout que j'étais en Écosse. Tout allait bien. Puis… les événements se sont enchaînés, et j'ai quitté le pays. Ma maison avait… disparu.

Sa voix douce était teintée de chagrin.

– Je sortais du sommeil sans savoir où j'étais… ni qui.

Il fixait les flammes, le dos voûté, ses grandes mains pendant entre ses cuisses.

– Mais quand j'étais couché auprès d'Emily… dès le premier jour, j'ai su. J'ai su de nouveau qui j'étais.

Il releva les yeux vers elle.

– Quand je dormais avec elle, mon âme ne vagabondait pas.

Elle attendit quelques instants avant de questionner :

– Et maintenant, si?

Il acquiesça. Le vent chuchotait dans les branches au-dessus de leurs têtes. Elle s'efforçait de ne pas l'écouter, craignant d'entendre des paroles.

Elle lui effleura le bras, demandant à voix basse :

– Ian... Emily est-elle morte ?

Il resta silencieux un moment, puis secoua la tête.

– Je ne pense pas.

Il paraissait pourtant très dubitatif.

– Ian, viens ici.

Il ne bougea pas, mais quand elle vint s'asseoir près de lui et glissa son bras autour de ses épaules, il ne résista pas. Elle le força à s'allonger contre elle, sa tête dans le creux entre son épaule et son sein.

« L'instinct maternel », pensa-t-elle avec ironie. Dès que quelque chose n'allait pas, son premier réflexe était de prendre les gens malheureux dans ses bras et de les bercer. Et s'ils étaient trop grands pour être portés, la chaleur de son corps et le son de sa respiration tenaient les voix dans le vent à distance, et c'était aussi bien.

Un souvenir fragmentaire lui revint, une image de sa mère se tenant derrière son père dans leur maison de Boston. Il était assis sur une chaise, la tête calée contre le ventre de Claire, les yeux fermés tandis qu'elle lui massait les tempes. Qu'avait-il ? Était-ce une migraine ou de la fatigue ? Toutefois, le visage de sa mère était doux, le stress de sa propre journée de travail effacé par sa tâche.

– Je me sens idiot, formula Ian.

– Mais non.

Il remua et s'installa plus confortablement dans l'herbe. Il se détendait lentement, sa tête devenant plus lourde contre son épaule, les muscles de son dos se relâchant peu à peu. Elle sentait leur tension diminuer contre sa main. D'un geste hésitant, comme s'il craignait qu'elle ne le gifle, il posa son bras sur elle.

Le vent semblait s'être arrêté. Le feu se reflétait sur son visage, les pointillés noirs de ses tatouages ressortant sur sa peau jeune. L'odeur de ses cheveux était un mélange de fumée de bois et de poussière.

— Raconte-moi, poursuivit-elle.

Il soupira profondément.

— Pas encore. Quand on sera arrivés, d'accord?

Il n'en dirait pas plus. Ils restèrent étendus l'un contre l'autre, en silence, se protégeant. Le sommeil emporta Brianna vers un lieu paisible, et elle ne fit rien pour lui résister. Son dernier souvenir fut le visage de Ian, sa joue écrasée contre son épaule, les yeux ouverts fixés sur les flammes.

* * *

Élan marcheur était en train de raconter une histoire, l'une de ses meilleures, mais Ian n'écoutait que d'une oreille. Il était assis en face de lui de l'autre côté du feu, mais il observait les flammes, pas le visage de son ami.

C'était étrange, il avait aimé regarder le feu toute sa vie, mais, jusqu'à cet hiver, il n'avait jamais vu la femme dedans. Naturellement, les feux de tourbe ne faisaient pas de grandes langues de feu, même s'ils chauffaient bien et dégageaient une odeur agréable... Ah! Oui, elle était bien là. Il sourit. Élan marcheur le prit pour une approbation de sa performance et redoubla ses gestes dramatiques, grondant férocement et se balançant d'un côté de l'autre en montrant les dents, mimant le carcajou qu'il avait avec minutie traqué jusque dans sa tanière.

Le bruit attira l'attention de Ian, qui se concentra de nouveau sur le récit. Juste à temps, car Élan marcheur en arrivait au point culminant. Les jeunes hommes se donnèrent des coups de coude, ravis. Élan marcheur était petit et trapu, ressemblant assez à un carcajou lui-même, ce qui rendait ses imitations d'autant plus amusantes.

Il fronça le nez et glapit, le carcajou sentant l'odeur du chasseur. Puis, il redevint le chasseur, avançant baissé dans la broussaille, s'arrêtant, s'accroupissant, puis bondissant avec un petit cri quand ses fesses rencontrèrent un buisson épineux.

Les hommes autour du feu poussèrent des cris de joie quand le carcajou réapparut, sursautant en entendant le bruit, puis ravi d'avoir repéré sa proie. Il sortit de sa tanière, émettant des grondements menaçants. Le chasseur figea, horrifié, puis voulut s'enfuir. Les jambes d'Élan marcheur battirent le sol, courant sur place. Puis, il écarta les bras et se projeta en avant en poussant un « Aïïïïe » désespéré, quand le carcajou lui bondit sur le dos.

Les hommes encouragèrent le conteur en se tapant sur les cuisses, tandis que le chasseur parvenait à rouler sur le dos, se débattant et jurant, tentant de repousser le carcajou qui cherchait à le mordre à la gorge.

La lueur du feu faisait luire les cicatrices qui ornaient le torse et les épaules d'Élan marcheur, et d'épaisses entailles blanches qui apparaissaient brièvement sous son col ouvert alors qu'il gesticulait, luttant contre son ennemi invisible. Ian se pencha en avant, fasciné, ses propres muscles tendus, même s'il connaissait déjà la suite.

Élan marcheur avait souvent raconté l'histoire, et cela fonctionnait à tous les coups. Le chasseur enfonça ses talons et ses épaules dans la terre, cambrant tout son corps comme un arc tendu à l'extrême. Ses jambes et ses bras tremblaient sous l'effort, sur le point de céder d'un instant à l'autre. Les hommes autour du feu retinrent leur souffle.

Puis il y eut un clic ! légèrement étouffé mais tellement reconnaissable, le son d'un cou qui se brise. Le craquement des os et des ligaments assourdi par la chair et la fourrure. Le chasseur resta cambré un moment, incrédule, puis s'abaissa très lentement sur le sol et se redressa en position assise, contemplant la dépouille de son ennemi inerte entre ses mains.

Il leva les yeux au ciel pour remercier les dieux, puis agita les narines. Il baissa la tête en faisant la grimace et frotta précipitamment ses jambières en peau souillées par les déjections du carcajou. L'auditoire éclata de rire.

Un petit seau de bière d'épinette circulait. Élan marcheur, rayonnant et en nage, l'accepta. Il but goulûment comme s'il s'agissait d'eau, puis, rassasié, lança un regard songeur à la ronde.

– À toi, Frère-du-loup! Raconte-nous une histoire.

Il lança le seau de l'autre côté du feu. Ian le rattrapa, n'en renversant qu'un peu sur sa manche. Il lécha son poignet trempé, rit, puis but une gorgée de bière avant de passer le seau à son voisin, Dort-avec-les-serpents.

Mange-les-tortues, à ses côtés, lui donna un coup de coude, l'enjoignant de parler, mais Ian fit non de la tête, pointant son menton vers Dort-avec-les-serpents.

Ce dernier s'exécuta volontiers. Reposant le seau près de lui, il se pencha en avant, le reflet des flammes dansant sur son visage tandis qu'il prenait la parole. Ce n'était pas un acteur-né comme Élan marcheur, mais il était plus âgé, approchant la trentaine, et avait beaucoup voyagé dans sa jeunesse. Il avait vécu avec les Assiniboines et les Cayugas, et avait de nombreuses histoires à raconter, ce qu'il faisait fort bien, sans les gesticulations.

Mange-les-tortues glissa à l'oreille de Ian :

– Tu parleras, plus tard? Je voudrais entendre encore des histoires de la grande mer et de la femme aux yeux verts.

Ian acquiesça à contrecœur. La première fois, il avait été très saoul, autrement, il ne leur aurait jamais parlé de Geillis Abernathy. Ils avaient sifflé du rhum de contrebande, et la sensation de tournis qu'il avait ressentie était très proche de celle causée par les substances que lui avait fait avaler la sorcière, même si le goût était différent. Celles-ci provoquaient un vertige qui lui brouillait la vue ; les chandelles formaient des faisceaux verticaux, et les flammes de la cheminée débordaient du foyer pour se répandre dans la chambre luxueuse, allumant des brasiers sur toutes les surfaces rondes en verre et en argent, sur les pierres précieuses et le plancher ciré, mais surtout dans les yeux verts.

Il pensait rarement à la «maîtresse». C'était ainsi que les esclaves et les autres garçons l'appelaient. Elle n'avait pas besoin d'autres noms, car personne ne pouvait imaginer qu'il en existe une autre semblable à elle. *Les souvenirs de son séjour chez Geillis n'étaient pas des plus heureux, mais oncle Jamie lui avait conseillé de ne pas chercher à les fuir, ce qu'il avait fait.*

Il fixa le feu, n'entendant qu'à moitié le récit de Dort-avec-les-serpents racontant comment Oie avait réussi à leurrer l'Esprit malin pour lui faire apporter du tabac au village et ainsi sauver le vieil homme. Était-ce elle, Geillis, la femme qu'il entrevoyait dans le feu?

Probablement pas. Celle dans les flammes lui procurait une sensation de bien-être, sa chaleur courant sur son visage et jusque dans le creux de son ventre. Elle n'avait pas de visage, mais il apercevait ses membres, son dos cambré et ses longs cheveux lisses qui ondoyaient dans le feu. Il entendait son rire, doux et lointain... et ce n'était pas le rire de Geillis Abernathy.

Toutefois, Mange-les-tortues l'avait invoquée, et elle occupait à présent son esprit. Avec un soupir intérieur, il se demanda ce qu'il allait raconter quand son tour viendrait. Peut-être leur parlerait-il des esclaves jumeaux, deux colosses noirs qui obéissaient à la sorcière au doigt et à l'œil. Il les avait vus un jour tuer un crocodile à mains nues et le transporter depuis la rivière pour le déposer aux pieds de leur maîtresse.

Après cette première nuit d'ivresse où il leur avait raconté ses mésaventures antillaises, il s'était rendu compte que le fait de parler d'elle dans ce contexte lui permettait de la considérer comme un personnage de roman, intéressant mais irréel. Peut-être avait-elle vraiment existé, tout comme il était possible qu'Oie ait vraiment apporté du tabac au vieil homme, mais il lui semblait que cette histoire n'était pas la sienne.

Après tout, contrairement à Élan marcheur, il n'avait pas de cicatrices pour rappeler à son auditoire ou à lui-même qu'il disait la vérité.

En fait, il commençait à se lasser de boire et d'écouter des récits. Il avait envie de s'échapper et de rejoindre la fraîcheur et les fourrures de son lit, de se dépouiller de ses vêtements et de se lover contre sa femme. Son nom signifiait « Travaille-avec-ses-mains », mais, dans l'intimité de leur couche, il l'appelait simplement Emily.

Il ne leur restait plus beaucoup de temps. Dans deux lunes, elle rejoindrait la hutte des femmes, et il ne la reverrait plus. Il faudrait encore attendre une lune avant que l'enfant naisse, puis une autre pour la purification... À l'idée de passer deux longs mois seul dans le froid, sans la sentir contre lui la nuit, il tendit la main vers le seau de bière.

Il était vide. Ses amis se mirent à rire quand il le retourna au-dessus de sa bouche, une seule goutte ambrée lui tombant sur le nez.

Une petite main s'avança au-dessus de son épaule et prit le seau, puis une autre apparut de l'autre côté, en tenant un autre plein.

Il se retourna et lui sourit. Travaille-avec-ses-mains lui sourit en retour. Elle éprouvait un grand plaisir à anticiper ses désirs. Elle s'agenouilla derrière lui, la courbe chaude de son ventre pressant contre son dos, et repoussa la main de Mange-les-tortues qui voulait s'emparer du seau.

– Non ! Laisse mon mari boire. Il raconte beaucoup mieux quand il est ivre.

Mange ferma un œil et la dévisagea en oscillant légèrement.

– Il raconte mieux quand il est saoul ou c'est nous qui trouvons ses histoires meilleures parce que nous sommes saouls ?

Travaille-avec-ses-mains ne daigna pas donner suite à cette question philosophique et se fit une place devant le feu, s'installant confortablement près de Ian et croisant ses bras devant son ventre rond.

D'autres jeunes femmes étaient venues avec elle, apportant une nouvelle tournée de bière. Elles poussèrent légèrement les jeunes hommes pour s'asseoir à leur tour, chuchotant et riant. En les observant, Ian se dit qu'il s'était trompé. Le feu faisait *luire leurs visages, l'éclat de leurs dents, le blanc humide de leurs yeux, la chair tendre de leurs lèvres. Il était plus éclatant qu'il ne l'avait jamais été sur le cristal et l'argenterie de Rose Hall.*

Timide, Emily baissa les paupières.

– Alors, époux, parle-nous de cette femme aux yeux verts.

Il prit une longue gorgée de bière, puis une autre.

– C'était une sorcière, dit-il enfin. Une femme très, très méchante..., mais sa bière était bonne.

Emily prit un air outré, et tout le monde se mit à rire. Il regarda au fond de ses yeux ronds et vit clairement le feu derrière lui, petit, parfait et accueillant.

– Presque aussi bonne que la tienne.

Il leva le seau et but.

70

Emily

Brianna se réveilla le lendemain matin, raide et endolorie, mais avec une idée claire en tête : «Je sais qui je suis.» En revanche, elle ne savait pas trop où elle était, mais cela n'avait pas grande importance. Elle resta allongée un instant, étrangement en paix, en dépit d'une forte envie de se soulager.

Quand avait-elle ainsi ouvert les yeux la dernière fois, seule et paisible, sans autre compagnie que ses pensées? Pas depuis qu'elle avait franchi le cercle de pierres, sans doute, quand elle s'était lancée à la recherche de ses parents.

Elle s'étira, puis se leva péniblement et s'enfonça dans les buissons pour faire pipi et renfiler ses vêtements secs avant de revenir près des pierres noircies de leur feu de camp.

Elle dénoua ses cheveux emmêlés et les peigna avec ses doigts. Malgré la disparition de Ian et de Rollo, elle ne s'inquiétait pas. La forêt autour d'elle était remplie de chants d'oiseaux. Non pas des cris d'alarme, mais juste le vacarme joyeux de leurs activités quotidiennes, qui ne s'était même pas modifié à son lever. Les oiseaux l'avaient observée des heures durant; ils n'avaient pas peur non plus.

Elle n'avait pas le réveil facile, mais le simple plaisir de ne pas être arrachée du sommeil par les besoins insistants de ceux déjà alertes autour d'elle rendait l'air matinal particulièrement agréable.

Elle se débarbouilla avec une poignée de feuilles de peuplier couvertes de rosée, puis s'accroupit devant les pierres

283

pour tenter de ranimer le feu. Ils n'avaient pas de café, mais Ian était sûrement en train de chasser. Avec un peu de chance, il reviendrait avec un quelconque aliment à cuire pour le petit-déjeuner. Dans leur sac à dos, il ne restait plus qu'un quignon de pain.

– Zut !

Elle frappa le silex contre la lame d'acier pour la énième fois et vit les étincelles voler sans que le feu ne prenne. Si Ian l'avait prévenue qu'ils camperaient, elle aurait apporté des allumettes. D'un autre côté, c'était dangereux, car elles s'embrasaient parfois spontanément dans sa poche.

– Mais comment faisaient les Grecs, pesta-t-elle. Ils devaient avoir une astuce !

– Qu'est-ce qu'ils avaient, les Grecs ?

Ian et Rollo étaient de retour, avec, respectivement, une demi-douzaine d'ignames et une sorte d'échassier bleu-gris (un petit héron ?). Le chien refusa de la laisser examiner sa proie et partit la dévorer sous un buisson, les longues pattes jaunes traînant par terre.

Ian vida sa poche remplie de châtaignes, leur peau rousse brillante sous les bogues à demi éclatées.

– Qu'avaient les Grecs ? répéta-t-il.

– Du phosphore. Tu sais ce que c'est ?

– Non.

Elle chercha comment l'expliquer, mais ne trouva que :

– Un truc. Lord John m'en a envoyé. Il brûle tout seul, et c'est avec ça que j'ai pu faire des allumettes. Je te montrerai quand on sera rentrés.

Elle bâilla, effectuant un geste vague vers la pile de petit bois placé devant elle. Il émit un son bien écossais et lui prit le silex des mains.

– Laisse-moi faire. Occupe-toi des marrons, d'accord ?

– D'accord. Tiens, tu devrais remettre ta chemise.

C'était une journée claire, mais il était encore tôt, et Ian avait la chair de poule. D'un signe de tête, il lui indiqua qu'il renfilerait sa peau en daim une fois le feu terminé.

Concentré, tirant la langue, il frappa le silex contre l'acier, puis marmonna.

– Qu'est-ce que tu dis ?

– Oh, rien. Ce n'est qu'un…

Il frappa de nouveau, et une étincelle rougeoya sur un fragment de bois carbonisé. Il approcha rapidement une poignée d'herbes sèches, puis une autre, regardant s'élever une minuscule colonne de fumée. Il ajouta un peu d'écorce, encore de l'herbe, quelques autres éclats d'écorce, puis une pyramide de brindilles de pin.

Souriant devant les flammes naissantes, il acheva :

– Ce n'est qu'une incantation pour le feu.

Elle applaudit, puis reprit sa tâche, entaillant la peau des marrons en forme de croix pour qu'ils n'éclatent pas dans le feu.

– Je ne la connaissais pas, celle-là. Redis-moi les paroles.

Il rosit.

– C'est que… ce n'est pas du gaélique, mais du kahnyen' kehaka.

Elle le dévisagea, intriguée.

– Il t'arrive de penser en mohawk, Ian ?

Il parut surpris, et elle crut lire une lueur effrayée dans ses yeux.

– Non, répondit-il, bourru. Je vais aller chercher du bois.

Il allait se lever, mais elle le retint par son regard.

– J'en ai là.

Elle tendit un bras derrière elle et déposa un rameau de pin sur le feu. Les aiguilles sèches grésillèrent et disparurent en un instant, mais la branche s'embrasa.

– Pourquoi ma question te gêne-t-elle ?

Il pinça les lèvres, ne voulant pas répondre.

– C'est toi qui m'as demandé de venir, lui rappela-t-elle.

Son ton n'était pas sec mais ferme.

– Oui, je sais.

Il baissa la tête vers les ignames qu'il enfouissait sous les cendres. Elle continua à préparer les marrons, lui laissant le temps de se décider à parler.

– Tu as rêvé, la nuit dernière, Brianna ?

Elle aurait eu grand besoin d'un bon café, mais était néanmoins assez réveillée pour pouvoir penser et répondre de manière cohérente.

– Oui. Je rêve beaucoup.

– Je sais. Roger Mac m'a dit que tu écrivais parfois tes rêves.

– Quoi, il t'a dit ça ?

La surprise fut aussi efficace qu'un café serré. Cette fois, elle était tout à fait alerte. Elle n'avait jamais caché son livre de songes, mais Roger et elle n'en discutaient jamais. Qu'avait-il lu, au juste ?

Ian surprit le ton de sa voix et s'empressa de préciser :

– Il m'a seulement raconté que tu en consignais certains. J'ai donc supposé que tu leur accordais de l'importance.

– Ils n'en ont que pour moi. Pourquoi...

– Les Kahnyen'kehaka sont très attentifs aux rêves. Encore plus que les Highlanders.

Il lui sourit, retournant les ignames, puis répéta :

– Alors, de quoi as-tu rêvé la nuit dernière ?

– D'oiseaux. De tout un tas de volatiles.

C'était logique. La forêt autour d'elle résonnait de chants d'oiseaux depuis l'aube. Ils avaient dû s'infiltrer dans son sommeil.

– Ah ? Ils étaient vivants ?

– Oui, répondit-elle perplexe. Pourquoi ?

– Rêver d'oiseaux est bon signe, surtout s'ils chantent. En revanche, morts, ils sont de mauvais augure.

– Ils étaient bien vivants, et ils sifflaient.

Elle leva la tête et vit un oiseau inconnu à la gorge jaune vif et aux ailes noires se poser sur une branche au-dessus d'eux, observant leurs préparatifs de petit-déjeuner avec intérêt.

– Certains t'ont parlé ?

Elle marqua un temps d'arrêt, mais Ian était sérieux. Puis, après tout, pourquoi des oiseaux ne parleraient-ils pas dans un rêve ?

– Non. Ils...

Elle se souvint soudain et se mit à rire.

– Ils construisaient un nid avec du papier hygiénique. Je rêve souvent de papier hygiénique. C'est une sorte de papier très fin avec lequel tu t'essuies le... euh... derrière.

Il fit une mine horrifiée.

– Tu fais ça avec du papier ? Mais, enfin, Brianna !

Elle se frotta le nez, essayant de ne pas rire. Il avait de quoi être scandalisé. Il n'existait aucune usine à papier dans les colonies, et tout était importé d'Angleterre. Le papier était donc une denrée rare et très précieuse. Son père, qui écrivait régulièrement à sa sœur en Écosse, écrivait au centre d'une feuille, puis la tournait pour ajouter des lignes perpendiculaires afin d'économiser de l'espace. Pas étonnant que Ian soit choqué !

– Il n'était pas cher du tout à mon époque.

– Peut-être, mais ne me dis pas qu'il était meilleur marché que les feuilles de maïs !

– Crois-le ou pas, peu de gens auront des champs de maïs sous la main. Et puis, je peux te dire autre chose : le papier hygiénique est nettement plus doux que les feuilles desséchées.

– Peuh ! Plus doux... Par Jésus, Marie et sainte Bride !

– Tu m'interrogeais à propos de mes rêves, lui rappela-t-elle. Et toi, tu as rêvé, la nuit dernière ?

Il était encore secoué par le scandaleux gaspillage de papier.

– Hein ? Ah... Non. En tout cas, si j'ai rêvé, je ne me souviens de rien.

En observant le visage émacié de Ian, elle se dit soudain que ses insomnies venaient peut-être du fait qu'il avait peur de rêver. Il semblait même craindre qu'elle l'interroge davantage sur le sujet. Évitant le regard de Brianna, il saisit la cruche de bière vide et fit claquer sa langue pour appeler Rollo, qui le suivit, des plumes gris-bleu accrochées à ses pattes.

Le temps qu'il revienne du ruisseau, elle avait fini d'éplucher les marrons et les avait enfouis dans les cendres avec les ignames.

– Tu arrives à pic, les ignames sont cuites.

– Regarde ce que j'ai trouvé!

Il tenait plusieurs fragments de gaufre, volés à une ruche sauvage et encore assez frais pour être chargés d'un miel épais et doré. Versé sur les racines chaudes garnies de marrons grillés, le tout arrosé d'eau de source fraîche... Brianna déclara que c'était le petit-déjeuner le plus délicieux qu'elle avait mangé depuis le départ de son autre monde.

Ian arqua un sourcil moqueur.

– Que pouvais-tu bien déguster de meilleur?

– Des beignets au chocolat, sans doute. Ou du chocolat chaud avec de la guimauve. Le chocolat me manque.

Il fit la grimace.

– Arrête, tu me fais marcher! J'ai déjà goûté au cacao à Édimbourg. C'est infect, amer. Sans compter qu'une petite tasse de rien du tout coûte la peau des fesses!

Elle se mit à rire.

– Là d'où je viens, on ajoute du sucre.

– Du sucre dans le chocolat? C'est la chose la plus décadente dont j'ai entendu parler. Encore pire que ton papier pour s'essuyer.

Voyant la lueur taquine au fond de ses yeux, elle ne répondit pas, se contentant de grignoter les derniers fragments de chair orangée dans la peau noircie d'une igname. Puis, se léchant les doigts telle une chatte, elle déclara:

– Un jour, je te trouverai du chocolat, Ian. J'y ajouterai du sucre, et tu m'en donneras des nouvelles.

Rollo s'était accaparé les restes de rayons de miel, rongeant bruyamment la cire avec délice.

– Ce chien doit avoir l'appareil digestif d'un crocodile, observa Brianna. Y a-t-il quelque chose qu'il ne mange pas?

– Je n'ai pas encore essayé de lui donner des clous.

Un peu emprunté, Ian souriait. Le malaise apparu à l'évocation des rêves s'était dissipé pendant le petit-déjeuner, mais était à présent revenu. Malgré le soleil levé depuis longtemps, Ian n'avait pas l'air de vouloir se remettre en route. Assis les bras croisés autour de ses genoux, il fixait le feu, absent.

N'étant pas pressée de partir, patiente, Brianna attendit en l'observant.

– Qu'est-ce que tu mangeais, au petit-déjeuner, quand tu vivais chez les Mohawks, Ian ?

Il posa le front sur ses genoux, se cachant la face, resta immobile quelques instants, puis se redressa et répondit sur un ton détaché.

– Ça dépendait en grande partie de mon beau-frère. Du moins au début.

* * *

Ian Murray se disait que, tôt ou tard, il serait contraint d'affronter le problème de son beau-frère. En fait, «beau-frère» n'était pas le bon terme. Élan solaire était marié à Regarde-le-ciel, la sœur d'Emily. Pour les Kahnyen'kehakas, cela n'impliquait aucune autre relation que celle unissant tous les hommes du clan, mais Ian le considérait encore avec la partie blanche de son cerveau.

La partie secrète. Sa femme parlait l'anglais, mais ils ne l'utilisaient jamais entre eux, pas même dans l'intimité. Il ne prononçait jamais un mot en gaélique ou en anglais à voix haute, et n'avait pas entendu une seule parole dans ces deux langues depuis qu'il avait décidé de rester chez les Kahnyen'kehakas, un an plus tôt, pour devenir l'un des leurs. Tout le monde pensait qu'il avait oublié son ancienne identité. Toutefois, chaque jour, il trouvait un moment pour s'isoler et, de crainte de perdre son vocabulaire, il nommait en silence les objets autour de lui, entendant les noms anglais résonner dans la partie blanche de son esprit.

«Pot», pensa-t-il en fixant le récipient en terre cuite posé dans les cendres. Il s'adossa au tronc d'arbre poli qui soutenait le toit de la hutte. «Maïs.» Plusieurs grappes d'épis séchés étaient suspendues au-dessus de sa tête, beaucoup plus colorées que les sacs de blés vendus à Édimbourg. «Oignons.» Son regard glissa sur les tresses de bulbes jaunes. «Lit. Fourrures. Feu.»

Sa femme se pencha vers lui, souriante, et les mots déferlèrent soudain dans sa tête.

«Noirdecorbeaucheveuxdébeneseintétoncuisserondeoh ouiohouiohouiEmily.»

Elle déposa un bol chaud dans sa main, et l'arôme riche du lapin, du maïs et des oignons lui monta au visage. «Ragoût», se dit-il. Le flot de vocables se tarit soudain, tandis que sa raison se concentrait sur la nourriture. Il posa une main sur celle d'Emily, la tint un moment, petite et ferme dans sa paume, enroulée autour du récipient rond. Ensuite, sa femme s'écarta et se redressa pour aller quérir un autre plat.

Il la contempla en train de s'éloigner, admirant sa démarche onduleuse. Puis, son regard s'arrêta sur Élan solaire qui, depuis le seuil de ses quartiers, l'observait aussi.

«Fils de pute», formula Ian très clairement dans sa tête.

* * *

– C'est que, au début, on s'entendait bien, expliqua Ian. La plupart du temps, Élan solaire est un gars plutôt sympathique.

– La plupart du temps? répéta Brianna.

Ian se passa une main dans les cheveux, sa tête hérissée d'épis lui donnant une allure de porc-épic.

– Oui, enfin, au début, on était amis. On était même frères, on appartenait au même clan.

– Et vous avez cessé d'être amis à cause de ta femme?

– Les Kahnyen'kehakas ont une conception du mariage qui est... finalement assez proche des traditions dans les Highlands. Ce sont souvent les parents qui organisent tout. Ils étudient leurs enfants dès qu'ils sont petits et, quand une fille et un garçon leur paraissent bien assortis et qu'ils appartiennent aux clans appropriés… Là, en revanche, c'est un peu différent.

– Les clans ?

– Oui. Dans les Highlands, on se marie principalement à l'intérieur du même clan, sauf pour former des alliances. Dans les nations iroquoises, on ne peut épouser que quelqu'un appartenant à certains autres clans bien précis.

– Maman dit que les Iroquois lui rappellent beaucoup les Highlanders, lança Brianna amusée. « Impitoyables mais amusants », ce sont ses propres termes. Exception faite de la torture, peut-être, et du fait de brûler vifs leurs ennemis.

Ian fit une moue ironique.

– Oncle Jamie n'a sans doute jamais raconté à ta mère les méfaits de son grand-père.

– Qui, Lord Lovat ?

– Non, l'autre. *Seaumais Ruaidh*. Jacob le Rouge. Ma mère disait toujours que c'était un vieux pervers. D'après ce que j'en ai entendu, il aurait pu en remontrer aux Iroquois, en matière de cruauté.

Se sentant digresser, il revint à son sujet principal :

– Quand les Kahnyen'kehakas m'ont accepté et nommé, j'ai été adopté dans le clan du Loup.

Il fit un signe vers Rollo qui, ayant avalé les rayons de miel, abeilles mortes incluses, se léchait les pattes d'un air méditatif.

– Très adéquat, remarqua Brianna. Et à quel clan appartenait Élan solaire ?

– Au Loup, bien sûr. La mère, la grand-mère et les sœurs d'Emily faisaient partie du clan de la Tortue. Comme je te le racontais, quand un garçon et une fille semblent bien aller ensemble, les mères se réunissent… ils appellent aussi les tantes des « mères », si bien que, parfois, toute une foule de mères sont impliquées dans l'affaire. Donc, si toutes les mères et les grands-mères conviennent de la compatibilité des deux jeunes gens, ils sont mariés.

– Mais tu n'avais pas de mère pour parler pour toi.

– Oui, c'est vrai, et je me suis toujours demandé ce qu'elle aurait fait…

Brianna, qui avait rencontré Jenny, se mit à rire.

– Tante Jenny aurait pu tenir tête à n'importe quel Mohawk, homme ou femme. Mais qu'est-il donc arrivé ?

– J'aimais Emily, répondit-il simplement. Et Emily m'aimait.

Leur attirance, qui était rapidement devenue évidente pour tous les habitants du village, avait fait grand bruit. Il avait été entendu depuis longtemps que Wakyo'teyehsnonhsa, Travaille-avec-ses-mains, ou encore Emily, comme il l'appelait, épouserait Élan solaire, qui avait fréquenté sa famille depuis l'enfance.

Quand Ian avait été adopté dans le clan du Loup, on lui avait attribué des parents adoptifs, un couple qui avait perdu son fils et qu'il était censé remplacer. Sa mère adoptive avait été quelque peu décontenancée par la situation, mais après en avoir discuté avec d'autres femmes du clan, elle était allée trouver Tewaktenyonh, la grand-mère d'Emily, la femme la plus influente du village.

– Et donc, on a été mariés.

Revêtus de leurs plus beaux atours et accompagnés de leurs parents, les deux jeunes gens s'étaient assis sur un banc devant tout le village rassemblé et avaient échangé des paniers. Celui de Ian contenait des fourrures de martres et de castors, ainsi qu'un bon couteau symbolisant sa volonté de chasser pour elle et de la protéger. Celui d'Emily était rempli de céréales, de fruits et de légumes, signe qu'elle était prête à cultiver, à cueillir et à le nourrir.

– Quatre mois plus tard, ajouta Ian, Élan solaire a épousé Regarde-le-ciel, la sœur d'Emily.

Brianna lui lança un regard interrogateur.

– Mais ?…

– Effectivement, il y a un « mais ».

* * *

Ian détenait le fusil que Jamie lui avait laissé, un article rare et très précieux pour les Indiens. En outre, il savait s'en servir. Et aussi traquer le gibier, dresser des embuscades, penser comme un animal, d'autres qualités précieuses héritées de son oncle. Par conséquent, bon chasseur, il s'attira vite le respect des autres pour son aptitude à ramener de la viande. Élan solaire n'était pas un chasseur émérite, mais quand même compétent. Entre les jeunes hommes, il devint habituel d'échanger des plaisanteries et de dénigrer leurs qualités respectives. Ian se prêtait volontiers au jeu. Toutefois, les boutades qu'Élan solaire lui lançait de temps à autre prirent très vite une tournure acerbe qui faisait tiquer les autres, avant d'être écartées d'un haussement d'épaules. Ian n'y portait pas trop attention, jusqu'au jour où il remarqua comment Élan solaire regardait Wakyo'teyehsnonhsa. Il comprit tout à coup.

Puis, vers la fin de l'été, s'apprêtant à partir pour la cueillette dans la forêt avec des compagnes, Wakyo'teyehsnonhsa glissa une hache sous sa ceinture. Une des autres filles lui demanda si elle comptait trouver du bois pour confectionner un autre bol comme celui qu'elle avait offert à sa mère. Lançant un bref regard vers Ian, étendu non loin avec d'autres jeunes hommes, elle répondit qu'elle espérait trouver un cèdre rouge pour construire un porte-bébé.

Ses compagnes gloussèrent de rire et l'étreignirent, les jeunes hommes sourirent et donnèrent des coups de coude à Ian. Puis Ian aperçut le visage d'Élan solaire, ses yeux ardents rivés sur le dos droit d'Emily tandis qu'elle s'éloignait vers la forêt. Peu avant la lune suivante, Élan solaire emménagea dans la longue hutte, rejoignant sa nouvelle épouse. Les quartiers des deux sœurs se trouvaient face à face et partageaient un foyer commun. Ian ne surprit plus Élan solaire en train de lorgner Emily, mais il le vit plus d'une fois détourner les yeux lorsqu'il passait.

Une nuit, il glissa à son épouse :

– Il y a une personne qui te désire.

Tout le village s'était couché depuis longtemps, et la longue hutte était silencieuse. La grossesse d'Emily l'obligeait à se lever souvent pour soulager sa vessie. Elle venait de rentrer, la peau glacée et une odeur de pin dans les cheveux.

– Pourquoi pas ? répondit-elle. Tout le monde est endormi.

Elle s'étira voluptueusement et l'embrassa, pressant son ventre rond et dur contre le sien.

– Non, pas moi.

La voyant s'écarter, vexée, il s'empressa de l'étreindre en ajoutant :

– Enfin, il n'y a pas que moi.

– Il y en a beaucoup qui me désirent. Je suis très, très douée de mes mains.

Elle lui fit une petite démonstration, le faisant gémir. Elle rit doucement de satisfaction. Rollo, qui l'avait accompagnée à l'extérieur, se glissa sous leur lit, sa place habituelle, et se lécha bruyamment un endroit qui le démangeait près de sa queue.

Quelque temps plus tard, ils étaient allongés côte à côte, les fourrures repoussées. La peau suspendue devant leur porte avait été écartée afin de laisser entrer la chaleur du feu et qu'il puisse voir l'éclat doré sur son épaule nue. Elle lui tournait le dos. Elle tendit une main derrière elle, prit une des siennes et la posa sur son ventre. L'enfant à l'intérieur avait commencé à remuer. Ian sentit alors une brève pression contre sa paume et retint sa respiration.

– Tu n'as pas à t'inquiéter, chuchota-t-elle. Cette personne ne désire que toi.

Il avait bien dormi.

Le lendemain matin, il était assis devant le feu, se régalant de semoule de maïs, quand Élan solaire, qui avait déjà mangé, passa devant lui. Il s'arrêta et déclara :

– Cette personne a rêvé de toi, Frère-du-loup.

– Vraiment ?

Ian sentit la chaleur lui monter aux joues, mais garda un visage serein. Quand un Kahyen'kehaka faisait un bon rêve, tous les occupants de la longue hutte pouvaient en discuter durant des jours. Or, à voir la tête d'Élan solaire, le sien n'avait pas été bon.

Il indiqua Rollo, qui dormait en travers de la porte, ronflant paisiblement.

– Ce chien. J'ai rêvé qu'il bondissait sur ta couche et te mordait à la gorge.

Ce rêve était menaçant. Un Kahyen'kehaka aurait été capable de tuer l'animal en question pour conjurer le mauvais sort. Mais Ian n'était pas tout à fait un Kahyen'kehaka.

Il acquiesça et continua de manger. Élan solaire attendit, puis, comme il ne disait toujours rien, tourna les talons.

Ian le rappela :

– Ahkote'ohskennonton.

L'autre se retourna.

– Cette personne a rêvé de toi, elle aussi.

Élan solaire tressaillit. Ian n'en dit pas plus, mais esquissa un sourire mauvais.

Élan solaire le dévisagea longuement. Ian continua de sourire. Puis l'autre homme se détourna avec une moue dégoûtée, mais pas avant qu'Ian n'ait aperçu l'inquiétude au fond de ses yeux.

* * *

Ian ferma brièvement les paupières, puis les rouvrit.

– Tu sais que l'enfant est mort, n'est-ce pas ?

Il avait voulu parler sans trahir la moindre émotion, usant d'un ton sec et contrôlé qui fendit le cœur de Brianna. Elle acquiesça.

Il souhaita ajouter quelque chose, mais sa voix s'étrangla, et il se leva brusquement.

– Viens. Je… je te raconterai la suite en chemin.

Ce qu'il fit, lui tournant le dos, tandis qu'il la menait plus haut dans la montagne, puis le long d'une crête étroite, avant de redescendre en suivant le cours d'un ruisseau qui dévalait la pente en une série de cascades enchanteresses, chacune surmontée d'une brume remplie d'arcs-en-ciel miniatures.

Travaille-avec-ses-mains était de nouveau devenue enceinte. Cet enfant-là était mort juste après que son ventre eut commencé à gonfler.

La voix étouffée tandis qu'il s'enfonçait dans un épais rideau de lianes rouges, Ian expliqua :

– Les Kahyen'kehakas disent que pour qu'une femme puisse concevoir, l'esprit de son mari doit lutter contre le sien et le vaincre. Si l'esprit de l'homme n'est pas assez fort, alors l'enfant ne peut prendre racine dans le ventre de sa mère.

Après cette seconde fausse couche, la société des chamans les avait conduits tous les deux dans une hutte à part pour y chanter, battre les tambours et danser coiffés d'immenses masques peints afin de chasser les mauvais esprits qui sapaient les forces de Ian ou renforçaient exagérément celles d'Emily.

– En voyant les masques, j'avais envie de rire.

Il ne se retournait toujours pas pour parler. Les feuilles jaunes pailletaient les épaules de sa veste en daim et s'accrochaient dans ses cheveux.

– On surnomme cette cérémonie « la Société de la drôle de tête », et pour cause ! Toutefois, je n'ai pas bronché.

– Je suppose que… Em… Emily ne riait pas non plus.

Il marchait si vite qu'elle avait du mal à le suivre, même si elle avait des jambes aussi longues que les siennes.

Il émit un rire amer.

– Non, en effet.

Elle était entrée dans la hutte des chamans avec lui, silencieuse et sombre, mais en était ressortie le visage serein. Cette nuit-là, elle était venue à lui avec passion dans leur lit. Pendant trois mois, ils avaient fait l'amour avec tendresse et ardeur. Puis, les trois mois suivants avec un désespoir croissant.

– Enfin, elle n'a pas eu ses règles.

Il avait aussitôt cessé ses attentions, terrifié à l'idée de provoquer un autre accident. Emily se déplaçait lentement et avec précaution. Elle cessa d'aller aux champs et resta dans la hutte, travaillant avec ses mains habiles pour compenser l'immobilité de son corps, tissant, moulant, sculptant, perçant des coquillages pour confectionner des ceintures de wampum.

– Sa sœur allait aux champs. Ce sont les femmes qui s'occupent des cultures, tu savais ça ?

Ian s'arrêta un instant pour couper un églantier qui lui barrait la route, puis jeta de côté les branches et reprit :

– Regarde-le-ciel nous apportait de la nourriture. Toutes les femmes nous aidaient, mais surtout elle. Elle était si gentille, Karònya.

Il avait parlé jusque-là sur un ton détaché, mais le bref changement dans sa voix n'échappa pas à Brianna.

– Que lui est-il arrivé ?

Elle hâta le pas pour le rejoindre au sommet d'une berge envahie par les herbes. Il ralentit un peu, mais ne se retourna pas vers elle, regardant droit devant lui, le menton en avant comme s'il s'apprêtait à affronter l'ennemi.

– Enlevée.

Bien qu'elle ait eu un enfant en bas âge à nourrir, Regarde-le-ciel avait pris l'habitude de rester dans les champs plus tard que les autres femmes, ramassant un peu plus de maïs et de courges pour sa sœur et Ian. Un soir, elle ne rentra pas à la longue hutte. Quand les villageois partirent à sa recherche, la jeune femme et son bébé s'étaient volatilisés, ne laissant derrière eux qu'un mocassin pris dans les racines de courges à la lisière d'un champ.

– Les Abénakis, expliqua Ian. On n'a découvert une trace que le lendemain matin. Il faisait déjà nuit noire quand on a commencé à vraiment les chercher.

Ils avaient passé toute la nuit à fouiller les parages de fond en comble, puis toute une semaine, un long moment de peur croissante et de vide. Quand il était rentré retrouver sa femme à l'aube du septième jour, elle avait de nouveau fait une fausse couche.

Il s'arrêta, trempé de sueur d'avoir marché si vite. Brianna sentait elle aussi la transpiration lui couler dans le dos, mouillant sa chemise de chasse. Elle lui tapota l'épaule sans rien dire. Il paraissait presque soulagé, peut-être parce que son douloureux récit touchait à sa fin.

– Emily et moi avons encore essayé, reprit-il d'un ton neutre. Mais le cœur n'y était plus. Elle ne me faisait plus confiance. Et puis... Ahkote'ohskennonton était toujours là. Il mangeait avec nous. Il la regardait. Elle s'est mise à le regarder elle aussi.

Un jour, Ian taillait du bois pour confectionner un arc, se concentrant sur le bois sous sa lame, essayant de voir des formes dans le grain comme le faisait Emily, d'entendre la voix de l'arbre comme elle le lui avait expliqué, quand une autre voix retentit derrière lui. Une voix vieille et sèche, à peine ironique.

– Petit-fils?

Il lâcha son couteau, manquant de s'estropier, et fit volte-face, l'arc à la main. Tewaktenyonh se tenait à deux mètres, visiblement ravie de s'être approchée sans être repérée.

– Grand-mère.

Elle avait beau être hors d'âge, personne ne savait se déplacer aussi discrètement qu'elle. D'où sa réputation. Elle terrifiait les enfants du village qui avaient entendu dire qu'elle pouvait se volatiliser en un clin d'œil et réapparaître ailleurs, juste sous le nez des garnements qui commettaient des bêtises.

– Viens avec moi, Frère-du-loup.

Elle était repartie sans attendre sa réponse. Il n'était pas censé discuter ses ordres.

Elle était déjà hors de vue le temps qu'il dépose son arc inachevé sous un buisson, ramasse son couteau et siffle Rollo, mais il la rattrapa en deux temps trois mouvements.

Elle l'avait conduit loin du village, à travers la forêt et jusqu'au pied d'une piste de cerfs. Là, elle lui avait donné un sac de sel et un brassard de wampum, puis lui avait ordonné de s'en aller.

Après de longues minutes de silence, Brianna le questionna, incrédule :

– Et tu es parti? Comme ça?

– Comme ça.

Pour la première fois depuis qu'ils avaient quitté leur campement le matin, il la regarda dans les yeux. Ses traits étaient tirés, creusés par les souvenirs. Ses pommettes luisaient de transpiration, et sa pâleur faisait ressortir le noir de ses tatouages, les pointillés divisant son visage comme un puzzle.

Il lui fallut quelques instants avant de pouvoir parler, mais elle parvint enfin à demander, sur un ton assez proche de celui qu'il avait utilisé.

– C'est encore loin? Où va-t-on?

– Non, on y est presque.

Là-dessus, il tourna les talons et reprit la marche.

* * *

Une demi-heure plus tard, ils atteignirent l'endroit où le cours d'eau s'enfonçait profondément entre ses berges, s'élargissant en forme de gorge. Les bouleaux argentés et les viornes poussaient dru, jaillissant des parois rocheuses, leurs racines lisses se tortillant entre les pierres, tels des doigts crochus.

Les cascades étaient loin derrière eux, et leur vacarme était devenu distant. Le torrent semblait se parler à lui-même, gargouillant entre les pierres et chuchotant sous les tapis de cresson et de lentilles d'eau.

Brianna pensait qu'il leur serait plus simple de marcher en longeant le haut de la falaise, mais Ian descendit sans hésiter, et elle le suivit, dérapant sur les éboulis et se prenant les pieds dans les racines, gênée par son long fusil. Rollo plongea directement dans le torrent, qui était assez profond, et nagea, ses oreilles couchées lui donnant des allures de loutre géante.

Ian s'arrêtait de temps à autre pour l'aider à franchir un passage délicat ou pour enjamber un tronc déraciné par une crue. Toutefois, il évitait avec soin de croiser le regard de Brianna, et son visage fermé ne laissait pas entrevoir la moindre émotion.

La curiosité de Brianna était à son comble, mais il était clair qu'il n'avait plus envie de parler. Il était midi passé, et la lumière dorée sous les bouleaux baignait le paysage d'une aura presque magique. Elle avait beau se creuser la tête, elle ne parvenait pas à deviner le but de leur expédition mais, dans un tel décor, tout lui paraissait possible.

Soudain, elle pensa à son premier père, Frank Randall. Elle aurait tant aimé lui montrer cet endroit.

Ils avaient souvent passé des vacances dans les Adirondacks. C'étaient d'autres montagnes et une autre végétation, mais dans ces clairières ombragées et ces cours d'eau gargouillant, il régnait le même silence et le même mystère. Sa mère les avait parfois accompagnés mais, le plus souvent, ils n'avaient été que tous les deux, marchant en parlant peu, mais partageant le même bonheur de communier avec la nature.

Brusquement, le bruit d'eau s'éleva de nouveau. Il y avait une autre cascade non loin.

– C'est juste là, cousine.

Sortant de sous les arbres, elle constata que la gorge s'interrompait d'un coup, l'eau tombant une dizaine de mètres plus bas dans un bassin. Ils poursuivirent leur chemin jusqu'au sommet de la chute. Les berges étaient envahies de carex et de verges d'or, rendant la progression difficile. Des sauterelles affolées bondissaient entre leurs pieds.

Ian écarta un rideau de laurier devant eux.

– Regarde.

– Oh la la !

Elle le reconnut sur-le-champ. On ne pouvait pas se tromper, même s'il était en partie enfoui dans les éboulis de l'autre côté de la gorge. Une crue puissante avait érodé la berge par-dessus, si bien que d'immenses pans de roches s'étaient effondrés, révélant leur secret.

Les arches des côtes surgissaient hors de terre, immenses, et un amas de formes tordues et noueuses émergeait entre les débris, au pied de la paroi. Ce pouvaient être des os ou simplement des éclats de pierre. Mais la défense attira son regard, saillant de la berge dans une courbe massive, intensément familière, et pour cela d'autant plus stupéfiante.

– Tu sais ce que c'est ? demanda Ian. Tu as déjà vu une chose pareille ?

– Oui.

Elle frissonna. Bien que le soleil lui chauffât le dos, elle avait la chair de poule. Ce n'était pas la peur, mais l'émotion devant le spectacle qui s'offrait à elle, ainsi qu'une joie incrédule.

– Oh, oui, répéta-t-elle. J'en ai déjà vu.

Baissant la voix comme par crainte d'être entendu par l'immense créature, Ian demanda :

– Qu'est-ce que c'est ?

– Un mammouth, chuchota-t-elle à son tour.

La lumière de l'après-midi creusait les ombres au pied de la paroi, faisant luire l'ivoire fossilisé et ressortir nettement la voûte du crâne au front haut, sa seule orbite visible formant un orifice aussi sombre que mystérieux.

Elle avait l'impression que le monstre allait s'arracher d'un instant à l'autre de sa prison d'argile et tourner sa tête imposante vers elle, les yeux vides, des mottes de terre tombant de ses défenses et de ses épaules osseuses, puis s'ébrouer et se mettre à marcher, le sol boueux tremblant sous ses longs orteils.

– C'est ainsi qu'il s'appelle… mammouth ? Il est… très grand !

Le son de la voix de Ian dissipa l'illusion de mouvement imminent. Elle parvint enfin à arracher son regard du géant, mais ne pouvait s'empêcher de lui lancer des coups d'œil pour s'assurer qu'il était toujours là.

– Son nom latin est *Mammuthus*. Il y a un squelette complet dans un musée à New York. Je suis souvent allée le voir. J'ai également vu des reconstitutions dans des livres.

– Un musée? Alors, ce n'est pas une… une créature qui vivait à ton époque?

Elle tenta d'imaginer des mammouths se promenant dans le parc Boston Common ou se baignant dans la rivière Cambridge. Elle regrettait presque que cela n'ait pas existé.

– Non, ils sont tous morts il y a des milliers de milliers d'années à cause des glaciers.

– Les glaciers?

Le regard craintif de Ian passait du mammouth à sa cousine, comme si le jeune homme s'attendait à ce que l'un ou l'autre commette quelque acte fâcheux.

– La période glaciaire. Partout dans le monde, la température a baissé, et les glaciers se sont étendus depuis le nord. Beaucoup d'espèces animales ont disparu, ne trouvant plus de quoi se nourrir.

Ian était pâle, fasciné.

– Oui, oui, j'ai déjà entendu des histoires là-dessus.

– Vraiment?

– Oui, mais j'ignorais que c'était vraiment arrivé. Tu dis que c'est un animal… comme un ours ou un opossum?

Elle le trouvait déconcertant; il semblait hésiter entre le désarroi et l'excitation.

– Oui, mais en beaucoup plus grand.

– Ah. C'est ce que j'avais besoin que tu me dises. Tu comprends, les Kahnyen'kehakas parlent souvent de… de créatures. Des animaux qui, en fait, sont des esprits. Or, je n'ai jamais vu un animal ressemblant autant à un esprit.

Le mammouth les surplombait, sinistre et terrible. Si elle n'avait pas su ce qu'il était exactement, elle aurait sûrement pris ses jambes à son cou.

– Il est bien réel, insista-t-elle comme pour se rassurer elle-même. Et il est mort, vraiment mort.

– Comment sais-tu ces choses? demanda-t-il intrigué. Tu dis qu'il est très vieux. Mais, dans ce cas, ton époque est encore plus éloignée de lui que la nôtre. Comment peux-tu en savoir plus sur lui que les gens d'aujourd'hui?

Elle esquissa un sourire, incapable d'expliquer.

– Quand l'as-tu découvert, Ian?

– Le mois dernier. Par hasard. Je suis descendu dans la gorge et suis tombé sur lui. J'ai failli me pisser dessus.

Elle se retint de rire.

– Je peux comprendre!

– J'aurais été convaincu qu'il s'agissait de Rawenniyo, un esprit, un dieu, si Rollo n'avait pas été là.

Le chien était sorti du torrent et, après s'être ébroué, se frotta le dos contre les cailloux, agitant la queue sans se soucier le moins du monde du géant au-dessus de lui.

– Pourquoi? Rollo n'a pas eu peur de lui?

Ian acquiesça.

– Il se comportait comme si de rien n'était. Pourtant, parfois, dans la forêt, il... voit des choses que je ne peux pas voir. Tu comprends?

– Oui, je sais. Les chiens voient en effet... des choses.

Elle se souvenait de ses propres chiens, notamment Smoky, son grand terre-neuve, qui, parfois, le soir, redressait brusquement la tête, écoutant, les poils de son cou se hérissant, tandis que son regard suivait... elle ne savait trop quoi... qui passait dans la pièce et s'éloignait.

Soulagé qu'elle le comprenne, il indiqua la falaise.

– Quand j'ai vu ça, je me suis enfui et réfugié derrière un arbre. Mais Rollo, lui, se promenait à côté sans lui prêter la moindre attention. Alors je me suis dit que ce n'était peut-être pas ce que je pensais.

– Mais que pensais-tu, au juste? C'est qui, ce «Rawenniyo»?

Sa stupeur face au mammouth s'amenuisant, elle se rappela du but théorique de leur expédition.

– Ian, tu m'as dit que tu voulais me montrer quelque chose ayant un rapport avec ta femme. C'est lui? questionna-t-elle en désignant le fossile d'un geste.

Il ne répondit pas directement, levant la tête vers la défense géante.

– Parfois, j'entends les Mohawks raconter des histoires. Ils parlent de choses étranges trouvées par des chasseurs. D'esprits emprisonnés dans la roche. Maléfiques, pour la plupart. Alors je me suis dit que si cette créature en était un…

Il se tourna promptement vers elle, l'air grave.

– J'avais besoin que tu me le confirmes. Que tu me dises s'il était de ce monde ou pas.

– Ce n'est pas un esprit, répondit-elle d'une voix ferme. Mais qu'est-ce que tu t'es mis dans la tête?

– Je pensais à Dieu.

Il s'humecta les lèvres, ne sachant pas comment poursuivre.

– Yeksa'a, l'enfant… Je ne l'ai pas fait baptiser. J'aurais pu. Je le peux peut-être encore. Tu peux le faire toi-même en l'absence d'un prêtre. Mais je n'en ai pas eu le courage. Je… je ne l'ai jamais vue. Ils l'avaient déjà enveloppée. Ils n'auraient pas aimé que…

– Yeksa'a… c'est le nom de ta fille?

Il acquiesça, se mordant la lèvre.

– Ça veut juste dire «petite fille». Les Kahnyen'kehakas ne donnent pas de noms aux enfants à leur naissance. Ils attendent de… de voir s'ils survivent. Ils ne peuvent envisager de nommer un enfant mort-né.

– Mais toi, oui?

Il prit une inspiration rauque, comme un bruit de bandage arraché sur une plaie purulente.

– Iseabaìl.

Elle devina qu'il prononçait ce prénom à voix haute pour la première fois, et peut-être la dernière.

– Si j'avais eu un fils, je l'aurais appelé Jamie. Mais uniquement dans ma tête.

Il s'assit sur le sol et posa son front sur ses genoux.

– La question que je me pose, c'est : était-ce ma faute?

– Ian! Tu veux dire ta faute si le bébé est mort? Mais pourquoi?

– Je suis parti. J'ai tourné le dos aux miens. J'ai cessé d'être chrétien, d'être Écossais. Ils m'ont conduit dans le torrent et m'ont frotté avec du sable pour effacer mon sang blanc. Ils m'ont donné un nom, Okwaho'kenha, et m'ont dit que j'étais un Mohawk. Mais je ne l'étais pas vraiment.

Il poussa un long soupir, et elle posa une main sur son dos, sentant les bosses de ses vertèbres au travers de sa chemise en daim.

– Mais je n'étais plus comme avant non plus, poursuivit-il. J'ai essayé d'être comme ils voulaient que je sois. Alors j'ai cessé de prier le Seigneur, la Vierge Marie ou sainte Bride. J'ai écouté Emily me parler de ses dieux, des esprits qui vivaient dans les arbres et partout. Et quand j'allais dans la hutte sacrée avec les hommes ou que je m'asseyais près du feu pour écouter leurs histoires, elles me paraissaient aussi réelles que la vie du Christ et de ses saints.

Il redressa d'un coup la tête et dévisagea Brianna, mi-perplexe mi-rebelle.

– «C'est moi le Seigneur, ton Dieu. Tu n'auras point chez toi d'autres dieux.» Mais moi, j'en ai eu. C'est un péché mortel, non?

Elle aurait voulu lui répondre non, bien sûr que non. Ou protester qu'elle n'était pas prêtre, qu'elle ne pouvait se prononcer, mais aucune de ces réponses n'aurait convenu. Il ne cherchait pas un réconfort facile, et un simple déni de responsabilité ne lui aurait pas été utile.

Bien des années s'étaient écoulées depuis ses cours de catéchisme, mais on n'oubliait pas si facilement ces leçons. Elle cita de mémoire :

– Les conditions pour un péché mortel sont les suivantes : *primo*, il faut que l'acte constitue un grave manquement à ton devoir envers Dieu; *secundo*, que tu sois conscient de la gravité de ton geste; *tertio*, que tu le commettes en pleine connaissance de cause.

Il l'observait avec attention.

– Oui, j'ai manqué à mon devoir envers Dieu, et je le savais. Mais… comment servir un Dieu qui emporte un enfant à cause des fautes de son père ? À moins que ce soit eux ? (Il indiqua le mammouth). Les esprits iroquois ? Savaient-ils que je n'étais pas vraiment mohawk ? Que je leur cachais une partie de moi-même ? Les dieux sont jaloux, n'est-ce pas ?

Elle hésita, impuissante, mais elle devait répondre.

– Ian… ce que tu as fait n'était pas un péché. Ta fille était à moitié mohawk. Il n'y avait rien de mal à la laisser être enterrée conformément aux coutumes de sa mère. Emily aurait très mal pris que tu la fasses baptiser, non ?

– Oui, peut-être, mais…

Il serra les poings sur ses cuisses. Des larmes tremblaient dans ses cils.

– Mais où est-elle, alors ? Les autres ne sont jamais nés. Dieu les aura pris avec lui. Mais la petite Iseabail, elle ne peut pas être au paradis, n'est-ce pas ? Je ne supporte pas l'idée qu'elle soit… qu'elle soit perdue quelque part. Errant.

– Ian…

– Je l'entends, parfois… la nuit.

Il hoquetait, tentant de refouler ses larmes.

– Mais je ne peux pas l'aider ! Je ne la trouve pas !

– Ian !

Pleurant à son tour, elle lui agrippa les poignets.

– Ian, écoute-moi.

Elle s'agenouilla devant lui et le serra dans ses bras, pressant sa joue sur le sommet de son crâne, sentant ses cheveux chauds et élastiques contre sa bouche.

– J'ai eu un autre père, celui qui m'a élevée. Il est mort à présent. Je sais… je sais qu'il est au paradis.

L'était-il vraiment ? Pouvait-il être mort et aux cieux, alors qu'il n'était pas encore né ? Toutefois, il était mort pour elle, et les cieux ne se souciaient sans doute pas du temps.

Elle leva le visage vers le ciel.

– Papa. Papa, j'ai besoin de toi.

306

Sa voix paraissait faible, d'une incertitude pathétique. Elle s'efforça d'invoquer le visage de son père, de l'apercevoir parmi le feuillage au sommet de la falaise.

– Il faut que tu trouves la fille de Ian. Trouve-la, je t'en prie. Prends-la dans tes bras, assure-toi qu'elle est en sécurité. S'il te plaît, veille bien sur elle.

Elle s'interrompit, se demandant si elle devait ajouter une parole plus cérémonieuse... un «*Amen*»? Le signe de la croix?

– Merci, papa.

Elle pleura comme si son père venait de nouveau de mourir, se sentant orpheline, perdue. Ian l'étreignait; ils se raccrochèrent l'un à l'autre, mêlant leurs larmes, le soleil de la fin d'après-midi leur chauffant la tête.

Quand elle cessa de pleurer, elle ne bougea pas. Il lui tapota le dos, mais ne s'écarta pas.

– Merci, chuchota-t-il dans son oreille. Ça va?

– Oui.

Elle se redressa, oscillant, se sentant comme ivre. Ses os semblaient mous et malléables; sa vision était floue, à part certains détails qu'elle percevait : une tache brillante de sabots-de-Vénus, une pierre tombée de la falaise, sa surface striée de filons de fer rouges, Rollo, presque assis sur le pied de Ian, observant anxieusement son maître.

– Et toi, Ian?

– Ça ira.

Il caressa la tête du chien et le gratta entre les oreilles pour le rassurer.

– C'est juste que...

– Quoi?

– Tu es sûre, Brianna?

Elle comprit tout de suite. C'était une question de foi. Elle s'essuya le nez sur sa manche et se tint le dos droit.

– Je suis catholique, je crois aux vitamines et je connais mon père. Oui, je suis sûre.

Il hocha la tête, ses traits se détendant un peu.

Elle laissa Ian, assis sur sa pierre, et redescendit vers le torrent pour s'asperger le visage d'eau fraîche. L'ombre de la falaise s'allongeait, et l'air frisquet était chargé d'odeurs de terre et de pins. En dépit du froid, elle resta agenouillée là un long moment. Elle pouvait entendre les voix dans les arbres, mais ne leur prêta pas attention. Elles n'étaient pas menaçantes... et ne s'opposaient pas à la présence si forte qu'elle sentait tout près d'elle.

– Je t'aime, papa.

Elle ferma les yeux et se sentit en paix.

Quand elle revint enfin à l'endroit où se trouvait Ian, elle constata que Rollo s'était éloigné pour enquêter sur un trou prometteur au pied d'un arbre. Son maître devait aller mieux, sinon il ne l'aurait jamais quitté d'un pouce. Elle allait demander à Ian s'ils en avaient terminé avec le but de leur expédition, quand il se leva, d'un air décidé. Apparemment, ça n'était pas le cas.

– Si je t'ai emmenée ici, ce n'est pas juste pour te montrer ces ossements, mais parce que j'ai une question à te poser. Besoin d'un conseil, plutôt.

– Un conseil? Ian, je ne peux pas te dire quoi faire.

– Tu es la seule à pouvoir m'aider, je crois. Tu es de ma famille, tu es une femme... et tu me veux du bien. En outre, tu en sais plus qu'oncle Jamie, en raison de là d'où tu viens.

Elle lança un regard vers les os dans la pierre.

– Je n'en sais pas plus, je sais juste... d'autres choses.

Il sembla rassembler son courage.

– Brianna, nous ne nous sommes jamais mariés, mais, si cela avait été le cas, je t'aurais aimée et j'aurais pris soin de toi de mon mieux. J'ai confiance en toi, et je sais que tu en aurais fait autant pour moi. Je me trompe?

Elle avait encore la gorge nouée par l'émotion. Elle toucha son visage, suivant du doigt le tracé de son tatouage.

– Oh, Ian. Tu sais que tu peux compter sur moi. Je t'aime comme une sœur.

Il pressa sa paume contre sa joue, puis entrecroisa ses doigts avec les siens et garda sa main dans la sienne.

– Si tu m'aimes, dis-moi quoi faire. Retourner là-bas?

Elle scruta son visage.

– Là-bas... chez les Mohawks?

Il acquiesça.

– Emily m'a aimé, je le sais. Ai-je eu tort d'écouter la vieille quand elle m'a dit de partir? Devrais-je retourner et lutter pour qu'Emily me revienne? Peut-être acceptera-t-elle de me suivre et de venir vivre à Fraser's Ridge?

Elle sentit de nouveau l'impuissance l'envahir, cette fois alourdie par son propre chagrin. De quel droit pouvait-elle le conseiller? Comment prendre une telle décision pour lui? Puis, à mesure qu'elle le regardait droit dans les yeux, elle prit conscience qu'elle était sa famille. La responsabilité était donc entre ses mains, qu'elle ait l'impression d'être à la hauteur ou pas. Sa poitrine était si serrée qu'elle n'osait respirer trop fort de peur qu'elle n'éclate.

– Reste.

Il ne broncha pas, continuant à la dévisager, la mine grave.

– Tu pourras peut-être lutter contre Ahk... Ahke...

Elle tenta de retrouver le nom mohawk mais capitula.

– ... Contre Élan solaire. Mais pas contre elle. Si elle a changé d'avis et ne veut plus de toi... Ian, tu n'y pourras rien.

Il tiqua, puis ferma les yeux, sans qu'elle sache s'il acceptait ses paroles ou les niait. Elle reprit d'une voix plus ferme :

– Mais il n'y a pas qu'elle et lui en cause, n'est-ce pas?

– Non.

Sa voix paraissait lointaine, détachée, mais elle savait qu'il n'en était rien.

– Il s'agit d'eux. Des mères, des grands-mères. Des femmes. Des... des enfants.

Il était question de clan et de famille, de tribu et de nation; de coutumes, de spiritualité, de traditions... de tous ces liens dont Travaille-avec-ses-mains était imprégnée et qui la rattachait à sa terre, en sécurité. Et par-dessus tout, des enfants. Ces petites voix perçantes qui étouffaient celles de la forêt et empêchaient une âme d'errer sans but dans la nuit. Personne ne connaissait mieux la puissance de ces liens que celui qui, exclu et seul, avait parcouru le monde en en étant privé. Elle connaissait cette force. Lui aussi.

Il rouvrit les yeux. Ils étaient sombres, couleur des ombres dans la forêt la plus profonde.

– Il s'agit d'eux...

Il tourna la tête vers l'autre côté du torrent, regardant la cime des arbres au-dessus de la falaise, au-dessus du mammouth prisonnier de la Terre, insensible à toutes les prières.

– ... et d'eux aussi. Je resterai donc.

* * *

Ils campèrent pour la nuit de l'autre côté du bassin aux castors. Les éclats de troncs et d'écorces qui jonchaient le sol constituaient un excellent petit bois pour démarrer un feu.

Ils n'avaient pas grand-chose à manger : un chapeau rempli de raisins de vigne isabelle et un quignon de pain désormais si dur qu'il fallut le tremper dans l'eau pour pouvoir le mâcher. Cela n'avait guère d'importance, ni l'un ni l'autre n'avait faim. Quant à Rollo, il avait disparu, parti chasser pour son compte.

Ils restèrent assis en silence, regardant le feu mourir. Il n'était pas nécessaire de l'entretenir. Il ne faisait pas froid, et ils n'avaient nullement l'intention de s'éterniser, le lendemain matin, ils étaient trop près de la maison.

Enfin, Ian remua et Brianna redressa la tête.

– Comment s'appelait ton père ? demanda-t-il.

– Frank. Enfin, Franklin. Franklin Wolverton Randall.

– Anglais ?

Elle sourit malgré elle.

– Très.

Il répéta dans sa barbe «Franklin Wolverton Randall» comme s'il cherchait à graver ce nom dans sa mémoire.

– Si jamais je revois une église un jour, je brûlerai un cierge pour lui.

– Je crois que cela lui ferait plaisir.

Il s'adossa au pin des marais derrière lui. Le sol autour d'eux était couvert de cônes. Il en ramassa une poignée et les jeta un à un dans les flammes.

– Et Lizzie? questionna-t-elle soudain. Elle a toujours eu un faible pour toi.

C'était peu dire. Elle s'était languie pendant des semaines lors de son départ chez les Iroquois.

– Maintenant qu'elle n'est plus fiancée à Manfred...

Il renversa la tête en arrière, fermant les yeux.

– J'y ai pensé.

– Et?

– Si je me réveillais auprès d'elle, je saurais où je suis, c'est sûr. Mais j'aurais l'impression d'être au lit avec ma petite sœur. Je ne suis pas encore désespéré à ce point.

Après quelques instants de réflexion, il répéta :

– Pas encore.

71

Le boudin noir

J'étais en pleine préparation de boudin noir quand Ronnie Sinclair apparut dans la cour, portant deux petits barils de whisky. Il en transportait plusieurs autres attachés les uns aux autres, en équilibre précaire sur le dos, si bien qu'il ressemblait à une grosse chenille en pleine nymphose. Il faisait frisquet, mais il était trempé de sueur et marmonnait entre ses dents. À peine arrivé, il déclara :

– Par sainte Bride, qu'est-ce qui vous a pris de construire votre foutue bicoque tout là-haut ? Vous ne pouviez pas l'installer dans un endroit accessible en carriole ?

Il déposa son chargement, puis glissa la tête sous son harnais pour se débarrasser de sa carapace en bois. Il soupira de soulagement, massant ses épaules meurtries par le fardeau.

Je continuai à brasser le sang sans répondre à ses questions rhétoriques et indiquai de la tête la maison derrière moi.

– Il y a du café frais et des pains au miel dans la cuisine.

J'eus un bref haut-le-cœur à l'idée de manger. Une fois épicé, farci, bouilli et frit, le boudin était délicieux. Mais les phases de préparation, impliquant des manipulations les bras plongés jusqu'aux coudes dans une cuve de sang de porc à demi coagulé, étaient moins appétissantes.

En revanche, la perspective de nourriture rasséréna Sinclair. Il s'essuya le front sur sa manche et prit la direction de la maison. Puis il s'arrêta et se tourna vers moi.

– J'allais oublier, madame. J'ai un billet pour vous.

Il tapota sa poitrine, puis ses côtes, palpant ses vêtements trempés jusqu'à ce qu'il trouve ce qu'il cherchait. Il me tendit une feuille de papier moite, sans remarquer le liquide qui dégouttait de mes mains.

– Vous pouvez me le déposer dans la cuisine, s'il vous plaît ? Mon mari est à l'intérieur. Je viendrai dès que j'en aurai terminé ici. Qui me...

J'allais lui demander qui m'avait écrit, mais je m'interrompis, me rappelant juste à temps qu'il ne savait pas lire.

– Qui vous l'a donné ?

– Un rétameur en route pour Belem's Creek. Il n'a pas dit de qui il venait, uniquement qu'il était destiné à la guérisseuse.

Il fixait le papier, mais je vis son regard glisser vers mes jambes. J'étais pieds nus et ne portais qu'un tablier sale noué autour de ma chemise et de mon corset. Depuis qu'il s'était mis en tête de trouver une épouse, il avait pris l'habitude inconsciente de jauger les attributs physiques de toutes les femmes qu'il croisait, indépendamment de leur âge et de leur disponibilité. Voyant que j'avais remarqué son attitude, il détourna vite les yeux.

– C'est tout ? poursuivis-je. La guérisseuse ? Il n'a pas mentionné mon nom ?

Sinclair gratta son crâne roux dégarni, deux épis se dressant près de ses oreilles rouges, accentuant encore son air naturellement narquois et retors.

– Ce n'était pas nécessaire.

Considérant le sujet clos, il disparut vers la maison, à la recherche d'un casse-croûte et de Jamie, me laissant à ma corvée.

Le plus dur était de nettoyer le sang. J'agitai une main dans les profondeurs nauséabondes de la cuve à la recherche des filaments de fibrine qui se formaient lors de la coagulation. Comme ils adhéraient à mon bras, je pouvais ainsi les extraire et les laver plus facilement, une opération que je devais répéter encore et encore. Néanmoins, cette tâche était moins écœurante que de nettoyer les intestins servant à façonner le boudin ; Brianna et Lizzie s'en chargeaient au bord du ruisseau. J'examinai mon travail. Pas de filaments dans le liquide rouge et limpide qui s'écoulait entre mes doigts. Je replongeai mon bras dans le tonneau d'eau posé près de la cuve, sur des tréteaux, sous le grand châtaignier. Jamie, Roger et Arch Bug avaient traîné le porc dans la cour, non pas la truie blanche, mais un de ses nombreux rejetons de l'année précédente, lui avaient donné un coup de maillet entre les deux yeux, puis l'avaient accroché aux branches et égorgé juste au-dessus de la cuve.

Roger et Arch avaient ensuite emporté la dépouille vidée de son sang pour la bouillir et racler ses soies. Jamie, lui, devait recevoir le major MacDonald, qui était apparu brusquement, essoufflé après la grimpée jusqu'à Fraser's Ridge. Entre les deux, Jamie aurait sûrement préféré s'occuper du cochon…

Je me lavai les mains et les bras – un travail nécessaire pour la paix de mon esprit – et m'essuyai avec une serviette en lin. Puis je versai dans la cuve de généreuses poignées d'orge, d'avoine et de riz bouilli, souriant en repensant au visage rouge du major et aux plaintes de Ronnie Sinclair. Jamie avait choisi ce site précisément pour sa difficulté d'accès.

Je pris mon courage à deux mains et replongeai les bras dans le sang qui refroidissait rapidement. Grâce aux céréales, l'odeur métallique du liquide prenait moins à la gorge. Cependant, la mixture étant encore tiède, les grains formaient de gracieux tourbillons blancs et bruns dans les remous que je provoquais.

Ronnie avait raison. Je n'avais pas besoin d'être identifiée autrement que comme «la guérisseuse». Le seul autre rebouteux de la région se trouvait à Cross Creek, exception faite des chamans indiens dont la plupart des Européens ne tenaient pas compte.

Je me demandai bien qui pouvait m'avoir adressé une lettre, et si elle était urgente. Probablement pas. Je doutais qu'il s'agisse d'une naissance imminente ou d'un accident grave, auquel cas un ami ou un parent serait venu directement me chercher. On ne pouvait espérer qu'un message écrit confié à un rétameur itinérant soit délivré rapidement. Ces ouvriers allaient de ferme en ferme et s'y arrêtaient parfois plusieurs jours, selon le travail à faire.

De fait, rétameurs et colporteurs montaient rarement jusqu'à Fraser's Ridge, même si nous en avions vu trois au cours du dernier mois. J'ignorais si c'était à cause de l'augmentation de notre population (elle comptait désormais une soixantaine de familles, mais les cabanes étaient éparpillées sur un rayon de quinze kilomètres de terrain pentu).

Après le départ de l'un de ces visiteurs, Jamie avait observé :

– C'est l'un des signes, *Sassenach*. Quand la guerre est dans l'air, les hommes prennent la route.

Il avait sûrement raison. Je me souvenais des vagabonds sur les routes des Highlands, colportant les rumeurs de retour des Stuart. Comme si les tremblements du soulèvement détachaient ceux qui n'étaient pas fermement ancrés à un lieu par l'amour ou la famille, et que les courants tourbillonnants de la dissension les propulsaient en avant, signes précurseurs de la lente implosion qui détruirait tout. Je frissonnai, la brise se glissant sous ma chemise.

La masse avait atteint la consistance désirée, telle une crème très épaisse rouge sombre. Je fis tomber les gruaux collés à mes mains et saisis le bol en bois contenant des oignons émincés et sautés. Leur forte odeur couvrit agréablement celle du sang.

Le sel et le poivre étaient déjà moulus. Il ne me restait plus que…

Au même instant, Roger apparut, tenant une grande bassine remplie de gras de porc finement haché.

– Tu tombes à pic ! m'exclamai-je. Non, ne le déverse pas dans la cuve. Il faut d'abord le peser, *grosso modo*.

J'avais mis dix doubles poignées d'avoine, de riz et d'orge. Il me fallait donc la moitié de gras, soit quinze doubles poignées. Je m'essuyai le front sur l'épaule et transvasai peu à peu la graisse de la bassine dans la cuve.

Tout en malaxant les paquets de graisse dans le sang, j'indiquai à Roger un tabouret derrière moi.

– Ça va mieux?

Il était encore un peu pâle, les lèvres pincées. Il s'assit néanmoins avec un sourire ironique.

– Oui, ça va.

– Tu n'étais pas obligé de le faire.

– Si, j'étais obligé… Je regrette seulement de ne pas m'y être mieux pris.

– C'est une question d'habitude.

Roger s'était porté volontaire pour tuer le cochon. Jamie lui avait tendu le maillet et avait reculé d'un pas. J'avais déjà vu Jamie à l'œuvre. Il récitait une brève prière, bénissait l'animal, puis lui fracassait le crâne d'un puissant coup. Roger avait dû s'y reprendre cinq fois, et le souvenir des hurlements de la pauvre bête me donnait encore la chair de poule. Après quoi, il avait reposé son maillet et était parti derrière un arbre où il avait rendu tripes et boyaux.

Je pris une autre poignée de gras dans le bol qu'il me tendait. Mon mélange épaississait, glissant entre mes doigts.

– Il aurait dû te montrer comment faire.

– Techniquement, ce n'est pas bien sorcier. Après tout, il suffit de donner un grand coup sur la tête d'un animal.

– Physiquement, peut-être. Il existe une prière pour ça, tu sais? Pour abattre une bête. Jamie aurait dû te la dire.

Il était stupéfait.

– Non! Je l'ignorais. L'extrême-onction du cochon… C'est la meilleure!

– Je ne pense pas que ce soit pour le salut de l'animal…

Nous restâmes silencieux un instant, tandis que je travaillais le restant du gras dans la mixture. Roger fixait la cuve, observant l'étrange alchimie culinaire destinée à rendre agréable au goût le transfert de la vie d'un être à un autre.

– Dans les Highlands, les conducteurs de bestiaux prélèvent une tasse de sang ou deux d'une de leurs bêtes pour le mélanger à de l'avoine qu'ils mangent sur la route. Ce doit être nourrissant, mais sûrement moins savoureux.

Roger acquiesça, l'air absent. Il avait reposé sa bassine de gras presque vide et nettoyait le sang séché sous ses ongles avec la pointe de son couteau. Il demanda :

– La fameuse prière, c'est la même que pour les cerfs ? J'ai déjà entendu Jamie la prononcer, mais je n'en ai pas saisi toutes les paroles.

– La prière de l'éviscération ? Je ne sais pas. Pourquoi ne lui demandes-tu pas ?

Il était concentré sur un ongle, tête baissée.

– Je n'étais pas sûr qu'il me considère concerné, n'étant pas catholique.

Je cachai mon sourire.

– À mon avis, cela ne fait pas une grande différence. Si je ne me trompe pas, cette prière-là est bien plus vieille que l'Église de Rome.

Une lueur d'intérêt brilla au fond de ses yeux, l'historien refaisant surface.

– Il me semblait bien que le gaélique utilisé était une forme assez archaïque, même plus ancienne que ce qu'on entend ici... je veux dire, aujourd'hui.

Il rougit un peu, se rendant compte de la teneur de ses paroles.

Je me souvenais d'avoir ressenti moi aussi cette étrange sensation de vivre dans un monde imaginaire très élaboré. L'impression que la réalité se trouvait dans une autre époque, un autre lieu. Avec un léger choc, je pris aussi conscience que, pour moi, le temps s'était déplacé, comme si ma maladie m'avait fait franchir une dernière frontière.

Mon époque était celle d'aujourd'hui, ma réalité, le frottement de mes bras contre le bois de la cuve et la graisse glissant entre mes doigts, l'arche du soleil qui rythmait mes journées, la proximité de Jamie. Désormais, c'était l'autre monde – celui des voitures et des sonneries de téléphone, des réveille-matin et des hypothèques –, qui me paraissait irréel et lointain. Un monde rêvé.

Ni Roger ni Brianna n'avaient effectué cette transition. Je le voyais à leur comportement, l'entendais dans l'écho de leurs conversations privées. Sans doute parvenaient-ils à maintenir l'autre monde en vie, un petit espace qui n'appartenait qu'à eux, parce qu'ils étaient deux. Pour moi, le changement était plus facile. J'avais déjà vécu dans le temps présent, j'y étais venue la seconde fois en connaissance de cause et j'avais Jamie. J'avais beau lui parler du futur, ce ne serait jamais pour lui qu'un conte de fées. Notre espace privé était constitué d'autres choses.

Je m'inquiétais pour Brianna et Roger. Il était dangereux pour eux de traiter le passé – comme ils le faisaient parfois – comme un état pittoresque et curieux dont ils pouvaient s'échapper. Or, il n'y avait pas d'issue de secours. Par amour ou par devoir, ils y étaient ancrés par la petite tête rousse de Jemmy. Il valait mieux pour eux, pour leur sécurité du moins, qu'ils acceptent ce temps comme étant le leur.

– Les Indiens s'en servent aussi, dis-je à Roger. La prière de l'éviscération, ou du moins une incantation dans le même genre. C'est pourquoi j'ai dit qu'elle était plus ancienne que l'Église.

– Oui, cette coutume est commune à toutes les cultures primitives, partout où les hommes tuent pour se nourrir.

«Les cultures primitives.» Je me mordis la lèvre, me retenant de lui dire que, primitive ou pas, s'il tenait à la survie de sa famille, il serait bien obligé de tuer pour elle. Puis j'aperçus le sang séché entre ses doigts. Il le savait déjà. «Si, j'étais obligé…», m'avait-il répondu plus tôt. Il reprit, méditatif :

– C'est parce que…, pour moi, tuer sans cérémonie ressemblerait à un meurtre. En revanche, en accomplissant un rituel quelconque qui reconnaît la nécessité…

– La nécessité, mais aussi le sacrifice.

La voix de Jamie derrière moi me fit sursauter. Il se tenait sous le grand épicéa. Je me demandai depuis combien de temps. Il s'approcha, et je lui tendis ma joue pour recevoir un baiser.

– Je ne t'ai pas entendu arriver. Le major est parti ?

Il embrassa plutôt mon front, un des rares endroits encore propres.

– Non. Je l'ai laissé avec Sinclair. Il essaie de lui tirer les vers du nez à propos du comité de sécurité.

Il grimaça, puis se tourna vers Roger.

– Tu as raison. Tuer n'est jamais agréable, mais c'est nécessaire. Et si tu dois verser le sang, la moindre des choses est de remercier le ciel.

Roger acquiesça, observant mes avant-bras dégoulinant de sang.

– La prochaine fois, vous me direz les paroles à prononcer ?

– Il n'est jamais trop tard, affirmai-je.

Les deux hommes me dévisagèrent, surpris.

– Puisqu'elles ne concernent pas le cochon, mais celui qui le tue, expliquai-je.

Je vis une lueur amusée dans les yeux de Jamie.

– Soit.

Suivant mes instructions, il souleva mon lourd bocal d'épices et versa sur les mains de Roger un mélange de macis, de marjolaine, de sauge, de poivre, de persil et de thym. Roger les frotta lentement entre ses paumes, faisant tomber une pluie fine de miettes vertes dans la cuve, leur parfum piquant se mêlant à celui du sang. Pendant ce temps, Jamie récitait les paroles dans une langue ancienne remontant aux peuples scandinaves d'antan.

Voyant que Roger avait du mal à suivre, je priai Jamie de le reformuler en anglais.

– « Ô Dieu, bénis le sang et la chair de cette créature que tu me donnes. »

Il saisit à son tour une pincée d'herbes aromatiques et la broya entre deux doigts au-dessus de la cuve.

« Créée par Ta main qui a créé l'homme
La vie donnée pour la vie.

Ma famille et moi te rendons grâce pour ce don,
Ma famille et moi louons ton sacrifice de sang et de chair,
La vie donnée pour la vie.»

Les derniers fragments verts et gris disparurent dans ma mixture. Le rite du boudin était achevé.

* * *

– Tu as bien fait, *Sassenach*.
Jamie séchait mes mains et mes bras avec une serviette. Il indiqua le coin de la maison où Roger venait de disparaître pour aider à la suite des tâches charcutières, l'air plus tranquille.
– J'avais bien déjà pensé à lui expliquer la prière, mais je ne savais pas comment.
Je souris et me rapprochai de lui. À présent que j'avais cessé de travailler, le vent frais me faisait frissonner. Quand il enroula ses bras autour de moi pour me réchauffer, je sentis un froissement de papier dans la poche de sa chemise.
– Qu'est-ce que c'est ?
– Oh, une lettre que Sinclair a apportée.
Il sortit la feuille de sa poche.
– Je ne voulais pas l'ouvrir devant MacDonald ni la laisser dans la cuisine. Il aurait été capable de la lire dès que j'aurais eu le dos tourné.
Je lui pris la lettre des mains.
– De toute façon, elle n'est pas pour toi mais pour moi.
– Ah oui ? Sinclair ne m'a rien dit.
– Ça ne m'étonne pas de lui.
Ronnie Sinclair me considérait, telles les autres femmes, comme un simple appendice de mon mari. Je plaignais la malheureuse qu'il parviendrait un jour à convaincre de l'épouser.
Je dépliai le billet non sans mal. Il avait été conservé si longtemps contre de la peau moite de transpiration que les

bords étaient gondolés et collés. Le message à l'intérieur était bref et sibyllin, mais néanmoins troublant. Il avait été gratté dans le papier avec un objet pointu et une encre qui ressemblait étrangement à du sang séché, mais qui était plus probablement du jus de fruits rouges.

– Qu'est-ce qu'il dit, *Sassenach*?

Je le lui tendis. Tout en bas, dans un coin, en lettres si minuscules que l'expéditeur semblait avoir espéré qu'elles passeraient inaperçues, on lisait le mot «*faidri*''». Au-dessus, en beaucoup plus gros, était écrit :

Vou
Vené

* * *

Je resserrai mon châle autour de mes épaules. En dépit du brasero allumé dans un coin, il faisait froid dans l'infirmerie. Ronnie Sinclair et le major étaient installés dans la cuisine, buvant du cidre attendant que les saucisses soient cuites. J'étalai le billet sur la table, l'injonction menaçante se révélant encore plus péremptoire au-dessus de la timide signature.

– Ce ne peut être qu'elle, observai-je. Qui d'autre?

– Elle ne sait sûrement pas écrire, objecta Jamie. D'un autre côté, on l'a peut-être écrit pour elle.

– Non, elle aurait pu le faire elle-même, intervint Brianna en effleurant le papier abîmé.

Roger et elle nous avaient rejoints dans l'infirmerie.

– C'est moi qui lui ai appris, poursuivit-elle.

– Quand? s'étonna Jamie.

– Quand j'étais à River Run. Pendant que maman et toi étiez à la recherche de Roger. Je lui ai appris l'alphabet. J'avais l'intention de lui apprendre à lire et à écrire, mais je n'ai eu le temps que de lui enseigner les lettres. Elle savait les reconnaître et les former. Puis, un jour, elle m'a annoncé qu'elle ne pouvait plus continuer.

Elle releva la tête, les sourcils froncés.

– J'ai pensé que tante Jocasta avait été mise au courant de son apprentissage et le lui avait interdit.

Jamie poursuivit avec exactement la même expression sur le visage :

– C'est plutôt Ulysse, à mon avis, car Jocasta se serait adressée directement à toi. Vous êtes donc convaincus que c'est bien Phaedre, la cámériste de ma tante ?

J'hésitai encore un peu.

– C'est ainsi que les autres esclaves prononcent son nom : « faidri ». D'autre part, je ne connais personne d'autre portant ce prénom.

Jamie avait interrogé Ronnie Sinclair, le plus discrètement possible pour ne pas éveiller ses soupçons ni engendrer de commérages, mais ce dernier n'avait rien pu lui dire de plus : un rétameur lui avait donné le billet avec la simple instruction de le délivrer à la « guérisseuse ».

J'approchai une chandelle pour examiner une nouvelle fois le message. Le « F » de la signature avait été tracé d'un trait hésitant et répété ; l'auteur avait dû s'y reprendre à plusieurs fois avant de se résoudre à signer. Cela confirmait qu'il s'agissait bien d'un esclave. J'ignorais si la loi de la Caroline du Nord interdisait qu'on enseigne à lire et à écrire aux esclaves, mais c'était indubitablement découragé. À part quelques exceptions notables, des esclaves éduqués par leurs maîtres comme dans le cas d'Ulysse, cette pratique était généralement considérée comme dangereuse. Un esclave alphabétisé faisait donc son possible pour le cacher.

– Elle n'aurait pas risqué d'envoyer un message tel que celui-ci s'il n'y avait pas urgence, dit Roger.

Il se tenait derrière Brianna, une main sur son épaule, examinant la lettre sur la table.

Je me tournai vers Jamie.

– Tu as eu des nouvelles de ta tante, dernièrement ?

Je connaissais déjà la réponse. Toute information nous parvenant de River Run se serait propagée dans tout Fraser's Ridge en quelques heures.

Nous ne nous étions pas rendus au *gathering* de Mount Helicon cette année. Il y avait trop à faire ici, et Jamie avait préféré éviter les débats politiques survoltés. En revanche, Jocasta et Duncan avaient prévu d'y aller. Si quelque chose de grave s'y était passé, le bouche à oreille nous l'aurait déjà rapporté.

– Donc, ce n'est pas seulement grave, mais c'est aussi un secret que seul l'esclave connaît, déduisit Jamie. Autrement, ma tante ou Duncan nous auraient écrit.

Nous nous tenions autour de la table, fixant tous la lettre comme s'il s'agissait d'un bâton de dynamite. L'odeur des saucisses emplissait l'air, chaude et réconfortante.

Roger releva la tête vers moi.

– Pourquoi vous ? Y aurait-il un problème médical ? Elle est peut-être malade... ou enceinte...

– Ce n'est pas une maladie. Ce serait trop urgent.

Pour rejoindre River Run à cheval, par beau temps et sans rencontrer d'obstacles, il fallait une semaine. Dieu seul savait combien de temps ce message avait mis pour arriver jusqu'à nous.

– Mais enceinte, ce serait possible, dit Brianna. Je crois qu'elle considère maman comme une amie. Elle t'en parlerait sans doute avant de l'annoncer à tante Jocasta.

J'acquiesçai, peu convaincue, toutefois. Le mot « amie » était un peu exagéré. Nos situations sociales respectives rendaient impossible une vraie amitié. Trop de contraintes lestaient nos sentiments et empêchaient de combler le gouffre entre nous. Cependant, nous étions liées par une sympathie réciproque. J'avais travaillé avec elle, côte à côte, plantant des herbes et les cueillant, fabriquant des remèdes dans la distillerie, expliquant leurs usages. Nous avions enterré une jeune fille morte et comploté ensemble pour protéger un fugitif accusé du meurtre. Phaedre possédait un certain don pour soigner les autres et une bonne connaissance des plantes médicinales. Elle était tout à fait capable de traiter seule des maux mineurs. En revanche, une grossesse imprévue...

– Mais qu'attendrait-elle de moi, dans ce cas ?

La naissance d'un enfant d'esclave, désiré ou pas, ne constituait pas un problème aux yeux d'un maître ; au contraire, cela faisait un esclave de plus. Néanmoins, j'avais entendu parler de femmes qui préféraient tuer leur bébé à la naissance plutôt que de les laisser vivre en esclavage. D'un autre côté, Phaedre travaillait dans la maison, était bien traitée, et Jocasta ne séparait pas les familles d'esclaves. Sa situation n'était donc pas la pire. Toutefois, comment pouvais-je en juger ?

– Elle ne peut quand même pas vouloir que je l'aide à avorter. Quant au reste… pourquoi moi ? Il y a des sages-femmes et des guérisseuses bien plus près de River Run. Ça ne tient pas debout.

– Et si…

Brianna s'interrompit, songeuse, son regard allant de Jamie à moi.

– Et si elle est enceinte, mais que le père est… quelqu'un qui ne devrait pas l'être ?

Une lueur méfiante mais ironique s'alluma dans le regard de Jamie.

– Qui donc, ma fille ? Farquard Campbell ?

J'éclatai de rire, Brianna aussi. L'idée que le très probe – et très âgé – Farquard Campbell séduise une jeune esclave était…

– En fait, non, reprit Brianna. Même s'il a déjà une flopée d'enfants. Mais je me demandais… si c'était Duncan ?

Jamie s'éclaircit la gorge en évitant mon regard. Je me sentis rougir. Duncan avait avoué son impuissance chronique à Jamie peu avant son mariage avec Jocasta, ce que Brianna ignorait.

– Oh, selon moi, c'est peu probable, répondit Jamie d'une voix étranglée.

Il toussota et chassa de son visage la fumée du brasero.

– Qu'est-ce qui t'a donné cette idée, ma fille ?

– Rien que Duncan ait fait. Mais Jocasta est… disons-le… assez âgée, et tu sais comment sont les hommes.

– Non, comment sont-ils ? lança Roger, piqué au vif.

Je toussotai à mon tour, retenant tant bien que mal mon envie de rire.

Jamie dévisagea sa fille avec un cynisme non dissimulé.

– Oui, je crois même que je les connais mieux que toi, *a nighean*. Je ne parierais pas ma chemise sur certains hommes, mais je peux t'affirmer sans hésiter que Duncan n'est pas du genre à briser ses vœux de mariage en batifolant avec l'esclave noire de sa femme.

J'émis un petit bruit. Roger me regarda, intrigué.

– Tout va bien ?

– Oui. Vous... euh... vous ne trouvez pas que c'est très enfumé, ici ?

Je relevai un pan de mon châle sur mon visage sans doute écarlate et toussai ostensiblement.

Brianna était trop concentrée sur sa conversation avec Jamie pour m'entendre.

– Ça n'a peut-être rien à voir, en effet. Phaedre a sans doute adressé son mot à la «guérisseuse» pour éviter de mentionner le nom de maman, au cas où le billet serait intercepté. Finalement, peut-être n'est-ce pas vraiment elle qu'elle veut... mais toi.

Cela calma aussitôt notre envie de rire. Jamie et moi échangeâmes un regard. En effet, cette possibilité ne nous était pas venue à l'esprit.

Brianna poursuivit :

– Elle ne pouvait peut-être pas t'envoyer directement un message sans éveiller toutes sortes de curiosités. Mais elle pouvait l'adresser à la guérisseuse sans mentionner aucun nom. Elle sait que, à cette période de l'année, si maman vient, tu l'accompagneras sans doute. Ou, sinon, qu'elle te demandera de te joindre à elle.

– En effet, dit Jamie. Mais que pourrait-elle bien attendre de moi ?

– Il n'y a qu'un moyen de le savoir, dit Roger, toujours l'esprit pratique. La plupart des travaux extérieurs sont terminés. Les récoltes et les foins sont rentrés, l'abattage est fini. On peut se débrouiller seuls ici si vous voulez y aller.

Jamie demeura immobile un instant, le front plissé, puis il se dirigea vers la fenêtre et souleva la guillotine. Un vent froid s'engouffra dans la pièce. Brianna plaqua une main sur le billet pour l'empêcher de s'envoler. Les braises du brasero rougeoyèrent, et les flammes grimpèrent. Les bouquets d'herbes sèches s'agitèrent au-dessus de nos têtes.

Jamie sortit la tête par l'ouverture et prit une grande inspiration, fermant les yeux comme s'il humait l'arôme d'un grand cru.

– Froid et sec, annonça-t-il en refermant la fenêtre. Cela nous promet du beau temps pour au moins trois jours. D'ici là, en chevauchant bien, on sera déjà au pied de la montagne.

Il me sourit, le bout de son nez tout rouge.

– En attendant, tu crois que les saucisses sont enfin cuites, *Sassenach* ?

72

Trahisons

Une esclave que je ne reconnus pas nous ouvrit la porte, une femme corpulente coiffée d'un turban jaune. Elle nous examina des pieds à la tête d'un air sévère, mais Jamie, sans lui donner le temps de nous interroger, passa devant elle sans ménagement.

Tout en le suivant, je me sentis obligée de préciser :

– C'est le neveu de Mme Cameron.

– Je m'en serais doutée !

Elle avait l'accent traînant de la Barbade. Elle jeta un regard noir au dos de Jamie, laissant deviner qu'elle reconnaissait le lien de parenté autant à sa muflerie qu'à son physique.

– Je suis sa femme, Claire Fraser. Ravie de vous rencontrer.

Je réprimai l'impulsion de lui serrer la main, me contentant d'incliner la tête.

Elle cligna des yeux, déconcertée, mais avant qu'elle ne réponde, je m'étais glissée devant elle, rattrapant Jamie en route vers le petit salon où Jocasta passait généralement ses après-midi.

La porte était fermée. Il s'apprêtait à toquer quand un cri haut perché retentit de l'autre côté, prélude à un concert tonitruant d'aboiements. Il ouvrit précipitamment.

Il s'arrêta net, la main sur la poignée, tandis qu'une boule de poils hirsutes bondissait sur place à ses pieds, les yeux exorbités par l'hystérie, braillant à s'en décrocher la mâchoire.

Il avança prudemment dans la pièce, évitant les assauts de la créature qui tentait de mordre ses bottes.

– Qu'est-ce que c'est que cette chose?

– Un chien, qu'est-ce que tu crois? répondit Jocasta acerbe.

Elle se leva de son fauteuil, fronçant les sourcils en direction du raffut.

– *Sheas*, Samson!

– Samson? Ah, bien sûr, à cause des cheveux longs.

Souriant malgré lui, il s'accroupit et tendit son poing fermé vers le chien. Celui-ci descendit le volume d'un cran, émettant un grondement continu, et approcha une truffe suspicieuse.

Je me glissai derrière Jamie.

– Et où est Dalila?

Jocasta se tourna vers moi avec un sourire.

– Ah, vous êtes venue aussi, Claire? Quelle bonne surprise de vous avoir tous les deux. Brianna et le petit ne vous ont pas accompagnés? Non, je les aurais entendus.

Elle se rassit et agita une main vers la cheminée.

– Cette grosse paresseuse de Dalila dort près du feu. Je l'entends ronfler.

Dalila était un grand chien de chasse blanc de race indéterminée, avec une peau lâche qui retombait en formant des plis. Elle était allongée sur le dos, les pattes repliées en l'air, exhibant un ventre plein de taches de rousseur. En entendant son nom, elle ouvrit un œil, lâchant un «wouf!», puis le referma.

– Je vois que vous avez fait quelques changements depuis notre dernière visite, observa Jamie en se relevant. Où est Duncan? Et Ulysse?

– Partis. Ils cherchent Phaedre.

Jocasta avait maigri, ses hautes pommettes de MacKenzie saillaient plus que d'habitude. Sa peau semblait fine et froissée.

– Où est-elle passée?

– Elle s'est enfuie.

Elle parlait avec son assurance habituelle, mais son ton était morne.

– Enfuie? Vous... vous êtes sûre?

Son panier à ouvrage s'étant renversé, son contenu s'était répandu sur le tapis. Je m'agenouillai pour ramasser les pelotes.

– En tout cas, elle n'est plus là, répliqua-t-elle. Soit elle s'est enfuie, soit on me l'a volée. Or, je ne vois pas qui aurait le culot ni l'adresse de la kidnapper dans ma maison sans que personne ne le voie.

Jamie et moi échangeâmes un regard. Jocasta lissait un pan de sa jupe entre le pouce et l'index. Le tissu était élimé près de sa main, là où elle l'avait tripoté régulièrement. Jamie le remarqua lui aussi.

– Quand est-elle partie, ma tante?

– Il y a quatre semaines. Duncan et Ulysse se sont lancés à sa recherche il y a quinze jours.

Cela correspondait bien à l'arrivée du message.

– Je vois que Duncan vous a laissée en bonne compagnie.

Samson avait abandonné son rôle de chien de garde et reniflait assidûment les bottes de Jamie. Dalila roula sur le côté avec un grognement lascif et ouvrit deux grands yeux lumineux, m'observant avec une tranquillité infinie.

Jocasta se pencha en avant, trouva le crâne de la chienne et la gratta entre ses deux longues oreilles.

– Selon Duncan, ils sont censés me protéger.

– C'est une bonne précaution.

Nous n'avions pas eu d'autres nouvelles de Stephen Bonnet, et Jocasta n'avait plus entendu la voix de l'homme masqué. Mais en l'absence d'un cadavre concret et rassurant, l'un comme l'autre pouvaient réapparaître n'importe quand.

– Pourquoi se serait-elle enfuie, ma tante?

Jocasta pinça les lèvres.

– Je n'en ai pas la moindre idée.

– Il ne s'est rien passé de particulier? Rien qui sorte de l'ordinaire?

– Si c'était le cas, je te l'aurais déjà dit, rétorqua-t-elle sèchement. Je me suis réveillée un matin, et je ne l'ai pas entendue dans la chambre. Le thé n'était pas prêt sur ma table de chevet, le feu était éteint. Je sentais les cendres. Je l'ai appelée, rien. Envolée! Sans laisser la moindre trace.

J'interrogeai Jamie des yeux en touchant la bourse accrochée à ma ceinture. Elle contenait la lettre. Devait-on lui en parler?

Il acquiesça. Je sortis le message, le dépliai sur l'accoudoir de son fauteuil et lui expliquai la situation.

L'air grincheux de Jocasta se transforma en stupéfaction.

– Mais pourquoi diable vous appellerait-elle à l'aide, *a nighean*?

– Je ne sais pas... peut-être est-elle enceinte. À moins qu'elle n'ait contracté une maladie quelconque.

Je ne voulais pas avancer ouvertement la possibilité de la syphilis, mais si Manfred avait contaminé madame Sylvie, et qu'elle avait transmis la maladie vénérienne à son tour à un ou plusieurs clients à Cross Creek, qui s'étaient ensuite rendus à River Run... Cela signifierait que Phaedre aurait eu des rapports avec un Blanc, ce qu'une esclave aurait tout fait pour cacher.

Maligne comme elle l'était, Jocasta en était vite arrivée à la même conclusion, tout en suivant une autre ligne de pensée.

– Un enfant ne serait pas bien grave. Mais si elle avait un amant... c'est une autre histoire. Elle s'est peut-être enfuie avec lui, mais cela n'explique pas pourquoi elle vous a envoyé ce billet.

Devant tant de spéculations qu'aucune preuve n'étayait, Jamie s'impatientait.

– Elle a peut-être eu peur que vous la vendiez si vous le découvriez, ma tante.

– La vendre?

Jocasta éclata de rire. Ce n'était pas son rire mondain habituel, ni même l'expression d'un amusement sincère. Il était bruyant et agressif, presque méchant. C'était le rire de son frère Dougal. Il me fit froid dans le dos.

Jamie la dévisageait, le visage soudain vidé de toute expression. Ce n'était pas un signe de perplexité, mais plutôt le masque derrière lequel il cachait ses émotions fortes. Lui aussi avait perçu l'écho sinistre.

Elle semblait incapable de s'arrêter. Ses doigts serraient les accoudoirs sculptés de son fauteuil ; le visage rouge, elle cherchait à reprendre son souffle entre deux accès de cette hilarité lugubre.

Dalila se retourna sur le ventre et aboya une fois, jetant des coups d'œil anxieux autour d'elle, ne comprenant pas ce qui arrivait, mais sentant le malaise ambiant. Samson battit en retraite sous le canapé en grondant.

Jamie posa une main sur l'épaule de Jocasta, la secouant.

– Calmez-vous, ma tante. Vous faites peur aux chiens.

Elle cessa d'un coup. On n'entendait plus que le sifflement de sa respiration, presque aussi troublant que son rire. Elle se redressa, le dos raide, le regard sombre et brillant, fixant un point, droit devant elle.

– La vendre, murmura-t-elle.

Ses lèvres se froncèrent, comme si elle allait s'esclaffer de nouveau, mais elle n'en fit rien. Elle se leva d'un coup, faisant aboyer Samson de surprise.

– Suivez-moi.

Elle était déjà à la porte avant que nous n'ayons eu le temps de réagir. Jamie me regarda, impuissant, et nous lui emboîtâmes le pas.

Elle connaissait très bien sa maison. Elle marchait dans le couloir d'un pas assuré et rapide, n'effleurant le mur du doigt que de temps à autre pour se repérer. Elle sortit par la porte donnant sur les écuries. Dehors, elle hésita toutefois, cherchant du pied les briques de l'allée.

Jamie lui prit fermement le bras.

– Où voulez-vous aller, ma tante ? demanda-t-il résigné.

– Dans le hangar à voitures.

Belliqueuse, elle gardait le menton haut. Qui cherchait-elle donc à défier ?

Le hangar à voitures était ombragé et paisible ; des particules de poussière dorées flottaient dans l'air, illuminées par le soleil qui entrait par les grandes portes ouvertes. Une carriole, une berline, un traîneau et l'élégant cabriolet attendaient, telles des bêtes tranquilles, sur la terre battue jonchée de paille. J'observai Jamie qui me fit un clin d'œil complice. Nous avions temporairement trouvé refuge dans cette jolie voiture à deux roues pendant le tohu-bohu du mariage de Jocasta et de Duncan, presque quatre ans plus tôt.

Jocasta s'arrêta sur le seuil, une main contre le chambranle et respirant à pleins poumons, comme si elle s'orientait. Puis elle indiqua les profondeurs du hangar.

– Le long du mur du fond, *an mhic mo peather*. Tu trouveras des caisses. Je veux la grande malle en osier, celle qui t'arrive aux genoux, avec une corde attachée tout autour.

Lors de notre première visite, je n'avais pas remarqué l'empilement de caisses, de boîtes et de paquets à cet endroit. Il y en avait tout un tas, sur deux ou trois rangées. Toutefois, Jamie ne tarda pas à trouver la malle demandée et la traîna vers la clarté, couverte de poussière et de paille.

– Voulez-vous que je l'emporte dans la maison, ma tante ?

Elle se pencha et tata le nœud de la corde qui l'enserrait.

– Non, j'ai juré qu'elle n'y entrerait jamais.

– Laissez-moi faire.

J'écartai doucement sa main et m'occupai du nœud. Celui qui l'avait noué avait été méticuleux, mais peu compétent. Une minute plus tard, la corde était enlevée, et le loquet, ouvert.

La malle contenait de nombreux rouleaux de dessins, au crayon, à l'encre et au fusain, retenus avec soin par des rubans de soie fanés, des cahiers d'esquisses reliés, quelques grandes toiles peintes enroulées et deux petites boîtes de miniatures, toutes encadrées, rangées sur la tranche tel un jeu de dominos.

J'entendis Jocasta inspirer au-dessus de moi et relevai la tête. Elle était immobile, les yeux fermés, et je devinai qu'elle se remplissait les poumons de l'odeur des peintures, un mélange d'huile, d'apprêt, de fusain, de papier, de toile, d'huile de lin et de térébenthine, un fantôme qui flottait au-dessus de la malle, se détachant clairement sur le fond de paille et de poussière, d'osier et de bois.

Ses mains se recroquevillèrent, le pouce caressant le bout des autres doigts, roulant un pinceau entre eux. J'avais déjà vu Brianna effectuer le même geste quand elle s'apprêtait à peindre. Puis elle rouvrit les yeux et s'agenouilla devant le coffre, effleurant les objets.

– Les huiles, sortez-les.

J'avais déjà sorti les boîtes de miniatures. Jamie s'accroupit de l'autre côté et souleva les rouleaux de dessins afin que j'accède aux toiles en dessous.

Tandis que je les étalais une à une sur le sol, elle inclina la tête sur le côté, écoutant chacun de nos bruits.

– Un vieil homme, indiqua-t-elle.

Il était facile à trouver. Deux des grandes toiles étaient des paysages. Il y avait trois portraits. Je reconnus Farquard Campbell jeune et un autoportrait de Jocasta, peint une vingtaine d'années auparavant. Aussi intéressants étaient-ils, je n'avais pas le temps de les examiner en détail. Le troisième semblait avoir été peint beaucoup plus récemment que les deux autres et trahissait les effets de la vision chancelante de l'artiste.

Les contours étaient flous, les couleurs ternes, et la silhouette semblait un peu déformée, si bien que le gentleman âgé avait une allure troublante, comme s'il appartenait à une race pas tout à fait humaine, en dépit de sa perruque impeccable et de sa cravate-foulard blanche.

Il portait une veste et un gilet noirs, d'une facture assez démodée, un tartan drapé sur une épaule et retenu par une broche en or. L'éclat du bijou reflétait la poignée ouvragée du coutelas qu'il tenait entre ses doigts tordus par l'arthrite. Je connaissais cette arme. Jamie aussi.

– Voici donc Hector Cameron, dit-il fasciné.

Jocasta tendit la main, effleurant la surface de la toile comme si elle la reconnaissait au toucher.

– Oui, c'est bien lui. Tu ne l'as jamais rencontré ?

– Une fois peut-être, mais je devais être tout petit.

Il observait les traits du vieillard avec un profond intérêt, cherchant à deviner son caractère. Certains signes parlaient d'eux-mêmes, la forte personnalité du sujet crevait la toile.

Les os de son visage saillaient, même si l'âge avait avachi la chair. Ses yeux étaient toujours vifs, mais l'un d'eux était mi-clos, sans doute à cause d'une paupière tombante à la suite d'une attaque. Cela lui donnait l'air d'observer le monde autour de lui avec un certain cynisme.

Jocasta fouillait le contenu du coffre, ses doigts allant et venant ici et là tels des papillons de nuit. Elle toucha une boîte de miniatures et l'ouvrit, la mine satisfaite. Elle fit courir son index le long des bords de chaque cadre. Je remarquai leur différence : ovale, carré, en bois doré, en argent patiné bordé d'un liseré en cordelette et incrusté de rosettes miniatures. Elle en découvrit un qu'elle reconnut et me le tendit d'un air absent avant de reprendre ses recherches.

La miniature représentait aussi Hector Cameron, mais avait été peinte de nombreuses années avant le tableau. Il portait de longs cheveux noirs qui lui tombaient sur les épaules, avec une tresse ornée de deux plumes de coq de bruyère à la mode ancienne des Highlands. Je retrouvai les mêmes os saillants, mais la chair était ferme et lisse. Hector Cameron avait été beau.

Son expression cynique était toujours présente. Par tempérament ou par accident de naissance, son œil droit était plus étroit que le gauche, bien que ce soit moins marqué que sur le portrait plus tardif.

Jocasta interrompit mon examen en me tendant une autre miniature.

– C'est bien la petite ?

Je saisis l'image et sursautai. C'était Phaedre, peinte quand elle était encore une jeune adolescente. Elle ne portait pas son bonnet habituel, mais un simple fichu noué autour de la tête, mettant la structure de son visage bien en évidence. L'ossature d'Hector Cameron.

Jocasta se releva et poussa la malle du pied.

– Donne tout ça à ta fille, mon neveu. Qu'elle repeigne par-dessus. Ce serait dommage de laisser pourrir les toiles.

Sans attendre une réponse, elle tourna les talons et repartit seule vers la maison, n'hésitant qu'un instant au début de l'allée, se guidant aux odeurs et aux souvenirs.

* * *

Un profond silence suivit le départ de Jocasta, interrompu seulement par le chant d'un oiseau moqueur dans un pin voisin.

Jamie arracha enfin son regard de la silhouette de sa tante qui venait de disparaître à l'intérieur. Il ne paraissait pas choqué, mais très perplexe.

– Ça alors! Tu penses que la fille le savait?

– C'est sûr. Les esclaves devaient tous le savoir. Certains devaient être là quand elle est née. Si elle ne l'a pas compris elle-même, ils le lui auront dit. Or, elle est loin d'être sotte.

Il s'adossa au mur du hangar, contemplant, songeur, l'intérieur du coffre. Je n'étais pas pressée de m'en aller. Les bâtiments étaient beaux, baignés dans la lumière dorée de la fin de l'automne. Le parc était paisible et bien ordonné. Des éclats de voix joyeux nous parvenaient du potager. Plusieurs chevaux broutaient l'herbe de leur enclos et, au loin, sur la rivière argentée, on apercevait une pirogue dont les quatre rames caressaient la surface, vives et gracieuses comme une araignée d'eau.

– «Où toutes les perspectives ravissent les sens et où seul l'homme est vil», observai-je.

Jamie me jeta un coup d'œil interrogateur, puis replongea dans ses pensées.

Donc, Jocasta ne vendrait Phaedre en aucun cas, et celle-ci le savait. Je me demandais pourquoi. Parce qu'elle se sentait responsable de la fille de son mari ? Ou était-ce une forme de vengeance subtile que de conserver l'enfant illégitime en esclavage comme sa propre camériste ? Ce pouvait être un peu des deux. Je connaissais Jocasta depuis assez longtemps pour savoir que ses mobiles étaient rarement simples.

Le fond de l'air était frais. Je m'adossai au mur près de Jamie, les briques me transmettant la chaleur du soleil accumulée pendant la journée. J'aurais aimé sauter dans la carriole et rentrer à toute vitesse à Fraser's Ridge, laissant River Run régler ses comptes amers avec son passé.

Mais il y avait ce message dans ma poche. « Vou Vené. » Je ne pouvais l'ignorer. J'étais venue... mais que devais-je faire ?

Jamie se redressa, regardant vers la rivière. La pirogue avait accosté à l'embarcadère. Une haute silhouette bondit sur le ponton, puis tendit la main pour aider quelqu'un à grimper à son tour. Le deuxième homme était plus petit et se déplaçait étrangement, d'un pas chaloupé et saccadé.

– Duncan ! m'exclamai-je aussitôt. Et Ulysse ! Ils sont rentrés.

Jamie me prit le bras et m'entraîna vers la maison, en maugréant :

– Oui, mais sans la fille.

* * *

Jeune femme nègre, fugitive ou volée, disparue le 31 octobre, vingt-deux ans, taille légèrement supérieure à la moyenne, d'aspect avenant, avec une marque de brûlure ovale sur l'avant-bras gauche. Porte une robe indigo, un tablier à rayures vertes, un bonnet blanc, des bas bruns et des souliers en cuir. Aucune dent manquante. Répond au nom de « FAIDRI ». Communiquer toute information à D. Innes, plantation de River Run, dans le voisinage de Cross Creek. Récompense généreuse pour tout renseignement utile.

Je lissai l'affichette froissée qui comportait aussi un portrait grossier de Phaedre, où elle apparaissait un peu bigleuse. Épuisé et démoralisé, Duncan avait vidé ses poches sur la table de l'entrée à son arrivée, la veille en après-midi. Ils avaient distribué les avis dans toutes les tavernes et les établissements publics entre Campbelton et Wilmington, interrogeant les gens... En vain. Phaedre s'était volatilisée.

– Tu peux me passer la marmelade, s'il te plaît ?

Jamie et moi prenions notre petit-déjeuner en tête à tête, ni Jocasta ni Duncan n'étant apparus de la matinée. En dépit de l'atmosphère lugubre, je me régalais. Les petits-déjeuners à River Run étaient généralement somptueux, allant même jusqu'à une théière remplie de vrai thé (Jocasta devait le payer une fortune à ses contrebandiers ; pour autant que je sache, on n'en trouvait pas une feuille de la Virginie à la Géorgie).

Jamie était absorbé par la lecture d'une des affichettes. Sans relever la tête, il chercha à tâtons sur la table, rencontra le pot de crème et le poussa vers moi.

Ne montrant aucun signe de son long voyage, à part une certaine lourdeur des paupières, Ulysse s'avança en silence et posa la coupe de marmelade près de mon assiette.

– Merci.

Il inclina poliment la tête.

– Désirez-vous encore un peu de hareng fumé, madame ? Ou plus de jambon ?

Je fis non de la tête, la bouche pleine de toast. Il s'éclipsa, prenant au passage un plateau sur la console, sans doute destiné à Jocasta, Duncan, ou les deux.

Jamie le regarda sortir, l'air ailleurs.

– J'ai réfléchi, *Sassenach*.

– Je ne l'aurais jamais deviné. À quoi ?

Il parut surpris, puis comprit et sourit.

– Te souviens-tu de ce que je t'ai dit au sujet de Brianna et de la veuve McCallum ? Qu'elle n'hésiterait pas à agir si Roger Mac ne faisait pas attention où il mettait les pieds ?

– Oui.

– Au moins, notre fille est intègre. Les MacKenzie de Leoch sont tous fiers comme Artaban et jaloux comme des tigres. Il vaut mieux ne pas les contrarier, et encore moins les trahir.

Je le dévisageai avec méfiance par-dessus le bord de ma tasse, me demandant où il voulait en venir.

– J'ai toujours pensé que ce qui les distinguait, c'étaient leur charme et leur fourberie. Quant à la trahison, tes deux oncles étaient des experts en la matière.

– Les deux vont de pair, non? Tu dois charmer l'autre avant de le trahir. En outre, je pense qu'un homme qui trahit est plus susceptible que d'autres de prendre très mal d'être trahi à son tour.

Il ajouta après une pause :

– Un homme ou une femme.

– Vraiment? Tu penses à Jocasta?

Présenté en ces termes, je comprenais parfaitement. Les MacKenzie de Leoch avaient de fortes personnalités. Je m'étais souvent demandé à quoi ressemblait le grand-père maternel de Jamie, le tristement célèbre Jacob le Rouge. J'avais déjà remarqué des traits communs entre Jocasta et ses deux frères aînés.

Colum et Dougal avaient été unis par une loyauté inébranlable, mais qui ne s'appliquait à personne d'autre. Jocasta, elle, était seule, séparée de sa famille depuis son premier mariage, à l'âge de quinze ans. En tant que femme, il était naturel que son charme ressorte davantage, mais cela ne voulait pas dire qu'elle était incapable de fourberie. Ni de jalousie.

– Il est clair qu'elle savait qu'Hector la trompait. Je me demande si elle a peint le portrait de Phaedre pour faire savoir à tout le monde qu'elle était au courant ou uniquement comme un message secret à son mari... Mais quel rapport avec la situation actuelle?

– Il ne s'agit pas d'Hector, mais de Duncan.

Je le regardai sans comprendre, la bouche ouverte. Indépendamment de toute autre considération, Duncan était impuissant. Jamie m'adressa un sourire narquois et, tendant un bras au-dessus de la table, poussa mon menton du pouce, refermant ma mâchoire avec délicatesse.

– C'est juste une idée, *Sassenach*. Mais je crois qu'il me faut aller lui en toucher deux mots. Tu m'accompagnes?

* * *

Duncan se trouvait dans la petite pièce qui lui servait de bureau, nichée au-dessus des écuries à côté des chambres où dormaient les palefreniers. Affalé dans son fauteuil, il contemplait, découragé, les piles de paperasse et les livres de comptes poussiéreux.

Il paraissait épuisé et beaucoup plus âgé que la dernière fois que je l'avais vu, à l'occasion du barbecue de Flora MacDonald. Sa chevelure grise était clairsemée. Quand il se tourna vers nous, la lumière du soleil éclaira son visage, et j'aperçus sous sa moustache la cicatrice de bec de lièvre dont Roger nous avait parlé.

Une partie vitale de lui-même semblait s'être évaporée et, quand Jamie aborda le sujet qui nous amenait, il ne fit aucune tentative pour nier. Au contraire, il était soulagé de vider son sac. Soucieux de mettre ce point au clair, Jamie l'interrogea de manière directe :

– Mais tu as été dans le lit de la petite, n'est-ce pas, Duncan?

– Pas tout à fait. J'aurais bien voulu, naturellement, mais comme elle dormait dans le boudoir de Jocasta...

En évoquant le nom de sa femme, il vira au rouge vif.

– Tu as quand même eu des rapports charnels avec elle, non?

– Oh, oui. Ça, oui.

– Quel genre de rapports? questionnai-je carrément.

Sa rougeur s'accentua dangereusement, au point que je craignis de le voir frappé d'apoplexie. Il se mit à souffler comme un phoque, puis se reprit, son teint retrouvant une couleur plus normale. Il se passa une main sur le visage et répondit :

– Elle m'apportait à manger. Tous les jours.

Jocasta se levait tard et prenait son petit-déjeuner dans le salon, servie par Ulysse, avec lequel elle établissait l'ordre du jour. Duncan, qui, toute sa vie, s'était toujours réveillé avant l'aube pour n'avaler qu'un morceau de pain sec ou, les jours d'abondance, de la bouillie d'avoine, trouvait désormais chaque matin sur sa table de chevet du thé chaud, du porridge copieusement arrosé de miel et de crème, des toasts, du beurre et des œufs fris avec du jambon.

– Parfois aussi du poisson roulé dans de la farine de maïs, bien croustillant, ajouta-t-il avec une pointe de nostalgie.

– En effet, c'est très tentant, Duncan, observa Jamie avec compassion. Un homme affamé est vulnérable. Mais quand même...

Les attentions de Phaedre avaient touché Duncan et, étant homme, il avait admiré sa beauté. De façon purement désintéressée, nous assura-t-il.

– Certes, dit Jamie, sceptique. Qu'est-il arrivé ?

Duncan avait fait tomber le beurre, parvenant difficilement à tartiner son pain d'une seule main. Phaedre s'était précipitée pour le ramasser, puis était partie chercher de quoi nettoyer le parquet... et la poitrine de Duncan.

– J'étais en chemise, murmura-t-il en rougissant de nouveau. Et elle avait... elle avait...

Il fit un geste vague vers son torse, indiquant qu'il avait eu une vue plongeante sur la poitrine de Phaedre, penchée sur lui, son corset la mettant en valeur sous son nez.

– Et ? poursuivit Jamie, impitoyable.

L'anatomie de Duncan n'était pas restée indifférente au spectacle, ce qu'il nous avoua d'une voix étranglée à peine audible.

– Mais je croyais que vous ne pouviez pas... commençai-je.

– Oh non, m'assura-t-il précipitamment. Depuis mon accident, uniquement la nuit, quand je rêve. Pas éveillé. Mais peut-être que si, tôt le matin, mon sexe croyait que je dormais encore.

Jamie émit un bruit exprimant ses doutes considérables quant à cette possibilité, puis enjoignit Duncan de continuer.

Phaedre s'en était aperçue.

– Elle a eu pitié de moi, dit Duncan avec sincérité. Je le voyais bien. Elle a posé sa main sur moi, douce, toute douce.

Assis dans son lit, il avait vu stupéfait l'esclave enlever son plateau, soulever sa chemise et grimper sur lui en laissant retomber sa jupe sur ses cuisses brunes et rondes. Avec douceur et une grande tendresse, elle lui avait rendu sa virilité.

– Une seule fois ? demanda Jamie. Ou cela a continué ?

Duncan posa sa tête dans sa main, un aveu assez éloquent vu les circonstances.

– Combien de temps cette... euh... liaison a-t-elle duré ? poursuivis-je plus délicatement.

Deux mois, peut-être trois. Pas tous les jours, se hâta-t-il de préciser, juste de temps en temps. Et ils avaient été très prudents.

– Je n'aurais jamais voulu déshonorer Jo. Je savais bien que je ne devais pas le faire, c'était un péché grave, mais je ne pouvais m'empêcher de... (Il s'interrompit, déglutissant avec peine). C'est ma faute ! Que le châtiment retombe sur moi seul ! Mais pas sur cette pauvre enfant...

Il se tut, secouant la tête comme un vieux chien triste infesté de puces. J'avais de la peine pour lui, indépendamment de la moralité de la situation. Son col était retourné, et des mèches grises étaient prises sous sa veste. Je les dégageai doucement sans qu'il ne le remarque.

– Tu penses qu'elle est morte ? questionna doucement Jamie.

Duncan blêmit, et ses yeux se remplirent de larmes.

– Je me refuse à le croire, *Mac Dubh*. Pourtant... pourtant...

Jamie et moi étions gênés. Pourtant... Phaedre était partie sans rien. Comment une esclave traquée pouvait-elle voyager sans attirer l'attention, sans cheval, sans argent, rien qu'avec une paire de souliers en cuir? Un homme serait peut-être parvenu à rejoindre les montagnes et à survivre dans la forêt s'il était assez coriace et débrouillard. Mais une jeune femme? Une domestique de maison?

Quelqu'un l'avait recueillie, ou bien elle était morte.

Aucun de nous ne voulait exprimer cette pensée à voix haute. Jamie sortit un mouchoir propre de sa manche et le déposa dans la main de Duncan.

– Je prierai pour elle, Duncan, où qu'elle soit. Et pour toi, *a charaid*... et pour toi.

Duncan acquiesça sans relever la tête, serrant le mouchoir dans son poing fermé. Il était vain d'essayer de le consoler, aussi nous le laissâmes assis dans son bureau, échoué à l'intérieur des terres, si loin de la mer.

Nous retournâmes à la maison sans parler, nous tenant par la main, ressentant le besoin de nous toucher. Il faisait bon, mais un orage se préparait. Des nuages déchiquetés s'approchaient rapidement de l'est, et une brise faisait vriller mes jupes comme un parasol tourbillonnant.

La terrasse derrière la maison était abritée du vent par de hauts murets. De là, je voyais la fenêtre derrière laquelle Phaedre s'était tenue quand je l'avais trouvée, la nuit du barbecue.

– Elle m'a dit que quelque chose n'allait pas, racontai-je à Jamie. Elle était inquiète.

– Mais elle ne voulait pas parler de Duncan, objecta Jamie.

– Non, elle ne savait pas elle-même ce qui la troublait. Elle répétait juste « quelque chose ne va pas ».

Il poussa un soupir, déconcerté.

– Cela avait sans doute un rapport avec sa disparition. Parce que si ce n'était pas lié à son histoire avec Duncan...

Il n'acheva pas sa phrase, mais je n'eus aucun mal à la terminer pour lui.

– ... ce n'était donc pas lié à ta tante non plus. Jamie... tu penses vraiment que Jocasta aurait pu l'assassiner?

Cela aurait dû paraître ridicule, énoncé ainsi à voix haute. Le pire était que ça ne l'était pas.

Jamie agita les épaules comme si sa veste était soudain devenue trop étroite.

– Si elle n'avait pas été aveugle, j'aurais dit que c'était… une possibilité. Elle a déjà été trahie par Hector et le tenait responsable de la mort de ses filles. En revanche, Phaedre était là, vivante, lui rappelant par sa seule présence, jour après jour, l'affront qu'elle avait subi. Puis elle a été trahie de nouveau, par Duncan, avec la fille d'Hector par-dessus le marché !

Il se passa l'index sous le nez, ajoutant :

– Je pense que n'importe quelle femme de caractère aurait été… émue.

J'essayai de me mettre à sa place.

– Oui mais, de là à aller jusqu'au meurtre… Car c'est bien de ça dont il s'agit, n'est-ce pas ? Ne pouvait-elle pas se contenter de vendre Phaedre ?

– Non, elle ne le pouvait pas. Lorsqu'ils se sont mariés, nous avons pris les dispositions nécessaires pour qu'elle conserve sa fortune personnelle, mais pas la propriété. River Run appartient à Duncan, ainsi que tout ce qui va avec.

– Phaedre y compris.

Cela me noua l'estomac.

– Comme je disais, si elle n'avait pas été aveugle, je n'aurais pas été très étonné qu'elle aille jusqu'à de telles extrémités.

– Oui, mais il y a Ulysse.

Il acquiesça à contrecœur. Ulysse n'était pas seulement les yeux de Jocasta, mais aussi ses mains. Je doutais qu'il ait pu assassiner Phaedre sur les ordres de sa maîtresse. En revanche, si, par exemple, Jocasta avait empoisonné la jeune femme, il l'aurait sûrement aidée à faire disparaître le corps.

De discuter ainsi calmement avec Jamie de la possibilité que sa tante âgée ait pu assassiner quelqu'un frisait l'irréel. Toutefois… je connaissais les MacKenzie.

– Cependant, rien ne prouve qu'il y ait un lien entre ma tante et la disparition de Phaedre. Duncan a précisé qu'ils avaient été très discrets. L'homme de Coigach, celui que Jocasta a entendu, pourrait aussi avoir enlevé l'esclave, pensant peut-être qu'elle l'aiderait à trouver l'or.

Cette hypothèse était déjà moins sinistre que la première. En outre, elle corroborait la prémonition de Phaedre (s'il s'agissait bien de cela), le jour où l'homme de Coigach s'était manifesté.

– Je suppose que, pour le moment, on ne peut que prier pour elle, la pauvre. Il n'y aurait pas un saint patron pour les personnes enlevées, par hasard?

– Saint Dagobert, répondit-il aussi sec.

– Tu viens de l'inventer, avoue.

– Pas du tout! s'indigna-t-il. Il y a aussi sainte Arthélie... encore plus appropriée, maintenant que j'y pense. Cette jeune Romaine avait été enlevée par l'empereur Justinien. Plutôt que de lui céder, elle s'est enfuie et s'est réfugiée chez son oncle à Benevento.

– Bravo. Et saint Dagobert?

– C'était un roi quelconque... Franc, peut-être. Quoi qu'il en soit, son tuteur l'a fait enlever et enfermer en Angleterre afin de faire monter son propre fils sur le trône.

– Où apprends-tu toutes ces choses?

Il esquissa un petit sourire.

– Je les tiens du frère Polycarpe, à l'abbaye de Sainte-Anne. Quand je ne pouvais pas dormir, il s'asseyait à mon chevet et me racontait la vie des saints pendant des heures. Cela ne m'endormait pas forcément, mais, après avoir entendu des heures durant des histoires de saints martyrs aux seins coupés ou fouettés avec des crochets métalliques, je fermais les yeux et faisais semblant.

Il m'ôta mon bonnet et le déposa sur le rebord de la fenêtre. Le vent ébouriffa mes cheveux longs de quelques centimètres.

– Tu ressembles à un garçon, dit-il attendri. Sauf que je n'ai jamais vu un garçon avec un aussi joli derrière!

– Merci, répondis-je absurdement flattée.

Au cours des deux derniers mois, j'avais mangé comme un cheval et dormi comme un bébé. Mon aspect physique s'était beaucoup amélioré, en dépit de mes cheveux. Cela faisait toujours plaisir à entendre.

– J'ai très envie de toi, *mo nighean donn*.

Il enroula doucement ses mains autour de mes poignets, caressant ma peau avec son pouce. Je sentais mon pouls battre sous ses doigts.

– Résumons, dis-je. Les MacKenzie de Leoch ont tous une méchante tendance à la jalousie. Ils sont charmants, rusés et portés sur la trahison. Il n'y a pas d'exceptions dans la famille?

Je touchai sa lèvre, laissant courir mes doigts sur le chaume de sa barbe.

Il me dévisagea de son regard bleu nuit où l'humour et le remords se mêlaient à de nombreux autres sentiments que je n'arrivais pas à déchiffrer. Il m'adressa un sourire un peu triste.

– Tu crois que je ne suis pas comme eux? Que Dieu te bénisse, *Sassenach*.

Il se pencha pour m'embrasser.

* * *

Nous ne pouvions pas nous attarder à River Run. Les champs dans la vallée avaient été moissonnés et labourés depuis longtemps, les vestiges de tiges sèches pointant dans la terre humide et noire. La neige n'allait pas tarder à tomber en montagne.

Nous avions discuté de la situation sous tous les angles, sans parvenir à une conclusion utile. Nous ne pouvions rien faire de plus pour Phaedre, à part prier. Au-delà... nous devions aussi penser à Duncan.

Nous nous étions tous les deux dit que si Jocasta avait découvert sa liaison avec Phaedre, sa colère ne se limiterait probablement pas à la jeune esclave. Elle attendrait peut-être son heure… mais elle n'oublierait pas l'affront. Je n'avais encore jamais rencontré un Écossais qui en soit capable.

Nous prîmes congé de Jocasta le lendemain matin. Elle se trouvait dans son salon, brodant un chemin de table. Le panier de fils de soie était posé sur ses genoux, les couleurs disposées avec soin en spirale afin qu'elle puisse choisir le fil au toucher. La partie déjà brodée retombait sur le sol, un mètre cinquante d'étoffe bordée d'un motif complexe de pommes, de feuilles et de lierre… Non, en y regardant de plus près, je constatai qu'il ne s'agissait pas de lierre, mais plutôt de serpents verts aux yeux noirs, s'enroulant et ondoyant. Ici et là, l'un d'eux ouvrait la gueule pour montrer ses crocs, protégeant les fruits rouges.

– Le jardin d'Éden, m'expliqua-t-elle en caressant le motif entre ses doigts.

– C'est magnifique.

Je me demandai depuis combien de temps elle travaillait dessus. Avait-elle commencé avant la disparition de Phaedre ?

Nous échangeâmes quelques amabilités, puis Josh, le palefrenier, nous annonça que nos montures étaient sellées. Jamie le remercia et le congédia d'un geste.

– Ma tante, déclara-t-il sur un ton détaché, je le prendrais très mal s'il arrivait malheur à Duncan.

Elle se raidit, ses doigts s'immobilisant.

– Pourquoi lui arriverait-il quelque chose ?

Jamie ne répondit pas tout de suite. Il l'observa quelques instants avec une certaine sympathie, puis se pencha et chuchota dans son oreille.

– Je sais, ma tante. Et si vous ne voulez pas que tout le monde le sache aussi… je pense que je retrouverai Duncan en pleine forme à ma prochaine visite.

Elle resta figée, comme transformée en statue de sel. Jamie se redressa, et nous sortîmes. Je me retournai une fois rendue dans le couloir. Elle n'avait pas bougé, le visage aussi blanc que le lin dans ses mains. Les minuscules pelotes de fils de couleur étaient tombées et roulaient sur le parquet ciré.

73

Fourberies

Marsali partie, la fabrication du whisky devint plus difficile. Brianna, Mme Bug et moi étions parvenues à lancer un dernier maltage avant qu'il ne fasse trop froid et pluvieux, mais de justesse. Ce fut donc avec un grand soulagement que je vis la dernière fournée d'orge maltée décanter dans l'alambic. Une fois le processus de fermentation enclenché, Jamie prenait la relève, ne laissant à personne d'autre la responsabilité d'évaluer le goût et la teneur en alcool.

Toutefois, le feu sous l'alambic devait constamment être entretenu à la bonne température afin que la pâte ne se gâte pas, puis, une fois la fermentation achevée, il fallait augmenter la chaleur pour la distillation. Cela signifiait qu'il vivait et dormait près de son alambic pendant les quelques jours que durait l'opération. Généralement, je lui apportais son dîner et lui tenais compagnie jusqu'à la tombée de la nuit, mais notre lit me semblait bien vide sans lui, et je fus donc plus que ravie quand nous versâmes la dernière production dans les fûts.

– Mmm, ça sent bon !

Je humai avec béatitude l'intérieur d'un fût vide. C'était l'un de ceux que Jamie s'était procurés auprès d'un des amis marins de Lord John, calciné à l'intérieur comme les fûts de whisky normaux, mais ayant préalablement servi à vieillir du xérès. Le spectre moelleux et sucré de ce vin blanc se mêlait à la vague odeur de charbon et aux effluves puissants et chauds faisant légèrement tourner la tête.

– Oui, il n'y en a pas beaucoup, mais c'est du bon, convint Jamie.

Il inhala l'arôme comme un maître parfumeur, puis examina le ciel. Le vent était puissant, et d'épais nuages noirs défilaient au-dessus de nos têtes, ventrus et menaçants.

– Il n'y a que trois fûts, dit-il. Tu peux en prendre un, *Sassenach*. Je me charge des deux autres. Je préfère les mettre à l'abri plutôt que d'avoir à les dégager de la neige la semaine prochaine.

Près d'un kilomètre à pied dans un vent violent à porter ou faire rouler un fût de vingt-deux litres n'était pas une partie de plaisir. Mais il avait raison. Il ne faisait pas encore assez froid pour neiger, mais cela ne tarderait pas. À nous deux, nous parvînmes à traîner les fûts jusqu'à la cache à whisky, enfouie derrière des rochers et sous un amas de ronces.

J'avais repris des forces, mais, malgré cela, le temps de terminer, tous mes muscles tremblaient. Aussi, je ne soulevai aucune objection quand Jamie me proposa de m'asseoir pour souffler un peu avant de redescendre à la maison.

Indiquant la cachette, je lui demandai :

– Que vas-tu en faire? Les conserver ou les vendre?

– Je vais être obligé d'en vendre un pour acheter les semailles de printemps. On va en garder un pour le faire vieillir, et je crois avoir une bonne idée pour le dernier. Si Bobby Higgins revient avant les neiges, j'enverrai une demi-douzaine de bouteilles à Ashe, Harnett, Howe et quelques autres, comme gage de mon estime. Bien vu, non?

– Ma foi, j'ai entendu parler de preuves de bonne foi bien pires.

Il avait déployé des efforts considérables pour retrouver les bonnes grâces du comité de correspondance de la Caroline du Nord. Plusieurs membres s'étaient enfin remis à répondre à ses lettres, avec prudence mais aussi avec respect.

Il frotta son nez rougi par le froid.

– Je doute que quoi que ce soit d'important ait lieu pendant l'hiver.

– Probablement pas.

Le Massachusetts, où le gros des émeutes avait eu lieu, était à présent occupé par le général Gage. Aux dernières nouvelles, il avait fait fortifier le Boston Neck, ce goulot de terre qui reliait Boston au continent, si bien que la ville était désormais coupée du reste de la colonie et assiégée.

En y repensant, j'eus un pincement au cœur. J'avais vécu là pendant près de vingt ans et j'aimais cet endroit ; je ne le reconnaîtrais probablement pas si j'y allais aujourd'hui.

– Selon Ashe, le marchand John Hancock dirige le comité de sécurité. Ils ont voté le recrutement de mille deux cents miliciens et cherchent à acquérir cinq mille mousquetons. Vu le mal que j'ai eu à en trouver trente, je leur souhaite bonne chance !

J'éclatai de rire, mais, avant que j'aie pu répondre, Jamie se raidit :

– Qu'est-ce que c'était ?

Aux aguets, il posa une main sur mon bras.

Je retins mon souffle, tendant l'oreille. Le vent agitait les feuilles desséchées des vignes sauvages dans un bruissement de papier ; au loin, un vol de corbeaux traversa le ciel, les volatiles se chamaillant avec des croassements stridents.

Puis je l'entendis à mon tour : un son faible, triste et très humain. Jamie était déjà debout, se frayant un passage entre les éboulis. Il se glissa dans un espace exigu formé par une dalle de granit oblique et s'arrêta de façon si brusque que je lui rentrai dedans.

– Joseph ? lança-t-il incrédule.

Je tentai de jeter un coup d'œil par-dessus son épaule. Il s'agissait bien de M. Wemyss, assis sur un rocher, le dos voûté, une cruche en grès entre ses jambes. Il avait pleuré ; son nez et ses yeux étaient rouges, accentuant encore son air de souris blanche. Il était aussi complètement ivre.

Il nous regarda en clignant des yeux, désemparé, n'émettant que des «Oh ! Oh ! »

– Vous… euh… vous allez bien, Joseph ?

Jamie s'approcha, avançant prudemment une main comme s'il craignait de voir M. Wemyss tomber en morceaux au moindre contact.

À juste titre. Quand il le toucha, le visage de M. Wemyss se froissa comme une feuille de papier, et ses maigres épaules se mirent à trembler.

– Je suis désolé, monsieur. Je suis vraiment désolé, répéta-t-il entre deux sanglots.

Jamie me lança un regard qui semblait dire «Fais quelque chose, *Sassenach*». Je m'agenouillai près du vieil homme et, passant un bras derrière lui, lui tapotai le dos.

– Allons, allons, Joseph. Je suis sûre que cela va s'arranger.

– Oh, non, hoqueta-t-il. Non, c'est impossible.

Il tourna un visage désespéré vers Jamie.

– Je n'en peux plus, monsieur. Je n'en peux plus.

Il grelottait. Il ne portait qu'une fine chemise et ses culottes. Le vent gémissait entre les rochers; le plafond de nuages s'était encore épaissi. La lumière baissa d'un coup dans la cavité où nous nous tenions, comme si un rideau noir venait d'être tiré. Jamie ôta sa cape et la drapa sur les épaules de M. Wemyss. Puis il s'assit sur le rocher à son tour.

– Dites-moi ce qui ne va pas, Joseph. Quelqu'un est mort?

Ce dernier enfouit sa tête entre ses mains, la secouant comme un métronome. Il marmonna quelque chose dont je ne crus comprendre que : «Il vaudrait mieux qu'elle le soit!»

Jamie et moi échangeâmes un regard perplexe.

– Lizzie? dis-je. C'est d'elle dont vous parlez?

Elle avait paru tout à fait normale le même matin, au petit-déjeuner.

M. Wemyss releva la tête.

– D'abord Manfred McGillivray, puis Higgins. Comme si un dégénéré et un assassin ne lui suffisaient pas, voilà qu'elle remet ça!

Jamie m'interrogeant des yeux, je lui fis signe que je n'étais au courant de rien. Les cailloux me rentraient dans les genoux ; je me relevai, les membres raides, et les massai tout en demandant sur un ton hésitant :

– Vous voulez dire que Lizzie est... euh... amoureuse de quelqu'un... qui ne lui convient pas ?

– « Qui ne lui convient pas ! » répéta M. Wemyss d'une voix morne. « Qui ne lui convient pas ! » Nom de Dieu !

Je ne l'avais encore jamais entendu jurer ; c'était inquiétant.

Il tourna vers moi un regard hanté. Blotti dans les profondeurs de la cape de Jamie, il ressemblait à un moineau possédé.

– J'ai tout abandonné pour elle ! Je me suis vendu pour la sauver du déshonneur, sans hésiter un seul instant. J'ai quitté ma maison, l'Écosse, sachant que je ne les reverrais plus jamais, que mes os pourriraient dans une terre étrangère. Pourtant, je ne lui ai jamais adressé un seul mot de reproche, car ce ne pouvait pas être sa faute, la chère enfant ! Et à présent...

Il s'adressa à Jamie :

– Mon Dieu ! Mon Dieu ! Que puis-je faire ?

Une rafale rabattit un pan de cape sur lui, le masquant un instant derrière un rideau gris comme englouti par son désarroi.

Je serrai ma propre cape contre moi pour l'empêcher de s'envoler. Le vent soufflait si fort que je manquai de perdre l'équilibre. Jamie plissait les yeux pour se protéger de la poussière, crispant les mâchoires. Il coinça les mains sous ses aisselles pour se réchauffer, mais il était clair qu'il avait la ferme intention d'éclaircir cette affaire avant de rentrer.

– La petite est enceinte, Joseph ?

La tête de M. Wemyss émergea des plis du tissu, ses cheveux fins ébouriffés. Il acquiesça, puis saisit la cruche d'une main tremblante et avala plusieurs gorgées. J'aperçus le « X » gravé sur le récipient. Avec sa modestie habituelle, il avait pris le nouveau whisky pur plutôt que la qualité supérieure vieillie en fût.

Jamie lui prit le broc et en avala une bonne rasade à son tour avant de poursuivre :

– Qui ? Mon neveu ?

M. Wemyss le dévisagea sans comprendre.

– Votre neveu ?

– Ian Murray, précisai-je. Grand. Châtain. Tatoué.

Par son expression, Jamie me signifia que j'en faisais peut-être un peu trop. Toutefois, M. Wemyss ne saisissait toujours pas.

– Ian Murray ?

Enfin, le nom pénétra l'épais brouillard alcoolisé.

– Ah ! Non, Seigneur ! Si seulement ! Je bénirais ce cher garçon !

Cette remarque ne présageait rien de bon.

Jamie essuya son nez froid sur le dos de sa main, commençant à perdre patience.

– Joseph, il fait froid. Qui a déshonoré votre fille ? Dites-moi son nom une fois pour toutes, et il l'épousera dès demain matin ou sera étendu raide mort à ses pieds, comme vous préférez. Mais dépêchez-vous qu'on puisse rentrer auprès du feu.

– Beardsley.

– Beardsley ? répéta Jamie, en me regardant, intrigué.

Je ne m'étais pas du tout attendue à cela, mais ce n'était pas une grande surprise pour autant.

– Lequel ? demanda Jamie. Jo ou Kezzie ?

M. Wemyss poussa un soupir semblant monter de la pointe de ses orteils.

– Elle ne sait pas.

– Bon sang !

Jamie saisit la cruche de nouveau et but une grande gorgée.

– Hum, fis-je.

Il me la tendit sans discuter et se redressa, sa chemise plaquée contre son torse et ses cheveux au vent.

– Dans ce cas, je vais les faire venir tous les deux, et on saura bien lequel c'était.

– Non, rétorqua M. Wemyss. On n'en saura rien, ils ne le savent pas non plus.

Venant juste d'avaler un peu d'alcool pur, je m'étranglai, recrachant le whisky qui me dégoulina sur le menton. Je m'essuyai sur un bout de ma cape, intervenant d'une voix rauque :

– Comment ça ? Vous voulez dire... tous les deux ?

M. Wemyss me fixa sans un mot. Il battit des paupières, puis ses yeux se révulsèrent. Il tomba la tête la première de son rocher, terrassé.

* * *

Je parvins à lui faire retrouver une semi-conscience, mais il était incapable de marcher. Jamie fut donc contraint de le porter en travers de ses épaules comme une dépouille de chevreuil. Ce n'était pas une mince affaire, compte tenu du terrain accidenté entre la cachette de whisky et la nouvelle malterie, et du vent qui nous cinglait de gravillons, de feuilles et de pommes de pin. Les nuages bouillonnaient au-dessus du col, noirs et sales, s'étendant rapidement dans tout le ciel. Si nous ne nous dépêchions pas, nous allions recevoir une saucée.

Une fois sur le sentier menant à la maison, la marche fut plus facile, mais la mauvaise humeur de Jamie ne s'améliora guère quand M. Wemyss se réveilla brusquement pour vomir sur sa chemise. Après avoir tant bien que mal essuyé les dégâts, nous changeâmes de stratégie et finîmes notre parcours du combattant en soutenant M. Wemyss chacun d'un côté, lui tenant fermement le coude tandis qu'il glissait et trébuchait, ses jambes maigrelettes cédant sous lui aux moments les plus inopportuns, tel un pantin dont on aurait coupé les fils.

Durant tout le trajet, Jamie avait marmonné en gaélique, mais il s'arrêta net en entrant dans la cour. Un des jumeaux

Beardsley s'y trouvait, attrapant des poulets pour Mme Bug ; il en tenait déjà deux par les pattes, la tête en bas. Il se redressa en nous apercevant et dévisagea M. Wemyss d'un air intrigué.

– Qu'est-ce que…

Il n'eut pas le temps de finir. Jamie lâcha M. Wemyss, rejoignit le garçon en deux enjambées et lui envoya un coup de poing d'une telle force dans le ventre que le garçon se plia en deux, lâchant ses volatiles qui prirent la fuite en gloussant dans un nuage de plumes.

Se tenant le ventre, le garçon trébucha en arrière et tomba sur les fesses, ouvrant et fermant la bouche sans émettre un son. Jamie le saisit par les cheveux, le hissa debout et lui cria dans l'oreille (sans doute au cas où ce serait Kezzie) :

– Va chercher ton frère. Dans mon bureau, tout de suite !

M. Wemyss avait observé la scène un bras autour de mon épaule et la bouche grande ouverte. Sans changer d'expression, il regarda Jamie qui revint vers lui, le détacha délicatement de moi et le propulsa dans la maison sans se retourner.

Sur un ton réprobateur, je lançai au Beardsley toujours à terre :

– Comment as-tu pu ?

Il me fit quelques mimiques de poisson rouge, les yeux ronds, puis parvint enfin à émettre un long *iiiiiiii* sifflant, le visage pourpre.

– Jo ? Que se passe-t-il ? Tu es blessé ?

Lizzie venait de surgir d'entre les arbres, deux poulets au bout de chaque main. Elle plissait le front, inquiète, accourant vers… je suppose que ce devait être Jo. Si quelqu'un pouvait les distinguer, c'était bien elle.

– Non, il n'est pas blessé, l'assurai-je. Mais ça ne saurait tarder. Quant à vous, ma jeune demoiselle (je pointai un index péremptoire vers elle), allez enfermer ces volailles dans le poulailler et retrouvez-moi dans…

J'hésitai, apercevant le jeune homme qui avait retrouvé un peu de souffle et qui se relevait. Il n'était peut-être pas pertinent d'entraîner Lizzie dans mon infirmerie pendant que Jamie et M. Wemyss éviscéraient les Beardsley de l'autre côté du couloir.

– Je viens avec vous, conclus-je. Allez!

– Mais...

Médusée, elle regarda Jo. Oui, c'était bien lui : j'aperçus la cicatrice de son pouce quand il se passa une main dans les cheveux.

Je la pris fermement par le bras et lui fis tourner les talons.

– Il va bien. Allons-y.

Quand je me retournai quelques mètres plus loin, Jo Beardsley, une main sur le ventre, se dirigeait vers l'écurie, sans doute pour aller chercher son frère.

Si M. Wemyss disait vrai, Lizzie devait faire partie de ces rares chanceuses qui ne souffrent pas de nausées matinales ni de tous les autres symptômes digestifs accompagnant généralement les débuts de grossesse. De fait, elle paraissait en pleine forme.

En soi, cela aurait dû me mettre la puce à l'oreille. Elle, d'ordinaire si pâle et anémique, avait un teint rose débordant de santé.

Retenant une branche pour la laisser passer, je lui demandai :

– Cela fait combien de temps?

Elle me jeta un bref coup d'œil, puis se baissant pour passer sous la branche, elle répondit faiblement :

– Environ quatre mois. Euh... Papa vous a dit?

– Oui. Votre pauvre père! Il dit vrai? Les deux Beardsley?

Les épaules voûtées, la tête inclinée, elle acquiesça imperceptiblement.

– Qu'est-ce que monsieur Fraser va leur faire? interrogea-t-elle d'une voix tremblante.

– Je n'en ai aucune idée.

Jamie lui-même ne le savait sans doute pas encore... bien qu'il eut proposé à M. Wemyss de trucider le mécréant qui avait mis sa fille enceinte.

En y repensant bien, l'autre solution, à savoir de la marier dès le lendemain matin, serait sans doute plus problématique que la simple exécution des jumeaux.

– Je n'en sais rien, répétai-je.

Nous atteignîmes le poulailler, une structure robuste abritée sous un grand érable. Plusieurs poules, un peu moins sottes que leurs sœurs, nichaient, tels de gros fruits mûrs, sur les branches les plus basses, la tête enfouie dans les plumes. J'ouvris la porte, libérant une bouffée d'ammoniac et, retenant ma respiration, m'emparai des poules et les lançai à l'intérieur. Pendant ce temps, Lizzie courait dans les bois, attrapait les poulets sous les buissons, revenait les rentrer, puis repartait à la chasse. De grosses gouttes se mirent à tomber, lourdes comme des galets, clapotant sur le feuillage au-dessus de nos têtes.

– Vite !

Tous les volatiles à l'abri, je claquai la porte derrière moi, baissai le loquet et attrapai Lizzie par le bras. Puis nous courûmes à toutes jambes vers la maison, nos jupes claquant autour de nous, telles des ailes de pigeon.

La cuisine d'été était plus proche. Nous nous y engouffrâmes au moment où le déluge s'abattait en rugissant, ébranlant le toit en fer comme s'il pleuvait des enclumes. Une fois à l'intérieur, il nous fallut quelques instants pour reprendre notre souffle. Le bonnet de Lizzie avait glissé pendant sa course, et sa tresse s'était défaite. Ses cheveux retombaient sur ses épaules, brillants et d'un blond crémeux, un changement considérable par rapport à la chevelure fine et cassante qu'elle partageait habituellement avec son père. Si je l'avais vue plus tôt tête nue, j'aurais tout de suite compris.

Elle mettait une application exagérée à remettre de l'ordre dans sa toilette, tirant sur son corset, lissant ses jupes, tout en évitant avec soin de croiser mon regard.

Une question me turlupinait depuis la révélation surprenante de M. Wemyss. Il valait mieux que je m'en débarrasse au plus vite. Le raffut de la pluie s'était atténué en un roulement de tambour régulier, encore sonore, mais pas au point d'empêcher la conversation.

– Lizzie ?

Elle releva la tête, surprise.

Je pris son visage entre mes mains et regardai au fond de ses yeux bleu pâle.

– Dites-moi la vérité. C'était un viol ?

Son expression de stupéfaction totale était plus éloquente que n'importe quel déni aurait pu l'être.

– Oh non, madame ! Ni Jo ni Kezzie ne seraient capables de faire une chose pareille ! Quoi, vous pensiez que, peut-être, ils s'étaient relayés pour me plaquer au sol ?

Je la libérai.

– Non, mais je préférais vous le demander, au cas où.

Je ne l'avais pas vraiment pensé, mais les Beardsley étaient des créatures si étranges et sauvages qu'il m'était impossible de deviner ce qu'ils pouvaient faire et ne pas faire.

– Mais c'étaient... euh... les deux ? Ce que votre père nous a dit.

J'ajoutai encore sur un ton de reproche :

– Le pauvre !

Elle baissa les yeux.

– Oui, je sais. Je suis terriblement désolée d'avoir fait honte à mon père. Mais ce n'est pas comme si nous l'avions fait exprès...

– Elizabeth Wemyss, dis-je sèchement. Mis à part le viol, une hypothèse que nous avons déjà écartée, il est virtuellement impossible d'avoir des rapports sexuels avec deux hommes sans le faire exprès. Un, encore... peut-être, mais deux, non. D'ailleurs...

J'hésitai, mais la curiosité vulgaire l'emporta.

– Les deux... en même temps ?

Elle parut légèrement choquée, ce qui me soulagea un peu.

– Oh non, madame ! C'était... enfin... je ne savais pas que...

Rougissant, elle n'acheva pas sa phrase.

Je tirai deux tabourets de sous la table et en poussai un vers elle.

– Asseyez-vous et racontez-moi. De toute façon, nous sommes coincées ici pour un petit moment.

Elle hésita, puis s'assit. Je la voyais se demander si elle n'avait vraiment pas d'autre possibilité que d'expliquer les événements... dans la mesure où il y avait quelque chose à expliquer. Je lui tendis une perche :

– Vous dites que... vous ne savez pas. Vous voulez dire que... vous pensiez que c'était un des frères, mais qu'ils vous ont dupée?

– Euh... oui, plus ou moins. C'était quand monsieur Fraser et vous êtes allés à Bethabara pour la nouvelle chèvre. Mme Bug était couchée avec un lumbago, et il n'y avait que mon père et moi dans la maison. Puis, il a dû descendre à Woolam chercher de la farine, si bien que je suis restée toute seule.

– À Bethabara? Mais c'était il y a six mois! Or, vous n'êtes enceinte que depuis quatre. Vous voulez dire que pendant tout ce temps, vous avez... Passons. Que s'est-il passé?

Elle était en train de ramasser du bois quand la première vague de frissons paludéens était apparue. Reconnaissant les symptômes, elle avait laissé tomber les branchages et s'était précipitée vers la maison, mais elle était tombée à mi-chemin, tous ses muscles se relâchant.

– J'étais étalée sur le sol et je sentais la fièvre venir. C'est comme une bête féroce. Je la sens qui m'attrape avec ses mâchoires et me mord... Mon sang se glace, puis devient brûlant chaque fois que ses crocs s'enfoncent dans ma chair. Ils me transpercent jusqu'aux os, essayant de les casser en deux pour atteindre la moelle.

Un des Beardsley – elle supposait qu'il s'agissait de Kezzie, mais n'avait pas été en état de le lui demander – l'avait découverte gisant dans la cour. Il avait couru chercher son frère et, à eux deux, ils l'avaient transportée jusque dans son lit.

– Mes dents claquaient si fort que j'avais peur qu'elles se brisent. Je leur ai demandé d'aller chercher l'onguent, celui avec le hou glabre que vous m'avez préparé.

Ils avaient fouillé dans les placards de l'infirmerie jusqu'à ce qu'ils le trouvent, puis, paniqués en la voyant devenir de plus en plus brûlante, lui avaient ôté ses souliers et ses bas, et lui avaient frictionné les pieds et les jambes.

– Je leur ai dit... Je leur ai dit de m'en mettre partout, expliqua-t-elle en virant au rouge pivoine. J'étais... euh... j'étais comme folle, ravagée par la fièvre, je vous assure, madame. Mais je savais qu'il me fallait le remède coûte que coûte.

J'acquiesçai, commençant à comprendre. Je ne pouvais pas le lui reprocher. Je l'avais déjà vue en proie à un accès de paludisme. Jusque-là, elle avait bien fait. Elle avait eu besoin du médicament et n'aurait pu se l'appliquer elle-même.

Affolés, les deux garçons avaient suivi ses instructions. Ils l'avaient déshabillée maladroitement, puis avaient frictionné la moindre parcelle de son corps nu avec l'onguent.

– Je ne savais plus où j'étais. Les rêves de la fièvre emportaient mon esprit, et tout était brouillé. Mais je crois avoir entendu un des garçons dire à l'autre qu'il était en train de mettre du baume partout, qu'il allait abîmer sa chemise et qu'il ferait mieux de l'enlever.

– Je vois, dis-je, en voyant en effet très bien. Et puis ?

Puis la fièvre l'avait engloutie, mais, chaque fois qu'elle revenait à la surface de la conscience, les garçons étaient toujours là, lui parlant, se parlant, le murmure de leur voix étant son seul lien ténu avec la réalité, leurs mains ne la quittant jamais, caressant, malaxant, l'odeur âcre du hou glabre transperçant celles de la fumée du feu de bois et de la cire des chandelles.

– Je me sentais... en sécurité. Je ne me souviens pas de grand-chose mais, à un moment, j'ai ouvert les yeux et j'ai vu sa poitrine juste au-dessus de moi, avec des poils frisés autour de ses seins, ses mamelons bruns tout fripés comme des raisins secs.

Elle tourna des yeux surpris vers moi.

– Je revois encore de petits détails comme s'ils étaient sous mon nez, c'est étrange, non ?

J'acquiesçai, même si cela ne m'étonnait pas. Les fortes fièvres brouillaient la réalité tout en gravant certaines images si profondément dans l'esprit qu'elles ne le quittaient jamais plus.

– Ensuite ?

Ensuite, elle s'était mise à trembler violemment, prise de frissons que ni les montagnes d'édredons ni une brique chaude à ses pieds ne pouvaient calmer. En désespoir de cause, un des garçons s'était alors glissé dans le lit et l'avait serrée contre lui, tentant de lui transmettre sa chaleur (qui, pensai-je cyniquement, devait être considérable).

– J'ignorais lequel des deux c'était. Peut-être se sont-ils relayés pendant la nuit, mais, chaque fois que je me réveillais, il y en avait un tout contre moi, me tenant dans ses bras. Parfois, il repoussait les couvertures et m'oignait de nouveau le dos et... de l'autre côté. Quand je me suis réveillée, le lendemain matin, la fièvre avait disparu, comme toujours le second jour.

Elle me dévisagea, m'implorant du regard de la comprendre.

– Vous savez comment c'est, madame, quand on sort d'une forte fièvre. Pour moi, c'est toujours pareil, si bien que je pense que tout le monde ressent la même chose. On se sent si... paisible. Les membres sont si lourds qu'on ne peut pas bouger, mais peu importe. On voit soudain tous ces petits riens auxquels on ne prête pas attention d'habitude, et tout paraît beau. Parfois, je me dis que ce sera ainsi quand je serai morte, paisible et beau, sauf que je pourrai bouger.

– Et quand vous vous êtes réveillée, un des jumeaux était toujours là, avec vous ?

– Oui, c'était Jo. Il m'a parlé, mais je n'ai pas vraiment été attentive à ses paroles. Je crois que lui non plus.

Elle se mordit la lèvre inférieure.

– Je… Je ne l'avais encore jamais fait. Mais j'ai failli, une ou deux fois avec Manfred. Avec Bobby Higgins, on est allés encore plus loin. Mais Jo, lui, n'avait encore jamais embrassé une fille, son frère non plus. Alors, vous comprenez, c'était vraiment ma faute, car je savais bien ce qui était en train de se passer, mais… on était nus sous les couvertures, le corps tout glissant à cause de l'onguent, et puis… c'est arrivé.

Je voyais parfaitement, et en détail.

– Oui, je comprends comment cela a pu arriver. Mais… euh… cela s'est reproduit ensuite, non ?

Elle pinça les lèvres et rosit de nouveau.

– Eh bien… oui. C'est que… c'était vraiment bien, madame.

Elle s'était penchée vers moi, chuchotant comme si elle partageait un secret capital.

– Hum… oui. Certes. Mais…

Les Beardsley avaient lavé les draps en suivant ses instructions, effaçant toute trace suspecte avant le retour de son père, deux jours plus tard. Le hou glabre avait fait son effet et, bien qu'encore faible et fatiguée, elle avait déclaré à M. Wemyss n'avoir subi qu'une crise légère.

Après cela, Jo et elle avaient profité de toutes les occasions pour se retrouver dans les hautes herbes d'été, derrière la laiterie, dans la paille fraîche de l'écurie et, quand il pleuvait, sous la véranda de la cabane des jumeaux.

– Je refusais de le faire à l'intérieur, à cause de la puanteur des peaux tannées. On étalait un vieil édredon sous le porche pour que je ne m'enfonce pas des échardes dans les fesses. Avec la pluie qui tombait à quelques centimètres…

Elle lança un regard songeur vers la porte ouverte. L'averse s'était réduite à un doux murmure, faisant trembloter les aiguilles de pin dans les arbres.

– Et Kezzie ? demandai-je. Que faisait-il, pendant ce temps ?

Un jour, ils avaient fait l'amour dans l'étable. Ensuite, alors qu'elle était toujours étendue sur sa cape dans la paille,

Jo s'était levé et s'était rhabillé. Puis, il l'avait embrassée et s'était tourné vers la porte. Voyant qu'il oubliait sa gourde, elle l'avait rappelé.

– Il ne m'a pas répondu. Il ne s'est même pas retourné. C'est alors que je me suis rendu compte qu'il ne m'entendait pas.

– Ah, je vois. Vous... euh... vous ne voyez aucune différence ?

Elle me fixa.

– Maintenant, si.

Toutefois, au début, le sexe était si nouveau, et les deux frères si inexpérimentés qu'elle ne s'était rendu compte de rien.

– Vous avez une petite idée de quand ils ont décidé de...

– Je ne suis pas sûre, avoua-t-elle. Mais je crois, non, je sais, que la première fois, c'était Jo, parce que j'ai vu son pouce. Mais la seconde, ce pouvait être Kezzie. C'est qu'ils font tout ensemble, vous comprenez ?

Effectivement, ils partageaient tout. Aussi, il leur paraissait tout naturel, à tous les trois, que Jo souhaite partager sa nouvelle découverte merveilleuse avec son frère.

– Je sais que ça paraît... étrange. J'aurais sans doute dû dire, ou faire, quelque chose, mais je ne savais pas quoi.

Elle releva vers moi des yeux impuissants.

– Mais, sincèrement, je ne voyais pas où était le mal. C'est vrai qu'ils sont différents, mais ils sont tellement proches l'un de l'autre... c'est comme si je touchais et je parlais à un même garçon, mais avec deux corps.

– Deux corps, répétai-je. C'est justement là le problème, comprenez-vous, les deux corps se séparent.

Je l'examinai avec attention. En dépit du paludisme et de sa constitution fragile, elle s'était visiblement remplumée. Ses petits seins avaient grossi et débordaient de l'échancrure de son corset. Elle était assise, mais je devinais qu'il en allait de même pour son arrière-train. Le plus étonnant, c'était qu'il lui avait fallu trois mois avant de devenir enceinte.

Comme si elle avait lu dans mes pensées, elle expliqua :

– Je prenais les graines, celles que mademoiselle Brianna et vous prenez aussi. J'en avais mis de côté, quand je me suis fiancée avec Manfred. Je voulais aller en chercher plus, mais j'oubliais parfois et...

Elle haussa les épaules, posant ses mains sur son ventre.

– Votre père l'a-t-il appris accidentellement ?

– Non, c'est moi qui le lui ai dit. J'ai pensé qu'il valait mieux, avant que ça se voie. Jo et Kezzie m'ont accompagnée.

Je comprenais mieux à présent pourquoi M. Wemyss avait eu besoin d'un alcool puissant. Nous aurions peut-être dû rapporter la cruche avec nous.

– Votre pauvre père, répétai-je pour la forme. Vous aviez tous les trois conçu un plan pour le lui annoncer ?

– Euh... non, avoua-t-elle. Je n'ai prévenu les garçons que j'attendais un enfant que ce matin.

Elle ajouta avec une grimace :

– Ils ont été un peu pris de court.

– J'imagine !

Je jetai un œil dehors. Il pleuvait toujours, mais nettement moins fort, ridant la surface des flaques dans la cour. Je me passai une main sur le visage, me sentant soudain très lasse.

– Lequel allez-vous choisir ?

Elle tressaillit et devint blême.

– Vous ne pouvez pas les garder tous les deux, vous savez. Cela ne se passe pas ainsi.

– Pourquoi ? questionna-t-elle d'une voix tremblante. On ne fait de mal à personne. Cela ne regarde que nous.

Je commençais à avoir vraiment besoin d'un petit remontant moi-même.

– Essayez donc de l'expliquer à votre père. Ou à monsieur Fraser. Dans une grande ville, vous pourriez peut-être passer inaperçus, mais ici ? Tout ce qui arrive regarde tout le monde, vous le savez bien. Si Hiram Crombie apprenait la vérité, il vous ferait aussitôt lapider pour fornication.

Sans attendre sa réaction, je me levai.

– Venez. Rentrons à la maison et allons voir s'ils sont encore tous les deux en vie. Monsieur Fraser aura peut-être pris l'affaire en main et résolu le problème pour vous.

* * *

Les jumeaux étaient toujours de ce monde, mais ne semblaient pas en être particulièrement ravis. Ils étaient assis, épaule contre épaule, au milieu du bureau de Jamie, collés comme s'ils essayaient de se fondre en un unique corps. Ils tournèrent la tête vers la porte dans un seul mouvement, leur inquiétude tempérée par la joie de voir Lizzie. Je la tenais par le bras, mais, dès qu'elle les aperçut, elle se libéra et se précipita vers eux, les serrant contre sa poitrine.

Un des garçons avait un œil au beurre noir qui commençait tout juste à enfler. Je supposai que c'était Kezzie, mais j'ignorais si c'était là la notion d'équité de Jamie ou un simple moyen de pouvoir différentier les jumeaux.

M. Wemyss était toujours vivant lui aussi, et n'en paraissait guère plus ravi que les Beardsley. Il était d'une pâleur verdâtre, avec les yeux rouges, mais relativement dégrisé. Il était assis le dos droit près de la table de Jamie. Une tasse de chicorée était posée devant lui, intacte.

Sans lâcher les garçons, Lizzie s'agenouilla sur le sol, et les trois têtes se rapprochèrent comme les feuilles d'un trèfle, échangeant des messes basses.

– Vous êtes blessés ? Tu n'as rien ? se chuchotaient-ils.

Ils se touchaient, se palpaient, s'étreignaient dans un enchevêtrement de mains et de bras, telle une pieuvre tendre et pleine de sollicitude.

Je vis Jamie qui les observait d'un œil noir. M. Wemyss émit un gémissement sourd et enfouit son visage dans ses mains.

Jamie se racla la gorge, émettant un son très redoutable. Comme frappés par un rayon paralysant, les trois jeunes gens au centre de la pièce s'immobilisèrent aussitôt. Lizzie releva très lentement le visage vers lui, tenant toujours les jumeaux par le cou d'un air protecteur.

Jamie lui indiqua un tabouret.

– Asseyez-vous.

Elle se leva, le menton haut, et contourna les frères Beardsley pour venir s'installer entre eux, ses mains sur leurs épaules.

– Je préfère rester debout, monsieur.

Sa voix était haut perchée et chevrotante, mais déterminée. Aussitôt, les deux garçons saisirent la main posée sur eux et adoptèrent la même expression d'appréhension et de fermeté.

Judicieux, Jamie décida de ne pas insister. J'en profitai pour prendre moi-même le tabouret.

– Les garçons et moi avons discuté avec votre père, déclara-t-il à Lizzie. Ce que vous lui avez dit est donc vrai ? Vous êtes enceinte, mais ne savez pas lequel est le père ?

Lizzie ouvrit la bouche, mais aucun son n'en sortit. Elle se contenta donc de hocher la tête.

– Bien. Dans ce cas, il faut vous marier. Le plus tôt sera le mieux. Les garçons n'ont pas pu décider lequel d'entre eux vous épouserait. C'est donc à vous de choisir. Lequel ?

Le trio serrait les doigts jusqu'à faire blanchir les articulations de leurs phalanges. J'étais fascinée et ne pouvais m'empêcher d'avoir de la peine pour eux.

– Je ne peux pas, dit Lizzie dans un murmure.

Elle s'éclaircit la gorge et répéta d'une voix plus ferme.

– Je ne peux pas. Je… je ne veux pas choisir. Je les aime tous les deux.

Jamie réfléchit un instant, fixant le sol, puis il la dévisagea longuement. Je la vis se raidir, pinçant les lèvres, tremblante mais décidée, prête à le défier. Puis, avec un sens du rythme diabolique, Jamie se tourna vers M. Wemyss.

– Joseph ?

M. Wemyss, qui assistait à la scène comme transfiguré, sortit soudain de sa torpeur.

– Elizabeth. M'aimes-tu ?

La façade de défi se brisa comme un œuf, et les larmes jaillirent. Elle lâcha les jumeaux et se jeta dans les bras de son père, qui se leva juste à temps pour la recevoir, pressant sa joue contre sa tête. Elle s'accrocha à lui en sanglotant. Il la serrait contre lui en oscillant doucement, murmurant des paroles inaudibles sous les sanglots.

Jamie observait les jumeaux non sans une certaine compassion. Ils se tenaient la main, Kezzie se mordant la lèvre. Lizzie s'écarta de son père, reniflant et cherchant son mouchoir. Je lui tendis le mien. Elle se moucha, puis s'essuya les yeux, s'efforçant de ne pas regarder Jamie. Elle savait très bien où était le danger.

Cependant, vu la corpulence de Jamie, faire semblant de ne pas le voir était difficile, surtout dans une minuscule pièce comme celle-ci. Contrairement à mon infirmerie, les fenêtres étaient petites et hautes, ce qui contribuait habituellement à créer une atmosphère douillette. Toutefois, avec la pluie qui continuait à tomber au-dehors, la lumière était grise et froide.

Jamie lui déclara très doucement :

– La question n'est pas de savoir qui vous aimez, ma petite. Vous portez un enfant dans votre ventre. C'est à lui qu'il faut penser avant toute autre chose. Vous ne voudriez pas que sa mère passe pour une putain, n'est-ce pas ?

Ses joues s'empourprèrent aussitôt.

– Je ne suis pas une putain !

– Ce n'est pas ce que j'ai dit. Mais d'autres le penseront. Imaginez que le bruit se répande que vous avez écarté les cuisses pour deux hommes, sans être mariée à aucun d'eux. Mère d'un enfant dont vous ne pouvez même pas nommer le père.

Elle le foudroya du regard, puis se tourna vers son père, qui gardait la tête baissée, l'air mortifié. Elle émit un son étranglé et enfouit son visage entre ses mains.

Les jumeaux s'agitèrent, échangeant un regard. Jo s'apprêtait à se lever, mais un regard lourd de reproches de M. Wemyss l'en dissuada.

Jamie se passa l'index sur l'arête du nez. Puis, il se pencha au-dessus du panier de petit bois près de la cheminée et saisit deux brins de paille. Les tenant dans son poing fermé, il les tendit aux jumeaux.

– Celui qui tirera la plus courte l'épousera.

Les Beardsley marquèrent un temps d'arrêt, ouvrant des yeux ronds. Puis Kezzie rassembla son courage, ferma les yeux et en tira un avec autant de délicatesse que s'il dégoupillait une grenade. Jo garda les yeux ouverts, mais ne les posa pas sur la paille qu'il tira ; il fixait Lizzie.

Kezzie avait la plus courte.

– Lève-toi, lui ordonna Jamie.

Le jeune homme obéit, hébété.

– Prends sa main. Jures-tu devant ces témoins (il nous désigna d'un signe de tête, M. Wemyss et moi) de prendre Elizabeth Wemyss comme épouse ?

Kezzie acquiesça, puis, s'éclaircissant la gorge et redressant le dos, déclara d'une voix ferme :

– Oui, je le jure.

– Et vous, Elizabeth Wemyss, acceptez-vous de prendre Keziah Beardsley…

Pris d'un doute, il lança un regard suspicieux vers le garçon :

– Tu es bien Keziah, n'est-ce pas ?

Kezzie hocha la tête.

– … Acceptez-vous de prendre Keziah Beardsley pour époux ?

– Oui, murmura Lizzie, désemparée.

– Parfait, conclut Jamie. Nous irons chercher un prêtre pour bénir votre union dès que possible, mais vous pouvez d'ores et déjà vous considérer comme mariés.

Il se tourna alors vers Jo, qui s'était levé.

– Quant à toi, tu partiras. Dès ce soir. Ne reviens pas avant la naissance de l'enfant.

Livide, Jo accepta. Il tenait ses deux mains pressées contre son cœur. En voyant son visage défait, je sentis le mien se fendre.

Les épaules de Jamie s'affaissèrent légèrement.

– Joseph. Vous avez toujours le contrat dressé pour le mariage de Lizzie et du jeune McGillivray? Allez le chercher. Il nous suffira de changer le nom.

M. Wemyss donna une petite tape d'encouragement à sa fille, qui tenait toujours la main de son nouvel époux, puis sortit à vive allure, ses talons claquant sur les marches de l'escalier.

– Tu n'as pas besoin d'une nouvelle bougie? demandai-je à Jamie.

Je fis un signe vers Lizzie et les jumeaux. Il restait encore quelques centimètres de chandelle dans le bougeoir, mais leur accorder un moment d'intimité me semblait la moindre des choses.

– Hein? Ah, oui. Euh... je viens avec toi la chercher.

Dès que nous fûmes dans l'infirmerie, il referma la porte derrière lui et s'y adossa, laissant retomber sa tête.

– Seigneur! soupira-t-il.

– Les pauvres. Ne me dis pas que tu n'es pas attristé pour eux.

– Tu crois?

Il huma sa chemise, qui avait séché mais sentait toujours un peu le vomi, puis s'étira, faisant craquer les os de son dos.

– Oui, un peu, admit-il. Mais quand même... Seigneur! Elle t'a dit comment c'était arrivé?

– Oui, mais je te raconterai les détails juteux plus tard.

J'entendis M. Wemyss redescendre l'escalier. Je saisis une paire de chandelles suspendues par leur longue mèche à une poutre du plafond et lui demandai :

– Tu peux me passer ton couteau?

Il porta machinalement la main à sa ceinture, mais son coutelas n'y était pas.

– Non, mais j'ai mon canif sur mon bureau...

Il ouvrit la porte juste au moment où M. Wemyss entrait dans l'autre pièce en poussant un cri de surprise.

Jamie le poussa sur le côté pour se précipiter dans son bureau, moi sur ses talons.

Ils se tenaient tous les trois près de la table tachée d'une giclée de sang frais. Kezzie avait enroulé mon mouchoir autour de sa main ensanglantée. Dans la lumière blafarde, il releva vers Jamie un visage spectral. Il crispait les mâchoires, mais parvint néanmoins à esquisser un sourire.

Jo tenait le canif de Jamie au-dessus de la flamme de la chandelle. Agissant comme s'ils étaient seuls, il prit la main de son frère, lui ôta le mouchoir et appliqua la lame chauffée à blanc sur la plaie ovale du pouce de son frère. Kezzie inspira profondément, puis expira lentement.

– Bon voyage, mon frère, dit-il d'une voix étranglée.

– Sois heureux, mon frère, répondit Jo sur le même ton.

Lizzie se tenait entre eux, menue et décoiffée, ses yeux rouges fixés sur Jamie.

Elle lui sourit.

74

Si romantique !

Tout en douceur, Brianna conduisit la petite voiture le long de la jambe fléchie de Roger, puis sur la plaine de son ventre, s'arrêtant sur sa poitrine où il s'empara à la fois du véhicule et de la main avec un sourire ironique.

– Elle roule vraiment bien, conclut-elle.

Elle libéra ses doigts et s'étendit confortablement à ses côtés.

– Toutes ses roues tournent. C'est quel modèle ? Une Morris Minor, comme la petite orange que tu conduisais en Écosse ? Je n'avais jamais vu une voiture aussi mignonne, même si je n'ai jamais compris comment tu arrivais à te faufiler dedans.

– En m'enduisant de talc.

Il souleva le jouet et, d'une chiquenaude, fit tourner les roues avant.

– C'est vrai qu'elle est réussie, hein ? Ce n'est pas censé représenter un modèle en particulier, mais, en la fabriquant, j'avais en tête ta Ford Mustang. Tu te souviens de la fois où tu m'as conduit dans la montagne ?

Le souvenir alluma une lueur tendre dans ses yeux.

– Un peu, oui ! J'ai failli nous précipiter dans le ravin quand tu m'as embrassée à cent trente à l'heure !

Elle se rapprocha de lui, le poussant du genou. Il roula sur le côté pour être face à elle, puis fit rouler le jouet le long de sa colonne vertébrale et sur la courbe de ses fesses. Elle se tortilla, essayant d'échapper au frôlement des roues sur sa peau, et lui donna un coup dans les côtes.

— Arrête, tu me chatouilles!

— Je croyais que tu trouvais la vitesse érotique. Vroum, vroum!

La voiture remonta le long du bras de Brianna, puis s'engouffra soudain sous le col de sa chemise. Elle tenta en vain de l'attraper. Roger l'esquiva et plongea sous les couvertures, faisant courir le jouet sur sa cuisse... puis remonter à toute vitesse.

Un match de lutte effréné s'ensuivit, qui se conclut avec les deux adversaires sur le plancher dans un enchevêtrement de draps et de chemises de nuit, haletant et pouffant de rire.

— Chut! Tu vas réveiller Jemmy.

Elle tenta de s'extirper de sous le corps de Roger. Fort de son avantage de vingt-deux kilos, il resta couché sur elle, relâchant ses muscles.

— Même des coups de canon ne le réveilleraient pas, répondit-il.

Elle cessa de se débattre, lui caressant le dos.

— Tu crois que tu franchiras de nouveau un jour la barre des cent trente kilomètres-heure? demanda-t-elle.

— Uniquement si je tombe d'une très haute gorge. Tu es nue, tu le savais?

— Toi aussi!

— Oui, mais moi, je l'étais depuis le début. Où est passée la voiture?

— Aucune idée.

Elle mentait. Elle se trouvait juste dans le creux de ses reins, ce qui était très désagréable, mais elle ne voulait pas lui donner un autre avantage.

— Que veux-tu en faire?

Il se hissa sur un coude et fit lentement courir le bout de ses doigts sur la courbe d'un sein.

— Je comptais explorer un peu le terrain. Tu me diras que je peux aussi le faire à pied, cela me laissera plus de temps pour admirer le paysage.

Il pouvait la maintenir au sol avec son poids, mais pas lui immobiliser les bras. Elle en profita pour lui pincer un mamelon, le faisant gémir de plaisir.

– Tu comptes faire une longue randonnée?

Elle jeta un coup d'œil vers l'étagère près du lit où elle gardait ses produits contraceptifs.

Il suivit son regard.

– Assez longue.

Elle gigota pour s'installer plus à l'aise, extrayant discrètement la petite voiture.

– On dit que, dans tout long voyage, il n'y a que le premier pas qui coûte.

Levant la tête, elle prit le mamelon entre ses lèvres, refermant ses dents dessus avec douceur.

Quelques instants plus tard, elle le libéra.

– Tais-toi, lui dit-elle. Tu vas réveiller Jemmy.

* * *

– Où sont tes ciseaux? Je vais les couper.

– Je ne te le dirai pas. Je les préfère longs.

Elle écarta les cheveux noirs de devant son visage et déposa un baiser sur le bout de son nez. Pris de court une fraction de seconde, il sourit et l'embrassa à son tour avant de se redresser en position assise, rejetant sa chevelure en arrière. Il jeta un œil vers le berceau.

– Il n'est pas bien là-dedans. Je devrais le remettre dans son lit.

Âgé de quatre ans, Jemmy avait depuis longtemps son propre lit, mais, de temps à autre, emporté par un élan de nostalgie, il insistait pour dormir dans son ancien berceau, où, même en se recroquevillant, il ne tenait pas en entier. On apercevait deux jambes dodues pointées en l'air.

Couchée sur le plancher, Brianna le contempla, attendrie. Il grandissait tellement vite! Il ne savait pas encore lire, mais connaissait toutes les lettres, pouvait compter jusqu'à cent et écrire son nom. Et aussi charger un fusil. Son grand-père le lui avait appris.

– On lui dit? demanda-t-elle soudain. Et si oui, quand?

Roger devait être sur la même longueur d'onde, car il comprit exactement le sens de sa question.

– Bon sang, comment explique-t-on à un enfant une situation pareille?

Il se leva et secoua les draps en quête de son lacet en cuir pour renouer ses cheveux.

Elle s'assit et agita sa propre chevelure.

– Si ton enfant était adopté, tu le lui dirais bien un jour ou l'autre, non? objecta-t-elle. Pareil dans le cas d'un scandale familial, par exemple, si le père qu'il croit mort se trouve en fait en prison? Quand tu le leur annonces suffisamment tôt, ils l'acceptent mieux. Ils grandissent en apprenant à vivre avec. En revanche, s'ils le découvrent plus tard, le choc est violent.

– Tu es bien placée pour le savoir.

– Et toi donc!

En dépit de son ton détaché, elle en ressentait encore l'écho. L'incrédulité, la colère, le déni... puis l'effondrement brutal de son monde, alors qu'elle avait commencé, malgré elle, à y croire. Le sentiment de vide et d'abandon, ainsi que la fureur noire et l'impression de trahison en constatant qu'une grande part de ce qu'elle tenait pour acquis n'était en fait qu'un mensonge.

Elle s'adossa au montant du lit.

– Au moins, dans ton cas, ce n'était pas le résultat d'un choix délibéré. Personne ayant été au courant n'avait décidé de ne pas te dire la vérité.

– Ah oui? Tu penses que tes parents auraient dû te parler des voyages dans le temps quand tu étais toute petite?

Il arqua un sourcil cynique.

– J'imagine ton carnet scolaire : «Brianna a une imagination fertile, mais doit encore apprendre à reconnaître les situations dans lesquelles il faut s'abstenir d'en abuser.»

373

– Je fréquentais l'école catholique, rétorqua-t-elle. Les sœurs m'auraient juste considérée comme une menteuse, et la question aurait été réglée. Où est passée ma chemise de nuit?

À force de gigoter dans tous les sens au cours de leur lutte, elle s'était retrouvée dénudée et, à présent, se sentait mal à l'aise ainsi.

Roger pêcha le vêtement en lin dans la masse de draps et de couvertures sur le sol et le secoua.

– La voilà. Alors? Tu ne m'as pas répondu. Tu penses qu'ils auraient dû te le dire?

– Oui et non, admit-elle à contrecœur. Enfin… je comprends pourquoi ils ne l'ont pas fait. Au début, papa n'y croyait pas non plus. Et quand il l'a enfin cru, il a demandé à maman de me laisser croire qu'il était mon vrai père. Elle lui a donné sa parole.

Sa mère ne l'avait finalement brisée que par obligation… avec un effet dévastateur.

Elle enfila sa chemise élimée et noua ses cheveux dans sa nuque, avec toujours l'impression d'être scrutée. Assis sur le matelas, Roger démêlait méthodiquement les draps sans la quitter de ses yeux verts et interrogateurs.

– C'était quand même un mensonge! rétorqua-t-elle. J'avais le droit de savoir!

– Mmphm. Oui, je peux comprendre l'intérêt de dire à un enfant qu'il a été adopté ou que son père est en prison. Mais, dans notre cas… ce serait un peu comme d'annoncer à un enfant que son père a assassiné sa mère en la trouvant en train de s'envoyer en l'air dans la cuisine avec le postier et six de ses bons copains. Le gamin ne le prendra peut-être pas trop mal s'il l'apprend tout petit, mais cela risque d'intéresser sérieusement ses petits camarades, plus tard, quand il le leur racontera.

Soudain irritée, elle se mordit la lèvre. Elle ne s'était pas rendu compte à quel point ses sentiments sur la question étaient encore vifs, ce qui la dérangeait. En outre, elle n'aimait pas montrer son trouble à Roger.

Dans le berceau, Jemmy avait bougé, se roulant en boule comme un hérisson, les genoux contre son visage. On ne voyait plus de lui que la courbe de ses fesses, dépassant du petit lit, telle la lune se dressant au-dessus de la ligne d'horizon.

– Oui... tu as raison. Il vaut mieux attendre qu'il soit en âge de comprendre qu'il ne faut pas en parler aux autres. Que c'est un secret.

Le lacet de cuir tomba enfin au sol. Roger le ramassa, ses cheveux lui retombant sur le visage. Sans la regarder, il lança :

– Tu le dirais à Jemmy s'il s'avérait que je n'étais pas son vrai père ?

Une vague de panique noya la mauvaise humeur de Brianna.

– Roger ! Jamais de la vie ! Même si c'était vrai. Or, ce ne l'est pas. Je le sais, Roger. C'est toi, son vrai père ! Le seul et unique.

Elle s'assit près de lui, lui agrippant le bras. Il sourit, l'air un peu contrit, et lui tapota la main, mais en évitant toujours son regard. Il attendit un instant, puis se dégagea afin d'attacher ses cheveux.

– Pourtant, tu l'as dit toi-même. N'a-t-il pas le droit de savoir qui il est, lui aussi ?

– Ce n'est pas la même chose.

C'était vrai... et faux. Elle n'avait pas été le fruit d'un viol, mais sa conception avait été accidentelle. D'un autre côté, il n'y avait jamais eu la moindre ambiguïté. Ses deux ou plutôt trois parents avaient su sans l'ombre d'un doute qu'elle était la fille de Jamie Fraser.

Dans le cas de Jemmy... Elle observa de nouveau le berceau, cherchant d'instinct une marque, une preuve indéniable de sa paternité. Mais il lui ressemblait, ainsi qu'à son grand-père ; il avait leurs couleurs et leurs traits. Il était grand pour son âge, avec des membres longs et un dos large, mais c'était également le cas de ses deux pères putatifs. Et tous deux, comble de malchance, avaient les yeux verts.

– Je ne lui dirai jamais ça. Jamais, jamais, et toi non plus. Tu es son père, un point, c'est tout. Je ne vois aucune raison valable pour qu'il connaisse même l'existence de Stephen Bonnet.

– Sauf qu'il existe vraiment, souligna Roger. Et il est convaincu d'être son père. Si Jemmy le rencontrait un jour? Quand il sera plus grand.

Contrairement à son père et à son cousin, elle n'avait pas grandi en prenant l'habitude de se signer dans des moments de stress, ce qu'elle fit pourtant, faisant rire Roger.

– Ce n'est pas drôle. Cela n'arrivera pas. Et même si cela arrivait... si je vois Stephen Bonnet approcher de mon fils, je... je... La prochaine fois, je viserai plus haut, voilà tout.

– Tu es vraiment décidée à offrir à ton fils une bonne histoire pour régaler ses camarades de classe, hein?

Son ton taquin la rassura un peu, lui faisant espérer qu'elle avait effacé tous les doutes qu'il aurait pu avoir quant à sa paternité.

– D'accord, mais il faudra quand même lui expliquer le reste. Je ne veux pas qu'il l'apprenne par hasard.

– Toi-même, tu ne l'as pas appris accidentellement, c'est ta mère qui te l'a dit.

«Et regarde où ça nous a menés.» Il ne le dit pas, mais la phrase résonna tout de même dans la tête de Brianna. Si elle n'avait pas traversé les pierres pour se lancer à la recherche de son père biologique, aucun d'eux ne serait ici aujourd'hui. Ils seraient en sécurité au XXᵉ siècle, en Écosse ou aux États-Unis, quelque part où les fièvres et les diarrhées ne tuaient pas les enfants.

Dans un lieu où le danger n'était pas tapi derrière chaque arbre et où la guerre ne se cachait pas derrière les buissons, où la voix de Roger était encore claire et puissante.

Mais peut-être... Jemmy n'existerait-il pas.

– Pardonne-moi, dit-elle d'une voix étranglée. Je sais que c'est ma faute. Si je n'étais pas partie...

Elle tendit une main hésitante vers la cicatrice qui encerclait sa gorge, mais il l'attrapa au vol et l'abaissa.

– Ne dis pas ça, Brianna. Si j'avais eu une chance de trouver mes parents quelque part, j'aurais foncé, même en enfer.

Il baisa sa main avant d'ajouter :

– Ma chérie, s'il y a quelqu'un qui peut comprendre ton geste, c'est bien moi.

Elle posa la tête sur son épaule, soulagée de savoir qu'il ne lui reprochait rien, mais le ventre et la gorge noués par la douleur de leurs pertes à tous les deux.

Jemmy remua, se redressa soudain et retomba à plat ventre, un bras pendant par-dessus le bord du berceau. Elle avait figé en l'entendant bouger, puis se détendit. Elle allait se lever pour remettre le petit bras à l'intérieur quand on toqua à la porte.

Roger saisit précipitamment sa chemise d'une main, son couteau de l'autre.

– Qui est-ce ? demanda Brianna.

Les visites étaient très rares une fois la nuit tombée, sauf en cas d'urgence.

– C'est moi, mademoiselle Brianna, dit la petite voix de Lizzie. On peut entrer, s'il vous plaît ?

Elle paraissait excitée mais pas alarmée. Brianna attendit que Roger ait enfilé sa chemise, puis souleva le lourd loquet.

La petite servante était fébrile ; ses joues rouges comme deux pommes étaient visibles même dans l'obscurité du porche.

« On » incluait elle-même et les frères Beardsley, qui s'inclinèrent courtoisement et s'excusèrent pour l'heure tardive.

– Ce n'est rien, entrez donc, répondit machinalement Brianna.

Elle chercha du regard un vêtement pour se couvrir. Sa chemise de nuit élimée avait une tache révélatrice sur le devant.

Roger s'avança, saluant dignement ses invités imprévus en dépit du fait qu'il ne portait qu'une chemise, et elle en profita pour aller chercher le vieux châle qu'elle gardait près de son métier à tisser. Une fois vêtue de manière plus décente, elle ajouta une bûche dans la cheminée et alluma une chandelle. En y voyant plus clair, elle remarqua que les jumeaux s'étaient mis sur leur trente et un, leurs cheveux coiffés et tressés, avec une chemise propre et un gilet en cuir. Ils ne possédaient pas de veste. Lizzie aussi avait fait des efforts vestimentaires, elle portait la robe en laine couleur pêche qu'elles avaient confectionnée pour ses noces.

Il se passait quelque chose. Plutôt énervée, Lizzie chuchotait dans l'oreille de Roger.

Roger écarquilla les yeux.

— Vous voulez que je vous marie ?

Son regard alla d'un jumeau à l'autre.

— Avec lequel ?

Lizzie fit une petite révérence.

— Avec Jo, monsieur, si vous voulez bien. Kezzie sera notre témoin.

Roger implora Brianna du regard.

— Mais… euh…

— Tu as des ennuis, Lizzie ? questionna Brianna

Elle alluma une autre chandelle qu'elle plaça dans l'applique près de la porte. À la lumière, elle constata que les paupières de la jeune fille étaient rouges et enflées, comme si elle avait pleuré. Pourtant, elle semblait plus déterminée qu'apeurée.

— Pas vraiment des ennuis, mais… j'attends un enfant.

Elle croisa ses mains sur son ventre, l'air protecteur.

— Nous aimerions nous marier avant de l'annoncer à tout le monde.

— Ah.

Roger jeta un coup d'œil réprobateur à Jo, mais ne paraissait qu'à moitié convaincu.

— Mais votre père… il ne va pas…

— Papa préférerait que nous soyons mariés par un curé, ce que nous ferons plus tard. Mais vous savez bien que ça prendra des mois, voire des années avant qu'on en trouve un.

Elle baissa les yeux en rosissant.

– Je… je voudrais être mariée, avec tous les mots qu'il faut, avant que le bébé arrive.

Les yeux de Roger furent inexorablement attirés vers son ventre.

– Oui, je comprends, mais pourquoi cette précipitation ? Votre grossesse ne se verra pas plus demain que cette nuit. Cela peut même attendre la semaine prochaine.

Jo et Kezzie se regardèrent, puis Jo glissa une main autour de la taille de Lizzie et l'attira à lui.

– Monsieur… c'est juste que… on veut faire les choses correctement, mais on préférerait que ça se fasse dans l'intimité, vous comprenez ? Juste Lizzie, moi et mon frère.

– Rien que nous trois, répéta Kezzie en se rapprochant à son tour.

Il avait dû se blesser à la main, elle était enveloppée dans un mouchoir.

Brianna les trouvait tous les trois émouvants au possible. Ils étaient si innocents, si jeunes, si sincères, leurs visages débarbouillés tournés vers Roger, le suppliant. Elle s'approcha de son mari et lui toucha le bras.

– Fais-le, chuchota-t-elle. S'il te plaît. Ce n'est pas vraiment un mariage dans les règles, mais tu peux leur faire prêter le serment des mains.

– Oui, mais… ils auraient besoin de consulter d'autres personnes… son père…

Toutefois, il était aussi ému qu'elle par leur naïveté. Et, en outre, plutôt séduit par l'idée de célébrer son premier mariage, aussi peu orthodoxe soit-il. Les circonstances seraient romantiques et mémorables : des vœux échangés au beau milieu de la nuit à la lueur du feu de cheminée et des chandelles, un enfant endormi comme témoin silencieux, à la fois bénédiction et promesse pour le nouveau couple.

Résigné, il sourit et déclara :

– Bon, d'accord, mais laissez-moi d'abord enfiler des culottes. Pas question que je célèbre mon premier mariage le cul à l'air.

* * *

Sa cuillère de marmelade en suspens au-dessus de sa tranche de pain, Roger me dévisagea incrédule.

– Ils ont fait quoi ?

Brianna, qui avait plaqué une main sur sa bouche en écarquillant les yeux l'écarta pour s'exclamer :

– Oh non ! Elle n'a pas fait ça ? Les deux ?

Je réprimai une forte envie de rire qui aurait été des plus mal venues.

– Il faut croire. Tu l'as vraiment mariée à Jo la nuit dernière, Roger ?

– Oui, que Dieu me pardonne ! soupira-t-il.

Abasourdi, il plongea sa cuillère dans sa tasse et mélangea par habitude, en demandant :

– Mais elle a vraiment prêté le serment des mains avec Kezzie aussi ?

– Devant témoins, confirmai-je.

Je jetai un coup d'œil vers M. Wemyss, assis de l'autre côté de la table, pétrifié.

Brianna se pencha vers moi.

– Tu crois que… enfin, je veux dire… les deux à la fois ?

– Euh… elle m'a dit que non.

Je fis un discret signe de tête en direction de M. Wemyss, lui indiquant que la question, aussi fascinante soit-elle, n'était peut-être pas des plus pertinentes en sa présence.

– Oh mon Dieu ! gémit M. Wemyss d'une voix sépulcrale. Elle est damnée !

Mme Bug se signa.

– Par sainte Marie, mère de Dieu, que le Seigneur ait pitié d'eux !

Roger avala une gorgée de café et s'étrangla. Brianna lui tapa dans le dos, mais il repoussa sa main, les yeux larmoyants. Une fois ressaisi, il déclara :

– Ce n'est peut-être pas aussi grave que ça en a l'air. On peut aussi considérer que les jumeaux sont en fait une seule âme que Dieu aurait placée dans deux corps pour des raisons qui n'appartiennent qu'à lui.

– Oui, mais… deux corps! objecta Mme Bug. Vous pensez que… les deux en même temps?

– Je ne sais pas! dis-je en capitulant. Mais j'imagine que…

Je lançai un regard vers le volet clos de la fenêtre. Il avait commencé à neiger pendant la nuit. À présent, un épais tapis de quelques centimètres recouvrait le sol. Tout le monde autour de la table devait partager la même vision que moi : Lizzie et les jumeaux Beardsley, douillettement nichés au fond d'un lit sous d'épaisses fourrures près d'un bon feu, savourant leur lune de miel.

– De toute manière, on ne peut plus faire grand-chose, observa Brianna. Si le bruit s'évente, les presbytériens la traiteront de putain papiste et…

M. Wemyss émit un bruit de vessie de porc crevée.

Roger fixa Mme Bug.

– Personne ne dira rien, n'est-ce pas?

– Il faut quand même que je le raconte à Archie, autrement je vais exploser, répondit-elle. Mais à personne d'autre. Je le jure, si je mens, je vais en enfer.

Elle plaqua ses mains sur sa bouche en guise d'illustration, ce qui sembla satisfaire Roger.

– Je suppose que le mariage que j'ai célébré n'est pas vraiment valide. Mais d'un autre côté.

– Il l'est certainement autant que le serment que Jamie leur a fait prêté, déclarai-je. De toute façon, il est trop tard pour l'obliger à choisir entre l'un et l'autre. Une fois que le pouce de Kezzie aura cicatrisé, plus personne ne saura les différencier.

– Sauf peut-être Lizzie, observa Brianna.

Elle dévisagea Roger d'un air songeur.

– Je me demande comment ce serait si j'en avais deux comme toi.

– Je crois que tu parviendrais à nous embobiner tous les deux.

– Qui s'est fait embobiner ?

La porte de la cuisine venait de s'ouvrir, laissant entrer un tourbillon de neige et un courant d'air glacé. Jamie et Jemmy suivaient, de retour des latrines, le visage rouge et des flocons blancs plein les cheveux et les cils.

– Toi, répliquai-je. Tu t'es fait avoir par une bigame de dix-neuf ans.

– C'est quoi une bigame ? demanda Jemmy.

– Une jeune femme avec un gros ventre, répondit Roger.

Il enfourna une tartine de pain beurrée dans la bouche de son fils.

– Tiens, avale donc ça, puis va jouer dans le…

Il n'acheva pas sa phrase, se rendant compte qu'il ne pouvait pas l'envoyer à l'extérieur.

J'expliquai à Jamie.

– Lizzie et les jumeaux sont allés trouver Roger, la nuit dernière. Il l'a mariée à Jo.

– Par tous les saints !

Il resta un moment figé sur place, puis se rappela qu'il était couvert de neige et alla se secouer près du feu. Quand il revint s'asseoir à mes côtés, il déclara :

– Au moins, votre petit-fils aura un nom, Joseph. D'une manière ou d'une autre, il s'appellera Beardsley.

Étrangement, cette observation ridicule sembla réconforter M. Wemyss, qui retrouva un peu de couleur et ne protesta pas quand Mme Bug plaça un petit pain frais devant lui.

– Oui, je suppose que c'est toujours ça, dit-il. Et je ne vois vraiment pas…

– Maman ! Maman ! Viens voir.

Jemmy tirait la manche de Brianna, trépignant d'impatience.

– Voir quoi ?

– J'ai écrit mon nom. C'est grand-père qui m'a montré !

– C'est très bien, mon chéri, bravo !

Elle lui adressa un grand sourire, puis fronça les sourcils.

– Mais, comment… juste là, maintenant ?

– Oui ! Viens voir avant qu'il soit recouvert de neige.

Elle jeta un coup d'œil torve à son père.

– Papa, tu n'as pas fait ça !

Il prit une tranche de pain grillé dans le plat et la beurra généreusement.

– Si. Être un homme a quand même ses avantages, même si personne ne m'écoute. Tu veux bien me passer la marmelade, Roger Mac ?

75

Les poux

Jemmy posa ses coudes sur la table, le menton sur ses poings, suivant du regard la louche en train de s'enfoncer dans la pâte, avec la concentration d'un lion observant une gazelle dodue se rendant au point d'eau.

– N'y songe même pas! lui dis-je. Quand ils seront cuits, dans quelques minutes, tu pourras en avoir un.

– Mais je les aime crus, grand-mère! implora-t-il.

– Tu ne dois rien manger de cru, ça rend malade.

– Mais tu en manges bien, toi.

Il pointa un doigt vers la commissure de mes lèvres, où il restait une trace de pâte brune. Je m'éclaircis la gorge et m'essuyai délicatement avec une serviette.

– Tu vas te gâcher l'appétit.

Hélas! son instinct de fauve avait repéré la faiblesse de la proie.

– Je te promets que non. Je mangerai tout!

Il tendait déjà la main vers ma louche.

– C'est bien ce que je crains.

Je la lui cédai à contrecœur.

– Mais tu goûtes, rien de plus! Il faut en laisser pour ton père et ton grand-père.

Il hocha vaguement la tête, léchant la louche de long en large en fermant les yeux, extatique.

Je pris une autre cuillère et fis tomber des amas de pâte sur les plaques en étain que j'utilisais pour la pâtisserie. Le bol était presque vide quand quelqu'un approcha dans le couloir. Reconnaissant le pas de Brianna, j'ôtai vite la louche de la bouche de Jemmy et lui essuyai les lèvres avant qu'elle n'entre.

Brianna s'arrêta sur le seuil, son sourire se muant en une mine suspicieuse.

– Qu'est-ce que vous complotez, tous les deux ?

– Rien. Je prépare des sablés à la mélasse. Jemmy me donne un coup de main.

Je lui montrai les plaques avant de les glisser dans le four en brique enchâssé dans le mur de la cheminée.

Un sourcil roux arqué, elle me dévisagea, puis son fils, qui affectait une innocence beaucoup trop pure pour être honnête. J'espérais que mon expression était plus convaincante.

– Je vois. Tu as mangé beaucoup de pâte, Jemmy ?

Il ouvrit de grands yeux ronds.

– Qui, moi ?

Elle se pencha en avant et cueillit un éclat brun dans ses cheveux roux.

– Et ça, c'est quoi ?

Il plissa le front, louchant un peu pour voir plus clair.

– Un très gros pou ? Peut-être que c'est Rabbie McLeod qui me l'a donné.

– Rabbie McLeod ?

En effet, Rabbie avait couché sur le banc de la cuisine quelques jours plus tôt, ses épaisses mèches brunes se mêlant aux rousses de Jemmy, tandis qu'ils dormaient tous les deux blottis l'un contre l'autre en attendant leurs pères. Je me souvenais d'avoir été attendrie par le joli tableau qu'ils formaient.

Brianna rejeta au loin le fragment de pâte comme s'il s'agissait d'un insecte répugnant.

– Rabbie a des poux ?

– Oh oui, plein ! l'assura Jemmy d'un ton joyeux. Sa maman dit qu'elle va prendre le rasoir et lui raser la tête, à lui, à son frère, à son père et à son oncle Rufe. Elle dit que leur lit grouille de poux, qu'elle en a assez d'être dévorée toute crue.

Là-dessus, il se gratta nonchalamment le crâne.

Brianna et moi nous regardâmes, horrifiées, puis elle attrapa Jemmy par les épaules et le traîna près de la fenêtre. Dans la lumière blanche reflétée par la neige, la peau tendre derrière les oreilles et dans le haut de la nuque présentait une rougeur caractéristique provoquée par le grattage. Une brève inspection du cuir chevelu nous révéla le pire : des grappes de lentes accrochées à la base des follicules et plusieurs poux adultes d'un brun rougeâtre, filant se mettre à l'abri. Brianna en attrapa un et l'écrasa entre ses ongles avant de le jeter dans le feu.

– Beurk !

Elle s'essuya les mains sur sa jupe, puis dénoua fébrilement son ruban et se gratta le crâne avec vigueur, penchant la tête vers moi en me demandant, anxieuse :

– J'en ai ? J'en ai ?

Je farfouillai dans l'épaisse masse auburn et cannelle, puis reculai et me penchai à mon tour.

– Non, et moi ?

La porte de la cuisine s'ouvrit et Jamie entra, à peine surpris de voir sa fille me tripoter le crâne comme un babouin dément. Puis il leva le nez, humant l'air.

– Il n'y a pas quelque chose qui brûle ?

– Je les sors, grand-père !

Alarmée, je redressai brusquement la tête et me cognai le crâne contre l'étagère, si fort que je vis des étoiles.

Ma vision s'éclaircit juste à temps pour voir Jemmy sur la pointe des pieds, essayant d'atteindre le four fumant au-dessus de sa tête. Il fermait les yeux, détournant le visage pour se protéger de la fumée et de la chaleur dégagée par les briques, une serviette maladroitement enroulée autour de sa main tâtonnante.

Jamie le rejoignit en deux enjambées, le tira par le col et saisit la plaque en métal à main nue, la projetant aussitôt en arrière avec une telle force qu'elle percuta le mur d'en face, projetant des biscuits dans toute la pièce.

Adso, qui était perché sur le rebord de la fenêtre pour aider à la chasse aux poux, crut reconnaître des proies et se jeta férocement sur les sablés, se brûlant les pattes. Poussant un cri, il fila se réfugier sous le banc.

Secouant ses doigts brûlés en émettant une série de remarques des plus vulgaires en gaélique, Jamie avait saisi de son autre main une branche dans le panier de petit bois et tentait d'extraire du four l'autre plaque de biscuits.

– Qu'est-ce qui se... hé!

– Jemmy!

Le cri de Roger coïncida avec celui de Brianna. Venant d'arriver sur le pas de la porte, Roger passa de l'ahurissement à la panique en apercevant son fils en train de récupérer les sablés à quatre pattes sur le sol sans se rendre compte que l'autre bout de sa serviette était tombé dans les braises. Il se précipita, percutant Brianna qui avait eu le même réflexe ; ils entrèrent tous les deux en collision avec Jamie, qui venait juste d'attirer la seconde plaque de biscuits au bord du four. Il chancela en arrière, et la plaque tomba dans la cheminée, projetant des morceaux de charbon fumants et parfumés à la mélasse. Le chaudron se balança périlleusement sur son crochet, renversant la soupe sur les braises en dégageant des nuages de vapeur.

Je ne savais pas si je devais rire ou prendre mes jambes à mon cou, puis j'optai pour sortir du feu la serviette qui s'était embrasée et la frapper contre les pierres de la cheminée.

Je me relevai, hors d'haleine, et examinai les dégâts. Roger serrait fermement Jemmy contre lui, pendant que Brianna l'inspectait à la recherche de brûlures ou d'os brisés. Irrité, Jamie suçait son doigt cloqué, chassant de sa main libre la fumée de devant son visage. Je décidai de m'attaquer au plus pressant.

– De l'eau froide!

J'agrippai le bras de Jamie, lui sortis le doigt de la bouche et le plongeai dans la bassine.

– Jemmy n'a rien? demandai-je.

Constatant que c'était le cas, je conseillai à Roger :

– Je serais toi, je le poserais par terre. Il est infesté de poux.

Roger lâcha Jemmy comme s'il s'agissait d'une patate brûlante, puis, comme souvent dès qu'un adulte entend le mot «pou», se mit à se gratter. Peu perturbé par le remue-ménage, Jemmy s'assit sur le sol et grignota le biscuit qu'il n'avait pas lâché durant toute la scène.

– Tu vas te gâcher l'appé... commença Brianna.

Elle s'interrompit en voyant le chaudron renversé et le feu éteint par la soupe, puis demanda à son fils :

– Tu en as d'autres?

Il acquiesça, la bouche pleine, et en sortit un de sa chemise. Elle l'examina d'un œil critique, puis mordit dedans.

– Pas mauvais! Tu veux goûter?

Elle tendit le restant du sablé à Roger qui l'engloutit d'une seule bouchée.

– Il y a une invasion de poux en ce moment, observa-t-il. Près de chez Sinclair, j'ai aperçu une demi-douzaine de gamins la boule à zéro. On aurait dit des forçats.

Il sourit à Jemmy, lui ébouriffant les cheveux.

– Si on te rasait, hein?

– Je serai chauve comme grand-mère?

– Encore plus, l'assurai-je.

Mes cheveux mesuraient bien cinq centimètres à présent, mais mes boucles denses les faisaient paraître plus courts.

– Tu veux lui raser la tête? lança Brianna, effarée. Il n'y a pas une solution moins radicale?

Je contemplai le crâne de Jemmy en réfléchissant. Il possédait la même chevelure épaisse et frisée que sa mère et son grand-père. Jamie, une main dans la bassine, me sourit. Il savait d'expérience le temps qu'il fallait pour épouiller ce genre de cheveux avec un peigne.

– Rasez-le, déclara-t-il. Il ne tiendra jamais en place assez longtemps pour pouvoir l'épouiller.

– On pourrait essayer le lard, dis-je peu convaincue. On lui enduit le crâne de lard ou de graisse d'ours, et on laisse macérer quelques jours, le temps que cela étouffe les poux. Enfin, il faut espérer.

Brianna fit la grimace, imaginant déjà l'état des vêtements et des draps.

– Le vinaigre et un peigne fin permettent de se débarrasser des plus gros, poursuivis-je. Mais ça n'enlève pas les lentes. Il faut les gratter avec les ongles ou attendre qu'elles éclosent pour les faire partir avec un peigne.

– Rasez-le, conclut Roger. Vous ne ferez jamais tomber toutes les lentes et il faudra recommencer quelques jours plus tard. En outre, si vous en ratez quelques-unes, les poux grandiront et pourraient sauter sur…

D'une chiquenaude, il projeta une miette de sablé vers Brianna, qui la repoussa en lui lançant un regard noir.

– Merci pour ton aide !

Elle se mordit la lèvre, puis acquiesça à contrecœur.

– D'accord. Puisqu'il n'y a rien d'autre à faire.

– Ils repousseront, l'assurai-je.

Jamie monta dans notre chambre prendre son rasoir pendant que j'allai chercher dans l'infirmerie mes ciseaux chirurgicaux et un flacon d'huile de lavande pour le doigt de Jamie. Quand je revins dans la cuisine, Brianna et Roger étaient penchés sur une feuille de journal.

– Qu'est-ce que c'est ? questionnai-je en regardant par-dessus l'épaule de Brianna.

Roger s'écarta pour que je puisse lire, expliquant :

– Le premier journal de Fergus. Il l'a confié à un représentant de commerce qui l'a laissé chez Sinclair pour Jamie.

– C'est formidable !

Je ressentis un petit frisson en voyant le gros titre en caractères gras, en haut de la page :

L'Union de New Bern.

Puis, je regardai de plus près.

– Oignon ? Il a écrit L'Oignon ?

– Oui, il s'en explique.

Il m'indiqua un encart fleuri au milieu de la page, surmonté de chérubins et intitulé «Observations du propriétaire».

– C'est un jeu de mots sur le fait que l'oignon est constitué de couches, pour la complexité, vous comprenez et pour...

Il cita :

– «... le piquant et la saveur du discours raisonné, toujours exercé dans ses pages, pour l'information détaillée et le plaisir des acheteurs et des lecteurs.

– Je note qu'il distingue les acheteurs des lecteurs. C'est si français de sa part !

– En effet, convint Roger. Certains articles ont une tournure typiquement gauloise, mais on peut voir ici et là que Marsali y a mis son grain de sel. Naturellement, la plupart des petites annonces ont été rédigées par les gens qui les ont placées. Celle-ci, c'est ma préférée.

Il me montra une case : «Perdu un chapeau. Si vous le retrouvez en bon état, merci de le retourner à l'abonné S. Gowdy, New Bern. Dans le cas contraire, vous pouvez le garder.»

Jamie revint avec son rasoir, juste à temps pour rire avec nous. Il indiqua une autre rubrique plus bas sur la page.

– Ma préférée, c'est «le coin du poète». Fergus ne peut pas en être l'auteur, il n'a aucun sens de la rime. Marsali peut-être ?

– Lis-le à voix haute, demanda Brianna à Roger. Je ferais mieux de m'occuper de Jemmy tout de suite avant qu'il ne propage ses poux dans toute la région.

Maintenant qu'elle s'était résignée, elle n'y alla pas par quatre chemins. Elle noua une serviette autour du cou de Jemmy et mania les ciseaux avec détermination, faisant voler les mèches rousses dans une pluie scintillante. Pendant ce temps, Roger lut avec des accents grandiloquents :

«Ne voilà-t-il pas qu'on pond une nouvelle loi
Pour empêcher la vente d'alcool de bonne foi !

Dites-moi franchement quel est le sens
À vouloir contrôler ce que chacun fait et pense ?
Cherche-t-on à sauvegarder la santé publique ?
Non, sincèrement, sans vouloir être cynique,
S'il est vrai que de deux maux, le moindre est à choisir
Alors mon opinion n'est pas un vain délire.
Supposons que chaque année succombent
Dix ribaudes par excès de boisson.
Des milliers d'innocents subiront-ils le sort immonde
De se voir privés de leur pain quotidien
Pour corriger la folie de quelques catins ?
Loin de moi d'encourager la beuverie
Ni du gin vouloir prendre le parti.
Mais cette mesure, bien intentionnée pour sûr,
N'est pas justice et nous met au supplice ;
Si l'on en croit les Saintes Écritures
Sodome aurait pu être sauvée par dix esprits purs.
Or, voici que par leurs actes immatures
Dix gourgandines d'une ville provoqueraient la ruine ?»

– «Loin de moi d'encourager la beuverie, ni du gin vouloir prendre le parti», répéta Brianna en pouffant de rire. Vous remarquerez qu'il, ou elle, ne parle pas de whisky. Au fait, qu'est-ce qu'une ribaude ? Oh, ne bouge pas mon chéri !

– Une cocotte, répondit Jamie l'esprit ailleurs.

Il affûtait son rasoir tout en lisant par-dessus l'épaule de Roger.

– C'est quoi, une cocotte ? demanda Jemmy. C'est comme la sœur de Richie ?

Charlotte, la sœur de Richard Woolam, était une très jolie jeune fille et une fervente quakeresse. Jamie toussota et échangea un regard avec Roger.

– Non. Et surtout, ne t'avise pas de répéter ça. Tu es prêt pour ton rasage ?

Sans attendre sa réponse, il saisit son blaireau et badigeonna de crème la tête de l'enfant qui poussa des cris ravis. Pendant ce temps, je balayais le sol, jetant les cheveux dans le feu dans l'espoir d'exterminer les poux. Cela faisait de la peine, de si beaux cheveux ! D'un autre côté, sa nouvelle coupe mettait en valeur la jolie forme de son crâne, ronde comme un melon.

Jamie travaillait en fredonnant, passant avec délicatesse le rasoir sur la peau. Jemmy tourna la tête vers moi et, l'espace d'un instant, je fus assaillie par un horrible souvenir : Jamie, à Paris, tondu, se préparant mentalement à affronter Jack Randall, se préparant à tuer ou à être tué. L'instant suivant, Jemmy bougea de nouveau la tête, et la vision disparut.

– Qu'est-ce que c'est ?

Je m'approchai pour mieux voir, tandis que Jamie passait une dernière fois la lame sur la peau glabre et lançait le dernier fragment de crème dans le feu.

– Quoi ?

Brianna se pencha à son tour. Derrière l'oreille gauche, au-dessus de la nuque, il y avait une petite tache brune, toute ronde, de la taille d'une pièce de monnaie. Elle la toucha, mais Jemmy le sentit à peine. Il s'agitait sur son siège, pressé de descendre.

Après une brève inspection, je la rassurai :

– Ce n'est rien. Probablement juste un nævus. Une sorte de grain de beauté plat, le plus souvent bénin.

– Mais d'où vient-il ? Il ne l'avait pas à la naissance, j'en suis sûre !

– Les bébés naissent généralement sans aucun grain de beauté.

Je dénouai la serviette autour du cou de Jemmy.

– Oui, c'est bon ! Tu peux descendre. Va jouer et sois sage, on dînera dès que j'aurai préparé quelque chose.

Me tournant de nouveau vers Brianna, je lui expliquai :

– Les grains de beauté n'apparaissent pas avant l'âge de trois ans, même s'il en pousse plus à mesure qu'on vieillit.

Enfin libéré, Jemmy frottait son crâne imberbe des deux mains, l'air aux anges, et chantonnait :

– Charlotte est une cocotte, Charlotte est une cocotte !

– Tu es certaine que ce n'est pas dangereux ? demanda Brianna.

– Mais non, ce n'est rien, dit Roger. J'en ai un comme ça depuis que je suis tout petit. Là…

Il figea d'un coup. Puis il leva la main très lentement et toucha un point derrière son oreille gauche.

Il me dévisagea. Je sentis les poils de mes bras se hérisser. M'efforçant de parler d'une voix pas trop tremblante, j'ajoutai :

– Oui, en effet. Ce genre de marque est… souvent héréditaire.

Jamie ne dit rien, mais prit ma main et la serra.

Jemmy était à présent à quatre pattes, essayant de faire sortir Adso de sous le banc. Son cou était petit et fragile, son crâne rasé paraissant d'une blancheur irréelle et d'une nudité choquante, comme un champignon surgissant de terre. Roger le contempla quelques instants, puis se tourna vers Brianna, déclarant d'une voix un peu trop forte :

– Je crois que j'ai attrapé des poux moi aussi.

Il dénoua le lacet dans sa nuque, libéra son épaisse chevelure et se massa vigoureusement le cuir chevelu des deux mains. Puis il prit les ciseaux et les tendit en souriant à sa femme.

– À mon tour. Tel père, tel fils. Tu veux bien me raser ?

DIXIÈME PARTIE

Où est Perry Mason quand on a besoin de lui?

76

Courrier dangereux

De Lord John Grey, plantation de Mount Josiah, colonie de Virginie

À M. James Fraser, esquire, Fraser's Ridge, Caroline du Nord

Le 6 mars, anno domini 1775

Cher M. Fraser,

Mais que diable manigancez-vous encore ? Au fil de notre longue accointance, vous m'avez donné à voir de nombreuses facettes de votre personnalité, parmi lesquelles l'opiniâtreté et l'excès figuraient en bonne place, mais je vous ai toujours connu comme un homme intelligent et d'honneur.

Or, en dépit de mes mises en garde explicites, je trouve de nouveau votre nom cité dans plusieurs listes de personnalités soupçonnées de trahison et de sédition, associées à des assemblées illégales et donc susceptibles d'être arrêtées. Mon ami, vous ne devez d'être encore libre qu'au manque d'effectifs de l'armée en Caroline du Nord, une situation qui pourrait rapidement changer. Josiah Martin a imploré l'aide de Londres, et celle-ci ne saurait tarder, je vous l'assure.

Si Gage n'était accaparé à Boston et si Dunsmore n'était encore en train de constituer ses troupes en Virginie, l'armée serait à vos portes d'ici quelques mois. Ne vous bercez pas

397

d'illusions, Sa Majesté a peut-être manqué de discernement dans ses actes, mais le gouvernement a pris, un peu tard certes, toute la mesure du niveau d'agitation dans les colonies et est bien décidé à y remédier afin d'éviter le pire.

Je sais que n'étant point sot, vous êtes conscient des conséquences de vos actes. Mais je ne serais pas un ami digne de ce nom si je ne vous l'énonçais pas clairement : vous mettez votre famille dans le plus grand péril et vous vous passez vous-même la corde autour du cou.

Au nom de l'affection que vous me portez peut-être encore et des liens entre votre famille et moi-même qui me sont si chers, je vous conjure de renoncer à ces fréquentations nuisibles pendant qu'il est encore temps.

John

Je relus la lettre, puis regardai Jamie. Il était assis à son bureau, derrière un amas de papiers et d'éclats de sceaux brisés. Bobby Higgins lui avait apporté de nombreuses lettres, journaux et colis, et il avait laissé le courrier de Lord John pour la fin.

Je le reposai sur le tas.

– Il a très peur pour toi.

– Je sais, *Sassenach*. Pour un homme tel que lui, admettre que le roi «a manqué de discernement» frôle la haute trahison.

Je supposai qu'il plaisantait et demandai :

– Ces listes dont il parle, tu es au courant?

Il haussa les épaules, puis fouilla du bout de l'index le désordre devant lui, extirpant une feuille de papier sale qui, à un moment ou un autre, avait dû tomber dans une flaque d'eau.

– Il doit s'agir de ce genre de torchon.

À peine lisible, la lettre n'était pas signée. Il s'agissait d'une dénonciation dysgraphique et virulente de divers «provocateurs et débochés» dont les discours, les actes et le comportement constituaient une menace pour tous les partisans de la paix et de la prospérité. Il fallait, estimait l'auteur, montrer à ces renégats «de quoi qu'il retourne», apparemment en les passant à tabac, en les dépeçant vivants, «en les roulan dans le goudron bouyan et les egzibant sur la place public», ou dans les cas particulièrement pernicieux, «en les pandan sur place à un arbre devan leur maison».

Du bout des doigts, je déposai le bout de papier sur le bureau.

– Où as-tu trouvé ça?

– À Campbelton. On l'a envoyée à Farquard en tant que juge de paix. Il me l'a fait transmettre parce que mon nom y figure.

– Ah oui?

Je repris la lettre et examinai avec attention les pattes de mouches.

– En effet. «J. Frayzer.» Tu es sûr qu'il s'agit de toi? Ce ne sont pas les Fraser qui manquent, et parmi eux, il y a de nombreux John, des James, des Jacob et des Joseph.

– Mais peu qui pourraient être décrits comme un «rouquin déjénéré vérolé usureur fis de catin qui rode dans les bordel quan il est pas ivre et ne fai pas des scandale dans la ru».

– Ah, je n'avais pas vu cette partie.

– C'est dans le petit commentaire, à la fin.

Il jeta un coup d'œil indifférent au bout de papier, ajoutant :

– Ce doit être Buchan, le boucher, qui l'a écrit.

– En présumant que le mot «usureur» existe, je me demande où il a été cherché ça. Pour prêter de l'argent, il faudrait d'abord que tu en aies.

– Depuis quand ce genre de démarche a besoin de se fonder sur la vérité, *Sassenach*? En outre, grâce à MacDonald et au petit Bobby, beaucoup de gens s'imaginent désormais que je suis riche. Si je refuse de leur prêter mon argent, c'est parce que je l'ai remis entre les mains de spéculateurs juifs et des whigs, étant décidé à ruiner le commerce afin de satisfaire mes propres intérêts.

– Quoi ?

– Oui, j'ai trouvé ce commentaire dans une babillarde légèrement plus littéraire.

Il sortit du tas une élégante feuille de papier-parchemin, couverte d'une belle calligraphie ronde. Envoyée à un journal d'Hillsboro. Elle était signée « un ami de la justice ». Elle ne nommait pas Jamie, mais le sujet de sa dénonciation était clair.

Je le dévisageai d'un œil critique.

– C'est à cause des cheveux. Si tu portais une perruque, ils auraient plus de mal à t'épingler.

Il me répondit par une moue sardonique. Le cliché selon lequel les roux étaient des êtres frustes et immoraux, quand ils n'étaient pas carrément des rejetons du démon, n'était pas l'apanage des auteurs de lettres anonymes. Cette réputation, associée à une antipathie personnelle, était encore renforcée par le fait qu'il ne portait jamais de perruque ni de poudre, même dans ces occasions où un gentleman se devait de le faire.

Je saisis une liasse de documents sur le bureau et les feuilletai. Il m'observa en silence, écoutant le bruit de la pluie au-dehors.

Nous étions au beau milieu d'un orage de printemps. L'air froid et humide était chargé des odeurs de la forêt qui s'insinuaient sous les portes et les fenêtres. En entendant le vent dans les arbres, j'avais parfois l'impression que la nature voulait s'inviter à l'intérieur, s'engouffrer dans la maison et l'oblitérer, effaçant toute trace de notre existence.

Les lettres avaient diverses provenances. Certaines émanaient de membres du comité de correspondance de la Caroline du Nord, apportant surtout des informations au sujet des colonies du nord. Des comités d'association continentale avaient été créés dans le New Hampshire et le New Jersey, et, peu à peu, ils accaparaient toutes les fonctions du gouvernement, à mesure que les gouverneurs royaux perdaient leur mainmise sur les assemblées, les tribunaux et les douanes, les derniers vestiges d'organisation sombrant dans le chaos.

Les troupes de Gage occupaient toujours Boston, et quelques lettres lançaient un appel de dons pour aider les habitants assiégés. Nous avions déjà envoyé deux cents livres d'orge au cours de l'hiver. L'un des Woolam avait entrepris de les acheminer jusque dans la ville, avec trois carrioles de provisions données par les habitants de Fraser's Ridge.

Jamie avait saisi une plume et écrivait, lentement en raison de la raideur de ses doigts.

Il y avait ensuite une note de Daniel Putman envoyée depuis le Massachusetts. Il faisait état de la création de milices dans tout l'arrière-pays et demandait des armes et de la poudre. Elle était signée par une douzaine d'autres hommes, chacun attestant de la véracité de l'information dans sa propre commune.

On proposait d'organiser un second congrès continental, à Philadelphie cette fois, mais la date n'avait pas encore été arrêtée.

La Géorgie avait constitué un congrès provincial, mais l'auteur, un loyaliste qui présumait visiblement que Jamie partageait ses vues, observait triomphalement : «Ici comme ailleurs, peu sont ceux qui font grief à la mère patrie. Le sentiment loyaliste est si puissant que seules cinq paroisses sur douze ont envoyé quelqu'un à ce congrès d'arrivistes illégal.»

Un exemplaire assez mal en point de la *Massachusetts Gazette* publiait une lettre encadrée de noir et intitulée «La Règle de droit et la règle des hommes». Elle était signée «Novanglus», que je supposais être une traduction latinisante de «L'Anglais nouveau». Elle répondait aux lettres d'un tory publiées antérieurement et qui, lui, signait «Massachusettensis».

J'ignorais qui était Massachusettensis, mais je reconnus quelques phrases de Novanglus pour les avoir déjà lues, il y avait longtemps, dans un manuel d'histoire de Brianna, où on les attribuait à John Adams.

– «Un gouvernement de lois et non d'hommes», murmurai-je. Quel nom de plume prendrais-tu si tu devais écrire ce genre de choses?

Relevant les yeux, je remarquai son air embarrassé à l'extrême.

– Quoi, tu l'as déjà fait?

– Oh, juste une petite lettre par-ci par-là, se défendit-il. Pas des pamphlets.

– Et tu es qui?

– «Scotus Americanus», juste le temps de trouver un meilleur surnom, car plusieurs l'utilisent déjà.

– C'est déjà ça. Dans le nombre, le roi aura plus de mal à t'identifier.

Marmonnant «Peuh! Massachusettensis» entre mes dents, je pris le document suivant.

C'était une lettre de John Stuart, profondément outré par la brusque démission de Jamie. Il notait que les membres du congrès du Massachusetts, «une assemblée parfaitement illégale et prodigue», avaient formellement invité les Indiens de Stockbridge à les rejoindre et que si des Cherokees venaient à suivre leur exemple, lui, John Stuart mettrait un point d'honneur à s'assurer que Jamie Fraser soit pendu pour trahison.

– Le pire, c'est qu'il ignore sans doute que tu es roux.

J'avais beau plaisanter, j'étais ébranlée. Voir cela écrit ainsi noir sur blanc me donnait froid dans le dos et, en dépit du châle en laine autour de mes épaules, je sentis une première goutte de pluie glacée me tomber dans le cou.

Le bureau n'avait pas de cheminée, juste un petit brasero qui brûlait dans un coin. Jamie se leva, saisit une liasse de documents et les jeta un à un dans le feu. J'eus une forte impression de déjà-vu : lui, près de l'âtre dans le salon de son cousin Jared à Paris, lançant des lettres dans les flammes; la correspondance volée des conspirateurs jacobins disparaissant en volutes de fumée blanche, tels les nuages d'un orage passé depuis longtemps.

Après avoir lâché le dernier morceau embrasé, il sabla la lettre qu'il venait d'écrire, la secoua, puis me la tendit. Il avait utilisé une des feuilles du papier que Brianna fabriquait en pressant de la pulpe de vieux chiffons et des matières végétales entre des écrans de soie. Il était plus épais que les autres, avec une surface douce et brillante. Elle avait ajouté des baies et de minuscules feuilles dans son mélange, si bien qu'ici et là, des filaments rouges s'étiraient comme un filet de sang.

Fraser's Ridge, colonie de Caroline du Nord
Le 16 mars, anno domini 1775
De James Fraser à Lord John Grey
Plantation de Mount Josiah, colonie de Virginie

Mon cher John,

Il est trop tard.
Poursuivre notre correspondance ne pourrait que vous nuire, et c'est avec le plus grand regret que je me vois contraint de rompre ce lien avec vous.
Je reste à jamais, croyez-le,
Votre humble et affectueux ami,

Jamie

Je la lus en silence, puis la lui rendis. Pendant qu'il cherchait sa cire à cacheter, je remarquai sur le coin de son bureau un paquet que la masse de courrier avait dissimulé.

Je le pris. Il était étonnamment lourd pour sa taille.

– Qu'est-ce que c'est?

– Un présent de John, pour Jemmy.

Il alluma une chandelle en cire dans le brasero et la tint au-dessus du repli de la lettre, ajoutant :

– D'après Bobby, c'est un jeu de petits soldats de plomb.

77

Le 18 avril

Roger se réveilla en sursaut. Il faisait nuit noire, mais l'air avait cette qualité immobile, intime, du petit matin, quand le monde retient son souffle juste avant que le vent ne se lève en apportant l'aube avec lui.

Il tourna sa tête sur l'oreiller et constata que Brianna était éveillée, elle aussi. Elle regardait le plafond. Il aperçut le bref reflet de sa paupière quand elle cligna des yeux.

Il avança une main pour la toucher et elle la retint. Était-ce pour qu'il ne fasse pas de bruit ? Il ne bougea pas, tendant l'oreille, mais il n'entendit rien. Une braise se brisa dans l'âtre dans un craquement étouffé, et elle serra sa main. Jemmy se retourna dans son lit, poussa un petit cri, puis se tut. La nuit était paisible.

– Que se passe-t-il ? chuchota-t-il.

Elle ne se tourna pas vers lui. Elle observait à présent la fenêtre, rectangle gris à peine visible.

– Hier, c'était le 18 avril. Ça a commencé.

Elle parlait d'une voix calme, mais quelque chose dans son ton le fit se rapprocher, se collant à elle de l'épaule aux orteils.

Quelque part dans le Nord, des hommes se regroupaient dans la nuit froide du printemps. Huit cents soldats britanniques, grognant et jurant tandis qu'ils s'habillaient à la lueur des bougies. Ceux qui s'étaient couchés étaient réveillés par le roulement des tambours passant devant la porte des maisons, des entrepôts et des églises où ils étaient hébergés ; les autres

404

sortaient en titubant des tripots et des tavernes, s'arrachaient aux bras des filles de joie, cherchaient leurs bottes, saisissaient leurs armes, se présentaient par deux, trois ou quatre au point de rassemblement, cliquetant et grommelant dans les rues tapissées de boue gelée.

– J'ai grandi à Boston, déclara-t-elle. Tous les enfants de la ville apprennent ce poème tôt ou tard. Moi, j'avais environ dix ans.

Roger sourit, l'imaginant dans son uniforme de l'école paroissiale Saint-Finbar, avec son pull bleu marine, ses chaussettes hautes et son chemisier blanc. Un jour, il avait vu une photo d'elle : une tigresse échevelée qu'un fou avait habillée avec des vêtements de poupée. Il récita :

– «Écoutez, mes enfants, et vous connaîtrez la chevauchée nocturne de Paul Revere.»

– Oui, c'est bien celui-là, confirma-t-elle. «Le dix-huit avril, en l'an soixante-quinze. À peine une âme aujourd'hui encore se souvient de ce jour et de cette année célèbres.»

– «À peine une âme», répéta Roger dans un murmure.

Quelqu'un... qui? Un propriétaire, surprenant la conversation des commandants britanniques stationnés chez lui? Une serveuse apportant des brocs de rhum chaud à un groupe de sergents? Impossible de garder un secret avec huit cents hommes en déplacement. Ce n'était qu'une question de temps. Depuis la ville occupée, quelqu'un avait fait passer l'information selon laquelle les Britanniques s'apprêtaient à s'emparer d'un dépôt d'armes et de poudre à Concord et, parallèlement, à arrêter Hancock et Samuel Adams, le fondateur du comité de sécurité et l'orateur enflammé, les meneurs de la «rébellion traîtresse», comme on l'appelait à Lexington.

Huit cents hommes pour en capturer deux? Ce n'était pas prendre un grand risque. Mais un orfèvre et ses amis, alarmés par la nouvelle, s'étaient mis en route par cette nuit glacée. Brianna poursuivit :

«À son ami il dit : "Si les Anglais hors des murs
Par voie de terre ou de mer s'aventurent

405

Par une lanterne sous l'arche du beffroi
De la tour de North Church, avertis-moi.
Un feu s'ils viennent à pied, deux par la mer.
Tapi sur l'autre rive, je guetterai ton signe
Paré à chevaucher à l'intérieur des terres
Dans tous les villages donnant l'alarme
Afin que la campagne prenne les armes."»

– On n'en fait plus, des poèmes comme ça! dit Roger.

En dépit de son cynisme, il ne pouvait s'empêcher de voir la scène : la vapeur sortant des naseaux du cheval, blanche dans les ténèbres, et, de l'autre côté de l'eau noire, une lanterne haut perchée, telle une étoile au-dessus de la ville endormie. Puis une autre.

– Que s'est-il passé ensuite? demanda-t-il.

« "Bonne nuit" dit-il, puis, pagaies assourdies,
Rama sans bruit vers Charleston endormie.
La lune se levait lentement sur la baie,
Où, toutes amarres ballantes, veillait
Le Somerset, navire de guerre anglais;
Vaisseau fantôme, dont les gréements altiers,
Tenaient l'astre sélène emprisonné,
Son immense coque noire magnifiée
Par son reflet moiré dans la marée.»

– Ça se tient, opina Roger. J'aime assez ce détail du Somerset. On croirait un tableau romantique.

Elle lui donna un petit coup de pied.

– Tais-toi, ce n'est pas fini. Ça se poursuit avec son ami, «qui erre et observe, tout ouïe / jusqu'à ce qu'il entende dans le silence de la nuit / l'appel des hommes à la porte des casernes / le bruit des armes, la foulée des bottes / et le pas mesuré des grenadiers / marchant vers le rivage où leurs canoës sont amarrés».

Roger avait visité Boston au printemps. À la mi-avril, les arbres étaient encore pratiquement nus, leurs branches bourgeonnantes formant une vague brume verte sous le ciel pâle. Les nuits étaient encore froides, mais déjà animées par le souffle du renouveau.

– Vient ensuite une partie ennuyeuse où il est question de son ami qui grimpe au beffroi, mais j'aime bien la strophe suivante.

Elle reprit, chuchotant en prenant des accents mélodramatiques :

« Plus bas, sur la colline, dans le cimetière,
Les morts montaient la garde enfouis sous terre,
Dans un silence si profond et tranquille,
Qu'il entendait, tel le pas du vigile,
Le vent glisser de sépulture en sépulture
Soufflant : " Tout va bien ! " dans un murmure.
L'espace d'un instant, l'angoisse le saisit,
L'esprit sinistre du lieu s'empare de lui,
Le plongeant dans l'effroi des trépassés.
Puis toutes ses pensées convergent soudain
Vers une ombre mystérieuse dans le lointain
Là où le fleuve s'ouvre à la baie.
Une ligne noire qui se tord et s'étire
Sur la marée tel un pont de navires. »

Brianna reprit un ton normal pour indiquer :
– Ensuite, il y a toute une partie sur Paul Revere qui attend le signal. Celui-ci arrive enfin, puis…

« Dans une rue de village, un bruit de galop,
Une silhouette sous la lune, à peine un halo,
Sur les pavés, une étincelle, frappée par le sabot
D'un cavalier véloce et intrépide et hardi.
Rien de plus ! Pourtant, dans le noir de la nuit
C'est le sort d'une nation qui s'élance ainsi,
Et l'étincelle de ce héraut à la course effrénée
Par sa chaleur tout un pays allait embraser. »

– Pas mal.

Il posa sa main sur sa cuisse, juste au-dessus du genou, au cas où elle le frapperait encore, ce qu'elle ne fit pas.

– Tu te souviens de la suite?

– Il longe le fleuve Mystique, puis trois strophes le décrivent traversant les communes.

« Le clocher du village sonna douze coups
Quand il franchit le pont de Medford.
Un coq au loin chanta haut et fort,
Dans une ferme aboya un chien-loup.
En passant, il sentit l'envelopper l'humidité
Qui s'élève du fleuve à la nuit tombée.

Le clocher du village frappa un coup
Quand il entra dans Lexington crotté de boue.
Il aperçut l'éclat d'or de la girouette
Parée de clair de lune sur son faîte.
Les fenêtres du temple, blanches et nues,
Lancèrent sur lui des regards éperdus
Semblant déjà épouvantées
Par le carnage bientôt livré à leurs pieds.

Le clocher du village frappa deux coups
Quand il s'élança sur le pont de Concord.
Il entendit les bêlements de la horde
Et dans les arbres, le chant du coucou.
Il sentit le souffle de la brise matinale
Caresser le jardin communal.
Qui parmi ceux paisiblement endormis
Se croyant à l'abri au fond de leur lit,
Tomberait en premier défendant le pont
Transpercé par une balle de mousqueton?»

– Tu connais la suite, acheva-t-elle brusquement.

Autour d'eux, l'atmosphère avait changé. Le calme des premières heures s'était dissipé, et le vent agitait les arbres. La nuit s'animait, son chant du cygne avant l'apparition de l'aube.

Les oiseaux ne gazouillaient pas encore, mais étaient réveillés. L'un d'eux appelait, encore et encore, non loin dans la forêt, un son aigu et doux. Par-dessus l'odeur lourde des cendres froides dans l'âtre, il sentait l'air pur du matin et sentit son cœur battre plus fort.

– Raconte-moi la suite, chuchota-t-il.

Il voyait les ombres des hommes filer entre les arbres, entendait les coups furtifs contre les portes, les messes basses excitées, tandis que, lentement, le jour se levait à l'est. Le clapotis des rames à la surface de l'eau, le beuglement des vaches réclamant d'être traites et, dans la brise, l'odeur rance des hommes arrachés au sommeil, le ventre vide, senteur rendue plus âpre encore par les relents de poudre et d'acier.

Sans réfléchir, il libéra sa main de celle de sa femme, roula sur elle, remonta sa chemise au-dessus de ses cuisses, et la prit, vite et fort, partageant par procuration ce besoin aveugle de se reproduire face à l'imminence de la mort.

Puis il resta allongé sur elle, tremblant, la sueur séchant sur son dos, les battements de son cœur résonnant dans ses oreilles. Pour lui, pensa-t-il. Pour celui qui serait le premier à tomber. Le malheureux qui, peut-être, n'avait pas saisi la dernière chance de faire un enfant à sa femme au cours de la nuit, qui n'avait pas imaginé ce que l'aube pourrait apporter avec elle. Cette aube-ci.

Étendue sous lui, Brianna chuchota de nouveau :

– La suite, tu la connais.

– Brianna, murmura-t-il. Je vendrais mon âme pour être là-bas maintenant.

– Chut.

Elle posa la main sur son dos, dans un geste qui se voulait peut-être une bénédiction. Ils restèrent immobiles, observant la lumière augmenter progressivement, en silence.

* * *

Ce silence fut interrompu un quart d'heure plus tard par des pas précipités et un tambourinement contre la porte. La tête de Jemmy pointa brusquement hors du berceau, tel un coucou suisse, les yeux ronds. Roger se leva d'un bond et remit précipitamment de l'ordre dans sa chemise de nuit.

C'était l'un des Beardsley, blême et les traits anxieux dans l'aube grise. Ne semblant même pas voir Roger, il lança à Brianna :

– Le bébé arrive, venez vite !

Puis il partit en trombe vers la maison, où l'on apercevait la silhouette de son frère gesticulant sur le perron.

Brianna enfila ses vêtements en un clin d'œil et se précipita au-dehors, laissant Roger s'occuper de Jemmy. Elle retrouva sa mère au niveau de l'écurie, semblant aussi mal réveillée qu'elle, mais avec un sac d'ustensiles médicaux soigneusement préparé en bandoulière, hâtant le pas sur le sentier qui menait à la cabane des Beardsley.

– Elle aurait dû descendre la semaine dernière, haleta Claire. Je le lui avais pourtant dit…

– Moi aussi. Elle m'a répondu…

Hors d'haleine, elle abandonna l'idée de parler. Les frères Beardsley étaient déjà loin, filant à travers bois comme deux chevreuils en poussant des cris, soit de pure excitation, soit pour prévenir Lizzie que les secours arrivaient.

Claire s'était inquiétée en raison du paludisme de Lizzie. Pourtant, l'ombre menaçante qui planait sans cesse au-dessus de la jeune fille s'était évaporée pendant sa grossesse. Elle n'avait jamais paru aussi épanouie.

Néanmoins, l'estomac de Brianna se noua quand elles arrivèrent en vue de la minuscule maison. Les peaux avaient été sorties et empilées à l'extérieur de la cabane comme une barricade et, l'espace d'un instant terrible, leur odeur lui rappela celle de la cabane des MacNeill, habitée par la mort.

410

Heureusement, quand elles ouvrirent la porte, il n'y avait pas de mouches. Elle dut faire un effort pour laisser passer sa mère, puis se précipita sur ses talons, pour découvrir qu'elles arrivaient trop tard.

Lizzie était assise au milieu de fourrures souillées, contemplant médusée un petit bébé rond et couvert de sang, qui la regardait avec la même expression de stupéfaction béate. Jo et Kezzie s'accrochaient l'un à l'autre, trop excités et terrifiés pour parler. Du coin de l'œil, Brianna les voyait ouvrir et fermer la bouche en rythme décalé. Elle eut envie de rire, mais se retint et suivit Claire au chevet de la jeune mère.

– Il a jailli tout seul ! s'exclama Lizzie.

Elle n'arrivait pas à détacher son regard du nouveau-né, comme si elle craignait qu'il ne disparaisse aussi soudainement qu'il était apparu.

– J'ai eu très mal au dos toute la nuit, expliqua-t-elle. Au point que je n'arrivais pas à m'endormir. Les garçons se sont relayés pour me masser, mais rien n'y faisait. Puis, ce matin, quand je me suis levée pour aller au petit coin, toute l'eau s'est déversée entre mes jambes, exactement comme vous me l'aviez dit, madame ! J'ai dit à Jo et Kezzie de courir vous chercher, mais ensuite, je ne savais plus quoi faire. Alors, j'ai préparé de la pâte pour le petit-déjeuner.

Elle indiqua la table où un bol de farine était posé à côté d'une cruche de lait et de deux œufs.

– Puis, tout à coup, j'ai eu cette terrible envie de... de... Elle devint rouge pivoine.

– Enfin, bref... je n'ai même pas eu le temps d'aller chercher le pot de chambre. Je me suis accroupie ici près de la table et... plouf !... il était là sur le sol sous moi !

Claire avait saisi le nouveau venu, lui roucoulant des paroles rassurantes tout en effectuant les vérifications d'usage chez un nourrisson. Lizzie lui avait préparé une couverture, tricotée avec amour dans de la laine d'agneau et teinte à l'indigo. Apercevant le linge immaculé, Claire sortit de son sac un morceau de flanelle taché. Elle enveloppa le bébé dedans et le tendit à Brianna.

– Tiens-le-moi un instant pendant que je coupe le cordon. Ensuite, prends ce flacon d'huile et nettoie-le bien. Je dois m'occuper de Lizzie. Quant à vous… (Elle se tourna vers les jumeaux) dehors !

Le bébé gigota soudain, faisant sursauter Brianna. Elle retrouva aussitôt la sensation des petits membres grandissant en elle ; un coup de pied dans le ventre, agitant le liquide amniotique, tandis que la tête et les fesses rondes et lisses pressaient contre ses côtes. Elle cala l'enfant contre son épaule, lui murmurant :

– Salut, toi.

Il sentait la mer, une odeur étrange et fraîche qui contrastait avec la puanteur des peaux de bêtes.

Pendant ce temps, Claire pétrissait le ventre de Lizzie. Il y eut un bruit juteux et glissant. Brianna s'en souvenait aussi très clairement. Le placenta, ce second accouchement visqueux, presque un baume apaisant pour les tissus à vif, offrant un sentiment paisible d'achèvement.

Sur le seuil, les Beardsley en eurent le souffle coupé. Ils se tenaient côte à côte, écarquillant les yeux. Brianna les chassa d'un geste.

– Allez ! Ouste !

Ils disparurent aussitôt, la laissant avec la tâche charmante de nettoyer et d'huiler le minuscule corps froissé et gesticulant. C'était un bébé tout rond : avec un visage rond, des yeux ronds et un ventre rond d'où pointait le moignon du cordon ombilical, violacé et frais. Il ne criait pas, mais semblait parfaitement réveillé et alerte.

Il avait toujours cet air stupéfait. Il la regardait en ouvrant grand les yeux, avec une mine solennelle qui la fit sourire.

– Que tu es mignon !

Songeur, il fit claquer ses lèvres, puis plissa le front.

– Il a faim ! lança-t-elle par-dessus son épaule. Tu es prête ?

– Prête? répondit Lizzie d'une voix chevrotante. Sainte Marie, mère de Dieu! Comment peut-on être prête pour ce genre de choses?

Claire et Brianna éclatèrent de rire.

Lizzie tendit les bras vers le petit paquet bleu et le posa contre son sein. Après un certain cafouillage accompagné de grognements impatients du bébé la liaison fut enfin établie, provoquant un bref cri de surprise chez Lizzie et le grand soulagement de Claire et de sa fille.

Cette dernière prit soudain conscience d'un bruit de voix mâles à l'extérieur, une confusion de questions et d'observations perplexes.

Claire, souriant à la mère et à l'enfant, malaxait la pâte à crêpe oubliée.

– À présent, tu peux les laisser entrer.

Sortant la tête de la cabane, Brianna vit Jo, Kezzie, son père, Roger et Jemmy regroupés à quelque distance. En entendant la porte s'ouvrir, ils se tournèrent tous vers elle dans un même mouvement, leurs expressions allant de la fierté vaguement honteuse à la simple excitation.

Jemmy se précipita le premier.

– Maman! Le bébé est arrivé?

Il tenta de la pousser pour pénétrer dans la maison, mais elle le rattrapa par le col.

– Doucement. Oui, il est là. Tu peux le voir, mais il ne faut pas faire de bruit. Il est tout nouveau, et tu ne veux pas lui faire peur, n'est-ce pas?

– «Il?» dit l'un des Beardsley. C'est un garçon?

Son frère lui donna un coup de coude dans les côtes.

– Je te l'avais bien dit! Il me semblait bien avoir vu une petite bite.

– On ne dit pas «bite» devant les dames, l'informa sévèrement Jemmy. Et maman a dit qu'il fallait se taire.

– Euh... oui, bien sûr. Pardon, dirent les Beardsley confus.

Avançant avec une précaution exagérée, ils entrèrent sur la pointe des pieds, suivis par Jemmy, Jamie le tenant fermement par l'épaule, puis par Roger.

Celui-ci s'arrêta un instant pour embrasser sa femme et lui glissa :

– Lizzie va bien ?

– Elle est un peu dépassée, mais, oui, très bien.

Rayonnante, Lizzie était assise dans le lit, ses cheveux brossés et brillants retombant sur ses épaules. Les jumeaux s'agenouillèrent de chaque côté, souriant jusqu'aux oreilles.

Jamie s'approcha et, s'inclinant, déclara formellement en gaélique :

– Que sainte Bride et sainte Columba te bénissent, jeune femme, et que l'amour du Christ te guide toujours dans ton rôle de mère. Que le lait jaillisse de tes seins telle l'eau de la source et que tu sois toujours en sécurité dans les bras de ton...

Il toussota, jetant un coup d'œil aux jumeaux.

– ... mari.

– Si on peut pas dire « bite », pourquoi on peut dire « seins », demanda Jemmy.

– Tu ne peux pas, l'informa son père. Sauf dans les prières. Ton grand-père récitait une bénédiction pour Lizzie.

– Ah. Et il n'y a pas des prières pour les bites ?

Évitant de croiser le regard de Brianna, Roger répondit :

– Sans doute, mais on ne les prononce pas à voix haute. Pourquoi ne vas-tu pas aider ta grand-mère à préparer le petit-déjeuner ?

Le gril en fonte graissé grésillait déjà. Un délicieux parfum de pâte fraîche se répandit dans la pièce, tandis que Claire étalait des pâtés sur la plaque en métal.

Après avoir félicité Lizzie, Jamie et Roger s'étaient mis un peu à l'écart pour donner à la petite famille un moment d'intimité. Cependant, la cabane était tellement exiguë qu'ils avaient à peine de la place pour se mouvoir.

Jo, ou peut-être Kezzie, toucha du bout d'un doigt les cheveux de Lizzie, chuchotant :

– Tu es si belle. On dirait la nouvelle lune.

– Tu as eu très mal, mon cœur ? murmura Kezzie, ou Jo, en caressant sa paume.

Elle serra sa main et posa l'autre sur la joue de Jo.

– Pas tant que ça. Regardez ! Vous ne trouvez pas que c'est le plus beau bébé du monde ?

Repu, le nouveau-né s'était endormi. Il lâcha le mamelon de sa mère avec un petit « pop ! » et renversa la tête en arrière, la bouche entrouverte.

Les jumeaux émirent un son d'admiration similaire, battant des cils en contemplant leur fils avec des yeux de biche.

– Oh, regarde ses petits doigts ! s'émerveilla Jo ou Kezzie.

Il toucha de son doigt crasseux le minuscule poing rose.

– Il est… entier ? Tu as vérifié ? s'inquiéta soudain Kezzie ou Jo.

– Oui, le rassura Lizzie. Tiens, tu veux le tenir ?

Sans attendre son assentiment, elle déposa le bébé dans ses bras. Il baissa vers lui des yeux à la fois ravis et affolés, lançant avec ses yeux un appel à l'aide à son frère.

Attendrie par la scène, Brianna prit la main de Roger qui se tenait derrière elle et lui glissa :

– Ils sont mignons, non ?

– Oui, tellement mignons que ça donne envie d'avoir un enfant.

Ce n'était qu'une remarque innocente. Elle savait qu'il l'avait prononcée sans arrière-pensée, mais il en ressentit l'écho autant qu'elle et lâcha sa main.

– Tiens, c'est pour Lizzie.

Claire tendait à Jemmy une assiette de crêpes dégoulinantes de beurre et de miel.

– Quelqu'un d'autre a faim ?

La ruée qui s'ensuivit permit à Brianna de cacher son trouble, mais il était toujours là, quoique confus.

Oui, elle voulait un autre enfant, et comment ! Dès l'instant où elle avait tenu le bébé dans ses bras, elle en avait ressenti le désir avec une force qui surpassait la faim ou la soif. Et elle aurait tant aimé croire que c'était la faute de Roger si elle n'était pas encore enceinte.

Pour elle, cela avait été un véritable acte de foi, un bond vertigineux au-dessus du gouffre du savoir, que de cesser de prendre les graines de *dauco,* ces petites boulettes fragiles de protection. Pourtant, rien. Récemment, elle s'était remise à penser de plus en plus souvent aux tentatives infructueuses de Ian et de sa femme pour concevoir. Certes, elle n'avait encore jamais fait de fausse couche, ce pour quoi elle remerciait le ciel. Mais ce qu'il lui avait raconté concernant leurs rapports sexuels, qui étaient devenus de plus en plus mécaniques et désespérés, commençait à apparaître au loin, tel un spectre. Ils n'en étaient pas encore là, mais, plus d'une fois, elle s'était retrouvée dans les bras de Roger en pensant : «Maintenant? Cette fois, c'est la bonne?» Mais ça ne l'était jamais.

Les jumeaux étaient déjà nettement plus à l'aise avec le bébé, leurs têtes brunes pressées l'une contre l'autre, suivant du bout du doigt les contours du visage potelé, se demandant à voix haute, entre autres absurdités, à qui il ressemblait le plus!

Lizzie dévorait sa seconde assiette de crêpes, accompagnées cette fois de saucisses grillées. Cela sentait merveilleusement bon, mais Brianna n'avait pas faim.

Observant Roger dont c'était le tour de prendre l'enfant dans ses bras, elle se dit qu'au moins ils étaient fixés une fois pour toutes. S'il avait subsisté le moindre doute sur le fait que Jemmy soit son fils, il aurait été convaincu que c'était sa faute, comme Ian l'était; il aurait pensé que quelque chose n'allait pas chez lui. En revanche, à présent...

Et elle, que lui était-il arrivé? Avait-elle été blessée lors de la naissance de Jemmy?

Jamie venait de prendre le nouveau-né, sa grande main soutenant la nuque fragile, avec ce regard doux et affectueux si irrésistible chez un homme. Elle aurait tant aimé voir la même émotion dans les yeux de Roger en train de tenir son propre bébé.

Enfin rassasiée, Lizzie écarta son assiette et se redressa dans son lit.

– Monsieur Fraser. Mon père… il… il est au courant ?

Jamie parut un instant déconcerté, puis rendit le bébé à Roger, essayant visiblement de gagner du temps pour trouver une manière moins pénible de lui avouer la vérité.

– Ah. Euh… Oui, je lui ai dit que le bébé était en route.

Mais il n'était pas venu. Lizzie pinça les lèvres, une ombre chagrinée passant sur son visage radieux.

L'un des jumeaux proposa sur un ton hésitant :

– Si… un de nous allait le prévenir ? Lui annoncer que le bébé est arrivé et que… Lizzie va bien.

Jamie hésita. M. Wemyss, plus pâle que jamais, n'avait pas fait la moindre allusion à sa fille, à ses beaux-fils ni à son futur petit-enfant depuis la confusion du double mariage de Lizzie. Toutefois, à présent que le petit-fils était bien là en chair et en os…

Le front soucieux, Claire déclara :

– Quoi qu'il juge devoir faire, il sera content d'apprendre que tout s'est bien passé.

– Tu as raison, convint Jamie. Mais je ne suis pas sûr que ce soit une bonne chose que Jo ou Kezzie aille le lui dire.

Les jumeaux échangèrent un long regard, prenant tacitement une décision. Puis l'un d'eux, se tournant vers Jamie, déclara d'une voix ferme :

– Je crois que si, monsieur. C'est notre bébé, mais c'est aussi son sang. Il y a désormais un lien entre nous. Il le sait bien.

– On ne veut pas qu'il soit fâché contre Lizzie, renchérit son frère. Elle a trop de peine. Peut-être que le bébé… l'amadouera ?

Brianna vit les yeux de Jamie remonter très brièvement vers le visage de Roger avant de se concentrer de nouveau sur le nourrisson dans ses bras. Elle réprima un sourire. Il n'avait certainement pas oublié l'accueil acrimonieux qu'il avait lui-même réservé à son futur gendre. C'était Roger qui avait vaincu ses réticences en établissant ses droits de père sur Jemmy, créant le premier maillon, si fragile, dans la chaîne qui les unissait désormais aussi solidement qu'elle à son père.

– Bon d'accord, maugréa Jamie.

Il était évident qu'il n'avait aucune envie d'être de nouveau impliqué dans ces histoires de famille, mais il n'avait pas trouvé le moyen de s'en extirper.

– Allez le prévenir. Mais un seul d'entre vous! Et s'il décidait de venir, l'autre s'éclipserait, c'est clair?

– Oh oui, monsieur! l'assurèrent-ils à l'unisson.

Hésitant, Jo, ou Kezzie, tendit les bras vers le bébé.

– Devrais-je le lui…

– Non!

Lizzie s'était redressée, se soutenant sur les bras pour soulager la tension dans son bassin endolori.

– Dis-lui qu'on va bien. Mais s'il veut voir l'enfant, il n'a qu'à venir lui-même. Il sera le bienvenu. S'il refuse de pénétrer dans ma maison… eh bien, il devra renoncer à voir son petit-fils. Dis-le-lui.

Elle se rallongea avec précaution, puis tendit les bras.

– Maintenant, donnez-moi mon petit.

Elle serra le bébé endormi contre elle et ferma les yeux pour couper court à toute discussion ou reproche.

78

La confrérie universelle des hommes

Brianna souleva le tissu ciré qui recouvrait une des grandes bassines en terre cuite et huma avec délice l'odeur de moisi et d'humus. Elle remua le pâle mélange avec un bâton, le soulevant régulièrement pour évaluer la texture de la pulpe dégoulinante.

Pas mal. Encore un jour, et la mixture serait assez dissoute pour être pressée. Elle se demanda si elle devait ajouter encore un peu d'acide sulfurique dilué, puis décida que non. Elle plongea la main dans le bol posé à côté et saisit une poignée de pétales de fleurs de cornouiller et de gainier rouge que Jemmy et Aidan avaient ramassées pour elle. Elle en saupoudra la pulpe grisâtre, puis la mélangea une dernière fois avant de recouvrir la bassine. D'ici demain, ils se seraient fondus dans la masse, mais apparaîtraient néanmoins sous forme d'ombres dans le papier fini.

Roger se fraya un chemin vers elle entre les buissons.

– On m'a toujours dit que les usines à papier puaient. Ils doivent utiliser d'autres ingrédients dans leur fabrication.

– Estime-toi heureux que je ne tanne pas des peaux. D'après Ian, les squaws utilisent des crottes de chien.

Venant se placer derrière elle, il contempla avec intérêt sa fabrique de papier : une douzaine de grandes bassines, chacune remplie de fragments de vieux papiers, de bandes déchirées de soie et de coton, de fibres de lin, de moelle de tiges de roseau et de tout ce qui lui tombait sous la main, déchirés en lambeaux ou broyés dans un moulin. Elle avait mis une source à nu et utilisé un de ses conduits de canalisation cassé en guise de bassin versant, lui assurant ainsi une alimentation en eau. À côté, elle avait construit une plateforme en pierre et en bois sur laquelle étaient installés les écrans de soie qui lui servaient à presser la pulpe.

Un papillon de nuit mort flottait dans la seconde bassine. Il voulut l'enlever, mais elle l'arrêta.

– Il y a tout le temps des insectes qui se noient dedans. Tant qu'ils ont le corps mou, ce n'est pas gênant. Avec l'acide sulfurique, ils se désintègrent dans la pulpe : des papillons, des fourmis, des moucherons, des chrysopes. Seules les ailes ne se dissolvent pas complètement. Celles des chrysopes sont assez jolies prises dans le papier, mais pas celles des blattes.

Elle repêcha un cafard dans une des bassines et le lança dans les buissons, avant d'ajouter encore un peu d'eau de sa gourde et de mélanger.

– Ça ne m'étonne pas, dit Roger. J'ai marché sur une de ces bestioles ce matin. Elle s'est aplatie, puis s'est redressée et a poursuivi sa route en ricanant.

Il l'observa travailler un moment sans rien dire. Sentant qu'il avait une requête à lui faire, elle l'encouragea d'un «Mmm ?».

– Je me demandais… Ça t'ennuierait d'emmener Jemmy à la Grande Maison après dîner ? Et si vous restiez dormir là-bas tous les deux ?

Elle le dévisagea, stupéfaite.

– Que projettes-tu ? D'organiser l'enterrement de vie de garçon de Gordon Lindsay ?

Jeune homme timide de dix-sept ans, Gordon était fiancé à une quakeresse de Woolam's Mill. Au cours de la journée, il était passé pour le *thig,* la coutume voulant qu'il se rende de maison en maison pour quémander de vieux meubles et des ustensiles ménagers avant le mariage.

– Non, je te jure qu'aucune jolie fille ne jaillira d'une pièce montée, mais cette soirée est exclusivement masculine. La première tenue de la loge de Fraser's Ridge.

– La loge… Quoi ? Des francs-maçons ?

Le vent s'était levé, dressant les cheveux de Roger sur son crâne. Il les lissa en arrière d'une main, répondant :

– Il fallait un territoire neutre. Je n'ai pas proposé la Grande Maison ni celle de Tom Christie… ne voulant pas donner l'avantage à un camp ou à un autre, tu comprends ?

Elle acquiesça.

– Soit, mais pourquoi des francs-maçons ?

Elle ignorait tout de la franc-maçonnerie, hormis que c'était une société secrète et que les catholiques n'avaient pas le droit d'y entrer. Elle mentionna ce dernier point à Roger qui se mit à rire.

– C'est vrai. Le pape l'a interdit il y a une quarantaine d'années.

– Pourquoi ? Qu'a-t-il contre les francs-maçons ?

– C'est une organisation puissante. Elle compte dans ses rangs beaucoup d'hommes haut placés et influents. En outre, elle transcende les frontières. Je suppose que la principale préoccupation du pape est le risque de concurrence… quoique… Si je me souviens bien, il donnait comme raison officielle que la franc-maçonnerie ressemblait trop à une religion. Ça, et le fait que les membres vénèrent le diable, naturellement.

Il pouffa de rire avant de reprendre :

– Tu savais que ton père avait créé une loge maçonnique à Ardsmuir, dans la prison même ?

– Il l'a peut-être mentionné, je ne m'en souviens pas.

– J'ai évoqué la question de l'interdiction catholique avec lui. Il m'a jeté un de ses regards noirs et m'a rétorqué : «Peut-être, mais le pape n'était pas à Ardsmuir, moi si.»

– Cet argument est sensé, dit-elle amusée. Mais d'un autre côté, je ne suis pas le pape. Il a expliqué pourquoi ? Je veux dire papa, pas le pape.

– Oui, c'était un moyen d'unir les catholiques et les protestants emprisonnés ensemble, un des principes de la franc-maçonnerie étant d'être la confrérie universelle des hommes. Et aussi, que dans une loge, on ne parle ni de religion ni de politique.

– Ah non ? Mais qu'y fait-on, alors ?

– Je ne peux pas te le dire. Mais je te rassure : on ne vénère pas Satan.

Elle le regarda d'un air suspicieux.

– Je ne peux pas, répéta-t-il. Quand tu es initié, tu prêtes serment de ne jamais dévoiler à l'extérieur ce qui se passe dans la loge.

Elle était un peu vexée, mais décida que cela n'avait pas d'importance. Elle ajouta un peu d'eau au mélange, trouvant qu'il ressemblait de plus en plus à du vomi. Elle saisit la bouteille d'acide, tout en observant :

– Ça m'a l'air un peu louche. Et un peu idiot. Il n'y a pas une histoire avec une poignée de main secrète ou je ne sais quoi ?

Il se contenta de sourire, ne se laissant pas décontenancer par son ton.

– Je ne nie pas le côté un peu théâtral. L'organisation remonte plus ou moins au Moyen Âge et a conservé un peu de son cérémonial d'origine. Comme l'Église catholique.

– Touché ! Bon, d'accord, je ne dirai plus rien. C'est papa qui a eu l'idée de créer une loge ici ?

– Non, c'est moi.

Elle se tourna vers lui, surprise.

– J'avais besoin de leur trouver un terrain d'entente, Brianna. Les femmes en ont un. Les épouses des pêcheurs cousent, filent, tricotent et fabriquent des édredons ensemble, et si, en secret, elles pensent que ta mère, madame Bug ou toi êtes des hérétiques vouées à l'enfer ou des whigs damnées, cela ne fait pas grand différence. Mais les hommes n'ont pas ça.

Elle allait se prononcer à propos de l'intelligence et du bon sens relatif des deux sexes, mais sentant le moment non propice, elle préféra acquiescer. En outre, il n'avait clairement pas la moindre idée du genre de commérages qui s'échangeaient dans ces cercles féminins.

– Tu veux bien me tenir cet écran un instant ?

Il saisit le cadre en bois, tirant fortement sur le fil de métal qui le parcourait en suivant les instructions qu'elle lui donnait. Tout en déposant une louche de pulpe sur la soie, elle demanda avec ironie :

– Tu veux que je prépare du lait et des biscuits pour votre petite sauterie de ce soir ?

– Oui, ce serait vraiment gentil.

– Je blaguais !

– Pas moi.

Il souriait toujours, mais à voir le fond de ses yeux, il était sérieux, et elle se rendit compte qu'il ne s'agissait pas d'un caprice. Avec un étrange pincement au cœur, elle crut soudain voir son père devant elle.

Il avait su veiller sur les autres depuis son plus jeune âge, car cela faisait partie des responsabilités héritées à sa naissance. Roger l'avait appris sur le tard, mais elle ne doutait pas que tous deux considéraient cette charge comme la volonté de Dieu. Tous deux acceptaient ce devoir sans le remettre en question, l'honoreraient jusqu'au bout, quitte à y laisser leur peau. Elle espérait simplement qu'ils n'en arriveraient pas là, l'un comme l'autre.

Baissant les yeux pour cacher son trouble, elle demanda :

– Donne-moi un cheveu.

Il s'exécuta aussitôt.

– Pour quoi faire ?

– Pour le papier. Quand j'étale la pulpe, elle ne doit pas être plus épaisse qu'un cheveu.

Tenant fermement le fil noir au bord du cadre, elle répandit le liquide crémeux sur la soie, l'étalant au maximum, si bien qu'il s'écoulât autour du cheveu sans le recouvrir. Puis celui-ci glissa avec le jus, une longue ligne noire dans la substance blanche, toute fine, comme la fêlure à la surface de son cœur.

79

Alarmes

L'Oignon-Intelligencer

Un mariage est annoncé! Le New Bern Intelligencer, fondé par Jno. Robinson, a cessé de paraître en raison du déménagement de son propriétaire en Grande-Bretagne, mais nous rassurons ses lecteurs : il n'a pas disparu complètement, car ses locaux, son équipement et ses listes d'abonnés ont été rachetés par les propriétaires de L'Oignon, cet excellent journal si réputé et populaire. La nouvelle publication, considérablement améliorée et enrichie, paraîtra désormais sous le titre L'Oignon-Intelligencer. Elle sera distribuée hebdomadairement, avec des éditions extraordinaires en fonction de l'actualité, pour la modique somme de un penny...

À M. et Mme James Fraser, de Fraser's Ridge, Caroline du Nord, de la part de M. et Mme Fergus Fraser, Thorpe Street, New Bern.

Cher père, chère mère Claire,

Je vous écris pour vous informer de la dernière nouveauté qui a bouleversé nos vies. M. Robinson, qui possédait l'unique autre journal de la ville, a été expulsé en Angleterre. Littéralement, car des inconnus déguisés en sauvages ont

424

fait irruption chez lui au petit matin, l'ont arraché à son lit, l'ont traîné jusqu'au port et l'ont jeté sur un navire, vêtu uniquement de sa chemise et de son bonnet de nuit.

Le capitaine a promptement largué les amarres et pris la mer, une affaire qui a fait grand bruit en ville, comme vous l'imaginez.

Le lendemain du brusque départ de M. Robinson, nous avons reçu deux visites séparées (je ne donne pas de noms, vous apprécierez ma discrétion). La première était celle d'un membre du comité de sécurité qui, comme chacun sait mais ne le dit, se trouve derrière l'expulsion de M. Robinson. Son discours était courtois, mais ses manières l'étaient moins. Il souhaitait s'assurer que Fergus ne partageait pas les sentiments « obstinément erronés » de M. Robinson concernant certains événements récents et quelques individus.

Fergus lui a répondu sans sourciller qu'il n'aurait même pas partagé un verre de vin avec M. Robinson (ce qui était vrai, puisque M. Robinson était méthodiste et contre l'alcool). Notre visiteur a compris ce qu'il voulait et est parti satisfait après avoir donné à Fergus une bourse pleine d'argent.

Ensuite est arrivé un autre gentleman fort gras. Il joue un rôle très important dans les affaires de la ville et est membre du Conseil royal, ce que j'ignorais alors. Le but de sa visite était le même, ou plutôt le contraire : il voulait savoir si Fergus souhaitait acquérir les biens de M. Robinson et continuer son œuvre au nom du Roi, à savoir, publier certaines lettres et en faire disparaître d'autres.

Fergus a pris un air grave pour lui répondre qu'il avait toujours trouvé de nombreux aspects admirables chez M. Robinson (notamment son cheval, gris et d'un caractère très aimable, et les étranges boucles de ses souliers) mais, comme nous avions à peine les moyens d'acheter de l'encre et du papier, il faudrait se résoudre à voir son imprimerie rachetée par une personne qui ne s'y entendait guère en matière politique.

J'étais morte de peur. Le gentleman s'est mis à rire et a sorti une grosse bourse de sa poche, déclarant qu'il « ne fallait pas gaspiller un bon navire à cause de quelques traces de goudron ». Il semblait trouver sa remarque très drôle et riait à gorge déployée. Puis il a donné une petite tape sur la tête d'Henri-Christian et est sorti.

Comme vous voyez, nos perspectives sont à la fois meilleures et des plus inquiétantes. Je n'en dors plus la nuit, pensant à l'avenir, mais le moral de Fergus est tellement bon que je ne peux pas le regretter.

Mes chers parents, priez pour nous, comme nous prions sans cesse pour vous.

Votre fille affectueuse et dévouée,
Marsali

Je m'efforçai de garder un ton badin.

– Tu lui as bien appris le métier.

– Apparemment.

Jamie paraissait un peu inquiet, mais encore plus amusé.

– Ne t'inquiète pas, *Sassenach*. Fergus est assez doué à ce petit jeu-là.

– Ce n'est pas un jeu !

J'avais parlé avec une telle véhémence qu'il sursauta.

– Ce n'est pas un jeu, répétai-je plus calmement.

Sans répondre, il dégagea une liasse de papiers du chaos sur son bureau et me la tendit.

Mercredi matin vers 10 heures,

Watertown

À tous les amis de la liberté américaine, sachez que ce matin avant l'aube, une brigade d'environ 1 000 à 1 200 hommes a accosté à Phip's Farm, à Cambridge, et a marché sur Lexington, où elle a rencontré une compagnie de notre milice armée. Ils ont ouvert le feu sans sommation, tuant six hommes et en blessant quatre autres. Un courrier express de

426

Boston nous informe qu'une autre brigade, forte d'un millier de soldats, marche sur nous. Le porteur, Israel Bissell, a été chargé d'alerter tout le Connecticut, et tous sont priés de lui fournir des montures fraîches s'il en a besoin. J'ai parlé à plusieurs personnes qui ont vu les morts et les blessés.

Je vous prie de faire parvenir la présente à tous les délégués de la colonie du Connecticut.

J. Palmer, membre du comité de sécurité

Le colonel Foster de Brookfield est un des délégués.

Sous le message se trouvait une liste de signatures, quoique toutes rédigées de la même écriture. La première était accompagnée de la note : « Une copie exacte a été faite de l'original suivant les ordres du comité de correspondance de Worcester, 19 avril 1775. Certifiée conforme par Nathan Baldwin, secrétaire municipal. » Toutes les autres étaient précédées du même commentaire.

J'écarquillai les yeux.

– Mince ! Mais c'est « L'appel aux armes de Lexington ». Où as-tu eu ça ?

– Un des hommes du colonel Ashe me l'a apporté.

Il pointa un doigt vers le bas de la liste, me montrant la ratification de John Ashe.

– Qu'est-ce que c'est que « L'appel aux armes de Lexington » ?

– Ça.

J'agitai la feuille, fascinée.

– Après la bataille de Lexington, Palmer, un général de milice, a rédigé cette lettre et a envoyé un coursier express pour la faire circuler dans tout le pays afin de témoigner de ce qui venait de se passer et de prévenir les milices de la région du commencement de la guerre. Tout au long de sa route, les hommes qui l'ont lue l'ont copiée, ont signé les copies pour attester qu'elles étaient conformes, puis les ont envoyées à d'autres communes et villages. Il y en a eu des centaines ainsi réalisées, et quelques-unes sont restées intactes. Frank en aurait reçu une en cadeau et il l'avait fait encadrer. Elle était accrochée dans notre hall d'entrée, à Boston.

Un frisson extraordinaire me parcourut de la tête aux pieds quand je pris soudain conscience que le texte familier sous mes yeux avait été écrit non pas deux cents ans plus tôt, mais une ou deux semaines auparavant.

Jamie était lui aussi un peu pâle.

– C'est... ce que Brianna m'avait dit. Le 19 avril, une escarmouche à Lexington... le début de la guerre.

Il me dévisagea, et je vis au fond de ses yeux sombres un mélange d'angoisse et d'excitation.

– Je t'ai cru, *Sassenach*, mais...

Il n'acheva pas sa phrase. Il s'assit, saisit sa plume et signa son nom avec une grande application au bas de la feuille.

– Tu veux bien me la copier, *Sassenach*? Je la ferai suivre.

80

Où le ciel nous tombe sur la tête

Le messager du colonel Ashe avait également annoncé à Jamie qu'un congrès serait organisé à la mi-mai dans le comté de Mecklenberg, dans l'intention de déclarer officiellement l'indépendance du pays vis-à-vis du roi d'Angleterre. Sachant que, en dépit du soutien de John Ashe et de quelques autres amis, il était encore considéré avec scepticisme par bon nombre de leaders de ce qui était désormais appelé «la rébellion», Jamie décida de s'y rendre et de soutenir ouvertement les indépendantistes.

Roger l'accompagnerait. Il trépignait littéralement d'impatience devant cette première occasion de voir l'histoire s'écrire sous ses yeux.

Toutefois, quelques jours avant leur départ, l'histoire avec un grand H passa au second plan, cédant la place à un présent plus pressant : peu après le petit-déjeuner, toute la famille Christie se présenta à notre porte.

Il était arrivé quelque chose. Allan semblait très agité ; Tom était sombre et gris comme un vieux loup ; Malva avait pleuré, son visage passant du rouge au blanc, et inversement. Quand je la saluai, elle détourna les yeux, les lèvres tremblantes. Jamie les invita à passer dans son bureau, puis leur indiqua des sièges. Intrigué, il jeta un coup d'œil vers Malva, visiblement la source d'un problème familial urgent, puis se tourna vers son père.

– Qu'y a-t-il, Tom ?

Tom Christie pinçait les lèvres si fort qu'elles disparaissaient sous sa barbe fine.

– Ma fille attend un enfant.

Jamie se tourna vers Malva, qui se tenait tête baissée et fixait ses mains croisées devant elle.

– Ah... euh, apparemment, c'est dans l'air du temps.

Cette tentative de dégeler l'atmosphère n'eut aucun effet sur les Christie, qui frémissaient d'énervement.

La nouvelle me prit de court, même si cela n'avait rien de stupéfiant. Malva avait toujours attiré l'attention des jeunes hommes et si son frère et son père avaient scrupuleusement veillé à ce qu'aucun ne la courtise ouvertement, le seul moyen de les tenir à distance aurait été d'enfermer la jeune fille dans un cachot.

Qui avait fini par l'emporter ? Obadiah Henderson ? Bobby, peut-être ? Un des frères McMurchie ? Je priai le ciel pour que ce ne soit pas les deux à la fois. Tous ces derniers, et de nombreux autres, n'avaient pas caché leur intérêt.

La tentative de plaisanterie de Jamie fut accueillie avec un silence de plomb, même si Allan fit une piètre tentative de sourire. Il était presque aussi blême que sa sœur.

Jamie s'éclaircit la gorge.

– En quoi puis-je vous être utile, Tom ?

Christie le toisa avec une antipathie évidente.

– Elle refuse de donner le nom du coupable si vous n'êtes pas présent.

Jamie toussota de nouveau, gêné par ce que cela impliquait. La jeune fille craignait sans doute que son père et son frère la battent ou s'en prennent à son amant, et comptait sur lui pour les en empêcher. À mon avis, ses craintes me paraissaient justifiées. Suspicieuse, j'observai Tom Christie. Avait-il déjà tenté vainement de lui arracher son secret à coups de verge ?

Cependant, malgré la présence de Jamie, Malva ne disait toujours rien. Elle tripotait son tablier, les yeux vers le sol. Je pris ma voix la plus douce pour lui demander :

– Vous en êtes à combien de mois ?

Elle ne répondit pas directement, mais pressa deux mains tremblantes contre son tablier, l'étirant en mettant en évidence son ventre d'une rondeur et d'une grosseur surprenantes. Six mois, à vue de nez. Elle avait attendu le dernier moment pour l'annoncer et l'avait bien caché.

Le malaise dans la pièce était presque suffocant.

Allan s'agita sur son tabouret, puis se pencha vers sa sœur pour lui murmurer :

– Tout ira bien, Malva. Mais tu dois le dire.

Elle prit une grande inspiration, puis redressa la tête. Ses yeux rouges et remplis d'appréhension étaient toujours aussi beaux.

– Oh, monsieur...

Elle s'arrêta net.

Jamie, qui commençait à être aussi énervé que les Christie, s'efforça de garder un air doux.

– Parlez, ma petite. Je vous promets que personne ne vous fera de mal.

Tom Christie laissa échapper un son agacé, tel un prédateur dérangé pendant son repas, et Malva pâlit encore. Son regard était rivé sur Jamie.

– Oh, monsieur... comment pouvez-vous me dire ça, alors que vous connaissez la vérité aussi bien que moi ?

Avant que quiconque n'ait eu le temps de réagir à ces paroles, elle se tourna vers son père et pointa Jamie du doigt.

– C'est lui.

* * *

Par miracle, au moment où elle prononça ces mots, j'étais en train de dévisager Jamie. Il n'avait pas vu venir cette accusation et n'avait eu aucune possibilité de dissimuler ses émotions... De fait, il ne dissimula rien. Son visage n'exprima rien d'autre que le vide béant de l'incompréhension absolue.

– Pardon ? fit-il.

Puis, comprenant enfin, il s'écria d'une voix qui aurait pu renverser la petite garce sur son derrière de menteuse :

– QUOI ?

Elle tiqua et baissa de nouveau les yeux, offrant l'image même de la vertu outragée, apparemment incapable de soutenir le regard de Jamie. Alors, elle tendit une main tremblante vers moi et déclara, battant des cils d'un air de martyr :

– Je suis tellement désolée, madame Fraser. Il... nous... nous ne voulions pas vous blesser.

Comme si j'observais la scène de l'extérieur, je me vis prendre mon élan et la gifler avec une telle force qu'elle tomba à la renverse, s'étalant sur le plancher, les jambes en l'air, ses jupons retombant autour d'elle.

– Je ne peux pas en dire autant.

Les mots étaient sortis de ma bouche malgré moi, me surprenant moi-même.

Soudain, j'étais de retour dans mon corps. Mon corset semblait avoir rétréci durant ma brève absence ; juste de respirer me faisait mal. J'étais en ébullition, les liquides frémissant en moi : sang, lymphe, sueur, larmes... Si j'inspirais, ma peau éclaterait sous la pression, telle une tomate trop mûre projetée contre un mur.

Si je n'avais plus d'os, j'avais encore ma volonté. Elle seule me porta jusqu'à la porte. Je ne vis pas le couloir ni ne me rendis compte d'avoir ouvert la porte d'entrée ; je ne distinguai que l'éclat du jour et un flou vert dans la cour, puis je me mis à courir comme si tous les démons de l'enfer étaient à mes trousses.

En fait, personne ne me suivit. Pourtant, je continuai de courir, sortant du sentier et m'enfonçant dans les bois, glissant sur les aiguilles de pin mouillées, pataugeant dans les ruisseaux, dévalant à moitié une pente et trébuchant douloureusement contre des troncs couchés, m'accrochant dans les ronces et les buissons.

J'arrivai au pied de la colline et me retrouvai dans une dépression sombre ceinte d'immenses rhododendrons. Je m'arrêtai, haletant, les jambes molles. Je m'affalai sur les fesses, vidée de mes forces, et m'étendis sur le tapis poussiéreux de feuilles de laurier.

Un proverbe résonnait dans ma tête. « Le coupable prend la fuite sans qu'on le poursuive.» Je n'étais coupable de rien. Pas plus que Jamie. Je le savais. «Je le savais», me répétai-je.

Toutefois, Malva était enceinte. Quelqu'un était responsable.

J'étais encore étourdie par ma course, par les éclats aveuglants du soleil à travers le feuillage et les couleurs défilant dans ma vision brouillée – bleu marine, bleu clair, blanc, gris, vert et or, tandis que le ciel et la montagne tournoyaient autour et au-dessus de moi.

Je clignai des yeux, sentant les larmes couler le long de mes tempes, et soupirai :

– Zut, zut, zut et zut! Il ne manquait plus que ça!

* * *

Jamie saisit la fille par le bras et, d'un geste brusque, la hissa. Sa joue droite était écarlate, là où Claire l'avait frappée, et, l'espace d'un instant, il se retint de lui envoyer une autre gifle sur la gauche.

Une main agrippa son épaule pour le faire pivoter, et il ne dut qu'à ses bons réflexes d'éviter le poing d'Allan Christie, qui glissa le long de son visage et l'atteignit à l'oreille. Il repoussa le jeune homme des deux mains sur sa poitrine et lui crocheta la cheville quand il partit en arrière. Allan tomba à la renverse sur les fesses avec un bruit sourd qui ébranla la pièce.

Jamie recula d'un pas, se tenant l'oreille, et fusilla du regard Tom Christie qui, telle la femme de Loth, semblait changé en statue de sel.

Jamie serra le poing, le défiant, mais Tom ne broncha pas, lançant à son fils :

– Lève-toi et tiens-toi tranquille. Ce n'est pas le moment.

Le jeune homme se releva, ivre de rage, s'écriant :

– Pas le moment? Cet homme a fait de ta fille une putain, et tu vas le laisser s'en tirer comme ça? Si tu es trop lâche et trop vieux, je ne le suis pas, moi!

Il se jeta sur Jamie, voulant le saisir à la gorge. Ce dernier fit un pas de côté, bascula son poids en arrière sur une jambe et lui asséna un puissant crochet du gauche en plein foie. Allan se plia en deux en expulsant tout l'air de ses poumons. Il releva la tête vers lui, les yeux exorbités, la bouche grande ouverte, puis tomba à genoux.

Jamie se tourna vers Malva.

– Qu'est-ce que c'est que cette farce, *nighean na galladh*?

L'insulte était cuisante. Qu'il comprenne ou pas les paroles en gaélique, Tom Christie en saisit très bien le sens. Du coin de l'œil, Jamie le vit se raidir.

Malva se mit à sangloter bruyamment et pressa son tablier contre son visage, hoquetant :

– Comment pouvez-vous me parler ainsi? Comment pouvez-vous être aussi cruel?

– Assez! avec ces simagrées!

Il poussa un tabouret vers elle.

– Asseyez-vous, petite idiote! Vous allez nous dire ce que vous cachez derrière cette histoire. M. Christie?

Il lui indiqua un autre tabouret d'un signe de tête, puis alla s'asseoir dans son propre fauteuil, enjambant Allan, recroquevillé sur le parquet, les mains sur le ventre.

– Monsieur?

En entendant le raffut, Mme Bug était sortie de sa cuisine. Elle se tenait sur le seuil, ouvrant des yeux de chouette sous son bonnet. Fixant ouvertement Malva qui sanglotait sur son tabouret et Allan qui pantelait sur le sol, elle demanda à Jamie :

– Vous... vous désirez quelque chose?

Jamie aurait bien eu besoin d'un verre, voire de deux, mais l'instant était mal choisi.

– Non, merci, madame. Plus tard.

Il la congédia d'un geste bref, et elle sortit à contrecœur. Il savait qu'elle n'irait pas très loin, sans doute juste de l'autre côté de la porte.

Il se passa une main sur le visage, se demandant quelle mouche piquait les jeunes filles depuis peu. Ce soir, ce serait la pleine lune. C'était peut-être vrai qu'elle les rendait folles. D'un autre côté, la petite garce avait bel et bien fricoté avec quelqu'un. Sous la jupe élimée, son ventre était gonflé et rond comme une calebasse.

Il se tourna vers Christie.

– Combien de mois?

– Six.

Christie s'assit lourdement sur son tabouret. Plus sinistre que jamais, il paraissait toutefois maître de lui, ce qui était déjà ça.

Malva abaissa son tablier et s'écria, la lèvre tremblante :

– Ça a eu lieu lors de l'épidémie, à la fin de l'été dernier! Quand j'aidais à soigner sa femme! Et pas qu'une fois!

Elle se tourna vers Jamie, l'implorant :

– Je vous en supplie, monsieur, dites-leur la vérité!

– J'en ai bien l'intention. Et vous allez faire de même, je vous le garantis.

Le choc initial commençait à se dissiper; l'irritation de Jamie était toujours là, croissant même de minute en minute, mais son esprit fonctionnait de nouveau, à toute allure.

De toute évidence, celui qui l'avait mise enceinte ne convenait pas. Qui? Si seulement Claire était restée... Elle écoutait les commérages des voisins et s'intéressait à la fille. Elle aurait su qui étaient ses prétendants. Lui-même remarquait rarement la jeune fille, sauf qu'elle se trouvait toujours dans les parages, à seconder Claire.

La voix de Malva le rappela à l'ordre.

– La première fois, c'était quand madame était si malade qu'on craignait tous pour sa vie. Je te l'ai dit, père, il ne s'agissait pas d'un viol..., mais il était tellement désespéré, et j'avais tellement de peine... (Une larme glissa le long de sa joue). Je suis descendue de la chambre tard, une nuit, et il se tenait ici, dans le noir, affligé. Ça m'a fait tellement de peine ! (Voix tremblotante, petite pause pour déglutir.) Je lui ai demandé s'il voulait que je lui apporte quelque chose à manger, à boire peut-être, mais il avait déjà bu. Il y avait un verre de whisky devant lui.

Jamie sentit le sang battre dans ses tempes.

– Et j'ai répondu «non merci», que je préférais être seul, et vous êtes rentrée chez vous.

– Non, je suis restée.

Son bonnet avait glissé lorsqu'elle était tombée en arrière, et elle ne l'avait pas remis. Ses longues boucles brunes encadraient son visage.

– Il m'a bien dit qu'il voulait rester seul, mais je ne supportais pas de le voir dans un tel état. Je sais que c'était effronté de ma part, mais j'avais tellement pitié. (Elle baissa pudiquement les cils). Je me suis approchée et je... je l'ai touché. (Elle parlait si bas à présent qu'il avait du mal à l'entendre). J'ai posé une main sur son épaule pour le réconforter. Mais il s'est alors tourné, a glissé un bras autour de ma taille et, soudain, il m'a serrée contre lui. Puis... puis... il m'a prise. Juste ici.

Elle étira le pied et, du bout de son brodequin, pointa la carpette devant le bureau. En effet, on apercevait une petite tache brune, qui pouvait être du sang. Ça l'était : Jemmy s'était étalé de tout son long un jour et avait saigné du nez.

Jamie ouvrit la bouche, mais il était tellement suffoqué que seule une sorte de râle en sortit.

En revanche, le jeune Allan avait retrouvé son souffle. Il oscillait sur les genoux, ses cheveux lui retombant devant les yeux.

– Ah ! Vous n'avez pas le culot de le nier, hein ? Mais vous avez pourtant eu celui de le faire !

Jamie lui lança un regard glacial, mais ne daigna pas lui répondre, préférant se tourner vers Tom Christie.

– Elle est folle, ou simplement maligne ?

Le visage de Christie semblait sculpté dans la pierre, hormis les poches frémissantes sous ses yeux injectés de sang.

– Elle n'est pas folle.

– Alors, elle ment bien et est assez habile pour savoir que personne n'avalerait une histoire de viol.

Elle ouvrit une bouche horrifiée.

– Oh non, monsieur ! Je ne dirais jamais une pareille chose, jamais !

Elle déglutit et leva timidement vers lui de grands yeux candides.

– Vous aviez besoin de réconfort. Je vous l'ai apporté.

Il se pinça fort le nez entre le pouce et l'index, espérant se réveiller de ce cauchemar. Comme cela ne changeait rien, il soupira et se retourna vers Christie.

– Quelqu'un l'a mise enceinte, et ce n'est pas moi. Qui, à votre avis ?

Elle se redressa sur son tabouret, laissant retomber son tablier.

– Mais c'était vous ! Il n'y a personne d'autre !

La mine navrée, Tom Christie jeta un coup d'œil vers sa fille, puis fixa de nouveau Jamie. Il avait les mêmes yeux gris clair que Malva, mais totalement dépourvus de la moindre candeur.

– Je ne vois personne. Selon elle, cela a eu lieu plusieurs fois, une douzaine ou plus.

Il parlait d'une voix monocorde, non par indifférence, mais parce qu'il s'efforçait de maîtriser ses émotions.

– Alors, elle a menti une douzaine de fois ou plus, répondit Jamie sur le même ton.

– Vous savez que c'est vrai ! s'écria Malva. Votre femme me croit, elle !

Elle posa une main sur sa joue où la marque rouge des doigts de Claire était encore visible.

– Ma femme n'est pas si folle !

Néanmoins, une angoisse l'avait saisi à la mention de Claire. N'importe quelle femme aurait sans doute pris la fuite devant une accusation aussi choquante, mais il aurait préféré qu'elle reste. Sa présence à ses côtés l'aurait aidé.

Malva avait cessé de pleurer. Blême, les yeux brillants, elle le défia :

– Vraiment ? Eh bien, moi non plus, monsieur. Je peux prouver que je dis la vérité.

– Ah oui ? Et comment ?

– J'ai vu les cicatrices sur votre corps nu, je peux les décrire !

Il y eut un silence, interrompu uniquement par le grognement satisfait d'Allan. Il se releva avec un sourire mauvais, se tenant toujours le ventre.

– Alors, qu'est-ce que vous trouvez à répondre à ça, hein ?

L'irritation avait depuis longtemps cédé la place à une colère monstrueuse. Dessous, à peine perceptible, se trouvait une émotion qu'il se refusait encore à appeler de la peur.

– D'ordinaire, je n'exhibe pas mes cicatrices, mais un certain nombre de personnes les ont vues, et je n'ai pas couché avec elles pour autant.

– C'est vrai, répliqua Malva. Les gens parlent parfois des traces sur votre dos, et tout le monde connaît la vilaine blessure sur votre cuisse, celle que vous avez reçue à Culloden. Mais celle en forme de croissant sur vos côtes ? Et la petite sous votre fesse gauche ? (Elle tendit un bras en arrière et se toucha le postérieur en guise d'illustration). Elle n'est pas au centre, mais en bas, sur le côté extérieur. Environ de la taille d'une pièce de monnaie.

Elle ne sourit pas, mais une lueur triomphante illumina son regard.

– Je n'ai pas de…

Il s'interrompit, épouvanté. Bon sang, il en avait effectivement une. Une araignée l'avait piqué, aux Antilles. La plaie s'était infectée, avait formé un abcès, puis avait éclaté, à son grand soulagement. Une fois guéri, il n'y avait plus jamais pensé, mais elle était là.

Trop tard. Ils avaient lu sur son visage.

Tom Christie ferma les yeux et serra les mâchoires. Content, Allan émit un autre borborygme en croisant les bras, puis demanda avec une grimace sarcastique :

– Vous voulez nous prouver qu'elle a tort ? Baissez donc vos culottes et montrez-nous votre derrière !

Avec un effort considérable, Jamie se retint de lui dire ce qu'il pouvait se mettre dans son propre derrière. Il prit une longue, longue inspiration, espérant qu'il aurait une idée avant d'expirer de nouveau. Rien ne lui vint.

– Je suppose que vous n'avez pas l'intention de renoncer à votre femme et d'épouser ma fille ? déclara Tom Christie.

– Vous plaisantez !

Il sentit la fureur l'envahir, avec une pointe de panique à la simple possibilité de se retrouver sans Claire.

Christie se frotta la joue, l'air épuisé et dégoûté.

– Dans ce cas, nous établirons un contrat. Vous pourvoirez aux besoins de ma fille et de son petit. Vous reconnaîtrez formellement les droits de l'enfant en tant que votre héritier. À vous de décider si vous voulez le confier à votre épouse pour qu'elle l'élève, mais…

Jamie se leva lentement, les mains sur la table.

– Sortez. Prenez votre fille et quittez ma maison. Immédiatement.

Christie s'interrompit, plissant le front. Malva s'était remise à sangloter, émettant des gémissements dans son tablier. Jamie eut la sensation que le temps s'était arrêté, que Christie et lui resteraient prisonniers de ce moment pour l'éternité, se regardant en chiens de faïence, incapables de détourner les yeux, mais sachant que le sol sous leurs pieds s'était dématérialisé et qu'ils étaient suspendus au-dessus d'un abîme insondable, figés dans cet instant interminable avant la chute.

Naturellement, Allan brisa le sort. Du coin de l'œil, Jamie le vit porter la main à son couteau. Ses doigts s'enfoncèrent dans le bois de la table, le sang battant dans ses tempes. Tout son corps frissonnait : il avait envie de frapper le jeune Christie. Et de tordre le cou de sa sœur par la même occasion.

Allan dut le sentir, car il eut le bon sens de ne pas dégainer sa lame. Jamie dit d'une voix basse :

– Rien ne me ferait plus plaisir que de vous écorcher vif, jeune homme. Sortez, pendant que je peux encore me retenir.

Allan se tendit et s'humecta les lèvres, mais son regard vacilla. Il se tourna vers son père, raide comme une statue de pierre. La lumière avait changé, l'éclairant de côté et faisant briller les poils gris de sa barbe. Sa propre cicatrice se voyait d'autant plus, une mince ligne rose qui s'enroulait tel un serpent au-dessus de sa mâchoire.

Christie se redressa lentement, les mains sur les cuisses, puis se leva et secoua la tête comme un chien qui s'ébroue. Il saisit Malva par le bras, la hissa debout et la poussa vers la porte, sanglotante et trébuchante.

Allan les suivit, narguant Jamie en passant si près de lui qu'il sentit son odeur rance, chargée de rage. Sur le seuil, le jeune homme lui adressa un dernier regard haineux, la main toujours sur la poignée de son couteau, puis sortit. Leurs pas dans le couloir firent trembler le plancher du bureau, et le claquement de la porte d'entrée suivit.

Jamie baissa les yeux, vaguement surpris de voir ses propres mains aplaties sur la table, comme incrustées. Il fléchit les doigts pour dénouer ses articulations endolories. Il était trempé de sueur.

Mme Bug entra de nouveau sur la pointe des pieds, portant un plateau. Elle le déposa devant lui, fit une petite révérence et sortit. Elle y avait placé la seule coupe en cristal qu'il possédait, avec une carafe pleine de son meilleur whisky. À cause de la lumière, le liquide chatoyait comme du chrysobéryl. Une vague envie de rire monta, mais il ne se souvenait pas comment faire. Il effleura la coupe, remerciant en silence la loyauté de Mme Bug, mais son remontant devrait attendre.

Avant tout, il lui fallait aller chercher Claire.

440

* * *

D'abord épars, les nuages s'étaient accumulés, annonçant un orage. Un vent froid agitait les lauriers au-dessus de moi avec un cliquetis de vieux os. Je me relevai avec difficulté et grimpai hors de mon trou. Je marchai sans but précis. Peu m'importait où j'allais, pourvu que ce ne soit pas à la maison. Je rejoignis le sentier menant à White Spring, juste au moment où les premières gouttes tombèrent. Elles clapotèrent lourdement contre les feuilles de bardane et de phytolaque. Les sapins autour de moi exhalèrent leur parfum longtemps retenu.

Le crépitement était ponctué par le son étouffé de gouttes plus lourdes s'enfonçant dans la terre… La grêle arrivait avec la pluie. Quelques instants plus tard, de minuscules particules de glace rebondissaient sur les aiguilles de pin, me piquant le visage et le cou.

Je courus me réfugier sous les branches lourdes d'un sapin baumier qui dominait la source. Les grêlons transperçaient l'eau en la faisant danser, mais fondaient aussitôt. Je m'assis sous l'arbre et me frottai les bras pour me réchauffer.

Au cours de ma marche, une partie de mon cerveau s'était mise à parler toute seule. « Tu pourrais presque comprendre. Tout le monde croyait que tu allais mourir, toi la première. Tu sais ce qui arrive… Tu l'as déjà vu. » Des gens soumis à la pression atroce du chagrin, affrontant la présence écrasante de la mort… Oui, j'en avais vu. Ils éprouvaient alors un besoin naturel de réconfort, une tentative pour repousser, ne serait-ce qu'un instant, la froideur du vide dans la chaleur simple du contact avec un autre corps.

– Mais il ne l'a pas fait, poursuivis-je à voix haute. Si c'était le cas, rien qu'une fois, je pourrais lui pardonner. Mais il ne l'a pas fait, bon Dieu !

Mon subconscient battit en retraite devant cette certitude, mais d'autres frémissements sous-jacents naissaient, non pas des soupçons, rien d'assez fort pour être qualifié de doutes, uniquement de petites observations détachées qui pointaient la tête hors de l'eau, telles des grenouilles de printemps, des voix à peine audibles individuellement, mais qui, toutes ensemble, pourraient faire un vacarme à réveiller les morts.

« Tu es vieille.

Tu as vu comme les veines de tes mains saillent sous ta peau ?

Ta chair est flasque, tes seins pendent.

Il était désespéré, ayant besoin de réconfort...

Il pourrait la rejeter, mais pas l'enfant issu de son sang. »

Je fermai les yeux, luttant contre une sensation de nausée. La grêle avait cessé, cédant la place à une forte pluie. Une brume froide s'élevait de la terre, la vapeur remontant, aussitôt dissipée par le déluge.

– Non ! Non.

J'avais l'impression d'avoir avalé plusieurs gros cailloux tranchants et boueux. Pas juste parce que Jamie aurait pu..., mais aussi parce que Malva m'aurait trahie. Si elle disait vrai, elle m'avait trahie, et plus encore si elle avait accusé Jamie à tort.

Mon apprentie. Ma fille de cœur.

J'étais à l'abri de la pluie, mais l'humidité dans l'air imprégnait mes vêtements, les rendant lourds et moites. À travers le rideau d'eau, j'apercevais l'immense pierre blanche qui avait donné son nom à la source. Ici, Jamie avait versé son sang en sacrifice avant de bondir sur ce rocher pour demander l'aide du parent qu'il avait tué. Ici, Fergus était venu s'ouvrir les veines, son sang se répandant en corolle dans l'eau sombre.

Je compris alors ce qui m'avait amenée à cet endroit, pourquoi la source m'avait appelée. C'était un lieu où l'on se rencontrait soi-même, et où l'on trouvait la vérité.

La pluie cessa, et les nuages s'ouvrirent. Lentement, le jour se mit à faiblir.

* * *

Il faisait presque nuit quand il arriva. Les arbres oscillaient, fébriles dans le crépuscule et murmurant entre eux. Je n'entendis pas ses pas sur le sentier détrempé. Soudain, il fut là, à la lisière de la clairière.

Il me cherchait. Je vis son menton se dresser quand il m'aperçut. Il contourna le bassin et se baissa pour passer sous les branches de mon abri. Il avait marché longtemps, sa veste était trempée et sa chemise collait à son torse. Il avait apporté une cape roulée en boule sous un bras. Il la déplia et la déposa sur mes épaules. Je me laissai faire.

Il s'assit près de moi, les bras autour des genoux, et fixa l'eau sombre de la source. La lumière avait cette belle qualité, juste avant que les couleurs ne se fanent. Ses sourcils auburn formaient deux arches parfaites sur la crête solide de son front, chaque poil distinct, tout comme ceux, plus courts et plus sombres, sur ses joues mal rasées. Il essuya une goutte qui s'était formée sous son nez. À une ou deux reprises, il parut sur le point de parler, puis se ravisa.

Les oiseaux étaient sortis brièvement après la pluie. À présent, ils se préparaient à dormir, leurs chants faiblissant dans les arbres. Enfin, je déclarai :

– J'espère que tu as prévu de me dire quelque chose, parce que, sinon, je crois que je vais hurler et je ne sais pas si je pourrai m'arrêter.

Il émit un son qui se situait entre l'amusement et le désarroi, et prit son visage entre ses mains. Il resta ainsi un moment, puis se frotta les joues et se redressa.

– Pendant tout le temps que je te cherchais, *Sassenach,* je réfléchissais à ce que j'allais te dire. Plein de choses me sont passées par la tête, mais… rien ne convenait.

– Ah oui ? J'en vois pourtant plusieurs.

Il poussa un soupir de frustration.

– Quoi ? Dire que je suis désolé ? Non, ça ne va pas. Je suis désolé, mais rien que le fait de le formuler laisse entendre que j'ai une action à me reprocher, ce qui n'est pas le cas. Si j'avais commencé par m'excuser, tu aurais peut-être pensé que...

Il se tourna vers moi. J'avais beau contrôler mon expression et mes émotions, il me connaissait trop. Dès qu'il avait prononcé les mots « Je suis désolé », j'avais eu envie de vomir.

– Quoi que je dise, je donne l'impression de me défendre ou de m'excuser. Et je ne le ferai pas.

J'émis un son étranglé, et il me regarda, répétant sur un ton plus véhément :

– Je ne le ferai pas ! Il n'y a aucun moyen de nier une accusation pareille sans susciter un doute nauséabond. Je ne vais pas m'excuser pour quelque chose que je n'ai pas fait ; sinon, tu douterais encore plus de moi.

Je commençai à respirer un peu mieux.

– Tu n'as pas beaucoup confiance en ma fidélité envers toi.

– Si je n'avais pas confiance, *Sassenach,* je ne serais pas là.

Il m'observa quelques secondes, puis prit ma main. Mes doigts s'enroulèrent aussitôt autour des siens, grands et froids, qui me serrèrent très fort. J'ai cru que mes os allaient se briser.

Il prit une grande inspiration, presque un hoquet, puis ses épaules se détendirent.

– Tu n'y as pas cru ? Pourtant, tu t'es enfuie.

– J'étais choquée.

Quelque part au fond de moi, je me dis aussi que si j'étais restée, j'aurais été capable de la tuer.

– Je comprends. Je me serais sans doute enfui, si j'avais pu.

Une petite pointe de remords s'ajouta à la surcharge de mes émotions. Ma fuite précipitée n'avait guère arrangé la situation. Cependant, il ne me faisait aucun reproche. Il se contenta de répéter :

– Tu n'y as pas cru ?

444

– Je n'y crois pas.

– Maintenant. Mais sur le coup?

Je resserrai la cape autour de mes épaules.

– Non. Je n'y ai pas cru, mais je ne savais pas pourquoi.

– Maintenant, tu sais?

Je me tournai vers lui, le regardant dans le blanc des yeux.

– Jamie Fraser, si tu étais capable d'une telle chose... je ne parle pas de coucher avec une autre femme, mais de me mentir... alors, tout ce que j'ai fait et tout ce que j'ai été, ma vie tout entière, n'aurait été qu'un long mensonge. Et je ne suis pas prête à l'admettre.

Il fut légèrement surpris.

– Que veux-tu dire, *Sassenach*?

J'agitai la main vers le sentier, vers la maison qui était invisible plus haut derrière les arbres, vers le rocher blanc, une forme floue dans la pénombre.

– Je ne suis pas d'ici. Brianna, Roger... eux non plus. Jemmy ne devrait pas être ici. Il devrait regarder des dessins animés à la télévision, dessiner des voitures et des avions avec des crayons de couleur et non pas apprendre à manier des fusils plus grands que lui et à vider les viscères de chevreuils. Si nous avons tous atterri ici, c'est parce que je t'aimais, plus que ma vie. Et parce que j'étais convaincue que tu m'aimais de la même manière. Tu veux me dire que je me suis trompée?

Il attendit quelques instants avant de répondre. Ses doigts se resserrèrent sur les miens.

– Non. Je ne te dirai pas ça. Jamais, Claire.

– Tant mieux.

Toute l'anxiété, la fureur et la peur qui s'étaient accumulées au cours de l'après-midi me quittèrent aussitôt. Je posai ma tête sur son épaule et humai son odeur âcre : il sentait la pluie, la peur et la colère.

Désormais, il faisait complètement nuit. J'entendais des bruits au loin, Mme Bug appelant Archie depuis l'étable où elle avait été traire les chèvres, et la voix éraillée de son mari lui répondant. Une chauve-souris qui chassait passa près de nous, silencieuse.

– Claire ? interrogea doucement Jamie.

– Mmm ?

– J'ai quelque chose à te dire.

Mon sang se figea. Je m'écartai lentement de lui et me redressai.

– Ne me fais pas un choc pareil. J'ai l'impression d'avoir reçu un coup de poing dans le ventre.

– Je suis désolé.

Je serrai mes genoux contre moi, m'efforçant de refouler un haut-le-cœur.

– Tu as dit tout à l'heure que si tu t'excusais, cela signifiait que tu avais une action à te reprocher.

– C'est le cas.

Ses doigts tambourinaient contre sa cuisse. Il hésita un instant, puis déclara :

– Je ne connais pas une bonne manière d'annoncer à sa femme qu'on a couché avec une autre. Quelles que soient les circonstances. Je n'en vois vraiment pas.

Prise d'un soudain vertige, je fermai les yeux. Il ne parlait pas de Malva, cette question-là était réglée.

– Qui ? demandai-je de ma voix la plus calme possible. Et quand ?

– Euh… eh bien… quand… quand tu étais repartie, bien sûr.

– Qui ?

– C'était juste une fois. Je… je n'avais pas la moindre intention de…

– Qui ?

Il se gratta la nuque.

– Je ne veux surtout pas te contrarier, *Sassenach,* en ayant l'air de…, mais je ne veux pas non plus dire du mal de cette pauvre femme en laissant entendre qu'elle…

– QUI ? rugis-je en lui agrippant le bras.

– Tout doux ! … Mary MacNab.

446

– Qui ? répétai-je surprise.

– Mary MacNab. Tu veux bien me lâcher, *Sassenach* ? Je crois que tu m'as transpercé la peau.

En effet, mes ongles s'étaient enfoncés dans son poignet. Je rejetai sa main et fermai la mienne, serrant mes bras autour de mes genoux pour m'empêcher de l'étrangler.

– Peut-on savoir qui est cette Mary MacNab ? questionnai-je entre mes dents.

– Tu la connais. La femme de Rab, celui qui est mort dans l'incendie de sa maison. Ils avaient un fils, Rabbie. Il était palefrenier à Lallybroch quand...

– Cette Mary MacNab ?

J'étais stupéfaite. Je me souvenais très vaguement d'elle. Elle était venue travailler comme femme de chambre à Lallybroch après la mort de sa brute de mari. Une petite femme toute sèche, épuisée par le dur labeur et la pauvreté, parlant peu, vaquant à ses tâches telle une ombre, à peine visible dans le chaos perpétuel de la vie chez les Murray.

J'essayai en vain de me souvenir si je l'avais vue lors de ma dernière visite à Lallybroch.

– Je l'ai à peine remarquée. Mais, apparemment, ce n'est pas ton cas !

– Non, ce n'était pas ce que tu crois, *Sassenach*.

– Ne m'appelle pas ainsi.

Ma voix paraissait venimeuse même à mes propres oreilles.

Il se massa le poignet en soupirant, à la fois frustré et résigné.

– C'était la nuit avant que je me rende aux Anglais.

– Tu ne m'as jamais dit ça !

– Dit quoi ?

– Que tu t'étais rendu aux Anglais. Je croyais que tu avais été capturé.

– Oui, mais c'était organisé à l'avance, pour toucher la récompense. Mais ce n'est pas la question...

– Ils auraient pu te pendre !

447

«Et ça aurait été bien fait!» lança une petite voix hystérique dans ma tête.

– Non, tu m'avais prévenu, *Sasse*… mmphm. Et puis, de toute façon, je m'en fichais.

Je n'avais aucune idée de ce qu'il voulait dire par «tu m'avais prévenu», mais, actuellement, c'était le moindre de mes soucis.

– Laisse tomber. Je veux savoir…

– Mary MacNab, oui, je sais, je sais. Elle est venue me trouver, un soir, la veille de mon départ. Je vivais dans la grotte, près de Lallybroch. Elle m'a apporté mon dîner, puis… elle est restée.

Je me mordis la langue pour ne pas intervenir. Je le sentais rassembler ses pensées, cherchant ses mots.

– J'ai essayé de la renvoyer. Elle… elle m'a dit…

Il me regarda.

– Elle m'a dit qu'elle nous avait vus ensemble, Claire, et qu'elle savait reconnaître un amour vrai même si elle n'avait jamais connu cela elle-même. Elle n'avait aucune intention de trahir notre amour, mais elle voulait me donner… un petit quelque chose. Ce sont ses mots «un petit quelque chose qui pourrait vous être utile». C'était… je veux dire, ce n'était pas…

Il s'interrompit et laissa retomber sa tête, les genoux fléchis contre lui.

– Elle m'a donné de la tendresse, dit-il enfin dans un souffle. Je… j'espère lui en avoir donné aussi.

Ma gorge était trop nouée pour pouvoir parler, et les larmes me piquaient les yeux. Je me souvins soudain de ses paroles au sujet du Sacré-Cœur, la nuit où j'avais opéré la main de Tom Christie, sur le fait d'avoir été si seul : «… vivre un tel manque, et personne pour me toucher.» Il avait vécu sept ans dans cette grotte. Seul.

Quelques centimètres nous séparaient, mais ils me paraissaient un gouffre infranchissable. Je posai ma main sur la sienne, le bout de mes doigts reposant sur ses articulations noueuses. Je pris une grande inspiration, puis deux, essayant de contrôler ma voix qui sortit néanmoins éraillée.

– Tu lui as donné de la tendresse, je le sais.

Il se tourna vers moi, et j'enfouis mon visage dans sa veste, ne retenant plus mes larmes.

– Oh, Claire, chuchota-t-il dans mes cheveux. Elle a dit... qu'elle voulait me garder en vie pour toi. Elle le pensait. Elle ne voulait rien pour elle-même.

Mes larmes redoublèrent. Je pleurais pour toutes ces années perdues, vides, couchée auprès d'un homme que j'avais trahi, pour lequel je n'avais pas de tendresse. Pour les terreurs, les doutes et les peines de la journée. Pour lui, pour moi, pour Mary MacNab qui savait ce que signifiait la solitude... et l'amour.

Il me tapota le dos comme si j'étais une enfant, murmurant :

– J'aurais voulu te le dire plus tôt, mais... Ce n'est arrivé qu'une seule fois. Je ne savais pas comment te l'expliquer pour que tu comprennes.

Hoquetant, je me redressai enfin et m'essuyai le visage sur un pan de ma jupe.

– Je comprends. Je t'assure que je comprends.

C'était vrai. Je comprenais non seulement Mary MacNab, mais aussi pourquoi il me l'avait dit aujourd'hui. Il n'était pas obligé, je ne l'aurais jamais su. Il n'en avait pas d'autre besoin que la nécessité d'une honnêteté absolue entre nous... et le fait que je devais savoir qu'elle était bien réelle.

Je l'avais cru au sujet de Malva. Mais, à présent, j'avais l'esprit certain... et le cœur en paix.

Nous restâmes assis en silence, les plis de ma cape et de ma jupe retombant sur ses jambes. Quelque part non loin, un grillon très en avance se mit à striduler.

– La pluie a cessé.

Il hocha la tête.

– Que veux-tu faire ?

– Découvrir la vérité... si je peux.

Ni lui ni moi n'évoquâmes la possibilité d'un échec.

– On rentre à la maison, alors ?

Il se leva et me tendit la main pour m'aider.

– Oui.

* * *

À notre retour, la maison était déserte, mais Mme Bug nous avait laissé sur la table un hachis Parmentier dans un plat couvert. Elle avait balayé le sol, et le feu couvait. J'accrochai ma cape humide sur une patère, puis restai là, ne sachant trop quoi faire, comme si je me trouvais dans la maison d'un inconnu, dans un pays dont je ne connaissais pas les coutumes.

Jamie semblait en proie au même malaise. Puis, il se secoua et alla allumer une chandelle. Sa lueur vacillante ne fit qu'accentuer l'atmosphère étrange et creuse de la pièce. Il la tint à la main quelques minutes, indécis, puis la déposa au milieu de la table.

– Tu as faim, *Sa... Sassenach* ?

Il m'interrogea du regard, ne sachant pas si j'autorisais de nouveau l'usage de ce surnom. Je m'efforçai de lui sourire, sentant trembler la commissure de mes lèvres.

– Non. Et toi ?

Il fit non de la tête. Des yeux, il fit le tour de la pièce, cherchant une tâche à accomplir, puis saisit le tisonnier et remua les braises, les cassant en provoquant un nuage d'étincelles et de suie qui retomba dans l'âtre. Cela allait étouffer le feu qu'il faudrait ensuite réactiver avant de monter nous coucher, mais je me tus. Il le savait autant que moi.

– On dirait qu'il y a eu un mort dans la famille, dis-je enfin. C'est comme l'état de choc juste après un drame, avant de retrouver ses esprits et d'aller prévenir ses voisins.

Il reposa le tisonnier avec un petit rire cynique.

– Pas besoin. Ils le sauront tous avant le lever du jour.

M'extirpant de ma léthargie, je secouai mes jupes humides et m'approchai du feu. Sa chaleur aurait été réconfortante si je n'avais eu dans le creux de mon ventre une masse glacée qui refusait de fondre. Ressentant le besoin de toucher Jamie, je posai une main sur son bras.

– Personne ne le croira.

Il sourit tristement.

– Détrompe-toi, Claire. Je suis désolé, mais ils le croiront tous.

81

Le bénéfice du doute

– Mais c'est du délire !

– Bien sûr.

Sur ses gardes, Roger observait sa femme. Elle présentait tous les symptômes d'une bombe à retardement au mécanisme imprévisible. Il valait mieux se tenir à distance.

– Quelle petite garce ! Je voudrais la coincer quelque part et l'étrangler jusqu'à ce qu'elle crache la vérité !

Ses doigts se refermèrent convulsivement autour du goulot de la bouteille de sirop, et il tenta de la lui prendre avant qu'elle ne la casse.

– Je te comprends, mais… je ne crois pas que ce soit une bonne idée.

Elle leva sur lui des yeux enragés, puis lui abandonna la bouteille en demandant :

– Et toi ? Tu ne peux rien faire ?

– Je ne sais pas. Je pensais aller discuter avec les Christie. J'arriverais peut-être à m'isoler un moment avec Malva pour lui parler.

Cependant, compte tenu de son dernier tête-à-tête avec la jeune fille, il doutait de pouvoir l'amadouer facilement.

Brianna s'assit, contemplant ses crêpes au sarrasin d'un air renfrogné, puis se mettant à les tartiner de beurre. Sa fureur cédait peu à peu le pas à la pensée rationnelle. Il pouvait voir les idées défiler dans ses yeux.

– Si tu parviens à lui faire avouer qu'elle a menti, parfait. Sinon, il va falloir trouver avec qui elle a couché. Si un type admet publiquement qu'il pourrait être le père, cela jettera un sérieux doute sur ses allégations.

Roger versa un peu de sirop d'érable sur ses crêpes. Même dans les situations de stress et d'anxiété, il appréciait son arôme épais et savourait d'avance son goût sucré.

– C'est sûr, mais il y aura toujours des gens convaincus que Jamie est coupable. Tiens.

Il lui tendit la bouteille.

– Je l'ai vue embrasser Obadiah Henderson dans les bois. C'était l'automne dernier. Si c'est lui, pas étonnant qu'elle refuse de le dire.

Roger la regarda surpris. Obadiah était certes imposant et fruste, mais il était plutôt beau garçon et loin d'être stupide. Certaines femmes le considéraient comme un beau parti. Il possédait quinze arpents de terre qu'il savait cultiver et était bon chasseur. Toutefois, il n'avait jamais vu Brianna lui parler.

Elle l'observa en fronçant les sourcils.

– Tu vois quelqu'un d'autre?

– Eh bien… Bobby Higgins. Les frères Beardsley lorgnaient de son côté de temps en temps, mais, bien sûr…

Il eut la sensation désagréable qu'elle allait le harceler jusqu'à ce qu'il aille poser des questions à tous les pères potentiels… une démarche aussi vaine que périlleuse.

Elle planta férocement son couteau dans sa pile de crêpes.

– Pourquoi? Pourquoi a-t-elle été raconter ça? Maman a toujours été si bonne avec elle!

Roger ferma les yeux, savourant la folle décadence du beurre fondu et du sirop velouté sur les crêpes chaudes.

– Je ne vois que deux raisons : soit le vrai père est un homme qu'elle ne veut pas épouser, soit elle a décidé de mettre le grappin sur l'argent ou les terres de ton père en l'obligeant à lui verser une bonne rente.

– Ou les deux. Elle refuse de se marier et veut l'argent de papa… qu'il n'a pas, d'ailleurs.

– Ou les deux, convint-il.

Ils mangèrent en silence pendant quelques minutes, chacun plongé dans ses pensées. Jemmy avait passé la nuit à la Grande Maison. Après le mariage de Lizzie, Roger avait proposé qu'Amy McCallum la remplace. Aidan ayant emménagé avec elle, Jemmy y passait de plus en plus de temps, se consolant de l'absence de Germain avec la compagnie d'Aidan.

– Ce n'est pas vrai, répéta Brianna. Papa ne ferait jamais…

Toutefois, il lut un vague doute au fond de ses yeux et son air paniqué quand elle s'en rendit compte.

– Non, Brianna. Tu ne peux pas imaginer une seconde que cette histoire soit vraie !

– Non ! Bien sûr que non !

Mais elle s'était récriée avec trop de violence, trop de détermination. Il reposa sa fourchette et la dévisagea fixement.

– Que se passe-t-il, Brianna ? Tu sais quelque chose ?

– Rien.

Elle poussa le dernier morceau de crêpe au bord de son assiette, puis le mangea. Ensuite elle contempla d'un air réprobateur les vestiges de nourriture. Elle mettait toujours trop de miel ou de sirop sur ses crêpes. Lui, plus économe, finissait toujours avec une assiette impeccable.

– Je ne sais rien, répéta-t-elle. C'est juste que…

– Quoi ?

– Pas Jamie. Et je ne suis sûre de rien à propos de Frank. Mais, quand je repense à des détails que je ne comprenais pas à l'époque…

Elle s'interrompit quelques instants avant de reprendre :

– Un jour, j'ai regardé dans son portefeuille. Je ne fouinais pas, je m'amusais simplement, sortant toutes ses cartes, puis les remettant. Un petit message était glissé entre les billets. C'était un rendez-vous pour déjeuner.

– Je ne vois pas où est le mal.

– Il commençait par « Mon chéri », et ce n'était pas l'écriture de maman.

– Ah. Tu avais quel âge ?

– Onze ans. J'ai juste remis le billet à sa place et l'ai effacé de ma mémoire. Je ne voulais plus y penser, et je crois bien y être parvenue, jusqu'à aujourd'hui. Je voyais aussi sans comprendre d'autres petits riens, surtout dans le comportement de mes parents. De temps à autre, il se passait quelque chose ; je ne savais pas quoi, mais je sentais que cela n'allait pas.

– Brianna... Ton père est un homme d'honneur, et il aime profondément ta mère.

– Oui, mais... justement. J'aurais juré que mon autre père aussi.

* * *

« Ce n'était pas impossible. » Cette idée revenait sans cesse l'agacer comme un caillou dans sa chaussure. Jamie était un homme d'honneur et il était dévoué à sa femme jusqu'à l'excès. Il avait été dans les affres du désespoir et de l'épuisement pendant la maladie de Claire. Roger avait eu peur pour lui autant que pour elle.

Alors que celui-ci avait essayé de lui parler de Dieu et de l'éternité, et de le préparer à ce qui semblait inévitable, Jamie l'avait envoyé promener, avec une fureur noire à la seule idée que Dieu puisse lui enlever sa femme. Ensuite, il avait sombré dans une détresse totale quand Claire avait paru à l'article de la mort. Il n'était pas impossible qu'au milieu d'une telle désolation, l'offre d'un moment de réconfort physique se soit rendue un peu plus loin que prévu.

Mais on était au début du mois de mai, et Malva Christie était enceinte depuis novembre. Or, Claire avait été malade à la fin septembre. Il se souvenait très nettement de l'odeur de champs brûlés dans la chambre le jour où elle avait brusquement rouvert les yeux, immenses et chatoyants, d'une beauté surprenante dans un visage d'ange androgyne.

Donc, c'était absolument impossible. Personne n'était parfait, et n'importe quel homme pouvait avoir une faiblesse dans un moment extrême... une fois. Pas à répétition. Pas Jamie Fraser. Malva Christie était une menteuse.

Se sentant plus tranquille, Roger descendit le long du ruisseau en direction de la cabane des Christie.

«Tu ne peux rien faire?» lui avait demandé Brianna sur un ton angoissé. Pas grand-chose, mais il se devait d'essayer. On était vendredi. Dimanche prochain, il comptait bien écorcher les oreilles de ses ouailles avec un sermon sur les méfaits des commérages. Connaissant la nature humaine, il savait déjà que ses effets, s'il y en avait, seraient de courte durée.

La loge se réunirait le mercredi soir. Jusque-là, elle avait bien fonctionné, et il répugnait à mettre en danger la fragile amitié qui s'ébauchait entre ses membres en mettant sur la table un sujet qui risquait de fâcher..., mais si cela pouvait aider... Devait-il encourager Jamie et les deux Christie à y assister? Cela permettrait de présenter l'affaire au grand jour, aussi sale soit-elle, ce qui valait toujours mieux que la fermentation putride d'un scandale chuchoté. Malgré la difficulté de la situation, Tom Christie ferait sans doute preuve de civilité et respecterait les convenances. Pour ce qui était d'Allan, c'était moins sûr. Il avait hérité des traits et de la suffisance de son père, mais n'avait ni sa volonté de fer ni son contrôle de soi.

Il était arrivé devant la cabane, qui semblait déserte. Entendant des coups de hache derrière la maison, il fit le tour. C'était Malva, qui se retourna, méfiante, quand il appela son nom. Elle avait de grands cernes lavande sous les yeux et le teint brouillé. Il espérait que c'était dû à sa mauvaise conscience. Il la salua cordialement, mais elle se contenta de répondre :

– Si vous êtes venu pour me faire retirer ce que j'ai dit, vous perdez votre temps.

– Je suis juste venu voir si vous aviez besoin de parler à quelqu'un.

Prise de court, elle reposa sa hache et s'essuya le visage sur son tablier.

– Parler? De quoi?

– Je ne sais pas... de ce que vous voulez.

Il laissa son accent traîner, se rapprochant de l'intonation d'Édimbourg de la jeune fille.

– Je suppose que vous n'avez pas parlé à grand monde ces derniers temps, mis à part à votre père et à votre frère... qui ne doivent pas être d'une excellente écoute.

Elle esquissa un semblant de sourire, qui disparut aussitôt.

– C'est vrai, ils n'écoutent pas. Mais ce n'est pas grave, je n'ai rien à dire, de toute façon, puisque je ne suis qu'une putain.

– Je n'ai jamais pensé que vous étiez une putain.

– Ah non?

Elle se balança sur ses talons, la mine frondeuse, et le dévisagea.

– Et comment appelez-vous une femme qui écarte les cuisses pour un homme marié? Une femme adultère, bien sûr, mais aussi une putain, à ce qu'on m'a dit.

Elle cherchait à le choquer... et y parvenait, bien qu'il n'en laissât rien paraître.

– Je dirais plutôt qu'elle s'est «fourvoyée». Jésus n'a pas condamné la femme prostituée. Et ce n'est pas à moi de juger celle qui ne l'est pas.

Elle fit une moue dédaigneuse.

– Si vous êtes venu me citer la *Bible,* épargnez votre souffle pour refroidir votre soupe. On m'a déjà assez importunée avec.

Sur ce point, il pouvait la comprendre. Tom Christie devait connaître une dizaine de versets correspondant à tous les cas de figure. S'il n'avait pas battu sa fille physiquement, il lui avait certainement rebattu les oreilles de ses discours.

Ne sachant plus quoi dire, il tendit la main.

– Donnez-moi votre hache, je vais m'occuper du reste.

Le sourcil moqueur, elle lui tendit l'outil et recula d'un pas. Il fendit une bûche, puis une autre. Elle l'observa un instant, puis s'assit sur une souche.

L'air du printemps était encore frais, chargé du dernier souffle des neiges hivernales, mais le travail le réchauffa. Sans oublier qu'elle se tenait derrière lui, il se concentra sur le bois, sur le grain brillant de la chair fraîchement coupée, sa résistance chaque fois qu'il arrachait sa lame, ses pensées revenant sur sa conversation avec Brianna.

Frank Randall avait été, peut-être, infidèle à sa femme. Et alors? Compte tenu des circonstances, pouvait-on le lui reprocher? Claire avait disparu sans laisser de traces, l'abandonnant, désespéré. Il l'avait cherchée partout, pleurant sa perte. Quand, enfin, il était parvenu à recoller les morceaux épars de sa vie, elle avait soudain réapparu, hagarde, enceinte d'un autre homme.

Que ce soit par sens de l'honneur, par amour ou simplement par... par quoi? curiosité?... il l'avait reprise. Quand Claire avait raconté son histoire à Roger, elle avait explicitement évoqué son peu d'empressement à ce que son mari la reprenne. Frank Randall en avait certainement été conscient.

Rien d'étonnant donc, que la désillusion et le rejet l'aient de temps en temps poussé dans les bras d'une autre, ni que l'écho des conflits secrets de ses parents soit parvenu jusqu'à Brianna, telles les secousses sismiques qui se propagent à travers terre et pierre, remous d'un débordement de magma à des kilomètres sous la croûte terrestre.

À présent, il comprenait mieux la grande inquiétude de son épouse face à son amitié avec Amy McCallum.

Soudain, il se rendit compte que Malva pleurait. Les larmes coulaient en silence le long de ses joues, et ses épaules tremblaient, mais elle se mordait la lèvre, n'émettant pas un son.

Il reposa la hache et s'approcha d'elle. Lui glissant doucement un bras autour des épaules, il l'attira à lui, lui caressant le dos.

– Allons, allons, tout finira par s'arranger.

– Non, c'est impossible. Impossible.

Au-delà de sa pitié, Roger sentit un espoir naître en lui. En dépit de sa réticence à exploiter la détresse de la jeune fille, il était déterminé à aller jusqu'au bout de la vérité, surtout pour Jamie et sa famille, mais aussi pour elle.

Cependant, il ne devait pas trop la presser. Il devait d'abord gagner sa confiance.

Il la consola, comme Jemmy quand il se réveillait après un cauchemar, lui tapotant le dos, lui murmurant des paroles insignifiantes, jusqu'à ce qu'il la sente sur le point de céder, mais étrangement d'une façon physique, s'ouvrant et s'épanouissant peu à peu sous ses doigts.

C'était étrange et à la fois familier. Il avait parfois ressenti la même chose avec Brianna quand il se tournait vers elle dans le noir et que, n'ayant pas le temps de réfléchir, elle lui répondait uniquement avec son corps. Ce rapprochement le dérangea, et il s'écarta de Malva. Il allait lui parler quand un bruit le fit se retourner. Allan Christie marchait vers eux d'un pas rapide, l'air mauvais.

– Écartez-vous d'elle !

Roger se redressa, le cœur palpitant, se rendant compte de la fausse impression qu'ils avaient pu donner.

– Qu'est-ce que vous imaginez, que maintenant qu'elle est souillée, n'importe quel bâtard peut venir prendre son plaisir avec elle ?

Roger s'efforça de garder son calme.

– Je suis venu lui apporter un soutien, la réconforter.

– C'est ça, « Fortifiez-moi avec des pommes, ranimez-moi avec du jus de raisin », on connaît la chanson ! Vous pouvez vous le mettre là où je pense, votre réconfort, et votre virilité avec !

Le visage d'Allan Christie était cramoisi de rage, ses cheveux se dressant sur sa tête.

– Vous ne valez pas mieux que votre porc de beau-père. À moins que…

Il se tourna brusquement vers Malva qui avait cessé de pleurer et était pétrifiée sur sa souche, livide.

– Lui aussi, hein ? Tu as couché avec les deux, sale petite traînée ? Réponds-moi !

Il voulut la frapper, mais Roger, tellement hors de lui qu'il ne pouvait parler, intercepta son bras par réflexe. Christie était costaud, mais Roger nettement plus grand. Il aurait brisé le poignet du jeune homme s'il avait pu. Il se contenta d'enfoncer ses doigts entre les os jusqu'à faire sortir les yeux d'Allan hors de leurs orbites, remplis de larmes de douleur.

– Ne parlez pas à votre sœur sur ce ton. Pas devant moi. C'est compris?

Il rejeta violemment le poignet d'Allan en arrière.

– Si j'apprends que vous l'avez maltraitée de quelque manière que ce soit, vous aurez affaire à moi. Bonne journée, monsieur Christie. Mademoiselle Christie.

Il s'inclina brièvement devant Malva. Elle ne répondit pas et le fixa en ouvrant grand des yeux ahuris.

Il tourna les talons et s'éloigna. Le souvenir de ce regard couleur de nuages d'orage le poursuivit dans la forêt tandis qu'il se demandait s'il avait amélioré la situation ou l'avait rendue bien, bien pire.

* * *

La réunion de la loge de Fraser's Ridge eut lieu le mercredi suivant. Brianna s'exila comme d'habitude dans la Grande Maison, emmenant Jemmy et son panier à ouvrage. Elle y découvrit Bobby Higgins, assis dans la cuisine, finissant son dîner.

– Mademoiselle Brianna!

Il se leva avec un sourire radieux, mais elle lui fit signe de se rasseoir et prit place sur le banc en face de lui.

– Bobby, comme je suis contente de vous revoir! Nous pensions que… vous ne reviendriez pas.

– Oui, il se peut fort que je ne revienne pas avant un bon bout de temps, mais milord a reçu plusieurs colis d'Angleterre et il m'a demandé de les apporter.

Il essuya consciencieusement son bol avec un morceau de pain, avalant les derniers restes de ragoût de poulet.

– Et puis… je voulais venir de toute façon. Pour voir mademoiselle Christie.

– Ah…

Brianna regarda Mme Bug, qui leva les yeux au ciel, s'abstenant de tout commentaire.

– Euh… oui, Malva… euh… Madame Bug, ma mère est à la maison ?

– Non, *a nighean*. Elle est montée chez monsieur McNeill. Il a la pleurésie.

Dans un même mouvement, la vieille femme dénoua son tablier, l'accrocha à la patère et décrocha sa cape de l'autre main.

– Il faut que je file, *a leannan*. Arch doit attendre son dîner. Si vous avez besoin de quelque chose, Amy est dans les parages.

Esquissant à peine un salut, elle disparut. Bobby regarda la porte qui se refermait sur elle, surpris par son comportement inhabituel.

– Quelque chose ne va pas ?

– Ah… euh.

Maudissant Mme Bug pour l'avoir lâchement abandonnée, Brianna rassembla ses forces et lui annonça la grossesse de Malva, grimaçant intérieurement en voyant le jeune homme pâlir et se décomposer. Elle n'eut pas le courage de lui parler de ses accusations. Il les apprendrait bien assez tôt, mais pas de sa bouche.

– Je vois. Oui… je vois.

Il resta silencieux un long moment, fixant le morceau de pain dans sa main, puis il se leva d'un coup et se précipita au-dehors. Elle l'entendit vomir dans les ronces, de l'autre côté de la porte de la cuisine. Il ne revint pas.

La soirée s'écoula lentement. Sa mère ne rentra pas non plus, passant sans doute la nuit au chevet de monsieur MacNeill et de sa pleurésie. Amy McCallum descendit quelques instants, et elles tentèrent laborieusement de converser tout en cousant. Puis la domestique se réfugia dans sa chambre. Aidan et

461

Jemmy, autorisés à veiller, jouèrent jusqu'à épuisement et s'endormirent sur le banc.

Ne tenant pas en place, elle abandonna sa couture et fit les cent pas en attendant la fin de la tenue maçonnique. Elle voulait retrouver son propre lit, sa propre maison. La cuisine de ses parents, d'ordinaire si accueillante, lui paraissait étrange et inconfortable. Elle s'y sentait comme une étrangère.

Enfin, elle entendit des pas à l'extérieur et le grincement de la porte d'entrée. Roger entra, la mine préoccupée.

– Comment ça s'est passé? lui demanda-t-elle. Les Christie sont venus?

– Non. Ça s'est passé... normalement. Il régnait un certain malaise, bien sûr, mais ton père s'est comporté aussi bien qu'on pouvait l'espérer, vu les circonstances.

– Où est-il?

– Il a dit qu'il voulait marcher un peu, peut-être aller pêcher de nuit.

Roger glissa ses bras autour de sa taille et l'attira à lui.

– Tu as entendu le raffut?

– Non. Quel raffut?

– On était en train de disserter sur la nature universelle de l'amour fraternel quand on a entendu un boucan d'enfer à l'extérieur, près de ton four. Tout le monde s'est précipité, et on a trouvé ton cousin et Bobby Higgins se roulant par terre, en train de s'entretuer.

– Oh, zut!

Elle fut prise de remords. Quelqu'un avait sans doute tout raconté à Bobby, qui s'était mis en quête de Jamie. Croisant Ian sur son chemin, il s'était fait lancer les accusations de Malva à la figure. Si seulement elle le lui avait dit elle-même...

– Que s'est-il passé?

– Le chien de Ian a attrapé une main dans la mêlée. Ton père est parvenu à l'empêcher de mordre le pauvre Bobby à la gorge, mais cela n'a pas arrêté le pugilat. Quand on a enfin réussi à les séparer, Ian est parti en courant vers la forêt, Rollo derrière lui. Quant à Bobby, je l'ai nettoyé un peu et... je l'ai installé dans le lit de Jemmy pour la nuit. (Il prit un air navré.) Il refusait de revenir dormir ici.

Il regarda la cuisine sombre autour de lui. Brianna avait déjà étouffé le feu et couché les deux enfants à l'étage. La pièce était vide, éclairée uniquement par la faible lueur des braises.

– Je suis désolé. Tu vas dormir ici?

– Non! Bobby ou pas, je veux rentrer à la maison.

– Très bien. Vas-y. Je vais chercher Amy pour qu'elle verrouille la porte derrière nous.

– Laisse, je m'en occupe.

Avant qu'il ait pu protester, elle était déjà dans l'escalier.

82

Pas la fin du monde

Désherber son jardin procure de grandes satisfactions. Bien que sans fin et douloureuse pour les reins, cette corvée s'accompagne d'une insaisissable sensation de triomphe chaque fois que l'on sent la terre céder, abandonnant la racine opiniâtre, et que l'on contemple l'ennemi vaincu dans le creux de sa main.

Il avait plu, et la terre était molle. J'arrachai avec une concentration féroce pissenlits, épilobes, pousses de rhododendron, fétuques, mulhenbergies, renouées et de la mauve rampante appelée localement «fromage». J'hésitai un instant devant un cirse commun, puis, impitoyable, je le déracinai d'un coup de serpette.

Prises d'une fièvre de printemps, les tiges ligneuses des vignes qui recouvraient ma palissade croulaient sous les nouvelles pousses et les vrilles. L'ombre qu'elles projetaient offrait un refuge aux immenses touffes pernicieuses de ce que je nommais «l'herbe à bijoux», faute de connaître son nom exact, en raison de ses minuscules fleurs blanches qui scintillaient comme des diamants dans un écrin vert de feuilles duveteuses. C'était une sorte de fenouil, mais sans bulbe ni graines comestibles. Ravissante mais inutile, et donc qui prolifère.

J'entendis un sifflement, et une balle en chiffon atterrit à mes pieds. Elle fut immédiatement suivie d'une masse de poils nettement plus grosse. Adroit, Rollo saisit son jouet et repartit

464

au galop, soulevant un courant d'air qui agita mes jupes. Je me retournai et le vis bondir vers Ian, qui venait d'entrer dans le potager.

Il m'adressa un geste d'excuses. Je m'assis sur mes talons et lui souris, m'efforçant de refouler les sentiments peu amènes qui m'agitaient. Je ne dus pas être très convaincante, car je le vis froncer les sourcils et hésiter.

– Tu voulais quelque chose, Ian? Si cette bête renverse une de mes ruches, je le transforme en descente de lit.

– Rollo!

Ian fit claquer ses doigts. Le chien bondit de manière gracieuse par-dessus la rangée de ruches en osier qui bordait un mur du potager, trotta jusqu'à son maître, laissa tomber sa balle devant lui, puis s'assit en haletant, ses yeux jaunes m'observant avec intérêt.

Ian ramassa la balle et la lança par la porte ouverte. Rollo fila derrière elle, telle une queue de comète.

– Je voulais vous demander quelque chose, ma tante. Mais ça peut attendre.

– Non, reste. Une pause ne me fera pas de mal.

Je lui indiquai le banc sous le cornouiller en fleurs et m'installai à ses côtés, secouant mes jupes pleines de terre.

– Alors, de quoi s'agit-il?

– Mmphm. Eh bien… Je… euh…

Il fixait ses grandes mains osseuses.

Me souvenant soudain d'un entretien gênant que j'avais eu avec un autre jeune homme au même endroit, je lui demandai :

– Tu n'as encore été t'exposer à la syphilis, j'espère? Parce que si c'est le cas, je te jure que tu vas goûter à la seringue du docteur Fentiman et je te garantis que tu vas la sentir!

– Non, non! Bien sûr que non, tante Claire. Il s'agit de… Malva Christie.

Il se tendit comme s'il craignait que je me jette sur ma serpette à la simple évocation de ce nom.

– Mais encore?

– Eh bien… c'est au sujet de ce qu'elle a raconté sur oncle Jamie.

Il s'interrompit, visiblement gêné. Perturbée par cette histoire, je n'avais pas réfléchi à son impact sur les autres. Ian idolâtrait son oncle depuis sa plus tendre enfance. Je pouvais comprendre que d'entendre des rumeurs proclamant que son idole n'était pas un modèle de vertu le troublait.

Je posai ma main crottée de terre sur son bras.

– Ian, ne t'en fais pas. Tout finira par… s'arranger. Après un certain temps, les gens se lassent de ce genre de racontar.

Certes, mais pas avant d'avoir provoqué le maximum de dégâts. Et si, par une plaisanterie cosmique du plus mauvais goût, l'enfant de Malva naissait roux… Je fermai les yeux, prise de vertige.

Ian semblait peu convaincu.

– Oui, sans doute, tante Claire. Mais… ce qu'ils racontent à propos de Jamie… Même ses propres hommes d'Ardsmuir, alors qu'ils devraient le connaître ! Ils disent qu'il a dû… je ne peux même pas le répéter. Ça me tue de les entendre !

Je m'efforçai de prendre un ton ferme.

– Ian, Jamie ne peut absolument pas être le père de l'enfant de Malva. Tu le crois, n'est-ce pas ?

Il acquiesça, fuyant mon regard.

– Mais, tante Claire… je pourrais l'être.

Une abeille venait de se poser sur mon bras. Je la contemplai, distinguant les veines dans ses ailes de verre, la poudre de pollen jaune accrochée aux poils minuscules de ses pattes et de son abdomen, les palpitations de son corps quand elle respirait.

– Oh, Ian, murmurai-je. Oh, Ian.

– Je suis désolé, ma tante, chuchota-t-il.

L'abeille s'envola, et j'aurais tant voulu pouvoir en faire autant. Comme ce devait être merveilleux de passer son temps à butiner au soleil, sans penser à rien d'autre !

– Que dois-je faire, tante Claire ? Je sais, le mal est fait, mais comment le réparer ?

466

Je me massai le front, essayant de réfléchir. Rollo avait rapporté sa balle, mais, voyant que Ian n'était pas d'humeur à jouer, l'avait lâchée et s'était tranquillement couché à ses pieds.

– Malva t'avait prévenu? demandai-je enfin.

– Vous croyez que je l'ai repoussée et qu'elle s'est vengée en accusant oncle Jamie? Je ne peux pas vous le reprocher, ma tante, mais non. Elle ne m'a rien dit. Autrement, je l'aurais épousée sur-le-champ.

À présent qu'il avait avoué, il parlait plus librement.

– Et tu n'as pas envisagé de l'épouser... avant?

Ma voix contenait juste un soupçon d'acerbité.

– Euh... non, répondit-il penaud. C'est que... je ne pensais pas du tout, tante Claire. J'étais saoul. En tout cas, la première fois.

– La première... Mais, combien de fois... non, ne me dis rien, je ne veux pas connaître les détails scabreux.

Je le fis taire d'un geste, puis me redressai d'un coup, une idée m'étant venue.

– Bobby Higgins. C'est pour cela que...

– Oui. Enfin... je n'avais pas envie de l'épouser de toute façon, mais j'aurais quand même proposé après qu'on... Je n'avais pas envie d'elle comme épouse, mais je ne pouvais m'empêcher de la désirer. Je sais que c'est mal, ma tante, mais je dois dire la vérité.

Il prit une grande inspiration avant de reprendre :

– Je... je l'attendais quand elle allait faire la cueillette en forêt. Elle ne me parlait pas, mais elle me souriait, retroussait un peu ses jupes, puis tournait les talons et se mettait à courir. Et je la poursuivais comme un chien derrière une chienne en chasse. Un jour, je suis arrivé en retard. Elle n'était pas à notre lieu habituel de rendez-vous. Puis, je l'ai entendue rire au loin. Je suis allé voir...

Il se tordit les mains, faisant craquer ses doigts.

– Disons simplement que Bobby pourrait bien être le père, lui aussi.

Je me sentais épuisée, comme si respirer était déjà un effort trop grand. Je m'adossai à la palissade, m'enfonçant dans les feuilles de vigne, sentant leur fraîcheur contre mes joues en feu.

Ian se pencha en avant, se prenant la tête entre les mains.

– Que dois-je faire? Je suis prêt à aller dire partout que l'enfant pourrait être de moi, mais ça n'arrangera rien, n'est-ce pas?

– Non, rien.

L'opinion publique ne changerait pas d'un iota. Tout le monde penserait que Ian mentirait pour blanchir son oncle. Même s'il épousait Malva...

– Tu m'as dit que tu n'avais pas envie de l'épouser même avant que tu la surprennes avec Bobby. Pourquoi?

Il leva les mains dans un geste d'impuissance.

– Je ne sais pas comment l'expliquer. Elle est jolie et pleine d'esprit, mais..., tante Claire, quand j'étais couché à côté d'elle, j'avais toujours l'impression que je n'avais pas intérêt à m'endormir.

– Ah. En effet, je comprends que ce ne soit pas très engageant.

Il enfonça les talons de ses mocassins dans la terre, réfléchissant, puis demanda subitement.

– Il n'existe pas un moyen de savoir lequel des deux est le père? Si le bébé est de moi, je le veux. Je l'épouserai pour l'enfant, peu importe le reste. Si c'est bien le mien.

Brianna m'avait succinctement raconté son histoire. J'étais au courant pour sa femme mohawk, Emily, et la mort de sa fille. Je sentais encore la présence de ma première enfant, Faith, mort-née mais toujours avec moi.

Je lui caressai les cheveux.

– On peut éventuellement le savoir à l'aspect de l'enfant, mais sans doute pas à la naissance.

Il resta un moment prostré, puis déclara :

– Si je dis que c'est le mien et que je l'épouse, les gens continueront à jaser, mais, à la longue...

468

En effet, les médisances s'estomperaient, mais certains croiraient toujours Jamie responsable, et d'autres traiteraient Malva de putain, de menteuse ou des deux... ce qu'elle était, me rappelai-je avec véhémence. Néanmoins, ce n'était pas très agréable à entendre, quand cela concernait sa propre épouse. En outre, à quoi ressemblerait la vie de Ian, marié dans de telles circonstances avec une femme à qui il ne pouvait faire confiance et que, apparemment, il n'aimait pas vraiment?

Je me levai et m'étirai.

– Pour l'instant, Ian, ne fais rien. Laisse-moi d'abord en discuter avec Jamie. Je peux lui en parler, n'est-ce pas?

– Oui, s'il vous plaît, tante Claire. Je n'ose pas le lui avouer en face.

Il resta sur le banc, le dos voûté. Rollo avait posé la tête sur son pied. Prise de pitié, je me rassis et le pris dans mes bras. Il posa la tête contre mon épaule, comme un enfant.

– Ce n'est pas la fin du monde, lui dis-je.

Le soleil était en train de se coucher derrière les montagnes. Dans le ciel rouge et or, sa lumière filtrait en faisceaux de feu entre les planches de la palissade.

– Non, répondit-il.

Au ton de sa voix, il n'en était pas convaincu...

83

Déclarations

Charlotte, comté de Mecklenberg, 20 mai 1775

Roger n'avait jamais imaginé que les grands moments historiques impliquent autant d'alcool. Pourtant, il n'aurait pas dû être surpris ; sa carrière universitaire lui avait amplement démontré que presque toutes les affaires intéressantes se déroulaient dans des pubs.

Les tenanciers de tavernes, troquets, hostelleries et auberges de Charlotte pouvaient se frotter les mains, leurs établissements ne désemplissaient pas. Les délégués et tous ceux qui étaient en faveur des loyalistes hantaient le Blue Boar, les partisans aux vues radicalement opposées s'agglutinaient au King's Arms, tous ceux qui étaient pris dans les courants changeants du non-alignement et de l'indécision allaient et venaient entre le Goosen, l'Oyster, le Thomas' Ordinary, le Groats, le Simon's, le Buchanan, le Mueller's et deux ou trois autres débits de boissons plus ou moins clandestins.

Jamie les fréquentait tous et, dans chacun d'eux, il buvait de la bière, de l'ale, du porter, du stout, du panaché, du rhum, du cidre, des liqueurs, de l'eau-de-vie de rhubarbe, de mûre, de cerise ou de poire.

Roger se contentait de bière légère, ce dont il se félicita quand il tomba sur Davy Caldwell, dans la rue, en train d'acheter une poignée d'abricots précoces à l'étal d'un marchand de primeurs.

– Monsieur MacKenzie ! Quelle surprise de vous trouver ici ! Et quel plaisir !

– Tout le plaisir est pour moi, révérend. Comment allez-vous ?

Roger serra sa main avec une ferveur cordiale. Caldwell les avait mariés, Brianna et lui, et l'avait longuement interrogé sur sa vocation, à l'académie presbytérienne, quelques mois plus tôt.

– Oh, pour ma part, je vais fort bien, répondit l'homme d'Église. Mais je vous avoue que je me fais un sang d'encre pour mes pauvres paroissiens.

Il indiqua d'un signe de tête un groupe d'hommes se bousculant pour entrer chez Simon's, riant et bavardant.

– Où va-t-on, mon pauvre monsieur MacKenzie ! Où va-t-on ?

L'espace d'un instant, Roger fut tenté de le lui dire précisément. Il agita une main vers Jamie, qui s'était arrêté un peu plus loin pour discuter avec une connaissance, et lui fit signe de continuer sans lui. Puis il se tourna pour faire quelques pas avec le révérend.

– Vous êtes venu pour la conférence, monsieur Caldwell ?

– Bien sûr, monsieur MacKenzie, bien sûr. Je doute que mes paroles soient entendues, mais il est de mon devoir de dire ce que je pense, et j'ai bien l'intention de le faire.

Pour Davy Caldwell, la situation actuelle n'était que le résultat de la paresse des hommes. Il était convaincu que l'apathie irréfléchie des colons et «leur obsession stupide pour leur confort personnel» avait encouragé et provoqué l'application de mesures tyranniques de la part de la Couronne et du Parlement.

– Oui, c'est une manière de voir les choses, dit Roger, conscient que les gesticulations passionnées du révérend attiraient les regards dans la rue, même de ceux qui étaient absorbés dans des conversations animées.

– Une manière de voir les choses ! s'exclama Caldwell. Mais c'est la vérité ! L'ignorance, le mépris des obligations morales et l'amour de la facilité de ces fainéants serviles confortent les appétits et le cynisme des tyrans !

Il lança un regard noir à un homme adossé à un mur, qui s'abritait du soleil du midi et s'éventait avec son chapeau.

– L'amour de Dieu doit racheter le paresseux, remplir son existence terrestre d'activités, de force d'âme et de conscience libertaire !

Roger se demanda s'il verrait la guerre prochaine comme le résultat de l'intervention divine… puis, réflexion faite, il se dit que ce serait sans doute le cas. Tout intellectuel qu'il était, Caldwell était un ardent presbytérien et croyait en la prédestination.

Le révérend fit un geste dédaigneux vers une famille de rétameurs itinérants qui profitaient du beau temps pour déjeuner dehors, dans la cour d'une maison.

– Les paresseux encouragent et facilitent l'oppression. Par leur honte, leur absence de sens moral, leur pitoyable complaisance et leur soumission, ils forgent eux-mêmes les maillons qui les enchaînent ; les maillons de l'esclavage !

Prédicateur reconnu, Caldwell avait tendance à se lancer dans des prêches enflammés à tout moment. Roger toussota dans le creux de sa main.

– Euh… que diriez-vous d'un petit rafraîchissement, révérend ?

Il faisait chaud, et le visage rond de chérubin de Caldwell s'empourprait à vue d'œil.

Ils entrèrent chez Thomas's, un établissement raisonnablement respectable, et s'assirent devant deux chopes de bière maison, Caldwell, comme la plupart des gens, ne considérant pas la bière comme un alcool, contrairement au rhum ou au whisky. Après tout, que pouvait-on boire d'autre ? Du lait ?

À l'abri du soleil, une boisson fraîche à la main, Davy Caldwell se calma un peu.

– Je remercie le Seigneur pour notre rencontre, monsieur MacKenzie. Je vous ai écrit, mais vous étiez certainement déjà en route avant l'arrivée de ma lettre. Je voulais vous informer d'une merveilleuse nouvelle... Nous allons avoir un presbytère!

Roger bondit de joie.

– Quand? Où?

– À Edenton, au début du mois prochain. Le révérend McCorkle viendra de Philadelphie. Il restera quelque temps avant de poursuivre sa route vers les Antilles pour y encourager les efforts de l'Église. Naturellement, je présume connaître vos pensées – je m'excuse pour la hardiesse de mon attitude – mais... vous souhaitez toujours être ordonné?

– De tout mon cœur!

– À la bonne heure! Vous me remplissez de joie, mon cher ami.

Il lui décrivit McCorkle, qu'il avait rencontré en Écosse, puis se lança dans une analyse de l'état de la religion dans la colonie. Il parla du méthodisme avec respect, mais considérait que les effusions des baptistes de la nouvelle lumière «manquaient quelque peu de retenue». Certes, une foi sincère était toujours préférable à l'absence de foi, quelle que soit la forme empruntée. Au bout d'un moment, il revint aux circonstances qui les avaient réunis.

– Vous êtes venu avec votre beau-père? Il m'a semblé l'apercevoir, tout à l'heure.

– En effet.

Roger chercha une pièce de monnaie dans sa poche. Elle était remplie de bobines de crin. Fort de son expérience d'universitaire, il s'était prémuni contre l'ennui en apportant de quoi fabriquer une nouvelle ligne à pêche pendant les débats interminables.

Caldwell le dévisagea avec attention.

– J'ai entendu des rumeurs, ces derniers temps. Est-il vrai qu'il est devenu whig?

Prudent, Roger répondit :

– C'est un ami de la liberté. Tout comme moi.

Il n'avait pas encore eu l'occasion de le dire à voix haute. Il se sentit soudain fébrile, avec un nœud sous le sternum.

– Ah, vous m'en voyez ravi. C'est bien ce qu'on m'avait raconté, mais certains, et ils sont nombreux, affirment le contraire : ils disent que c'est un tory, comme la plupart de ses accointances, et que sa prise de position en faveur du mouvement pour l'indépendance n'est qu'un leurre.

Ce n'était pas une question, mais Caldwell arqua un sourcil broussailleux, attendant en termes clairs une réponse de Roger.

– Jamie Fraser est un homme d'honneur et un homme honnête.

Roger reposa sa chope, ajoutant :

– D'ailleurs, il serait temps que je le rejoigne.

Caldwell regarda autour d'eux. Il y avait de l'agitation dans l'air. Les clients réclamaient leur addition et se levaient. La réunion officielle de la convention devait débuter à quatorze heures, à la ferme MacIntyre. Il était midi passé, et les délégués, les orateurs et les spectateurs commençaient à se rassembler, se préparant à un après-midi de conflits et de décisions.

– Transmettez-lui mes meilleurs sentiments, quoique… je le verrai probablement moi-même. Prions pour que le Saint-Esprit pénètre la croûte des habitudes et de la léthargie, qu'il convertisse les âmes et réveille les consciences de ceux qui se sont rassemblés ici aujourd'hui !

– *Amen.*

Roger sourit en dépit des regards des hommes (et d'un nombre non négligeable de femmes) autour d'eux.

Au Blue Boar, il retrouva Jamie en compagnie d'individus sur lesquels le Saint-Esprit était déjà à l'œuvre depuis un certain temps, à en juger par le volume sonore. Toutefois, le vacarme se calma quand il entra, non pas à cause de lui, mais parce qu'il se passait quelque chose de plus intéressant au centre de la salle. À savoir : Jamie Fraser et Neil Forbes, tous deux passablement échauffés par quelques litres d'alcools variés, assis face à face, sifflaient et se crachaient au visage tels deux serpents.

L'insulte gaélique était un art dans lequel son beau-père excellait, bien que Roger fût obligé d'admettre que l'avocat s'y débrouillait également plutôt bien. Certains spectateurs tentaient de traduire, mais sans parvenir à restituer la saveur de la version originale. Néanmoins, toute la salle était fascinée, émettant parfois des sifflets admiratifs ou des huées, riant aux éclats quand une pique particulièrement acerbe faisait mouche.

Ayant raté le début, Roger ignorait ce qui avait déclenché les hostilités. Pour l'instant, les échanges se concentraient sur la lâcheté et l'arrogance. Jamie déclarait que l'attaque contre Fogarty Simms qu'avait instigué Forbes n'était qu'une tentative vile et grossière pour se grandir aux dépens de la vie d'un homme sans défense. Se rendant compte qu'il était le point de mire de l'assemblée, Forbes repassa à l'anglais pour rétorquer que la présence de Jamie était un affront injustifiable pour tous ceux qui avaient à cœur les idéaux de justice et de liberté, car tout le monde savait qu'il n'était qu'un pion du roi. Tel un coq grimpé sur le mur d'une basse-cour, il gonflait ses plumes, s'imaginant pouvoir berner son monde, mais lui, Forbes, n'était pas homme à se laisser duper par ces ruses éculées et ces palabres n'ayant pas plus de substance que le caquet des poules !

Jamie frappa la table du plat de la main, la faisant résonner comme un tambour et ébranlant les verres. Il se leva, toisant Forbes.

– Vous me diffamez, monsieur ? Sortons et réglons cette question sur l'instant, maintenant ou jamais !

Le front de Forbes était moite de transpiration, et ses yeux brillaient de rage, mais, bien qu'il fût proche de l'implosion, la prudence le tira par la manche. Roger n'avait pas assisté à la rixe à Cross Creek, mais Ian la lui avait racontée en se tordant de rire. S'il y avait bien une chose que Forbes voulait éviter, c'était un duel.

Il se leva à son tour, bombant le torse comme s'il s'adressait à un jury.

– Pourquoi, monsieur? Pour que l'on vous diffame, il faudrait déjà que vous ayez un honneur à défendre. Vous entrez ici en vous pavanant comme un grand seigneur, ripaillant et plastronnant tel un marin descendu à terre avec sa solde en poche. Pouvez-vous seulement prouver que vos paroles sont autre chose que de l'esbroufe? Je dis bien de l'esbroufe, monsieur!

Jamie fixa son adversaire en plissant les yeux. Roger avait déjà vu ce regard-là. Généralement, il précédait de peu le genre de grabuge qui faisait la réputation des pubs de Glasgow, les samedis soir. Fort heureusement, Forbes n'avait pas encore eu vent des accusations de Malva, autrement, il y aurait déjà du sang sur les murs.

Jamie se redressa, et sa main gauche s'approcha de sa ceinture. Des murmures d'horreur se répandirent dans la salle, et Forbes blêmit. Toutefois, Jamie se contenta de fouiller dans son sporran. Il en extirpa une petite bourse qu'il jeta sur la table, déversant son contenu : deux guinées d'or et une gemme.

– Je me suis pourtant exprimé clairement, monsieur. Je suis pour la liberté, pour laquelle j'ai engagé mon nom, mon honneur qui m'est sacré et ma fortune.

Un silence s'abattit sur la salle, tous les yeux étant rivés sur le diamant noir qui scintillait dans la lumière jaune. Jamie laissa passer trois battements de cœur, puis expira.

– Y a-t-il quelqu'un ici qui me contredirait?

Il s'adressait ostensiblement à l'assemblée, mais son regard n'avait pas quitté Forbes. Le teint de l'avocat vira au rouge marbré, puis au gris, mais il ne dit rien.

Jamie balaya la salle du regard, puis ramassa sa bourse, son argent et la pierre, puis sortit. À l'extérieur, le clocher sonna deux heures, les coups lents et lourds résonnant dans l'air humide.

* * *

L'Oignon-Intelligencer

Le 20 de ce mois, un congrès s'est réuni à Charlotte, rassemblant les délégués du comté de Mecklenberg dans le but de débattre de nos relations actuelles avec la Grande-Bretagne. Après délibérations, une déclaration a été proposée et acceptée. Ses dispositions sont publiées ci-dessous.

1. Quiconque se rendant directement ou indirectement complice de, ou favorisant sous quelque forme que ce soit un empiétement de nos droits tels que stipulés par la Grande-Bretagne est considéré comme un ennemi de ce comté, de l'Amérique et des droits inaliénables et essentiels des hommes.

2. Nous, les citoyens du comté de Mecklenberg, dissolvons par la présente les liens politiques qui nous relient à la Mère patrie ; nous nous absolvons de toute allégeance à la couronne d'Angleterre ; nous abjurons toute connexion politique, tout contrat et toute association avec cette nation qui a gratuitement piétiné nos droits et libertés, versant de manière inhumaine le sang innocent de patriotes américains à Lexington.

3. Par la présente, nous nous déclarons un peuple libre et indépendant ; nous sommes de droit une association souveraine et autonome, sous le contrôle d'aucun autre pouvoir que celui de Dieu et du gouvernement général du Congrès, pour le maintien de l'indépendance civile et religieuse pour laquelle nous engageons solennellement notre coopération mutuelle, nos vies, nos fortunes et notre honneur qui nous est sacré.

4. Ne reconnaissant désormais à l'intérieur de ce comté l'existence et le contrôle d'aucune loi ni d'aucun officier civil ou militaire légal, nous décrétons et adoptons en tant que règle de vie toutes nos anciennes lois, stipulant néanmoins que la Grande-Bretagne ne peut en aucun cas détenir des droits, des privilèges, des immunités ni autorité sur ces dernières.

5. *Il est également décrété que tous les officiers militaires de ce comté sont rétablis dans leurs fonctions avec l'obligation de se conformer aux nouvelles régulations. Les membres présents de cette délégation seront désormais officiers civils, exerçant la fonction de juge de paix en tant «qu'hommes du comité» afin de traiter, d'entendre et de résoudre toutes controverses quant à l'application des lois suscitées, afin de préserver la paix, l'union et l'harmonie au sein du comté, et d'employer tous les moyens pour propager l'amour du pays et le feu de la liberté dans toute l'Amérique jusqu'à ce qu'un gouvernement plus général et organisé soit établi dans cette province. Une sélection des membres présents sera constituée en comité de sécurité publique pour le comté susmentionné.*

6. *Une copie de ces résolutions sera envoyée par courrier express au président du Congrès continental assemblé à Philadelphie, afin d'être présentée devant cet organe.*

84

Parmi les laitues

Un idiot, ou un enfant, avait laissé le portail de mon potager ouvert. Je hâtai le pas sur le sentier, espérant que cela ne faisait pas longtemps. S'il était resté ainsi toute la nuit, les chevreuils avaient sans doute déjà mangé toutes mes laitues, mes oignons et mes bulbes, et saccager mes...

Je sursautai et poussai un cri. Une douleur cuisante venait de me transpercer la nuque et, par réflexe, je me donnai une tape. Au même instant, une décharge électrique me traversa la tempe, brouillant ma vue et me faisant larmoyer. Puis une autre douleur, dans le creux du coude... Les abeilles.

Je titubai hors du sentier, me rendant alors compte qu'elles grouillaient partout autour de moi, frénétiques, agressives. Je plongeai à travers les broussailles, entendant un peu tard le grondement grave d'un essaim sur le pied de guerre.

Bon sang! Un ours! Il avait dû pénétrer dans le jardin. Dans la fraction de seconde entre la première et la seconde piqûre, j'avais entraperçu une de mes grandes ruches en osier gisant sur le flanc, près du portail, répandant ses rayons et son miel sur le sol.

Me glissant sous les branches, je me réfugiai sur un plant de phytolaques, haletant et jurant comme un charretier. La piqûre dans ma nuque m'élançait violemment et celle sur ma tempe enflait déjà, tirant sur ma paupière. Je sentis un frôlement sur ma cheville et chassai l'intruse avant qu'elle n'ait eu le temps de me piquer.

Je m'essuyai les yeux. Quelques abeilles volaient entre les tiges couvertes de fleurs jaunes au-dessus de moi, tels des avions de reconnaissance. Je m'enfonçai un peu plus dans la végétation, secouant mes cheveux et mes jupes.

Je soufflai comme une locomotive, tremblante d'adrénaline et de fureur.

– Saleté de... saloperie d'ours... de mes deux!

J'avais une forte envie de me précipiter dans le potager en hurlant et en agitant les bras pour faire peur à l'intrus. Fort heureusement, mon instinct de survie fut plus fort.

Avançant baissée pour éviter les abeilles enragées, trébuchant contre les racines, je tentai d'apercevoir le mammifère. Les vignes qui recouvraient les palissades étaient trop hautes, ne me laissant voir que du feuillage et les ombres du soleil. Un côté de mon visage était en feu, chaque battement de cœur provoquant une onde de douleur le long du trijumeau, contractant mes muscles faciaux et me faisant larmoyer.

Je rejoignis le sentier, là où la première abeille m'avait piquée. Mon panier était toujours là où je l'avais lâché, mes outils tout autour. Je saisis la serpette que j'utilisais pour tous mes travaux de jardinage, de la taille des haies à l'extraction de racines. Elle était robuste avec une longue lame. L'ours ne serait sans doute pas impressionné, mais elle me rassurait.

Je glissai la tête par le portail, prête à détaler, mais ne vis rien. La ruche renversée était toujours dans la même position, couchée sur le côté, ses rayons brisés et écrasés, mais pas éparpillés, les colonnes de cire toujours collées au socle en bois. Une forte odeur de miel flottait dans l'air.

Une abeille passa en bourdonnant près de mon oreille. Je l'esquivai, mais ne m'enfuis pas. Tout semblait calme. J'essayai de retenir mes halètements et tendis l'oreille. Les ours n'étant pas des animaux discrets, j'aurais dû entendre des grognements, des coups de langue ou, au moins, des bruits de feuillage écrasé. Rien.

J'avançai prudemment, pas à pas, prête à m'enfuir. À quelques mètres se trouvait un grand chêne. Pourrais-je m'y réfugier si l'ours attaquait?

J'avais beau écouter, je n'entendais que le bruissement des feuilles de vigne et le bourdonnement des abeilles qui s'était atténué maintenant qu'elles s'affairaient sur les vestiges de leurs rayons.

Il devait être parti. Toujours méfiante, je m'approchai encore, brandissant mon outil.

Je sentis l'odeur du sang au moment même où je la vis. Elle était étendue dans les plants de salade, sa jupe étalée telle une gigantesque fleur couleur rouille au milieu des jeunes laitues.

Je tombai à genoux et saisis son poignet, sentant ses os, si menus, si fragiles. Sa peau était chaude, mais son bras, mou. Aucun pouls. « Bien sûr que non, observa l'observatrice froide dans ma tête, elle a la gorge tranchée, il y a du sang partout et tu vois bien que son artère ne pompe plus. Elle est morte. »

Les yeux gris de Malva étaient grands ouverts, comme surpris. Elle avait perdu son bonnet. Je serrai son poignet plus fort, me persuadant que je trouverais des pulsations enfouies plus profondément, une trace quelconque de vie... et j'en perçus enfin une. Son ventre rond remua, à peine. Je laissai aussitôt retomber le bras et m'emparai de ma serpette, cherchant le bas de sa jupe.

J'agis sans réfléchir, sans peur, sans douter... il n'y avait plus que la lame, la peau s'ouvrant sous la pression de mes doigts, et la vague possibilité, la panique d'une nécessité absolue...

J'incisai l'abdomen du nombril au pubis, enfonçant ma lame dans les muscles relâchés, entaillai rapidement mais avec soin la paroi utérine, puis reposant la serpette, plongeai mes mains dans les entrailles de Malva Christie, encore chaudes et sanglantes. Je glissai les doigts sous l'enfant, le tournai d'un côté, puis de l'autre, tirant de toutes mes forces pour le libérer, l'arracher à une mort certaine, l'amener à l'air libre, l'aider à respirer... Le corps de Malva sursautait à chaque secousse, ses bras inertes battant contre le sol.

Il se dégagea enfin avec la brusquerie de la naissance. J'essuyai le sang et le mucus sur le petit visage fermé, soufflai dans ses poumons, doucement, tout doucement. Il fallait procéder avec la plus grande délicatesse ; les alvéoles de ses poumons étaient comme des toiles d'araignée, si petites, comprimées contre les parois de sa poitrine pas plus large qu'une main. Je perçus enfin un minuscule déclic, à peine un tic-tac de montre, un mouvement infime, un vague tremblement, une lutte faible mais instinctive... puis je sentis faiblir cette minuscule étincelle de vie. Je poussai un cri d'angoisse et pressai le corps de poupée contre mon sein, encore chaud. Encore chaud.

– Ne pars pas, ne pars pas, ne pars pas.

Mais la vibration s'éloigna, une lueur bleutée et ténue qui sembla éclairer un instant les paumes de mes mains, puis vaciller, telle la flamme d'une bougie. Ensuite ce ne fut plus que l'incandescence d'une mèche mouchée, le simple souvenir d'une lueur, et plus rien. Le noir.

Quand ils me découvrirent, j'étais toujours assise en plein soleil, pleurant, couverte de sang, le bébé sur mes genoux, le cadavre égorgé et éventré de Malva à mes côtés.

85

Le rapt de la mariée

Une semaine s'était écoulée depuis la mort de Malva et toujours pas le moindre indice sur l'identité de son assassin. Un voile de suspicion flottait sur Fraser's Ridge, chargé de chuchotements et de regards obliques, mais, en dépit de tous ses efforts, Jamie ne trouvait personne qui sache ou accepte de dire quoi que ce soit d'utile.

La tension et la frustration montaient en lui, jour après jour, et je savais qu'il lui faudrait trouver un exutoire tôt ou tard avant qu'il n'explose.

Le mercredi suivant, après le petit-déjeuner, je le trouvai en train de fixer la fenêtre de son bureau d'un regard noir. Il frappa soudain du poing sur sa table, me faisant sursauter.

– J'ai atteint les limites de l'endurance, m'informa-t-il. Si cela continue, je vais devenir fou. Je dois faire quelque chose.

Sans attendre ma réaction, il ouvrit la porte et hurla dans le couloir :

– Joseph !

L'air ahuri, M. Wemyss apparut sur le seuil de la cuisine, où il nettoyait l'âtre sous la direction de Mme Bug. Il était pâle, couvert de suie et débraillé.

Jamie le fit entrer dans son bureau sans se soucier des empreintes noires qu'il laissait sur le plancher (il avait brûlé la carpette) et le dévisagea.

– Vous voulez cette femme ? lança-t-il d'une voix autoritaire.

M. Wemyss le regarda, perplexe, une réaction tout à fait compréhensible.

– Une femme? Quelle… Ah, vous… vous voulez parler de *fraulein* Berrisch?

– Qui d'autre? Vous la voulez ou pas?

De toute évidence, personne n'avait demandé à M. Wemyss ce qu'il voulait depuis bien longtemps, et il lui fallut un certain temps pour se remettre du choc et rassembler ses esprits.

Il se mit ensuite à marmonner que les amis de la *fraulein* étaient sans doute mieux placés que lui pour savoir ce qui ferait son bonheur, qu'il n'était pas l'homme qu'il lui fallait, qu'il était trop pauvre, qu'il était indigne d'être le mari de qui que ce soit, et patati et patata, jusqu'à ce que, sous les injonctions exaspérées de Jamie, il admette enfin que, oui, en effet, si la *fraulein* n'était pas allergique à l'idée… ma foi… disons que… en bref…

– Oui, monsieur. Je la veux. De tout mon cœur!

Il paraissait terrifié par sa propre audace.

– Parfait, dit Jamie. Dans ce cas, allons la chercher.

M. Wemyss resta bouche bée, moi de même. Jamie me fit face avec l'assurance et la jubilation d'un corsaire s'apprêtant à mettre la main sur un gros butin.

– Tu veux bien aller chercher Ian, *Sassenach*? Et dis à Mme Bug de préparer des provisions quatre hommes et pour quatre jours. Puis, préviens Roger Mac, nous aurons besoin d'un pasteur.

Il se frotta les mains de satisfaction, puis donna une grande tape sur l'épaule de M. Wemyss, soulevant un petit nuage de suie.

– Allez vous préparer, Joseph. Et donnez-vous un coup de peigne. Nous allons vous voler une mariée.

* * *

– «… il sortit son pistolet et le pointa sur le cœur du pasteur, entonna Ian. Mariez-moi, mariez-moi, pasteur, ou je serai votre prêtre, votre prêtre, ou je serai votre prêtre!»

Roger cessa de chanter la ballade, où il était question d'un jeune Highlander audacieux qui, aidé de ses amis, enlevait et épousait de force une jeune femme qui s'avérait plus maligne que lui.

– Naturellement, nous espérons que vous serez plus compétent que ce Willie, n'est-ce pas, Joseph?

Lavé, habillé de frais et vibrant d'excitation, M. Wemyss lui jeta un regard d'incompréhension totale. Roger sourit et resserra la sangle de sa sacoche en expliquant :

– Willie oblige le prêtre à le marier à la jeune femme sous la menace de son pistolet. Mais lorsqu'il la traîne jusque dans leur lit, elle refuse de se laisser faire et ils luttent toute la nuit.

Ian chanta à tue-tête :

– «Ramène-moi chez moi, Willie, aussi vierge que je suis venue, aussi vierge, aussi vierge, aussi vierge que je suis venue!»

Roger se tourna vers Jamie qui jetait ses propres sacoches par-dessus la selle de Gideon.

– Cela étant, si la *fraulein* est aussi réticente…

– Comment ça? Réticente à épouser Joseph?

Jamie tapota le dos de M. Wemyss, puis lui fit la courte échelle pour l'aider à grimper sur sa monture.

– Il faudrait qu'elle soit folle pour refuser une occasion pareille, pas vrai, *a charaid*?

Il balaya la clairière des yeux pour s'assurer que tout était en ordre, puis remonta les marches quatre à quatre pour venir m'embrasser, avant de redescendre au pas de course et de sauter en selle, Gideon étant, une fois n'était pas coutume, d'excellente humeur. Il ne tenta même pas de le mordre.

– Prends bien soin de toi, *mo nighean donn,* me lança-t-il avec un sourire.

Puis ils s'élancèrent au galop, tel un gang de bandits des Highlands, les cris de Ian résonnant sous les arbres.

* * *

Étrangement, le départ des hommes parut apaiser un peu les tensions. Bien sûr, les commérages allaient toujours bon train, mais, sans Jamie et Ian pour servir de paratonnerre, ils frappaient, tels des feux de Saint-Elme, sifflant et faisant se dresser les cheveux sur nos têtes, mais pour la plupart inoffensifs, à moins d'être touché directement.

La maison ressemblait moins à une forteresse assiégée, et plus à l'œil d'un cyclone.

En outre, M. Wemyss étant parti, Lizzie nous rendit régulièrement visite, emmenant le petit Rodney Joseph. Roger s'était opposé avec fermeté aux suggestions enthousiastes des jumeaux qui avaient voulu l'appeler Tilgath-pileser ou Ichabod. Il n'avait rien pu faire pour la petite Rogerina, qui, finalement, ne s'en était pas trop mal sortie, étant souvent surnommée Rory, mais il avait catégoriquement refusé de baptiser un enfant d'un nom qui lui aurait sans doute valu de poursuivre son chemin dans la vie sous le surnom d'Icky*.

Rodney était un enfant agréable. Il n'avait jamais perdu cette expression étonnée, avec de grands yeux ronds qui lui donnaient l'air de ne pas en revenir, quoi que vous lui disiez. La stupéfaction de Lizzie à sa naissance s'était muée en ravissement permanent qui aurait pu éclipser Jo et Kezzie s'ils n'avaient pas partagé ce même sentiment.

À moins qu'on les arrête de force, l'un comme l'autre pouvaient passer une demi-heure à discuter du transit intestinal de leur rejeton avec une passion jusque-là réservée à leurs derniers pièges et à toutes les choses fascinantes découvertes dans l'estomac du gibier qu'ils avaient tué. Les cochons sauvages mangeaient vraiment tout et n'importe quoi. Apparemment, Rodney aussi.

Quelques jours après que les hommes furent partis à la conquête d'une nouvelle épouse pour M. Wemyss, Brianna vint

---

* « Beurk ». *(N.d.T.)*

à la Grande Maison avec Jemmy. Lizzie avait emmené Rodney.

Elles s'installèrent avec Amy McCallum et moi dans la cuisine, où nous passâmes une soirée agréable à papoter tout en cousant près de la cheminée, nous extasiant devant Rodney et surveillant Jemmy et Aidan du coin de l'œil. Après avoir échangé des potins bénins, nous passâmes en revue la population mâle de Fraser's Ridge, dressant notre liste de suspects.

Pour ma part, le sujet m'intéressait pour des raisons plus personnelles et douloureuses, mais les trois jeunes femmes défendaient fermement la justice, se tenant dans le camp qui excluait d'emblée que Jamie ou moi puissions avoir le moindre rapport avec le meurtre de Malva Christie.

Glissant un œuf à repriser en bois dans le talon d'un bas, Brianna déclara :

– Ça m'ennuierait beaucoup que Bobby ait quelque chose à voir là-dedans. Il est tellement adorable !

– C'est vrai, c'est un très gentil garçon, confirma Lizzie. Mais il a le sang chaud.

Nous relevâmes toutes la tête.

– Je ne le laissais pas faire, se défendit-elle, mais il était persévérant. Quand je lui ai dit non, il est allé donner un coup de pied dans un arbre.

– Mon mari faisait la même chose parfois, quand je me refusais à lui, déclara Amy songeuse. Mais il ne m'aurait pas égorgée pour autant.

– Malva ne s'est pas refusée à celui qui l'a tuée, souligna Brianna. C'est là le problème. Il l'a assassinée parce qu'elle était enceinte et qu'il avait peur qu'elle divulgue son identité à tout le monde.

– Mais, dans ce cas, ce ne peut pas être Bobby ! s'écria Lizzie triomphante. Quand mon père a rejeté sa demande en mariage, il a bien envisagé d'épouser Malva, non ? C'est Ian qui me l'a dit. Or, si elle attendait un enfant de lui, monsieur Christie aurait bien été obligé de l'accepter, n'est-ce pas ?

Une ombre traversa son visage à l'évocation de son père, qui refusait toujours de lui adresser la parole et n'était toujours pas venu voir le petit Rodney depuis sa naissance.

Amy sembla trouver son argument convaincant, mais Brianna objecta :

– Oui… mais elle insistait disant que l'enfant n'était pas de lui. En outre, il a vomi quand il a appris qu'elle… (Elle pinça les lèvres.) Enfin, il n'était pas content du tout. Il aurait donc pu la tuer par jalousie.

Lizzie et Amy firent une moue dubitative, ayant toutes deux une certaine tendresse pour Bobby, mais ne pouvant rejeter entièrement cette possibilité.

– Et pourquoi ce ne serait pas un des hommes plus âgés ? avançai-je. Tout le monde sait que les jeunes s'intéressaient à elle, mais, plus d'une fois, j'ai vu un homme marié la reluquer en passant.

– Je vote pour Hiram Crombie ! déclara aussitôt Brianna.

Tout le monde se mit à rire, mais elle secoua la tête.

– Non, sérieusement. Ce sont toujours les plus religieux et les plus coincés qui ont des tiroirs secrets remplis de lingerie féminine ou qui tripotent en douce les enfants de chœur.

Amy roula des yeux ébahis.

– De la lingerie féminine ? Comment ça, des chemises et des corsets ? Mais que peuvent-ils bien faire avec ?

Brianna rougit, ayant oublié son auditoire.

– Euh… en fait, je pensais plutôt au type de sous-vêtements des Françaises. Vous savez… des petites tenues pleines de dentelle.

– Ah, des Françaises, dit Lizzie d'un air entendu.

La réputation des dames françaises n'était plus à faire, même si je doutais qu'aucune femme de Fraser's Ridge à part moi en ait jamais vu une. Afin de couvrir la gaffe de Brianna, je leur parlai de La Nestlé, la maîtresse du roi de France qui avait les tétons percés et s'était présentée à la cour les seins nus ornés de deux anneaux d'or.

Lizzie baissa les yeux vers Rodney, qui tétait furieusement son sein, ses petits poings serrés dans l'effort.

– Encore quelques mois et je pourrai en faire autant. Je demanderai à Jo et Kezzie de m'acheter des anneaux, la prochaine fois qu'ils iront vendre leurs peaux. Qu'en pensez-vous ?

Nous rîmes tellement que personne n'entendit toquer à la porte. Ce furent Jemmy et Aidan, qui jouaient dans le bureau de Jamie, qui vinrent nous prévenir.

– J'y vais, dit Brianna.

Elle déposa son ouvrage, mais je la pris de vitesse.

– Non, je m'en occupe.

Je saisis un bougeoir et sortis dans le couloir sombre, le cœur battant. Presque toujours, quand on nous dérangeait une fois la nuit tombée, c'était pour une urgence.

C'était encore le cas, mais pas du tout ce à quoi je m'étais attendue. Je ne reconnus pas tout de suite la grande femme blême qui se tenait sur le seuil, oscillant légèrement. Elle chuchota :

– *Frau* Fraser ? Che peut entrer ?

Puis elle s'effondra dans mes bras.

En entendant le bruit, les trois autres accoururent, et nous transportâmes Monika Berrisch – car c'était bien la fiancée putative de M. Wemyss – dans la cuisine, où nous l'installâmes sur le banc, enveloppée dans des couvertures, devant un bon grog.

Elle se ressaisit rapidement. Elle n'avait rien de grave, étant juste épuisée et affamée (elle nous avoua ne rien avoir mangé depuis trois jours), et fut bientôt en état d'avaler une soupe de pois cassés et de nous expliquer la raison de sa surprenante visite.

– C'est à cause de ma belle-sœur. Elle ne m'a chamais aimée. Puis, quand son mari a eu son accident et a perdu sa carriole, ils n'avaient plus beaucoup d'archent. Ch'étais de trop.

Elle nous confessa que Joseph lui avait beaucoup manqué, mais elle n'avait eu ni la force ni les moyens de s'opposer à sa famille et d'insister pour revenir à Fraser's Ridge.

Lizzie l'examinait avec attention, mais sans inimitié.

– Que s'est-il passé alors ?

489

Fraulein Berrisch tourna ses grands yeux doux vers elle.

– Che ne pouvais plus le supporter. Che voulais tant être auprès de Choseph. Ma belle-sœur et son mari, ils ne voulaient pas de moi, alors, elle m'a donné un peu d'archent et che suis venue.

– Vous êtes venue... à pied ? s'étonna Brianna. Depuis Halifax ?

Fraulein Berrisch acquiesça, léchant sa cuillère, et sortit un pied de sous ses couvertures. Ses semelles étaient complètement élimées, et elle avait enveloppé ses souliers dans des lambeaux arrachés à ses jupons.

– Elizabeth, ch'espère que vous n'êtes pas fâchée que che sois venue. Votre père... il est ici ? Ch'espère qu'il ne sera pas fâché non plus.

Lizzie et moi échangeâmes un regard.

– Hum... fis-je. Il est absent, mais je suis sûre qu'il sera enchanté de vous voir !

– Ah ?

Son visage émacié s'illumina quand elle apprit où il se trouvait. Elle serra sa cuillère contre son sein comme s'il s'agissait de la tête de M. Wemyss en soupirant : « *Mein kavalier !* » Rayonnante de joie, elle regarda autour d'elle et remarqua pour la première fois Rodney, ronflant dans son panier aux pieds de Lizzie.

– Oh, mais qui est-ce ? s'extasia-t-elle.

Elle se pencha sur l'enfant, qui ouvrit ses grands yeux ronds et qui la dévisagea avec intérêt, d'un air solennel, quoique somnolent.

– C'est mon petit, Rodney Joseph, comme mon père.

Lizzie le souleva et le déposa avec délicatesse dans les bras de Monika. Ravie, elle se mit aussitôt à roucouler en allemand.

Brianna se pencha vers moi, me glissant :

– Elle est déjà gaga comme une grand-mère.

N'ayant pas beaucoup ri depuis la mort de Malva, ce fut un baume pour mon esprit.

Lizzie expliquait à Monika la brouille qui avait résulté de son mariage peu orthodoxe. Celle-ci acquiesçait, navrée, tout en babillant avec Rodney. Je me demandais ce qu'elle comprenait, exactement.

Je glissai à mon tour à Brianna :

– M. Wemyss va bien devoir se raccommoder avec sa fille, à présent. Il ne va pas vouloir priver son épouse de son nouveau petit-fils.

– Après tout, deux gendres pour le prix d'un, c'est une affaire ! renchérit Brianna.

Nostalgique, Amy observait la scène. Elle glissa un bras autour des épaules maigrelettes d'Aidan, déclarant :

– Comme on dit si bien, plus on est de fous, plus on rit.

86

Priorités

Trois chemises, une paire supplémentaire de culottes en assez bon état, deux paires de bas, une en fil d'Écosse, l'autre en soie... Tiens, où étaient donc passés les bas en soie ?

Brianna sortit sous le porche et appela son mari, occupé à poser les conduits en terre cuite dans la tranchée qu'il avait creusée, assisté de Jemmy et d'Aidan.

– Roger, qu'as-tu fait de tes bas en soie ?

Il s'arrêta, fronçant les sourcils, et s'essuya le front. Puis, tendant sa pelle à Aidan, il bondit par-dessus la tranchée et s'approcha d'elle.

– Je les portais dimanche dernier lors du prêche, non ? Qu'est-ce que j'en ai... ah.

La mine suspicieuse, elle le dévisagea, voyant son expression passer de la perplexité à la culpabilité.

– Ah ? Ah quoi ?

– Eh bien... Tu es restée à la maison avec Jemmy parce qu'il avait mal au ventre (un mal grandement exagéré pour épargner à Brianna deux heures de regards en coin et de chuchotements), si bien que quand Jocky Abernathy m'a proposé d'aller pêcher avec lui...

– Roger MacKenzie, si tu as mis tes bas dans un panier rempli de poissons puants et que tu les as oubliés...

– Je vais faire un saut à la Grande Maison et en emprunter une paire à ton père, d'accord ? Les miens réapparaîtront tôt ou tard, j'en suis sûr.

– Ta tête aussi. Sous un rocher, sans doute !

Cela le fit rire, ce qui n'avait pas été l'intention de Brianna, mais eut néanmoins l'effet de la calmer.

Il déposa un baiser sur son front.

– Je suis désolé, chérie. Ce doit être freudien.

– Vraiment ? Et que symbolisent tes bas en soie enroulés autour d'un poisson mort ?

– Une culpabilité généralisée et un conflit de loyautés, probablement.

Il plaisantait encore, mais pas tant que ça.

– Brianna… J'ai bien réfléchi. Je pense vraiment que je ne devrais pas y aller. Je n'ai pas besoin de…

– Si, tu en as besoin. C'est l'avis de maman, celui de papa, et le mien aussi.

– Ah, bon, d'accord.

Il avait beau sourire, son malaise était visible. Elle le sentait d'autant plus qu'elle le partageait. Le meurtre de Malva Christie avait mis tout Fraser's Ridge sens dessus dessous : la peur, l'hystérie, la suspicion… Des doigts accusateurs étaient pointés dans toutes les directions. Plusieurs jeunes hommes, dont Bobby Higgins, s'étaient tout simplement volatilisés, soit par sentiment de culpabilité, soit par instinct de conservation.

Elle-même avait été la cible de bon nombre de médisances et de soupçons ; on avait répété certaines des remarques qu'elle avait lancées sans réfléchir sur Malva Christie. Mais la plus grosse part de suspicion reposait sur les épaules de ses parents.

Ils faisaient de leur mieux pour vaquer à leurs occupations quotidiennes, s'efforçant de ne pas prêter attention aux commérages et aux regards entendus…, mais cela devenait de plus en plus difficile.

Roger s'était précipité chez les Christie dès qu'il avait appris la tragédie. Il y était retourné tous les jours (ne s'absentant que pour l'expédition à Halifax). Après avoir enterré Malva dans la simplicité et les larmes, il s'était échiné à se montrer raisonnable, apaisant et ferme avec tous les habitants de Fraser's Ridge. Il avait immédiatement reporté son projet de se rendre à Edenton pour son ordination, mais, l'ayant appris, Jamie avait insisté.

Pour la énième fois, Brianna lui dit :

– Ici, tu as fait tout ton possible. Que peux-tu bien faire de plus ? En outre, il se passera peut-être des années avant que tu aies une nouvelle occasion.

Elle savait à quel point il tenait à être ordonné et était prête à tout pour l'aider. Elle aurait aimé y assister, mais ils avaient rapidement convenu qu'il valait mieux que Jemmy et elle l'attendent à River Run. Il n'était guère judicieux de la part d'un aspirant à l'ordination de se présenter avec une épouse et un enfant catholiques.

Néanmoins, elle se sentait terriblement coupable d'abandonner ses parents en pleine tourmente.

– Toi, tu dois partir, répéta-t-elle. Mais je n'ai peut-être pas…

Il l'arrêta d'un regard.

– On en a déjà assez discuté.

L'argument de Roger était que sa présence ne changerait rien à l'opinion publique, ce qui était sans doute vrai. Mais elle savait que sa véritable raison, partagée par ses parents, était le désir de la voir loin de Fraser's Ridge, en sécurité, de préférence avant que Jemmy ne se rende compte que la plupart des voisins pensaient qu'un de ses grands-parents, voire les deux, était un assassin.

Elle avait secrètement honte d'avoir envie de partir.

Quelqu'un avait tué Malva… et son bébé. Chaque fois qu'elle y repensait, les hypothèses tourbillonnaient dans sa tête, ainsi qu'une litanie de noms. Et chaque fois, elle était contrainte de reconnaître que son cousin en faisait partie. Ian ne s'était pas enfui, et elle ne pouvait imaginer que ce soit lui. Pourtant, chaque jour, quand elle le voyait, l'éventualité lui traversait l'esprit.

Elle contempla le sac qu'elle était en train de préparer, pliant et repliant la chemise dans ses mains, cherchant une bonne raison de partir, ou de rester, et sachant qu'aucune ne l'aiderait.

Un bruit sourd au-dehors l'extirpa du bourbier de son indécision.

Elle atteignit la porte en deux enjambées, juste à temps pour voir Jemmy et Aidan détaler comme deux lapins vers la forêt. Sur le bord de la tranchée gisaient les morceaux du conduit qu'ils avaient laissé tomber.

– Bande de petits morveux, revenez ici tout de suite! hurla-t-elle.

Elle saisit son balai sans trop savoir ce qu'elle comptait en faire, mais la violence semblait être la seule solution pour laisser exploser la frustration qui bouillonnait en elle tel un volcan au bord de l'éruption.

Roger posa doucement une main sur son épaule, chuchotant :

– Brianna, ce n'est pas grave.

Elle fit volte-face.

– Pas grave? Tu as une idée du temps qu'il me faut pour obtenir un de ces maudits conduits? Combien de cuissons avant d'en obtenir un qui ne soit pas craquelé?

– Oui, je sais, mais ce n'est pas grave quand même.

Elle tremblait des pieds à la tête. Très doucement, il lui prit le balai des mains et le remit à sa place.

Quand elle fut de nouveau en mesure de formuler des mots, elle déclara :

– Je crois que… j'ai vraiment besoin de partir.

Il acquiesça avec, dans le regard, cette tristesse qui ne l'avait pas quitté depuis le meurtre de Malva.

Il vint se placer derrière elle, lui enlaçant la taille, et posa son menton sur son épaule. Peu à peu, elle cessa de trembler. De l'autre côté de la clairière, elle aperçut Mme Bug qui revenait vers la Grande Maison, son tablier chargé de choux et de carottes. Claire n'avait plus mis les pieds dans son potager depuis…

– Tu es sûr qu'il ne leur arrivera rien?

495

– Nous prierons pour eux.

Il resserra ses bras autour d'elle. Réconfortée par sa chaleur et son contact, Brianna se rendit compte seulement plus tard qu'il ne l'avait pas vraiment rassurée sur le sort de ses parents.

87

« *À moi la vengeance, à moi la rétribution* », *dit le Seigneur*

Je retournai entre mes mains le dernier colis de Lord John, essayant de trouver assez d'enthousiasme pour l'ouvrir. C'était une petite caisse en bois, peut-être encore un peu de vitriol ? Je pourrais préparer un nouveau stock d'éther, mais pour qui ? Plus personne ne venait dans mon infirmerie faire soigner ses blessures ou ses maladies.

Je passai un doigt dans la poussière sur mon plan de travail, me disant qu'il serait peut-être temps de nettoyer cette pièce. Mme Bug entretenait le reste de la maison et la gardait dans un état impeccable, mais elle refusait d'entrer dans l'infirmerie. J'ajoutai l'époussetage à ma longue liste de travaux à exécuter, mais ne trouvai pas l'énergie d'aller chercher un chiffon.

Avec un soupir, je me levai et traversai le couloir. Assis derrière son bureau, Jamie faisait tourner une plume entre ses doigts en contemplant une lettre inachevée. En m'apercevant, il la reposa et me sourit.

– Tout va bien, *Sassenach* ?

– Ça va.

Il hocha la tête, l'air ailleurs. À son visage tendu, je devinais qu'il était aussi déprimé que moi.

– Je n'ai pas vu Ian de la journée. Il a dit qu'il allait quelque part ?

Il était sûrement parti chez les Cherokees. Je ne m'étonnais pas qu'il ait voulu fuir Fraser's Ridge. Il avait déjà été d'un stoïcisme considérable en restant aussi longtemps, supportant

497

les regards et les murmures, quand il ne s'agissait pas d'accusations directes.

Jamie laissa retomber la plume dans son pot.

– C'est moi qui lui ai dit de partir. Il était inutile qu'il reste ici, avec nous. Il ne fait que se bagarrer.

Ian n'en parlait jamais, mais je l'avais vu s'asseoir plus d'une fois à la table du dîner avec des traces de coups.

– Dans ce cas, je ferais mieux d'aller prévenir Mme Bug avant qu'elle commence à préparer le repas.

Toutefois, je ne me levai pas, trouvant un réconfort dans la présence de Jamie, un répit dans la douleur du souvenir constant du petit corps sanglant sur mes genoux, aussi inerte qu'un morceau de viande... et du regard de Malva, si surpris.

J'entendis des chevaux dans la cour. Je jetai un coup d'œil vers Jamie qui me fit signe qu'il n'attendait personne, puis il se leva pour aller à la rencontre de nos visiteurs imprévus. Je le suivis dans le couloir en essuyant mes mains sur mon tablier et en révisant le menu du repas pour nourrir au moins une douzaine de bouches supplémentaires, à en juger par les hennissements et les bruits de voix dans la cour.

Jamie ouvrit la porte et figea. Je regardai par-dessus son épaule et sentis la terreur m'envahir. La silhouette noire des cavaliers à contre-jour me projeta aussitôt en arrière dans le temps, dans la clairière de la malterie, dégoulinante de sueur et vêtue uniquement de ma chemise. Jamie entendit mon cri étranglé et me repoussa en arrière d'une main.

– Que voulez-vous, Brown ? demanda-t-il sur un ton qui n'avait rien d'amical.

– On est venus chercher votre femme.

Le ton jubilatoire dans la voix de Richard Brown hérissa tous les poils de mon corps et fit danser des points noirs devant mes yeux. Je reculai en trébuchant et me retins au chambranle de la porte de mon infirmerie.

– Dans ce cas, vous pouvez repartir. Vous n'avez rien à faire avec ma femme, et elle n'a rien à faire avec vous.

Brown approcha son cheval du perron et se pencha sur son encolure. M'apercevant, il sourit, de la manière la plus désagréable qui soit.

– C'est là que vous vous trompez, monsieur Fraser. Nous sommes venus l'arrêter pour avoir commis un meurtre ignoble.

La main de Jamie se raidit sur la poignée. Il se redressa de toute sa hauteur, semblant gonfler sur place, et déclara d'une voix à peine plus haute que le bruit des chevaux et des harnais :

– Quittez mes terres, tout de suite.

J'entendis des pas derrière moi. C'était Mme Bug, venant voir ce qui se passait. En apercevant les hommes, elle murmura :

– Sainte Bride, sauvez-nous!

Puis elle se volatilisa, sortant en courant par la porte de service, le pas plus léger qu'un chevreuil. J'aurais dû la suivre, m'enfuir par derrière, me réfugier dans les bois, me cacher. Mais j'étais paralysée, pouvant à peine respirer.

Richard Brown se redressa.

– On ne demande pas mieux que de partir. Livrez-la-nous, et nous débarrasserons le plancher, évaporés comme la rosée du matin.

Il éclata de rire. Je me demandai s'il était ivre.

– De quel droit êtes-vous venus ici? questionna Jamie.

Sa main gauche se posa sur la poignée de son coutelas. Son geste me remit enfin les idées en place, et je me précipitai dans la cuisine où on gardait les armes. J'entendis juste Brown dire «... comité de sécurité» de manière menaçante. Je décrochai la carabine de chasse suspendue au-dessus de la cheminée, ouvris le tiroir du buffet, en sortis les trois pistolets que je fourrai dans les grandes poches de mon tablier de chirurgie. Mes mains tremblaient. J'hésitai... les pistolets étaient chargés et armés, Jamie les vérifiait tous les soirs. Devais-je prendre la boîte de munitions et la poire à poudre? Pas le temps, j'entendais Jamie et Brown hurler devant la maison.

Soudain, la porte de service s'ouvrit, et je relevai la tête. Un inconnu se tenait sur le seuil, regardant dans la pièce. Il me vit et avança vers moi avec un sourire mauvais, tendant une main pour m'attraper.

Je sortis un des pistolets de ma poche et tirai à bout portant. Son sourire se mua en une expression vaguement perplexe. Il cligna des yeux une ou deux fois, puis porta la main à son flanc, où une tache rouge s'agrandissait sur sa chemise. Bouche bée, il contempla ses doigts pleins de sang.

– Mais... nom de Dieu... vous m'avez tiré dessus !

– Parfaitement. Et je vais recommencer si vous ne sortez pas sur-le-champ.

Je lâchai l'arme vide sur le sol et, gardant la carabine que je tenais pointée devant moi, cherchai de ma main libre un autre pistolet dans ma poche. Il n'attendit pas de vérifier si je parlais sérieusement. Il tourna les talons, se prit la porte en pleine figure, puis sortit en titubant, laissant une grande traînée de sang sur le bois.

De fines volutes de fumée noire flottaient dans la pièce, se mêlant aux odeurs de poisson grillé. L'espace d'un instant, je crus que j'allais vomir, mais je refoulai ma nausée pour déposer la carabine et bloquer la porte. Mes mains tremblaient tant qu'il me fallut plusieurs tentatives avant de remettre la barre.

Le vacarme devant la maison me rappela à l'ordre, et je me précipitai dans le couloir, l'arme à la main, les lourds pistolets dans mes poches battant contre mes cuisses.

Ils avaient traîné Jamie dans la cour. Je l'entraperçus au milieu de la mêlée. Ils avaient cessé de crier ; on n'entendait plus que des grognements et l'impact de coups sur la chair, le frottement des pieds dans la poussière. Je compris tout de suite qu'ils avaient l'intention de le tuer.

Je visai le coin de la masse humaine le plus éloigné de Jamie et appuyai sur la gâchette. La détonation déclencha des cris de stupéfaction, et le nœud d'hommes s'ouvrit, criblé de chevrotines. Jamie tenait toujours son coutelas. Il l'enfonça dans les côtes d'un de ses assaillants, le ressortit et, d'un grand geste du bras, traça un sillon sanglant dans le front d'un deuxième. Un éclat de métal attira mon attention et je criai sans réfléchir «Baisse-toi!» à la seconde même où partait le coup de pistolet de Richard Brown. J'entendis un «bing!» près de mon oreille et je me rendis compte, avec une sorte de détachement, qu'il n'avait pas tiré sur Jamie mais sur moi.

Lui s'était en effet baissé, comme tous les autres dans la cour. Ils se relevaient prudemment, déconcertés, ayant perdu l'élan de leur attaque. Jamie avait plongé vers le perron. Bondissant sur ses pieds, il repoussa un homme qui tentait de le retenir par la manche en le frappant violemment en plein visage avec le manche de son coutelas.

On aurait pu croire que nous avions répété cette scène une douzaine de fois. Jamie atterrit sous le porche, m'attrapa par la taille, m'entraîna à l'intérieur, fit volte-face, claqua la porte, s'adossa contre elle pour la retenir tandis que les autres se jetaient dessus. Pendant ce temps, je lâchai ma carabine, soulevai le loquet et le mis en place.

La porte vibra sous les coups de poings et d'épaules. Les hommes s'étaient remis à crier. Cette fois, ce n'étaient plus des railleries, mais des insultes et des jurons.

– J'ai verrouillé la porte de la cuisine, dis-je à Jamie le souffle coupé.

Il approuva d'un signe de tête et courut fermer les volets de l'infirmerie. J'entendis un bris de verre dans cette pièce, tandis que je me précipitai dans son bureau. Les fenêtres y étaient plus petites, sans vitres et haut placées. Je fis claquer les volets, les verrouillai, puis courus de nouveau dans le couloir sombre pour chercher la carabine.

Jamie l'avait déjà prise. Il était dans la cuisine, fouillant dans les tiroirs. Il réapparut, chargé de boîtes de munitions et de poires à poudre. D'un hochement de tête, il m'indiqua l'escalier.

Les pièces à l'étage étaient pleines de soleil. Avec l'impression de remonter à la surface de l'eau, j'inspirai de grandes goulées de lumière, un peu étourdie, puis me précipitai pour fermer les contrevents du débarras et de la chambre d'Amy McCallum. J'ignorais où elle et ses enfants se trouvaient, mais, Dieu merci, ils n'étaient pas dans la maison.

Je revins dans notre chambre. Jamie était agenouillé près de la fenêtre, chargeant méthodiquement les armes tout en marmonnant en gaélique, sans que je comprenne s'il jurait ou priait.

Son visage était tuméfié, sa lèvre fendue, et une ligne de sang lui courait sur le menton et sur la chemise. Il était couvert de poussière et de ce que je pensais être le sang de plusieurs autres personnes. Une de ses oreilles était enflée, mais ses mouvements étaient précis et assurés. À moins d'une fracture du crâne, ses blessures pouvaient attendre.

– Ils veulent nous tuer.

Il acquiesça, concentré sur son travail, puis me tendit un pistolet pour que je le charge.

– Oui. Heureusement que les enfants sont loin et en sécurité, n'est-ce pas ?

Alors, l'air redoutable et les dents sanguinolentes, il me sourit, et je me sentis plus calme et sûre de moi.

Il avait laissé un des volets entrouvert. Prudente, je m'approchai derrière lui et jetai un coup d'œil à l'extérieur, le pistolet chargé dans ma main.

– Je ne vois aucun corps gisant dans la cour. Tu n'en as tué aucun.

– Ce n'est pas faute d'avoir essayé ! Bon sang, qu'est-ce que je ne donnerais pas pour un bon fusil !

Appuyant le canon de la carabine sur le rebord de la fenêtre, il se hissa lentement sur ses genoux pour observer la scène à l'extérieur. Ils s'étaient provisoirement retranchés à l'autre bout de la clairière. Ils avaient emmené leurs chevaux près de la cabane de Brianna et de Roger, hors de portée des balles perdues. Sous les châtaigniers, Brown et ses acolytes discutaient de la phase suivante.

– À ton avis, qu'auraient-ils fait si j'avais accepté de les suivre ?

502

J'entendais mon cœur. Il battait à toute allure, mais, au moins, je pouvais respirer, et je retrouvais peu à peu des sensations au bout de mes doigts et de mes orteils.

– Je ne t'aurais jamais laissée partir.

– Richard Brown le sait certainement.

Il approuva, en étant arrivé à la même conclusion que moi. Brown n'avait jamais vraiment eu l'intention de m'arrêter, mais juste de provoquer un incident lui permettant de nous tuer tous les deux dans des circonstances assez confuses pour ne pas s'attirer les représailles des métayers de Jamie.

– Mme Bug est parvenue à s'enfuir, n'est-ce pas? demanda-t-il.

– Oui, j'espère seulement qu'il ne l'ont pas interceptée hors de la maison.

Je plissai les yeux pour mieux voir dans le soleil brillant de l'après-midi, essayant de distinguer une jupe dans le groupe sous les châtaigniers. Je ne voyais que des hommes.

Mettant en joue, Jamie décrivit un arc avec le canon de la carabine, balayant la cour, sifflant entre ses dents :

– Oui, c'est ça, approche-toi. Encore un peu. Un coup, c'est tout ce dont j'ai besoin.

Il visait un homme qui avançait avec vigilance vers la maison, entrant dans la cour. Jamie me tendit la carabine et choisit son arme préférée, un pistolet écossais à long canon, avec une crosse arrondie.

L'homme (je reconnus Richard Brown) s'arrêta à une quarantaine de mètres de la porte, sortit un mouchoir de sa poche et l'agita au-dessus de sa tête.

– Fraser! Fraser! Vous m'entendez?

Jamie visa avec soin et tira. La balle s'enfonça dans le sol à quelques dizaines de centimètres des pieds de Brown, soulevant un nuage de poussière. Ce dernier sauta sur place comme piqué par une abeille.

– Hé! Qu'est-ce qui vous prend? s'indigna-t-il. Vous ne savez pas ce que signifie le drapeau blanc, espèce de sauvage d'Écossais?

– Si j'avais voulu vous tuer, Brown, vous seriez déjà en train de refroidir, hurla Jamie en retour. Que voulez-vous ?

– Vous le savez très bien. On veut la sorcière tueuse d'enfants.

Jamie tira de nouveau. L'homme sauta encore, mais moins haut.

Prenant un ton plus conciliant, Brown reprit :

– On ne lui fera aucun mal. On veut juste la conduire à Hillsboro pour y être jugée. Ce sera un procès équitable. Rien d'autre.

Jamie me tendit son pistolet pour que je le lui recharge et en prit un autre. Il fallait au moins admettre que Brown était persévérant. Il s'était sans doute rendu compte que Jamie ne voulait pas le toucher. Il tint bon encore deux coups, hurlant qu'il comptait bien m'emmener à Hillsboro et que si j'étais innocente, Jamie avait tout intérêt à ce qu'un procès équitable le prouve.

Il faisait chaud, à l'étage, la transpiration me coulait entre les seins. Je m'épongeai avec ma chemise.

Ne recevant d'autres réponses que le sifflement des balles, Brown leva les bras en mimant l'homme de raison qui aura tout essayé, puis rejoignit ses compagnons sous les châtaigniers. Rien n'avait changé, mais le seul fait de le voir tourner le dos me soulagea brièvement.

Jamie se détendit aussi et se rassit sur ses talons.

– On a de l'eau, *Sassenach* ?

L'aiguière de la chambre était pleine. Je lui en versai une tasse qu'il but avec avidité. Nous avions de la nourriture, de l'eau et un bon stock de munitions et de poudre. Toutefois, je ne prévoyais pas un long siège.

– Que vont-ils faire, à ton avis ?

Je n'approchai pas de la fenêtre, mais, me plaçant de biais, je les voyais clairement, regroupés sous un arbre. L'air était lourd et immobile, les branches ployant au-dessus d'eux comme de vieux chiffons mouillés.

Jamie vint derrière moi, tamponnant sa lèvre avec un pan de sa chemise.

– Ils mettront le feu à la maison dès qu'il fera nuit, dit-il sur un ton détaché. C'est ce que je ferais. Ou alors, ils peuvent sortir Gideon de son box et menacer de l'abattre si je ne te livre pas.

Ce devait être une plaisanterie, même si je ne voyais vraiment pas ce que cela avait de drôle.

Voyant mon expression, il glissa une main dans le creux de mes reins et me serra contre lui. Nous étions tous les deux trempés, mais cette brève étreinte était réconfortante. Je m'écartai, déclarant :

– En fait, tout dépend de Mme Bug, si elle a pu s'enfuir, et de qui elle a prévenu.

Jamie s'assit sur le bord du lit.

– Elle ira d'abord tout droit chercher Archie. S'il est chez lui, il courra prévenir Kenny Lindsay, car c'est lui qui habite le plus près. Après ça...

Il haussa les épaules et ferma les yeux. Sous son hâle et les traces de poussière et de sang, il était livide.

– Jamie... tu es blessé ?

Il esquissa un faible sourire.

– Non, je me suis juste recassé ce foutu doigt.

Il protesta à peine quand je soulevai sa main droite pour l'examiner. Il s'agissait d'une fracture simple, ce qui était déjà ça. L'annulaire était raide, les phalanges ayant fusionné après une brisure mal soignée à la prison de Wentworth. Ne pouvant pas le fléchir, il dépassait toujours ; et il le cassait donc souvent.

Il tiqua quand je le palpai délicatement.

– J'ai du laudanum dans l'infirmerie, suggérai-je. Ou du whisky.

Je savais déjà qu'il refuserait l'un comme l'autre.

– J'ai besoin de garder les idées claires quoi qu'il arrive.

Une atmosphère étouffante régnait dans la pièce en dépit de la fenêtre ouverte. Le soleil baissait, et les premières ombres se rassemblaient dans les coins de la chambre.

Je descendis dans l'infirmerie chercher une éclisse et des bandages. Cela ne servirait pas à grand-chose, mais au moins, cela m'occupait. J'y entrai comme une souris, sur la pointe des pieds, m'arrêtant à chaque pas pour écouter, les moustaches frémissantes. Tout était calme.

– Trop calme, dis-je à voix haute.

Changeant de tactique, je me mis à marcher d'un pas lourd, claquant les portes des placards, fouillant bruyamment à l'intérieur en faisant s'entrechoquer bouteilles et flacons. Avant de remonter, je passai par la cuisine, en partie pour m'assurer que la porte était bien verrouillée et pour voir si, avant son départ, Mme Bug avait préparé à manger. Jamie n'en avait rien dit, mais je savais que la douleur le rendait nauséeux. Contrairement à moi, manger lui faisait généralement passer ses haut-le-cœur.

Le chaudron était toujours dans l'âtre, mais le feu s'était éteint, si bien que la soupe n'avait pas bouilli. Je soufflai sur les tisons et remis trois grosses bûches de pin, autant parce que j'avais été conditionnée à ne jamais laisser mourir un feu que pour narguer nos assaillants. Je voulais qu'ils voient la fumée et les étincelles sortir de la cheminée et qu'ils nous imaginent dînant tranquillement auprès du feu ou, mieux encore, faisant fondre du plomb dans les flammes et moulant des balles.

Animée par cet esprit rebelle, je remontai à l'étage avec mes fournitures médicales, un repas improvisé et une grande bouteille de bière brune. J'entendis un coup de feu juste au moment où j'atteignais le palier et manquai de trébucher. Je me serais étalée de tout mon long si le mur d'en face ne m'avait pas arrêtée.

Jamie sortit de la chambre de M. Wemyss, la carabine à la main, l'air surpris.

– Quelque chose ne va pas, *Sassenach*?

J'essuyai ma main pleine de soupe sur mon tablier, répondant :

– Non, mais sur qui viens-tu de tirer?

– Personne. Je voulais juste leur faire comprendre que la maison était aussi bien gardée derrière que devant, au cas où ils auraient espéré passer par là.

Je lui bandai le doigt, ce qui le soulagea un peu. Toutefois, la nourriture, comme je l'avais espéré, fut encore plus efficace. Il dévora avec un appétit d'ogre et, à ma surprise, moi aussi.

– Le dernier repas des condamnés, commentai-je en ramassant des miettes de pain et de fromage. J'ai toujours pensé que craindre pour sa vie coupait l'appétit, mais je me trompais.

Il avala une gorgée de bière, puis me passa la bouteille.

– Un ami m'a dit un jour : «Le corps n'a pas de conscience.» Je ne sais pas s'il avait raison, mais il est vrai que le corps admet rarement la possibilité de ne pas exister. Or, si tu existes, tu dois te nourrir, point.

Il n'y avait aucun bruit au-dehors, mis à part le son des cigales. L'air avait cette lourdeur étouffante qui annonçait souvent la pluie. Il était tôt dans la saison pour un orage, mais nous pouvions toujours espérer.

– Tu y as pensé, toi aussi, n'est-ce pas? demandai-je doucement.

Il ne fit même pas semblant de ne pas comprendre.

– C'est vrai qu'on est le vingt et un.

– Mais on est en juin, bon sang! Et ce n'est pas la bonne année. L'article dans le journal disait janvier 1776!

Je me sentais absurdement indignée, comme si j'avais été flouée. Cela sembla l'amuser.

– J'ai été imprimeur, *Sassenach*. Il ne faut pas croire tout ce qu'on lit dans la presse.

Quand je regardai de nouveau à l'extérieur, il ne restait plus que quelques hommes sous les châtaigniers. L'un d'eux aperçut mon mouvement. Il agita le bras au-dessus de sa tête pour attirer mon attention, puis se passa une main sous la gorge.

Le soleil atteignait juste la cime des arbres. Il nous restait environ deux heures avant la nuit. Deux heures qui devaient suffire à Mme Bug pour chercher de l'aide, à condition, bien sûr, qu'elle en trouve. Arch pouvait être descendu à Cross Creek, il y allait une fois par mois. Kenny était peut-être à la chasse. Quant aux nouveaux métayers… sans Roger pour les maîtriser, ils n'avaient plus tenté de cacher leurs soupçons et leur antipathie à mon égard. Ils viendraient peut-être, mais pour applaudir nos assaillants.

– Éloigne-toi de la fenêtre, *Sassenach.*

Il me tendit la main, et je vins m'asseoir sur le lit auprès de lui. La montée d'adrénaline provoquée par l'urgence s'étant épuisée, je me sentais exténuée, chaque muscle de mon corps en compote.

– Allonge-toi, *a Sorcha*. Pose ta tête sur mes genoux.

Je m'exécutai, m'étirant, me laissant bercer par les battements de son cœur qui résonnaient près de mon oreille et par la caresse de sa main sur ma tête.

Toutes nos armes étaient alignées sous la fenêtre, amorcées, prêtes à tirer. Il avait descendu son épée de l'armoire et l'avait calée contre le mur près de la porte, en dernier recours.

– On ne peut rien faire d'autre, n'est-ce pas? demandai-je au bout d'un moment. On ne peut qu'attendre?

Ses doigts se promenaient sous mes boucles moites. Elles ne m'arrivaient pas encore tout à fait aux épaules, à peine assez longues pour les attacher.

– On pourrait réciter un acte de contrition, proposa-t-il. Avant une bataille, on faisait toujours ça, au cas où.

– Soit, soupirai-je. Au cas où.

Sa main valide se referma sur la mienne.

– *Mon Dieu, pardonnez-moi mes offenses…*

Je me souvins alors qu'il récitait toujours cette prière en français, retournant à l'époque où il était mercenaire en France. Combien de fois l'avait-il prononcée alors, purifiant son âme la nuit pour se préparer à l'éventualité de sa mort au petit matin?

Il la répéta en anglais, puis le silence retomba sur nous. Les cigales s'étaient tues. Au loin, très loin, je crus percevoir un grondement de tonnerre.

– Tu sais, dis-je soudain. Je regrette bon nombre de choses et de personnes. Rupert, Murtagh, Dougal… Frank, Malva. Mais, en ce qui me concerne…

Je m'éclaircis la gorge.

– ... Je ne regrette rien.

Ses doigts s'immobilisèrent sur ma joue.

– Moi non plus, *mo nighean donn*. Moi non plus.

* * *

Une odeur de fumée m'extirpa de ma torpeur. État de grâce ou pas, même Jeanne d'Arc dut ressentir quelques appréhensions quand ils allumèrent le premier fagot. Je me redressai brusquement, le cœur battant, et aperçus Jamie près de la fenêtre.

Il ne faisait pas encore tout à fait nuit. Des traînées orange, or et roses illuminaient le ciel à l'ouest.

– Des gens arrivent, observa-t-il.

En dépit de son ton détaché, sa main valide serrait le bord du volet comme s'il se retenait de le fermer et de le verrouiller.

Je m'approchai. Je distinguai encore de vagues silhouettes sous les châtaigniers. Ils avaient allumé un feu de camp à l'autre bout de la cour, d'où l'odeur qui m'avait réveillée. Plusieurs personnes s'avançaient vers lui, parmi lesquelles je reconnus la petite silhouette trapue de Mme Bug. On entendait des voix, mais je ne parvenais pas à distinguer ce qu'elles disaient.

– Tu veux bien me tresser les cheveux, *Sassenach*? Je n'y arrive pas avec cette maudite main.

J'allumai une chandelle, et il approcha un tabouret de la fenêtre afin de surveiller la cour pendant que je brossais et tressais ses cheveux en une natte épaisse et dense que j'enroulai à la base de sa nuque avec un ruban noir. Je comprenais ses raisons : il voulait paraître soigné et maître de lui, mais également prêt au combat s'il le fallait. Pour ma part, je m'inquiétais moins que quelqu'un m'agrippe par les cheveux pendant que j'essayerais de le fendre en deux avec mon épée, mais, d'un autre côté, si ce devait être ma dernière apparition publique en tant que dame de Fraser's Ridge, je ne voulais pas ressembler à une souillon.

Je l'entendis marmonner pendant que je brossais mes cheveux à mon tour et pivotai sur mon tabouret pour le regarder.

– Hiram est là, annonça-t-il. J'entends sa voix. C'est bon signe.

– Si tu le dis.

Au cours de la messe, une semaine plus tôt, Hiram avait prononcé une harangue remplie de remarques acerbes à peine voilées nous concernant. Roger ne nous en avait rien dit, mais Amy McCallum me l'avait raconté.

Jamie se tourna vers moi et sourit, avec une expression de douceur extraordinaire sur son visage.

– Tu es ravissante, *Sassenach*. Oui, la présence d'Hiram est une bonne chose. Quoi qu'il pense, il ne tolérera pas que Brown nous pende dans la cour ni ne mette le feu à la maison pour nous faire sortir.

Il y eut d'autres éclats de voix à l'extérieur. Une foule commençait à s'assembler.

– Monsieur Fraser!

Il prit une grande inspiration, saisit le bougeoir et ouvrit grand les volets, approchant la chandelle de son visage pour que tous le voient.

Il faisait sombre, mais plusieurs personnes brandissaient des torches. J'eus alors une vision angoissante de la foule se ruant pour brûler le monstre du docteur Frankenstein, mais au moins, je pus reconnaître quelques visages. Une trentaine de personnes, parmi lesquelles un bon nombre de femmes, s'étaient jointes à Brown et à ses voyous. Hiram Crombie se tenait près de Brown, semblant tout droit sorti de l'Ancien Testament.

– Monsieur Fraser, pourriez-vous descendre? Avec votre épouse, si vous voulez bien.

J'aperçus Mme Bug, l'air terrifié et le visage baigné de larmes. Puis, Jamie referma les volets et m'offrit son bras.

* * *

Jamie avait pris son coutelas et son épée, mais ne s'était pas changé. Il se tenait sur le perron, sa chemise tachée de sang, défiant quiconque d'oser s'en prendre à nous. D'une voix suffisamment forte pour se faire entendre de l'autre côté de la clairière, il déclara :

– Si vous voulez emmener ma femme, il faudra d'abord me passer sur le corps.

De toute évidence, ils ne demandaient pas mieux. Il ne s'était pas trompé sur le fait qu'Hiram s'opposerait à notre lynchage, mais l'opinion publique n'était clairement pas de notre côté.

– « Tu ne laisseras point vivre la sorcière », hurla quelqu'un dans la foule.

Une pierre cingla l'air en sifflant et percuta le mur de la maison à quelques centimètres de mon visage. Je sursautai et le regrettai aussitôt.

Les murmures hostiles qui s'étaient élevés dès que Jamie avait ouvert la porte redoublèrent d'intensité. Des cris fusèrent – « Assassins ! », « Sans cœur » –, accompagnés d'insultes en gaélique que je n'essayai pas de comprendre.

– Si ce n'est pas elle qui l'a tuée, *breugaire,* espèce de menteur, qui alors ? hurla quelqu'un.

L'homme dont Jamie avait entaillé le front se tenait au premier rang de la foule, sa plaie béante, son visage tel un masque de sang séché. Il pointa un doigt vers Jamie.

– Si ce n'est pas elle, ce ne peut être que lui ! *Fear-siûrsachd,* coureur de jupons !

Un grondement collectif d'approbation s'éleva, et je vis Jamie basculer son poids sur une jambe et s'apprêter à dégainer son épée en cas d'assaut.

– Calmez-vous ! cria Hiram. Calmez-vous, je vous dis !

Il poussa Brown sur le côté et gravit les marches du perron avec une lenteur délibérée. Il me lança un regard de dégoût, puis se tourna vers la foule.

– Justice ! cria un des hommes de Brown. Nous demandons justice !

– Parfaitement ! répondit Hiram. Et nous l'aurons ! Pour la malheureuse enfant violée et son enfant sacrifié !

Mon sang se glaça en entendant les grognements de satisfaction.

– Justice ! Justice ! entonnèrent plusieurs personnes.

Hiram les fit taire d'un geste, levant les mains tel Moïse devant la mer Rouge.

– « La Justice m'appartient, dit le Seigneur », cita Jamie.

Hiram, qui s'apprêtait apparemment à prononcer la même citation, le fixa avec animosité, mais pouvait difficilement le contredire.

Brown leva le menton, nous toisant, la mine triomphante :

– Vous obtiendrez justice, monsieur Fraser ! Je veux conduire votre femme devant un tribunal pour y être jugée. Tous ceux qui sont accusés ont droit à un procès, n'est-ce pas ? Si elle est innocente, si vous êtes innocent, pourquoi vous y opposez-vous ?

– Il n'a pas tort, observa sèchement Hiram. Si votre femme n'est pas coupable, elle n'a rien à craindre. Qu'en dites-vous ?

– J'en dis que si je livrais ma femme à cet homme, elle n'arriverait pas vivante devant un tribunal. Il me tient pour responsable de la mort de son frère... Certains parmi vous savent la vérité derrière cette affaire !

Il y eut quelques hochements de tête ici et là, mais pas beaucoup. Seule une douzaine de ses hommes d'Ardsmuir avaient participé à l'expédition pour me sauver. De cette aventure, la plupart des métayers ne savaient qu'une chose : j'avais été enlevée, agressée de manière scandaleuse, et des hommes étaient morts par ma faute. La mentalité de l'époque étant ce qu'elle était, toute victime d'un crime sexuel l'avait forcément un peu cherché, à moins qu'elle n'en meure, auquel cas elle devenait aussitôt une sainte immaculée.

Jamie poursuivit, en haussant la voix :

– Il la tuera à la moindre occasion pour se venger de moi.

Puis passant au gaélique, il montra Brown du doigt.

– Regardez donc cet homme, et lisez la vérité sur son visage ! Il n'a que faire de la justice et de l'honneur. Il ne reconnaîtrait même pas l'honneur à l'odeur de son cul.

Cela suscita quelques ricanements surpris. Déconcerté, Brown regarda autour de lui, cherchant ce qu'il y avait de si drôle, ce qui fit rire encore plus.

L'opinion générale était toujours contre nous, mais pas encore entièrement dans son camp. Après tout, Brown était un étranger. Hiram plissa le front, réfléchissant à la question, puis demanda à Brown :

– Qu'offrez-vous en garantie de la sécurité de cette femme ?

– Une douzaine de fûts de bière et trois douzaines de peaux de première qualité ! répondit aussitôt Brown. Non, quatre douzaines !

La perspective de pouvoir m'emmener le faisait presque baver. J'eus soudain la conviction déplaisante qu'il comptait non seulement me faire passer de vie à trépas, mais qu'il prendrait tout son temps.

– Tu paierais bien plus que ça, *breugaire,* pour le plaisir de te venger en la tuant.

Le regard d'Hiram allait de l'un à l'autre. Il ne savait plus quoi penser. J'observai la foule, le visage impassible. En vérité, cela ne m'était pas trop difficile, car j'étais pétrifiée.

J'aperçus quelques faces amicales, qui fixaient Jamie avec anxiété, attendant un signe de lui. Kenny et ses frères, Murdo et Evan, formaient un groupe compact, la main sur leur coutelas, les mâchoires crispées. J'ignorais si Brown avait choisi son moment sciemment ou s'il avait juste eu de la chance. Ian chassait quelque part avec ses amis cherokees. Archie devait être parti lui aussi, autrement il aurait été là. Lui et sa hache nous auraient été bien utiles.

Fergus et Marsali n'étaient plus là; eux aussi auraient pu contribuer à inverser la marée. Mais l'absence la plus regrettable était celle de Roger. Depuis l'accusation lancée par Malva, il était le seul à pouvoir plus ou moins contrôler les presbytériens, ou du moins à leur faire mettre en sourdine leurs médisances et leur animosité.

Sur le perron, Jamie et Brown continuaient à s'invectiver, chacun inflexible dans ses positions, tandis que, pris entre les deux, le pauvre Hiram essayait de trancher. Si j'avais été capable de ressentir quoi que ce soit, j'aurais eu de la peine pour lui, car il n'était vraiment pas à la hauteur.

Une voix retentit soudain, tremblante de rage et d'émotion.

– Prenez-le!

Allan Christie jouait des coudes dans la foule, pointant un doigt vers Jamie.

– C'est lui qui a déshonoré ma sœur et l'a tuée! Si quelqu'un doit être jugé, c'est lui!

Un grondement souterrain salua cette dénonciation. John MacNeill et le jeune Hugh Abernathy lancèrent des regards gênés vers Jamie, puis vers les frères Lindsay.

– Non, c'est elle! cria une femme d'une voix stridente.

Cette fois, j'étais montrée du doigt par une des femmes de pêcheurs, les traits déformés par la haine.

– Un homme pourrait tuer une fille qu'il a engrossée, mais n'irait jamais jusqu'à lui ouvrir le ventre pour lui arracher son enfant des entrailles! Il n'y a qu'une sorcière pour commettre une horreur pareille! Celle-là, on l'a retrouvée, le pauvre petit cadavre encore chaud dans les mains!

Le murmure d'approbation grimpa d'un cran. Les hommes m'accorderaient peut-être le bénéfice du doute, mais pas les femmes.

Sentant qu'il perdait le contrôle de la situation, Hiram commençait à paniquer. La situation menaçait de tourner à l'émeute; l'air était chargé de courants d'hystérie et de violence. Il leva les yeux au ciel, cherchant l'inspiration… et la trouva.

– Emmenez-les tous les deux !

Il regarda Brown puis Jamie, guettant leur réaction, puis la trouvant bonne, reprit :

– Partez avec eux, monsieur Fraser. Vous vous assurerez ainsi qu'il n'arrivera rien à votre épouse. Et s'il est prouvé qu'elle est innocente...

Il n'acheva pas sa phrase, se rendant compte qu'il laissait entendre que si je n'étais pas coupable, Jamie l'était forcément, et donc qu'il se trouverait sur place pour être pendu dans les règles.

– Elle est innocente, tout comme moi, répéta obstinément Jamie.

Il n'espérait plus convaincre personne. Pour la foule, le seul doute qui subsistait était de savoir lequel de nous deux avait commis le crime, ou si nous avions comploté ensemble pour éliminer Malva Christie.

Il se tourna vers la foule et s'écria en gaélique :

– Si vous nous livrez à ces étrangers, vous aurez notre sang sur les mains, et vous en répondrez le jour du Jugement dernier !

Un silence s'abattit sur la foule. Les hommes jetèrent des regards hésitants vers Brown et sa cohorte. Ils avaient beau être connus dans le coin, ils restaient des *sassenachs* dans le sens écossais du terme. Tout comme moi qui, de surcroît, étais une sorcière. Jamie, lui, avait beau être un coureur de jupons, un violeur et un assassin papiste, il était un des leurs.

L'homme sur lequel j'avais tiré me narguait par-dessus l'épaule de Brown, souriant d'un air mauvais. Par manque de chance, ma balle ne l'avait apparemment qu'égratigné.

La masse grouillante devant nous recommençait à s'agiter, discutant et se disputant. Les hommes d'Ardsmuir se rapprochaient lentement du perron, Kenny Lindsay ne quittant pas Jamie des yeux. S'il le leur demandait, ils se battraient pour lui, mais ils étaient trop peu nombreux face aux hommes de Brown. Ils ne pourraient l'emporter et, en outre, des femmes et des enfants se trouvaient au milieu de la foule.

En cas de bagarre générale, le risque qu'il y ait des victimes était grand. Jamie ne tenait pas à avoir des morts innocentes sur la conscience.

Je le vis prendre une décision, pinçant les lèvres. J'en ignorais la teneur, mais un nouveau rebondissement empêcha son intervention. Un mouvement eut lieu à l'extérieur de la cour. Les gens se retournèrent, puis se turent.

Thomas Christie s'avança au milieu de la foule. Même dans la pénombre, je le reconnus tout de suite. Il marchait le dos voûté, comme un vieillard, regardant droit devant lui. Tous s'écartèrent pour le laisser s'approcher, profondément respectueux de sa douleur, qui se lisait sur son visage.

Hirsute, il avait cessé de se raser et de se couper les cheveux ; ses yeux étaient cernés et injectés de sang, ses traits creusés. En revanche, son regard était toujours aussi alerte et intelligent. Il passa devant son fils sans même paraître remarquer sa présence, monta sur le perron et annonça d'une voix calme :

– Je les accompagnerai à Hillsboro. Je veillerai à ce qu'aucun autre crime ne soit commis. Si quelqu'un tient à ce que justice soit faite, c'est bien moi.

Brown fut pris de court ; il n'avait pas du tout prévu ça. En revanche, la foule approuva sur-le-champ la solution proposée. Tout le monde était ému par son deuil et trouvait son geste de la plus grande magnanimité.

Je lui en étais reconnaissante aussi, car il venait sans doute de sauver notre peau, du moins pour le moment. À en juger par son regard, Jamie aurait sans doute préféré étrangler Richard Brown de ses propres mains, mais comprenant que la nécessité faisait loi, il acquiesça le plus gracieusement possible.

Christie me dévisagea un instant, puis se tourna vers Jamie.

– Si cela vous convient, monsieur Fraser, nous partirons demain matin. Il n'y a aucune raison pour que vous et votre épouse ne dormiez pas dans votre lit ce soir.

Jamie s'inclina très formellement.

– Je vous remercie, monsieur.

Christie le salua d'un signe de tête, puis redescendit les marches sans un regard pour Richard Brown qui semblait à la fois irrité et dérouté.

Je vis Kenny Lindsay fermer les yeux, soulagé. Puis Jamie me prit le bras, et nous tournâmes les talons, rentrant dans notre maison pour ce qui risquait d'être notre dernière nuit sous notre propre toit.

88

Les effluves du scandale

La pluie qui avait menacé la veille était tombée pendant la nuit. Le jour se leva, gris, morne et humide. Mme Bug était dans le même état, reniflant dans son tablier et répétant sans cesse :

– Si seulement Arch avait été là ! Mais je n'ai pu trouver que Kenny Lindsay et, le temps qu'il aille chercher MacNeill et Abernathy...

Jamie déposa une bise sur son front.

– Ne vous tourmentez pas, *a leannan*. C'est peut-être aussi bien. Personne n'a été blessé, et la maison tient toujours debout. (Il lança un regard vers les poutres, chacune taillée par ses propres mains.) Toute cette horrible histoire sera sans doute réglée bientôt, si Dieu le veut.

– Si Dieu le veut, répéta-t-elle en se signant.

Elle s'essuya les yeux avant d'ajouter :

– Je vous ai préparé quelques provisions pour que vous ne mouriez pas de faim en route.

Richard Brown et ses hommes s'étaient abrités tant bien que mal sous les arbres. Personne ne leur avait offert l'hospitalité, une indication claire de leur impopularité, compte tenu des coutumes des Highlanders. De même, le fait que les gens permettent à Brown de nous emmener en disait long sur notre propre impopularité.

Les hommes de Brown étaient donc trempés ; ils n'avaient rien mangé, avaient mal dormi et étaient de mauvaise humeur.

518

Je n'avais pas fermé l'œil non plus, mais j'avais pris un bon petit-déjeuner, et mes vêtements étaient secs, ce qui m'avait rassérénée. Toutefois, j'avais le cœur serré et les jambes en plomb quand nous atteignîmes le début du sentier. Me retournant, je vis la maison de l'autre côté de la clairière; Mme Bug se tenait sur le perron, agitant la main. Je lui répondis, puis mon cheval s'enfonça sous les arbres mouillés.

Le voyage se déroula en silence. Jamie et moi chevauchions côte à côte, mais il était impossible de parler sans être entendus par les gars de Brown. Quant à ce dernier, il était visiblement perdu, car il n'avait jamais eu l'intention de me conduire devant un tribunal, ayant uniquement sauté sur le premier prétexte pour se venger de Jamie. Je me demandai ce qu'il aurait fait s'il avait su ce qui était réellement arrivé à son frère, surtout avec Mme Bug à portée de main. Cependant, en présence de Tom Christie, il était obligé de nous mener à Hillsboro, ce qu'il accomplissait de mauvaise grâce.

Christie, lui, chevauchait comme dans un rêve – un cauchemar, plutôt – le visage fermé et tourné vers l'intérieur, ne parlant à personne.

L'homme dont Jamie avait entaillé le front n'était plus là. Il avait dû rentrer à Brownsville. En revanche, celui sur lequel j'avais tiré nous accompagnait. J'ignorais si sa blessure était grave ou si ma balle l'avait seulement égratigné. Il n'était pas handicapé mais, visiblement, à la manière dont il se tenait penché sur le côté, grimaçant de temps à autre, il souffrait.

J'hésitais. J'avais emporté avec moi une trousse de survie ainsi que mes sacoches et un tapis de sol. Je n'avais pas beaucoup de compassion pour cet individu, mais mon instinct de médecin me tiraillait. En outre, comme je le dis à Jamie tandis que nous nous arrêtions pour monter le camp pour la nuit, sa mort des suites d'une infection n'arrangerait guère nos affaires.

Je m'armai donc de courage pour lui proposer d'examiner et de nettoyer sa plaie dès que l'occasion se présenterait. Bien que nous n'ayons pas été présentés formellement, j'avais entendu les autres l'appeler Ezra. Pendant le dîner, il fut chargé de distribuer les bols de nourriture ; j'attendis donc sous le pin où Jamie et moi nous étions réfugiés qu'il m'apporte le mien, pensant l'aborder gentiment.

Il s'approcha, un bol dans chaque main, les épaules voûtées sous son manteau en cuir. Toutefois, avant que j'aie pu parler, il cracha dans un des bols avant de me le tendre, puis il lâcha l'autre aux pieds de Jamie, l'éclaboussant de ragoût.

– Oups ! dit-il avant de tourner les talons.

Jamie se tendit comme un serpent s'apprêtant à bondir. Je le retins par le bras.

– Laisse tomber. De toute façon, il est déjà en train de pourrir.

Ezra se retourna, l'air surpris.

– Il est en train de pourrir, répétai-je en soutenant son regard.

J'avais vu sa mine fiévreuse quand il s'était approché et avait senti l'odeur vaguement douceâtre du pus. Pris de court, Ezra se hâta de retourner près du feu, puis évita de regarder de nouveau dans ma direction.

Je tenais encore le bol qu'il m'avait donné. Soudain, Tom Christie me le prit des mains, jeta son contenu dans un buisson, me tendit le sien, puis repartit sans un mot.

– Mais…

Avec les « quelques provisions » de Mme Bug qui remplissaient toute une sacoche, nous ne risquions pas de mourir de faim. Je voulus le lui rendre, mais Jamie m'arrêta, chuchotant :

– Mange, *Sassenach*. Il l'a fait par bonté.

C'était plus que de la bonté. Je sentais les regards hostiles des hommes près du feu. Malgré ma gorge nouée et mon manque d'appétit, je sortis ma cuillère de ma poche et mangeai.

Tom Christie s'était enroulé dans une couverture sous un sapin-ciguë voisin, seul, son chapeau sur le visage.

* * *

Il plut pendant tout le voyage jusqu'à Salisbury. Là, nous trouvâmes refuge dans une auberge. Jamais un feu de cheminée ne m'avait paru aussi accueillant. Jamie ayant apporté le peu d'argent liquide que nous avions, nous pûmes nous offrir une chambre. Brown posta une sentinelle dans l'escalier, mais c'était surtout pour épater la galerie, car, après tout, où pouvions-nous aller?

Je me tins devant le feu en chemise, ma cape et ma robe trempées étendues sur un banc.

— Tu sais, observai-je, Richard Brown n'avait pas prévu ce cas de figure. Rien d'étonnant, puisqu'il n'a jamais eu l'intention de nous conduire devant un tribunal. À qui va-t-il nous livrer, à présent?

— Au shérif du comté, sans doute. Sinon, à un juge de paix.

— Et après? Il n'a pas de preuves, pas de témoins... comment peut-il y avoir un procès?

Jamie me regarda, intrigué.

— Tu n'as jamais été jugée, *Sassenach*?

— Tu sais bien que non.

— Moi si. Pour trahison.

— Et que s'est-il passé?

Il dénoua ses cheveux et les secoua, projetant des gouttelettes dans les flammes.

— Ils m'ont demandé de me lever et de dire mon nom. Le juge a ensuite échangé des messes basses avec son collègue puis a déclaré : «Condamné. Prison à perpétuité. Mettez-lui les fers.» On m'a conduit dans la cour où un forgeron m'a posé des fers. Le lendemain, on a pris la route d'Ardsmuir à pied.

— Ils t'ont fait marcher jusque là-bas? Depuis Inverness?

— Je n'étais pas pressé d'arriver.

— Je vois. Mais... quand même. Dans le cas d'un m-m-meurtre (je ne pouvais même pas prononcer ce mot sans bégayer), n'y aura-t-il pas un jury?

521

– Peut-être. En tout cas, j'en réclamerai un, si on en arrive là. En ce moment même, Brown est en train de raconter notre histoire à tout le monde, nous faisant passer pour des monstres de perversion. Ce qui n'est pas difficile, vu les circonstances.

Je me mordis la lèvre. Il savait que je n'avais pas eu d'autre choix que de tenter de sauver l'enfant de Malva, et je savais qu'il n'avait rien à voir avec sa grossesse, pourtant, je ne pouvais m'empêcher de nous sentir coupables tous les deux de nous être mis dans ce terrible pétrin.

Il avait raison au sujet de Brown. J'entendais sa voix, dans la salle au rez-de-chaussée. Elle résonnait dans le conduit de cheminée et, à en juger par les quelques mots que je captais, il était en train de faire valoir que lui et son comité de sécurité avaient entrepris la tâche ô combien pénible, mais néanmoins nécessaire d'appréhender deux infâmes criminels afin de les livrer à la justice. En s'assurant que sa version se propagerait dans tous ses détails scandaleux, il influençait déjà les membres du jury potentiels.

Écœurée, je demandai à Jamie :

– On peut faire quelque chose ?

Il acquiesça, sortant une chemise propre d'une sacoche.

– On peut descendre dîner en ayant l'air le moins possible de deux assassins dépravés, *a nighean.*

Le cœur lourd, je sortis le bonnet garni de rubans que j'avais emporté.

* * *

Je n'aurais pas dû être surprise. J'avais vécu assez longtemps pour avoir une vision assez cynique de la nature humaine… et suffisamment dans cette époque pour savoir à quel point l'opinion publique s'exprimait directement. Néanmoins, quand la première pierre m'atteignit à la cuisse, l'indignation me suffoqua.

Nous nous trouvions au sud d'Hillsboro. Le temps était toujours pluvieux, la route boueuse et le voyage pénible.

Richard Brown aurait sans doute été ravi de nous livrer au shérif du comté de Rowan, s'il y en avait eu un. On l'informa que la charge était vacante depuis un certain temps, le dernier en titre ayant décampé, une nuit, et personne ne s'étant porté volontaire pour le remplacer.

Ce devait être une affaire politique, le shérif précédent ayant penché pour l'indépendance, alors que la majorité des habitants du comté étaient encore de fervents loyalistes. Je ne connaissais pas les détails de l'incident qui avait provoqué son départ précipité, mais dans les tavernes et auberges des environs, on ne parlait plus que de cela.

Le tribunal itinérant avait été dissous quelques mois plus tôt, les juges qui y participaient estimant qu'il était trop dangereux de siéger en public dans une ambiance aussi explosive. Le seul juge de paix que Brown parvint à dénicher était de cet avis et refusa d'emblée de nous prendre en charge. Il déclara qu'il ne voyait pas l'intérêt de risquer sa vie en s'impliquant dans quoi que ce soit susceptible de soulever une controverse.

– Mais il ne s'agit pas de politique ! s'indigna Brown. Il s'agit d'un meurtre pur et simple !

Le juge, un certain Harvey Mickelgrass, lui répondit d'une voix triste :

– Tout est politique, de nos jours, monsieur. Je ne m'aventurerais même pas à traiter un cas d'ivrognerie ou de trouble sur la voie publique, par crainte de voir ma maison incendiée et mon épouse devenir veuve. Le shérif a tenté de vendre sa charge, mais il ne s'est trouvé personne pour la racheter. Désolé, monsieur, mais vous devrez vous adresser ailleurs.

Brown ne voulait surtout pas nous conduire à Cross Creek ou à Campbelton, où Jocasta Cameron exerçait une forte influence et où le juge de paix était Farquard Campbell, un bon ami. Nous prîmes donc la direction du sud, vers Wilmington.

Les hommes de Brown étaient démobilisés. Ils étaient venus pour un simple lynchage et l'incendie de la maison, avec, éventuellement, un peu de pillage en prime, mais pas pour cette longue errance fastidieuse de lieu en lieu. Leur moral sombra encore d'un cran quand Ezra, qui s'était accroché au pommeau de sa selle avec une ténacité fiévreuse, tomba brusquement de son cheval et fut trouvé mort. Je ne demandai pas à examiner le corps, on ne me l'aurait pas permis de toute manière, mais, à son air hagard, je supposai qu'il avait simplement perdu connaissance et s'était brisé la nuque en tombant.

Après cela, bon nombre d'entre eux me jetaient des coups d'œil apeurés, et leur enthousiasme baissa considérablement. Richard Brown, lui, ne se laissa pas décourager. Il nous aurait abattus depuis longtemps, sans la présence de Tom Christie, toujours aussi silencieux et gris que la brume matinale. Il n'ouvrait la bouche que pour dire le strict nécessaire. Il semblait fonctionner sur pilote automatique, perdu dans un brouillard de douleur insensibilisant. Pourtant, un soir que nous campions au bord de la route, il me dévisagea fixement avec une angoisse si nue que je détournai précipitamment les yeux, pour découvrir Jamie, assis à mes côtés, qui l'observait, songeur.

Néanmoins, la plupart du temps, il était impassible, son visage à peine visible sous le bord de son chapeau en cuir mou. Richard Brown profitait de toutes les occasions pour répandre sa version du meurtre de Malva, peut-être autant pour tourmenter Christie que pour salir nos réputations.

Quoi qu'il en soit, je n'aurais pas dû être surprise quand on nous jeta des pierres, dans un petit hameau anonyme au sud d'Hillsboro. Un jeune garçon nous aperçut sur la route, nous regarda passer, puis fila comme un renard répandre la nouvelle. Une dizaine de minutes plus tard, juste derrière un virage, on nous accueillit avec une pluie de pierres et de cris.

L'une d'elles atteignit ma jument qui rua, mais je parvins à rester en selle de justesse. La seconde me frappa à la cuisse, la troisième en pleine poitrine, me coupant le souffle. Quand la quatrième percuta ma tête, je perdis mes rênes, et le cheval, paniqué, se mit à tourner sur lui-même, m'envoyant valser. J'atterris lourdement sur les fesses.

J'aurais dû être terrifiée, mais j'étais simplement hors de moi. La pierre avait rebondi sur mon crâne grâce à l'épaisseur de mes cheveux et de mon bonnet, ne provoquant qu'une brève douleur cuisante mais excédante. Je me relevai aussitôt, chancelante, et aperçus un gamin hilare au sommet du fossé, dansant de triomphe. Je bondis, lui attrapai la cheville et tirai.

Il poussa un cri et glissa, atterrissant sur moi. Nous nous effondrâmes et roulâmes sur la route dans un enchevêtrement de jupons et de cape. J'étais plus vieille, plus lourde et totalement enragée. Toute la peur, la misère et l'incertitude de ces dernières semaines explosèrent d'un coup, et je tapai sur son visage ricanant de toutes mes forces, deux fois. Quelque chose craqua dans ma main, et une douleur vive me parcourut tout le bras.

Il hurla et tenta de s'échapper. Il était plus petit que moi, mais sa panique lui donna de la force. Je le rattrapai par les cheveux, il tenta de me frapper, fit tomber mon bonnet, saisit une de mes mèches et tira violemment.

La douleur attisa ma fureur, et je lui envoyai un coup de genou, puis un autre, cherchant ses parties. Sa bouche s'ouvrit en un «O» silencieux, et il lâcha ma chevelure. J'en profitai pour le gifler à toute volée.

Une grosse pierre percuta mon épaule, et l'impact me projeta sur le côté. J'essayai de nouveau de le frapper, mais ne pus lever mon bras. Haletant et sanglotant, il parvint à s'extirper de ma cape à quatre pattes, le nez en sang. En me retournant sur les genoux pour le suivre du regard, je fis face à un jeune homme, l'air concentré et les yeux brillant d'excitation, une pierre prête dans sa main.

Elle m'atteignit à la pommette, et j'oscillai, la vue brouillée. Puis une masse imposante me tomba dessus par derrière, et je me retrouvai étalée à plat ventre, écrasée par un corps. C'était celui de Jamie. Je le reconnus à son «Sainte Marie mère de Dieu!» Il tressaillit à chaque impact de pierre; j'entendais l'horrible bruit sourd quand elle s'enfonçait dans sa chair.

Autour de nous, tout le monde criait. Je reconnus la voix rauque de Tom Christie. Puis un coup de feu retentit, et les clameurs changèrent de nature. Il y eut encore deux ou trois impacts de pierre dans la terre tout près de nous, puis Jamie gémit quand une dernière l'atteignit.

Nous restâmes allongés immobiles un instant, jusqu'à ce que je prenne conscience de la plante épineuse écrasée sous ma joue, l'odeur âpre et amère de ses feuilles montant dans mes narines.

Jamie s'assit, et je me hissai sur un coude, qui faillit lâcher. Ma joue était enflée, ma main et mon épaule m'élançaient. Je demandai à Jamie :

– Ça va ?

Il voulut se lever, puis retomba. Il était pâle et un filet de sang coulait sur sa joue. J'apercevais une entaille dans son cuir chevelu. Il hocha la tête, se tenant le flanc.

– Oui, et toi, *Sassenach* ?

À son ton essoufflé, je devinais qu'il avait des côtes fêlées.

– Ça va.

Je parvins à me relever, les jambes tremblantes. Les hommes de Brown s'étaient éparpillés, certains tentant de rattraper les chevaux qui s'étaient enfuis, d'autres ramassant nos affaires éparses sur la route. Tom Christie vomissait dans des buissons, dans le fossé. Richard Brown se tenait sous un arbre, observant la scène, le visage blême. Il me regarda, en colère, puis détourna les yeux.

Après cet incident, il ne fut plus question de s'arrêter dans des tavernes en chemin.

89

L'appel de la forêt

– Si tu veux frapper quelqu'un, *Sassenach,* vise les parties molles. Le visage est trop osseux, et puis c'est plein de dents.

Jamie écarta les doigts écorchés et enflés de Claire, la faisant grimacer de douleur.

– Merci pour le conseil. Et toi, tu t'es cassé la main combien de fois en cognant sur les gens ?

Il se retint de rire, la revoyant en train de marteler le morveux, telle une furie, les cheveux au vent, le regard assassin. Il tenait à conserver cette image.

Il replia ses doigts, tenant les poings fermés de sa femme entre ses mains.

– Tu n'as rien de cassé, *a nighean.*

– Comment le sais-tu ? C'est moi, le médecin.

– Si tu avais les os des mains brisés, tu serais toute pâle et tu vomirais, tu ne serais pas rouge et grincheuse.

– Grincheuse, mon cul !

Elle libéra sa main et la pressa contre son sein, le regardant d'un air mauvais. En fait, elle n'était pas vraiment rouge, mais rose et plus attirante que jamais, ses boucles folles s'enroulant autour de son visage. Un des hommes de Brown avait ramassé son bonnet après l'attaque et le lui avait tendu timidement. Elle le lui avait arraché des mains et l'avait fourré violemment dans une sacoche.

– Tu as faim, *Sassenach* ?

– Oui, admit-elle à contrecœur.

Elle était aussi consciente que lui qu'une personne qui venait de se briser un os avait rarement de l'appétit.

Il fouilla dans une autre sacoche, bénissant Mme Bug lorsqu'il extirpa une poignée d'abricots secs et une grosse tranche de fromage de chèvre soigneusement emballée. Les hommes de Brown étaient en train de préparer un repas sur leur feu, mais, depuis l'épisode des bols d'Ezra, ni Claire ni lui n'avaient plus rien accepté d'eux.

Tout en coupant un morceau de fromage et en le tendant à sa femme, il se demanda combien de temps encore cette farce allait durer. En étant vigilants, ils avaient encore de la nourriture pour une semaine. Assez, peut-être, pour atteindre la côte si le temps continuait d'être clément. Et après ?

Apparemment, depuis le début, Brown n'avait pas de plan et tentait de faire face à une situation qui lui avait échappé dès le premier instant. Il était ambitieux, cupide et foncièrement rancunier, mais incapable de voir plus loin que le bout de son nez.

À présent, il se retrouvait embringué avec ses deux prisonniers, condamné à aller de l'avant, cette responsabilité imprévue l'entravant comme une paire de vieilles casseroles accrochées derrière lui. Incapable de s'en débarrasser, il tournait en rond comme un chien enragé, se mordant la queue.

La moitié de ses hommes avaient été blessés par les jets de pierre, et sa bande était de plus en plus difficile à tenir. Ils avaient des terres à cultiver et rechignaient à poursuivre ce qui leur apparaissait de plus en plus comme une quête absurde.

Jamie aurait aisément pu s'échapper. Mais ensuite ? Il ne pouvait laisser Claire avec Brown et, même s'il parvenait à l'emmener avec lui, il leur était impossible de rentrer à Fraser's Ridge. Ce serait se jeter de nouveau dans la gueule du loup.

Il poussa un soupir et grimaça. Il ne pensait pas avoir de côtes cassées, mais elles lui faisaient un mal de chien.

– Tu n'aurais pas un peu d'onguent ?

– Si, bien sûr.

Elle avala sa bouchée de fromage et saisit le sac contenant ses affaires de médecine.

– Je vais aussi enduire cette entaille sur ton crâne.

Il se laissa soigner, puis il insista pour lui en oindre la main. Elle protesta, déclarant qu'elle n'en avait pas besoin et qu'il fallait économiser l'onguent pour d'autres urgences, mais elle finit par lui confier sa main et se fit masser les articulations avec la crème au doux parfum.

Elle détestait se sentir impuissante, mais son armure de fureur vertueuse se fendait peu à peu et, bien qu'elle conservât une façade de marbre pour Brown et les autres, Jamie savait qu'elle avait peur. À juste titre.

Énervé, incapable de tenir en place, Brown allait et venait, parlait pour ne rien dire à un homme, puis à un autre, vérifiait pour la énième fois les entraves des chevaux, se versait une tasse de chicorée qu'il laissait refroidir, oubliant de la boire, puis la vidait dans les ronces. Et pendant tout ce temps, il ne pouvait s'empêcher de leur jeter des regards en coin.

Impétueux et dégénéré, mais pas tout à fait idiot pour autant, il avait compris que sa stratégie de répandre les commérages et le scandale pour mettre en danger la vie de ses prisonniers pouvait entraîner de sérieux effets secondaires... pour lui.

Leur dîner frugal terminé, Jamie s'allongea... très méticuleusement. Claire se lova contre lui. Se battre était aussi épuisant que vivre dans la peur, et elle s'endormit en quelques minutes. Bien que sentant l'appel du sommeil, Jamie ne parvenait pas à s'y abandonner. Il s'occupa l'esprit en récitant mentalement certains des poèmes que Brianna lui avait appris. Il aimait bien celui de l'orfèvre de Boston qui chevauchait toute la nuit pour donner l'alerte à Lexington.

Autour d'eux, les hommes se préparaient pour la nuit. Brown était toujours aussi fébrile, tantôt assis fixant le sol d'un air morose, tantôt faisant les cent pas. En revanche, Tom Christie, lui, remuait à peine. Il était installé sur un rocher, ayant à peine touché à son dîner.

Puis Jamie perçut un petit mouvement aux pieds de Christie. Prudente, une souris s'approchait de l'assiette encore pleine posée sur le sol.

Quelques jours plus tôt, avec cette manière vague dont on reconnaît un fait déjà dans notre inconscient depuis un certain temps, Jamie avait compris que Tom Christie était amoureux de sa femme.

Le pauvre. Christie ne pouvait s'imaginer que Claire était liée au meurtre de sa fille, autrement il ne serait pas venu. Mais pensait-il que lui, Jamie… ?

À l'abri dans l'obscurité, il observait la lueur du feu sur les traits hagards de l'homme prostré, ses yeux mi-clos ne trahissant pas la moindre pensée. On pouvait lire sur le visage de certains individus comme dans un livre ouvert, mais pas dans le cas de Christie. D'un autre côté, Jamie n'avait jamais vu quelqu'un aussi hanté.

Était-ce uniquement la tragédie de sa fille ou aussi le besoin désespéré d'une femme ? Il avait déjà connu cette envie qui rongeait l'âme… À moins que Christie ne pense vraiment que Claire avait tué Malva ou était impliquée d'une manière ou d'une autre dans sa mort ? Le dilemme suprême d'un homme d'honneur…

Le besoin d'une femme… cette pensée le ramena au présent et aux bruits qu'il percevait depuis plusieurs minutes dans les bois. Depuis deux jours, il s'était rendu compte qu'on les suivait, mais, la veille, ils avaient dormi au beau milieu d'un pré, sans aucun abri derrière lequel se dissimuler.

Lentement, mais sans chercher à se cacher, il se leva, recouvrit Claire de sa cape et s'enfonça entre les arbres comme s'il allait se soulager.

La lune était pâle, et il ne voyait pas grand-chose, dans le sous-bois. Il plissa les yeux pour s'accoutumer à l'obscurité, ne distinguant que les ombres plates des troncs. Puis, une silhouette se détacha de la masse informe d'un sapin.

– Saint Michel, protégez-nous, murmura-t-il.

– Que toute l'armée bénie des archanges soit avec toi, mon oncle, répondit Ian.

– Ma foi, si les anges pouvaient nous donner un coup de main, je ne dirais pas non.

De voir son neveu lui remonta instantanément le moral. Il le vit jeter un coup d'œil inquiet vers le feu de camp et, sans échanger un mot, ils s'enfoncèrent un peu plus loin dans la forêt.

– Je ne peux pas m'absenter trop longtemps, ils risquent de venir me chercher. Tout d'abord, tout va bien à Fraser's Ridge ?

– Les gens parlent.

Par cette formule laconique, il fallait entendre que les échanges allaient des commérages de bonnes femmes aux types d'insultes auxquelles on ne pouvait répondre que par la violence. Il ajouta :

– Mais personne n'a encore été tué. Que dois-je faire, mon oncle ?

– Notre problème, c'est Richard Brown. Il réfléchit, et Dieu sait où ça risque de nous mener.

– Il pense trop ; ce genre d'homme est dangereux.

Ian rit de sa propre plaisanterie. Jamie, qui n'avait encore jamais vu son neveu lire un livre de son plein gré, le regarda surpris, mais ne releva pas cette incongruité, ayant d'autres affaires urgentes à traiter.

– Sur notre chemin, il raconte des horreurs dans toutes les tavernes, espérant soulever l'indignation des gens et convaincre un malheureux officier de le débarrasser de nous. Ou, mieux encore, souhaitant qu'une foule scandalisée se jette sur nous et nous pende sur place, résolvant ainsi son problème.

– Si c'est son plan, il marche. Tu n'imagines pas ce que j'ai entendu après votre passage !

– Je sais.

Jamie s'étira, soulageant ses côtes endolories. Ils ne devaient d'avoir la vie sauve qu'à la grâce de Dieu et à la colère de Claire, qui avait interrompu leur lapidation, leurs bourreaux s'étant arrêtés de jeter des pierres, fascinés par le spectacle de la furie sérançant son assaillant comme un écheveau de lin.

– Il a compris que, pour nous éliminer, il vaut mieux pour lui ne pas paraître directement impliqué. Je ne serais pas étonné qu'il s'éclipse pour aller chercher un intermédiaire ou qu'il envoie un de ses hommes. Dans ce cas...

– Je le suivrai, comprit Ian, et ferai le nécessaire.

Ils se tenaient dans l'obscurité, la faible lueur de la lune formant une brume pâle entre les arbres. Ian fit mine de partir, puis hésita :

– Mon oncle, tu es sûr qu'il ne vaudrait pas mieux attendre un peu puis déguerpir ? Il n'y a pas de fougère dans le coin, mais on peut se cacher dans les collines, non loin. On pourrait être à l'abri avant l'aube.

La tentation était grande. Il sentit l'appel de la forêt et, par-dessus tout, l'attrait de la liberté. Si seulement il pouvait juste s'éloigner dans l'immensité sauvage et y rester.

– C'est impossible, Ian, répondit-il d'une voix chargée de regrets. Nous serions des fugitifs..., et nos têtes seraient mises à prix. Tout l'arrière-pays est déjà contre nous. Il y aura des affiches, des tracts. La populace fera le travail de Brown à sa place. En outre, s'enfuir serait comme reconnaître notre culpabilité.

Ian hocha la tête avec un soupir. Il prit Jamie dans ses bras, l'étreignit de toutes ses forces, puis s'évanouit dans le noir.

Jamie expira avec précaution, l'étreinte de son neveu ayant écrasé ses côtes meurtries.

– Que Dieu t'accompagne, murmura-t-il dans les ténèbres.

Quand il se recoucha auprès de sa femme, le camp était silencieux. Les hommes dormaient à poings fermés, enroulés dans leurs couvertures. Seules deux silhouettes se détachaient encore dans la lueur du feu mourant : Tom Christie et Richard Brown, chacun sur son rocher, seul avec ses pensées.

Devait-il réveiller Claire et le lui dire ? Il hésita, sentant ses cheveux chauds et doux contre sa joue, puis décida de se taire. La présence de Ian la soulagerait sûrement, mais il n'osait risquer d'éveiller les soupçons de Brown. S'il percevait un

changement dans le comportement ou l'expression de Claire…
Non, il ne valait mieux pas. Du moins, pas encore.

Il observa de nouveau les pieds de Christie, ayant remarqué
des petits mouvements vifs. La souris avait rameuté ses
camarades pour partager son festin.

90

Quarante-six haricots en banque

À l'aube, Richard Brown avait disparu. Ses hommes paraissaient sombres mais résignés. Désormais, ils étaient sous les ordres d'un petit trapu taciturne nommé Oakes. Nous reprîmes notre route vers le sud.

Quelque chose avait changé pendant la nuit. Jamie semblait moins tendu. Même sans en connaître la raison, raide, moulue et découragée comme je l'étais, cela me réconforta. Y avait-il un rapport avec le départ de Richard Brown?

Jamie ne me dit rien, se contentant de me demander comment allait ma main. Elle était douloureuse et si raide qu'il me fallut un certain temps avant de parvenir à fléchir les doigts. Il continuait à surveiller nos compagnons du coin de l'œil, mais ceux-ci étaient aussi moins nerveux. Je commençai à moins craindre qu'ils ne perdent patience et décident soudain de nous pendre, en dépit de la présence de Tom Christie.

Comme inspiré par l'atmosphère plus détendue, le ciel s'éclaircit enfin, ce qui donna encore un peu plus de courage à chacun. Dire que cela favorisa un rapprochement aurait été exagéré, mais, sans la hargne constante de Richard Brown, les autres hommes se montrèrent même parfois courtois. Comme toujours, la monotonie et les épreuves du voyage épuisaient tout le monde, si bien que nous roulions sur les routes accidentées comme un paquet de billes, nous heurtant à l'occasion, poussiéreux, silencieux et unis dans la fatigue à la fin du jour.

Cette trêve prit fin abruptement à Brunswick. Depuis un jour ou deux, Oakes attendait de toute évidence quelque chose et, quand nous atteignîmes les premières maisons, je le vis pousser de grands soupirs de soulagement.

Je ne fus donc pas si surprise quand, nous arrêtant pour nous rafraîchir dans une taverne à la lisière du village à moitié abandonné, j'aperçus Richard Brown. En revanche, je le fus quand, sur un léger signe de tête de sa part, Oakes et deux autres hommes s'emparèrent soudain de Jamie, renversant le bol d'eau qu'il tenait, et le plaquèrent contre le mur.

Je lâchai mon propre bol et me précipitai vers eux, mais Brown me rattrapa par le bras et me traîna vers les chevaux.

– Lâchez-moi! Qu'est-ce que vous faites? Lâchez-moi, enfin!

Je lui donnai des coups de pieds et tentai de le griffer au visage, mais il me saisit les deux poignets et appela un de ses compagnons à la rescousse. À eux deux, ils me jetèrent – hurlant comme une folle – sur un cheval devant un autre de ses complices. J'entendais des cris dans la direction de Jamie et un tohu-bohu général. Quelques personnes étaient sorties de la taverne pour voir ce qui arrivait, mais aucune n'aurait osé s'interposer, surtout face à une bande d'hommes armés.

Tom Christie protestait à grands cris. Je l'entraperçus qui tambourinait sur le dos d'un homme, mais en vain. L'homme sur la selle glissa un bras autour de ma taille et me serra si fort que j'en perdis le peu de souffle qu'il me restait.

Puis nous partîmes au galop, Brunswick – et Jamie – disparaissant dans le nuage de poussière.

Mes protestations furieuses, mes cris et mes questions ne m'attirèrent que l'ordre de me taire, accompagné bien sûr d'une autre pression du bras contre mon ventre.

Tremblante de rage et de peur, je tentai de me calmer, puis j'aperçus Tom Christie qui chevauchait avec nous, l'air ébranlé et troublé.

– Tom! hurlai-je. Tom, retournez là-bas! Ne les laissez pas le tuer, je vous en supplie!

Il me regarda, surpris, se hissa sur ses étriers, se retourna vers Brunswick, puis vers Brown, en lui criant quelque chose.

Brown fit non de la tête, éperonna sa monture pour l'amener à la hauteur de Christie, se pencha sur l'encolure et lui cria ce qui devait être une explication. Christie n'approuvait visiblement pas la situation, mais, après quelques échanges virulents, il se tassa sur sa selle, renfrogné, et laissa Brown passer devant. Il tira sur les rênes et se rapprocha de moi. Haussant la voix pour se faire entendre par-dessus le raffut des sabots et des harnais, il me lança :

– Ils ne le tueront pas et ne lui feront aucun mal. Brown m'a donné sa parole d'honneur.

– Quoi? Et vous le croyez?

Déconcerté, il jeta un œil vers Brown qui nous avait devancés, puis, indécis, se tourna vers Brunswick, la mine indécise. Enfin, il pinça les lèvres et répondit :

– Tout ira bien.

Néanmoins, il refusait de croiser mon regard et, malgré mes supplications, il ralentit le pas, chevauchant à l'arrière, si bien que je ne pouvais plus le voir.

Ma gorge était à vif à force de hurler, et mon ventre n'était plus qu'un nœud de terreur. Une fois loin de Brunswick, nos chevaux ralentirent, et je pus me concentrer sur le seul fait de retrouver une respiration normale. Je ne voulais plus parler avant d'être sûre que ma voix ne tremblerait pas.

– Où m'emmenez-vous? questionnai-je enfin.

Je me tenais raide en selle, supportant mal cette intimité forcée avec l'homme derrière moi.

– À New Bern, répondit-il avec une note de satisfaction sinistre. Après quoi, on sera enfin débarrassés de vous.

* * *

Le voyage jusqu'à New Bern se déroula dans un flou d'angoisse, d'agitation et d'inconfort physique. Je me demandais ce qu'ils me réservaient, mais ma peur pour Jamie noyait mes hypothèses.

Tom Christie était mon seul espoir d'en apprendre un peu plus, mais il m'évitait, gardant ses distances... ce que je trouvais encore plus alarmant. Il était visiblement perturbé, plus encore qu'il ne l'avait été depuis la mort de Malva. Toutefois, il avait perdu son masque de douleur sourde et paraissait très énervé. J'étais terrifiée à l'idée qu'il sache ou soupçonne la mort de Jamie, mais refuse de l'admettre, à lui-même autant qu'à moi.

Tous les hommes partageaient la hâte de mon ravisseur de se débarrasser de moi. Nous ne nous arrêtions que brièvement et par absolue nécessité parce que les chevaux devaient souffler. On me donnait de la nourriture, mais j'étais incapable de manger. Le temps que nous arrivions à New Bern, j'étais complètement vidée, tant par l'épuisement physique que par la tension constante de l'appréhension.

La plupart des hommes restèrent dans une taverne à la lisière de la ville. Brown et un de ses acolytes me conduisirent à travers les rues, suivis par un Tom Christie silencieux, nous arrêtant enfin devant une grande maison en briques blanchies à la chaux. Brown m'informa avec une jubilation manifeste qu'il s'agissait de la demeure du shérif Tolliver, ainsi que la prison municipale.

Le shérif, un brun basané plutôt bel homme, m'examina avec intérêt, curiosité qui se mêla à un dégoût croissant à mesure qu'on lui parlait du crime dont j'étais accusée. Je ne tentai ni de nier ni de me défendre. La pièce tanguait autour de moi, et j'avais besoin de toute ma concentration pour rester debout.

J'entendis à peine l'échange entre Brown et le shérif. Juste avant qu'on me conduise à l'intérieur de la maison, Tom Christie apparut soudain à mes côtés.

– Madame Fraser, chuchota-t-il. Croyez-moi, il va bien. Je n'aurai pas sa mort sur la conscience... ni la vôtre.

Il me regardait droit dans les yeux pour la première fois depuis... des jours ? Des semaines ? ... L'intensité de ses yeux gris était à la fois déconcertante et étrangement réconfortante.

– Ayez foi en Dieu, chuchota-t-il encore. Il conduira les justes hors de tous les dangers.

Il me prit la main et la serra fort, puis disparut.

* * *

Pour une geôle du XVIIIe siècle, j'aurais pu tomber sur pire. Le quartier des femmes consistait en une petite pièce à l'arrière de la maison du shérif, qui avait sans doute été autrefois un débarras. Les murs étaient grossièrement enduits de plâtre. Une occupante précédente éprise de liberté en avait gratté une bonne partie, avant de découvrir une couche de lattes en bois, puis une épaisseur impénétrable de briques. Je fis donc face à l'inviolabilité de ma cellule sitôt la porte ouverte.

Il n'y avait pas de fenêtre, mais une lampe à huile brûlait sur une étagère près de la porte. Elle projetait un faible halo de lumière qui éclairait le morceau décourageant de briques mises à nu, mais qui plongeait les coins de la pièce dans un noir profond. Un pot de chambre devait prendre place quelque part ; je ne le voyais pas, mais son odeur âcre et épaisse me prit à la gorge dès le seuil et je me mis machinalement à respirer par la bouche avant même que le shérif me pousse à l'intérieur.

La porte se referma lourdement derrière moi, et une clef tourna dans la serrure.

Je distinguai un sommier dans la pénombre, sur lequel était couchée une énorme masse sous une couverture miteuse. Le monticule de tissu bougea et se redressa, prenant la forme d'une petite femme rondelette, tête nue et le visage froissé de sommeil. Elle cligna des yeux, puis se les frotta avec les poings comme un enfant.

– Désolée de vous avoir réveillée.

Mon cœur battait moins vite, même si j'avais encore du mal à respirer. Je m'adossai à la porte, les mains à plat sur elle pour les empêcher de trembler.

538

– Pas grave.

Elle bâilla en ouvrant une bouche d'hippopotame, me montrant des molaires usées mais encore utilisables. Elle se racla la gorge, s'humecta la bouche en faisant claquer ses lèvres, puis palpa le lit et trouva une paire de vieilles lunettes qu'elle chaussa.

Ses yeux bleus, qui me parurent énormes derrière les verres grossissants, me dévisageaient avec une grande curiosité.

– Comment vous vous appelez ?

– Claire Fraser.

Je me tins sur mes gardes, au cas où elle aurait déjà entendu parler de mes supposés crimes. Le bleu, sur mon sein, là où une des pierres m'avait frappée, était encore visible, jaunissant au-dessus du décolleté de ma robe.

– Ah ?

Elle plissa les yeux, essayant de me reconnaître, mais en vain.

– Vous avez de l'argent ?

– Un peu.

Jamie m'avait obligée à prendre presque toute notre fortune... qui ne s'élevait pas à grand-chose, mais un modeste tas de pièces lestait chacune des poches attachées à ma taille, et j'avais glissé quelques billets sous mon corset.

Beaucoup plus petite que moi et toute ronde, avec de gros seins lourds et plusieurs bourrelets ondulant autour de sa taille, la femme était en chemise, sa robe et son corset étant suspendus à un clou dans le mur. Elle me parut inoffensive, et je me détendis un peu. Au moins pour l'instant, j'étais à l'abri, soustraite à la violence aveugle de la populace.

Elle sauta du lit, ses pieds nus faisant bruisser la couche de paille moisie qui tapissait le sol.

– Dans ce cas, appelez donc la vieille rousse qu'elle nous apporte du Holland.

– La... qui ?

Plutôt que de me répondre, elle tambourina contre la porte en hurlant :

– Madame Tolliver ! Hé, madame Tolliver !

La porte s'ouvrit presque aussitôt, révélant une grande femme maigre qui ressemblait à une cigogne contrariée.

– Vraiment, madame Ferguson, vous n'avez donc aucune tenue ! Heureusement, je venais justement me présenter à madame Fraser.

Elle tourna le dos à Mme Ferguson avec une impérieuse dignité et esquissa un léger signe de tête à mon endroit.

– Madame Fraser. Je suis madame Tolliver.

J'eus à peine une fraction de seconde pour décider comment réagir et optai pour la solution la plus prudente, quoiqu'irritante, à savoir la soumission gracieuse. Je lui fis la révérence comme si je me tenais devant l'épouse du gouverneur. Évitant avec soin de croiser son regard, je murmurai :

– Madame Tolliver. Comme c'est aimable de votre part.

Elle tiqua, me surveillant tel un échassier suivant les efforts vigoureux d'un ver de terre dans l'herbe, puis, ne décelant aucun sarcasme, répondit avec une courtoisie glaciale.

– Mais je vous en prie. Je suis ici pour m'occuper de votre bien-être et vous informer de nos coutumes. Vous recevrez un repas par jour, à moins que vous ne préfériez faire venir vos plats de la taverne, à vos frais. Je vous apporterai une bassine d'eau tous les matins pour votre toilette. Vous irez vous-même vider vos eaux sales. Et je…

– Oh, la barbe, avec vos coutumes, Maisie, l'interrompit Mme Ferguson. Elle a de l'argent. Soyez chic, allez nous chercher une bouteille de genièvre, après quoi, si vous y tenez, vous pourrez lui raconter ce que vous voudrez.

Elle lui parlait avec la familiarité réservée à une longue fréquentation. Le visage étroit de madame Tolliver se plissa de réprobation. J'hésitai, puis glissai la main dans une de mes poches. Elle se mordit la lèvre inférieure, puis, après avoir jeté un bref coup d'œil en arrière, elle avança d'un pas et tendit la main, en chuchotant :

– Bon d'accord, alors un shilling.

Je déposai la pièce dans sa paume, qui disparut aussitôt sous son tablier. Puis elle recula et reprit son ton sévère :

– Vous avez raté l'heure du dîner. Toutefois, comme vous êtes nouvelle, je ferai une exception et vous apporterai un petit quelque chose.

– C'est très aimable de votre part.

La porte se referma derrière elle. Le son de la clef tournant dans la serrure déclencha en moi un élan de panique que je refoulai aussitôt. Je me sentais comme une peau sèche bourrée d'amadou fait de peur, d'incertitude et de douleur. À la moindre étincelle, je pouvais m'embraser et être réduite en cendres, or ni moi ni Jamie ne pouvions nous le permettre.

Affectant un air détaché, je me tournai vers ma nouvelle compagne de cellule et lui demandai :

– Elle boit ?

Mme Ferguson se gratta les côtes.

– Vous connaissez quelqu'un qui ne boit pas, quand on lui en donne l'occasion ? Fraser... vous ne seriez pas...

– Si, dis-je sèchement. Je ne veux pas en parler.

Elle parut surprise, puis hocha la tête.

– Comme vous voudrez. Vous êtes bonne aux cartes ?

– Au *loo* ou au whist ? demandai-je prudemment.

– Vous savez jouer au *brag* ?

– Non.

Jamie et Brianna y jouaient parfois, mais je n'en connaissais pas les règles.

– Pas grave, je vais vous apprendre.

Elle extirpa de sous le matelas un vieux jeu de cartes en carton ramolli et les manipula avec adresse, les agitant sous mon nez en souriant.

– Laissez-moi deviner : vous êtes ici pour tricherie ?

– Tricher, moi ? Jamais. Pour faux et usage de faux.

Je me mis à rire malgré moi. J'étais encore sous le choc, mais cette Mme Ferguson promettait d'offrir une distraction bienvenue.

– Vous êtes ici depuis combien de temps ?

Elle se gratta le crâne, se rendit compte qu'elle ne portait pas de bonnet et en sortit un du lit défait.

– Oh… ça doit faire environ un mois.

Enfilant son bonnet froissé, elle m'indiqua le chambranle de la porte. Il était gravé de dizaines d'entailles, certaines vieilles et noircies, d'autres plus fraîches. Leur vue me noua de nouveau le ventre, et je leur tournai résolument le dos.

– Vous n'avez pas encore été jugée ?

– Non, Dieu merci ! Maisie m'a dit que le tribunal était fermé. Tous les juges sont partis se cacher. Personne n'a été jugé depuis deux mois.

Ce n'était pas une bonne nouvelle. Elle dut le lire sur mon visage, car elle me donna une petite tape d'encouragement sur l'épaule.

– Ne soyez pas trop pressée, ma chère. Si j'étais à votre place, je ne le serais pas. Tant qu'ils ne vous ont pas jugée, ils ne peuvent pas vous pendre. Y en a certains qui disent que l'attente les tue, mais je n'ai encore jamais vu quelqu'un en mourir. En revanche, j'en ai déjà vu quelques-uns se balancer au bout d'une corde, et c'est pas beau à voir.

Elle parlait sur un ton badin, mais ne put s'empêcher de porter une main à son cou, caressant sa peau tendre et blanche.

Je déglutis, sentant ma propre gorge se nouer.

– Mais je suis innocente !

Tout en le disant, je me demandais pourquoi j'en paraissais si peu convaincue.

– Mais bien sûr ! dit-elle avec vigueur. N'en démordez surtout pas, ma fille ! Ne les laissez pas vous pousser à avouer la moindre chose !

– Je n'en ai pas l'intention.

– Un de ces jours, une foule débarquera ici et pendra le shérif s'il ne fait pas attention où il met les pieds. C'est qu'il n'est pas très populaire, Tolliver.

– On se demande pourquoi, un monsieur si charmant !

Je ne savais pas trop comment réagir à la perspective d'une foule prenant d'assaut la maison. Tant qu'ils se limitaient à

542

pendre le shérif, je n'y voyais pas d'inconvénients, mais mes récentes expériences à Salisbury et Hillsboro me faisaient craindre qu'ils ne s'en tiennent pas à cela. Mourir des mains d'une populace enragée n'était guère préférable au type de longue agonie judiciaire qui m'attendait sans doute. Toutefois, en cas d'émeute, j'aurais peut-être la possibilité de m'enfuir. Pour aller où ?

Sans bonne réponse à cette question, je la refoulai au fond de mon esprit et me concentrai sur Mme Ferguson, qui agitait toujours ses cartes.

– D'accord, mais pas pour de l'argent.

– Oh non, m'assura-t-elle. Jamais de la vie ! Mais pour rendre le jeu intéressant, il nous faut une mise. On misera des haricots, qu'en dites-vous ?

Elle glissa une main sous son oreiller, en sortit une bourse et versa dans sa paume une poignée de haricots blancs.

– Parfait ! m'exclamai-je. Quand on aura fini de jouer, on pourra les planter et espérer qu'une tige de haricot géant en poussera et crèvera le toit. On n'aura plus qu'à l'escalader pour s'évader.

Elle pouffa de rire.

– Que Dieu vous entende, ma chère ! Je distribue la première, ça vous va ?

* * *

Finalement, le *brag* n'était qu'une forme de poker. J'avais vécu avec un tricheur expérimenté assez longtemps pour savoir en reconnaître un quand j'en rencontrais, mais Mme Ferguson paraissait jouer selon les règles. J'avais quarante-six haricots à mon actif quand Mme Tolliver revint.

La porte s'ouvrit, et elle entra, tenant un trépied et une miche de pain. Cette dernière était à la fois mon dîner et son prétexte pour venir nous voir. Elle me la tendit en déclarant d'une voix forte :

– Tenez, vous devrez vous en contenter jusqu'à demain, madame Fraser !

– Merci.

Elle était fraîche et semblait avoir été frottée contre un morceau de lard, à défaut de beurre. Je la mordis sans hésiter, ayant suffisamment récupéré pour me sentir soudain affamée.

Mme Tolliver jeta un œil derrière elle pour s'assurer que la voie était libre, puis, refermant la porte avec discrétion, elle posa son trépied et sortit une bouteille carrée de sa poche. Elle la déboucha et but plusieurs longues gorgées, sa gorge étroite sursautant de façon convulsive.

Mme Ferguson ne disait rien, l'observant avec une attention quasi analytique, comme si elle comparait le comportement de notre geôlière avec des scènes précédentes.

Mme Tolliver abaissa enfin la bouteille, la tint un instant, puis me la tendit et s'affala sur le tabouret, respirant très fort.

De façon discrète, j'essuyai le goulot sur ma manche, puis, prudente, bus une petite gorgée. C'était bien du gin, généreusement parfumé aux baies de genièvre pour en masquer la mauvaise qualité, mais très fort en alcool.

Mme Ferguson but à son tour, et nous nous passâmes ainsi la bouteille, tout en échangeant quelques amabilités. Sa soif étanchée, Mme Tolliver devint presque affable, ses manières glaciales se dégelant peu à peu. Même ainsi, j'attendis que la bouteille soit presque vide pour la questionner :

– Mme Tolliver… les hommes qui m'ont amenée… les avez-vous entendus dire quelque chose à propos de mon mari ?

Elle mit un poing devant sa bouche et rota.

– Dire quelque chose ?

– Sur l'endroit où il est ? précisai-je.

Elle me regarda sans aucune expression.

– Je n'ai rien entendu. Mais ils en ont sans doute parlé à Tolly.

Mme Ferguson lui tendit la bouteille et manqua de tomber du lit. Nous étions assises côte à côte sur le sommier, le seul endroit où s'asseoir dans la cellule.

– Vous ne pourriez pas le lui demander, Maisie ? l'interrogea-t-elle.

Une lueur gênée apparut dans les yeux déjà passablement voilés de Mme Tolliver.

– Oh non ! Il ne me raconte jamais ces choses-là. Ce ne sont pas mes affaires.

J'échangeai un regard avec Mme Ferguson qui me fit signe de ne pas insister. Rongée par l'inquiétude, je dus me résoudre à mettre le sujet de côté. Je m'armai de patience, estimant combien de bouteilles de gin je pouvais m'offrir avant d'être à court d'argent... et ce que je pourrais accomplir avec.

* * *

Cette nuit-là, je restai immobile, inspirant l'air moite et épais chargé d'odeurs de moisi et d'urine. Je sentais Sadie Ferguson près de moi : un vague miasme de sueur rance mêlée au gin. Chaque fois que je tentais de fermer les yeux, je faisais de la claustrophobie, avec l'impression que les murs se rapprochaient. Je m'accrochais au bord du matelas pour m'empêcher de me jeter contre la porte verrouillée. Je me voyais déjà la martelant de coups de poing en hurlant, m'arrachant les ongles sur le bois, mes cris se perdant dans les ténèbres... sans que personne ne vienne jamais.

Ce n'était pas que du délire. Mme Ferguson m'en avait appris un peu plus sur l'impopularité du shérif Tolliver. S'il était attaqué et arraché de sa maison par une foule en colère, ou s'il prenait peur et s'enfuyait, les chances que lui et sa femme se soucient du sort des prisonnières qu'ils abandonnaient derrière eux étaient bien minces.

Prise de folie furieuse, la foule pouvait nous découvrir et nous tuer. Ou ne pas nous trouver et incendier la maison. La cellule était en brique, mais la cuisine adjacente en bois. Humide ou pas, elle brûlerait comme un fétu de paille, ne laissant rien debout hormis ce foutu mur en brique.

«À chaque jour suffit sa peine.» Ce proverbe avait été le favori de Frank.

«Certes, mais ça dépend un peu du jour, non?» lui répondis-je en pensée.

«Tu crois? À toi de voir.» Je pouvais presque l'entendre me répondre avec ce ton ironique si particulier qui n'appartenait qu'à lui.

«Parfait, me voilà réduite à avoir des conversations philosophiques avec un fantôme! C'est encore pire que ce que je croyais.»

Pourtant, imaginaire ou pas, cet échange était parvenu à me faire oublier mes angoisses un instant. C'était comme une invitation... une tentation, ou juste le besoin de lui parler. Le besoin de m'évader par la conversation... même si je faisais les questions et les réponses.

«Non, je ne peux pas t'utiliser de cette manière, pensai-je tristement. Il n'est pas juste que je pense à toi uniquement quand j'ai besoin de me changer les idées, et non pas pour ce que tu es vraiment.»

«Il t'arrive de penser à moi pour ce que je suis vraiment?» Cette question flotta dans ma tête. Je pouvais très bien voir son visage, son expression amusée, un sourcil brun arqué. C'était plutôt surprenant. Je n'avais pas pensé à lui de manière précise depuis si longtemps que je croyais avoir oublié son apparence. Loin de là...

«Je suppose que cela répond à ta question. Bonne nuit, Frank.»

Je me tournai sur le côté, face à la porte, me sentant plus calme. Une fine ligne de lumière délimitait son périmètre, atténuant mon impression d'être enterrée vivante.

Je fermai les yeux, essayant de me concentrer sur mon corps. Cela m'aidait souvent, me calmait les nerfs. J'écoutais le bruit du sang dans mes vaisseaux et les gargouillis souterrains de tous mes organes vaquant paisiblement à leurs tâches sans le moindre besoin d'un effort conscient de ma part. C'était un peu comme d'être assise dans un jardin et d'écouter les abeilles bourdonner dans leurs ruches...

J'effaçai aussitôt cette image, une décharge électrique me traversant le cœur. Je me concentrai de toutes mes forces sur ce dernier, sur ses ventricules mous et ses valvules délicates... mais il était rempli de vides.

Jamie. Un gouffre béant rempli d'échos, froid et profond comme la crevasse d'un glacier. Brianna. Jemmy. Roger. Et Malva, un petit trou percé à la vrille, un ulcère refusant de guérir.

Jusque-là, j'étais parvenue à ne pas prêter attention aux mouvements et à la respiration bruyante de ma compagne de lit. Mais je ne pouvais ignorer la main qui effleura mon cou, puis glissa sur mon sein et se posa sur lui.

Je cessai de respirer puis, très lentement, expirai. Malgré moi, mon sein s'étalait dans sa paume. Je sentis une légère pression dans mon dos, un pouce descendant le long de ma colonne vertébrale à travers ma chemise.

Je comprenais le besoin de réconfort humain, l'envie d'un contact tactile. Faisant partie de ce réseau fragile d'humanité, je l'avais ressenti, l'avais partagé, constamment déchiré, constamment renouvelé. Mais la caresse de Sadie Ferguson demandait plus que de la simple chaleur ou l'envie d'une compagnie dans le noir.

Je pris sa main, la soulevai de mon sein, refermai doucement ses doigts et l'écartai de moi.

– Non, dis-je doucement.

Elle hésita, se lovant contre moi, ses cuisses chaudes contre les miennes, offrant un refuge.

– Personne ne le saura, chuchota-t-elle sans perdre espoir. Je pourrais vous faire oublier... un moment.

Sa main caressait ma hanche.

Si elle avait vraiment pu me faire oublier, j'aurais peut-être été tentée. Mais ce n'était pas là une voie pour moi.

– Non, répétai-je d'une voix plus assurée.

Je roulai sur le dos, m'écartant le plus possible, ce qui ne laissait jamais que deux ou trois centimètres entre nous.

– Je suis désolée... mais non.

Elle resta silencieuse un instant, puis soupira.

– D'accord. Peut-être plus tard.

– Non !

Les bruits dans la cuisine avaient cessé, et la maison était silencieuse. Ce n'était pas le calme des montagnes, avec le bruissement des branches dans le vent et son plafond d'étoiles, mais celui des villes, avec ses fumées de cheminée et ses pensées troubles libérées de la conscience, errant dans le noir.

Ses doigts effleurèrent ma joue.

– Je peux vous tenir ? Rien de plus.

– Non.

Néanmoins, je pris sa main et la tins. Nous nous endormîmes ainsi, nous tenant chastement, et fermement, par la main.

* * *

Je fus réveillée par ce que je crus d'abord être le vent, gémissant dans le conduit de cheminée qui jouxtait un mur de notre cellule. Le geignement s'amplifia, puis se mua en un long hurlement avant de cesser de manière abrupte.

Sadie Ferguson se redressa, écarquillant les yeux, cherchant ses lunettes à tâtons.

– Par tous les saints ! Qu'est-ce que c'était ?

– Une femme en plein travail. Elle ne va pas tarder à accoucher.

Les gémissements reprirent. Je descendis du lit et secouai mes chaussures, délogeant un cafard et plusieurs poissons d'argent qui y avaient élu domicile.

Nous restâmes assises près d'une heure, écoutant l'alternance de plaintes et de cris.

– Ce n'est toujours pas fini ? interrogea Sadie, anxieuse. L'enfant ne devrait pas être déjà né ?

– Peut-être. Certains bébés sont plus lents que d'autres.

Je pressai mon oreille contre la porte, essayant de comprendre ce qui arrivait de l'autre côté. La femme se trouvait dans la cuisine, à seulement quelques mètres de moi. J'entendais de temps à autre la voix étouffée de Maisie Tolliver; elle semblait dubitative. Autrement, je ne distinguais que des halètements rythmiques, des gémissements et des cris.

Au bout d'une autre heure de ce concert, mes nerfs étaient à vif. Couchée sur le lit, Sadie pressait un oreiller sur sa tête dans l'espoir d'étouffer les bruits.

Entendant de nouveau la voix de Mme Tolliver, je frappai contre la porte avec mon talon, hurlant pour me faire entendre par-dessus le vacarme :

– Madame Tolliver!

Quelques instants plus tard, la clef tourna dans la serrure, et la cellule fut soudain inondée de lumière et d'air frais. D'abord aveuglée, je distinguai ensuite la silhouette d'une femme, à quatre pattes près du feu, et qui me faisait face. Elle était noire, dégoulinante de sueur. Relevant la tête, elle hurla telle une louve. Mme Tolliver sursauta comme si on lui avait enfoncé une épingle dans les fesses.

– Excusez-moi.

Je passai devant elle sans qu'elle tente de m'en empêcher. Elle dégageait une forte odeur de gin au genièvre.

La femme noire se baissa sur les coudes, pantelante, ses fesses nues en l'air. Son ventre pendait comme une goyave trop mûre, pâle sous la chemise trempée qui collait à sa peau. Je profitai du bref interlude avant la prochaine contraction pour lui poser quelques questions. C'était son quatrième enfant, et le travail avait débuté quand elle avait perdu les eaux, la nuit précédente. Mme Tolliver ajouta qu'elle était aussi prisonnière et esclave. Je l'aurais deviné toute seule aux zébrures qui striaient son dos et ses fesses.

Mme Tolliver ne me fut pas d'une grande utilité, oscillant près de moi, le regard vitreux, mais ayant apporté une pile de vieux chiffons et une bassine d'eau, je pus éponger le front dégoulinant de l'esclave. Sadie Ferguson pointa son nez chaussé de lunettes hors de la cellule, mais battit très vite en retraite dès le hurlement suivant.

L'enfant se présentait par le siège, d'où la difficulté. Le quart d'heure suivant fut éprouvant pour toutes les personnes concernées. Je parvins enfin à retourner le bébé et à le faire sortir, les pieds devant, visqueux, inerte et d'une étrange couleur bleu pâle.

– Oh, il est mort, dit Mme Tolliver, déçue.

– Tant mieux, dit la mère d'une voix grave et rauque.

– Je n'ai pas dit mon dernier mot.

Plaçant rapidement l'enfant la tête en bas, je lui tapai dans le dos. Pas de réaction. J'approchai le petit visage cireux et fermé du mien, collai mes lèvres contre les siennes, aspirai profondément, puis crachai le mucus et les fluides. Un goût de métal dans la bouche, je soufflai ensuite doucement entre ses lèvres, puis attendis, tenant le corps mou et glissant comme un poisson. Il ouvrit les yeux, d'un bleu plus profond que sa peau, l'air vaguement intéressé.

Il eut un hoquet surpris, et j'éclatai de rire, une bulle de joie remontant du plus profond de moi. Le souvenir cauchemardesque d'un autre enfant, un vacillement de vie s'éteignant entre mes mains, s'éloigna. Cet enfant-ci était bien vivant, brûlant comme une chandelle avec une flamme douce et droite.

– Oh! répéta Mme Tolliver.

Elle se pencha sur le bébé, et un immense sourire illumina son visage.

– Oh! Oh!

Le bébé se mit à pleurer. Je coupai le cordon ombilical, enveloppai le nourrisson dans un linge et, non sans quelques réserves, le confiai à Mme Tolliver, espérant qu'elle ne le laisserait pas tomber dans le feu. Puis je m'occupai de la mère, qui était en train de boire l'eau de la bassine en en reversant la moitié sur sa chemise déjà trempée.

Elle s'allongea et me laissa faire sans dire un mot, lançant de temps en temps un regard sombre et hostile vers l'enfant.

J'entendis des pas, et le shérif apparut, la mine étonnée.

Mme Tolliver, couverte de liquide amniotique et empestant le gin, se tourna joyeusement vers lui.

– Oh, regarde, Tolly ! Il est vivant !

Le shérif eut un mouvement de recul, dévisageant sa femme en fronçant le front, puis sembla percevoir son bonheur par-delà l'alcool. Il se pencha sur l'enfant et le toucha délicatement du bout du doigt, ses traits sévères se détendant.

– C'est bien, Maisie. Comment ça va, petit bonhomme ?

Il m'aperçut, agenouillée devant la cheminée, essayant de me nettoyer de mon mieux avec un chiffon et le peu d'eau restant.

– C'est madame Fraser qui a l'a mis au monde ! expliqua Mme Tolliver encore tout excitée. Il était sens dessus dessous, mais elle l'a habilement remis droit. Puis elle l'a fait respirer. Comme il ne bougeait pas du tout, on l'a cru mort, mais non ! Ce n'est pas merveilleux ?

– Merveilleux, répéta-t-il sur un ton morne.

Son regard noir alla de moi à la nouvelle mère, qui le lui retourna avec une indifférence maussade. Puis il me fit signe de me lever et me montra la cellule. Il esquissa un bref salut de la tête et referma la porte derrière moi.

Ce ne fut qu'une fois à l'intérieur que me revint le motif de mon accusation. Rien d'étonnant à ce qu'il ait été un peu nerveux en me voyant avec un bébé. J'étais sale, trempée, et l'atmosphère dans la cellule me paraissait particulièrement étouffante, mais le miracle de la vie pétillait toujours dans mon cerveau. Je m'assis au bord du lit, un sourire aux lèvres, un chiffon humide entre les mains.

Sadie m'observait avec un respect mêlé de révulsion.

– Je n'ai jamais vu une affaire aussi dégoûtante. Doux Jésus, c'est toujours comme ça ?

– Plus ou moins. Vous n'avez jamais eu d'enfant ?

Elle secoua vigoureusement la tête, croisant les doigts, ce qui me fit rire.

– Si j'avais pu être disposée à laisser un homme m'approcher, ce que je viens de voir m'en dissuaderait définitivement, m'assura-t-elle.

Je me souvins, avec un temps de retard, de ses avances de la veille. Elle ne m'avait donc pas juste proposé un réconfort.

– Et monsieur Ferguson ? demandai-je.

Elle battit des cils, la mine innocente.

– C'était un fermier beaucoup plus âgé que moi. Emporté par la pleurésie, il y a cinq ans de ça.

Et totalement inventé, sans doute. Une veuve jouissait d'une bien plus grande liberté qu'une vierge ou une femme mariée. Et elle me semblait tout à fait capable de prendre soin d'elle-même.

Soudain, il y eut un fracas et des éclats de voix dans la cuisine. Le shérif se mit à jurer. On n'entendait plus le bébé ni Mme Tolliver.

– Il reconduit la garce noire dans ses quartiers, expliqua Sadie.

Son ton hostile me surprit.

– Vous ne savez donc pas ? Elle a tué tous ses bébés. Maintenant qu'elle a accouché de celui-ci, ils vont pouvoir la pendre.

– Ah… Non, je l'ignorais.

Les bruits dans la cuisine cessèrent, et je restai assise, fixant la lampe à huile, la sensation de vie me chatouillant toujours le creux des mains.

91

Un plan relativement bien ficelé

De l'eau clapotait juste sous son oreille, lui soulevant le cœur. La puanteur de boue décomposée et de poissons crevés n'arrangeait rien, pas plus que le coup qu'il avait pris en percutant le mur.

Jamie remua, essayant de trouver une position qui soulagerait sa tête, son estomac ou les deux. Ils l'avaient ficelé comme un rôti prêt à cuire, mais il parvint à rouler sur le côté et à ramener ses genoux contre son ventre, ce qui était un peu mieux.

Il se trouvait dans un hangar à bateaux délabré qu'il avait entraperçu dans la pénombre pendant que les hommes le traînaient jusqu'au rivage. Il avait d'abord pensé qu'ils comptaient le noyer, mais ils l'avaient porté à l'intérieur et laissé tomber comme un sac de patates.

– Dépêche-toi, Ian, je n'ai plus l'âge de jouer à ces petits jeux-là.

Il fallait espérer que son neveu ait talonné Brown d'assez près et sache où il était. De toute manière, il le cherchait sûrement. La rive où se dressait le hangar était dégagée, mais des broussailles recouvraient le terrain, un peu plus haut, au pied du fort Johnston.

L'arrière de son crâne l'élançait, lui donnant un mauvais goût dans la bouche et réveillant d'anciennes migraines dont il souffrait depuis qu'il avait pris un coup de hache sur la tête, de nombreuses années auparavant. La facilité avec laquelle ces

553

maux se rappelaient à lui était sidérante. La blessure remontait à une époque antédiluvienne, et il croyait son souvenir mort et enterré depuis belle lurette. Apparemment, son crâne avait bien meilleure mémoire que lui et était résolu à se venger en le rendant malade.

La lune s'était levée. Sa lumière filtrait par les fissures du mur rudimentaire en bois. Elle semblait danser, renforçant sa nausée, et il ferma les yeux, préférant se concentrer sur ce qu'il ferait subir à Richard Brown s'il parvenait à le coincer seul, un jour.

Où diable avaient-ils emmené Claire et pourquoi? Son seul réconfort était de savoir que Tom Christie était parti avec elle. Il était relativement sûr qu'il ne les laisserait pas la tuer. Si Jamie parvenait à le retrouver, il trouverait Claire.

Il entendit un faible son par-dessus l'écœurant clapotis des vagues. Quelqu'un sifflotait, puis se mit à chanter. Malgré la situation, les paroles lui arrachèrent un sourire. « Mariez-moi, mariez-moi, pasteur, ou je serai votre prêtre, votre prêtre, ou je serai votre prêtre!»

Il hurla de toutes ses forces, au risque de faire éclater son crâne, et, quelques minutes plus tard, Ian, le cher enfant, était agenouillé à ses côtés, tranchant ses liens. Jamie roula d'un côté puis de l'autre, ses muscles perclus de crampes, puis il parvint à se hisser juste assez pour ne pas se vomir dessus.

Ian le regardait l'air amusé, le petit salaud.

– Ça va, mon oncle?

– Ça ira. Tu sais où est Claire?

Il se releva en titubant et tripota sa braguette. Il avait l'impression d'avoir des saucisses en guise de doigts; celui qui était cassé l'élançait, le retour de la circulation provoquant une douleur aiguë dans les extrémités, comme un coup d'épingle. Néanmoins, tout disparut avec son puissant jet d'urine, qui lui procura un soulagement extatique.

– Eh bien dis donc! s'exclama Ian, impressionné. Ils l'ont emmenée à New Bern. Il y a un shérif là-bas qui, selon Forbes, l'acceptera peut-être.

– Forbes?

Jamie fit volte-face et manqua de tomber, se rattrapant de justesse d'une main contre la cloison.

– Neil Forbes?

Ian le soutint sous un coude, en expliquant :

– Lui-même. Brown est allé ici et là rencontrer des gens, mais il a fini par faire affaire avec Forbes, à Cross Creek.

– Tu as entendu ce qu'ils disaient?

– Oui.

Ian parlait sur un ton détaché, mais son excitation était visible, tout comme sa fierté devant la mission accomplie.

Le but de Brown était simple : se débarrasser du boulet que les Fraser étaient devenus. Il était au courant des relations entre Forbes et Jamie grâce aux commérages engendrés par l'incident avec l'imprimeur, l'été précédent, et leur prise de bec à Mecklenberg, au mois de mai. Il lui avait donc proposé de lui livrer ses deux prisonniers pour en faire ce qu'il voudrait.

– Ils se sont rencontrés dans l'entrepôt de Forbes, au bord de la rivière. Je m'étais caché derrière des barils de goudron. Forbes a fait les cent pas pour réfléchir, puis il a éclaté de rire, comme si, soudain, il avait eu une idée de génie.

Celui-ci avait proposé que les hommes de Brown emmènent Jamie, convenablement ligoté, dans un embarcadère qu'il possédait près de Brunswick. De là, il serait mis sur un navire en partance pour l'Angleterre et donc rendu incapable d'interférer dans les affaires de Forbes ou de Brown... ainsi que de défendre sa femme.

Pendant ce temps, Claire serait livrée à la justice. Si elle était déclarée coupable, la question serait définitivement réglée. Dans le cas contraire, le scandale d'un procès ternirait à jamais sa réputation aux yeux de tous ceux qui entretenaient des rapports avec elle et détruirait toute l'influence qu'elle et son mari avaient eue par le passé. Ils n'auraient plus qu'à ramasser les bénéfices de Fraser's Ridge, et Neil Forbes aurait le champ libre pour prendre la tête des whigs écossais de la colonie.

Jamie écouta en silence, partagé entre la fureur et une certaine admiration.

– Un plan raisonnablement bien ficelé, conclut-il.

Il se sentait mieux, sa nausée emportée par le flux purificateur de la colère dans son sang.

– Attends la suite, mon oncle. J'ai gardé le meilleur pour la fin. Tu te souviens d'un certain Stephen Bonnet?

– Oui. Quel rapport?

– Tu étais censé rentrer en Angleterre sur son navire. Apparemment, Forbes et lui sont associés depuis longtemps. L'avocat et plusieurs de ses amis marchands de Wilmington possèdent des parts dans son bateau et ses cargaisons. Depuis le blocus anglais, leurs profits sont montés en flèche. Monsieur Bonnet est, paraît-il, un contrebandier très habile.

Jamie lâcha un juron extrêmement vulgaire en français. Devant le hangar, l'eau était calme et belle, le reflet de la lune traçant une voie argentée qui menait à l'océan. On distinguait un navire amarré au loin, petit, noir et aussi parfait qu'une araignée sur une feuille de papier blanc. Était-ce celui de Bonnet?

– Bon sang! Quand descendront-ils à terre?

Pour la première fois, Ian parut indécis.

– Je ne sais pas. Ça dépend peut-être de la marée. Elle monte ou elle descend?

Jamie baissa les yeux vers les vaguelettes clapotant sous l'entrepôt.

– Qu'est-ce que j'en sais? Et quelle différence?

Il se passa une main sur le visage, essayant de réfléchir. Naturellement, ils lui avaient pris son coutelas. Son *sgian dhu* était toujours glissé dans son bas, mais il n'irait pas bien loin avec une lame de sept centimètres.

– Qu'est-ce que tu as comme armes, Ian? Tu n'aurais pas apporté ton arc avec toi, par hasard?

Ian fit une moue navrée. Il avait rejoint son oncle à la porte, contemplant le navire au loin. Le clair de lune illuminait ses traits excités par l'envie d'en découdre.

– Désolé, mon oncle. Mais j'ai deux bons couteaux, une dague et un pistolet. J'ai aussi mon fusil, mais il est accroché à ma selle. Je vais le chercher? Ils risquent de me voir.

Jamie pianota sur le montant de la porte jusqu'à ce que la douleur de son doigt cassé l'arrête. Il ressentait une envie physique d'attendre Bonnet. Il comprenait le désir de Ian et le partageait, mais sa pensée rationnelle évaluait leurs chances et ne cessait de le ramener à la réalité, refoulant la partie animale en lui assoiffée de vengeance.

Il ne voyait aucune chaloupe venir du navire. En présumant que ce dernier était bien celui de Bonnet, ce qu'ils ignoraient, il se passerait peut-être des heures avant qu'ils viennent le chercher. Ensuite, quelle était la probabilité que Bonnet se déplace en personne? Il était le capitaine; viendrait-il lui-même ou enverrait-il ses hommes?

Armé d'un fusil et se tenant en embuscade, Jamie pouvait atteindre Bonnet dans la chaloupe. À condition de le reconnaître. En outre, l'atteindre ne signifiait pas le tuer.

Si Bonnet ne se trouvait pas dans l'embarcation, il faudrait attendre que celle-ci soit assez proche pour sauter à bord, maîtriser ses occupants... Combien seraient-ils? Deux, trois, quatre? Il faudrait tous les tuer ou les mettre hors d'état de nuire. Après quoi, ils devraient ramer jusqu'au navire, sur le pont duquel les marins auraient sans doute suivi les événements sur le rivage et l'attendraient de pied ferme, prêts à les couler ou à les tirer comme des pigeons d'argile.

Si, par miracle, ils parvenaient à monter à bord sans se faire voir, il faudrait fouiller le navire à la recherche de Bonnet, le traquer, puis le tuer sans attirer l'attention de l'équipage...

Cette laborieuse analyse se déroula dans sa tête en un clin d'œil, et il l'écarta aussi rapidement. S'ils étaient capturés et tués, Claire se retrouverait seule et sans défense. Il ne pouvait courir ce risque. Néanmoins, se dit-il pour se consoler, il savait où trouver Forbes et ne manquerait pas d'aller le chercher, en temps voulu. Résigné, il se tourna vers Ian.

– Tu n'as qu'un seul cheval?

– Oui, mon oncle. Mais je sais où on peut en voler un deuxième.

92

La secrétaire

Deux jours passèrent. Dans la chaleur moite et étouffante, divers champignons et autres moisissures tentaient de s'immiscer dans les moindres plis de mon corps, sans parler des cafards omniprésents et omnivores déterminés à me ronger les sourcils dès la lumière éteinte. Le cuir de mes souliers était ramolli et poisseux, mes cheveux étaient devenus gras et raides et, à l'instar de Sadie Ferguson, je passais le plus clair de mon temps en chemise.

Aussi, quand Mme Tolliver nous ordonna de venir aider à la lessive, nous abandonnâmes précipitamment notre partie de *loo* (Sadie gagnait) et nous bousculâmes presque dans notre hâte d'obéir.

Il faisait beaucoup plus chaud dans la cour et presque aussi humide que dans notre cellule, le feu rugissant sous la grande marmite qui dégageait un épais nuage de vapeur. Nos chemises nous collaient à la peau, le lin crasseux rendu transparent par la transpiration. La lessive était une corvée pénible, mais au moins, il n'y avait pas d'insectes et, si le soleil aveuglant me brûlait le nez et les bras, il brillait.

J'interrogeai Mme Tolliver sur l'esclave et son bébé, mais elle se contenta de pincer les lèvres, la mine méprisante et sévère. La veille au soir, je n'avais pas entendu la voix grave du shérif dans la cuisine ; il n'avait pas dû être à la maison. À en juger par le teint verdâtre de sa femme, elle avait passé une longue nuit solitaire avec sa bouteille de gin, suivie d'un réveil plutôt pénible.

– Vous vous sentiriez beaucoup mieux en restant assise à l'ombre et en buvant... de l'eau. Beaucoup d'eau.

Du thé ou du café auraient été préférables, mais ils coûtaient une fortune dans les colonies et étaient sûrement au-dessus des moyens d'une femme de shérif.

– Si vous avez un peu d'ipéca... ou de la menthe...

– Merci pour votre précieuse opinion, madame Fraser ! répondit-elle d'un ton sec.

Les joues pâles et brillantes de transpiration, elle tenait à peine debout.

Je n'insistai pas et me concentrai sur ma tâche, soulevant une pile de vêtements trempés et fumants au bout d'une pelle en bois. Cet ustensile était si usé que mes mains moites glissaient sur le manche.

Après avoir lavé, rincé et essoré tout le linge brûlant, nous l'étendîmes à sécher sur des cordes. Enfin, nous nous assîmes pantelantes dans la mince bande d'ombre le long de la maison, nous passant une louche en fer blanc et avalant l'eau tiède du puits. Oubliant son rang supérieur, Mme Tolliver s'installa à nos côtés, mais très soudainement. Je lui tendis la louche, mais avant qu'elle n'ait eu le temps de la prendre, ses yeux se révulsèrent dans leurs orbites. Elle ne tomba pas vraiment à la renverse, mais s'affaissa en arrière, se dissolvant en un tas de cotonnade.

Sadie Ferguson questionna avec intérêt :

– Elle est morte ?

Elle jetait des regards à la ronde, estimant ses chances d'en profiter pour détaler.

– Non. C'est juste une mauvaise gueule de bois, sans doute aggravée par une insolation.

Je pris son pouls. Il était léger et rapide mais régulier. J'étais en train de me demander s'il valait mieux rester et empêcher Mme Tolliver de s'étouffer avec son propre vomi ou s'éclipser, même pieds nus et en chemise, quand des voix mâles retentirent au coin de la maison.

Deux hommes apparurent. L'un d'eux était un des jeunes adjoints de Tolliver. Je l'avais aperçu quand Brown m'avait amenée. L'autre était un gentleman corpulent d'une quarantaine d'années, très élégant, avec une veste aux boutons d'argent et un gilet en soie auréolé de taches de transpiration. Il écarquilla les yeux devant la scène de débauche devant lui.

– Ce sont les prisonnières? demanda-t-il dégoûté.

– Oui, monsieur. Enfin... les deux en chemise. L'autre, c'est la femme du shérif.

Les narines de Bouton d'argent se pincèrent.

– Laquelle est la sage-femme?

Je me redressai et m'efforçai de prendre un air digne.

– C'est moi, je suis madame Fraser.

– Vraiment.

À son ton, il était clair que, pour ce qu'il en avait à faire, j'aurais pu annoncer que j'étais la reine Charlotte. Il m'examina de haut en bas sans cacher son mépris, puis s'adressa à l'adjoint.

– De quoi est-elle accusée?

L'adjoint, qui n'était pas une lumière, nous contempla Sadie et moi, la mine perplexe.

– Ah... euh... il y en a une qui est faussaire... et l'autre meurtrière... mais quant à savoir qui est qui...

– C'est moi, la meurtrière, dit Sadie avec courage. Elle, c'est une excellente sage-femme!

Je la regardai avec surprise, mais elle me fit signe de me taire.

– Hmm... fort bien. Possédez-vous une robe, madame? J'acquiesçai.

– Allez vous habiller.

Il se tourna vers l'adjoint, sortit un mouchoir en soie de sa poche et épongea son visage rose.

– C'est bon, je la prends. Vous préviendrez monsieur Tolliver.

Le jeune homme s'inclina avec maladresse.

– Bien, monsieur.

Il jeta un coup d'œil vers Mme Tolliver toujours inconsciente, puis aboya à Sadie :

– Vous, là. Rentrez-la à l'intérieur et occupez-vous d'elle. Allez, vite !

La mine grave, Sadie remonta ses lunettes embuées du bout de l'index.

– Oui, monsieur ! Tout de suite, monsieur !

Je n'eus pas le temps de lui parler et à peine celui d'enfiler mon corset et ma robe défraîchie, puis d'attraper mon sac avant d'être escortée vers une voiture, assez défraîchie elle-même, mais qui avait été autrefois de qualité.

Après quelques pâtés de maisons, je demandai à mon compagnon qui regardait par la fenêtre, l'esprit ailleurs :

– Auriez-vous l'obligeance de me dire qui vous êtes et où vous m'emmenez ?

Ma question l'extirpa de ses pensées, et, surpris, il se tourna vers moi, semblant d'un coup se rendre compte que je n'étais pas qu'un objet inanimé.

– Oh, je vous demande pardon, madame. Nous nous rendons au palais du gouverneur. Vous n'avez donc pas de bonnet ?

– Non.

Il fit la grimace et se replongea dans sa méditation.

Les travaux étaient enfin terminés, pour un résultat des plus exquis. William Tryon, le gouverneur précédent, avait commencé la construction du palais, mais avait été muté à New York avant son achèvement. À présent, l'imposant édifice en brique se dressait dans toute sa splendeur, flanqué de gracieuses ailes, avec de splendides pelouses et d'immenses massifs de lierre. Toutefois, les arbres majestueux qui borderaient un jour son allée n'étaient encore que de jeunes pousses. La voiture s'arrêta devant la maison. Bien entendu, nous n'entrâmes pas par la porte principale et officielle, mais, contournant la bâtisse, par la porte de service, avant de descendre dans les quartiers des domestiques, au sous-sol.

On me fit entrer dans une chambre de bonne, où on me fournit un peigne, une bassine, une aiguière et un bonnet, puis on m'ordonna de me rendre présentable dans les meilleurs délais.

Mon guide, qui s'appelait M. Webb (comme je l'appris en entendant la cuisinière le saluer de façon obséquieuse), attendit avec une impatience manifeste pendant que je faisais mes ablutions, puis il me prit par le bras et m'entraîna dans un étroit escalier de service jusqu'au premier étage, où une jeune femme de chambre paniquée nous accueillit.

– Ah, vous voici, monsieur ! Enfin !

Elle effectua une petite révérence, puis me regarda, intriguée.

– C'est la sage-femme ?

– Oui, madame Fraser... Dilman.

Je notai qu'il l'appelait par son nom de famille, comme il était d'usage en Angleterre avec les domestiques. Elle me salua timidement, puis m'indiqua une porte entrouverte.

La chambre était spacieuse et luxueuse, avec un lit à baldaquin, une commode, une armoire et un fauteuil. Toutefois, le décor raffiné était quelque peu flétri par un amoncellement de linge à raccommoder, un vieux panier à ouvrage renversé déversant ses bobines de fil sur le tapis et une caisse de jouets d'enfants. Une énorme masse que je devinai être Mme Martin, l'épouse du gouverneur, occupait le lit.

Dilman s'inclina devant elle et lui chuchota mon nom. Mme Martin était toute ronde, très ronde même, compte tenu de sa grossesse avancée, avec un petit nez pointu et une manière de regarder en plissant ses yeux de myope qui me fit penser à Madame Piquedru, des contes de Beatrix Potter. Question caractère, elle lui ressemblait nettement moins. Elle hissa une tête coiffée d'un bonnet froissé hors des couvertures.

– Qui c'est, celle-là ?

Dilman fit une nouvelle révérence.

– La sage-femme, madame. Vous avez bien dormi ?

– Bien sûr que non ! Comment voulez-vous que je dorme avec ce maudit enfant qui me pétrit le foie sans arrêt. J'ai vomi toute la nuit. Mes draps sont trempés de transpiration, et je grelotte de fièvre. On m'a dit qu'il n'y avait plus une sage-femme dans tout le pays. Où vous l'avez dégottée, dans la prison locale ?

Elle m'examina d'un œil dyspeptique.

Je déposai mon sac, répondant :

– Vous ne croyez pas si bien dire. Vous en êtes à combien de mois, vous êtes malade depuis combien de temps et quand êtes-vous allée à la selle pour la dernière fois ?

Elle parut alors un peu plus intéressée et fit signe à Dilman de sortir.

– C'est quoi, votre nom, déjà ?

– Fraser. Avez-vous ressenti les premières contractions ? Des crampes ? Un saignement ? Une douleur intermittente dans le dos ?

Elle me dévisagea avec méfiance, mais se résolut à répondre à mes questions. Je finis par pouvoir diagnostiquer un empoisonnement alimentaire aigu, sans doute dû à une tourte aux huîtres consommée la veille, parmi un nombre considérable d'autres mets, dans une crise de gloutonnerie vorace provoquée par sa grossesse.

Elle rentra sa langue que je venais d'inspecter.

– Vous êtes sûre que je n'ai pas de fièvre ?

– Non, en tout cas, pas encore.

Je comprenais ses craintes. Au cours de l'auscultation, j'avais appris qu'une fièvre particulièrement virulente traînait en ville et dans le palais. Le secrétaire du gouverneur en était mort deux jours plus tôt, et Dilman était la seule femme de chambre tenant encore debout.

Je la fis sortir du lit et l'aidai à marcher jusqu'au fauteuil, dans lequel elle s'effondra comme un chou à la crème écrasé. La chambre sentait le renfermé, alors j'ouvris grand la fenêtre pour laisser entrer la brise.

– Par Dieu, vous voulez m'achever !

Elle serra sa robe de chambre autour de son cou, voûtant les épaules comme si un blizzard s'était engouffré dans la pièce. Scandalisée, elle agita une main vers l'extérieur.

– Vous êtes folle, les miasmes !

En vérité, les moustiques représentaient en effet un risque. Mais il restait plusieurs heures avant le coucher du soleil. Avant qu'ils ne commencent à sévir.

– Je la refermerai dans quelques minutes. Pour l'instant, vous avez besoin d'air et, si possible, d'avaler un aliment léger. Vous sentez-vous capable de manger un morceau de pain grillé ?

Elle réfléchit, passant un bout de langue hésitant sur la commissure de ses lèvres

– Peut-être, décida-t-elle. Et une tasse de thé. Dilman ! hurla-t-elle à la servante qui se trouvait dans l'autre pièce.

La femme de ménage partie chercher le pain et le thé (depuis combien de temps n'avais-je pas goûté à du vrai thé ?), je repris mon examen détaillé.

Combien de grossesses précédentes ? Six, mais une ombre traversa son visage, et malgré elle, ses yeux se tournèrent vers une poupée en bois près de la cheminée.

– Vos enfants sont-ils dans le palais ?

Je n'avais vu aucune trace de sa progéniture. Même dans une maison aussi grande, il était difficile d'en cacher six.

– Non, nous avons envoyé les filles chez ma sœur, dans le New Jersey, il y a plusieurs semaines.

Quelques questions plus tard, le plateau de thé arriva. Je la laissai grignoter en paix et allai secouer ses draps humides et froissés.

– C'est vrai ? demanda-t-elle brusquement.

– Pardon ?

– On raconte que vous avez assassiné la jeune maîtresse de votre mari et que vous lui avez ouvert le ventre pour prendre son enfant. C'est vrai ?

Fermant les yeux, je pressai ma main contre mon front. Où avait-elle entendu ça ? Quand je me sentis capable de parler, je répondis en la regardant droit dans les yeux.

– Ce n'était pas sa maîtresse, et je ne l'ai pas tuée. Quant au reste… oui, c'est vrai.

Elle me fixa un instant, la bouche ouverte. Puis elle la ferma et croisa les bras sur son ventre.

– Ah, on peut faire confiance à George Webb pour me trouver une sage-femme convenable !

Là-dessus, à ma grande surprise, elle éclata de rire.

– Il n'en sait rien, n'est-ce pas?

– Il ne m'a rien demandé, répondis-je sèchement. Et vous, qui vous l'a raconté?

– Oh, vous êtes très célèbre, madame Fraser. Tout le monde parle de vous! George n'a pas le temps de cancaner, mais je suis sûre que même lui en a entendu parler. Heureusement, il n'a aucune mémoire des noms. Mais moi si.

Elle avait retrouvé un peu de couleurs. Elle mordit délicatement dans un autre toast et le mâchonna avant de reprendre :

– Je n'étais pas sûre que ce soit vous. Il me fallait vous le demander.

– Et à présent que vous savez...?

– Je ne sais rien. Je n'avais encore jamais rencontré une meurtrière.

Elle avala le dernier morceau de toast et s'essuya les mains sur la serviette.

– Je ne suis pas une meurtrière.

– Forcément, vous n'allez pas affirmer le contraire.

Elle saisit sa tasse de thé, m'observant avec intérêt.

– Vous ne ressemblez pas une dépravée. Cela dit, vous n'avez pas l'air tout à fait respectable non plus.

Elle but du bout des lèvres. Sa mine ravie me rappela que je n'avais rien mangé depuis le bol de porridge sans sel ni beurre que Mme Tolliver avait servi en guise de petit-déjeuner.

Mme Martin reposa sa tasse et annonça :

– Je dois réfléchir. (Elle agita une main vers le plateau.) Rapportez ça à la cuisine et demandez qu'on m'envoie de la soupe et peut-être... quelques sandwichs. Je crois bien que mon appétit est revenu.

* * *

De manière subite, j'étais passée d'une geôle misérable à un palais et je me sentais comme un marin descendant à terre

565

après de longs mois en mer, titubante et prise de vertiges. Tel un automate, je me rendis docilement à la cuisine, puis remontai dans la chambre de Mme Martin avec un plateau chargé d'un bol de soupe qui dégageait un parfum divin. Le temps qu'elle me congédie, mon cerveau était de nouveau en mesure de fonctionner, sans toutefois avoir retrouvé toutes ses capacités.

Je me trouvais à New Bern, et, grâce à Dieu et à Sadie Ferguson, hors de la prison du shérif Tolliver. Fergus et Marsali habitaient en ville. Par conséquent, la logique me dictait de m'enfuir et de tenter de les trouver. Ils pourraient m'aider à rejoindre Jamie. Je m'accrochais à la promesse de Tom Christie qu'il n'était pas mort et à la conviction qu'on pouvait le retrouver, car aucune autre option n'était tolérable.

Toutefois, m'enfuir du palais du gouverneur s'avéra plus difficile que je l'aurais cru. Des gardes étaient postés devant toutes les portes, et ma tentative de filer devant l'un d'eux, mine de rien, échoua lamentablement. M. Webb réapparut et m'escorta dans une mansarde où il m'enferma à clef.

C'était toujours mieux que la prison, mais guère plus. L'atmosphère y était chaude et étouffante. La chambre, qui n'avait pas été occupée depuis longtemps, contenait un lit de camp, un pot de chambre, une bassine, une aiguière et une commode avec quelques vêtements. Une couche de poussière recouvrait toutes les surfaces. L'aiguière était remplie d'eau trouble qui croupissait depuis un certain temps, plusieurs papillons de nuit et autres menus insectes flottant dans la bassine.

Il y avait aussi une petite fenêtre collée par la peinture. À force de tirer dessus, je parvins à l'ouvrir et inspirai de grandes goulées d'air.

Je me déshabillai, ôtai les insectes de l'eau et me lavai, une expérience sublime qui me fit beaucoup de bien, après une semaine dans la crasse et la sueur. Malgré quelques hésitations, je pris une chemise en lin dans la commode, ne pouvant me résoudre à renfiler la mienne.

Même sans savon ni shampoing – mes moyens étaient limités – je me sentais nettement plus fraîche. Ayant également trouvé un peigne (mais pas de miroir), je démêlai mes cheveux mouillés devant la fenêtre, essayant de voir les alentours.

Au-dehors, d'autres gardes étaient postés tout autour de la propriété. Était-ce normal ? Sans doute pas. Ils semblaient nerveux et très alertes. J'en vis un repousser un homme qui s'approchait des grilles, pointant son arme d'un air menaçant. Ce dernier parut surpris et recula, avant de s'éloigner.

Étaient aussi présents des soldats en uniforme. Peut-être des fusiliers marins, mais je ne connaissais pas assez les vêtements militaires pour en être certaine. Ils étaient regroupés autour de six canons, chacun perché sur un monticule devant le palais, dominant la ville et le port.

Deux hommes en civil se trouvaient parmi eux. Je reconnus la silhouette corpulente de M. Webb, accompagné d'un homme plus petit. Ce dernier marchait le long de la ligne de canons, les bras croisés derrière lui, et les fusiliers faisaient le salut militaire sur son passage. Ce devait donc être le gouverneur : Josiah Martin.

Je les observai quelques minutes, mais il ne se passait rien d'intéressant. Les effets du stress accumulé au cours du dernier mois et de la température torride se firent sentir, m'écrasant comme une main géante.

Je m'allongeai sur le lit de camp et m'endormis aussitôt.

* * *

Je dormis jusqu'au milieu de la nuit, puis fus réveillée pour me rendre au chevet de Mme Martin, qui semblait souffrir d'une rechute de ses problèmes digestifs. Derrière une porte entrebâillée se tenait un homme grassouillet avec un long nez, la mine inquiète, en chemise et bonnet de nuit, et tenant une chandelle. Je devinai qu'il s'agissait du gouverneur. Il me jeta un regard méchant, mais n'entra pas dans la pièce. Je n'eus pas le temps de me préoccuper de lui et, une fois la crise passée, il avait disparu. Ma patiente endormie, je me couchai sur le tapis, au pied de son lit, un jupon enroulé en guise d'oreiller, et me rendormis avec bonheur.

À mon réveil, il faisait jour. Le feu était éteint. Mme Martin était sortie de son lit et appelait Dilman dans l'escalier de service, d'une voix plaintive.

Elle revint tandis que je me relevai.

– Maudite bonne! ronchonna-t-elle. Elle doit avoir attrapé la fièvre, comme les autres. Ou alors elle s'est enfuie elle aussi.

J'en déduisis que si plusieurs domestiques étaient alités, bon nombre étaient tout simplement partis par peur de la contagion.

Mme Martin s'inspecta dans le miroir, tirant la langue d'un air critique.

– Vous êtes sûre que je n'ai pas la fièvre tierce, madame Fraser? Je me trouve le teint bien jaune.

De fait, elle avait un teint de rose anglaise, quoique, un peu pâle à force de vomir.

– Évitez les gâteaux à la crème et la tourte aux huîtres par temps chaud, ne mangez rien de plus gros que votre tête par repas, et tout ira bien.

Je refoulai un bâillement. Je surpris mon reflet dans le miroir par-dessus son épaule et tressaillis. J'étais aussi pâle qu'elle, avec de gros cernes sous les yeux; quant à mes cheveux… on pouvait tout juste dire qu'ils étaient presque propres.

– Je devrais être saignée, déclara Mme Martin. C'est ainsi qu'on soigne la pléthore, ce cher docteur Sibelius le dit toujours. Entre quatre-vingts et cent grammes, peut-être, suivis de teinture noire. Le docteur Sibelius dit aussi que la teinture noire traite parfaitement ce genre de choses.

Elle s'affala dans le fauteuil, son ventre rond rebondissant sous son peignoir. Elle retroussa sa manche, étirant son bras languissamment.

– Vous trouverez une lancette et un bol dans le premier tiroir de gauche, madame Fraser.

La seule idée de pratiquer une saignée au saut du lit suffisait à me donner envie de vomir. Quant à la teinture noire du docteur Sibelius, il s'agissait de laudanum, une teinture alcoolique d'opium, certainement pas mon traitement de choix pour une femme enceinte.

Il s'ensuivit une discussion acerbe sur les vertus de la saignée. À la lueur excitée dans son regard, je devinai qu'elle voulait surtout se faire ouvrir une veine par une meurtrière, le frisson suprême. L'apparition de M. Webb, qui entra sans frapper nous interrompit.

Il s'inclina devant Mme Martin.

– Je vous dérange, madame? Toutes mes excuses.

Puis il se tourna vers moi.

– Vous, mettez votre bonnet et suivez-moi.

Je ne me le fis pas dire deux fois, abandonnant Mme Martin indignée de ne pas avoir été saignée.

Cette fois, Webb me conduisit dans le grand escalier immaculé, puis dans une immense pièce tapissée de livres. À présent coiffé de sa perruque et élégamment vêtu, le gouverneur était assis derrière un bureau croulant sous la paperasserie, les plumes éparses, les buvards, les saupoudreuses de sable, la cire à cacheter, bref tout l'attirail d'un bureaucrate du XVIIIe siècle. Il semblait agacé et presque aussi indigné que sa femme.

– Voyons, Webb! J'ai besoin d'un secrétaire, et vous m'amenez une sage-femme?

– C'est une faussaire.

Cela tua dans l'œuf la plainte que le gouverneur s'apprêtait à formuler. Il marqua un temps d'arrêt, me scrutant des pieds à la tête.

– Ah. Je vois.

– Accusée de contrefaçon, précisai-je. Je n'ai pas encore été jugée et encore moins condamnée.

Mon accent éduqué le surprit encore plus.

– Je vois, répéta-t-il lentement. Où êtes-vous allé la chercher, Webb?

Indifférent, celui-ci me regarda comme si j'étais un meuble insignifiant ou un pot de chambre.

– À la prison, monsieur. Quand j'ai interrogé les gens autour de moi en quête d'une sage-femme, on m'a raconté qu'elle avait fait des prodiges avec une esclave qui avait eu du mal à accoucher. Comme c'était urgent et qu'il n'y avait personne d'autre...

Il fit une légère grimace.

– Hmm...

Le gouverneur sortit un mouchoir de sa manche et tamponna son menton moite.

– Vous avez une écriture lisible ?

Dans le cas contraire, j'aurais été une piètre faussaire, mais je me contentai de répondre par l'affirmative.

Heureusement, c'était le cas. À mon époque, j'avais gribouillé mes ordonnances avec un stylo à bille mais, depuis, je m'étais entraînée à écrire à la plume, soignant mon écriture afin que mes archives médicales et mes études de cas puissent être lisibles par celui ou celle qui en aurait besoin après moi. Une fois de plus, j'eus un pincement au cœur en pensant à Malva... Mais pour l'instant, je n'avais guère de temps à consacrer à son souvenir.

Le gouverneur m'indiqua une chaise et un bureau dans un coin de la pièce.

Il se leva, fouilla parmi les papiers devant lui et en déposa un devant moi.

– Faites donc une copie de ce texte pour voir, je vous prie.

C'était une brève lettre adressée au Conseil royal exprimant les préoccupations du gouverneur concernant les menaces récentes pesant sur cet organe et repoussant la date de sa prochaine réunion. Je choisis une plume dans le pot sur le bureau, la taillai à ma convenance, débouchai l'encrier et me mis à la tâche, profondément consciente du regard attentif des deux hommes au-dessus de moi.

J'ignorais combien de jours je parviendrais à maintenir cette imposture – Mme Martin pouvait parler à tout moment –, mais j'avais sans doute plus de chances de m'échapper en tant que faussaire que meurtrière.

Le gouverneur prit ma copie, l'examina, puis la reposa avec un grognement satisfait.

– Cela ira. Faites-en huit autres copies, puis vous continuerez avec ceci. Retournant à son bureau, il prit une large liasse de correspondance qu'il plaça devant moi.

Les deux hommes (j'ignorais quelle était la position de Webb, mais il semblait être un proche ami du gouverneur) reprirent leur conversation, parlant des affaires courantes comme si je n'existais pas.

Je m'attelai à ma tâche mécanique, trouvant un certain réconfort dans le grattement de la plume et les gestes répétitifs de sabler, sécher, secouer, souffler sur la feuille. Ce rituel n'occupait qu'une petite partie de mon cerveau, laissant le reste libre de s'inquiéter pour Jamie et de réfléchir à mon évasion.

Je pouvais, et devais, tôt ou tard, m'excuser pour aller prendre soin de Mme Martin. Si je parvenais à m'y rendre sans être accompagnée, je pourrais discrètement me glisser vers la sortie la plus proche. Toutefois, jusqu'à présent, toutes les portes que j'avais vues étaient gardées. En outre, pour mon plus grand malheur, le palais était équipé d'une armoire de simples très bien pourvue. Il me serait difficile de prétexter une visite chez un apothicaire. Même dans ce cas, je serais sans doute escortée.

Le mieux serait d'attendre la nuit. Si je parvenais à sortir du palais, je disposerais de quelques heures avant la découverte de mon absence. Toutefois, s'ils m'enfermaient de nouveau à clef...

Je grattai le papier avec application, retournant sous tous les angles des plans toujours insatisfaisants et m'efforçant de ne pas imaginer le corps de Jamie tournant lentement sur lui-même, pendu à un arbre dans un lieu sans nom. Christie m'avait donné sa parole, je ne pouvais que me raccrocher à elle.

Webb et le gouverneur marmonnaient dans leur coin. J'ignorais de quoi ils parlaient, et le bruit de leur voix n'était qu'un lointain grondement, apaisant comme le roulement des vagues. Au bout de plusieurs minutes, Webb vint m'indiquer quelles lettres cacheter et me dicter les adresses. Je faillis lui demander pourquoi il ne mettait pas la main à la pâte lui aussi, puisqu'il y avait urgence, mais je vis ses mains tordues par l'arthrite.

Il se décoinça un instant, juste assez pour esquisser un petit sourire et me dire :

– Vous avez une fort belle écriture, madame Fraser. Quel dommage que vous soyez la faussaire et non la meurtrière.

– Pourquoi?

Il parut étonné par ma surprise.

– Mais... parce qu'il est clair que vous avez reçu une bonne éducation. Si vous étiez condamnée pour meurtre, vous pourriez invoquer les privilèges du clergé et vous en sortir avec une flagellation en place publique et une marque au fer rouge sur le visage. La contrefaçon, en revanche... (il fit une grimace navrée), c'est la peine capitale, aucune grâce n'est possible. Si vous êtes condamnée, madame Fraser, j'ai bien peur que ce ne soit la corde.

Ma gratitude envers Sadie Ferguson connut une brusque réévaluation.

Je m'efforçai de demeurer le plus calme possible.

– Alors, il ne reste plus qu'à espérer que justice soit faite, afin que je sois libérée.

Il émit un petit rire.

– Assurément. Ne serait-ce que pour la réputation du gouverneur.

Nous reprîmes le travail en silence. La pendule dorée derrière moi sonna midi et, comme invoqué par le son, un domestique entra (ce devait être le majordome), pour demander au gouverneur s'il acceptait de recevoir une délégation des habitants de la ville.

Le gouverneur fit une moue de lassitude, puis acquiesça avec résignation. Un groupe de sept hommes entra, tous sur leur trente et un, visiblement de petits commerçants plutôt que de grands marchands et des notables. Dieu merci, je n'en connaissais aucun. L'un d'eux se présenta sous le nom de George Herbert et déclara :

– Monsieur, nous sommes venus vous demander la signification de ce mouvement des canons.

Assis près de moi, Webb se raidit, mais le gouverneur semblait s'y être préparé. Il prit un air innocent :

– Les canons ? Mais... nous réparons leurs socles. Nous tirerons une salve d'honneur, comme d'habitude, un peu plus tard ce mois-ci pour célébrer l'anniversaire de la reine. Lors de la dernière inspection, nous avons découvert que le bois des caissons était pourri par endroits. Naturellement, il est impossible de tirer au canon tant que les réparations n'auront pas été effectuées. Souhaitez-vous inspecter les socles vous-mêmes, messieurs ?

Il fit mine de se lever pour les escorter en personne, mais sa courtoisie était si fortement teintée d'ironie que les hommes rougirent et marmonnèrent un refus.

Il y eut encore quelques échanges aimables de pure forme, puis la délégation se retira, ses membres à peine moins suspicieux qu'à leur arrivée. Quand la porte se referma derrière eux, Webb ferma les yeux avec un long soupir.

– Bande de bâtards ! murmura le gouverneur.

Je fis semblant de ne pas avoir entendu, plongeant le nez dans mon travail.

Webb s'approcha de la fenêtre qui donnait sur la pelouse, sans doute pour s'assurer que les canons étaient toujours là où ils étaient censés être. En étirant le cou, je pouvais les voir. Effectivement, les six canons avaient été ôtés de leur socle et gisaient dans l'herbe, tels d'inoffensifs troncs de bronze.

De la conversation qui s'ensuivit, pimentée de commentaires plutôt crus sur ces chiens de rebelles qui avaient l'audace d'interroger le gouverneur royal comme un vulgaire larbin, je déduisis qu'on avait déplacé les canons par peur que les habitants de la ville ne s'en emparent et ne les retournent contre le palais.

En les écoutant, je me rendis compte que les événements étaient allés plus loin et plus vite que je ne l'avais cru. Nous n'étions qu'à la mi-juillet 1775, presque un an avant qu'une version plus longue et plus énergique de la déclaration de Mecklenberg ne se transforme en une déclaration d'indépendance officielle des colonies unies. Pourtant, le gouverneur royal se préparait déjà à un conflit ouvert.

Si ce que j'avais vu tout au long de notre voyage depuis Fraser's Ridge ne m'avait pas encore convaincue du début de la guerre, une journée avec le gouverneur suffisait à m'enlever tout doute.

Dans l'après-midi, je montai voir ma patiente, accompagnée, hélas, de Webb. Mme Martin était apathique et déprimée, se plaignant de la chaleur, du climat impossible, du fait qu'elle s'ennuyait de ses filles et du manque déplorable de personnel de maison, ayant été obligée de se brosser elle-même les cheveux en l'absence de Dilman. Toutefois, elle était en bonne santé, ce que je rapportai au gouverneur à mon retour dans son bureau.

– Pensez-vous qu'elle est en état de voyager? m'interrogea-t-il.

Je réfléchis un instant, puis acquiesçai.

– Je pense que oui. Elle est encore un peu malade en raison de ses troubles digestifs, mais, dès demain, elle devrait être rétablie. Sa grossesse se déroule normalement. A-t-elle déjà éprouvé des difficultés à rester enfermée dans un espace clos?

Le gouverneur rosit, puis fit non de la tête. Ensuite, il s'inclina.

– Je vous remercie, madame Fraser. George? Si vous vous voulez bien m'excuser, je dois aller discuter un instant avec Betsy.

Quand il fut sorti, je demandai à Webb :

– Il envisage d'envoyer sa femme quelque part?

Pour une fois, Webb me parut presque humain. Il fixait la porte qui venait de se refermer sur le gouverneur.

– Oui, il a de la famille à New York et dans le New Jersey. Elle sera en sécurité, là-bas, avec les enfants. Ils ont trois filles.

– Trois ? Je croyais qu'elle en avait eu six... Ah.

Je me tus brusquement. Elle m'avait dit avoir accouché six fois, non pas qu'elle avait six enfants en vie.

– Depuis qu'ils sont ici, la fièvre a emporté leurs trois petits garçons.

Il soupira avant d'ajouter :

– Cette colonie ne leur a pas vraiment réussi.

Puis il se ressaisit, et l'homme s'effaça de nouveau derrière le masque du bureaucrate. Il me tendit une nouvelle liasse de documents, puis sortit sans un mot.

93

Dans mon rôle de lady

Je dînai seule dans ma chambre. La cuisinière tenait encore debout, même si l'atmosphère du désordre était tangible dans la maison. Je pouvais sentir le malaise ambiant, frôlant la panique, et il me vint à l'esprit que ce n'était pas la peur de la fièvre qui avait provoqué le départ des domestiques, mais plus probablement l'instinct de conservation qui pousse les rats à fuir un navire avant le naufrage.

Depuis ma minuscule fenêtre, je voyais un bout de la ville, apparemment sereine dans le crépuscule. Ici, la lumière était très différente de celle de la montagne : blanche et plate, elle dessinait les maisons et les bateaux de pêche avec une clarté saisissante, mais se fondait en une brume qui masquait complètement l'autre rive, si bien qu'au-delà de mon futur proche, je ne distinguai qu'une infinité floue.

Je chassai cette métaphore de mon esprit et sortis de ma poche l'encrier, la plume et les feuilles de papier que j'avais subtilisés dans la bibliothèque un peu plus tôt. Je ne savais pas comment ni quand je parviendrais à faire sortir un message du palais, mais il me restait un peu d'argent, et je voulais être prête dès que l'occasion se présenterait.

J'écrivis rapidement à Fergus et Marsali, leur racontant ce qui était arrivé et demandant à Fergus de se renseigner à Brunswick et Wilmington. Si Jamie était encore en vie, il devait se trouver dans la prison de Wilmington. Brunswick n'était qu'un petit village dominé par le fort Johnston, une imposante bâtisse fortifiée en rondins de bois, et celle-ci étant une garnison de miliciens, ils n'avaient aucune raison d'y avoir conduit Jamie. Toutefois, si c'était le cas, le fort était sous le commandement du capitaine Collet, un émigrant suisse qui le connaissait. Il y serait en sécurité.

Qui d'autre connaissait-il? Il avait de nombreuses relations sur la côte, des hommes rencontrés lors de la Régulation. John Ashe, notamment. Avec sa compagnie, il avait marché à nos côtés sur Alamance, avait campé près de nous, et nous l'avions souvent accueilli autour de notre feu. Or, Ashe était de Wilmington.

Je venais juste de finir une brève supplique à John Ashe quand des pas retentirent dans le couloir. Je repliai la lettre en hâte sans la sécher et la fourrai avec l'autre missive dans ma poche. J'eus juste le temps de pousser l'encrier et le papier volés sous le lit.

C'était Webb, mon geôlier habituel, qui venait me chercher pour m'escorter chez Mme Martin afin de faire ses bagages. Visiblement, j'étais devenue la bonne du palais.

Je m'étais attendue à des lamentations ou à une crise de nerfs, mais je la trouvai habillée et l'allure composée, donnant des ordres et mettant même la main à la pâte avec un esprit clair et ordonné.

La raison de sa maîtrise d'elle-même était le gouverneur, qui entra quelques instants plus tard, les traits tirés par l'inquiétude. Elle posa les mains sur ses épaules, le regardant avec affection.

– Mon pauvre Jo. Tu as dîné?

– Non, mais peu importe. Je grignoterai plus tard.

Il déposa un baiser sur son front.

– Tu as l'air d'aller mieux, Betsy. Tu es sûre que ça va?

Je compris soudain qu'il était irlandais, ou du moins anglo-irlandais. Il n'avait aucun accent, mais, dans l'intimité, son intonation plus traînante le trahissait.

– Je suis tout à fait remise, l'assura-t-elle.

Elle prit sa main et la posa sur son ventre en souriant.

– Tu sens comme il bouge?

Il sourit à son tour et porta sa main à ses lèvres, la baisant.

– Tu vas me manquer, mon chéri, dit-elle. Tu me promets d'être très prudent?

– Bien sûr. Ma chère Betsy, tu sais que je ne supporte pas d'être séparé de toi, mais la situation...

– Oui, je sais. C'est pourquoi j'ai si peur pour toi. Je...

Elle se rappela soudain de ma présence et changea de ton.

– Madame Fraser. Descendez à la cuisine, je vous prie, et faites préparer un plateau pour le gouverneur. Vous le monterez dans la bibliothèque.

Je m'inclinai et sortis. Était-ce l'occasion que j'attendais?

Les couloirs et l'escalier étaient déserts, éclairés uniquement par la lueur vacillante des appliques en laiton. À l'odeur, elles brûlaient à l'huile de poisson. La cuisine se trouvait au sous-sol. Le silence sinistre qui régnait dans ce qui aurait dû être une ruche grouillante d'activités donnait l'impression de descendre dans un cachot.

La seule lumière de la cuisine était celle de l'âtre devant lequel trois domestiques étaient blottis en dépit de la chaleur. Ils se retournèrent en m'entendant entrer, leur visage dans l'ombre. Avec la vapeur qui s'élevait du chaudron derrière eux, je crus un instant me trouver devant les trois sorcières de *Macbeth,* réunies pour prononcer leur terrible prophétie. Je m'efforçai de calmer les battements de mon cœur et récitai sur un ton plaisant :

– «Double, double peine et tourment, chaudron bouille à feu brûlant.»

– Peine et tourment, ça, c'est sûr! dit une voix féminine.

Elle éclata de rire. En m'approchant, je constatai qu'il s'agissait de trois femmes noires. Des esclaves, sans doute, et donc dans l'impossibilité de fuir de la maison.

... Mais aussi de transmettre un message pour moi. Cependant, je n'avais aucune raison de ne pas être amicale.

Je leur souris, et elles me sourirent en retour, m'observant avec curiosité. Nous ne nous étions jamais croisées. Toutefois, connaissant les bavardages d'usage dans les quartiers des domestiques, elles savaient sans doute qui j'étais.

Une fois que j'eus expliqué ce qui m'amenait, celle qui avait ri descendit un plateau d'une étagère en demandant :

– Le gouverneur envoie sa dame au loin ?

– Oui.

Les commérages ayant valeur de monnaie d'échange, je leur racontai tout ce que je savais pendant qu'elles s'affairaient, telles des ombres dans la pénombre, hachant, coupant, étalant, disposant.

Molly, la cuisinière, hocha la tête d'un air navré.

– Triste époque ! Triste époque !

Les deux autres murmurèrent leur assentiment. À leur comportement, elles paraissaient apprécier le gouverneur. D'un autre côté, en tant qu'esclaves, leur sort était inextricablement lié au sien, qu'elles l'aiment ou pas.

Tout en discutant avec elles, il me vint à l'esprit que, si elles ne pouvaient pas s'enfuir, elles sortaient sans doute de temps en temps, ne serait-ce que pour faire le marché, puisqu'il ne restait presque plus personne d'autre. J'avais vu juste. Sukie, celle qui avait ri, sortait acheter du poisson et des légumes frais tous les matins. Quand je lui présentai ma requête avec tact, elle parut disposée à déposer mes messages chez l'imprimeur (elle savait où il se trouvait, la boutique avec plein de livres dans la vitrine) en échange d'une petite compensation.

Elle glissa les lettres et l'argent dans son corsage avec un regard entendu. Dieu seul savait ce qu'elle s'imaginait, mais je lui répondis par un clin d'œil, pris le plateau chargé et remontai vers le royaume de la lumière empestant le poisson.

Le gouverneur était seul dans la bibliothèque, brûlant des documents dans la cheminée. Quand je déposai son dîner sur son bureau, il hocha la tête, l'esprit absent, mais n'y toucha pas. Ne sachant trop quoi faire, je restai plantée là un moment, puis m'assis à ma place habituelle.

Il jeta une dernière liasse dans les flammes, puis regarda les feuilles se racornir et noircir. Avec le coucher du soleil, la pièce s'était un peu rafraîchie. Les fenêtres étaient fermées, et des rigoles de condensation coulaient sur les vitres. Essuyant mon front et mon nez moites, je me levai et ouvris celle qui se trouvait derrière moi, puis inspirai l'air du soir, chaud mais propre et chargé des parfums du chèvrefeuille et des roses du jardin.

On sentait aussi une odeur de fumée de bois. Les soldats qui gardaient le palais avaient allumé, à intervalles réguliers tout autour du parc, des feux qui tenaient les moustiques à distance, mais leur permettraient également de ne pas être pris par surprise en cas d'attaque.

Le gouverneur vint se placer derrière moi. Je crus qu'il allait m'enjoindre de fermer la fenêtre, mais il resta là à contempler les pelouses et la longue allée de graviers. La lune s'était levée, et les canons descendus de leurs socles formaient des ombres à peine visibles dans le noir, tels des cadavres alignés.

Peu après, il retourna à son bureau, m'appela et me tendit une liasse de courrier officiel à copier, une autre à trier et à classer. Il laissa la fenêtre ouverte, voulant sans doute entendre s'il se passait quelque chose.

Je me demandai où se trouvait l'omniprésent Webb. On n'entendait plus aucun bruit dans le palais. Mme Martin avait dû finir de remplir ses malles et se coucher.

Nous travaillâmes, chacun dans son coin, au rythme des sonneries de la pendule, le gouverneur se levant de temps en temps pour brûler d'autres papiers, prendre mes copies et les ranger dans de grands classeurs en cuir qu'il empilait sur son bureau. Il avait ôté sa perruque. Ses cheveux étaient châtains, courts et frisés, un peu comme les miens après ma fièvre. Il s'immobilisait parfois et tournait la tête, tendant l'oreille.

Ayant moi-même fait face à une foule en colère, je comprenais ce qu'il guettait. À ce stade, je ne savais plus ce que je devais espérer ou craindre. Je m'abandonnai donc à l'engourdissement bienvenu du travail, même si je commençais à avoir des crampes dans les mains et devais m'arrêter souvent pour les masser.

Le gouverneur s'était mis à écrire. Il paraissait fatigué et se tortillait parfois en grimaçant en dépit du coussin. Mme Martin m'avait confié qu'il souffrait d'une fistule anale, mais je doutais qu'il me laisse le soigner. Je le surpris plusieurs fois jetant un coup d'œil vers la porte entrebâillée. Attendait-il quelqu'un?

La fenêtre derrière moi était toujours ouverte, et un léger courant d'air me caressa le dos, chaud mais assez vigoureux pour soulever les cheveux dans ma nuque et faire vaciller la flamme des bougies. Celle du gouverneur se coucha, et il la protégea en l'abritant derrière sa main. Puis la brise arrêta, et l'on n'entendit plus rien que les stridulations des grillons au-dehors et le grattement de nos plumes. Le gouverneur semblait concentré sur la feuille devant lui, mais il tourna de nouveau la tête vers la porte, comme s'il venait d'apercevoir une ombre filer dans le couloir.

Il resta figé un instant, puis se frotta les yeux et se replongea dans son travail. Quelques minutes plus tard, il recommença. Cette attitude étant contagieuse, je me mis à surveiller la porte moi aussi.

– Vous... vous avez vu passer quelqu'un, madame Fraser?

– Non, monsieur.

Je réprimai avec dignité un nouveau bâillement.

– Ah.

Déçu, il reprit sa plume, mais ne se remit pas à écrire. Il la fit tourner entre deux doigts, l'air ailleurs.

– Vous attendez quelqu'un, Votre Excellence?

Il sursauta.

– Ah. Euh... non. C'est juste...

Nouveau regard vers la porte.

– C'est mon fils, reprit-il. Notre cher petit Sam. Il est mort ici, vous savez. À la fin de l'année dernière. Il n'avait que huit ans. Parfois... parfois, j'ai l'impression de le voir.

Sa voix mourut dans un souffle. Il replongea le nez dans ses papiers, pinçant les lèvres.

– Je suis désolée, ajoutai-je doucement.

Il ne dit rien, mais acquiesça d'un bref mouvement de tête, sans la relever, et nous reprîmes chacun notre travail.

Un peu plus tard, la pendule sonna une heure ; puis deux. Son carillon était doux et gai. Le gouverneur s'interrompit pour l'écouter, le regard lointain, puis il s'extirpa de sa torpeur.

– Il est si tard ! Je vous ai fait beaucoup trop veiller, madame Fraser. Je m'en excuse.

Il me fit signe d'abandonner les papiers que j'étais en train de recopier et je me levai, raide et endolorie d'être demeurée assise si longtemps.

Je secouai mes jupes et les lissai, puis me dirigeai vers la porte. Sur le seuil, je vis qu'il était resté derrière son bureau.

– Vous devriez aller dormir, vous savez.

Le palais était silencieux. Même les grillons au-dehors s'étaient endormis. On entendait tout juste le ronflement sourd d'un garde, somnolant dans le couloir.

Le gouverneur esquissa un sourire las.

– Oui, bientôt.

Il se tortilla un peu sur son siège, puis reprit sa plume et se remit à gratter le papier.

* * *

Le lendemain matin, personne ne vint me réveiller, et le soleil était déjà levé depuis belle lurette quand je m'étirai dans mon lit. En écoutant le silence, je paniquai une seconde à l'idée que tout le monde était parti pendant la nuit, me laissant seule enfermée. Je me levai à toute vitesse pour regarder par la fenêtre. Les soldats étaient toujours à leur poste dans le parc. De l'autre côté des grilles, j'apercevais des gens qui vaquaient normalement à leurs occupations, certains s'arrêtant pour contempler le palais.

Puis j'entendis des bruits familiers à l'étage inférieur et en fus soulagée. On ne m'avait pas abandonnée. Toutefois, le temps que le majordome vienne m'ouvrir, j'étais morte de faim.

Il me conduisit dans la chambre de Mme Martin qui, à ma grande surprise, était vide. Il me quitta, puis, quelques minutes plus tard, Merilee, une des esclaves de la cuisine, entra, apeurée de se trouver dans une partie de la maison qu'elle ne connaissait pas.

– Que se passe-t-il? lui demandai-je. Vous savez où est Mme Martin?

– Elle est partie juste avant l'aube, ce matin. C'est monsieur Webb, qui l'a emmenée en secret dans une carriole avec ses malles.

Je comprenais pourquoi elle était partie de façon si discrète. Le gouverneur ne tenait pas à montrer qu'il se sentait menacé, par peur de provoquer précisément la violence qu'il redoutait tant.

– Mais si madame Martin n'est plus là, qu'est-ce que je fais ici? Et vous?

Merilee parut prendre un peu plus d'assurance.

– Je suis censée vous aider à vous habiller.

– Mais je n'ai pas besoin...

Puis je vis les vêtements étalés sur le lit : une des tenues de jour de Mme Martin, une jolie robe en coton fleurie façonnée à la dernière mode, «à la polonaise», accompagnée de jupons volumineux, de bas de soie et d'une grande capeline en paille pour cacher le visage.

De toute évidence, j'étais supposée incarner l'épouse du gouverneur. Je l'entendais discuter avec le majordome dans le couloir. Après tout, si cela pouvait me faire sortir du palais, c'était toujours bon à prendre.

Je mesurais une dizaine de centimètres de plus que Mme Martin, mais, n'ayant pas son ventre rond, sa robe tombait plus bas. Il m'était impossible d'entrer dans ses souliers, mais, en dépit de mes nombreuses mésaventures, les miens pouvaient encore convenir. Merilee les nettoya et les frotta avec un peu de graisse pour les faire briller.

Mon grand chapeau incliné sur le devant pour cacher mon visage, mes cheveux relevés et épinglés sous un bonnet, je passerais dans doute pour Mme Martin aux yeux des gens qui l'avaient vue uniquement de loin. Quand il m'aperçut, le gouverneur tourna autour de moi, tira ici et là sur la robe pour l'ajuster, puis, après avec une légère courbette, m'offrit son bras.

– Votre serviteur, madame.

Voûtant un peu le dos pour paraître moins grande, je sortis ainsi par la grande porte au bras de Son Excellence, pour découvrir sa voiture qui nous attendait dans l'allée.

94

Escamotage

Jamie Fraser contempla la vitrine remplie d'ouvrages de qualité et s'autorisa un moment de fierté. La boutique de *F. Fraser, propriétaire* était petite, mais clairement prospère. Toutefois, le temps pressait et il poussa la porte sans s'attarder pour lire les titres. Une clochette tintinnabula, et la tête de Germain jaillit de derrière le comptoir tel un diable à ressort. Il poussa un cri de joie en apercevant son grand-père et son oncle.

– *Grand-père! Grand-père!*

Il plongea sous le rabat du comptoir et se jeta dans les jambes de Jamie, lui enlaçant la taille. Il avait grandi, le sommet de son crâne atteignait désormais le nombril de son grand-père. Jamie ébouriffa ses cheveux blonds, puis l'écarta pour lui demander d'aller chercher son père.

Il n'en eut pas besoin. En entendant les cris, toute la famille se précipita depuis l'appartement situé derrière la boutique dans un concert tonitruant d'exclamations et de débordements dignes d'une meute de loups, comme le fit observer Ian en faisant sauter sur ses épaules Henri-Christian qui s'accrochait triomphalement à ses cheveux.

Fergus parvint à extirper Jamie de la mêlée et l'attira à l'écart dans une alcôve où étaient rangés les livres rares et les ouvrages réservés à un public averti.

– Que s'est-il passé, milord? Pourquoi êtes-vous ici?

À son expression où la joie était teintée d'inquiétude, Jamie devina que quelques nouvelles lui étaient déjà parvenues depuis les montagnes. Il lui résuma rapidement la situation, mais la fatigue et la précipitation le faisaient trébucher sur les mots. Une de leurs montures avait déclaré forfait à une soixantaine de kilomètres de la ville, et ils avaient marché pendant deux nuits et un jour, se relayant sur la selle du cheval encore valide pendant que l'autre trottait à ses côtés, s'accrochant aux lanières d'un étrier.

Fergus écouta avec attention, s'essuyant les lèvres sur sa serviette. Ils étaient arrivés en plein dîner.

– Le shérif? Il doit s'agir de M. Tolliver. Je le connais. Voulez-vous qu'on...

Jamie l'interrompit d'un geste.

– Nous sommes déjà passés chez lui.

Ils n'avaient pas trouvé le shérif, mais une femme au visage d'échassier contrarié, ronflant, ivre morte sur un banc avec un bébé noir dans les bras.

Il avait collé le nourrisson dans les bras de Ian, puis traîné la femme dans la cour où il lui avait jeté des seaux d'eau à la figure jusqu'à ce qu'elle se réveille en sursaut, hoquetant et crachant. Il l'avait ensuite reconduite dégoulinante et titubante dans la maison et l'avait contrainte à boire un reste froid de chicorée trouvé dans un pot. Après avoir rendu profusément ses tripes, elle avait plus ou moins retrouvé l'usage de la parole.

– Elle m'a d'abord dit que toutes les prisonnières s'étaient enfuies ou avaient été pendues.

Il omit de décrire la panique qui s'était emparée de lui en entendant ces mots. Toutefois, après avoir dûment secoué la geôlière et l'avoir encore gavée d'eau et de mauvais café, il était parvenu à lui arracher plus de détails.

– Un homme est venu la chercher avant-hier. C'est tout ce qu'elle savait, ou dont elle se souvenait. Je lui ai demandé de me le décrire. Il ne s'agissait ni de Brown ni de Neil Forbes.

La famille de Fergus se bousculait autour de Ian, le harcelant et le caressant. Marsali regardait vers l'alcôve, la mine inquiète, mourant d'envie de les rejoindre, mais empêchée par Joan, qui tirait sur sa jupe.

586

– Joanie, *a chuisle,* lâche-moi un instant, veux-tu? Reste avec Félicité, d'accord?

– Mais, maman...

– Pas maintenant, tout à l'heure, d'accord?

– Qui cela peut-il être? demanda Fergus.

– Je n'en ai pas la moindre idée, répondit Jamie. La frustration s'accumulait comme une bile noire dans le fond de sa gorge. Une pensée horrible le traversa soudain.

– Mon Dieu, si c'était Stephen Bonnet?

Forbes avait peut-être appris son évasion et décidé d'inverser les rôles, déportant Claire en Angleterre et essayant de coller le meurtre de Malva sur son dos. Il avait du mal à respirer. Si Forbes avait livré Claire à Bonnet, il lui ouvrirait le ventre du cou jusqu'au bas-ventre et l'étranglerait avec ses propres viscères. Même chose pour l'Irlandais dès qu'il lui mettrait la main dessus.

– Papa, papaaaaa....

La voix fluette de Joan transperça la brume rouge qui remplissait son crâne.

– Quoi, *ma chérie?*

Fergus souleva sa fille et la cala contre sa hanche, soutenant son petit derrière dodu avec son bras gauche pour garder libre sa main droite. Elle plaça ses bras autour de son cou et lui chuchota à l'oreille.

– Vraiment? C'est *très bien.* Où les as-tu mises?

– Entre les albums avec des dames cochonnes.

Elle pointa un index vers l'étagère du haut, où se trouvaient plusieurs volumes reliés de cuir, mais sans titres au dos. Entre les livres, Jamie aperçut une lettre sale.

Fergus fit les gros yeux et donna une tape sur les fesses de sa fille.

– Combien de fois je t'ai dit de ne pas grimper là-haut?

Jamie tira sur le papier et sentit ses jambes mollir en reconnaissant l'écriture.

En moins de deux, Fergus reposa Joan.

– Milord? Asseyez-vous! *Ma chérie,* cours chercher le flacon de sel, vite!

Incapable de parler, Jamie agita une main pour lui signifier que ce n'était pas nécessaire, puis finit par retrouver sa voix.

– Elle est dans le palais du gouverneur. Dieu soit loué, elle est saine et sauve !

Il tira un tabouret à lui et s'assit, sentant l'épuisement et l'émotion prendre le dessus sur sa volonté, entendant vaguement les explications de Joan. Elle avait trouvé le message sur le paillasson. Le plus souvent, on glissait les lettres anonymes destinées au journal sous la porte, et les enfants savaient qu'ils devaient les apporter à leur père... Fergus lut la lettre à son tour.

– C'est très bien. Nous irons la chercher, mais, d'abord, vous devez manger, milord.

Il voulait refuser, arguant qu'il n'y avait pas une minute à perdre, qu'il ne pourrait rien avaler de toute façon, mais Marsali envoyait déjà les petites à la cuisine, leur demandant de préparer du café chaud et de faire griller du pain. Ian la suivit, Henri-Christian toujours accroché à son cou, Germain trottinant gaiement sur ses talons. Jamie se retrouva sans personne à contredire. Puis l'odeur succulente des œufs frits dans le beurre vint lui chatouiller les narines, et il se leva, attiré vers la cuisine comme la limaille de fer vers un aimant.

Au cours de leur repas, ils avancèrent et rejetèrent plusieurs plans. Finalement, Jamie accepta à contrecœur la suggestion de Fergus : il proposait que lui ou Ian se présente directement au palais comme un parent de Claire et demande à la voir pour s'assurer de sa santé.

– Après tout, ils n'ont aucune raison de cacher sa présence, expliqua-t-il. Si nous pouvons la rencontrer, tant mieux. Sinon, nous saurons si elle est toujours là et, peut-être, dans quelle partie du palais elle est enfermée.

Fergus tenait à y aller, mais il dut y renoncer quand Ian lui fit valoir qu'il était déjà bien connu à New Bern. On risquait de penser qu'il cherchait juste à glaner une matière à scandale pour son journal.

Fergus prit un air contrit.

– C'est vrai, cela m'arrache le cœur de le dire, milord, mais l'affaire... le crime... est déjà connu en ville. Ils ont collé des placards. *L'Oignon* a été obligé de publier un article sur le sujet, autrement cela aurait paru suspect, mais nous l'avons écrit avec la plus grande retenue, ne mentionnant que les faits nus.

Jamie ne put s'empêcher de sourire en le voyant pincer les lèvres, illustrant le caractère retenu de son article.

Il se leva, au plus haut point ragaillardi par la nourriture, le café et le fait de savoir où se trouvait Claire, et déclara à son neveu :

– Va te donner un coup de peigne, Ian. Tu ne voudrais pas que le gouverneur te prenne pour un Sauvage ?

* * *

Jamie insista pour accompagner Ian en dépit du danger d'être reconnu. Son neveu le dévisagea avec suspicion.

– Tu ne vas pas encore tenter une folie, mon oncle ?

– Pourquoi, j'ai l'habitude d'en faire ?

Avec un soupir, Ian ouvrit la main et, fléchissant les doigts un à un, énuméra :

– Voyons voir... Simms l'imprimeur ? Badigeonner Forbes au goudron ? Roger Mac m'a raconté ce que tu as fait à Mecklenberg. Et puis...

– Tu les aurais laissés tuer ce pauvre Fogarty ? Et puisqu'on parle de folies, qui s'est encore fait piquer les fesses après s'être vautré dans le stupre avec une... ?

– Tout ce que je demande, c'est que tu ne fonces pas tout droit dans le palais du gouverneur et que tu ne tentes pas de la reprendre par la force, quoi qu'il arrive. Tu attendras caché sous ton chapeau jusqu'à ce que je vienne ; ensuite, on verra. D'accord ?

Jamie tira sur le bord du vieux feutre mou de porcher sous lequel il avait remonté ses cheveux.

– Qu'est-ce qui te fait penser que je ne t'attendrais pas ?

– L'expression sur ton visage. Je veux la récupérer autant que toi, mon oncle... enfin, peut-être pas autant, mais j'ai la ferme intention de la libérer. Toi (il tapa de l'index sur la poitrine de son oncle), tu m'attends bien sagement.

Abandonnant Jamie sous un orme ramolli par la chaleur, il s'éloigna d'un pas décidé vers les grilles du palais.

Nerveux, Jamie tapotait le sol du bout du pied, essayant d'entretenir son agacement afin de refouler l'angoisse qui lui enserrait la poitrine comme un serpent. Son énervement ayant été purement fabriqué, il s'évapora aussitôt, l'anxiété reprenant le dessus, rampant et sifflant autour de lui.

Ian avait atteint la grille et palabrait avec le garde qui pointait son mousqueton vers lui, le maintenant à distance. Jamie voyait le soldat faire non de la tête.

C'était absurde. Son besoin d'elle était physique, comme la soif d'un marin en mer depuis trop longtemps. Au cours de leurs années de séparation, il avait déjà ressenti ce désir. Souvent même. Mais pourquoi à présent? Elle était en sécurité. Il savait où elle se trouvait. Était-ce seulement l'épuisement de ces dernières semaines? Ou l'affaiblissement dû à l'âge qui rendait tous ses os douloureux comme si elle avait été arrachée à son corps? Dieu n'avait-il pas modelé Ève avec une côte d'Adam?

Ian insistait, discutant ferme, effectuant de grands gestes avec les bras. Un bruit de roues sur le gravier détourna l'attention de Jamie. Une voiture descendait l'allée, une berline avec deux passagers et un cocher, tirée par un bel attelage bai.

Le garde repoussa Ian du bout de son mousqueton, lui signifiant de reculer pendant que son collègue ouvrait le portail.

La voiture le franchit sans ralentir, tourna dans la rue et passa devant lui. Jamie n'avait jamais vu Josiah Martin, mais le reconnut en la personne du gentleman rondelet à l'air suffisant. Puis, il entraperçut à peine la femme à ses côtés, et son cœur se referma comme un poing. Sans réfléchir, il s'élança derrière le véhicule, courant à toutes jambes.

Dans sa jeunesse, il aurait battu un attelage de vitesse. Même à son âge, il arriva à quelques mètres de la voiture; il aurait crié son nom, mais n'avait plus de souffle. Puis son pied buta contre un pavé, et il s'étala de tout son long.

Il resta étendu, haletant, les poumons en feu, n'entendant plus que le claquement des sabots des chevaux qui s'éloignaient, jusqu'à ce qu'une main puissante lui agrippe le bras et le hisse sur ses pieds.

– «On évitera de se faire remarquer» qu'il disait! Pour ce qui est de passer inaperçu, bravo! Tu sais que tu as perdu ton chapeau? Non, bien sûr que non! Et pas davantage que toute la rue nous observe, espèce de tête de mule! Bon sang, tu pèses plus qu'un bouvillon de trois ans!

– Ian?

– Quoi?

– Tais-toi! On dirait ta mère. Et lâche mon bras, je peux marcher tout seul.

Ian émit un son qui rappelait encore plus Jenny, mais il le lâcha. Jamie ramassa son chapeau et reprit en boitillant le chemin de l'imprimerie, Ian le suivant en silence sous le regard de tous les passants.

* * *

Une fois sortis du palais sans encombre, nous parcourûmes au petit trot les rues de New Bern, ne suscitant chez les citadins qu'un intérêt mitigé. Certains agitèrent la main, d'autres lancèrent des slogans vaguement hostiles, la plupart nous regardèrent simplement passer. À la lisière de la ville, le cocher bifurqua sur la grand-rue, apparemment pour une promenade dans la campagne, une illusion renforcée par la grande panière à pique-nique accrochée à l'arrière.

Une fois les embouteillages des faubourgs passés, avançant au pas parmi les grosses carrioles, les bestiaux et les voitures à bras, le cocher fit claquer son fouet, et nous repartîmes à vive allure, bringuebalant sur la route.

Au départ, j'avais cru que nous faisions seulement diversion, personne ne devant se douter du départ de Mme Martin avant sa sortie de la colonie. Visiblement, nous ne nous rendions pas à un simple repas à la campagne. Retenant d'une main mon chapeau sur ma tête, je criai pour me faire entendre par-dessus le raffut de l'attelage.

– Où allons-nous ?

– À Brunswick, cria le gouverneur en retour.

– Où ?

– Brunswick, répéta-t-il.

Il paraissait sombre, et son visage se rembrunit encore quand il lança un regard vers New Bern derrière nous et marmonna :

– Qu'ils aillent tous rôtir en enfer !

Puis il se tourna et s'installa plus confortablement, un peu penché en avant comme pour encourager les chevaux à galoper plus vite. Il ne prononça plus un mot durant tout le voyage.

95

Le *Cruizer*

Je me réveillais tous les matins juste avant l'aube. Épuisée par l'inquiétude et le travail jusqu'à tard dans la nuit, je dormais comme un loir, en dépit des pas sur le pont, de la cloche de la relève de la garde, des cris en provenance des bateaux voisins, des coups de feu occasionnels sur la berge et du gémissement du vent dans le gréement. C'était précisément le silence, juste avant les premières lueurs du jour, qui me réveillait.

«Aujourd'hui?» était la seule pensée qui occupait mon esprit. Pendant quelques instants, je flottais, désincarnée, au-dessus de ma couchette sous le gaillard d'avant. Puis j'inspirais, entendais mon cœur battre et sentais le léger tangage du bateau. Je tournais alors mon visage vers le rivage, observant la lumière caresser les vagues et se diriger lentement vers la terre ferme. Nous nous étions d'abord rendus à fort Johnston, seulement le temps que le gouverneur rencontre les loyalistes locaux, qui l'avaient convaincu du danger de demeurer dans la région.

Depuis bientôt une semaine, nous étions à bord du sloop royal, le *Cruizer,* ancré au large de Brunswick. En l'absence de troupes – hormis les fusiliers marins qui gardaient le navire –, le gouverneur était incapable de reprendre le contrôle de sa colonie et en était réduit à rédiger frénétiquement lettre sur lettre, tentant de former un semblant de gouvernement en exil.

Comme il n'y avait personne d'autre, j'avais été promue de simple copiste à secrétaire, prenant les lettres à la dictée quand le gouverneur était trop épuisé pour les écrire lui-même. Coupée du reste du monde, je passais chaque instant libre à contempler le rivage.

Aujourd'hui, un bateau approchait.

Une des vigies le héla, et le «Ohé» qui lui répondit paraissait si agité que je me redressai d'un coup, cherchant mon corset.

Aujourd'hui, il y aurait des nouvelles.

Le messager était déjà dans la cabine du gouverneur. Un fusilier me barra la route, mais la porte était ouverte, et la voix du nouveau venu, clairement audible.

– Ashe marche sur le fort, monsieur!

– Maudit soit-il! Il paiera cher sa trahison, le scélérat!

Le fusilier s'écarta de justesse pour laisser passer le gouverneur, encore en chemise de nuit et sans sa perruque, qui jaillit hors de sa cabine et grimpa à l'échelle, tel un singe, m'offrant une vue saisissante sur ses fesses nues et velues. Le garde surprit mon regard et détourna bien vite les yeux.

– Que font-ils? Vous les voyez?

– Pas encore.

Le messager, un homme d'âge mûr vêtu comme un fermier, avait suivi le gouverneur sur le pont, d'où leurs voix me parvenaient.

– Hier, le colonel Ashe a ordonné à tous les navires dans le port de Wilmington d'embarquer ses troupes et de mettre le cap sur Brunswick. Ce matin, ils se rassemblaient à quelques kilomètres du village. Je les ai entendus pendant que je trayais mes vaches. Il doit bien y avoir cinq cents hommes. Je me suis tout de suite glissé sur la berge et j'ai sauté dans la première embarcation que j'ai trouvée. J'ai pensé que vous deviez le savoir, Votre Excellence.

Assez content de lui, il avait perdu son ton agité.

– Mais que voulez-vous que je fasse? ronchonna le gouverneur.

– Ce n'est pas à moi de vous le dire, je ne suis pas le gouverneur, répliqua le messager aussi grincheux.

La remarque de Martin se noya dans le son de la cloche du navire. Passant devant l'écoutille, il m'aperçut en contrebas.

– Ah, madame Fraser. Voulez-vous bien aller chercher du thé en cuisine?

Je n'avais guère le choix, même si j'aurais préféré rester là à les écouter. Le cuisinier étant encore couché, j'attisai le feu, fis bouillir de l'eau, mis le thé à infuser et préparai un plateau avec la théière, une tasse, du lait, du pain grillé, du beurre, des biscuits et de la confiture. L'informateur du gouverneur était reparti. J'aperçus sa barque se diriger vers le rivage, une tache sombre sur la surface de la mer, que les premiers rayons de soleil faisaient miroiter.

Je m'arrêtai un instant sur le pont, posant le plateau sur le bastingage. Fort Johnston était visible au loin, une masse trapue au sommet d'une colline, entourée par des grappes de maisons et de corps de bâtiments. De l'activité régnait tout autour, des hommes allant et venant telle une colonie de fourmis. Toutefois, rien ne trahissait une invasion imminente. Soit le commandant, le capitaine Collet, avait décidé d'évacuer les lieux, soit les hommes d'Ashe n'avaient pas encore entamé leur marche sur Brunswick.

John Ashe avait-il reçu mon message? Si oui... agirait-il? Un tel geste n'aurait pas été bien perçu. S'il avait décidé qu'il ne pouvait se permettre de secourir un homme soupçonné d'être loyaliste et, de surcroît, accusé d'un crime affreux, je ne pouvais guère le lui reprocher.

Toutefois, il ne se laisserait peut-être pas intimider. Le gouverneur était coincé en mer, le conseil dissout, le système judiciaire évaporé. Il ne restait plus d'autres lois effectives que celles de la milice. S'il choisissait d'entrer dans la prison de Wilmington et d'en sortir Jamie, il rencontrerait peu d'opposition.

Si celui-ci était libre, il me cherchait. Il ne tarderait pas à apprendre où je me trouvais. Si John Ashe se rendait à Brunswick, Jamie viendrait sûrement avec ses hommes. Je scrutai la rive, guettant un mouvement, mais n'aperçus qu'un garçon tirant une vache sur la route du village. Toutefois, le jour se levait à peine.

Le parfum aromatique du thé m'emplit les narines, m'arrachant à ma contemplation. Je n'en avais pas bu depuis des mois, voire des années. Je m'en servis une tasse et la bus en reprenant mon observation.

* * *

Quand j'entrai dans la cabine du médecin de bord, où le gouverneur avait installé ses quartiers, il était habillé et seul. Relevant à peine les yeux, il me salua d'un signe de tête.

– Merci, madame Fraser. Voulez-vous prendre un message, s'il vous plaît?

Il avait déjà passé du temps à écrire, son bureau était jonché de papiers et son encrier, ouvert. Je pris une bonne plume et une feuille, m'assis et attendis, en proie à une curiosité croissante.

Dictée entre deux bouchées de pain, la note s'adressait au général Hugh MacDonald : il le félicitait pour son débarquement sain et sauf sur la terre ferme en compagnie d'un colonel McLeod, accusait réception de son rapport et demandait d'autres informations. Il était également question de la requête de soutien du gouverneur (ce dont j'étais au courant) et des assurances qu'il avait reçues concernant l'arrivée prochaine des renforts (ce que j'ignorais).

– «Ci-joint, une lettre de crédit d'un…» Non, attendez.

Le gouverneur plissa le front, réfléchissant. Il venait sans doute de se rendre compte que, étant donné les événements récents, une lettre de crédit émise par le bureau du gouverneur ne valait guère plus qu'un des faux de Mme Ferguson.

– «Ci-joint, vingt shillings», corrigea-t-il avec un soupir. Voulez-vous bien en faire une copie tout de suite, madame Fraser? Pour le reste, faites à votre rythme.

Il poussa vers moi une pile désordonnée de feuilles, rédigées avec sa petite écriture tordue.

Il se leva en s'étirant et remonta sur le pont, sans doute pour observer de nouveau le fort.

Je fis la copie, la séchai et la mis de côté, me demandant qui pouvait bien être ce MacDonald et ce qu'il mijotait. Ce ne pouvait être notre brave major, à moins qu'il ait changé de prénom et connu une montée en grade spectaculaire. D'après la lettre du gouverneur, le général et son ami McLeod voyageaient seuls, effectuant une mission secrète.

Je feuilletai rapidement la liasse de messages à copier, mais ne vis rien d'intéressant, que des broutilles administratives habituelles. Le gouverneur avait laissé son écritoire sur la table, mais il était fermé à clef. J'envisageai un instant de crocheter la serrure et de fouiller dans sa correspondance privée mais trop de monde rôdait dans les parages. Le navire était une véritable ruche : marins, soldats, mousses, visiteurs...

À bord, la tension nerveuse était palpable. Souvent, j'avais remarqué à quel point le sentiment du danger se transmettait facilement dans les espaces restreints : salle des urgences d'un hôpital, bloc opératoire, compartiment de train, bateau... La fébrilité se communiquait d'une personne à l'autre sans qu'aucune parole ne fût nécessaire, comme l'impulsion passant de l'axone d'un neurone aux dendrites d'un autre. J'ignorais si quelqu'un d'autre, à part le gouverneur et moi, était au courant des mouvements de John Ashe, mais sur le *Cruizer,* on savait que quelque chose se préparait.

Cette nervosité m'affectait aussi. Je gigotais, tapant du pied inconsciemment, mes doigts tripotant la plume, incapable de me concentrer.

Je me levai sans trop savoir quoi faire, mais avec l'idée fixe que j'allais suffoquer d'impatience si je restais plus longtemps ici.

Sur une étagère près de la porte de la cabine était entassé le fourbis habituel que l'on trouve à bord des bateaux, coincé derrière une tige de fer : un bougeoir, un briquet à amadou, une pipe cassée, une bouteille bouchée par un morceau de lin, un bout de bois que quelqu'un avait commencé à sculpter mais mal. Et un coffret.

Il n'y avait plus de médecin à bord du *Cruizer*. Or, les médecins avaient tendance à emporter leurs instruments avec eux. Ce devait donc être une trousse médicale appartenant au navire.

Je jetai un coup d'œil hors de la cabine. J'entendais des voix, mais ne vis personne aux alentours. J'ouvris la boîte et fronçai les narines devant l'odeur de sang séché et de tabac froid. Elle ne contenait pas grand-chose, et tout y était jeté pêle-mêle, rouillé, encroûté et peu utile. Une boîte étiquetée « pilules bleues » et un flacon, sans inscription mais reconnaissable, de laudanum. Et puis, bien sûr, ce qu'on était sûr de trouver dans la trousse de n'importe quel médecin de l'époque : des lames.

On descendait l'échelle. J'entendis la voix du gouverneur, accompagné de quelqu'un. Sans réfléchir, je saisis un petit couteau et le glissai sous mon corset avant de refermer le coffret. Je n'eus pas le temps de me rasseoir avant l'entrée du gouverneur et du visiteur.

Le cœur battant, j'essuyai mes paumes moites sur mes jupes et inclinai la tête devant le nouveau venu qui me dévisageait, bouche bée, derrière l'épaule de M. Martin.

Espérant que ma voix ne tremblerait pas, je déclarai :

– Major MacDonald, quelle surprise !

* * *

MacDonald referma précipitamment la bouche et bomba le torse.

– Madame Fraser. Votre humble serviteur.

– Vous la connaissez ? lui demanda le gouverneur.

– Nous nous sommes déjà rencontrés, dis-je aimablement.

Il n'était sans doute ni dans mon intérêt ni dans le sien que le gouverneur pense à l'existence d'un lien entre nous. MacDonald devait être de mon avis, car son visage n'exprimait qu'une vague courtoisie, même si je pouvais voir les pensées virevolter dans sa tête, tel un nuage de moucherons. Pour ne pas trahir ma propre agitation, je baissai pudiquement les yeux et, avec l'excuse d'aller chercher des rafraîchissements, je m'éclipsai à toute vitesse.

Je me frayai un chemin entre les marins et les soldats, répondant machinalement à leurs saluts, réfléchissant à toute allure.

Comment? Comment parler à MacDonald en tête-à-tête? Je devais savoir s'il avait des nouvelles de Jamie. Me le dirait-il s'il était courant? Sans doute. Il avait beau être soldat, il restait une commère invétérée... En outre, il mourait de curiosité de connaître la raison de ma présence ici.

Le cuisinier, un jeune Noir affranchi nommé Tinsdale et qui portait trois grosses tresses pointant sur son crâne comme des cornes de tricératops, était en train de faire griller du pain sur le feu de la cuisine.

– Tiens, madame Fraser! Un peu de pain grillé? Ou vous voulez encore de l'eau chaude?

– Du pain grillé ne serait pas de refus, mais le gouverneur a de la visite et voudrait du café. Et s'il vous reste encore de ces bons biscuits aux amandes pour aller avec...

Quelques minutes plus tard, je revins dans la cabine du médecin, armée de mon plateau. La porte était grande ouverte pour laisser entrer l'air frais. Ce n'était donc pas une réunion secrète. Ils étaient penchés sur le bureau, le gouverneur examinant une liasse de papiers qui, à en juger par leur état taché et froissé, avaient dû parcourir un long chemin dans la sacoche du major. Il s'agissait de lettres rédigées avec des écritures et des encres différentes.

– Ah! Du café! s'exclama le gouverneur. Quelle bonne idée! Merci, madame Fraser.

MacDonald ramassa les papiers pour me faire de la place sur le bureau. Le gouverneur tenait une feuille à la main, et je l'entraperçus en déposant le plateau. C'était une liste... avec une colonne de noms accompagnés de chiffres.

Je fis tomber une petite cuillère sur le sol afin de mieux lire en me penchant pour la ramasser. « H. Beltune, Cook's Creek, 14. Jno. McManus, Boone, 3. F. Campbell, Campbelton, 24 ? »

Je jetai un coup d'œil vers MacDonald qui me fixait. Reposant l'ustensile sur le bureau, je reculai d'un pas. Je me tenais à présent juste derrière le gouverneur. Je pointai alors un index vers le major, puis, en succession rapide, me serrai la gorge en tirant la langue, me tins le ventre en croisant les avant-bras, pointai de nouveau le doigt vers lui puis vers moi, tout en lui adressant un regard de remontrance.

MacDonald observa ma pantomime avec fascination, puis, après un bref regard vers le gouverneur – il lisait la liste en fronçant les sourcils tout en remuant son café de l'autre main –, il me répondit par un hochement de tête à peine perceptible.

En sortant de la cabine, j'entendis le gouverneur demander derrière moi :

– Combien d'hommes pouvez-vous garantir ?

– Oh, au moins cinq cents, monsieur ! répondit le major avec assurance. Et beaucoup plus quand le bruit se répandra. Si vous aviez vu avec quel enthousiasme le général a été accueilli jusqu'à maintenant ! Je ne peux pas répondre pour les Allemands, bien sûr, mais soyez assuré que nous aurons tous les Highlanders de l'arrière-pays, plus bon nombre d'Irlando-Écossais.

– Je prie Dieu pour que vous ayez raison, grommela le gouverneur sceptique. Où se trouve le général, actuellement ?

J'aurais aimé connaître la réponse à cette question, et à de nombreuses autres, mais le tambour retentit sur le pont, annonçant le repas, suivi d'un tonnerre de pas de course sur le pont et dans les coursives. Ne pouvant risquer d'être surprise à écouter aux portes, je fus contrainte de remonter, espérant que MacDonald avait bien compris mon message.

Le capitaine du *Cruizer* se tenait près du garde-corps, accompagné de son second, balayant le rivage avec la lunette d'approche.

Il semblait y avoir plus d'activité près du fort, mais la route longeant la mer était toujours déserte.

– Il se passe quelque chose ? demandai-je.

– Difficile à dire, madame.

Le capitaine Follard replia sa lunette à contrecœur, comme si, quittant la grève des yeux, il craignait que quelque chose n'arrive. Le second ne bougea pas, continuant de scruter le fort sur sa butte.

Je restai près de lui, scrutant la rive moi aussi. La marée s'inversa. Je me trouvais à bord depuis assez longtemps pour la sentir, une pause à peine perceptible, comme si la mer reprenait son souffle.

«Une marée gouverne les affaires des hommes, il faut saisir le flux qui mène à la fortune…» Shakespeare avait dû se tenir un jour sur le pont d'un navire et percevoir ce léger changement jusque dans sa chair. À la Faculté de médecine, un professeur m'avait dit un jour que les marins polynésiens osaient entreprendre leurs longs voyages sur les océans sans la moindre carte, car ils avaient appris à ressentir les courants, les changements du vent et des marées à l'aide d'un instrument des plus sensibles… leurs testicules.

Soudain, il me vint à l'esprit que s'il se produisait un événement grave à terre, le *Cruizer* hisserait aussitôt les voiles et mettrait le cap vers le large, emportant le gouverneur en lieu sûr… et moi, encore plus loin de Jamie. Où irions-nous ? À Charlestown ? À Boston ? Personne sur ce maudit rivage ne s'en rendrait compte.

J'avais connu des personnes déplacées, pendant la guerre… ma guerre. Chassées ou arrachées à leurs foyers, leurs familles éparpillées, leurs cités détruites, elles s'agglutinaient dans des camps de réfugiés, formaient des queues interminables devant les ambassades ou les organisations humanitaires, demandant encore et encore à consulter les listes des disparus, décrivant les visages des êtres aimés et perdus, s'agrippant à la moindre information susceptible de les ramener à ce qui restait de leur vie antérieure, ou, quand cela était impossible, de préserver un instant encore ce qu'ils avaient été.

Sans le savoir, je les avais peut-être vus pour la dernière fois : Jamie, Brianna, Jemmy, Roger, Ian. Cela s'était passé ainsi : je n'avais même pas dit au revoir à Frank, je n'avais pas soupçonné un instant, quand il était parti cette nuit-là, que je ne le reverrais jamais vivant. Et si...

Je serrai convulsivement le garde-fou. Non, nous nous retrouverions, c'était obligé. Un endroit nous attendait : notre maison. Si je parvenais à rester en vie, ce dont j'avais la ferme intention, je rentrerais chez moi, quoi qu'il arrive.

Plongée dans mes pensées morbides, je ne m'étais pas rendu compte que le second avait refermé sa lunette et était parti. Je sursautai quand le major apparut soudain à mes côtés.

– Dommage que le *Cruizer* n'ait pas de canons à longue portée. Voilà qui contrarierait sacrément les plans de ces Sauvages, hein ?

– Encore faudrait-il connaître la nature de ces plans, répondis-je. En parlant de plans...

– J'ai comme une espèce de crampe dans le bas-ventre, m'interrompit-il. Le gouverneur m'a dit que vous auriez peut-être un remède pour la calmer ?

– Mais bien sûr ! Suivez-moi dans la cuisine, je vais vous préparer un petit quelque chose qui vous remettra d'aplomb.

* * *

– Saviez-vous qu'il vous prenait pour une faussaire ?

Tenant une tasse de thé des deux mains, MacDonald fit un signe de tête vers la cabine principale. Le gouverneur n'était pas visible, sa porte étant fermée.

– Oui. Je suppose qu'à présent, il sait la vérité, dis-je résignée.

Le major prit un air navré.

– Je croyais qu'il était déjà au courant, sinon je me serais tu. Néanmoins, il l'aurait appris tôt ou tard. L'histoire s'est déjà répandue jusqu'à Edenton et les affiches...

J'agitai la main, lui signifiant de laisser tomber le sujet.

– Vous avez vu Jamie ?

– Non.

Il me dévisagea d'un regard où la curiosité se mêlait à la prudence.

– J'ai entendu dire…. Enfin, j'ai entendu tellement de bizarreries ces derniers temps. Quoi qu'il en soit, elles convergent toutes sur un point : vous avez été tous deux arrêtés pour le meurtre de Malva Christie, n'est-ce pas ?

J'acquiesçai, me demandant si je finirais un jour par m'habituer à ce mot. Chaque fois que je l'entendais, je recevais comme un coup de poing dans le ventre.

– Ai-je besoin de vous dire que nous sommes tous les deux innocents ?

– Pas le moins du monde, madame !

Pourtant, je sentis un soupçon d'hésitation dans sa voix et surpris son bref regard, à la fois intrigué et avide. Peut-être finirais-je par m'habituer à cela aussi.

– J'ai besoin de transmettre un message à mon mari. Pouvez-vous me dire où il est ?

– Non, madame, mais je présume que vous-même en avez une petite idée ?

– Ne faites pas l'innocent. Vous savez aussi bien que moi ce qui est en train de se passer à terre – et certainement beaucoup mieux.

Il parut amusé.

– Je crois bien que c'est la première fois qu'on me traite d'innocent. Oui, en effet, je sais. Mais encore ?

– Il est peut-être à Wilmington. J'ai essayé de faire parvenir un mot à John Ashe pour le prier de sortir Jamie de la prison de Wilmington – s'il y est enfermé –, et de lui dire où j'étais. Mais je ne sais pas si…

J'indiquai le rivage du menton.

Il accepta d'un signe de tête, tiraillé entre la circonspection et l'envie de me demander les détails sordides du meurtre de Malva.

– Je dois justement repasser par Wilmington. Je me renseignerai. Si je trouve monsieur Fraser, dois-je lui dire quelque chose en particulier, en dehors du fait que vous êtes ici?

J'hésitai. Depuis que nous avions été arrachés l'un à l'autre, j'entretenais une conversation constante avec Jamie. Mais rien de ce que je lui racontais au cours de mes longues nuits de veille ou des petits matins solitaires ne pouvait être confié au major. Pourtant... je ne pouvais rater cette occasion. Dieu seul savait quand j'en aurais une autre.

Je baissai les yeux vers la table.

– Dites-lui que je l'aime... et que je l'aimerai toujours.

La voix étranglée de MacDonald me fit relever la tête.

– En dépit du fait qu'il ait...

Il s'interrompit.

– Il ne l'a pas tuée, ajoutai-je sèchement. Et moi non plus, je vous l'ai déjà dit.

– Non! Bien sûr que non! se hâta-t-il de répondre. On ne peut même pas imaginer... Je voulais parler de... Mais bien sûr, un homme est un homme, et... mmphm...

Il détourna les yeux en rougissant.

– Ça non plus, il ne l'a pas fait, marmonnai-je entre mes dents.

Il tomba un silence pesant, durant lequel nous évitâmes de nous regarder. Sentant le besoin de changer de sujet, je demandai soudain :

– Le général MacDonald est un de vos parents?

Il sursauta.

– Oui, un cousin éloigné. Le gouverneur a parlé de lui?

– Oui.

C'était vrai, après tout, même s'il ne s'en était pas entretenu avec moi.

– Vous... euh... l'assistez, c'est bien ça? demandai-je. J'ai cru comprendre que vous aviez accompli des prouesses.

Soulagé de pouvoir s'extirper de la question embarrassante de savoir si j'étais une meurtrière et Jamie un simple coureur de jupons, ou si mon mari était un assassin et moi une pauvre femme trompée, MacDonald sauta avec joie sur la perche tendue.

– Des prouesses, absolument! J'ai recueilli les promesses d'un bon nombre des hommes les plus importants de la colonie. Ils se tiennent à la disposition du gouverneur, prêts à intervenir dès qu'il leur en donnera l'ordre.

« *Jno. McManus, Boone, 3* »... des hommes importants! Il s'avérait que j'avais rencontré Jonathan McManus, dont j'avais amputé les orteils gangrenés l'hiver précédent. Il était en effet l'homme le plus important de Boone, si, par là, MacDonald entendait que les vingt autres habitants du hameau le connaissaient tous comme étant un ivrogne et un voleur. Il était aussi vrai que ce dernier pouvait compter sur trois hommes pour se battre à ses côtés s'il le leur demandait : son frère unijambiste et ses deux fils à moitié demeurés. Je bus une gorgée de thé pour masquer mon expression. Néanmoins, le major avait cité Farquard Campbell sur sa liste. S'était-il vraiment engagé formellement?

– Je suppose que le général n'est pas dans les environs de Brunswick actuellement, compte tenu des... euh... circonstances.

Si c'était le cas, le gouverneur aurait été moins nerveux.

– Non. Il n'est pas encore prêt. McLeod et lui enquêtent en ce moment sur la volonté des Highlanders à se soulever. Ils ne commenceront à rassembler leurs troupes qu'une fois les navires arrivés.

– Les navires? Quels navires?

Il savait qu'il ne devait pas en dire plus, mais ce fut plus fort que lui. Je le lus dans ses yeux. En outre, quel risque courait-il en m'en parlant?

– Le gouverneur a demandé à la Couronne de l'aider à soumettre le factionnalisme et l'agitation qui règnent dans la colonie. Il a reçu l'assurance d'être assisté à condition de parvenir à rassembler assez d'hommes pour renforcer les troupes du gouvernement quand elles arriveront par la mer.

Nous avons été informés (j'appréciai au passage son «nous») que Lord Cornwallis a déjà commencé à réunir des troupes en Irlande. Elles appareilleront bientôt. Elles devraient arriver au début de l'automne. Entre Cornwallis marchant depuis la côte et les milices du général descendant des montagnes, ils écraseront ces gueux de whigs comme des cloportes!

Il fit claquer ses doigts en guise d'illustration. Je m'efforçai de paraître impressionnée. C'était possible, après tout. Je n'en avais aucune idée et m'en fichai comme d'une guigne, étant incapable de me projeter au-delà de mon futur immédiat. Si je parvenais à descendre de ce foutu bateau et à m'éloigner le plus possible d'une potence, je m'en inquiéterais peut-être.

La porte de la cabine derrière nous s'ouvrit, et le gouverneur apparut sur le seuil. Apercevant le major, il vint s'enquérir de son indisposition supposée.

– Oh, je vais beaucoup mieux! l'assura MacDonald en se tapotant le ventre (comme si cela ne suffisait pas, il rota). Madame Fraser n'a pas sa pareille pour ce genre de choses. Elle est formidable!

– Ah, tant mieux, dit Martin. Vous devez être pressé de repartir. Une embarcation viendra vous chercher d'ici quelques minutes.

Il fit un signe à un fusilier marin qui montait la garde au pied de l'échelle. Celui-ci porta la main à sa tempe et grimpa sur le pont.

Le gouverneur nous salua, puis rentra dans son bureau, où je le vis se replonger dans sa paperasse. Il semblait moins tracassé que plus tôt.

MacDonald avala le reste de son thé et, arquant un sourcil, me fit signe de l'accompagner en haut. Une fois sur le pont, tandis que nous attendions qu'une barque de pêcheur approche, il posa la main sur mon bras.

Je fus surprise; d'ordinaire, MacDonald évitait les contacts physiques.

– Je vous assure que je ferai tout mon possible pour découvrir où se trouve votre mari, madame. Mais, il m'est venu à l'esprit...

Il hésitait, me dévisageant avec attention.

– Comme je vous l'ai dit, j'ai ouï les hypothèses les plus saugrenues concernant... euh... le sort tragique de mademoiselle Christie. Ne serait-il pas... souhaitable... que je sache le fin fond de l'histoire, afin de faire taire toutes les rumeurs malintentionnées, dussé-je en entendre ?

J'étais partagée entre la colère et l'envie de rire. J'aurais dû me douter que sa curiosité l'emporterait. Toutefois, il avait raison, compte tenu des histoires que l'on avait évoquées devant moi et sachant qu'elles ne représentaient qu'une fraction des aberrations qui circulaient, la vérité était plus que désirable. D'un autre côté, je n'étais pas sûre que lui dire la vérité ferait taire les rumeurs.

Mais mon besoin de me justifier était puissant. Je comprenais ces malheureuses qui hurlaient leur innocence sur le gibet... et j'espérais ne pas finir comme elles.

Le second se tenait de nouveau sur le pont, surveillant la côte et à portée d'oreille, mais peu importait qu'il m'entende.

– Fort bien. Voici la vérité : Malva Christie est devenue enceinte, mais plutôt que de nommer le vrai père, elle a déclaré que c'était mon mari. Or, je suis bien placée pour savoir que c'est faux.

Je le fixai dans le blanc des yeux.

– ... Quelques jours plus tard, en me rendant dans mon potager, j'ai trouvé cette petite... mademoiselle Christie, gisant dans mes salades, la gorge fraîchement tranchée. J'ai pensé qu'il était peut-être encore temps de sauver l'enfant qu'elle portait...

En dépit de mon air bravache, ma voix trembla. Je dus m'interrompre pour m'éclaircir la gorge.

– Je n'ai rien pu faire, l'enfant était mort.

Il valait mieux ne pas raconter comment. Je ne voulais pas laisser au major l'image du ventre sanglant et de la lame crottée de terre. Je n'avais encore parlé à personne, pas même à Jamie, de la petite étincelle de vie, de ce picotement que je ressentais encore dans le creux de mes mains. En disant que l'enfant était né vivant, j'aurais aussitôt été soupçonnée de l'avoir tué. On le penserait de toute façon, comme Mme Martin, par exemple.

La main de MacDonald me tenait toujours, son regard scrutant mon visage. Pour une fois, je remerciai le ciel pour la transparence de mon expression. Quand on me regardait en face, on ne pouvait douter de mes paroles.

Il exerça une légère pression sur mon bras.

– Je vois, dit-il doucement.

Je lui donnai d'autres détails qui pourraient aider à convaincre son auditoire.

– Vous vous souvenez des ruches en osier, à l'entrée de mon potager? L'assassin en a renversées deux en fuyant. Il a dû être piqué à plusieurs reprises. Je l'ai moi-même été, en entrant. Jamie, lui, n'avait aucune piqûre. Ce ne pouvait être lui.

Dans la confusion qui avait suivi, je n'avais pas pensé chercher quel homme (ou quelle femme? Pour la première fois, il me vint à l'esprit que le meurtrier pouvait être une meurtrière) avait été piqué par des abeilles.

Le major resta silencieux un moment, contemplatif, puis s'ébroua comme s'il sortait d'un rêve et lâcha mon bras.

– Je vous remercie de me l'avoir dit, madame. Soyez assurée que je prendrai votre défense chaque fois que l'occasion s'en présentera.

– Je vous en sais gré, major.

Ma voix était éraillée. Je ne m'étais pas rendu compte à quel point en parler serait douloureux.

Un cri de la vigie nous annonça que l'embarcation qui ramènerait le major à terre allait aborder.

Il s'inclina sur ma main, son souffle me caressant les doigts. L'espace d'un instant, je retins les siens, réticente à le laisser partir. Puis je desserrai mon étreinte et l'observai ensuite s'éloigner jusqu'à la grève, sa silhouette rapetissant peu à peu, son dos droit et déterminé. Il ne se retourna pas.

Le second, sa lunette toujours pointée vers la rive, se mit soudain à s'agiter. Je regardai vers le fort.

608

– Que font-ils ?

Des fourmis, en haut des murs, semblaient lancer des lignes à d'autres fourmis au pied du fort. Je pouvais distinguer les cordes, fines comme des fils de toiles d'araignée.

Le second referma sa lunette en cuivre d'un coup sec.

– Je crois bien que le commandant du fort s'apprête à retirer les canons, madame. Si vous voulez bien m'excuser, je dois aller en avertir le capitaine.

96

Poudre à canon, trahison et marchandage

Je n'eus pas l'occasion de découvrir si l'attitude du gouverneur à mon égard avait changé depuis qu'il avait appris que je n'étais pas une faussaire, mais une prétendue célèbre meurtrière. Comme le reste des officiers et la plupart des hommes à bord, il se précipita sur le pont et passa le reste de la journée à observer, à émettre des hypothèses et à s'agiter vainement.

Du haut de son mât, la vigie envoyait régulièrement des nouvelles : les hommes quittaient le fort lourdement chargés... emportant apparemment l'artillerie.

Levant les yeux, la main en visière, le gouverneur cria :

– Ce sont les hommes de Collet ?

– Difficile à dire, monsieur, répondit la voix tout là-haut.

Finalement, le *Cruizer* envoya deux chaloupes à terre avec des hommes chargés de ramener des informations. Ils rentrèrent quelques heures plus tard en annonçant que Collet avait bel et bien abandonné le fort devant la menace, mais avait emmené les stocks de poudre et les canons pour qu'ils ne tombent pas entre les mains des rebelles.

Non, ils n'avaient pas pu parler avec Collet qui, selon les dires, remontait déjà le fleuve avec ses miliciens. Deux hommes avaient pris la route de Wilmington. Oui, des troupes se rassemblaient dans les prés, devant la ville, sous les ordres des colonels Robert Howe et John Ashe, mais rien n'avait filtré sur leurs intentions.

– Leurs intentions, peuh ! Ne me faites pas rire ! marmonna le gouverneur. Ils comptent mettre le feu au fort, quoi d'autre ?

Il avait vu juste. Avant le coucher du soleil, une odeur de fumée flotta au-dessus de l'eau. Nous distinguions les petits hommes au loin empiler des débris inflammables au pied du fort, une structure carrée et simple en rondins. Même en dépit de l'air humide, elle finirait par brûler.

Sans poudre ni huile pour allumer le feu, il leur fallut un certain temps. À mesure que la nuit tombait, nous distinguions clairement les torches qu'ils se passaient de main en main, puis abaissaient vers des tas de petit bois, avant de recommencer quelques minutes plus tard quand les flammes s'étaient éteintes.

Vers vingt et une heures, quelqu'un dénicha quelques fûts de térébenthine, et un brasier encercla d'un coup les murs du fort. Des rideaux de flammes s'élevèrent, oranges et écarlates contre le ciel noir. Nous entendîmes des hourras et des bribes de chants paillards portés par la brise avec la fumée et l'odeur de résine.

Écartant un nuage de fumée blanche de devant mon visage, je déclarai :

– Au moins, ça nous débarrassera des moustiques.

– Merci, madame Fraser. Je n'avais pas encore vu cet aspect positif de la situation.

À son ton acerbe, je compris qu'il valait mieux me taire. Pour ma part, je ne pouvais que me réjouir de voir les flammes dansantes et les colonnes de fumée monter vers les étoiles. Non pas parce que raser le fort Johnston pouvait servir la cause rebelle, mais parce que Jamie était peut-être là-bas, assis devant un des nombreux feux de camp sur la grève.

S'il y était… il viendrait demain.

* * *

Il vint. J'étais debout avant l'aube, n'ayant presque pas dormi, et me tenais sur le pont. La mer était pratiquement déserte. L'odeur âcre du bois brûlé se mêlait aux effluves des marécages boueux voisins. L'eau était calme et huileuse. Il faisait gris, et une épaisse brume flottait au-dessus des eaux, cachant le rivage.

Toutefois, je ne pouvais m'empêcher de regarder dans sa direction et, quand une modeste embarcation surgit hors de la brume, je sus tout de suite que c'était lui. Il était seul.

Je contemplai les gestes lisses de ses bras et la traction des rames, et une grande sérénité m'envahit. Je n'avais aucune idée de l'avenir, et toute l'horreur et la colère liées à la mort de Malva étaient encore tapies au fond de mon esprit, une masse noire sous une fine couche de glace. Mais il était là. Assez près pour que je voie son visage quand il le tourna vers le navire.

Je lui fis un signe de la main, mais il m'avait déjà repérée. Il ne cessa pas de ramer, mais changea de position pour faire face au bateau. J'attendis, serrant le garde-corps.

La barque disparut un instant, passant sous le vent du *Cruizer*. J'entendis la vigie le héler et sa réponse, à peine audible. Au son de sa voix, un nœud serré au plus profond de moi se relâcha. Je restais prostrée, incapable de bouger. Sur le pont, il y eut des pas et des chuchotements, quelqu'un partit en courant prévenir le gouverneur, puis je me retournai et tombai dans les bras de Jamie.

– Je savais que tu viendrais, murmurai-je dans les plis de sa chemise.

Il empestait le brûlé, la fumée, la résine, la térébenthine, la sueur froide et les chevaux. Il sentait l'homme qui n'a pas dormi, qui a travaillé dur toute la nuit. Il dégageait l'odeur d'une faim restée longtemps inassouvie.

Il me serra contre lui, me faisant sentir ses côtes, son souffle, sa chaleur et ses muscles, puis il s'écarta pour me dévisager. Il souriait depuis que je l'avais aperçu dans la barque. Sans un mot, il m'ôta mon bonnet et le lança par-dessus bord. Il enfouit ses doigts dans ma chevelure, gonflant mes boucles, puis prit ma tête entre ses mains et m'embrassa. Sa barbe de trois jours me râpait la peau comme du papier de verre. Sa bouche sentait bon la maison et la sécurité.

Derrière lui, un fusilier toussota.

– Vous désiriez voir le gouverneur, monsieur?

Il me lâcha et se retourna.

– En effet.

Il me tendit la main.

– *Sassenach?*

En suivant le soldat, je regardai derrière moi mon bonnet ballotté par les vagues. Il était rempli d'air, d'apparence aussi tranquille qu'une méduse.

Cette illusion de paix s'évanouit dès que nous entrâmes dans la cabine du gouverneur.

Lui aussi avait veillé toute la nuit et ne paraissait guère en meilleur état que Jamie, les taches de suie en moins. Les yeux rouges, il n'était pas rasé et était de très méchante humeur.

Il salua Jamie d'un léger signe de tête.

– Monsieur Fraser. Vous êtes bien James Fraser? Celui qui vit dans les montagnes?

– Je suis bien le Fraser de Fraser's Ridge, répondit Jamie de façon courtoise. Je suis venu chercher mon épouse.

Le gouverneur agita une main vers un tabouret.

– J'ai le regret de vous informer, monsieur, que votre épouse est une prisonnière de la Couronne. Mais vous l'ignoriez peut-être?

Jamie s'assit sans relever le sarcasme.

– En fait, elle ne l'est pas. N'avez-vous pas instauré la loi martiale dans toute la colonie de Caroline du Nord?

– En effet.

C'était un sujet sensible, car bien qu'ayant déclaré cette loi, il n'avait aucun moyen de l'appliquer, étant contraint de ruminer son impuissance en mer, attendant que l'Angleterre veuille bien envoyer des renforts.

– Par conséquent, le droit coutumier est suspendu. Vous seul avez le contrôle de la détention et du sort des prisonniers. Or, ma femme est sous votre garde depuis un certain temps. Vous avez le pouvoir de la libérer.

– Hmm...

Le gouverneur n'avait visiblement pas réfléchi à cette possibilité et n'était pas sûr des ramifications de sa décision. Toutefois, l'idée qu'il était encore capable de contrôler quoi que ce soit devait être un baume pour son ego meurtri.

– Elle n'a pas été présentée devant un tribunal, poursuivit Jamie. Et aucune preuve n'a été fournie contre elle.

Je remerciai le ciel de n'avoir confié les détails sanglants du meurtre à MacDonald qu'après sa visite au gouverneur. Même si cela ne correspondait pas à la notion moderne d'une preuve irréfutable, être retrouvée avec un couteau près de deux cadavres encore chauds était des plus compromettants.

– Elle a été accusée, mais son chef d'accusation ne tient pas debout. Vous-même, qui l'avez côtoyée ces derniers temps, vous avez eu l'occasion de vous faire une petite idée de sa personnalité, n'est-ce pas ?

N'attendant pas la réponse, Jamie poursuivit :

– Nous avons accepté de notre plein gré d'être conduits devant un tribunal, car je suis moi aussi suspecté. Nous n'aurions jamais acquiescé à cette demande sans être convaincus que notre innocence serait établie en un clin d'œil.

Le gouverneur parut réfléchir intensément.

– Vos arguments ne sont pas tout à fait dénués de sens, monsieur, répondit-il enfin. Néanmoins, le crime dont on accuse votre épouse est particulièrement odieux. En la libérant, je provoquerais forcément un tollé général. Or, en ce moment, je me passerais volontiers de provoquer l'opinion publique.

Il posa un regard torve sur la veste tachée de suie de Jamie. Celui-ci fit une autre tentative :

– Je comprends les réserves de Votre Excellence. Peut-être qu'en offrant une… garantie, celles-ci pourraient être vaincues ?

Martin bondit de sa chaise, la mâchoire en avant.

– Que suggérez-vous, monsieur ? Auriez-vous l'audace, le… le… l'intolérable impertinence de vouloir me soudoyer ?

Il frappa du poing sur la table, nous dévisageant avec fureur.

– Bon sang, je vous ferai pendre tous les deux, sur-le-champ! Je vous verrai vous balancer sous la grand-vergue! Quel culot! Quelle engeance!

Jamie garda son sang-froid, le fixant dans les yeux.

– Je n'ai jamais eu cette intention, monsieur. Je vous propose une caution, en attendant que mon épouse se présente devant un tribunal en bonne et due forme pour répondre à des accusations contre elle. Lorsqu'elle apparaîtra à son procès, la caution me sera rendue.

Avant que le gouverneur n'ait pu répondre, il sortit un objet de sa poche et le déposa sur le bureau. Le diamant noir.

Le gouverneur n'acheva pas sa phrase, son visage se vidant d'un coup de toute expression. Puis il se frotta lentement la lèvre supérieure d'un doigt, tout en pensant.

Étant au courant de sa correspondance privée et de sa comptabilité, je savais qu'il ne possédait pas une grande fortune personnelle et qu'il vivait largement au-dessus de ses modestes revenus afin de maintenir un train de vie digne d'un gouverneur royal. De son côté, il savait que, étant donné la situation politique, mon procès n'aurait pas lieu bientôt. Il faudrait des mois, voire des années, avant que les tribunaux soient restaurés et fonctionnent plus ou moins normalement. Pendant tout ce temps, la pierre serait entre ses mains. En homme d'honneur, il ne pouvait la vendre, mais il pouvait certainement la mettre en gage contre une somme considérable, en espérant la récupérer plus tard.

Je le vis jeter un coup d'œil vers Jamie. Il y avait aussi de fortes chances que celui-ci soit tué ou arrêté pour trahison (l'idée de s'en charger lui-même tout de suite traversa son esprit), ce qui laisserait le diamant dans des limbes juridiques, mais néanmoins en sa possession.

La tension m'empêchait de respirer.

Toutefois, Martin n'était ni stupide ni vénal. Avec un soupir, il repoussa la pierre vers Jamie.

– Non, monsieur. Je ne peux accepter cela comme caution pour votre épouse. Toutefois, votre idée d'une garantie…

Ses yeux se baissèrent vers l'amas de papiers sur son bureau avant de revenir vers Jamie.

– J'ai moi aussi une proposition. J'ai lancé une opération par laquelle j'ai bon espoir de mobiliser un nombre considérable d'Écossais des Highlands, qui marcheront de l'arrière-pays vers la côte pour rejoindre les troupes venues d'Angleterre, matant au passage la rébellion dans les campagnes, au nom du roi.

Il marqua une pause, examinant la réaction de Jamie. Assise à ses côtés, je ne pouvais voir son visage, mais n'en avais pas besoin. Dans ces moments, Brianna disait en plaisantant qu'il portait son «masque de poker». Personne, en le regardant, ne pouvait deviner s'il avait en main un carré d'as, un full ou une paire de trois. Pour ma part, je misai sur une paire de trois, mais le gouverneur ne le connaissait pas comme moi.

– Le général Hugh MacDonald et le colonel Donald McLeod sont arrivés depuis peu dans la colonie et la sillonnent pour rallier des hommes. Avec des résultats très satisfaisants, je dois dire.

Il pianota brièvement sur ses lettres, puis se pencha en avant :

– Alors, voici ce que je vous propose, monsieur : vous rentrerez sur vos terres et rassemblerez autant d'hommes que vous pourrez. Vous vous mettrez ensuite à la disposition du général MacDonald pour l'aider dans sa campagne. Quand le général me communiquera votre arrivée, avec... disons... deux cents hommes, je libérerai votre épouse.

Mon pouls battait à toute allure, tout comme celui de Jamie, que j'apercevais dans son cou. J'avais vu juste : une paire de trois à tout casser. Apparemment, MacDonald n'avait pas eu le temps de raconter au gouverneur l'étendue et la hargne en réaction à la mort de Malva. Il existait encore des hommes à Fraser's Ridge qui accepteraient de suivre Jamie, certes, mais beaucoup plus qui refuseraient, ou n'accepteraient que s'il me répudiait.

Je m'efforçai d'analyser la situation de manière logique afin d'étouffer mon écrasante déception. Martin ne me laisserait pas partir. Jamie allait devoir rentrer seul, m'abandonner ici. L'espace d'un instant, cette idée me fut intolérable. J'allais devenir folle, me mettre à hurler, sauter sur le bureau et arracher les yeux du gouverneur.

Celui-ci aperçut mon visage et tressaillit, se levant à moitié de sa chaise.

Jamie posa une main sur mon bras, le serrant fort.

– Calme-toi, *a nighean,* murmura-t-il.

Le gouverneur se rassit, m'observant d'un air méfiant. L'accusation qui pesait contre moi lui était soudain devenue beaucoup plus plausible. «Tant mieux, pensai-je en refoulant mes larmes. On va voir si tu peux encore dormir tranquille en sachant que je ne suis qu'à deux pas.»

Jamie redressa les épaules sous sa veste élimée.

– Permettez-moi de me retirer, monsieur, afin de réfléchir à votre proposition.

Il lâcha mon bras et se leva.

– Ne t'inquiète pas, *mo chridle,* me souffla-t-il en gaélique. On se reverra demain matin.

Il porta ma main à ses lèvres, puis, après un bref signe de tête au gouverneur, sortit sans se retourner.

Il y eut un silence dans la cabine. J'entendis ses pas s'éloigner, grimper l'échelle de la coursive et résonner sur le pont. Sans prendre le temps de réfléchir, je sortis le couteau caché dans mon corset et le plantai de toutes mes forces dans le bois du bureau. Il oscilla sous les yeux ahuris du gouverneur.

– Espèce de salaud! lançai-je avant de sortir à mon tour.

97

Une profession de foi

Le lendemain, avant l'aube, j'étais de retour derrière le garde-corps. Une puissante odeur de cendres flottait dans l'air, mais la fumée avait disparu. Une brume matinale bordait toujours la grève, et j'eus une sensation de déjà-vu en apercevant la barque en sortir, avançant doucement vers le navire.

Toutefois, quand elle approcha, mon cœur se serra. Ce n'était pas Jamie. Pendant quelques instants, j'essayai de me convaincre du contraire, mais, à chaque coup de rames, cela devenait plus évident. Les larmes me piquèrent les yeux, et je les fermai, me répétant qu'il était absurde de me mettre dans un tel état. Cela ne voulait rien dire.

Il viendrait. Il l'avait dit. Que quelqu'un d'autre approche du *Cruizer* de si bonne heure n'avait rien à avoir avec lui ni moi.

Je me trompais. Je rouvris les yeux et les essuyai sur ma manche, regardant de nouveau la barque, incrédule. Je devais rêver ! Le rameur releva la tête quand la vigie le héla et m'aperçut sur le pont. Nos regards se rencontrèrent, et il me salua d'un signe de tête, rentrant ses rames. Tom Christie.

Le gouverneur n'apprécia guère d'être tiré du lit à l'aube pour le troisième jour consécutif. Je l'entendis, en bas, ordonner à un fusilier d'aller dire à l'importun, qui qu'il soit, de revenir à une heure plus raisonnable. Puis il claqua la porte de sa cabine.

Je n'appréciai pas son attitude non plus, et je n'étais pas d'humeur à attendre, mais le fusilier posté devant la coursive refusa de me laisser descendre. Je tournai les talons et me dirigeai vers la poupe, où ils avaient parqué Christie en attendant le bon vouloir du gouverneur.

Le fusilier hésita, mais, après tout, il n'avait reçu aucun ordre m'interdisant de parler aux visiteurs et accepta que je passe.

Il se tenait devant le garde-corps, les yeux vers la côte.

– Monsieur Christie ?

– Madame Fraser.

Très pâle, il avait taillé sa barbe et coupé ses cheveux, mais ressemblait toujours à un arbre foudroyé. Toutefois, son regard s'alluma quand il se tourna vers moi.

– Mon mari… commençai-je.

– Il va bien. Il vous attend sur la grève ; vous le retrouverez très bientôt.

– Oh.

Le bouillonnement de rage et de peur en moi se réduisit fortement, comme si on avait baissé le feu, même si je trépignais encore d'impatience.

– Allez-vous m'expliquer ce qui arrive ?

Il me dévisagea de longues minutes en silence, puis fixa les eaux grises. Il semblait rassembler son courage.

– Je suis venu m'avouer coupable du meurtre de ma fille.

Je le fixai sans comprendre. Puis j'assemblai ses mots en une phrase cohérente, la relus dans mon esprit et saisis enfin.

– Je ne vous crois pas.

L'ombre d'un sourire s'insinua sous sa barbe et disparut aussitôt.

– Je vois que vous n'avez pas perdu votre esprit de contradiction.

– Vous êtes tombé sur la tête ou quoi ? C'est encore une idée de Jamie ? Parce que si c'est le cas…

Il m'arrêta en m'agrippant le poignet. Je tressaillis, ne m'étant pas attendue à ce geste.

– C'est la vérité, dit-il doucement. Je le jurerai sur la sainte *Bible*.

Il soutint mon regard, et je me rendis compte alors qu'il avait rarement braqué ses yeux sur moi jusqu'à aujourd'hui. Depuis que je le connaissais, il les détournait toujours, me fuyant, comme s'il refusait de reconnaître mon existence, même quand il était contraint de me parler. Mais cette fois, son regard était droit, empli d'une lueur comme je n'en avais encore jamais vu. Cernés de rides de douleur et de souffrance, les paupières lourdes de chagrin, ses yeux eux-mêmes étaient calmes et profonds comme la mer sous nos pieds. Cette horreur muette, cette douleur paralysante qui l'avait écrasé durant tout notre périple cauchemardesque vers le sud l'avait quitté, cédant la place à une détermination et autre chose... quelque sentiment qui brûlait au fin fond de son âme.

– Pourquoi? demandai-je enfin.

Il lâcha mon bras et recula d'un pas.

– Vous vous souvenez qu'un jour vous m'avez demandé si je vous prenais pour une sorcière?

– Oui, je m'en souviens, répondis-je sur mes gardes. Vous m'avez répondu que vous croyiez aux sorcières, mais que je n'en étais pas une.

Il hocha la tête, ses yeux gris et sombres me sondant. Je me demandai s'il était en train de revoir son jugement, mais non. Il reprit, très sérieux :

– J'y crois parce que j'en ai déjà rencontré. La fille en était une, comme sa mère avant elle.

– La fille... vous voulez dire votre fille? Malva?

– Ce n'était pas ma fille.

– Mais... ses yeux... Elle avait vos yeux.

– Elle avait les yeux de mon frère.

Il se tourna vers la côte et posa les mains sur le garde-corps, le regard perdu au loin.

– Il s'appelait Edgar. Lors du soulèvement, j'ai pris parti pour les Stuart. Edgar était contre, disant que c'était de la folie. Il m'a supplié de ne pas partir.

Il secoua tristement la tête, revivant ses souvenirs.

– Je pensais que… Bah, peu importe ce que j'ai pensé, je suis parti. Mais avant, je lui ai demandé de prendre soin de ma femme et du petit. Ce qu'il a fait.

– Je vois, murmurai-je.

Il se retourna vers moi, me transperçant de son regard gris.

– Ce n'était pas sa faute ! Mona était une sorcière… une enchanteresse. Je vois bien que vous ne me croyez pas, mais c'est la vérité. Je l'ai surprise plus d'une fois, préparant ses sortilèges, observant la lune. Un soir, je suis monté sur le toit à minuit, la cherchant. Nue, elle fixait les étoiles, au centre d'un pentacle tracé avec le sang d'une colombe qu'elle avait étranglée. Ses cheveux étaient détachés, volant au vent.

– Ses cheveux…

Je compris alors.

– Elle avait des cheveux comme les miens, n'est-ce pas ?

Il acquiesça, baissant les yeux.

– Elle était… ce qu'elle était. J'ai tenté de la sauver… par la prière, par l'amour. J'ai échoué.

– Que lui est-il arrivé ?

Je parlais à voix basse. Avec le frais, le risque qu'on nous entende était mince, mais je ne souhaitais pas ébruiter ce genre de conversation.

– On l'a pendue, répondit-il d'un ton presque détaché. Pour le meurtre de mon frère.

Cela s'était passé pendant l'emprisonnement de Tom à Ardsmuir. Elle lui avait écrit, peu avant son exécution, lui annonçant la naissance de Malva et qu'elle avait confié les deux enfants à la veuve d'Edgar.

– Cela devait l'amuser. Mona avait un étrange sens de l'humour.

Je me frottai les bras, prise de frissons.

– Mais vous les avez récupérés… Allan et Malva.

Il opina de la tête. Il avait été déporté, mais avait eu de la chance : un homme riche et bon avait acheté son contrat de servage et payé le voyage de ses enfants jusque dans les colonies. Malheureusement, la fièvre jaune avait emporté son employeur et la nouvelle épouse qu'il s'était trouvée en Amérique. Il avait alors entendu dire que Jamie Fraser s'était installé en Caroline du Nord et voulait aider les anciens d'Ardsmuir à s'y établir à leur tour.

– Je n'avais pas le choix, même si j'aurais préféré me trancher la gorge plutôt que de venir.

Il paraissait si sincère que je ne sus quoi répondre. Toutefois, ne semblant pas attendre une réaction de ma part, il poursuivit :

– La fille... elle n'avait pas cinq ans quand je l'ai vue la première fois, mais elle l'avait déjà en elle... la même sournoiserie, le même charme, la même noirceur dans l'âme.

Il avait fait de son mieux pour la sauver elle aussi, pour lui faire sortir sa méchanceté à coups de trique, pour contenir sa sauvagerie et, surtout, pour l'empêcher d'exercer ses artifices sur les hommes.

– Sa mère était pareille. Il lui fallait tous les hommes. Elles portaient toutes les deux en elles la malédiction de Lilith.

– Mais Malva était enceinte, dis-je.

Son visage pâlit encore un peu plus, mais sa voix était ferme.

– Oui, en effet. Mais je ne pense pas que ce soit mal d'empêcher une autre sorcière de venir au monde.

En voyant mon expression, il continua avant que je l'interrompe.

– Saviez-vous qu'elle a essayé de vous tuer? Vous et moi.

– Me tuer? Mais comment?

– Quand vous lui avez parlé de ces choses invisibles, les... les microbes, cela l'a fascinée. C'est elle qui me l'a dit, quand je l'ai surprise avec les os.

Un frisson glacé me parcourut l'échine.

– Quels os?

– Ceux qu'elle a volés dans la tombe d'Ephraïm pour jeter un sort à votre mari. Elle ne les avait pas tous utilisés et j'en ai retrouvé dans son panier à couture. Quand je l'ai battue, elle m'a tout raconté.

Habituée à errer dans la forêt en quête de plantes et d'herbes, elle avait continué pendant l'épidémie de dysenterie. Au cours de ses pérégrinations, elle était tombée sur la cabane du mangeur d'âmes, cet homme étrange et sérieusement abîmé. Elle l'avait découvert à l'article de la mort, brûlant de fièvre et plongé dans le coma. Pendant qu'elle se tenait devant lui, se demandant si elle devait courir chercher de l'aide ou courir tout court, il était décédé.

Prise d'une brusque inspiration (et forte de mes précieux enseignements), elle avait prélevé du mucus et du sang sur le corps, les avait mélangés dans un flacon avec un peu de bouillon et avait conservé ce récipient sous son corset pour le tenir bien au chaud.

Puis elle avait glissé quelques gouttes de cette infusion mortelle dans ma nourriture et celle de son père, espérant que, si nous tombions malades, nos morts seraient mises sur le compte du mal qui sévissait dans nos montagnes.

Je n'en croyais pas mes oreilles.

– Vous êtes sûr? murmurai-je.

Il acquiesça sans insister, ce qui acheva de me convaincre.

– Elle voulait… Jamie?

Il ferma les yeux un instant. Le soleil se levait derrière nous, et la surface de l'eau brillait comme un plateau d'argent.

– Elle voulait… tout. Elle désirait ardemment la richesse, le rang, ce qu'elle considérait comme la liberté et non de la luxure… Elle ne voyait jamais la luxure dans ses actes!

Il s'emporta brutalement, et je me dis que Malva n'avait pas été la seule à ne pas voir les choses sous le même angle que lui.

Son charme d'amour n'avait pas opéré. L'épidémie était alors survenue, et elle avait opté pour des mesures plus directes pour arriver à ses fins. Même si cela me dépassait, je savais que c'était vrai.

Puis, se retrouvant enceinte, elle avait eu une nouvelle idée.

– Vous savez qui était le père ? questionnai-je.

Ma gorge était nouée, comme elle le serait sans doute chaque fois que je reverrais en pensée le potager sous le soleil et les deux corps étendus. Quel gâchis !

Il fit non de la tête, évitant mon regard. J'en déduisis qu'il avait au moins une petite idée, mais qu'il ne m'en parlerait pas. Cela n'avait plus d'importance. Le gouverneur n'allait pas tarder à se lever et à le recevoir. Christie entendit lui aussi les bruits sous le pont.

– Je ne pouvais pas la laisser détruire toutes ces vies. Car c'était une sorcière, ne vous méprenez pas. Si nous avons survécu tous les deux, ce n'est qu'un coup de chance. Tôt ou tard, elle aurait tué quelqu'un. Peut-être vous, si votre mari s'était accroché à vous. Peut-être lui, dans l'espoir d'hériter de sa propriété pour l'enfant. Elle n'était pas issue de ma semence, mais c'était tout de même ma fille, mon sang. Je ne pouvais pas... J'étais responsable...

Il ne put achever sa phrase. Je savais qu'il était sincère, mais pourtant...

– Thomas, ce sont des fadaises et vous le savez bien !

Il sursauta, et je vis des larmes dans ses yeux. Il les refoula et reprit avec véhémence.

– C'est vous qui le dites. Mais vous ne savez rien, rien !

Il me vit tiquer et baissa les yeux. Puis, avec timidité, il prit ma main.

– J'ai attendu toute ma vie, en quête de...

Il agita sa main libre dans l'air, puis referma ses doigts comme s'il avait rattrapé sa pensée au vol. Il reprit sur un ton plus assuré :

– Non, dans l'espoir. L'espoir de quelque chose que je ne pouvais nommer, mais dont je n'ai jamais douté de l'existence.

Ses yeux scrutèrent mon visage, intenses, comme s'il mémorisait chacun de mes traits. Gênée par cet examen, je levai une main, sans doute pour remettre de l'ordre dans mes cheveux hirsutes, mais il l'attrapa et la retint.

– Laissez.

Mes deux mains prisonnières dans les siennes, je n'avais guère le choix.

– Thomas... Monsieur Christie...

– Je me suis convaincu que Dieu était ce que je cherchais. C'était peut-être vrai. Mais Dieu n'est pas fait de chair et de sang, et l'amour de Dieu à lui seul ne peut m'aider à vivre. J'ai rédigé ma confession.

Il me lâcha une main et sortit un papier plié de sa poche, le tenant entre ses doigts courts et solides.

– Dedans, j'ai écrit que j'avais tué ma fille pour le déshonneur que m'ont causé ses débauches.

– C'est faux, dis-je d'une voix ferme. Je sais que vous ne l'avez pas fait.

Il me dévisagea fixement, puis répondit sur un ton détaché :

– Non, mais j'aurais dû. J'ai fait une copie de mes aveux et l'ai envoyée au journal de New Bern. Il le publiera. Le gouverneur l'acceptera – comment pourrait-il faire autrement ? – et vous serez libre.

Ces trois derniers mots me stupéfièrent. Il me tenait toujours la main droite. Son pouce caressa doucement mes doigts. J'avais envie de me libérer, mais me forçai à rester immobile, contrainte par son regard, clair et nu, sans le moindre déguisement.

Il reprit doucement :

– J'ai toujours rêvé d'un amour partagé. J'ai passé ma vie à m'efforcer de donner mon amour à des personnes qui ne le méritaient pas. Laissez-moi ce plaisir de donner ma vie pour quelqu'un qui le mérite.

Je n'avais plus d'air. Je balbutiai :

– Monsieur Chri... Tom. Vous ne devez pas. Votre vie... est précieuse. Vous ne pouvez pas la gaspiller ainsi !

– Je le sais. Si tel n'était pas le cas, cela n'aurait aucun intérêt.

Des pas retentissaient dans la coursive. J'entendais la voix du gouverneur sous le pont, discutant joyeusement avec le capitaine des fusiliers.

– Thomas ! Ne faites pas ça !

Il ne répondit pas, mais me sourit. L'avais-je jamais vu sourire vraiment ? Il porta ma main à ses lèvres. Je sentis le picotement de sa barbe, la chaleur de son souffle et sa bouche douce.

– Je suis votre serviteur, madame.

Il exerça une pression sur ma main et la lâcha, puis regarda vers le rivage. Une barque approchait, à peine visible dans le miroitement des vagues.

– Votre mari vient vous chercher. *Adieu,* madame Fraser.

Il se tourna et s'éloigna, marchant d'un pas assuré et le dos droit en dépit de la houle qui soulevait et abaissait le pont sous nos pieds.

ONZIÈME PARTIE

L'heure de la vengeance

98

Comment éloigner les fantômes

Jamie gémit, s'étira, puis se laissa tomber lourdement sur le bord du lit.

– J'ai l'impression qu'on m'a piétiné la queue.

J'ouvris un œil.

– Ah, oui? Qui ça?

– Je ne sais pas, mais elle devait peser autant qu'un âne mort.

– Rallonge-toi. Tu n'as pas besoin de partir tout de suite. Repose-toi encore un peu.

– Non, je veux rentrer à la maison. On est restés absents trop longtemps.

Toutefois, il ne se leva pas pour achever de s'habiller, demeurant assis en chemise sur le lit branlant, ses mains pendant mollement entre ses cuisses.

Il paraissait exténué, ce qui n'avait rien d'étonnant. Il n'avait pas dû dormir pendant plusieurs jours, entre ses recherches pour me trouver, l'incendie du fort Johnston et ma libération du *Cruizer*. En y repensant, un voile s'étendit sur ma bonne humeur, en dépit de ma joie, à mon réveil, d'être libre, sur la terre ferme et avec Jamie.

– Allonge-toi, répétai-je.

Je roulai dans le lit et posai une main sur son dos.

– Le jour vient à peine de se lever. Attends au moins l'heure du petit-déjeuner. Tu ne peux pas voyager sans t'être reposé et avec le ventre vide.

Il regarda vers les volets fermés. La lumière pâle de l'aube filtrait par les fentes. On n'entendait encore aucun bruit dans la cuisine de l'auberge, à l'étage inférieur. Capitulant, il retomba sur l'oreiller avec un soupir.

Il ne protesta pas quand je rabattis l'édredon miteux sur lui, ni quand je me blottis contre lui, glissant un bras autour de sa taille et posant ma joue sur son épaule. Il sentait encore la fumée, malgré notre toilette sommaire la veille au soir, juste avant de nous effondrer sur le lit.

Mes propres articulations étaient encore endolories de fatigue... et meurtries à cause des multiples bosses et creux du mauvais matelas. Quand nous avions regagné le rivage, Ian nous attendait avec des chevaux. Nous nous étions rendus le plus loin possible avant la tombée du soir, nous arrêtant finalement dans une auberge délabrée, au milieu de nulle part, un lieu d'hébergement rudimentaire pour les charretiers en route vers la côte.

Quand l'aubergiste lui avait demandé son nom, Jamie avait répondu :

– Malcom. Alexander Malcom.

– Et John Murray, avait ajouté Ian en bâillant et en se grattant les côtes.

L'aubergiste avait hoché la tête, indifférent. Il n'avait aucune raison d'établir un lien entre ces voyageurs débraillés et une célèbre affaire de meurtre ; pourtant, j'avais ressenti un élan de panique quand il s'était tourné vers moi.

J'avais perçu l'hésitation de Jamie en donnant un faux nom, sa réticence à reprendre un des nombreux pseudonymes sous lesquels il avait vécu autrefois. Il était particulièrement fier de son vrai nom ; je pouvais juste espérer qu'avec le temps, il retrouverait toute sa valeur.

Roger y aiderait peut-être. À présent, il devait avoir été ordonné. Cette pensée me fit sourire d'attendrissement. Il possédait un véritable don pour apaiser les dissensions entre les habitants de Fraser's Ridge et calmer leurs aigreurs. Fort de l'autorité que lui conférerait le titre de pasteur consacré, il serait encore plus influent.

Comme ce serait bon de le retrouver, ainsi que Brianna et Jemmy! Ils me manquaient terriblement, mais je les verrais bientôt. Nous avions prévu de passer par Cross Creek et de les prendre au passage. Forcément, Brianna et Roger ignoraient tout de ce qui nous était arrivé au cours des trois dernières semaines et ne pouvaient imaginer à quel point ces événements pourraient, désormais, influencer le cours de notre existence.

Au dehors, les oiseaux s'en donnaient à cœur joie. Après les cris stridents des mouettes et des sternes, seul fond sonore de mes journées à bord du *Cruizer,* leurs chants me paraissaient si tendres, comme une conversation familière qui me remplit soudain de nostalgie pour nos montagnes. Je comprenais la hâte de Jamie de rentrer à la maison, même en sachant que notre vie là-bas ne serait plus ce qu'elle avait été. D'abord, les Christie auraient disparu.

Je n'avais pas eu l'occasion d'interroger Jamie sur les circonstances de ma libération. Nous avions accosté juste avant le coucher du soleil et pris la route sur-le-champ, Jamie tenant à mettre le plus de distance possible entre moi et le gouverneur Martin... et peut-être Tom Christie.

Je demandai doucement :

– Jamie... c'est toi qui as poussé Tom à s'accuser?

– Non. Il s'est présenté à l'imprimerie de Fergus le lendemain de ton départ du palais. Il avait entendu parler de l'incendie de la prison et...

Je me redressai brusquement sur le lit.

– Quoi? La maison du shérif Tolliver? Personne ne m'en a rien dit!

Il roula sur le côté pour me dévisager.

– Parce que, sans doute, personne sur ton bateau ne le savait. Il n'y a pas eu de morts, *Sassenach*. Je me suis renseigné.

Qu'était devenue Sadie Ferguson?

– Tu en es sûr? Comment est-ce arrivé? La foule?

Il bâilla avant de répondre :

– Non. D'après ce que j'ai entendu, madame Tolliver était saoule. Elle a mis trop de bois dans son feu de lessive, s'est allongée à l'ombre et s'est endormie. Les bûches ont roulé dans l'herbe sèche qui s'est embrasée, et les flammes se sont propagées jusqu'à la maison. Le voisin a senti la fumée et s'est précipité juste à temps pour traîner madame Tolliver et le bébé hors de danger. Il a dit qu'il n'y avait personne d'autre dans le bâtiment.

Il me convainquit de me rallonger, ma tête nichée dans le creux de son épaule. Après avoir passé la nuit pressés l'un contre l'autre dans le lit étroit, sentant nos moindres mouvements, j'étais encore très consciente de son corps et lui, du mien. Tout en parlant, ses doigts exploraient mon dos, déchiffrant ses détails comme du braille.

– Pour en revenir à Tom… Il connaissait *L'Oignon,* bien sûr. Il s'y est donc rendu après avoir découvert que tu n'étais plus dans la prison. Il lui avait fallu du temps pour fausser compagnie à Brown sans éveiller les soupçons et, entre-temps, tu avais quitté le palais. Quand il m'a trouvé chez Fergus, il m'a expliqué ses intentions.

Ses doigts caressaient ma nuque, et la tension accumulée dans mes cervicales disparut peu à peu.

– Je lui ai demandé d'attendre. Je voulais d'abord essayer de te libérer moi-même, mais si j'échouais…

– Mais tu sais qu'il ne l'a pas fait, n'est-ce pas? Il t'a prétendu le contraire?

– Il m'a seulement dit qu'il avait gardé le silence tant que tu avais une chance d'être jugée et acquittée, mais que, en cas de grave danger, il aurait aussitôt parlé. C'était pourquoi il avait insisté pour venir avec nous. Je… je n'ai pas posé de questions.

– Mais il ne l'a pas fait, insistai-je. Jamie, tu sais que ce n'est pas lui !

– Je sais, dit-il à voix basse.

Nous restâmes silencieux un moment. J'entendis soudain de petits coups à l'extérieur et me tendis, mais ce n'était qu'un pic-vert, chassant des insectes dans le colombage vermoulu de l'auberge.

– Tu crois qu'ils vont le pendre ?

– Sans doute.

Il avait repris ses caresses à demi conscientes, lissant des mèches derrière mon oreille. Immobile, j'écoutai les battements de son cœur, ne voulant pas poser la question suivante, mais la sachant inévitable :

– Jamie, dis-moi qu'il n'a pas fait ces faux aveux pour moi, je t'en prie.

Par-dessus tout le reste, cette idée m'était insupportable. Ses doigts s'immobilisèrent sur mon oreille.

– Il t'aime. Tu le sais, n'est-ce pas ?

Je revis son regard gris et franc. Tom Christie était le genre d'homme qui pensait ce qu'il disait, et qui disait ce qu'il pensait. En cela, il était comme Jamie.

– C'est ce qu'il m'a dit.

Jamie demeura silencieux de longues minutes, puis tourna la tête, sa joue reposant sur mes cheveux.

– *Sassenach...* J'en aurais fait autant. En te sauvant la vie, j'aurais considéré que je donnais la mienne pour une bonne cause. S'il ressent cela, alors tu ne lui as causé aucun tort en le laissant te rendre ta vie.

Je refusais d'y penser, ne voulais plus être hantée par ces yeux gris et clairs, par le cri des mouettes, par les lignes profondes d'affliction qui découpaient ce visage en morceaux, par sa souffrance, sa perte, sa culpabilité, ses soupçons... sa peur. Je ne voulais plus imaginer Malva se rendant dans le carré de laitues sans savoir ce qui l'y attendait, son fils lourd et paisible dans son ventre. Je ne voulais plus voir les éclaboussures de sang sombre séchant sur les feuilles de lierre.

Par-dessus tout, je ne voulais pas penser que j'étais inextricablement liée à cette tragédie..., mais c'était inéluctable.

– Jamie... peut-on jamais réparer un tel gâchis ?

Il me prit la main, caressant ma paume avec son pouce.

– La petite est morte, *mo chridle.*

– Je sais. Quelqu'un l'a tuée, et ce n'était pas Tom. Oh! mon Dieu, Jamie... qui? Qui?

– Je ne sais pas. Je crois que cette fille avait une grande soif d'amour... et elle le prenait là où elle le trouvait. Sauf qu'elle ne savait pas comment le rendre.

J'inspirai une grande goulée d'air et posai la question en suspens en nous depuis le meurtre.

– Tu ne penses pas que ce pourrait être Ian?

Cela le fit presque sourire.

– Si c'était le cas, *a nighean,* on le saurait. Ian est capable de tuer, mais pas de nous faire payer à sa place.

Il avait raison. Je me sentais à la fois soulagée pour Ian et encore plus coupable envers Tom Christie.

– L'assassin pourrait aussi être un homme qui la désirait et l'aurait tuée par jalousie en apprenant sa grossesse.

– Ou quelqu'un de déjà marié, *Sassenach.* Ou une femme.

– Une femme?

– Elle prenait l'amour là où elle le trouvait, répéta-t-il. Qu'est-ce qui te fait croire que seuls des hommes jeunes étaient capables de lui en donner?

Je fermai les yeux, visualisant toutes les possibilités. Si elle avait eu une liaison avec un homme marié (ils la convoitaient eux aussi, mais plus discrètement), oui, il aurait pu la tuer de peur d'être découvert. Ou une femme humiliée... je revis brièvement l'image choquante de Murdina Bug, les traits déformés par l'effort, tandis qu'elle pressait un oreiller sur le visage de Lionel Brown. Arch? Non, impensable. Avec un sentiment d'impuissance totale, je repoussai la question, voyant défiler en pensée la kyrielle de visages de Fraser's Ridge... l'un d'eux cachant une âme d'assassin.

– Non, je sais qu'on ne peut plus rien faire pour Malva et Tom. Ni même pour Allan (qui, soudain, se retrouvait sans famille dans des circonstances atroces). Mais... pour les autres?

Pour Fraser's Ridge, notre chez-nous, notre vie, nous.

Il faisait chaud sous l'édredon, trop chaud. Je le repoussai d'un geste brusque, me redressai en position assise et soulevai ma chevelure pour m'aérer la nuque.

– Lève-toi, *Sassenach*.

Jamie sortit du lit et me prit par la main, me hissant debout. Il saisit l'ourlet de ma chemise des deux mains et me l'ôta par-dessus ma tête. Mon corps était couvert d'une rosée de transpiration. Il souffla doucement sur mes seins, un courant d'air tiède, mais néanmoins délicieux qui fit durcir mes mamelons.

À son tour, il se déshabilla et ouvrit les volets pour laisser entrer la brise. La lumière pure du matin inonda la chambre, faisant briller son torse pâle, le réseau argenté de ses cicatrices, les poils dorés de ses bras et de ses jambes, son début de barbe rouille et argent. Son sexe se dressait dur et droit, son état matinal, d'une couleur profonde et douce comme le cœur d'une rose à l'ombre.

Se rapprochant de moi, il m'examina des pieds à la tête. J'étais nue comme un ver, la peau encore incrustée de cristaux de sel, les chevilles et les pieds crasseux.

– Pour ce qui est de réparer les choses… je ne sais pas, *Sassenach,* mais j'ai bien l'intention d'essayer. On pourrait commencer tout de suite, qu'en dis-tu ?

– Tu es tellement fatigué que tu tiens à peine debout, protestai-je.

Baissant un peu les yeux, j'ajoutai :

– Enfin… on ne peut pas en dire autant de certaines parties de ton anatomie.

J'avais moi-même l'impression d'être passée sous un rouleau compresseur.

– Puisqu'on a un lit à notre disposition, je n'ai pas l'intention de rester debout, *Sassenach*. Il est vrai que je ne me relèverai peut-être jamais, mais je crois pouvoir rester éveillé encore une dizaine de minutes. Si je m'endors, tu n'auras qu'à me pincer.

Je levai les yeux au ciel, mais ne discutai pas. Je m'allongeai sur les draps sales, mais à présent rafraîchis et, avec un léger tremblement dans le creux du ventre, j'ouvris les cuisses pour lui.

Nous fîmes l'amour comme deux créatures sous-marines, lentes et les membres lourds. Nous ne nous étions pas touchés de cette manière depuis la mort de Malva... et nous l'avions encore tous les deux présente à l'esprit.

Mais il n'y avait pas qu'elle. Je m'efforçai de me concentrer sur Jamie, fixant mon attention sur les détails intimes de son corps, si familiers... la minuscule cicatrice triangulaire et blanche sur sa gorge, les spirales auburn de sa toison et la peau halée dessous..., mais j'étais si épuisée que mon cerveau refusait de coopérer, me projetant à la place des bribes de souvenirs dérangeants, ou, pire encore, des images fabriquées de toutes pièces.

– Ça ne va pas, dis-je au bout d'un moment. Je ne peux pas.

Je m'accrochai au matelas, serrant les draps entre mes doigts.

Il émit un petit bruit de surprise, puis roula sur le côté, me laissant moite et tremblante.

– Qu'y a-t-il, *a nighean* ?

– Je ne sais pas... Je n'arrête pas de voir... Je suis désolée, désolée, Jamie, mais je n'arrête pas de voir d'autres visages. Comme si je faisais l'amour avec d'autres... hommes.

– Ah oui ?

Il paraissait perplexe, mais pas vexé. Il rabattit le drap sur moi. Mon cœur battait à toute allure, et je n'arrivais plus à respirer, la gorge trop nouée.

« *Bolus hystericus,* pensai-je. Arrête ça tout de suite, Beauchamp. » C'était plus facile à dire qu'à faire, mais, au moins, je cessai de me croire en pleine crise cardiaque.

– Qui vois-tu ? interrogea doucement Jamie. Hodgepile et...

– Non! m'exclamai-je révulsée. Ils... ils n'ont même pas traversé mon esprit.

Il resta allongé près de moi, sans me toucher, en attente. J'avais littéralement l'impression de tomber en morceaux.

– Qui as-tu vu, Claire? Tu peux me le dire?

Je répondis aussitôt avant de changer d'avis :

– Frank... et Tom. Et... et... Malva. Tout à coup, je les ai... je les ai sentis, tous... me touchant... voulant entrer en moi.

Jamie demeura silencieux. L'avais-je blessé? Je regrettai mes aveux, mais je n'avais plus de défenses. Incapable de mentir, même pour la meilleure des raisons, je n'avais plus aucun endroit où me réfugier. Des fantômes chuchotant, avec leurs douleurs, leurs besoins, leur amour désespéré, m'assiégeaient, m'écartelaient, m'arrachaient à Jamie, à moi-même.

Essayant de résister à la dissolution, mon corps tout entier se rigidifiait. Mon visage était enfoui dans l'oreiller, cherchant à fuir, au point que je suffoquai et fus contrainte de tourner la tête de côté pour respirer.

– Claire?

Je sentis son souffle sur mon front et rouvris les yeux. Très lentement, il effleura mes lèvres du bout des doigts. Je balbutiai :

– Tom... J'ai l'impression qu'il est déjà mort... par ma faute. C'est horrible. Je ne peux pas le supporter, Jamie. Je ne peux pas.

– Je sais.

Il hésita.

– Je peux te toucher?

– Je ne sais pas. Essaie pour voir.

Il sourit, bien que j'aie parlé très sérieusement. Délicat, il posa sa main sur mon épaule et me fit me retourner, puis il me prit dans ses bras, lentement, pour me laisser la possibilité de le repousser. Je m'abandonnai alors.

Je m'enfouis en lui, m'accrochant à son corps comme à une bouée en pleine mer. Lui seul m'empêchait de sombrer.

Il me tint en caressant mes cheveux. Une éternité. Puis, il chuchota :

— Tu peux pleurer pour eux, *mo nighean donn*? Laisse-les entrer.

L'idée à elle seule fit renaître la panique en moi.

— Je ne peux pas.

— Pleure pour eux, répéta-t-il. Tu ne peux pas tenir un fantôme à distance.

Sa voix me pénétra plus profondément que sa verge.

— Je ne peux pas, sanglotai-je. J'ai peur. Je ne peux pas !

Pourtant, je cessai de lutter et m'ouvris à eux, au souvenir et au chagrin. Je pleurai comme si mon cœur allait se briser... et le laissai se briser, pour eux et tous ceux que je ne pouvais sauver.

— Ouvre-leur la porte et pleure pour eux, Claire, chuchota-t-il encore. Et quand ils seront partis, je te ramènerai à la maison.

99

Le vieux maître

River Run

Il avait beaucoup plu, la veille, et, si le soleil brillait, du sol encore trempé s'échappait une vapeur qui ajoutait encore à la lourdeur de l'air. Brianna avait relevé ses cheveux, mais des mèches ne cessaient de lui retomber dans les yeux. Elle en écarta une du dos de la main, ses doigts tachés du pigment qu'elle était en train de moudre. L'humidité ne lui facilitait pas la tâche, car elle rendait la poudre grumeleuse et la faisait adhérer aux parois du mortier.

Brianna n'avait pas le choix. Elle venait de recevoir une nouvelle commande, à commencer dès cet après-midi.

Jemmy traînait dans les parages, s'ennuyant et fourrant ses doigts partout, tout en fredonnant une chanson. Elle n'y prêtait pas attention, jusqu'à ce qu'elle entende des bribes de paroles. Incrédule, elle se tourna vers lui :

– Qu'est-ce que tu viens de dire ?

Il ne pouvait quand même pas être en train de chanter *Folsom Prison Blues* !

Jemmy rentra le menton et, prenant sa voix la plus grave, répondit :

– Salut, je m'appelle Johnny Cash !

Elle se retint de justesse d'éclater de rire.

– Qui t'a appris ça ?

Elle le savait déjà, il n'y avait qu'une seule source possible.

– C'est papa.

– Papa s'est remis à chanter ?

Roger avait enfin dû suivre les conseils de Claire, qui lui avait suggéré de changer le registre de sa voix afin de relâcher ses cordes vocales grippées.

– Papa chante tout le temps ! Il m'a appris cette chanson sur les dimanches matin et une autre sur Tom Dooley et... plein d'autres !

– Vraiment ? Mais c'est... hé, repose ça tout de suite !

Il venait de s'emparer d'une bourse remplie de garance rose.

– Oups !

Prenant un air coupable, il baissa les yeux vers le nuage de pigment rouge qui avait jailli du sac et atterri sur sa chemise. Puis, les relevant prudemment en direction de sa mère, il fit un pas vers la porte.

– Tu vas voir, « Oups » ! Ne bouge pas !

Le tenant par le col, elle frotta le devant de sa chemise avec un chiffon imbibé de térébenthine, ne parvenant qu'à étaler les particules en une grande tache rose.

Stoïque, Jemmy subit cette épreuve, dodelinant de la tête tandis qu'elle l'essuyait d'un geste énergique.

– Qu'est-ce que tu fiches ici, au fait ? Je t'avais dit d'aller te chercher de quoi t'occuper.

Après tout, ce n'étaient pas les activités qui manquaient à River Run.

Il pencha la tête et marmonna une phrase inintelligible dont elle ne comprit que le mot « peur ».

– Peur ? Mais de quoi ?

Finalement, elle trouva plus simple de lui ôter sa chemise.

– Du fantôme.

– Quel fantôme ?

Elle se tint sur ses gardes. Elle savait que pour tous les esclaves de River Run, les fantômes faisaient partie de la vie courante. Il en allait de même pour la plupart des colons écossais de Cross Creek, de Campbelton et de Fraser's Ridge, ainsi que des Allemands de Salem et de Bethania; et d'ailleurs, de son propre père.

Elle ne pouvait déclarer simplement à son fils que les fantômes n'existaient pas... d'autant plus qu'elle n'en était pas sûre elle-même.

Jemmy releva deux yeux troublés vers elle.

– Le fantôme de *Maighistear àrsaidh*. Josh dit qu'il se promène.

Brianna sentit un mille-pattes lui remonter le long de la colonne vertébrale. *Maighistear àrsaidh*, « le vieux maître », était Hector Cameron. Malgré elle, elle jeta un coup d'œil par la fenêtre. Ils se trouvaient dans une des petites pièces au-dessus de l'écurie, où elle s'enfermait pour fabriquer ses préparations salissantes. De là où elle se tenait, le mausolée en marbre blanc d'Hector Cameron était bien visible, pointant telle une dent au milieu de la pelouse.

Cherchant à gagner du temps, elle demanda :

– Qu'est-ce qui a bien pu pousser Josh à te raconter ça?

Sa première impulsion aurait été de préciser que les fantômes ne se promenaient pas en plein jour, mais cela aurait été reconnaître de façon implicite qu'ils déambulaient la nuit; or, elle ne tenait pas à donner des cauchemars à son fils.

– Il dit qu'Angelina l'a vu, avant-hier, pendant la nuit. Un immense vieux fantôme.

Il ouvrit grand les bras, avec les doigts crochus, et écarquilla les yeux pour imiter Josh.

– Ah oui? Et que faisait-il?

Elle conservait un ton badin, donnant l'impression d'être vaguement intéressée. Cela semblait marcher; pour le moment, Jemmy paraissait plus perplexe qu'apeuré.

– Il marchait, répondit-il avec un haussement d'épaules.

– Il fumait la pipe?

Elle venait d'apercevoir un grand monsieur en train de se promener sous les arbres.

Jemmy parut déconcerté.

– Je ne sais pas. Ça fume la pipe, les fantômes?

– J'en doute, mais monsieur Buchanan, oui. Tu l'aperçois, là-bas, au bord de la pelouse?

Jemmy se hissa sur la pointe des pieds pour regarder par la fenêtre. M. Buchanan, une relation de Duncan, séjournait à River Run. En effet, il tenait une pipe entre ses lèvres.

– Si tu veux mon avis, Angelina a aperçu M. Buchanan, l'autre soir, dans la pénombre. Il était peut-être en chemise de nuit, se rendant aux toilettes. En voyant une tache blanche, elle a cru qu'il s'agissait d'un fantôme.

Jemmy réfléchit quelques instants, presque rassuré, mais quelque chose le chiffonnait.

– Josh dit qu'Angelina a vu le fantôme sortir de la tombe du vieux monsieur Cameron.

– Monsieur Buchanan a peut-être fait le tour du mausolée. Quand il a surgi sur le côté, elle a eu l'impression qu'il venait de l'intérieur.

Elle évita avec soin d'évoquer pourquoi un gentleman écossais d'âge mûr aurait marché autour d'un mausolée en chemise de nuit : visiblement, cette notion n'était pas saugrenue pour Jemmy.

Elle s'abstint aussi de lui demander pourquoi Angelina était dehors, au beau milieu de la nuit, en train de voir des fantômes. La raison la plus probable ne convenant pas aux oreilles d'un enfant de son âge.

Cela lui fit repenser à Malva Christie. Peut-être un rendez-vous galant l'avait-elle conduite dans le potager de sa mère. Qui? se demanda-t-elle pour la énième fois. Elle se signa et récita une brève prière pour le repos de l'âme de la jeune fille. Qui avait pu accomplir un tel geste? Si un fantôme refusait de dormir tranquille, c'était bien celui de Malva.

– Je pense qu'Angelina a vu monsieur Buchanan, répéta-t-elle d'un ton ferme. Mais, si tu as encore peur des fantômes, ou de quoi que ce soit d'autre, fais le signe de la croix et récite une prière pour ton ange gardien.

En s'entendant parler, elle eut une sensation de déjà-vu. Quelqu'un – son père? sa mère? – lui avait dit exactement la même chose dans son enfance. De quoi avait-elle eu peur? Elle ne s'en souvenait plus, mais se rappelait du sentiment de sécurité que lui avait apporté la prière.

Jemmy paraissait dubitatif. Il était capable de faire le signe de croix, mais n'était pas sûr de la prière de l'ange. Elle la répéta avec lui tout en se sentant un peu coupable.

Tôt ou tard, il ferait un geste ouvertement catholique (comme le signe de la croix) devant quelqu'un d'important pour Roger. La plupart des gens présumaient que la femme du pasteur était protestante, et ceux qui connaissaient la vérité n'étaient pas en position de lui créer des soucis. Elle était au courant qu'après la mort de Malva Christie et les commérages sur ses parents, des grommellements s'étaient fait entendre parmi les ouailles de Roger, mais il refusait de s'arrêter à ce genre de remarques.

Même si elle s'inquiétait de complications religieuses potentielles pour Roger, il lui manquait cruellement. Il lui avait écrit qu'Elder McCorkle avait été retardé, mais qu'il était attendu à Edenton avant la fin de la semaine. Il faudrait patienter encore une huitaine de jours, le temps que se déroule la session presbytérienne, puis il se mettrait en route pour venir les chercher à River Run.

Il était si heureux de recevoir son ordination. Une fois ordonné, pourraient-ils le défroquer – c'est ce qui arrive à un pasteur mécréant – pour avoir une épouse catholique?

Serait-elle capable de se convertir afin que Roger puisse obtenir ce qu'il désirait tant et dont il avait tant besoin? Cette perspective lui noua le ventre, et elle serra Jemmy contre elle pour se rassurer. Il avait la peau moite et douce comme un bébé, mais elle sentait la dureté de ses os sous-jacents, promettant une taille digne de son père et de son grand-père. Son père... voilà une pensée rayonnante qui calmait ses angoisses.

Les cheveux de Jemmy avaient repoussé, mais elle déposa un baiser derrière son oreille gauche, là où se trouvait la marque cachée; il voûta les épaules et se trémoussa sous le chatouillement de ses lèvres.

Puis, elle le libéra et l'envoya jouer, pendant qu'elle apportait sa chemise à Matilda, la blanchisseuse.

Quand elle reprit son travail dans son atelier, la malachite dans le mortier lui parut dégager une odeur forte et étrange. Elle se pencha dessus et la huma. C'était absurde, une pierre pilée ne se gâtait pas. Ce devait être la térébenthine ou les effluves de la pipe de M. Buchanan qui affectaient son odorat. Elle versa la poudre vert tendre dans une fiole qu'elle diluerait plus tard dans de l'huile de noix ou utiliserait dans une tempera à l'œuf.

La mine satisfaite, elle examina sa collection de boîtes et de poches, certaines fournies par tante Jocasta, d'autres que John Grey avait fait venir de Londres pour elle, ainsi que les flacons et les godets de pigments séchés qu'elle avait moulus elle-même. Que lui manquait-il d'autre?

Sa commande consistait en un portrait de la vieille mère de M. Forbes. Cet après-midi, elle ne ferait que des esquisses préliminaires, mais elle n'aurait peut-être qu'une ou deux semaines pour achever le tableau avant l'arrivée de Roger. Elle n'avait pas de temps à…

Prise de vertige, elle s'assit brutalement. Des points noirs dansaient devant ses yeux. Elle pencha la tête en avant entre ses jambes et inspira à fond. Cela n'arrangea rien. L'air était chargé d'une odeur d'essence à laquelle s'ajoutaient les émanations animales et le remugle de l'écurie en dessous.

– Oh, mon Dieu…

La bile lui remonta dans la gorge, et elle eut à peine le temps de jeter l'eau de la bassine sur le sol avant de rendre ses tripes.

Elle reposa lentement le récipient en haletant, fixant la flaque d'eau sur le sol, sentant le monde autour d'elle se déplacer sur son axe et prendre un nouvel angle, légèrement de guingois.

– Félicitations, Roger, dit-elle à voix haute. Je crois que tu vas être de nouveau papa.

* * *

Elle resta immobile longtemps, étudiant avec soin les sensations de son corps, à la recherche d'une certitude. Avec Jemmy, elle n'avait pas été malade, mais elle se souvenait d'avoir eu les sens bizarrement altérés, cet état étrange appelé synesthésie, où la vue, l'odorat, le toucher et même parfois l'ouïe empruntaient parfois les caractéristiques les uns des autres.

Le malaise disparut aussi vite qu'il était apparu. L'odeur du tabac de M. Buchanan était toujours présente, mais elle avait revêtu une douce fragrance de feuilles sèches et brûlées. Cette chose odorante brun verdâtre tacheté qui s'était insinuée dans ses sinus et avait ébranlé son cerveau telle une pluie de grêlons sur un toit en zinc s'était effacée.

Elle était si concentrée sur ses sensations physiques et leur possible signification qu'elle n'entendit pas tout de suite les voix dans la pièce d'à côté. C'était l'antre modeste de Duncan, où il conservait ses registres et livres de comptes et où, pensait-elle, il se réfugiait parfois quand le grand train de la villa lui pesait.

M. Buchanan s'y tenait avec Duncan, et ce qui avait débuté par une conversation aimable commençait à présenter des signes de tension. Elle se leva et prit la bassine pour aller la vider au-dehors. Pas qu'elle n'était pas curieuse, loin de là, mais, ces derniers temps, elle veillait à n'entendre rien de plus que le strict nécessaire.

Duncan et sa tante Jocasta étaient de fervents loyalistes, et aucun de ses arguments, qu'elle formulait avec le plus de tact possible, ne les ébranlait dans leurs convictions. Elle avait surpris plus d'une conversation privée entre Duncan et des tories locaux et, connaissant la tournure que prendraient les événements, cela n'avait fait qu'accroître ses appréhensions.

Ici, dans la plaine, au cœur de la région de Cape Fear, la plupart des habitants étaient des loyalistes convaincus que la violence dans le nord n'était le fait que de quelques chahuteurs excessifs sans lien aucun avec eux. Ils considéraient que seule une main ferme pourrait mettre ces whigs hagards au pas avant que leurs excès ne provoquent des représailles dont tout le monde pâtirait. Le fait de savoir que celles-ci arrivaient et qu'elles allaient s'abattre sur des gens qu'elle appréciait et aimait la remplissait d'une angoisse sourde et glaçante.

En ouvrant la porte, elle entendit la voix impatiente de Buchanan :

– Quand alors? Ils n'attendront pas, Duncan. Il leur faut l'argent avant mercredi prochain, autrement Dunkling vendra ses armes ailleurs. C'est la loi du marché. Si on lui promet de l'or, il attendra peut-être un peu, mais pas longtemps.

– Oui, je sais, je sais, Sawny. Si je peux, je le ferai.

– « Si »? s'écria Buchanan. Comment ça, « si »? Jusqu'à présent, c'était toujours « Oui, oui, Sawny », « Pas de problème, Sawny », « Dis à Dunkling que c'est bon, Sawny », « Bien sûr, Sawny »…

– J'ai dit que, si je le peux, je le ferai, Alexander.

La voix de Duncan prit soudain un timbre d'acier que Brianna ne lui avait encore jamais entendu.

Buchanan lâcha une grossièreté en gaélique, et la porte du bureau s'ouvrit brusquement. Il sortit avec un tel empressement qu'il l'aperçut à peine, lui adressant un vague salut de la tête en passant devant elle.

Ce qui était aussi bien, puisqu'elle tenait une cuvette pleine de vomi.

Avant qu'elle n'ait eu le temps de s'en débarrasser, Duncan sortit à son tour, énervé et extrêmement préoccupé. Toutefois, il la remarqua.

– Comment ça va, ma petite? Tu n'as pas l'air dans ton assiette. Tu as mangé quelque chose qui ne t'a pas réussi?

– Oui, je crois, mais tout va bien à présent.

Elle déposa la bassine sur le sol de la pièce qu'elle venait de quitter et referma la porte.

– Euh… tout va bien, Duncan?

Il hésita un instant, mais ce qui le perturbait semblait trop encombrant pour qu'il le garde pour lui. Il jeta un coup d'œil à la ronde, s'assurant qu'aucun esclave n'était dans les parages, puis se rapprocha et baissa la voix :

– Dis-moi… tu n'aurais rien remarqué d'inhabituel ces derniers temps, *a nighean*?

– D'inhabituel… comment?

Il passa un doigt sous son épaisse moustache, mal à l'aise, puis chuchota :

– Près de la tombe d'Hector Cameron.

Elle tressaillit, posant instinctivement une main sur son ventre.

– Ah, tu as bien vu quelque chose, alors?

– Pas moi.

Elle lui parla de Jemmy, d'Angelina et du fantôme.

– J'ai pensé qu'il s'agissait de M. Buchanan, acheva-t-elle.

– Mmm… c'est une idée… Mais non, c'est impossible. Il n'a pas pu, mais c'est une idée…

– Duncan, dis-moi ce qui se passe.

Il prit une profonde inspiration, l'air perplexe, puis expira lentement, ses épaules s'affaissant.

– L'or… Il a disparu.

* * *

Sept mille livres en lingots d'or représentaient une somme imposante, dans tous les sens du terme. Elle ignorait le poids que cela représentait, mais ils en avaient complètement rempli le cercueil de Jocasta, entreposé près de celui d'Hector Cameron, dans le mausolée familial.

– Comment ça, « disparu »? Tu veux dire… tout?

Duncan lui prit le bras d'un air affolé.

– Je t'en prie, parle plus bas! Oui, la totalité.

– Quand a-t-il disparu? Ou plutôt, quand t'en es-tu aperçu?

– La nuit dernière.

Il lança de nouveau un regard autour d'eux, puis indiqua son bureau d'un geste du menton.

– Entre, je vais t'expliquer.

Son agitation retombait peu à peu à mesure qu'il lui racontait son histoire. Quand il eut terminé, il paraissait nettement mieux.

Les sept mille livres étaient ce qu'il restait des dix mille d'origine, qui étaient à leur tour un tiers des trente mille envoyés trop tard par Louis de France pour soutenir le retour raté de Charles Stuart sur les trônes d'Angleterre et d'Écosse.

– Hector était un homme prudent, expliqua Duncan. Il menait grand train, mais sans jamais dépasser les moyens d'une plantation comme celle-ci.

Il avait dépensé mille livres pour acheter les terres et faire construire la villa, puis, au fil des ans, mille autres en esclaves, têtes de bétail, etc. Il en avait également placé mille dans des banques, ne supportant pas de voir tout cet argent dormir sans rapporter d'intérêts. Duncan ajouta avec un sourire ironique :

– Il était trop malin pour attirer l'attention en plaçant la totalité. Il avait probablement l'intention d'investir le reste peu à peu, mais il est mort avant.

Il avait donc laissé derrière lui une veuve très riche. Toutefois, Jocasta était encore plus prudente et discrète que lui, et l'or était sagement resté dans sa cachette, mis à part un lingot prélevé de temps à autre et transformé en monnaie sonnante et trébuchante par Ulysse. Brianna se souvint soudain que le dernier lingot en question avait, lui aussi, disparu.

Celui qui l'avait volé avait peut-être compris qu'il en existait d'autres et avait cherché, patiemment, discrètement, jusqu'à les trouver.

– Tu as entendu parler du général MacDonald ? la questionna Duncan.

Ce nom avait souvent surgi, ici et là, au cours des conversations. C'était un général écossais à la retraite, avait-elle présumé, en visite dans la région et séjournant dans diverses grandes familles. En revanche, elle ne connaissait pas avec exactitude la raison de sa présence.

– Il est venu chercher des hommes des Highlands, trois ou quatre mille, afin de constituer une armée et de marcher vers la côte. Le gouverneur a demandé de l'aide à la Couronne. Plusieurs navires de guerre sont en route. Les hommes du général traverseront la vallée de Cape Fear pour rencontrer le gouverneur et ses troupes près de la mer, et prendre en tenaille les milices rebelles en train de se former.

– Et tu comptais leur donner l'or... ou plutôt, des armes et de la poudre achetées avec l'or.

Il acquiesça, se lissant les moustaches d'un air navré.

– À un certain Dunkling, une connaissance d'Alexander. C'est un des lieutenants de Lord Dunsmore qui se trouve actuellement en Virginie.

– Sauf que l'or n'est plus là.

– En effet. Ce qui me fait m'interroger sur le fantôme du petit Jemmy.

Assurément, il fallait être un fantôme pour pénétrer dans une propriété pleine de monde telle que River Run et déplacer plusieurs centaines de livres en or sans se faire remarquer...

Un bruit de pas dans l'escalier fit tressaillir Duncan, mais ce n'était que Josh, un des palefreniers noirs, qui toqua timidement à la porte, tordant son chapeau entre ses doigts.

– Mademoiselle Brianna, il faudrait songer à partir si vous voulez de la lumière pour vos dessins.

Une bonne heure serait en effet nécessaire pour se rendre à Cross Creek et à la maison de maître Forbes, et le soleil était déjà haut.

Elle baissa les yeux vers ses doigts tachés de vert. Elle devait d'abord faire un brin de toilette.

– Vas-y, ma petite, lui dit Duncan.

Il paraissait encore soucieux, mais soulagé d'avoir pu partager un peu son fardeau.

Elle l'embrassa avec affection sur le front et suivit Josh. Elle était inquiète, mais pas uniquement à cause de l'or disparu et des fantômes rôdant sur le domaine. Si le général MacDonald voulait mobiliser des soldats parmi les Highlanders, un des premiers auxquels il s'adresserait serait son père.

Comme le lui avait écrit Roger un jour : « Jamie saura mieux que personne marcher sur la corde raide entre les whigs et les tories, mais le moment venu, il lui faudra bien faire le grand saut. »

Ce moment était arrivé à Mecklenberg. La véritable épreuve du feu, à présent, s'appellerait MacDonald.

100

Villégiature au bord de la mer

Estimant plus prudent de ne pas se montrer dans ses repaires habituels pendant un certain temps, Neil Forbes avait décidé de se rendre à Edenton avec l'excuse d'emmener sa mère âgée voir sa sœur encore plus âgée. Il était ravi du long voyage, en dépit des jérémiades de madame mère, gênée par le nuage de poussière soulevé par la voiture roulant devant la leur.

Il était navré d'être privé de la contemplation de la voiture en question, une charmante petite berline aux roues hautes et aux fenêtres fermées, les rideaux tirés. Toutefois, en fils dévoué, il était allé parler au cocher lors de l'arrêt au relais suivant, et l'homme avait aimablement accepté de les laisser passer devant, restant à une distance respectueuse derrière eux.

Relevant le nez de la broche en grenats qu'elle était en train de remettre, sa mère lui demanda :

– Mais qu'as-tu à regarder sans cesse par la fenêtre, Neil ?

– Rien, maman. J'admire le paysage. C'est une si belle journée, n'est-ce pas ?

– Mmmoui… répondit-elle peu convaincue. Un peu trop chaude et lourde, si tu veux mon avis.

– Ne t'inquiète pas, *a leannan*. Nous serons bientôt à Edenton. Il y fera plus frais. Rien de tel qu'une bonne brise marine pour remettre un peu de rose sur ces joues !

101

La ronde de nuit

La maison du révérend McMillan était située au bord de la mer, une bénédiction, par ce temps humide et lourd. Le soir, la brise marine balayait la chaleur, la fumée des foyers et les moustiques. Après le dîner, les hommes s'asseyaient sous le porche, fumant la pipe en savourant cet instant de répit. Le plaisir de Roger était un peu teinté de culpabilité, sachant que Mme McMillan et ses trois filles étaient en train de débarrasser la table, laver la vaisselle, balayer, faire bouillir les os restants du dîner avec des lentilles pour la soupe du lendemain, coucher les enfants, et toutes les autres corvées habituelles dans l'atmosphère confinée et étouffante de la maison. Chez lui, il se serait senti obligé de participer, ne serait-ce que pour ne pas essuyer le courroux de sa femme. Ici, des regards ahuris suivis d'une profonde suspicion auraient accueilli une telle offre. Il resta donc tranquillement sous le porche, observant les bateaux de pêche rentrer au port, sirotant une mixture qui se voulait du café et bavardant agréablement avec les hommes.

Tout compte fait, la répartition des rôles entre les sexes, au XVIIIe siècle, avait aussi du bon.

Ses compagnons discutaient des dernières nouvelles venues du sud : la fuite du gouverneur Martin de New Bern et l'incendie du fort Johnston. Le climat politique d'Edenton était fortement whig, et la compagnie, en grande partie cléricale. Étaient présents le révérend professeur McCorkle, son secrétaire Warren Lee, les révérends Jay McMillan et Patrick Dugan, ainsi que quatre autres « aspirants ordinands », outre lui-même. Toutefois, sous la surface cordiale de la conversation, on percevait des courants politiques adverses. Roger parlait peu, ne voulant pas offenser son hôte en prenant part à une querelle. De plus, il aspirait au calme afin de mieux se concentrer sur son futur proche.

Puis, la conversation prit un nouveau tour, et il ne put s'empêcher de tendre l'oreille. Le Congrès continental s'était réuni à Philadelphie deux mois plus tôt, confiant au général Washington le commandement de l'armée continentale. Warren Lee s'était trouvé à Philadelphie en même temps et leur racontait la bataille de Breed's Hill, à laquelle il avait participé :

– Le général Putnam avait déversé des carrioles de terre et de broussailles à l'entrée de la péninsule de Charleston. Le colonel Prescott s'y tenait déjà, avec des compagnies de miliciens venues du Massachusetts. Doux Jésus, vous n'imaginez pas la puanteur qui se dégageait de ces camps !

Warren avait un léger accent chantant venu du sud (il était virginien). Son ton badin disparut en abordant la suite :

– Le général Ward avait donné l'ordre de fortifier une colline appelée Bunker Hill en raison d'une vieille redoute à son sommet. Mais le colonel Prescott, qui l'avait inspectée avec M. Gridley, un ingénieur, l'avait trouvée inadaptée. Il n'y laissa donc qu'un détachement et préféra s'installer sur Breed's Hill, qu'il jugeait plus appropriée en raison de sa proximité avec le port. N'oubliez pas que tout cela se passait de nuit. J'étais avec une des compagnies du Massachusetts. Nous avons passé toute la nuit, entre minuit et l'aube, à creuser des tranchées et à ériger des talus de près de deux mètres tout le long du périmètre. À l'aube, nous nous sommes tapis derrière nos fortifications ; il était moins une, car un navire anglais était entré dans le port, le *Lively*. Dès les premières lueurs du jour, il ouvrit le feu. Le spectacle valait son pesant d'or, car une brume flottait encore au-dessus de l'eau illuminée de rouge par les coups de canon. Toutefois, ils n'ont pas fait grand mal, car la plupart des boulets sont tombés dans le port. J'ai même vu un baleinier amarré au quai être touché. Il a brûlé comme un fétu de paille. De là où j'étais placé, j'apercevais les marins se jeter à l'eau en bondissant du pont comme des puces, d'autres courir sur la jetée en agitant le poing. Puis, le *Lively* a lâché une nouvelle bordée, et ils ont tous détalé comme des lapins.

La nuit étant presque tombée, le jeune visage de Lee était invisible dans la pénombre.

– Une petite batterie perchée sur Copp's Hill a riposté, et plusieurs autres navires ont tiré un boulet ou deux, mais comme il était clair que tout cela ne servait à rien, chacun a cessé. Puis, des gars du New Hampshire sont venus nous rejoindre, ce qui nous a mis du baume au cœur. Mais entre-temps, le général Putnam avait envoyé un bon nombre d'hommes travailler de nouveau sur les fortifications de Bunker Hill. Du coup, les combattants du New Hampshire, accroupis dans l'herbe, n'avaient personne pour les couvrir et pratiquement rien derrière quoi s'abriter, hormis quelques clôtures envahies de mousse. En les voyant au loin tout en bas, j'étais bien content d'avoir plusieurs mètres de remblai pour me protéger, vous pouvez me croire, messieurs !

Étincelantes sous le soleil de midi, les troupes britanniques avaient ensuite entrepris de traverser le fleuve Charles, avec les navires de guerre derrière elles et des batteries sur la rive pour les couvrir de leur feu.

– Nous n'avons pas riposté, bien sûr. Nous n'avions pas de canons.

Roger ne put s'empêcher de le questionner :

– Est-il vrai que le colonel Stark a dit « Ne tirez pas avant de voir le blanc de leurs yeux » ?

Lee toussota dans le creux de son poing.

– Euh… Je ne saurais affirmer avec certitude ce que chacun a dit, ne l'ayant pas entendu personnellement. En revanche, j'ai bien entendu un colonel déclarer : « Si un seul de vous, fils de putes, gaspille sa poudre avant que ces bâtards soient assez proches pour être tués à coup sûr, je me chargerai moi-même de lui enfoncer son mousquet dans le cul. »

L'assemblée explosa de rire. L'apparition de Mme McMillan, venue demander si quelqu'un voulait des rafraîchissements et s'enquérant de la cause d'une telle hilarité, les calma aussitôt. Ils écoutèrent la suite du récit en prenant des mines graves.

– Je disais donc... ils venaient vers nous, traversant le fleuve. La vision était impressionnante. Il y avait plusieurs régiments, tous de couleurs différentes : des fusiliers, des grenadiers, des divisions de la marine royale et de nombreux soldats d'infanterie légère, s'avançant telles des colonnes de fourmis et tout aussi féroces. Je ne vais pas prétendre être un modèle de courage, messieurs, mais je dois dire que les hommes qui m'accompagnaient ne manquaient pas de cran. Nous avons laissé l'ennemi venir jusqu'à trois mètres avant de tirer notre première salve. La rangée d'en avant est tombée, mais les hommes ont continué d'avancer. Nous avons tiré de nouveau. Des officiers de cavalerie s'approchaient. J'en ai touché un. Il s'est affalé sur l'encolure de sa monture, et son cheval l'a emporté, la tête dodelinant, mais il n'est pas tombé de sa selle...

La voix de Lee avait perdu un peu de sa couleur. Roger aperçut la silhouette costaude du révérend McCorkle se pencher légèrement vers son secrétaire, pour lui tapoter l'épaule.

– Ils ont lancé un troisième assaut. Nous étions pratiquement à court de munitions. Ils ont alors escaladé nos remblais et se sont mis à casser nos barricades, pointant leurs baïonnettes.

Roger était assis sur les marches, sous le porche, plus bas que Lee. Il entendait la voix du jeune homme trembloter.

– Nous avons reculé. C'est la formule consacrée, mais en réalité, nous avons détalé. Une baïonnette qui transperce le corps d'un homme, cela fait un bruit terrible... affreux. Je ne peux même pas le décrire. Pourtant, je l'ai entendu plus d'une fois. Bien des hommes ont connu ce triste sort, ce jour-là, embrochés, puis, la lame sortie, abandonnés agonisants sur le sol, se trémoussant comme des poissons hors de l'eau.

Roger avait déjà vu et manipulé des baïonnettes du XVIIIᵉ siècle. Une lame triangulaire d'une quarantaine de centimètres, lourde et brutale, avec un sillon creusé sur le côté pour laisser s'écouler le sang. Soudain, il songea à la cicatrice profonde sur la cuisse de Jamie. Marmonnant une excuse, il se leva et marcha vers la plage, s'arrêtant un instant pour ôter ses souliers et ses bas.

Sous ses pieds nus, le sable et les galets étaient frais et luisants, mouillés par la marée descendante. La brise agitait les feuilles de palmiers nains derrière lui, et un vol de pélicans se posa sur la grève, les grands oiseaux solennels se détachant sur les dernières lueurs du jour. Il s'avança dans l'eau, les vaguelettes lui léchant les chevilles, le sable s'enfonçant sous ses talons.

Au loin, vers le détroit d'Albemarle, il apercevait des lumières. Des bateaux de pêche avaient allumé leurs lanternes, qui se balançaient, semblant flotter dans l'air, leurs reflets clignotant sur les vagues, telles des lucioles.

Les premières étoiles commençaient à poindre. Il leva le nez vers le ciel, essayant de vider sa tête et son cœur, s'ouvrant à l'amour de Dieu.

Demain, il serait pasteur. « Tu es Sacrificateur pour l'éternité, selon l'ordre de Melchisédec », disait le sacrement de l'ordination en citant la *Bible*.

Quand il en avait parlé à Brianna, elle lui avait demandé :

– Tu as peur?

– Oui, répondit-il encore à voix haute.

Il suivit la marée à mesure qu'elle se retirait, marchant vers le large, ne voulant pas quitter la caresse rythmique des vagues.

– Le feras-tu quand même? avait poursuivi Brianna.

– Oui, répéta-t-il.

Il n'avait pas la moindre idée de ce qu'il acceptait, mais il y consentait néanmoins. Loin derrière lui, il entendit des éclats de rire provenant du porche de McMillan. Ils avaient cessé de parler de la guerre et de la mort.

L'un d'entre eux avait-il déjà tué un homme? Lee, peut-être. Le révérend McCorkle? C'était très improbable, mais pas impossible. Il s'éloigna encore un peu pour s'isoler dans le bruit des vagues et du vent.

Un examen de conscience. Voilà ce qu'accomplissaient les écuyers avant d'être sacrés chevaliers. Ils s'isolaient dans une église ou une chapelle, montant la garde toute la nuit, éclairés à la lueur des cierges, priant.

Que demandaient-ils à Dieu? Un esprit pur, la ténacité. Du courage? Ou peut-être le pardon?

Il n'avait pas souhaité la mort de Randall Lillington. Cela avait été presque un accident, de l'autodéfense. Au moment de cet événement, il traquait Stephen Bonnet, et lui, en revanche, il avait vraiment voulu le tuer de ses propres mains. Quant à Harley Boble... il revoyait encore ses yeux brillants, ressentait toujours dans son bras la réverbération du coup sur son crâne, entendait les os se briser. Oui, il l'avait voulu. Il aurait pu arrêter sa main, mais ne l'avait pas fait.

Demain, il jurerait devant Dieu qu'il croyait au dogme de la prédestination, que tous ses actes avaient été décidés à l'avance. Peut-être.

« Je n'y crois peut-être pas tant que ça. Oh! Seigneur, pardonne-moi, un bon prêtre peut-il douter? Je pense que tout le monde a des incertitudes, mais j'en ai tant! Fais-moi savoir maintenant si je suis digne d'être ordonné, avant qu'il ne soit trop tard. »

Le velours noir du ciel était à présent tapissé d'étoiles. Derrière lui, il entendit un crissement de pas sur les galets et les algues. Il aperçut la haute silhouette dégingandée de Warren Lee, secrétaire du révérend McCorkle et ancien milicien.

– J'avais besoin de prendre un peu d'air frais, expliqua-t-il.

Heureusement, le jeune homme ne semblait pas avoir envie de discuter. Ils contemplèrent côte à côte les allées et venues des bateaux de pêche, puis, dans un accord tacite, tournèrent les talons et revinrent vers la maison. Allumée derrière une fenêtre, une bougie les guidait.

– Vous savez, cet officier sur lequel j'ai tiré, lança Lee tout d'un coup. Je prie pour lui. Tous les soirs.

Puis il se tut aussi vite, honteux. Roger essaya de se souvenir s'il avait déjà prié pour Lillington ou Boble.

– Je prierai pour lui aussi, murmura-t-il.

– Merci.

Une fois revenus, ils s'assirent sur les marches de l'entrée déserte pour essuyer leurs pieds et se rechausser. La porte s'ouvrit derrière eux, et le révérend McMillan apparut.

– Monsieur MacKenzie?

Quelque chose dans le son de sa voix fit aussitôt se lever Roger, le cœur battant.

– Vous avez un visiteur.

Roger aperçut la haute silhouette derrière le révérend et comprit avant même de voir les traits pâles de son beau-père.

– Il a enlevé Brianna. Viens!

102

L'Anémone

Des pas allaient et venaient au-dessus de sa tête. Elle entendait des voix, mais ne parvenait pas à en distinguer le sens. Il y eut un chœur d'exclamations joviales du côté donnant sur le quai, auquel répondirent des cris et des rires féminins. La cabine possédait une grande fenêtre à croisillons. Pouvait-on parler de fenêtre, sur un navire, ou existait-il un terme nautique spécial? Située derrière la couchette, l'ouverture donnait sur un coin de la poupe. Les verres étaient petits et épais, joints par des meneaux en plomb. Pas moyen de s'évader par là, mais au moins, elle serait peut-être capable de savoir où elle se trouvait.

Surmontant son dégoût, elle monta sur les draps sales et froissés, et approcha son visage d'un des carreaux ouverts, inspirant de grandes goulées d'air. La cabine empestait le renfermé et le moisi, mais l'air du port chargé d'odeurs de poissons crevés, d'égouts et de vase ne valait guère mieux.

Elle apercevait un bout de quai sur lequel s'agitaient des silhouettes. Un feu brûlait devant un bâtiment bas blanchi à la chaux et couvert d'un toit en feuilles de palmier. Il faisait trop sombre pour voir au-delà. À en juger par les bruits de foule sur les docks, ce devait être une petite ville.

Des voix approchaient de l'autre côté de la porte.

– ... le verrai sur Ocracoke, la prochaine nuit sans lune.

Une autre voix répondit en marmonnant, puis la porte s'ouvrit.

– Tu veux te joindre à nous, ma belle? Non, ne me dis pas que tu as commencé sans moi!

À genoux sur le lit, elle fit volte-face, estomaquée. Stephen Bonnet était planté sur le seuil, une bouteille à la main et le sourire aux lèvres. Elle inspira pour surmonter son choc et manqua de suffoquer sous la puanteur de sperme rance et de sueur émanant des draps sous elle. Elle descendit de la couchette tant bien que mal, se prenant les pieds dans sa jupe qui se déchira à la taille.

– Où sommes-nous? questionna-t-elle d'une voix aiguë.

– À bord de l'*Anémone*.

– Ce n'est pas ce que je vous ai demandé!

Quand les hommes l'avaient arrachée de son cheval, les cols de sa robe et de sa chemise s'étaient déchirés dans sa lutte, dévoilant un sein. Elle le cacha d'une main et tenta de rabattre le tissu sur son épaule.

Il posa sa bouteille sur la table et dénoua sa cravate.

– Ah, ça fait du bien!

Il se massa le cou, révélant une ligne rouge sombre en travers de sa gorge. Cette vision renvoya à Brianna l'image brutale et claire de la blessure de Roger.

Elle s'efforça de prendre une voix plus grave et de le fixer, le regard perçant. Elle ne s'attendait pas à ce que cette attitude – qui fonctionnait sur les métayers de son père – impressionne beaucoup Bonnet, mais cela l'aida à retrouver un peu d'assurance.

– Je veux savoir comment s'appelle cette ville.

– Ah! Mais il suffisait de poser la question, ma cocotte.

Il ôta sa veste et la lança sur un tabouret. Froissée et humide, sa chemise lui collait au torse.

– Roanoke. Tu devrais enlever ta robe, chérie. Il fait une chaleur d'enfer.

Pendant qu'il dénouait ses lacets de chemise, elle balaya la cabine des yeux, à la recherche d'une arme. Tabouret, lampe, livre de bord, bouteille… là! Un bout de bois pointu apparaissait sous le fouillis, sur la table. Un épissoir.

Bonnet plissa le front, concentré sur le nœud d'un lacet qui lui résistait. En deux enjambées, elle rejoignit la table et saisit le poinçon, en faisant voler le fatras sur le sol.

– Reculez !

Elle brandit l'objet en le tenant des deux mains comme une batte de base-ball. Son dos ruisselait de transpiration, mais ses paumes étaient glacées, la terreur frémissant sous sa peau.

Il la dévisagea, comme si elle était devenue folle.

– Mais que comptes-tu faire avec ça, ma pauvre ?

Il avança d'un pas, elle recula d'autant, levant son arme plus haut.

– Ne vous avisez pas de me toucher !

Il écarquilla ses grands yeux vert pâle, un sourire en coin. Il fit encore un pas en avant, puis un autre. Elle sentit sa peur bouillir dans une éruption de rage. Elle voûta les épaules, prête à l'assaut.

– Je suis sérieuse ! Reculez, ou je vous tue ! Cette fois, je connais le père de l'enfant que je porte, et je le défendrai jusqu'à la mort !

Il levait déjà la main pour lui attraper l'épissoir, mais suspendit aussi sec son geste.

– Un enfant ? Tu es enceinte ?

Elle entendait son sang bourdonner dans ses oreilles. Elle resserra sa prise sur le manche, essayant d'entretenir sa rage, mais elle faiblissait déjà.

– Je crois. J'en aurai le cœur net dans deux semaines.

– Hmm !

Il recula, l'inspectant des pieds à la tête. Son regard se promena lentement sur tout son corps et s'arrêta sur son sein nu. Puis, sans la moindre intention lascive, il se pencha en avant et y posa la main. Stupéfaite, elle figea pendant qu'il le soupesait, le malaxant comme un pamplemousse qu'il envisageait d'acheter au marché. Elle finit par réagir et le frappa au bras avec l'outil. Toutefois, elle se tenait trop près, et le coup rebondit sans grand effet. Il recula, massant l'endroit atteint comme si de rien n'était. Puis il se tripota la braguette, remettant de l'ordre dans ses parties sans la moindre gêne.

– Ma foi, c'est bien possible. C'est une chance qu'on soit encore au port.

Elle ne comprit pas le sens de ces paroles, mais peu lui importait. Apparemment, il avait changé d'avis, et l'intense soulagement qu'elle ressentait lui coupa les jambes. Elle tomba assise sur un tabouret, son arme cognant le plancher.

Bonnet sortit la tête dans la coursive et appela un certain Orden. Ce dernier n'apparut pas, mais, quelques instants plus tard, une voix répondit en marmonnant devant la cabine.

– Va me chercher une putain sur les docks, ordonna Bonnet. Vérifie qu'elle soit propre ! Et pas trop vieille.

Il referma la porte et fouilla sur la table jusqu'à ce qu'il déniche un gobelet en étain. Il se versa un verre, en but la moitié, puis sembla se rappeler que Brianna était toujours là. Il lui tendit la bouteille, l'air interrogateur.

Elle fit signe que non. Un mince espoir venait de naître au fond de son esprit. Bonnet possédait un vague fond de galanterie, ou du moins de décence. Il était revenu la chercher dans l'entrepôt en flammes et lui avait laissé la pierre précieuse pour ce qu'il croyait être son enfant. À présent, il avait arrêté de lui faire des avances en apprenant qu'elle en attendait un autre. Peut-être la laisserait-il partir, surtout si elle ne lui était plus d'aucune utilité.

– Alors… vous ne voulez pas de moi ?

Elle fléchissait déjà les genoux, s'apprêtant à bondir et à courir dès que la porte s'ouvrirait à l'arrivée de sa remplaçante. Du moins, elle espérait pouvoir courir sur ses jambes encore flageolantes.

Bonnet la regarda, surpris.

– J'ai déjà goûté à ta chatte une fois, ma poule. Je me souviens encore de ta toison rousse, ravissante certes, mais l'expérience n'était pas à ce point mémorable que je trépigne d'impatience de recommencer. T'inquiète pas, chérie, ton tour viendra ; il viendra. Cependant, pour l'instant, LeRoi a besoin de se dégourdir.

– Mais alors, qu'est-ce que je fais ici ?

Il se tripota de nouveau l'entrejambe, l'esprit ailleurs.

– Hein ? Ah, un gentleman m'a payé pour que je t'emmène à Londres, ma poule. Tu ne savais pas ?

Elle croisa les bras sur son ventre, comme si elle venait de recevoir un coup de poing.

– Mais... mais quel gentleman ? Et pourquoi ? Pourquoi ?

Il la dévisagea quelques secondes, puis conclut qu'il n'avait aucune raison de ne pas le lui dire.

– Forbes. Tu le connais, n'est-ce pas ?

Sa stupeur raviva sa fureur.

– Ce... ce... salaud !

Les bandits armés qui les avaient arrêtés, Josh et elle, les avaient jetés au bas de leurs selles et les avaient traînés de force dans une voiture fermée étaient donc des hommes de Forbes ! Ils avaient roulé pendant des jours dans cette voiture cahotante jusqu'à la côte. Là, on les avait fait sortir, hirsutes et puants, avant de les pousser à bord du navire.

– Où est Joshua ? Le jeune homme noir qui était avec moi.

Bonnet prit un air perplexe.

– Il y avait quelqu'un avec toi ? Ils ont dû le mettre dans la cale, avec le reste de la marchandise. En guise de prime, je suppose.

Il se mit à rire. Le fait de connaître la raison de son enlèvement atténuait un peu la rage qui s'était emparée de Brianna. Toutefois, le rire de Bonnet fit naître en elle un doute sourd.

– Que voulez-vous dire par « prime » ?

Bonnet se gratta la joue.

– Monsieur Forbes voulait juste que tu débarrasses le plancher, enfin, c'est ce qu'il m'a dit. Je me demande bien ce que tu lui as fait. En tout cas, il a déjà payé pour ton voyage, et j'ai l'impression qu'il se fiche bien de savoir où tu atterriras.

– Où j'atterrirai ?

– Bien oui, après tout, ma poule, pourquoi se donner le mal de t'emmener jusqu'à Londres, où tu ne serviras ni à rien ni à personne ? En plus, il pleut tout le temps, à Londres, ça ne te plairait pas.

Avant qu'elle ait pu poser plus de questions, la porte s'ouvrit, et une jeune femme entra, refermant le battant en silence derrière elle.

Elle devait avoir une vingtaine d'années, même si son sourire révéla une dent en moins. Elle était potelée et pas franchement jolie, mais propre, selon les critères locaux. Cependant, l'odeur de sa sueur et de l'eau de Cologne bon marché dont elle s'était copieusement arrosée se répandit dans la cabine, soulevant de nouveau le cœur de Brianna.

– Salut, Stephen.

Elle se hissa sur la pointe des pieds pour déposer un baiser sur la joue de Bonnet.

– Sois un chou et sers-moi donc un verre.

Elle examina Brianna avec un détachement professionnel, puis se gratta le cou en regardant Bonnet.

– Tu nous veux toutes les deux en même temps ou tu préfères qu'on commence d'abord, elle et moi, pendant que tu regardes ? Dans un cas comme dans l'autre, ça fera une livre en sus.

Bonnet ne daigna pas répondre, mais lui mit la bouteille dans les mains et lui ôta le fichu qui masquait ses seins lourds. Puis il déboutonna sa braguette, laissa tomber ses culottes au sol et, sans perdre plus de temps, saisit la femme par la taille et la plaqua contre la porte.

Buvant à la bouteille d'une main, elle remonta ses jupes de l'autre, écartant ses jupons de façon experte, se dénudant jusqu'à la taille. Brianna entraperçut des cuisses vigoureuses et un fragment de toison brune qui fut bientôt caché par les fesses de Bonnet, recouvertes d'un duvet blond et contractées par l'effort.

Elle détourna les yeux, les joues en feu, mais une fascination morbide la fit regarder de nouveau. La putain se tenait sur la pointe des pieds, les genoux à peine fléchis pour faciliter la tâche de son client, et les yeux impassibles, tandis qu'il se trémoussait en grognant. D'une main, elle buvait au goulot, de l'autre, elle lui tapotait le dos, de manière encourageante. Elle croisa le regard de Brianna et lui fit un clin d'œil tout en susurrant à l'oreille de Bonnet :

– Oh oui... oh OUI ! Mmm, c'est bon, mon amour, comme c'est bon...

La porte de la cabine s'ébranlait à chaque coup de reins. Brianna entendit des rires dans la coursive, tant masculins que féminins. Apparemment, Orden avait ramené de quoi satisfaire non seulement le capitaine, mais aussi son équipage.

Bonnet s'agita encore une ou deux minutes, puis poussa un gémissement sonore, ses mouvements devenant soudain saccadés et maladroits. La putain l'aida d'une main sous ses fesses, le pressant contre elle jusqu'à ce qu'il se relâche tout à fait. Elle le soutint encore quelques instants, lui donnant des petites tapes dans le dos, comme une mère faisant faire son rot à son enfant.

Il s'écarta, le visage rouge vif et haletant, et remercia la fille d'un signe de tête. Puis, il renfila ses culottes et indiqua le fouillis sur la table.

– Tu trouveras ta paie là-dedans, chérie, mais rends-moi ma bouteille.

La putain fit une moue boudeuse, puis avala une dernière gorgée avant de rendre le récipient, à présent aux trois quarts vide. Elle sortit un linge de la poche attachée à sa taille et s'essuya l'entrecuisse avant de replacer ses jupes et de s'approcher de la table, cherchant les pièces éparpillées qu'elle jeta une à une dans le fond de sa poche.

Rhabillé, Bonnet sortit sans même un regard vers les deux femmes. L'atmosphère confinée de la cabine était chargée de l'odeur du sexe, et Brianna sentit son estomac se nouer. Pas par répulsion, mais par panique. Le puissant relent mâle avait déclenché en elle une réaction instinctive qui lui picotait le bas-ventre. L'espace d'un instant déconcertant, elle eut la sensation de la peau de Roger glissant contre la sienne, leurs sueurs mélangées faisant adhérer leurs corps, ses seins gonflés d'envie.

Elle serra les cuisses et les poings, pinçant fort les lèvres. La dernière des choses à faire était de penser à Roger et au sexe à ce moment précis, et tant qu'elle ne se trouverait pas à des kilomètres de Stephen Bonnet. Elle refoula résolument cette pensée, cherchant plutôt un moyen d'engager la conversation avec la prostituée.

La jeune femme sembla le pressentir et lui jeta un coup d'œil, notant à la fois l'état délabré de sa robe et sa qualité. Puis, elle se replongea dans sa pêche aux pièces de monnaie. Quand elle aurait rassemblé ses honoraires, elle partirait, retournant sur les docks. C'était une occasion de faire parvenir un message à Roger et à ses parents. Ses chances étaient maigres, mais cela valait la peine d'essayer.

– Vous… euh… le connaissez bien?

La fille releva la tête.

– Qui? Ah, Bonnet? Oui, c'est un bon client, Stephen. Il a seulement besoin de deux ou trois minutes chaque fois, il n'est pas chiche avec l'argent, et il ne demande jamais rien de trop tordu, juste de tirer son coup. Il peut parfois être brutal, mais tant qu'on ne lui cherche pas la petite bête, il ne frappe pas; et personne n'est assez fou pour le provoquer. Enfin, pour le provoquer deux fois.

Ses yeux s'attardèrent sur la robe déchirée de Brianna avec un léger sourire sarcastique.

– Je m'en souviendrais répliqua celle-ci en remontant son pan de chemise déchiré.

Puis elle aperçut une bouteille, dans le fouillis sur la table. Elle était remplie d'un liquide clair et contenait un petit objet rond. Elle se pencha plus près. Ce ne pouvait pas être… mais si. Une masse ovale et charnue, un peu comme un œuf dur, d'une couleur rose-gris, transpercée d'un trou rond.

Elle se signa, se sentant faiblir.

À présent, la jeune femme la dévisageait sans cacher sa curiosité.

– J'ai été surprise. À ce que je sache, il n'a encore jamais demandé deux filles en même temps, et il n'est pas du genre à aimer qu'on le lorgne pendant qu'il prend son plaisir.

– Je ne suis pas...

Brianna s'interrompit, craignant de l'offenser.

– Pas une putain? Je m'en serais doutée, ma belle. Non pas que ça gêne Stephen. Il sème à tout vent, et ça ne m'étonne pas qu'il vous trouve à son goût. La plupart des hommes ne cracheraient pas sur vous.

– Vous devez leur plaire, vous aussi, dit poliment Brianna. Euh... comment vous appelez-vous?

– Hepzibah, répondit-elle avec fierté. Mais on m'appelle surtout Eppie.

Il restait des pièces sur la table, mais elle n'y toucha pas. Bonnet était peut-être généreux, mais elle ne voulait sans doute pas abuser de lui. Probablement plus par peur que par amitié, pensa Brianna.

– Eppie, quel joli nom. Enchantée, moi, c'est Brianna MacKenzie Fraser.

Elle espérait qu'en lui donnant trois noms, la prostituée se souviendrait au moins d'un.

Perplexe, la jeune femme regarda sa main tendue, puis la serra avec précaution avant de la laisser retomber comme un poisson mort. Brianna se rapprocha d'elle, s'armant de courage pour affronter l'odeur de son corps et son haleine avinée.

– Stephen Bonnet m'a enlevée.

– Ah oui? lança la fille sur un ton indifférent. Ça ne m'étonne pas, il a l'habitude de se servir quand quelque chose lui fait envie.

Brianna baissa la voix, craignant d'être entendue. On percevait des bruits de pas sur le pont au-dessus.

– Je veux m'échapper.

– Vous n'avez qu'à lui donner ce qu'il veut. Au bout de quelques jours, il se lassera et vous débarquera.

Eppie fouilla dans sa poche et en sortit un flacon. Elle versa un peu de son contenu dans sa paume, libérant un doux parfum d'eau de rose. Elle retroussa de nouveau ses jupes, frotta avec énergie sa toison pubienne, puis, la mine critique, huma sa main et fit la grimace.

– Non, d'après moi, il ne m'a pas enlevée pour cette raison.

– Ah bon? Il compte vous échanger contre une rançon?

Eppie l'examina avec un nouvel intérêt avant de reprendre :

– Cela dit, je doute que ses scrupules lui gâchent l'appétit. Il est capable de déflorer une vierge, puis de la revendre à son père avant que son ventre se mette à gonfler. Mais comment vous avez fait pour le dissuader de vous prendre?

– Je lui ai dit que j'étais enceinte. Ça l'a arrêté. Un homme comme lui, je n'aurais jamais pensé…, mais ça a marché. Il n'est peut-être pas si mauvais que ça?

L'éclat de rire d'Eppie dissipa le vague espoir de Brianna.

– Stephen? Ça m'étonnerait! Si vous ne vouliez pas de lui, vous ne pouviez trouver un meilleur prétexte. Un jour, il m'a fait venir, puis, en apprenant que j'étais grosse, il m'a repoussée. Il m'a raconté qu'une fois, il avait sauté une putain avec un ventre de la taille d'un boulet de canon et qu'en plein milieu de leur affaire, elle s'était mise à pisser le sang. Elle en avait mis partout! Ça l'a dégoûté à vie. On le comprend. Depuis, il évite toutes les filles enceintes.

– Je vois… Cette femme, que lui est-il arrivé?

– La putain? Elle est morte, bien sûr, la pauvre. Stephen m'a raconté qu'il tentait de renfiler ses culottes, tout couvert de sang, quand il a constaté qu'elle ne bougeait plus, étalée sur le sol; mais son ventre s'agitait dans tous les sens comme un sac rempli de vipères. Il a eu peur que l'enfant ne sorte pour se venger et il a détalé de la maison comme un fou, les fesses à l'air, abandonnant ses culottes derrière lui.

Elle pouffa de rire, puis se ressaisit et, rabattant ses jupes, elle ajouta :

– C'est vrai que Stephen est irlandais. Ils ont toujours de ces idées morbides, ces Irlandais ! Surtout quand ils ont un coup dans le nez.

Elle se passa la langue à la commissure des lèvres, goûtant une dernière trace de la liqueur de Bonnet.

Brianna lui montra sa main.

– Regardez.

Eppie ouvrit grand les yeux, fascinée par la grosse bague en or couronnée d'un cabochon de rubis.

– Elle est pour vous si vous me rendez un service.

– Quel genre ?

– Prévenez mon mari. Il se trouve à Edenton, chez le révérend McMillan, tout le monde là-bas saura où il habite. Dites-lui où je suis et que...

Elle hésita. Que pouvait-elle lui dire ? Elle ignorait combien de temps l'*Anémone* resterait au port et où Bonnet déciderait d'aller ensuite. Son seul indice était la bribe de conversation qu'elle avait surprise plus tôt.

– ... que je crois qu'il a une cachette sur l'île d'Ocracoke. Il doit y retrouver quelqu'un à la prochaine nuit sans lune.

Hepzibah jeta un œil inquiet vers la porte de la cabine, puis un autre vers la bague, son envie de la posséder rivalisant avec sa peur de Bonnet.

– Il n'en saura rien, lui affirma Brianna. Je vous l'assure. En outre, mon père vous récompensera.

– Il est riche, votre père ?

En voyant son expression calculatrice, Brianna fut prise d'un doute. Si elle prenait sa bague, puis allait la dénoncer à Bonnet ? D'un autre côté, elle n'avait pas pris plus que son dû sur la table. Cette femme était peut-être honnête... De toute façon, elle n'avait pas le choix.

– Très riche, répondit-elle d'un ton ferme. Il s'appelle Jamie Fraser. Ma tante est riche, elle aussi ; elle possède une plantation, River Run, juste au-dessus de Cross Creek, en

Caroline du Nord. Si vous ne trouvez pas Ro... mon mari, allez-y et demandez Mme Innes. Jocasta Cameron Innes.

– River Run, répéta docilement Eppie sans quitter la bague des yeux.

Brianna l'ôta et la déposa dans la paume de la jeune femme avant qu'elle ne change d'avis. Les doigts de la femme se refermèrent sur le bijou.

– Mon père s'appelle Jamie Fraser, mon mari, Roger MacKenzie, répéta Brianna. Chez le révérend McMillan. Vous vous souviendrez ?

– Fraser et MacKenzie. Oui, oui.

Hepzibah se dirigeait déjà vers la porte.

– Je vous en prie, insista Brianna.

La prostituée acquiesça sans même se retourner, refermant doucement la porte derrière elle.

Le bois du navire craqua, et Brianna perçut le vent dans les arbres, sur la rive, par-dessus les cris des marins ivres. Ses genoux mollirent, et elle s'affala sur le bord de la couchette, oubliant les draps sales.

* * *

Ils larguèrent les amarres à marée haute. Elle entendit la chaîne de l'ancre remonter et sentit le navire se mettre en branle, prenant vie au gonflement de ses voiles. Collée à la fenêtre, elle observa la masse verte de Roanoke rapetisser. Un siècle plus tôt, la première colonie anglaise s'y était établie, avant de disparaître sans laisser de traces. Rentrant d'Angleterre avec de l'approvisionnement, le gouverneur n'avait trouvé personne. Ils s'étaient tous volatilisés sans raison. Comme seul indice derrière eux, le mot « Croate » gravé dans un arbre.

Elle ne laissait même pas ça. Le cœur lourd, elle resta à la fenêtre jusqu'à ce que l'océan engloutisse la terre.

Personne ne vint pendant plusieurs heures. Le ventre vide, elle fut prise de nausée et vomit dans le pot de chambre. Ne supportant pas l'idée de se coucher dans les draps infects, elle les ôta, puis étendit les édredons sur le lit et s'allongea par-dessus.

Par les croisillons ouverts entrait un peu d'air frais, ce qui la soulagea. Elle était intensément consciente d'une petite masse, lourde et sensible, dans le creux de son ventre, et de ce qui s'y passait sans doute : la danse ordonnée des cellules se divisant, une sorte de violence paisible, arrachant implacablement des vies et des cœurs. Quand était-ce arrivé ? Elle fouilla sa mémoire. Peut-être la nuit avant le départ de Roger pour Edenton. Il avait été fébrile, presque exalté, et ils avaient fait l'amour dans un mélange de joie et de tristesse, sachant qu'ils seraient séparés le lendemain. Elle s'était endormie dans ses bras, avec le sentiment d'être aimée.

Au milieu de la nuit, elle s'était réveillée, seule dans le lit, et l'avait aperçu devant la fenêtre, baigné dans la lumière du croissant de lune. Elle n'avait pas voulu déranger sa contemplation solitaire, mais il avait senti son regard et s'était retourné. Quelque chose dans ses yeux l'avait incitée à se lever pour le rejoindre et le serrer contre elle, pressant sa tête contre son sein.

Il l'avait allongée sur le plancher, et ils avaient de nouveau fait l'amour, sans un mot.

En bonne catholique, elle avait trouvé leurs ébats terriblement érotiques, émoustillée par l'idée de séduire un prêtre, la veille de son ordination, de le voler à Dieu, ne serait-ce que pour un moment.

Elle croisa les mains sur son ventre. À l'école, les religieuses mettaient toujours les enfants en garde : « Fais attention à ce que tu demandes dans tes prières, elles pourraient être exaucées. »

Il commençait à faire froid. Elle tira sur elle un des édredons, le plus propre, puis, se concentrant, se mit à prier avec application.

103

L'interrogatoire

Assis dans le salon du King's Inn, Neil Forbes savourait un verre de cidre avec la sensation que tout allait pour le mieux dans le meilleur des mondes. Il avait eu un rendez-vous très fructueux avec Samuel Iredell et son ami, deux des principaux leaders rebelles d'Edenton, et un autre encore plus profitable avec Gilbert Butler et William Lyons, des contrebandiers locaux.

Il avait un faible pour les pierres précieuses et, pour fêter discrètement l'élimination de la menace représentée par Jamie Fraser, s'était offert une nouvelle épingle à cravate incrustée d'un ravissant rubis. Il la contempla avec une satisfaction tranquille, admirant les belles ombres que projetait la gemme sur son foulard en soie.

Sa mère était en sécurité chez sa sœur. Il avait rendez-vous pour déjeuner avec une dame du coin, et une heure à tuer devant lui. Une promenade, peut-être, pour le mettre en appétit... C'était une journée magnifique.

Il repoussait son fauteuil et s'apprêtait à se lever quand une main puissante s'abattit sur son épaule et le força à se rasseoir.

– Quoi? s'exclama-t-il indigné.

Il leva le nez et, en raison de sa peur soudaine, eut le plus grand mal à conserver un air digne et offusqué. Un grand brun le surplombait, le visage franchement hostile. MacKenzie, le mari de l'emmerdeuse.

– Comment osez-vous, monsieur ! J'exige des excuses !

– Exigez ce que vous voulez. Où est ma femme ?

– Comment voulez-vous que je le sache !

Le cœur de Forbes battait à tout rompre, mais non sans une certaine jubilation. Il leva haut le menton et voulut de nouveau se lever.

– Vous m'excuserez, mais je suis atten...

Une autre main l'arrêta. Il se tourna et se retrouva nez à nez avec le neveu de Fraser, Ian Murray. Ce dernier lui sourit, et l'autosatisfaction de l'avocat fondit légèrement. On racontait que le gamin avait habité longtemps chez les Mohawks et qu'il vivait avec un loup qui lui parlait et lui obéissait au doigt et à l'œil. Il aurait même arraché le cœur d'un homme et l'aurait dévoré dans une sorte de rite païen.

Examinant le visage commun du jeune homme et sa tenue débraillée, Forbes ne fut guère impressionné.

– Ôtez votre main de ma personne, monsieur, dit-il de manière solennelle.

– Non, je n'en ai pas envie.

La main de Murray se resserra sur son bras comme des dents de cheval. Forbes ouvrit la bouche, mais aucun son n'en sortit.

– Qu'avez-vous fait de ma cousine ?

– Moi ? Mais... je n'ai rien à voir avec Mme MacKenzie ! Lâchez-moi, bon sang !

La main se desserra un peu. MacKenzie approcha un fauteuil et s'assit face à l'avocat. Celui-ci épousseta le devant de sa veste, évitant son regard et réfléchissant très vite. Comment avaient-ils su ? À moins qu'ils ne bluffent, n'ayant aucune idée, et qu'ils tentent leur chance.

– Je suis vraiment navré s'il est arrivé malheur à Mme MacKenzie, ajouta-t-il de façon polie. Dois-je comprendre qu'elle s'est égarée ?

MacKenzie le dévisagea quelques instants sans répondre, puis fit une moue méprisante.

– Je vous ai entendu parler, à Mecklenberg. Vous étiez très prolixe, alors. Vous parliez de justice, de la protection de nos épouses et de nos enfants. Belle éloquence !

Murray ajouta :

– Surtout de la part d'un homme capable d'enlever une femme sans défense.

Il était accroupi sur le sol comme un Sauvage, regardant Forbes sous le nez. L'avocat trouvait cela dérangeant et préféra regarder MacKenzie en face, d'homme à homme.

– Je suis profondément désolé pour vous, monsieur MacKenzie. Si je pouvais vous aider en quoi que ce soit, je serais ravi de le faire, mais je ne vois pas…

– Où est Stephen Bonnet ?

Forbes resta interdit plusieurs secondes, se disant qu'il avait eu tort de choisir de regarder MacKenzie. Il avait des yeux verts de serpent.

– Qui est Stephen Bonnet ?

Il avait les lèvres sèches, mais le reste de son corps ruisselait. Il sentait la transpiration s'accumuler dans les plis de son cou et tremper sa chemise en batiste sous ses aisselles.

– Je vous ai entendu discuter avec Richard Brown, observa Murray sur un ton détaché. Dans votre entrepôt. J'étais là.

Forbes se tourna brusquement vers lui. Il était si estomaqué qu'il ne remarqua pas tout de suite le couteau que le jeune homme avait posé sur son genou.

– Quoi ? Mais que dites-vous… quoi ? Vous faites erreur, monsieur, vous vous trompez du tout au tout !

Il se leva à moitié en continuant à balbutier. MacKenzie se leva d'un bond et le retint par le col de sa chemise, qu'il tordit. Il approcha son visage si près que l'avocat sentit la chaleur de son souffle.

– Non, monsieur, c'est vous qui avez commis une erreur. L'erreur grave d'avoir voulu vous servir de ma femme pour parvenir à vos fins.

Il y eut un bruit de déchirure dans la toile fine de la chemise. MacKenzie repoussa Forbes de façon brutale sur son siège, puis attrapa son foulard de soie, le serrant jusqu'à l'étrangler. L'avocat râla, des petits points noirs dansant devant ses yeux, mais pas assez nombreux pour lui masquer le regard vert et glacial.

— Où est-elle ?

Pantelant, Forbes agrippa les accoudoirs de son fauteuil. Sifflant entre ses dents, il répondit à voix basse sur un ton vénéneux :

— Je ne sais rien sur votre femme. En parlant de grave erreur, c'est vous qui êtes sur le point d'en commettre une. De quel droit m'agressez-vous ainsi ? Je porterai plainte, vous pouvez en être sûr !

Murray se mit à ricaner.

— Vous agresser ? On n'a pas encore commencé !

Il tapotait doucement la lame de son couteau contre son pouce, observant Forbes, la mine intéressée comme s'il s'apprêtait à découper un cochon de lait sur un plateau.

Forbes releva les yeux vers MacKenzie.

— Nous sommes dans un lieu public. Si vous levez la main sur moi, tout le monde le saura.

Il regarda derrière lui, espérant que quelqu'un entrerait dans le salon et interromprait cette scène intolérable, mais c'était une matinée tranquille, toutes les femmes de chambre et les valets vaquant à leurs occupations ailleurs.

Murray se tourna vers MacKenzie.

— Ça t'ennuie que quelqu'un nous voit, *a charaid* ?

— Pas le moins du monde.

MacKenzie se rassit néanmoins.

— Toutefois, on peut attendre un peu.

Il jeta un coup d'œil vers l'horloge sur le manteau de cheminée, son pendule se balançant paisiblement.

— Ce ne sera plus long, ajouta-t-il.

Forbes se demanda soudain où était Jamie Fraser.

* * *

Elspeth Forbes se balançait doucement sur la véranda de sa sœur, goûtant la fraîcheur du matin, quand on lui annonça un visiteur.

– Tiens, monsieur Fraser, quelle bonne surprise ! Qu'est-ce qui vous amène à Edenton ? Si c'est Neil que vous cherchez, il est…

Respectueux, Jamie s'inclina, le soleil du matin faisant briller ses cheveux tel un casque en bronze.

– Non, madame Forbes, c'est vous que je viens voir.

– Moi, oh, comme c'est gentil !

Elle se rassit dans son fauteuil à bascule, faisant tomber les miettes de son petit-déjeuner de sur ses jupes et espérant que son bonnet n'était pas de travers.

Ce qu'il était beau garçon, tout de même ! Si fringant dans sa belle veste grise et avec cette étincelle malicieuse dans les yeux.

Il lui sourit et se pencha pour lui murmurer à l'oreille :

– Je suis venu vous enlever.

– Oh, coquin !

Elle pouffa de rire, agitant la main vers lui. Il l'attrapa et lui baisa les doigts.

Se redressant, il lui montra le grand panier couvert d'un linge à carreaux qu'il avait déposé près des marches.

– Pas question de me dire non. J'ai décidé d'aller déjeuner dans la campagne, sous un arbre. Je sais déjà quel arbre, beau et grand, mais ce serait un pique-nique bien triste sans une agréable compagnie.

– Vous pouvez sûrement trouver une meilleure compagnie que la mienne, mon grand, dit-elle totalement sous le charme. Où est donc votre ravissante femme ?

Il prit une mine chagrinée.

– Elle m'a abandonné, et me voilà tout seul avec mon grand panier. Elle a été appelée pour un accouchement. Alors, je me suis dit : « Voyons voir, ce serait dommage de gâcher

676

un tel festin, à qui donc pourrais-je demander de se joindre à moi ? Et qui vois-je soudain ? Vous-même, vous prélassant, toujours aussi charmante et élégante. La réponse à mes prières. Puisque le Ciel en a décidé ainsi, vous n'allez pas contrarier les plans divins, madame Forbes ?

Elle s'efforça de ne pas rire.

– Effectivement, s'il s'agit d'éviter un gâchis...

Avant qu'elle n'ait eu le temps d'en dire plus, il la souleva de son fauteuil et la prit dans ses bras. Elle poussa un cri de surprise.

– Si on veut un enlèvement dans les règles, il faut bien que je vous porte, n'est-ce pas ?

Elle ne parvint qu'à émettre un gloussement de jeune fille. Saisissant l'anse du panier d'une main, il l'emporta vers sa voiture comme si elle ne pesait pas plus lourd qu'une plume.

* * *

– Vous ne pouvez pas me retenir prisonnier ici ! Laissez-moi passer ou j'appelle à l'aide !

Ils le retenaient, en effet, depuis plus d'une heure, empêchant toutes ses tentatives pour se lever et partir. Toutefois, il avait raison. Du monde commençait à circuler dans la rue au-dehors, et, dans la pièce voisine, on entendait une servante qui dressait les tables pour le déjeuner.

Roger interrogea Ian du regard. Ils en avaient discuté à l'avance. S'ils n'avaient pas de nouvelles au bout d'une heure, ils tenteraient d'emmener Forbes hors de l'auberge et dans un endroit plus privé. Ce ne serait pas facile : l'avocat avait peur, mais il était têtu. Il ferait un esclandre.

– Monsieur MacKenzie ?

Un gamin venait d'apparaître à ses côtés, son visage rond barbouillé de crasse.

Roger poussa un soupir de soulagement.

– C'est moi. Tu as quelque chose pour moi ?

– Oui, monsieur.

L'enfant lui tendit un morceau de papier froissé en boule, accepta la pièce que Roger lui tendit et disparut en coup de vent malgré les appels de Forbes qui tentait de le retenir.

Celui-ci voulut de nouveau se lever, mais un seul regard de Roger l'en dissuada, et il se rassit. Bien, il commençait à apprendre.

Roger défroissa le papier et dévoila une grosse broche en argent en forme de bouquet de fleurs en grenats. Cette pièce de joaillerie était bien travaillée, quoique assez laide. Son effet sur Forbes fut saisissant.

Devenu livide, l'avocat fixait le bijou.

– Vous n'oseriez pas ! Il n'oserait pas !

– Oh que si ! répliqua Ian Murray. C'est que mon oncle tient à sa fille, voyez-vous.

– Je refuse de le croire. Fraser est un gentleman.

– C'est un Highlander, dit Roger. Comme votre père, d'ailleurs.

Il en avait entendu de belles sur le vieux M. Forbes, qui avait décampé d'Écosse pour échapper au bourreau.

Forbes rassembla ce qu'il lui restait de bravade.

– Il ne ferait pas de mal à une vieille femme !

Ian fit mine de réfléchir à la question.

– Ah non ? Mmm… Vous avez peut-être raison. Il pourrait se contenter de l'envoyer… voyons voir… au Canada ? Qu'en pensez-vous, vous qui semblez bien le connaître ?

L'avocat pianota sur les accoudoirs, respirant avec peine, inventoriant visiblement toutes ces connaissances au sujet de la personnalité et de la réputation de Jamie Fraser.

– C'est bon ! explosa-t-il enfin. C'est bon !

Une décharge électrique parcourut Roger. Il était sous tension depuis que son beau-père était venu le chercher, la veille.

– Où ? aboya-t-il. Où est-elle ?

678

– Elle est en sécurité, répondit Forbes d'une voix rauque. Je n'aurais jamais accepté qu'on lui fasse du mal, pour qui me prenez-vous ?

Roger serrait la broche dans sa main, ne sentant même pas le métal qui lui entaillait la peau.

– Où ? Où ?

L'avocat se ratatina sur son siège.

– À bord de l'*Anémone*, le navire du capitaine Bonnet.

Il déglutit péniblement, incapable d'arracher son regard de la broche.

– Elle... Je... Il est en route pour l'Angleterre. Mais il ne lui est arrivé aucun mal, je vous l'assure !

Soudain, le sang jaillit entre les doigts de Roger. Il jeta alors le bijou sur le sol et s'essuya la main sur ses culottes, incapable de parler. Le choc avait resserré sa gorge, et il avait l'impression d'étouffer. Voyant son malaise, Ian se releva et pressa son couteau contre le cou de l'avocat.

– Quand a-t-il appareillé ?

– Je... je...

Forbes ouvrait et fermait la bouche sans pouvoir parler. Impuissant, ses yeux exorbités passaient de Roger à Ian.

Roger parvint enfin à articuler :

– Où ?

– Elle... elle a été embarquée ici, à Edenton. Il... il y a... deux jours.

En sécurité... entre les mains de Bonnet ! Depuis deux jours ! Tentant de se ressaisir et de penser de manière rationnelle, Roger se souvint qu'il avait lui-même navigué avec Bonnet et connaissait son mode de fonctionnement. C'était un contrebandier, il n'effectuerait pas une traversée sans remplir ses cales. Il descendrait peut-être le long de la côte, chargeant des cargaisons avant de prendre le large et d'entreprendre le long voyage vers l'Angleterre.

Sinon, il était encore possible de le rattraper avec un navire rapide.

Il n'y avait pas de temps à perdre. Des gens sur les docks savaient possiblement si l'*Anémone* avait prévu d'autres escales. Il effectua plusieurs pas vers la porte, puis une vague rouge déferla sur lui. Il fit demi-tour et envoya son poing de toutes ses forces sur le visage de Forbes.

L'avocat poussa un cri perçant et plaqua ses deux mains sur son nez. Tous les bruits dans l'auberge et la rue semblaient s'être tus d'un seul coup. Roger se massa la main et fit un signe à Ian.

– Viens.

– J'arrive.

Roger était déjà sur le seuil quand il se rendit compte que son cousin par alliance ne l'avait pas suivi. Il se retourna juste à temps pour le voir tirer délicatement sur l'oreille de Forbes et la lui trancher.

104

Dormir avec un requin

Stephen Bonnet avait tenu parole, si on pouvait parler de « parole », dans le cas d'un homme tel que lui. Il ne lui avait plus fait d'avances, mais exigeait néanmoins qu'elle dorme avec lui.

– J'aime bien sentir un corps chaud dans la nuit. Et puis, tu seras quand même mieux dans mon lit que dans la cale, mon cœur.

Elle aurait sans doute pensé le contraire si ses explorations (une fois en mer, on l'avait laissée sortir de la cabine) ne lui avaient révélé à quel point la cale était sombre et inconfortable. Plusieurs malheureux esclaves y étaient enchaînés entre les piles de caisses et de barils, en danger permanent d'être écrasés dès que le navire gîtait.

Elle y retrouva Josh, son beau visage étiré par l'angoisse.

– Où on va, mademoiselle? demanda-t-il en gaélique.

– Je crois qu'on va à Ocracoke, répondit-elle dans la même langue. Après, je ne sais pas. Tu as encore ton rosaire?

Il toucha le crucifix suspendu à son cou.

– Oh! oui, mademoiselle! C'est la seule chose qui m'empêche de désespérer.

– Tant mieux, continue de prier.

Elle regarda les autres prisonniers, deux femmes et deux hommes, tous noirs, avec des corps sveltes et des visages fins et lisses. Elle avait apporté une partie de son dîner à Josh et était gênée de n'avoir rien à leur donner.

– Ils vous nourrissent ?

– Oui, mademoiselle. Relativement bien.

Elle indiqua discrètement les autres esclaves.

– Et eux, ils savent où nous allons ?

– Je ne sais pas, mademoiselle, je ne peux pas leur parler. Ce sont des Africains… D'après leur allure, je dirais que ce sont des Peuls, mais je ne sais rien de plus.

Elle hésita, ayant hâte de sortir de la cale obscure et étouffante, mais réticente à y abandonner le jeune palefrenier. Ayant deviné son malaise, il lui dit avec douceur, en s'efforçant de sourire :

– Allez-y, mademoiselle. Tout ira bien pour moi ici, pour nous tous. La Vierge Marie veille sur nous.

Ne trouvant pas de mots pour le réconforter en retour, elle se contenta d'acquiescer et regrimpa vers la lumière, sentant cinq paires d'yeux la suivre.

Fort heureusement, durant la journée, Bonnet passait le plus clair de son temps sur le pont. Elle l'aperçut en train de descendre du gréement, agile comme un singe.

Elle se tenait parfaitement immobile. Aussi sensible que Roger aux mouvements de son corps, mais à sa manière, il était comme un requin, détectant ses proies à leurs moindres battements de nageoires.

Jusqu'à présent, elle n'avait passé qu'une nuit à ses côtés, incapable de fermer l'œil. Il l'avait attirée contre lui, lui lançant un nonchalant « Bonne nuit, chérie » avant de s'endormir aussitôt. Toutefois, chaque fois qu'elle avait bougé, tentant de s'extirper de son étreinte, il avait bougé avec elle, la tenant avec fermeté.

Elle était contrainte de supporter cette intimité physique qui réveillait des souvenirs dont elle n'arrivait pas à se défaire : la sensation du genou de Bonnet se glissant entre ses cuisses, le contact de sa peau rugueuse entre ses jambes, les poils décolorés par le soleil sur ses bras et ses cuisses, son odeur mâle et musquée, la présence moqueuse de LeRoi, se dressant à plusieurs reprises dans la nuit, se pressant dans une faim inconsciente contre ses fesses.

L'espace d'un instant, elle remercia le ciel de tout son cœur pour sa grossesse (elle en était sûre à présent), et pour la certitude que Stephen Bonnet n'était pas le père de Jemmy. Il se laissa tomber du gréement sur le pont avec un bruit sourd, la vit et sourit. Il ne prononça pas un mot, mais, passant près d'elle, lui donna une tape sur le derrière, lui faisant serrer les dents.

Ocracoke, par une nuit sans lune. Elle leva les yeux vers le ciel immaculé où tournoyaient des nuées de sternes et de mouettes. Ils ne devaient pas être loin du rivage. Combien de temps avant la prochaine nuit sans lune?

105

Le fils prodigue

Ils n'eurent aucun mal à trouver des gens connaissant l'*Anémone* et son capitaine. Stephen Bonnet était célèbre sur les docks d'Edenton, mais sa réputation variait selon les personnes. Pour le plus grand nombre, c'était un capitaine honnête, mais dur en affaires ; pour d'autres, un briseur de blocus et un contrebandier, que cela soit bon ou mauvais, selon les opinions politiques de chacun. Il pouvait vous trouver ce que vous vouliez... à condition d'y mettre le prix.

Un pirate, disaient quelques-uns. Ces derniers parlaient généralement à voix basse, jetant des coups d'œil alentour et insistant de ne répéter ça à personne.

L'*Anémone* était parti en plein jour, avec une cargaison de riz et cinquante barils de poisson séché. Roger avait trouvé un homme qui se souvenait d'avoir vu une jeune femme monter à bord avec un des matelots de Bonnet.

– Un sacré morceau ! Avec des grands cheveux de feu qui lui tombaient jusqu'au cul. Mais Bonnet est un costaud, il saura venir à bout de n'importe quelle catin.

Ian avait retenu de justesse le bras de Roger.

En revanche, jusque-là, personne n'était capable d'indiquer la destination de l'*Anémone*.

– À Londres, sans doute, répondit le chef de la capitainerie. Mais pas directement, pas avant d'avoir fait le plein. D'abord, il va sans doute longer la côte, chargeant ici et là, puis mettre le cap sur l'Europe à partir de Charleston. À moins qu'il monte en Nouvelle-Angleterre. C'est très risqué d'entrer des marchandises à Boston, de nos jours, mais le jeu en vaut la chandelle. Là-bas, le riz et le poisson séché s'achètent à prix d'or, à condition de pouvoir les débarquer sans se faire couler par les navires de guerre.

Jamie le remercia, légèrement pâle. La gorge trop nouée pour parler, Roger se contenta d'un signe de tête.

De retour sur le quai, ils retrouvèrent Ian, qui avait écumé toutes les tavernes du port, payant à boire aux journaliers susceptibles d'avoir aidé à charger l'*Anémone* ou discuté avec des marins au sujet de sa destination.

Refoulant un rot, il demanda :

– Qu'est-ce qu'on fait, maintenant ?

– Selon moi, le mieux, c'est que Roger et toi preniez un bateau et descendiez le long de la côte. Claire et moi, nous remonterons vers Boston.

Songeur, il contemplait les mâts des sloops et des paquebots se ballottant dans le port. Roger approuva cette proposition. C'était loin d'être un bon plan, surtout compte tenu des effets de la guerre larvée sur la navigation, mais il fallait agir ; seule l'action calmerait le feu qui couvait dans ses os, faisant bouillir sa moelle épinière.

Toutefois, louer un bateau, même une goélette de pêche, ou acheter un billet de paquebot coûtaient cher.

Jamie glissa une main dans sa poche, la refermant sur le diamant noir.

– J'irai voir le juge Iredell. Peut-être pourra-t-il me mettre en contact avec un banquier honnête qui m'avancera de l'argent contre la vente de la pierre. Allons d'abord en discuter avec Claire.

Au moment où ils tournaient les talons, une voix héla Roger.

– Monsieur MacKenzie !

C'était le révérend McCorkle, toujours accompagné de son secrétaire et du révérend McMillan. Après quelques présentations (ils connaissaient déjà Jamie, mais pas Ian), il y eut un silence gêné. Puis, Roger demanda :

– Vous partez, monsieur Corkle ? Pour les Antilles ?

Préoccupé, ce dernier acquiesça.

– En effet, monsieur. J'en suis vraiment désolé. Je regrette tant que vous n'ayez pu...

McCorkle et McMillan avaient tenté de le convaincre de revenir pour son ordination, mais Roger avait décliné. Il ne pouvait s'engager sans avoir l'esprit entièrement tourné vers Dieu. Or, pour l'instant, il ne pensait qu'à Brianna, et chaque minute non consacrée à sa recherche était une perte de temps.

– Bah, c'est sans doute la volonté de Dieu, soupira McCorkle. Vous êtes toujours sans nouvelles de votre épouse ?

Roger ayant hoché la tête, le révérend prononça des paroles d'encouragement, l'assurant qu'il prierait pour lui et pour un prompt retour de sa femme. Trop inquiet pour y puiser un réconfort, Roger fut toutefois touché par sa gentillesse, et ils se séparèrent en se souhaitant tous bonne chance.

Roger, Jamie et Ian rentrèrent en silence vers l'auberge où Claire les attendait. En tournant dans la grande rue où se trouvait la bâtisse, Jamie demanda :

– Par simple curiosité, Ian, qu'as-tu fait de l'oreille de Forbes ?

– Oh, elle est en lieu sûr, mon oncle.

Ian tapota la petite bourse en cuir accrochée à sa ceinture.

– Nom de D...

Roger s'arrêta net et reprit :

– ... mais que comptes-tu en faire ?

Ian parut surpris par sa question.

– Mais... la garder sur moi jusqu'à ce qu'on retrouve ma cousine. Elle nous aidera.

– Tu es sérieux ?

– Parfaitement. Chez les Kahnyen'kehakas, avant de se lancer dans une quête difficile, on s'isole quelque temps dans la nature pour jeûner et prier. Généralement, tu choisis un talisman, ou plutôt c'est lui qui te choisit. Il t'accompagnera tout au long de ton épreuve afin que les esprits continuent à se concentrer sur tes désirs et assurent ta victoire. Nous n'avons pas le temps de nous isoler pour jeûner, mais, au moins, nous avons le talisman.

Jamie se passa l'index le long de l'arête du nez, se demandant, apparemment à l'instar de Roger, ce que les esprits mohawks penseraient de l'oreille de Forbes. D'un autre côté, si cela les incitait à les aider...

– J'espère au moins que tu l'as emballée avec du sel ?

– Non, je l'ai fumée au-dessus du feu de la cuisine de l'auberge, la nuit dernière. Ne t'inquiète pas, oncle Jamie, elle se conservera bien.

La conversation apporta à Roger une sorte de réconfort pervers. Entre les prières du clergé presbytérien et le soutien des esprits mohawks, ils avaient peut-être une chance..., mais c'était surtout la présence à ses côtés de ces deux hommes vigoureux et déterminés qui lui redonnait espoir. Ils n'abandonneraient pas avant d'avoir retrouvé Brianna, coûte que coûte.

Il songea à Jemmy, en sécurité à River Run. Comment lui annoncer que sa mère avait disparu ? Il n'en aurait pas besoin : il retrouverait Brianna.

Fort de cette résolution, il poussa la porte de leur auberge quand on le héla de nouveau :

– Roger !

Cette fois, c'était la voix de Claire, fébrile d'excitation. Elle était attablée dans la salle du Brewster. En face d'elle étaient assis une jeune femme potelée et un homme mince aux cheveux noirs frisés. Manfred McGillivray.

* * *

Manfred baissa la tête d'un air penaud, tout en déclarant à Jamie :

687

– Je vous ai aperçu il y a deux jours, monsieur, mais je...
euh... je me suis caché. Je le regrette, je vous assure. Je ne
pouvais pas deviner, jusqu'à ce qu'Eppie rentre de Roanoke
et me montre la bague...

Elle était posée sur la table, son rubis projetant une tache
rose sur le bois. Roger la saisit et la retourna entre ses doigts.
Il entendit à peine les explications de Manfred... qui vivait
avec la prostituée, celle-ci effectuant régulièrement des
tournées dans les différents ports aux alentours d'Edenton.
En reconnaissant la bague, il avait surmonté sa honte et s'était
lancé à la recherche de Jamie.

Roger referma ses doigts sur le bijou, sentant sa chaleur, et
revint à lui juste à temps pour entendre Hepzibah déclarer :

– À Ocracoke, monsieur. La prochaine nuit sans lune.

Elle toussota délicatement dans sa main.

– La dame a dit que vous sauriez exprimer votre gratitude...

– Vous serez payée, et bien, l'assura Jamie, l'esprit
ailleurs. La prochaine nuit sans lune... c'est dans une dizaine
de jours ?

Il interrogea Ian du regard qui confirma d'un hochement
de tête et demanda à la jeune femme :

– Elle ne savait pas où, exactement, sur l'île d'Ocracoke ?

– Non, monsieur. Stephen Bonnet a une maison là-bas. Une
grande, cachée dans les arbres. Mais, je n'en sais pas plus.

– On la trouvera.

Roger se surprit d'avoir parlé à voix haute et avec une
telle assurance.

Depuis le début, Manfred paraissait gêné. Il posa une main
sur celle de la prostituée.

– Dites, monsieur, quand vous retrouverez monsieur
Bonnet, vous ne lui direz pas qu'Eppie a parlé, n'est-ce pas ?
Cet homme est dangereux, et je ne voudrais pas qu'elle soit
en danger.

La jeune femme rosit et lui sourit.

– On ne dira absolument rien, l'assura Claire.

Elle observait le couple avec attention depuis un bon moment. Elle se pencha en avant et toucha le front de Manfred où l'on apercevait une petite ligne de boutons.

– En parlant de danger... elle en court beaucoup plus avec vous qu'avec Stephen Bonnet. Vous lui en avez parlé ?

Manfred pâlit encore un peu plus et, pour la première fois, Roger remarqua à quel point il semblait malade, les traits émaciés et creusés.

– Oui, *Frau* Fraser, dès le début.

Hepzibah prit un air nonchalant, mais Roger remarqua que sa main s'était resserrée autour de celle de Manfred.

– Oh, vous voulez parler de la vérole ? Oui, il me l'a dit, mais je lui ai répondu que ça ne changeait rien. Ce n'est pas le premier vérolé que je rencontre, et les autres, je n'en savais rien. Si je l'attrape... que voulez-vous ? C'est la volonté de Dieu, n'est-ce pas ?

– Non, répondit gentiment Roger. Mais Manfred et vous allez faire ce que Mme Fraser vous dira, et tout ira bien.

Pris d'un doute soudain, il demanda à Claire :

– N'est-ce pas ?

– Oui. Heureusement, j'ai un bon lot de pénicilline avec moi.

Manfred parut totalement désorienté.

– Mais... vous voulez dire, *mein Frau,* que vous... que vous pouvez me guérir ?

– C'est tout à fait ça, répliqua Claire. Comme j'ai essayé de vous l'expliquer, avant que vous ne preniez vos jambes à votre cou.

Il ouvrit grand la bouche, clignant des yeux ahuris, puis se tourna vers Hepzibah, qui le dévisageait, perplexe.

– *Leibchen !* Je peux rentrer à la maison !

La voyant se décomposer, il ajouta très vite :

– On peut rentrer à la maison. On va se marier et rentrer. Eppie parut dubitative.

– Je suis une putain, Freddie. Or, d'après ce que tu m'as dit sur ta mère...

– Je crois que *Frau Ute* sera tellement ravie de récupérer son fils qu'elle ne posera pas beaucoup de questions, l'interrompit Claire. Le retour du fils prodigue...

– Tu n'auras plus besoin de faire la putain, l'assura Manfred. Je suis armurier. Je peux bien gagner ma vie, maintenant que je sais que je vais vivre !

La joie illumina son visage maigre. Il prit Eppie dans ses bras et l'embrassa avec fougue.

Un peu étourdie mais contente, elle s'écarta et regarda Claire.

– Ah... euh... ce remède... ?

– Le plus tôt sera le mieux, dit-elle en se levant. Suivez-moi.

Elle s'arrêta un instant près de Jamie, qui lui prit la main, puis se tourna vers Ian et Roger.

– On va s'occuper du voyage, dit Jamie. Avec un peu de chance, on pourra partir dès ce soir.

– Oh ! fit Eppie. Je viens de me souvenir d'un détail. Il y a des chevaux sauvages près de la maison de Stephen, sur Ocracoke. Je l'ai entendu en parler plusieurs fois. Ça peut vous aider ?

– Peut-être, répondit Roger. Merci... et que Dieu vous garde.

Une fois dehors, de nouveau en route pour les quais, il se rendit compte alors qu'il serrait toujours la bague dans le creux de sa main. Qu'avait dit Ian ? « Tu choisis un talisman, ou plutôt c'est lui qui te choisit. »

Il avait les doigts plus gros que Brianna, mais il parvint à la passer autour de son auriculaire et referma sa main dessus.

* * *

Elle s'extirpa d'un sommeil agité, son sens maternel en éveil. Elle était déjà à moitié sortie de la couchette, se dirigeant d'instinct vers le lit de Jemmy, quand une main lui agrippa le poignet, le serrant convulsivement.

Étourdie, elle retomba en arrière. Puis, elle entendit des bruits de pas au-dessus de sa tête et comprit enfin que les gémissements qui l'avaient réveillée ne provenaient pas de son fils, mais de l'homme étendu contre elle, dans le noir.

– Ne t'en va pas, chuchota-t-il.

Incapable de se libérer, elle voulut le repousser de sa main libre. Ses doigts rencontrèrent une masse de cheveux humides, une peau moite d'une fraîcheur inattendue.

– Qu'y a-t-il? chuchota-t-elle à son tour.

Elle trouva de nouveau sa tête et caressa ses cheveux, ce qu'elle s'était préparée à faire à son enfant. Elle sentit sa main se poser sur elle et envisagea de la repousser, avant de se raviser. Comme si cet élan maternel, une fois provoqué, ne pouvait être refoulé, pas plus qu'une montée de lait suscitée par les pleurs d'un bébé ne pouvait être renvoyée à sa source.

– Ça ne va pas?

Elle s'efforçait de s'exprimer d'une voix basse et impersonnelle. Elle leva la main, et il roula plus près d'elle, se recroquevillant et posant sa tête sur la courbe de sa cuisse.

– Ne t'en va pas, répéta-t-il.

Elle crut entendre un sanglot. Sa voix était toujours grave et rugueuse, mais elle n'avait encore jamais entendu ce timbre.

– Je suis là.

Son poignet coincé commençait à s'engourdir. Elle mit sa main libre sur son épaule, espérant l'inciter à la libérer. Il la lâcha, mais uniquement pour lui enlacer la taille, l'obligeant à se recoucher. N'ayant pas le choix, elle se laissa faire et resta étendue en silence, le souffle de Bonnet âpre et chaud contre sa nuque.

Enfin, il la lâcha tout à fait et s'étendit sur le dos. Elle l'imita, gardant prudemment un espace de quelques centimètres entre eux. Le clair de lune se déversait par la fenêtre de poupe, baignant son profil d'une lumière argentée.

– Un cauchemar? questionna-t-elle doucement, ne souhaitant pas paraître sarcastique.

Toutefois, son cœur battait fort, et sa voix hésitait. Il frissonna à ses côtés.

– Oui, oui, toujours le même. Je n'arrive pas à m'en débarrasser. Depuis le temps, je devrais avoir appris à le sentir venir et à me réveiller, mais je n'y arrive jamais, pas avant que l'eau m'ait englouti.

Il se passa une main sous le nez, reniflant comme un enfant. Sa voix, d'habitude si assurée, tremblotait.

– Depuis que je suis tout petit, je rêve que je me noie. La marée monte, mais je ne peux pas bouger. Je vois les vagues gonfler et je sais qu'elles vont me tuer, mais je ne peux rien faire. L'eau est grise, boueuse, remplie de créatures aveugles qui nagent en rond, attendant que la mer ait fait son travail pour me dévorer, petit bout par petit bout.

Elle percevait l'horreur dans sa voix, et fut tiraillée entre l'envie de s'éloigner encore un peu plus de lui et le réflexe conditionné de réconforter.

– Ce n'était qu'un rêve, dit-elle enfin.

Elle fixait les planches du plafond à quelques centimètres au-dessus de sa tête. Si seulement cela aussi pouvait n'être qu'un mauvais rêve !

– Non, répondit-il dans un murmure. Non, c'est la mer… elle m'appelle.

Soudain, il roula sur le côté et, l'enlaçant, se pressa contre elle. Elle se raidit, mais il se frotta plus fort, réagissant, tel un requin, à ses résistances.

Horrifiée, elle sentit LeRoi se dresser et se força à ne plus bouger. La panique et le besoin d'échapper à son cauchemar risquaient de lui faire oublier son aversion du coït avec une femme enceinte, et il ne fallait surtout pas… surtout pas…

– Chut, murmura-t-elle.

Elle lui prit la tête et la plaqua dans le creux de son épaule, lui tapotant le dos.

– Chut, tout va bien. Ce n'était qu'un rêve. Je ne le laisserai pas te faire du mal… il ne t'arrivera rien. Tout doux, tout doux, calme-toi.

Elle continua à le tenir contre elle et à le caresser, fermant les yeux et tentant de s'imaginer en train de bercer Jemmy dans le silence de leur cabane, le feu couvant, le petit corps de son fils se détendant, se sentant en confiance...

– Je ne te laisserai pas te noyer. Je te le promets, tu ne te noieras pas...

Elle le répéta encore et encore. Peu à peu, elle entendit sa respiration ralentir, et il desserra son étreinte, le sommeil reprenant le dessus. Elle continua de lui parler dans un doux murmure hypnotique, ses paroles se perdant dans le bruit des vagues contre la coque. Elle ne parlait plus à l'homme étendu contre elle, mais à l'enfant endormi en lui.

– Il ne t'arrivera rien de mal. Je te le promets.

106

Rendez-vous

Roger s'arrêta pour éponger la sueur qui lui piquait les yeux. Il avait noué un mouchoir autour de son front, mais l'humidité dans la végétation dense de la forêt marécageuse était telle que la transpiration se formait dans ses orbites et brouillait sa vue.

Dans une salle d'auberge d'Edenton, apprendre que Bonnet se trouverait peut-être sur Ocracoke avait paru encourageant. Cela limitait leurs recherches à un petit banc de sable au lieu des millions d'autres endroits où il aurait pu se cacher. Ce ne pouvait pas être bien sorcier. Cependant, une fois devant ce foutu banc de sable, la perspective avait changé. L'île était étroite, mais mesurait plusieurs kilomètres de longueur et était en grande partie couverte d'une épaisse broussaille. Son littoral était parsemé d'écueils et de remous dangereux.

Le skipper de la goélette de pêche qu'ils avaient louée les avait conduits en un temps record, mais ils avaient ensuite passé deux jours à longer la côte de long en large, cherchant d'éventuels appontements, des abris probables de pirates et des troupeaux de chevaux sauvages. Mais en vain.

Estimant qu'il avait passé assez de temps à vomir par-dessus bord (Claire n'avait pas pensé à apporter ses aiguilles d'acupuncture), Jamie avait insisté pour être descendu à terre. Il déclara qu'il traverserait l'île à pied d'un bout à l'autre. Ils n'avaient qu'à venir le chercher au coucher du soleil.

Quand Claire avait voulu l'accompagner, il avait refusé.

– Et si tu tombes seul nez à nez avec Stephen Bonnet ?

– Je préfère encore être pourfendu par son épée que crever à bord en rendant mes tripes, avait-il rétorqué élégamment. Et puis j'ai besoin que tu restes sur le bateau, *Sassenach,* pour empêcher ce bâtard de fils de… de capitaine de mettre les voiles sans nous, tu comprends ?

Ils l'avaient donc emmené sur le rivage en chaloupe et l'avaient observé s'enfoncer entre les pins et les palmiers nains, titubant un peu.

Après une autre journée de frustration à scruter la côte, n'apercevant que quelques huttes de pêcheurs délabrées, Roger et Ian avaient commencé à trouver la démarche de Jamie plutôt censée.

– Tu vois ces maisons, là-bas ?

Ian pointait un doigt vers un groupe de cabanes sur le rivage.

– Si on peut les appeler ainsi, oui.

– Allons voir si leurs occupants peuvent nous apprendre quelque chose.

Abandonnant Claire en train de fulminer sur le pont, ils avaient ramé jusqu'à la grève… sans grand succès. Le hameau n'abritait que des femmes et des enfants qui, en entendant le nom « Bonnet », détalèrent tous, telles des palourdes s'enfonçant dans le sable.

Mais rendus sur la terre ferme, Roger et Ian n'étaient pas prêts à s'admettre vaincus et à retourner sur le bateau.

Songeur, Murray contempla la forêt baignée de soleil.

– Allons jeter un coup d'œil, proposa-t-il. On n'a qu'à se séparer et quadriller l'île en décrivant des zigzags.

Il traça une série de « X » sur le sable.

– On couvrira ainsi plus de terrain. Après chaque traversée, le premier ayant rejoint la grève attendra l'autre.

Après avoir salué avec de grands moulinets des bras la silhouette indignée sur le pont de la goélette, chacun s'enfonça dans la végétation.

Il faisait chaud et humide sous les pins, et la marche de Roger était entravée par toutes sortes de buissons, de lianes, de cenchrus épineux et autres plantes poisseuses. Le terrain devenait moins difficile quand il se rapprochait du rivage, où la forêt se raréfiait pour céder la place à des étendues de hautes herbes sèches, des dizaines de petits crabes s'enfuyant devant lui, quand il ne les écrasait pas accidentellement sous ses semelles.

Néanmoins, le fait d'être en mouvement le soulageait. Il avait l'impression d'avancer, de progresser dans sa recherche..., même s'il s'avouait ne pas savoir trop quoi chercher. Brianna était-elle sur l'île? Bonnet était-il déjà arrivé ou attendrait-il un jour ou deux que la lune se cache?

En dépit de son angoisse, de la chaleur, des millions de moucherons et de moustiques (ils ne piquaient pas, mais rampaient dans les oreilles, les narines, les yeux et la bouche), il sourit en repensant à Manfred. Depuis son départ précipité, il avait souvent prié pour que le jeune homme soit rendu à sa famille. Certes, le récupérer marié à une ancienne prostituée n'était sans doute pas ce pour quoi Ute McGillivray avait prié, mais les voies du Seigneur étaient impénétrables.

« Seigneur, faites qu'il ne lui arrive rien. Je vous en supplie, rendez-moi Brianna. »

Vers le milieu de l'après-midi, il déboucha sur un des nombreux petits bras de mer qui perçaient l'île de part en part, comme des trous de gruyère. Ce bras était trop large pour bondir par-dessus, si bien que Roger s'avança dans l'eau. Toutefois, la profondeur s'avéra plus grande qu'il ne l'avait cru. À mi-parcours, il se retrouva avec de l'eau jusqu'au cou et dut nager quelques brasses avant de reprendre pied. Le courant tirait sur ses jambes, l'attirant vers la mer. À marée basse, le bras devait être moins profond. Mais, autrement, un bateau pouvait aisément le remonter.

C'était prometteur. Après avoir grimpé sur la berge, il longea le chenal vers l'intérieur des terres. Au bout de plusieurs minutes, il entendit du bruit au loin et figea, tendant l'oreille.

Des chevaux. Il aurait juré avoir entendu hennir. Il attendit, mais le son ne se reproduisit pas. Il marcha en cercle, essayant de localiser l'endroit d'où était venu le cri, mais peine perdue. Toutefois, c'était un signe, et il poursuivit sa route, revigoré, effrayant une famille de ratons laveurs qui déjeunait au bord de l'eau.

Peu à peu, le bras de mer se rétrécissait, devenant moins profond, pour n'être finalement que quelques centimètres d'eau s'écoulant sur le sable sombre. Refusant de capituler, il s'enfonça entre les pins et les troncs tordus de chênes nains. Puis il s'arrêta net, un picotement parcourant sa peau de la plante de ses pieds à la racine de ses cheveux.

Elles étaient quatre. Des colonnes grossières en pierre formant des silhouettes pâles dans l'ombre des arbres. L'une d'elles se dressait directement dans le chenal, à peine inclinée par la traction de l'eau. Une autre, sur la berge, était sculptée de symboles abstraits qu'il ne sut déchiffrer. Il resta pétrifié, comme en face d'êtres vivants qui risquaient de le repérer au moindre mouvement.

Autour de lui, tout était anormalement silencieux. Même les insectes semblaient avoir pour un temps disparu. Il ne douta pas un instant qu'il avait devant lui le cercle de pierres que Donner avait décrit à Brianna. Ici, les cinq hommes avaient récité leurs incantations, marché en suivant un motif précis, puis étaient passés à gauche de la colonne ciselée. Un puissant frisson le parcourut.

Très lentement, il recula, sans faire de bruit, comme craignant de réveiller les pierres. Il ne leur tourna le dos qu'une fois à bonne distance, quand elles furent presque invisibles, noyées dans la végétation. Alors, d'un pas leste, il reprit la direction de la mer, puis accéléra, plus vite, encore plus vite, avec l'impression que des yeux invisibles fixaient son dos.

* * *

J'étais assise à l'ombre, sur le gaillard d'avant, buvant une bière fraîche et scrutant la grève. C'étaient bien les hommes… fonçant tête baissée droit devant eux et abandonnant les femmes derrière pour garder la boutique. Toutefois, je n'étais pas chaude à l'idée d'aller arpenter ce maudit rocher à pied. On racontait qu'Edward Teach, le fameux corsaire Barbe-Noire, avait utilisé l'île comme un de ses repaires. On comprenait aisément pourquoi. J'avais rarement vu un rivage aussi inhospitalier.

Les chances de découvrir quoi que ce soit par des percées aléatoires dans cette étendue densément boisée étaient minces. Néanmoins, je ne pouvais rester assise sur mon popotin sans rien faire, pendant que Brianna se débattait avec Stephen Bonnet.

Sauf que… il n'y avait rien à faire. À mesure que l'après-midi passait, j'apercevais Roger ou Ian émerger entre les arbres. Puis ils discutaient plusieurs minutes avant de disparaître encore. Je regardais régulièrement vers le nord. Aucun signe de Jamie.

Le capitaine Roarke, qui était en effet le fils bâtard d'une putain vérolée, comme il me le confia lui-même gaiement, vint s'asseoir près de moi et accepta une bouteille de bière. Je me félicitai d'en avoir emporté une douzaine et d'en avoir placé quelques-unes dans un filet suspendu par-dessus bord pour les garder au frais. La bière soulageait considérablement mon impatience, même si elle ne faisait rien de bon à mon estomac noué par l'angoisse.

Après un silence contemplatif, le capitaine me questionna :

– Aucun de vos hommes n'est ce qu'on pourrait appeler un loup de mer, n'est-ce pas ?

– Euh… Monsieur MacKenzie a passé pas mal de temps à bord de bateaux de pêche en Écosse, mais non, je ne dirais pas qu'il est un marin expérimenté.

– Ah.

Il but une autre gorgée.

J'attendis, puis, ne voyant rien venir, demandai :

– Pourquoi ?

– J'ai cru entendre un des jeunes hommes parler d'un rendez-vous lors de la prochaine nuit sans lune.

– Oui, vous avez bien compris. La prochaine nuit sans lune est bien demain, n'est-ce pas ?

Je me tenais sur mes gardes. Nous lui en avions dit le moins possible, au cas où il aurait un lien avec Stephen Bonnet.

– C'est vrai.

Il regarda dans le goulot de sa bouteille vide, puis souffla dedans, émettant un son grave et chaud. Je compris l'allusion et lui en tendis une autre.

– Merci bien, m'dame. C'est que, voyez-vous, la marée s'inverse vers onze heures et demie, à cette époque du mois.

Je le dévisageai, sans expression aucune.

– Si vous observez avec attention, m'dame, vous constaterez que la marée est descendante.

Il pointa un endroit près de la rive.

– L'eau est encore assez profonde près du rivage là-bas, mais cette nuit, ce ne sera plus le cas.

– Ah oui ?

Je ne voyais toujours pas où il voulait en venir, mais il était patient.

– À marée basse, on voit plus facilement les bancs de sable et les bras de mer, c'est sûr, et si on veut rejoindre le rivage à bord d'une embarcation à fond plat, c'est le meilleur moment. Mais si votre rendez-vous est avec un navire plus gros, avec, par exemple, un tirant d'eau de plus d'un mètre cinquante, dans ce cas...

Il but une gorgée, puis pointa le goulot de sa bouteille vers un point de la côte beaucoup plus loin.

– Là-bas, le fond est profond. Vous voyez la couleur de l'eau ? Si j'avais un gros bateau, ce serait l'endroit le plus sûr où jeter l'ancre à marée basse.

Je regardai dans la direction indiquée. En effet, la mer y était nettement plus sombre, d'un bleu presque noir.

– Vous ne pouviez pas nous le dire plus tôt ?

– J'aurais pu, si j'avais su ce qui vous intéressait.

Là-dessus, il se leva et s'éloigna vers la poupe, soufflant dans sa bouteille vide comme dans une corne de brume.

Quand le soleil commença à sombrer dans la mer, Roger et Ian réapparurent sur la grève, et Moïse, l'assistant du capitaine Roarke, alla les chercher avec la chaloupe. Puis nous hissâmes les voiles et remontâmes lentement la côte jusqu'à ce que nous apercevions Jamie, qui se tenait sur un banc de sable, agitant les bras.

Ancrés au large pour la nuit, chacun raconta ce qu'il avait appris, à savoir pas grand-chose. Épuisés par la chaleur et leur marche, les hommes n'avaient guère d'appétit. Roger, surtout, était pâle et ailleurs, et n'ouvrit pratiquement pas la bouche.

Le dernier fragment de lune s'éleva dans le ciel. Les hommes prirent leur couverture, se couchèrent sur le pont et s'endormirent en un rien de temps.

En dépit de toute la bière que j'avais bue, je n'arrivais pas à fermer l'œil. Assise près de Jamie, enveloppée dans ma propre couverture pour me protéger de la fraîcheur de la nuit, j'observai la masse sombre et mystérieuse de l'île. Le point d'ancrage que le capitaine Roarke m'avait indiqué était invisible. Si un navire venait demain dans la nuit, le verrions-nous ?

*   *   *

En fait, il en vint un cette nuit-là. Je me réveillai à l'aube après avoir rêvé de cadavres. Je me redressai, le cœur battant, et aperçus Roarke et Moïse devant la lisse. Une terrible odeur flottait dans l'air. Je la reconnus tout de suite et, m'approchant du capitaine, ne fus pas surprise de l'entendre murmurer en regardant vers le sud : « … Maudit vaisseau négrier. »

Il était ancré à huit cents mètres environ, ses mâts noirs à peine visibles contre le ciel blanc. Il n'était pas énorme, mais néanmoins trop gros pour se glisser dans un des chenaux de l'île. Je l'observai longuement, bientôt rejointe par Jamie, Ian et Roger. Aucune chaloupe ne fut mise à la mer.

– Qu'est-ce qu'il fait là, à votre avis ? questionna Ian à voix basse.

Le bateau d'esclaves nous rendait tous nerveux. Roarke fit une moue indécise. Il n'aimait pas ça non plus.

– Je n'en sais fichtre rien. On ne s'attend pas à voir ce genre de navire ici, vraiment pas.

Jamie se gratta une joue. Il ne s'était pas rasé depuis plusieurs jours et, avec ses yeux creux et son teint verdâtre (il avait vomi par-dessus le bastingage presque de suite après son lever, alors qu'il n'y avait pratiquement pas de houle), il semblait encore plus patibulaire que Roarke.

– On peut s'en approcher ? demanda-t-il au capitaine.

Roger sursauta.

– Vous pensez que Brianna est à bord ?

– Si elle l'est, on en aura le cœur net, sinon, on saura peut-être ce que ce bateau est venu chercher ici.

Le soleil était déjà haut quand nous arrivâmes à hauteur du vaisseau négrier. Il y avait plusieurs marins sur le pont, nous observant tous avec curiosité.

Mettant ses mains en porte-voix, Roarke demanda la permission de monter à bord. Il nous fallut attendre quelques instants avant qu'un grand gaillard apparaisse, l'air mauvais et autoritaire.

– Qu'est-ce que vous voulez ? hurla-t-il.

– Monter à bord, répéta Roarke.

– Pas question. Dégagez !

– Nous recherchons une jeune femme, lança Roger. Nous aimerions vous poser quelques questions !

– Toutes les femmes à bord m'appartiennent ! Foutez le camp !

Il se tourna et fit un signe à ses marins. Ils disparurent aussitôt et réapparurent quelques instants plus tard avec des mousquetons.

Roger se mit à hurler :

— BRIANNA ! BRIANNAAA !

Une balle siffla haut au-dessus de nos têtes et transperça la grand-voile.

— Hé ! s'indigna Roarke. Mais qu'est-ce qui vous prend ?

On lui répondit par une salve de tirs, suivie par l'ouverture de sabords dans le flanc du navire et l'apparition des gueules noires de canons.

— Bon Dieu ! s'exclama Roarke ahuri. Ah, c'est comme ça que vous le prenez ? Eh bien, allez vous faire pendre ! Bande de dégénérés, vous allez voir !

Il trépignait sur place, agitant le poing et fulminant. Moïse, moins porté sur la rhétorique, avait bondi sur la barre dès le premier coup de feu. Nous glissâmes rapidement loin du navire belliqueux.

En le regardant rapetisser derrière nous, je déclarai :

— Il y a décidément quelque chose de louche là-dessous, que cela ait un rapport avec Bonnet ou pas.

Livide, Roger s'agrippait à la lisse.

Jamie s'essuya la bouche en esquissant une grimace et se tourna vers Roarke.

— Serait-il possible de se placer dans un endroit d'où l'on peut surveiller le navire tout en restant hors de portée de ses canons ?

Une nouvelle bouffée d'air empestant les excréments, la putréfaction et le désespoir balaya le pont, et son teint vira de la couleur de la graisse de rognons.

— Et contre le vent ? ajouta-t-il.

Nous dûmes reprendre le large et virer de bord souvent avant de satisfaire toutes ces conditions, mais nous finîmes par jeter l'ancre à une distance raisonnable, le vaisseau négrier à peine visible, au loin. Nous y passâmes le restant de la journée, nous relayant pour surveiller le navire avec la lunette du capitaine Roarke.

Il ne se passait rien. Aucune embarcation n'approcha, aucune chaloupe ne se dirigea vers la rive. Nous restâmes assis en silence sur le pont, observant les étoiles s'allumer une à une dans le ciel sans lune. Peu à peu, les ténèbres engloutirent l'autre navire.

107

Par une nuit sans lune

Ils jetèrent l'ancre longtemps avant l'aube, et une petite embarcation les conduisit jusqu'au rivage.

– Où sommes-nous ? demanda-t-elle.

Bonnet l'avait réveillée en pleine nuit. Ils avaient déjà fait trois haltes depuis Roanoke, dans de petites criques anonymes où des hommes mystérieux avaient roulé des fûts sur la plage ou transporté des balles, mais on ne l'y avait encore jamais emmenée. Cette île-ci était longue et plate, avec une végétation dense et couverte de brume ; sous le dernier croissant de lune, on l'aurait crue hantée.

– Ocracoke, répondit Bonnet.

Il se pencha au-dessus de l'eau et ajouta :

– Un peu plus à bâbord, Denys.

Le marin qui ramait s'inclina sur le côté, et la poupe de l'embarcation vira un peu, se rapprochant de la grève.

Il faisait frais sur l'eau. Bonnet avait drapé une épaisse cape autour des épaules de Brianna avant de l'aider à monter dans la chaloupe, mais cela n'apaisait pas les frissons qui faisaient trembler les mains et engourdissaient les doigts et les orteils de la jeune femme.

Les pirates échangèrent des murmures, s'orientant dans l'obscurité. Bonnet sauta dans l'eau boueuse et avança, immergé jusqu'à la taille, en écartant les algues et le feuillage. Le chenal apparut soudain, une ligne droite à l'éclat mat devant eux. La barque glissa sous les lourds branchages, puis s'arrêta un instant, afin que Bonnet puisse se hisser à bord.

Un cri strident retentit tout d'un coup, si près qu'elle bondit sur place avant de se rendre compte qu'il s'agissait d'un oiseau dans le marécage, quelque part autour d'eux. Sinon, hormis le clapotis régulier des rames, la nuit était silencieuse.

Josh et les deux hommes peuls étaient aussi du voyage. Le jeune homme, assis à ses pieds, grelottait. Brianna rabattit un pan de sa cape autour de lui et posa une main sur son épaule, cherchant à le rassurer. Il la prit et la serra dans la sienne. Se tenant ainsi l'un l'autre, ils s'enfoncèrent lentement dans l'obscurité.

Le ciel commençait à s'éclaircir quand ils arrivèrent devant un petit débarcadère. Des nuages roses s'étiraient au-dessus de l'horizon. Bonnet sauta sur le ponton, puis lui tendit la main. À contrecœur, elle lâcha Josh et se leva.

À demi cachée par la végétation et tapissée de bardeaux gris, une maison semblait enfouie dans les derniers vestiges de brume ; comme si elle n'était pas tout à fait réelle et pouvait se dématérialiser à tout moment.

En revanche, la puanteur portée par le vent était, elle, bien réelle. Elle ne l'avait jamais sentie auparavant, mais sa mère la lui avait si bien décrite qu'elle l'identifia aussitôt : un vaisseau négrier, ancré près de la côte. Josh la reconnut lui aussi et se mit à marmonner. Il récitait le « Je vous salue Marie » en gaélique, aussi vite que possible.

Bonnet le poussa vers un marin et agita une main en direction des Peuls.

– Emmène-les au *barracoon**, puis rentre au navire. Dis à Orden que nous partons pour l'Angleterre dans quatre jours. Il s'occupera du reste du chargement. Reviens me chercher samedi, une heure avant la marée haute.

– Josh ! s'écria Brianna.

Le jeune Noir se retourna vers elle en roulant des yeux paniqués, mais le marin le bouscula pour le faire avancer,

---

* Entrepôt où étaient rassemblés les captifs avant leur embarquement sur le vaisseau négrier. *(N.d.T.)*

tandis que Bonnet la tirait dans le sens opposé, sur le sentier menant à la maison.

– Attendez! Où l'emmène-t-il? Qu'allez-vous lui faire? Elle enfonça les talons dans la boue et s'accrocha à un palétuvier, refusant d'avancer.

– Le vendre, pardi! Allez, viens, chérie. Tu sais que je peux te forcer et tu sais aussi que tu n'aimeras pas ça.

Il écarta un pan de la cape de Brianna et lui pinça le sein découvert en guise d'illustration.

Tremblante de rage, elle repoussa sa main et rabattit son vêtement contre sa poitrine, comme si cela pouvait apaiser la douleur cuisante. Il était déjà reparti, sachant déjà qu'elle le suivrait. À sa plus grande honte, c'est exactement ce qu'elle fit.

* * *

Un Noir aussi grand que Bonnet et encore plus large d'épaules ouvrit la porte. Une épaisse cicatrice verticale courait de la racine de ses cheveux à la naissance de son nez, mais elle ressemblait davantage à une scarification tribale qu'au vestige d'une plaie.

Bonnet le salua de façon cordiale et poussa Brianna devant lui à l'intérieur.

– Emmanuel, mon vieux! Regarde un peu ce que je t'ai amené!

Le Noir l'étudia de haut en bas avec un air dubitatif.

– Elle est grande comme une girafe.

Il parlait avec une forte intonation africaine. Il la prit par l'épaule et la fit tourner sur elle-même, glissant une main le long de son dos et lui palpant les fesses à travers la cape.

– Mais elle a un beau cul bien dodu.

– N'est-ce pas? Occupe-toi d'elle, puis tu m'expliqueras où en sont nos affaires ici. La cale est presque pleine et… ah! j'ai aussi apporté quatre, non cinq nouveaux Noirs. Les hommes conviendront très bien au capitaine Jackson, mais les femmes… ah! Elles ont quelque chose de spécial.

Il fit un clin d'œil à Emmanuel avant d'ajouter :

– Deux sœurs jumelles.

Le Noir se raidit.

– Des jumelles ? Vous allez les laisser entrer dans la maison ?

– Un peu oui ! Des Peuls, deux créatures superbes. De vrais caprices. Elles ne parlent pas un mot d'anglais, n'ont jamais été dressées, mais elles rapporteront gros, j'en suis sûr. À propos, des nouvelles de *signor* Ricasoli ?

Emmanuel acquiesça. Troublé, il plissait le front, si bien que sa cicatrice tirait sur ses sourcils dessinant un V profond.

– Il sera là jeudi. *Monsieur** Houvener, aussi. Monsieur Howard, lui, arrivera demain.

– Parfait ! Fais-moi préparer mon petit-déjeuner.

Se tournant vers Brianna, il déclara :

– J'imagine que tu as faim, toi aussi, n'est-ce pas, ma poule ?

Elle acquiesça, tiraillée entre la peur, la colère et la nausée. Il fallait qu'elle avale un morceau et vite.

– Bien, emmène-la là-haut et donne-lui à manger. Pour ma part, je mangerai dans mon bureau. Viens m'y retrouver après.

Emmanuel plaqua une main sur la nuque de Brianna et la conduisit avec force vers l'escalier.

* * *

Le majordome, si on pouvait donner à Emmanuel un titre aussi domestique, la fit entrer brutalement dans une petite pièce et referma la porte derrière elle. L'endroit était meublé mais spartiate : un sommier avec un matelas nu dans un coin, une couverture en laine et un pot de chambre. Elle se servit de ce dernier avec soulagement, puis inspecta la chambre.

_____

* En français dans le texte. *(N.d.T.)*

707

Elle n'avait qu'une minuscule fenêtre, protégée par des barreaux, mais sans vitres, avec juste des volets intérieurs. Le souffle de la mer et de la forêt emplissait la pièce, rivalisant avec la poussière et l'odeur rance du matelas taché. Emmanuel était peut-être un factotum, mais pas vraiment une fée du logis.

En entendant un son familier, elle étira le cou. On ne voyait pas grand-chose hormis la cime des arbres et la boue sablonneuse incrustée de fragments de coquillages qui entourait la maison. En pressant le visage contre un bord de la fenêtre, elle apercevait un bout de plage, au loin, et la ligne blanche des brisants. Au moment où elle regardait, trois chevaux passèrent au galop, puis cinq autres, puis un troisième groupe de sept ou huit. Des chevaux sauvages, les descendants des poneys espagnols abandonnés sur l'île un siècle plus tôt.

Leur vue l'enchanta, et elle resta longtemps à guetter, espérant les voir réapparaître. Mais elle ne vit qu'un vol de pélicans et quelques mouettes qui pêchaient.

Grâce à la présence des chevaux, elle s'était sentie moins seule, mais elle avait toujours le ventre aussi vide. Elle était dans la chambre depuis plus d'une demi-heure, et personne ne lui avait encore apporté un repas. Elle s'approcha prudemment de la porte et appuya sur la poignée. À sa grande surprise, elle n'était pas fermée à clef.

Il y avait des bruits en bas, et un parfum de porridge et de pain grillé flottait dans l'air.

Elle avança sur la pointe des pieds dans le couloir et descendit l'escalier. Des voix masculines lui parvinrent depuis une pièce sur le devant de la maison. Bonnet et Emmanuel. Son sang figea, mais heureusement la porte était close. Elle passa devant à pas de loup.

La cuisine était située dans une cabane, à l'extérieur de la maison, reliée à celle-ci par une galerie couverte et entourée d'un jardin clôturé qui ceignait tout l'arrière de la maison. Elle jeta un coup d'œil à la clôture – très haute et surmontée de piques. Chaque chose en son temps... D'abord, elle devait manger.

Il y avait quelqu'un dans la cuisine. Elle entendait des bruits de casseroles et une voix féminine en train de marmonner. Elle ouvrit la porte et s'arrêta sur le seuil pour ne pas surprendre la cuisinière. Puis elle l'aperçut.

À ce stade, les événements l'avaient tellement secouée qu'elle crut que sa vision lui jouait des tours.

– Phaedre? demanda-t-elle sur un ton hésitant.

La jeune femme pivota sur ses talons, écarquilla les yeux et ouvrit grand la bouche.

– Oh, Seigneur Jésus!

Affolée, elle regarda derrière Brianna, puis, constatant qu'elles étaient seules, la prit par le bras et l'entraîna dans la cour.

– Qu'est-ce que vous faites ici? demanda-t-elle. Comment êtes-vous arrivée?

– Stephen Bonnet, résuma Brianna. Et vous... il vous a kidnappée vous aussi? À River Run?

Elle ne voyait pas comment ni pourquoi, mais tout ce qui lui arrivait depuis qu'elle se savait enceinte possédait cette étrange qualité hallucinatoire. Ce devait être ses hormones qui s'emballaient.

– Non, mademoiselle. Ce Bonnet, il m'a achetée, il y a un mois. À un homme nommé Butler.

Elle tordit les lèvres, ne cachant pas son dégoût pour le Butler en question.

Ce nom parut vaguement familier à Brianna. Sans doute un contrebandier. Elle ne l'avait jamais rencontré, mais en avait entendu parler plusieurs fois. Toutefois, ce n'était pas l'homme qui approvisionnait sa tante en thé et autres produits de luxe. Celui-ci, elle le connaissait, un gentleman d'une apathie et d'une délicatesse inattendues répondant au nom de Wilbraham Jones.

– Je ne comprends pas, mais... attendez, il n'y a rien à manger? interrogea vivement Brianna, sentant le fond de son estomac se soulever.

– Si, bien sûr. Ne bougez pas d'ici.

Phaedre disparut dans la cuisine et revint quelques minutes plus tard avec un demi-pain et une motte de beurre. Brianna saisit la miche et, sans se donner la peine de la beurrer, mordit dedans à pleines dents. Puis elle s'accroupit et baissa la tête entre les genoux en attendant la fin de la nausée.

– Désolée, dit-elle enfin. Je suis enceinte.

Phaedre hocha la tête, apparemment peu surprise.

– De qui?

– Mais… de mon mari!

Avec un temps de retard, elle se rendit compte que cela ne coulait pas forcément de source. Phaedre avait disparu de River Run depuis des mois et Dieu seul savait ce qui avait pu lui arriver depuis.

La jeune esclave regarda vers la maison.

– Ça ne fait pas longtemps qu'il vous tient, alors.

– Non. Et vous, vous avez dit un mois… vous avez essayé de vous enfuir?

– Une fois. Vous avez vu cet homme, Emmanuel?

Brianna acquiesça.

– C'est un Ibo. Il peut traquer une musaraigne dans une forêt vierge et quand il la trouve, il le lui fait sacrément regretter.

Elle serra ses bras contre son torse, en dépit de la chaleur.

La clôture était constituée de pieux pointus d'environ deux mètres cinquante de haut, attachés avec des cordages. Elle pourrait peut-être l'escalader si Phaedre lui faisait la courte échelle. Puis elle aperçut l'ombre d'un homme qui marchait de l'autre côté, un fusil à l'épaule.

Elle aurait pu s'en douter… si elle avait été capable d'organiser ses pensées. C'était ici la planque de Bonnet et, à en juger par les piles de caisses, de paquets et de tonneaux entassés dans la cour, c'était là où il entreposait ses cargaisons précieuses avant de les vendre. Naturellement, elle était bien gardée.

Une légère brise se glissa entre les pieux, portant la même puanteur que celle qu'elle avait sentie en débarquant. Elle avala très vite une autre bouchée de pain, espérant calmer ses haut-le-cœur.

Les narines de Phaedre se dilatèrent.

– Un vaisseau négrier, ancré au-delà des brisants, annonça-t-elle à voix basse. Son capitaine est venu, hier, voir si monsieur Bonnet avait quelque chose pour lui, mais celui-ci n'était pas encore arrivé. Le capitaine Jackson a dit qu'il repasserait demain.

Brianna sentait sa peur, tel un miasme jaune pâle flottant autour d'elle.

– Il... Il ne va pas vous vendre à ce Jackson, n'est-ce pas ?

Elle savait Bonnet capable de tout, mais comprenait mieux les rouages de l'esclavage. Phaedre était un article de premier choix : la peau claire, jeune, jolie, camériste expérimentée. Bonnet en obtiendrait un très bon prix n'importe où ; maisd'après ce qu'elle connaissait des négriers, ils ne vendaient que des esclaves directement importés d'Afrique.

Phaedre secoua la tête, les lèvres blêmes.

– Je ne crois pas. Je suis ce qu'il appelle un « caprice ». C'est pourquoi il m'a gardée si longtemps. Des hommes sont arrivés des Antilles cette semaine. Ils achètent des jolies femmes.

Le pain que Brianna avait avalé forma d'un coup une masse solide et visqueuse dans son estomac. Avec fatalisme, elle se leva et s'éloigna pour aller vomir derrière une grande balle de coton écru.

Elle entendait encore la voix joviale de Bonnet : « Pourquoi se donner le mal de t'emmener jusqu'à Londres, où tu ne serviras à rien ni à personne ? En plus, il pleut tout le temps à Londres, ça ne te plairait pas. »

Appuyée contre la palissade, attendant que le malaise disparaisse, elle répéta : « Ils achètent des jolies femmes. » Des Blanches aussi ?

« Pourquoi pas ? » répondit la part logique de son cerveau. Les femmes étaient un objet, blanches ou noires. Si on pouvait les posséder, on pouvait les vendre. À une époque, elle-même avait possédé Lizzie.

Elle s'essuya les lèvres sur sa manche et rejoignit Phaedre assise sur un rouleau de cuivre, ses traits fins tirés par l'anxiété.

– Il a aussi enlevé Josh. Quand on a débarqué sur l'île, il a demandé à un homme de l'emmener au *barracoon*.

Phaedre se redressa.

– Joshua, le palefrenier de mademoiselle Jo ? Il est ici ?

– Oui, vous savez où se trouve le *barracoon* ?

Phaedre s'était levée et, agitée, faisait les cent pas.

– Je n'en suis pas sûre. Je prépare aussi à manger pour les esclaves, mais c'est un gardien qui leur apporte leurs repas. Toutefois, ça ne doit pas être bien loin.

– C'est grand ?

– Non, monsieur Bonnet ne fait pas vraiment le commerce des esclaves. Il en achète quelques-uns de temps en temps pour les revendre…, puis il a ses « caprices » (elle fit la grimace), mais il ne doit pas y en avoir plus d'une douzaine, à en juger par la quantité de nourriture qu'ils mangent. Il y a aussi trois filles dans la maison, cinq, si on compte les deux Peuls qu'il dit avoir à bord.

Se sentant mieux, Brianna inspecta la cour à la recherche d'un objet utile. Elle contenait un ramassis de marchandises : rouleaux de soie chinoise enveloppés dans de la toile cirée, caisses de vaisselle en porcelaine, fûts de brandy, bouteilles de vins emballées dans de la paille, coffres de thé, etc. Elle ouvrit un de ces derniers et inspira le doux parfum des feuilles séchées. Il apaisait merveilleusement ses troubles internes, et elle aurait donné presque n'importe quoi pour une bonne tasse de thé chaud.

Plus intéressants encore étaient ces petits barils de poudre, scellés avec soin et avec des parois épaisses.

– Si seulement j'avais mes allumettes, marmonna-t-elle.

Cependant, il y avait du feu dans la cuisine. Elle examina la maison en détail, se demandant où placer les barils. D'un autre côté, elle ne pouvait pas faire sauter toute la structure, vu la présence d'autres esclaves à l'intérieur. En outre, elle n'avait aucune idée de la suite de son plan. Entendant la porte s'ouvrir, elle s'éloigna à toute vitesse des barils. Le temps qu'Emmanuel la repère, elle contemplait une énorme caisse qui contenait une horloge de parquet, sa façade dorée ornée de trois minuscules voiliers animés voguant sur une mer d'argent.

Il lui fit un signe de tête.

– Toi, viens te laver.

Il jeta un œil noir à Phaedre qui l'évitait, affectant de ramasser du petit bois.

La main de fer se plaqua de nouveau contre la nuque de Brianna et la propulsa sans ménagement à l'intérieur.

* * *

Cette fois, Emmanuel ferma la porte à clef. Il lui apporta une bassine, une aiguière, une serviette et une chemise propre. Il revint plus tard, beaucoup plus tard, avec un plateau de nourriture, mais refusa de répondre à ses questions et verrouilla de nouveau derrière lui.

Elle poussa le lit contre la fenêtre et s'agenouilla dessus, glissant les coudes entre les barreaux. Elle n'avait rien d'autre à faire qu'à réfléchir... ce qu'elle aurait préféré éviter. Elle observa la forêt et le bout de plage au loin, l'ombre des pins s'avançant sur le sable tel un cadran solaire marquant le long défilement des heures.

Après plusieurs minutes, ses genoux s'engourdirent et ses coudes commencèrent à lui faire mal. Elle étendit alors la cape sur le matelas crasseux, essayant de ne pas voir ses taches ni sentir les odeurs. Couchée sur le flanc, elle contempla le ciel à travers la fenêtre, les changements infimes de la lumière, imaginant les pigments spécifiques et les coups de pinceau capables de les restituer. Puis elle se releva et se mit à marcher de long en large dans la pièce, comptant ses pas.

La chambre mesurait deux mètres cinquante sur trois ; cent pas représentaient approximativement cent mètres. Elle espérait que le bureau de Bonnet soit juste en dessous.

Il ne se passa rien. Au bout de deux kilomètres, la luminosité baissant peu à peu, elle s'assit sur le bord du matelas, observant les dernières couleurs flamboyantes s'éteindre dans le ciel, Roger remontant du fond de son esprit... où il n'avait jamais cessé d'être, refoulé mais omniprésent.

Avait-il enfin été ordonné comme il le désirait tant ? Continuait-il d'être préoccupé par la prédestination, ne sachant pas s'il pouvait rentrer dans les ordres sans souscrire à cette croyance ? Ce n'était pour elle qu'une notion, mais c'était un dogme pour les presbytériens. Elle sourit cyniquement en songeant à Hiram Crombie.

Ian lui avait raconté les tentatives du dévot pour expliquer sa doctrine au Cherokees. La plupart l'avaient écouté poliment, puis avaient oublié jusqu'à sa présence. Cependant, son discours avait intéressé Penstemon, la femme d'Oiseau, qui l'avait suivi toute la journée, le bousculant puis s'écriant : « Ton Dieu savait-il que je ferais ça ? Comment pouvait-il le savoir, si je ne le savais pas moi-même ? » Ou, d'une humeur plus méditative, elle lui demandait d'expliquer comment la prédestination s'appliquait aux jeux de hasard. Comme la plupart des Indiens, Penstemon pariait sur tout et n'importe quoi.

Selon Brianna, Penstemon avait sans doute sa part de responsabilités dans la brièveté de la première visite de Crombie chez les Indiens. Toutefois, force était de reconnaître que celui-ci avait de la suite dans les idées. Il y était retourné, encore et encore, croyant fermement en son action.

Roger aussi. « Zut ! » pensa-t-elle avec résignation. Il était de nouveau là, avec ses yeux doux vert mousse, pensif, se frottant lentement le nez, l'esprit ailleurs.

Lassée de tous ses discours sur la prédestination et secrètement contente que les catholiques se satisfassent des mystères de Dieu, elle lui avait déclaré :

– Est-ce si important ? Ce qui compte, n'est-ce pas que tu puisses aider les autres, leur apporter un réconfort ?

Installés sur leur lit, la chandelle éteinte, ils avaient discuté à la lueur des braises.

– Je n'en sais rien, avait-il fini par répondre. Selon toi, quiconque a voyagé dans le temps n'est-il pas forcément un peu porté sur la théologie?

Elle avait levé les yeux au ciel en prenant un air de martyr, le faisant rire. Puis il l'avait embrassée et ils étaient passés à des occupations nettement plus prosaïques et terrestres.

Cependant, il avait raison. Quiconque avait traversé les pierres ne pouvait s'empêcher de se demander : pourquoi moi? Et qui pouvait répondre à cette question, sinon Dieu?

Pourquoi moi? Et ceux qui avaient échoué… Pourquoi eux? Tous ces corps anonymes figurant dans les listes de Geillis Duncan; les compagnons de Donner, morts à l'arrivée… Et qu'en était-il de Geillis elle-même? La sorcière était morte ici, hors de son temps.

En laissant de côté la métaphysique et en examinant la question sous un angle purement scientifique (car le phénomène avait forcément une base scientifique, se répéta-t-elle avec entêtement; ce n'était pas de la magie, contrairement à ce qu'en avait pensé Geillis), les lois de la thermodynamique stipulaient qu'aucune masse ni énergie ne pouvait être créée ou détruite. Elles ne faisaient que se transformer.

Transformées comment? Le déplacement à travers le temps constituait-il une transformation? Un moustique susurra près de son oreille, et elle agita une main pour le chasser.

Ils savaient que l'on pouvait voyager dans les deux sens. Cela impliquait nécessairement que l'on pouvait aussi être projeté dans le futur. Ni sa mère ni Roger n'y avaient jamais fait allusion; peut-être n'y avaient-ils pas pensé?

Dans ce cas, quand on voyageait dans le passé et qu'on y mourait – ce qui était arrivé à Geillis Duncan et à Dent de Loutre – peut-être cela s'équilibrait-il par le voyage et la mort de quelqu'un dans le futur.

Elle ferma les yeux, incapable de pousser plus loin sa pensée.

Au loin, elle entendait le bruit des vagues et songea au vaisseau négrier. Puis elle se rendit compte que son odeur caractéristique était toute proche. Elle se leva d'un bond et se précipita vers la fenêtre. Elle apercevait un morceau du sentier menant à la maison. Un grand type avec une veste bleu marine et un chapeau surgit entre les arbres, suivi par deux hommes dépenaillés. Des marins, à en juger par leur démarche chaloupée.

Ce devait être le capitaine Jackson, venu traiter avec Bonnet.

Se sentant faiblir, elle se rassit sur le lit.

– Mon Dieu, Josh !

Qui était-ce ? Sainte Thérèse de Lisieux… ou d'Avila, qui, exaspérée, avait lancé à Dieu : « Si c'est comme ça que tu traites tes amis, pas étonnant que tu en aies si peu ! »

* * *

Elle s'était endormie en pensant à Roger. Elle se réveilla en pensant au bébé.

Pour une fois, elle n'avait ni la nausée ni l'étrange sensation de se disloquer. Elle ne ressentait qu'une profonde paix et de la… curiosité ?

Elle posa les mains sur son ventre. « Tu es là ? » Il n'y eut aucune réponse précise, mais il y avait bien une présence, elle en était aussi sûre que des battements de son propre cœur.

« C'est bien. » Elle se rendormit aussitôt.

Quelque temps plus tard, des éclats de voix au rez-de-chaussée la sortirent encore de son sommeil. S'étant redressée trop vite, elle fut prise d'un haut-le-cœur et se rallongea. La nausée était de retour. Si elle fermait les yeux et ne bougeait pas, elle se calmerait, tel un serpent endormi.

Les voix s'accompagnaient de bruits sourds, comme un poing frappant une table ou un mur. Puis les bruits cessèrent, et elle n'entendit plus rien jusqu'à ce que des pas légers s'approchent de sa porte. La clef tourna dans la serrure, et Phaedre apparut, portant un plateau.

Brianna se redressa prudemment, évitant de respirer. La moindre odeur de friture...

– Que se passe-t-il en bas? questionna-t-elle.

Phaedre grimaça.

– Cet Emmanuel... Il n'est pas content à cause des sœurs peules. Les Ibos croient que les jumeaux portent malheur. Quand une de leurs femmes accouche de jumeaux, elle les abandonne dans la forêt. Emmanuel voulait les vendre au capitaine Jackson pour s'en débarrasser au plus vite, mais monsieur Bonnet veut attendre le monsieur des Antilles, pour obtenir un meilleur prix.

– Quel monsieur des Antilles?

Phaedre haussa les épaules.

– J'en sais rien. Un monsieur à qui il vend des choses. Un planteur, sans doute. Mangez, je reviendrai plus tard.

Elle s'apprêtait à sortir, mais Brianna la retint.

– Attendez! Hier, vous ne m'avez pas dit qui vous avait enlevée, à River Run.

La jeune femme revint sur ses pas à contrecœur.

– Monsieur Ulysse.

– Ulysse?

Devant son air incrédule, Phaedre lui lança un regard courroucé.

– Quoi, vous ne me croyez pas?

– Si, si. Mais... pourquoi?

– Parce que je ne suis qu'une négresse stupide. Ma mère m'avait prévenue. Elle me répétait toujours qu'il ne fallait surtout jamais, jamais, contrarier Ulysse. Vous croyez que je l'aurais écoutée?

– En quoi l'avez-vous contrarié?

Elle tapota le lit à ses côtés, invitant l'esclave à s'asseoir. Phaedre hésita, puis obéit, remettant de l'ordre dans son turban tout en cherchant ses mots.

– Monsieur Duncan... c'est un monsieur très, très gentil. Vous savez qu'il n'avait jamais été avec une femme? Il a reçu un coup de sabot quand il était jeune; ça lui a abîmé

717

les bourses. Il était persuadé qu'il ne pourrait plus jamais rien faire avec.

Brianna acquiesça, sa mère lui ayant vaguement parlé de ce sujet.

– Eh bien, il se trompait, reprit Phaedre avec un soupir. Il ne voulait faire de mal à personne, moi non plus. C'est juste... arrivé. Mais Ulysse l'a su. Peut-être qu'une autre fille le lui a dit, ou peut-être qu'il l'a appris autrement. De toute façon, il finit toujours par tout savoir. Il m'a dit que ce n'était pas bien et que je devais arrêter tout de suite.

– Mais vous ne lui avez pas obéi, devina Brianna.

– Je lui ai dit que j'arrêterais quand monsieur Duncan me le demanderait et de s'occuper de ses oignons. Vous comprenez, je croyais que monsieur Duncan était le maître, à River Run. Mais c'est faux, c'est Ulysse le vrai maître.

– Alors, il vous a enlevée et vous a... vendue ? Pour vous empêcher de coucher avec Duncan ?

Qu'est-ce que cela pouvait lui faire ? Craignait-il que Jocasta l'apprenne et en soit blessée ?

– Non, il m'a vendue parce que je lui ai dit que s'il ne nous laissait pas tranquilles, monsieur Duncan et moi, je raconterais tout sur mademoiselle Jo et lui.

– Mademoiselle Jo et...

Ébahie, Brianna cligna des yeux, n'en croyant pas ses oreilles. Phaedre lui adressa un petit sourire ironique.

– Il dort dans le lit de mademoiselle Jo depuis plus de vingt ans, même avant la mort du vieux maître. Tous les esclaves de la plantation le savent, mais aucun n'est assez idiot pour le lui dire en face, sauf moi.

Brianna se savait l'air abruti, mais ne pouvait rien y faire. Tout à coup, une multitude de détails, de gestes infimes qu'elle avait vus à River Run prenaient un sens nouveau. À présent, elle comprenait mieux pourquoi sa tante avait déployé tant d'efforts pour récupérer son majordome après la mort du lieutenant Wolff. Elle comprenait aussi pourquoi Ulysse avait

718

réagi si vite. Que l'on croie Phaedre ou pas, sa seule accusation aurait provoqué la perte du majordome.

La jeune esclave se passa une main sur le visage.

– Il n'a pas perdu de temps. Cette même nuit, monsieur Jones et lui m'ont arrachée à mon lit, enveloppée dans une couverture et m'ont emmenée dans une carriole. Monsieur Jones a dit qu'il n'était pas négrier, mais qu'il rendait service à Ulysse. Il m'a conduite en aval du fleuve pour me vendre à un homme, le propriétaire d'une auberge à Wilmington. Ça, ça allait encore, mais, quelques mois plus tard, il est revenu me chercher. Il a dit qu'Ulysse trouvait que Wilmington, c'était pas encore assez loin. Alors, il m'a donnée à monsieur Butler, et monsieur Butler m'a emmenée à Edenton.

Elle baissait les yeux, tripotant la couverture de ses longs doigts graciles. Brianna évita de lui demander ce qu'elle avait fait pour Butler à Edenton, supposant qu'il l'avait placée dans un bordel.

– Et... euh... c'est là que Stephen Bonnet vous a trouvée?

Phaedre acquiesça sans relever la tête.

– Il m'a gagnée aux cartes.

Elle se releva.

– Il faut que j'y aille. Je ne veux plus contrarier aucun Noir et j'ai reçu assez de raclées de cet Emmanuel.

Brianna commençait tout juste à se remettre du choc de toutes ces nouvelles. Une idée lui traversa soudain l'esprit, et elle retint de nouveau la jeune femme avant qu'elle ne franchisse la porte.

– Attendez! Attendez! Encore une question... vous... et les esclaves de River Run, vous êtes au courant au sujet de l'or?

– Quoi, l'or dans la tombe du vieux maître? Bien sûr, tout le monde le sait. Mais personne ne s'aviserait d'y toucher, on sait bien qu'il est maudit.

– Vous savez quelque chose au sujet de sa disparition?

– Il a disparu?

– Oh, je suis bête ! Non, vous ne pouvez pas savoir, vous êtes partie depuis trop longtemps. Je me demandais juste si Ulysse pouvait être impliqué dans cette histoire.

– Non, je ne sais rien. Seulement qu'Ulysse ne reculerait devant rien, malédiction ou pas.

Des pas lourds résonnèrent dans l'escalier, et elle pâlit. Sans un mot ni un geste d'adieu, elle fila dans le couloir et referma la porte. Brianna l'entendit chercher fébrilement la bonne clef, puis il y eut un clic dans la serrure.

* * *

Dans l'après-midi, Emmanuel, silencieux comme un lézard, lui apporta une robe. Trop courte et trop serrée à la taille, elle était toutefois bien coupée et en belle soie bleu pâle. Elle avait déjà été portée et était tachée en plusieurs endroits. En l'enfilant, Brianna frissonna, trouvant qu'elle dégageait une odeur de… peur.

Elle-même transpirait quand Emmanuel la conduisit au rez-de-chaussée. Passant par les fenêtres ouvertes, une légère brise gonflait les rideaux. La plupart des pièces de la maison étaient très simples, avec des parquets nus et, en guise de meubles, quelques tabourets et des sommiers. En revanche, celle où on la fit entrer offrait un tel contraste qu'elle semblait appartenir à une autre demeure.

D'épais tapis turcs couvraient le sol, se chevauchant en un kaléidoscope de couleurs et de motifs. Les meubles, quoique d'époques différentes, étaient tous lourds et ouvragés, en bois sculpté et tapissés de soieries. L'argenterie et le cristal scintillaient sur toutes les surfaces, et les pendeloques d'un lustre, beaucoup trop grand, projetaient des éclats irisés. C'était l'idée qu'un pirate se faisait de l'intérieur d'un homme opulent, un étalage de luxe sans aucun sens du style et du bon goût.

Mais l'homme opulent assis près de la fenêtre ne semblait pas importuné par le décor. Mince, coiffé d'une perruque, avec une pomme d'Adam proéminente, il paraissait avoir la trentaine, malgré sa peau flétrie et jaunie par une quelconque maladie tropicale. Il se leva quand elle entra.

Bonnet avait reçu son client en grandes pompes. Des verres et plusieurs carafes en cristal traînaient sur un guéridon, et une douce odeur de brandy flottait dans l'air. Brianna sentit ses tripes remuer et se demanda comment ils réagiraient si elle vomissait sur les précieux tapis.

— Te voilà, chérie.

Bonnet vint vers elle et voulut lui prendre la main. Elle la repoussa, mais il affecta de ne pas le remarquer, la conduisant vers le visiteur d'une main plaquée dans le creux de ses reins.

— Fais donc une jolie révérence à monsieur Howard, mon cœur.

Elle se redressa et, de toute sa hauteur — elle faisait presque une tête de plus que lui —, toisa monsieur Howard.

— Je suis détenue ici contre mon gré, monsieur. Mon mari et mon père... aïe!

Bonnet venait de lui tordre le poignet. Il déclara comme si de rien n'était :

— N'est-elle pas ravissante ?

Monsieur Howard tourna autour d'elle, la mine dubitative.

— Oui, assurément. Mais elle est... très grande. Et rousse, monsieur Bonnet ? Vous savez bien que je préfère les blondes.

— Sans blague, espèce de petit merdeux ! explosa Brianna.

Elle parvint à arracher son bras de l'emprise de Bonnet, se tourna vers Howard, s'efforçant de paraître raisonnable.

— Écoutez... Je viens d'une bonne... d'une excellente famille, et j'ai été kidnappée. Mon père se nomme James Fraser, mon mari, Roger MacKenzie, ma tante est madame Hector Cameron, de la plantation de River Run.

Howard se tourna vers Bonnet, l'air plus intéressé.

— Elle est vraiment de bonne famille ?

— Absolument, monsieur. D'une lignée impeccable !

– Hmm… Et en excellente santé, apparemment.

Il reprit son examen, la regardant sous le nez.

– Elle a déjà mis bas ?

– Absolument. Elle a mis au monde un garçon tout ce qu'il y a de plus sain.

– La dentition est bonne ?

Il se hissa sur la pointe des pieds. Bonnet attrapa le bras de Brianna et le lui tordit dans le dos, lui tirant sur les cheveux pour l'obliger à renverser la tête en arrière, lui coupant le souffle. Howard lui tint le menton et écarta un coin de ses lèvres du pouce, inspectant ses molaires.

– Très bien… approuva-t-il. Et de surcroît, la peau est sans défauts, mais…

Elle libéra sa tête d'un coup sec et lui mordit le pouce de toutes ses forces, sentant la chair se déchirer sous ses dents et un goût chaud et métallique envahir sa bouche.

Il poussa un cri et la gifla. Elle esquiva le coup de justesse, la main d'Howard ne faisant qu'effleurer sa joue. Bonnet la lâcha, et elle recula en titubant de deux pas avant de vomir contre le mur.

– Elle m'a mordu, la garce !

Les yeux larmoyants, monsieur Howard oscillait sur place, serrant son pouce contre lui. Puis, dans un élan de furie, il se précipita vers elle, s'apprêtant à la gifler de nouveau. Bonnet lui saisit le poignet juste à temps et le repoussa doucement mais fermement de côté.

– Allons, allons. Vous ne pouvez pas l'abîmer. Elle ne vous appartient pas encore.

– Peu m'importe qu'elle m'appartienne ou pas ! s'écria Howard le visage rouge. Je fouetterai cette chienne jusqu'à ce qu'elle en crève !

– Voyons, vous ne pensez pas ce que vous dites, monsieur Howard, dit Bonnet toujours aussi jovial. Ce serait un tel gâchis. Laissez-moi donc faire, d'accord ?

Sans attendre sa réponse, il traîna Brianna chancelante à travers la pièce et la poussa vers le majordome, qui avait attendu silencieux près de la porte durant toute la conversation.

– Emmène-la, Manny, et apprends-lui les bonnes manières. Avant de la ramener ici, n'oublie pas de la bâillonner.

Emmanuel ne sourit pas, mais une légère lueur s'alluma au fond de ses yeux noirs. Il enfonça ses doigts entre les os du poignet et, d'un mouvement rapide, lui tordit de nouveau le bras dans le dos, tirant si fort que la douleur la plia en deux. Il tira encore, et la vue de Brianna se brouilla. Elle entendit juste la voix de Bonnet derrière elle quand le Noir l'entraîna violemment hors de la pièce.

– Pas au visage, Manny! Et ne laisse pas de marques permanentes.

* * *

La voix d'Howard avait totalement perdu son ton indigné. Elle était toujours étranglée, mais plutôt par l'émerveillement.

– Seigneur! Oh, Seigneur!

– Charmant spectacle, n'est-ce pas? déclara Bonnet.

– Charmant… répéta Howard. Oh, je ne crois pas avoir jamais rien vu d'aussi charmant. Quelle couleur! Puis-je?

Brianna perçut ses pas sur le tapis une fraction de seconde avant qu'une paire de mains ne se plaque sur ses fesses. Elle hurla sous son bâillon, mais n'émit qu'un grognement. Elle était à moitié couchée à plat ventre sur la table dont le bord lui rentrait dans le diaphragme, ses jupes rabattues sur sa tête. Howard laissa échapper un petit rire ravi et la lâcha.

– Oh, regardez! Regardez! Voyez l'empreinte blanche parfaite de mes mains sur la peau cramoisie… et la peau est si… brûlante… Oh, elle disparaît déjà… Permettez-moi…

Elle serra les cuisses et se raidit pendant qu'il tripotait ses parties intimes, puis ses doigts disparurent. Bonnet cessa de lui appuyer sur la nuque et écarta son client de l'autre main.

– Allons, allons. Ça suffit. Après tout, elle n'est pas encore votre propriété… pas encore.

Howard proposa aussitôt une somme astronomique, mais Bonnet se contenta de rire.

– C'est généreux de votre part, monsieur. Mais je ne peux pas accepter votre offre sans avoir entendu d'abord celles de mes autres clients, n'est-ce pas? Ce serait injuste envers eux. Non, sincèrement, j'apprécie, mais cette belle pouliche partira aux enchères. J'ai bien peur que vous ne deviez patienter encore un peu.

Howard renchérit, offrant plus… protestant qu'il la lui fallait absolument, qu'il ne pouvait attendre, qu'il était fébrile de désir, que son prix serait le sien… Bonnet ne voulut rien entendre et, après plusieurs tergiversations, il raccompagna le client à la porte. Brianna l'entendit encore protester, jusqu'à ce qu'Emmanuel le traîne de force au-dehors.

S'étant redressée, elle se trémoussait pour faire retomber ses jupes. Le majordome lui avait noué les mains dans le dos, autrement, elle aurait sûrement essayé d'étrangler Bonnet à mains nues.

Cela devait se lire sur son visage, car il éclata de rire.

– Tu as été parfaite, ma chérie, annonça-t-il en lui retirant son bâillon. Cet homme est prêt à vider son coffre pour le plaisir de te tripoter le cul de nouveau.

– Allez vous faire foutre, espèce de sale…

Elle tremblait de rage, incapable de trouver une épithète assez forte pour lui convenir, puis éructa :

– Je te tuerai, connard!

Il rit de plus belle.

– Allons, allons, mon cœur, tout ça pour une petite fessée? Considère-la comme une compensation, en partie, pour ma couille gauche.

Il lui passa un doigt sous le menton, puis s'approcha du guéridon où se trouvaient les carafes.

– Tu as bien mérité un petit remontant, mon cœur. Brandy ou porto?

– Qu'est-ce que c'est que cette histoire d'enchères?

– Je pensais que c'était évident. Tu connais sûrement le sens de ce mot, non ?

Amusé, il lui fit un clin d'œil, puis se servit un verre qu'il but d'un trait, émettant un « Ah !» extatique.

– Je connais deux autres clients sur le marché pour quelqu'un comme toi, chérie. Ils seront ici demain ou après-demain. Ils donneront leurs prix et, normalement, tu devrais être en route pour les Antilles dès vendredi.

Il parlait nonchalamment, sans aucune pointe de raillerie. Ça, plus que toute autre chose, lui liquéfia les jambes. Elle n'était qu'une marchandise, un produit, pour lui comme pour ses maudits clients. Elle pouvait protester autant qu'elle le voulait, ils se fichaient pas mal de ses objections.

Bonnet la dévisageait avec attention, ses yeux vert pâle la jaugeant. Elle se trompait, il n'était pas indifférent. Son ventre se noua.

Il se tourna vers Emmanuel.

– Qu'est-ce que tu as utilisé sur elle, Manny ?

– Une louche en bois. Vous avez dit « pas de marques ».

Songeur, Bonnet hocha la tête.

– J'ai dit « pas de marques permanentes ». C'est bon, elle peut rester comme ça pour monsieur Ricasoli. Pour monsieur Houvener, on verra…

Emmanuel acquiesça, mais son regard s'attarda sur Brianna avec un soudain intérêt. Elle sentit son estomac se soulever et vomit, ruinant définitivement la belle robe en soie.

* * *

Un hennissement haut perché lui parvint. Les chevaux sauvages s'ébattaient sur la plage. Si elle avait été l'héroïne d'un roman d'amour, elle aurait noué un drap aux barreaux de sa fenêtre, aurait trouvé le troupeau et, exerçant ses talents mystiques sur les bêtes, aurait persuadé l'un d'entre eux de la conduire en lieu sûr.

En réalité, il n'y avait pas de draps, juste un matelas pourri et bourré de zostère marine ; quant à approcher d'un cheval sauvage… À l'instant, elle aurait tout donné pour Gideon.

Des larmes lui piquèrent les yeux.

– Non mais, tu perds vraiment la boule ! dit-elle à voix haute. Pleurer pour un cheval !

Surtout pour cette bête insupportable. Mais c'était tellement mieux que de penser à Roger… ou à Jemmy. Non ! Elle ne devait surtout pas penser à Jemmy, ni à la possibilité qu'il grandisse sans elle sans savoir pourquoi elle l'avait abandonné. Ni au nouveau bébé… et à la vie que pourrait avoir l'enfant d'une esclave.

Mais elle pensait à eux, et ce simple constat l'envahit de désespoir.

Elle se ressaisit. Elle sortirait d'ici. De préférence avant l'arrivée de messieurs Ricasoli et Houvener. Pour la énième fois, elle arpenta la chambre, s'efforçant de marcher plus lentement, de se concentrer sur ce dont elle disposait.

Pratiquement rien. On lui avait donné à manger, une bassine pour sa toilette, une serviette, une brosse à cheveux. Elle retourna celle-ci entre ses mains, évaluant son potentiel en tant qu'arme. Nul.

Un conduit de cheminée saillait dans la chambre, mais il n'y avait aucun foyer. À l'aide de la cuillère de son repas, elle essaya d'entamer le mortier qui le recouvrait. Elle découvrit un endroit où il était fissuré, mais, après un quart d'heure, elle n'était parvenue qu'à déloger quelques centimètres d'enduit, les briques en dessous restant immobiles. Au bout d'un mois ou deux, elle serait peut-être arrivée à un résultat, mais quant aux chances d'une personne de sa taille de se glisser dans un tuyau du XVIIIe siècle…

Il s'était mis à pleuvoir. Elle entendait le clapotis précipité sur les feuilles de palmier. Le jour n'était pas encore couché, mais le ciel couvert plongeait la chambre dans la pénombre. Elle n'avait pas de chandelle. Personne n'attendait d'elle qu'elle lise ou couse.

Elle se projeta contre les barreaux de la fenêtre pour la dixième fois, les trouvant toujours aussi robustes et solidement enchâssés. Là encore, si elle avait eu un mois devant elle, elle aurait pu aiguiser le manche de la cuillère et gratter le mortier jusqu'à pouvoir en déloger un. Mais elle n'avait pas un mois.

Ils avaient emporté la robe souillée, la laissant en chemise avec son corset. Elle ôta ce dernier et gratta les coutures pour en extraire une baleine... un busc en ivoire qui allait du sternum au nombril. C'était toujours une meilleure arme qu'une brosse à cheveux. Elle commença à l'affûter contre l'angle du conduit de cheminée.

Pourrait-elle poignarder quelqu'un avec? « Oh oui, pensa-t-elle férocement. Et faites que ce soit Emmanuel.»

108

Une fille trop grande

Roger attendait, tapi dans un épais taillis de ciriers près de la plage. Ian et Jamie se tenaient un peu plus loin, pareillement embusqués.

Un second navire était arrivé le matin, jetant l'ancre à une bonne distance du vaisseau négrier. Lançant de grands filets par-dessus bord pour se faire passer pour des pêcheurs, ils les avaient observés se rendre à terre : d'abord le capitaine du premier bateau, puis une chaloupe du second, avec à son bord deux hommes et un petit coffre.

Brandissant la lunette, Claire décrivait :

– Un gentleman. Perruque, beaux habits. L'autre doit être un domestique. Tu penses qu'il s'agit de l'un des clients de Bonnet, Jamie ?

– Oui. Monsieur Roarke, pourriez-vous remonter un peu vers le nord ? Je vais débarquer.

Tous les trois avaient rejoint la terre ferme à un peu plus d'un kilomètre de la plage, ils s'étaient enfoncés dans la forêt et avaient pris leurs positions dans les broussailles. Il faisait lourd, mais, si près du rivage, une légère brise rendait la chaleur supportable. Mais pas les insectes. Pour la centième fois, Roger fit tomber une bestiole qui rampait dans sa nuque.

L'attente le rendait nerveux. Le sel et la transpiration picotaient sa peau, et l'odeur de la forêt, avec son mélange particulier de résine de pin et d'algues marines, lui rappelait un peu trop la journée où il avait tué Lillington.

Ce jour-là, il était parti, comme maintenant, avec l'intention de tuer Stephen Bonnet. Mais le pirate avait été prévenu et avait organisé une embuscade. Il ne devait qu'à la volonté de Dieu et au talent de Jamie Fraser de ne pas avoir laissé sa peau dans la forêt – si similaire à celle où il se trouvait à présent –, ses os éparpillés par les cochons sauvages, se décolorant parmi les coquillages écrasés et les aiguilles de pin.

Il aurait dû prier, mais n'y arrivait plus. Même la litanie constante qui avait résonné dans son cœur depuis le soir où il avait appris l'enlèvement de Brianna s'était tue. « Mon Dieu, faites qu'elle soit saine et sauve. » Il n'entendait plus dans sa tête que : « Mon Dieu, laissez-moi le tuer. » Cependant, il ne pouvait formuler un tel vœu, même en pensée.

Le désir de meurtre... il ne pouvait s'attendre à ce qu'une telle prière soit entendue.

L'espace d'un instant, il envia à Jamie et à Ian leur foi en leurs dieux de colère et de vengeance. Pendant que Roarke et Moïse préparaient la chaloupe, Jamie avait pris les mains de Claire et lui avait murmuré quelques mots. Puis, elle l'avait béni en gaélique, invoquant Michel du Royaume rouge, la bénédiction du guerrier en route pour la bataille.

Ian, lui, était demeuré assis en tailleur, contemplant la rive, l'air ailleurs. S'il priait, il était impossible de savoir qui. Toutefois, quand ils avaient touché terre, il avait ramassé une poignée de boue et s'était minutieusement peint le visage : une ligne droite du front au menton, quatre traits parallèles sur la joue gauche, un cercle sous l'œil droit. L'effet était saisissant.

De toute évidence, l'un comme l'autre n'avaient aucun problème moral avec le geste qu'ils s'apprêtaient à commettre, et aucune hésitation à demander à Dieu de les aider. Il les jalousait.

Silencieux, les portes du ciel fermées, une main sur le manche de son couteau, l'autre sur la crosse de son pistolet, il attendait, rongé par l'envie de tuer.

Un peu après midi, l'imposant capitaine du vaisseau négrier revint, écrasant les aiguilles de pin sous ses semelles. Ils le laissèrent passer sans bouger.

Plus tard, dans l'après-midi, il se mit à pleuvoir.

* * *

Elle s'était encore assoupie, par pur ennui. La pluie avait commencé à tomber. Le bruit la réveilla légèrement, puis elle se rendormit, bercée par le clapotis sur les feuilles de palmier. Puis une goutte froide s'écrasa sur son visage, suivie très vite par plusieurs autres.

Elle se redressa en sursaut, désorientée. Elle se frotta le visage et leva les yeux. Une tache d'humidité s'étalait sur le plafond en plâtre, entourée d'une auréole beaucoup plus étendue, le résultat de fuites antérieures. Pour l'époque, le plafond était à une hauteur normale, deux mètres à peine. Elle pouvait facilement l'atteindre.

– Trop grande... qu'il a dit, ce crétin! marmonna-t-elle.

Elle posa les mains à plat sur le plâtre mouillé et donna un coup sec. Il céda aussitôt, ainsi que les lattes pourries au-dessus. Elle abaissa les bras et s'écarta aussitôt pour éviter la pluie d'eau sale, de mille-pattes, de crottes de souris et de débris végétaux.

Elle s'essuya les mains, puis saisit un bord du trou et tira, arrachant des morceaux de bois et de plâtre jusqu'à obtenir un orifice assez large pour y passer sa tête et ses épaules.

Puis elle remit son corset par-dessus sa chemise, la baleine aiguisée sur le devant.

– Prêt? demanda-t-elle au bébé dans son ventre.

Debout sur le lit, elle prit une longue inspiration, leva les bras et chercha une prise assez solide dans le toit. Peu à peu, elle se hissa, grognant et transpirant, serrant les dents et les paupières pour se protéger de la poussière et des insectes morts.

Sa tête émergea à l'air libre. Elle reprit son souffle, posa les coudes sur une poutre et, faisant levier, se hissa encore un peu plus haut. Ses pieds battaient dans le vide, tentant en vain de l'aider à grimper. Les muscles de ses épaules tremblaient, mais le simple désespoir et l'image cauchemardesque d'Emmanuel entrant dans la chambre et apercevant sa moitié inférieure pendant du plafond la propulsèrent vers le haut.

Dans un fracas de craquements de bois, elle se traîna sur le toit mouillé. Il pleuvait encore dru, et elle fut trempée en un rien de temps. Un peu plus loin, elle aperçut une structure qui dépassait de la couverture en feuilles de palmier et elle rampa prudemment à quatre pattes vers elle, éprouvant la solidité de la surface avec ses mains et ses coudes.

Il s'agissait d'une petite plate-forme fermement fixée sur les poutres, avec une balustrade en fer forgé d'un côté. Elle y grimpa et s'accroupit, haletante. Au loin, au-dessus de la mer, le ciel se dégageait, et le soleil couchant projetait des faisceaux orange teintés de sang entre les nuages noirs déchiquetés. Un tableau de fin du monde.

De son poste d'observation, elle pouvait apercevoir toute l'étendue de forêt, la plage dont elle n'avait aperçu qu'un fragment depuis sa chambre et, au-delà, deux vaisseaux ancrés au large.

Deux modestes embarcations se dirigeaient vers le rivage, assez éloignées l'une de l'autre et provenant sans doute chacune des bateaux, le vaisseau négrier et celui d'Howard. Une bouffée de rage et de dignité meurtrie l'envahit au point qu'elle s'attendit presque à voir sa peau fumer.

Sous le vacarme de la pluie, elle entendit des voix et se plaqua contre la plate-forme. Puis se rendant compte qu'on ne pouvait la remarquer, elle redressa la tête et aperçut alors des silhouettes sortant de sous les arbres et s'avançant sur la plage. Une file d'hommes enchaînés, accompagnés de deux ou trois gardiens.

Josh! Elle plissa les yeux, mais, dans la lumière grise, ils étaient trop loin pour qu'elle puisse les identifier. Elle crut reconnaître les hautes silhouettes élancées des Peuls…

Peut-être le plus petit était-il Josh, mais elle ne pouvait en être certaine.

Impuissante, elle serra ses doigts sur la balustrade, condamnée à regarder… Soudain, un cri aigu retentit, et elle vit une autre silhouette s'élancer sur la plage, ses jupes volant au vent. Les gardes sursautèrent, et l'un d'eux retint Phaedre par le bras. Ce ne pouvait être qu'elle. Brianna l'entendit hurler « Josh ! Josh ! », un son discordant comme un cri de mouette.

Pendant qu'elle se débattait, plusieurs des hommes enchaînés se précipitèrent sur un autre garde. Il y eut une mêlée de corps sur le sable. Depuis la chaloupe, un homme courut vers le groupe, brandissant un objet…

Une vibration sous ses pieds l'arracha à sa contemplation fascinée.

– Merde !

La tête d'Emmanuel venait de surgir du bord du toit, la mine incrédule. Puis ses traits se déformèrent, et il se hissa. Il devait y avoir une échelle contre un mur de la maison. Maintenant qu'elle y pensait, c'était logique. À quoi bon avoir une plate-forme de vigie sans un moyen d'y accéder ?

Pendant que son esprit se débattait avec ces inepties, son corps prenait des mesures plus concrètes. Accroupie, elle avait sorti la baleine aiguisée et tenait la pointe vers le haut, comme le lui avait appris Ian.

En voyant son arme, Emmanuel s'esclaffa.

* * *

Ils entendirent le gentleman approcher avant de le voir. Il fredonnait un air français. Il était seul, son valet ayant dû rentrer au bateau pendant qu'ils avançaient dans la forêt.

Roger se redressa. Il avait les membres raides, et il s'étira en se cachant derrière un tronc d'arbre.

Une fois l'homme arrivé à sa hauteur, Jamie sortit de sa cachette. Assez dandy, le gentleman bondit en poussant un cri de surprise. Avant qu'il s'enfuie, Jamie le retint par le bras, souriant de façon aimable.

– Votre serviteur, monsieur. Dites-moi, vous ne sortiriez pas de chez monsieur Bonnet, par hasard ?

– B... Bonnet ? Mais... mais si, tout à fait.

Roger sentit un nœud dans sa poitrine se relâcher. Dieu merci, ils étaient au bon endroit.

Le gentleman tentait de libérer son bras.

– Mais qui êtes-vous, monsieur ?

N'ayant plus besoin de se cacher, Ian et Roger émergèrent à leur tour des broussailles. L'homme blêmit en apercevant les peintures de guerre de Ian, puis lança des regards affolés, passant de Jamie à Roger. Décidant que ce dernier paraissait le plus civilisé des trois, il l'implora :

– Je vous en prie, monsieur... dites-moi enfin qui vous êtes et ce que vous voulez !

– Nous recherchons une jeune femme qui a été enlevée. Elle est très grande, avec des cheveux roux. Auriez-vous...

Les yeux de l'homme se dilatèrent de panique avant même la fin de la phrase. Jamie lui tordit aussitôt le bras derrière le dos, le faisant tomber à genoux, la bouche tordue en une grimace de douleur.

Avec une courtoisie impeccable, Jamie lui déclara :

– Je crains, monsieur, que vous n'ayez pas d'autre choix que de nous raconter tout ce que vous savez.

* * *

Sa seule pensée consciente était qu'il ne devait en aucun cas l'attraper. Emmanuel tenta de saisir sa main libre, et elle l'esquiva, le frappant de son autre main dans un même mouvement. La pointe de la baleine glissa le long du bras du grand Noir, traçant un sillon rouge, mais il ne parut même pas s'en apercevoir et bondit sur elle. Elle tomba à la renverse contre la balustrade, puis se retrouva à quatre pattes sur la couverture en feuilles. De son côté, il s'était affalé sur la plate-forme avec une violence qui ébranla tout le toit.

Elle rampa à toute allure vers le bord, s'accrochant tant bien que mal où elle le pouvait, puis, balançant ses jambes dans le vide, du bout des pieds elle chercha des échelons à l'aveuglette.

Il était déjà sur elle, serrant son poignet et la hissant de nouveau sur le toit. Elle projeta son bras libre en arrière et lui lacéra le visage avec la baleine. Il rugit et la lâcha.

Elle tomba, atterrissant sur le dos dans le sable avec un bruit sourd, puis elle demeura étendue, paralysée, le souffle coupé. Puis un cri de triomphe retentit, suivi d'un grognement consterné : Emmanuel pensait l'avoir tuée.

C'était aussi bien. Il fallait qu'il continue de le croire. Les effets de l'impact passant peu à peu, elle inspira une goulée d'air divin. Toutefois, elle n'osait pas bouger. La pluie ruisselait sur son visage. Entrouvrant les cils, elle aperçut la masse noire de l'homme, cherchant du pied l'échelle clouée contre le mur.

En chutant, elle avait lâché la baleine. Elle la vit alors à quelques centimètres de sa tête. Profitant de ce qu'Emmanuel avait le dos tourné, elle la saisit, puis s'immobilisa, faisant la morte.

* * *

Ils avaient presque rejoint la maison quand des bruits dans la forêt les arrêtèrent. Roger figea, puis se précipita dans les buissons. Jamie et Ian s'étaient déjà fondus dans la végétation. Toutefois, les sons ne venaient pas du sentier, mais de quelque part sur la gauche... des voix... masculines... des ordres... des pieds traînant au sol... un cliquetis de chaînes.

Il paniqua : étaient-ils en train d'emmener Brianna ? Howard, l'homme qu'ils avaient arrêté un peu plus tôt, les avait assurés qu'elle se trouvait en sécurité dans la maison, mais qu'en savait-il au juste ? Il tendit l'oreille, à l'affût d'une voix de femme, puis il l'entendit, un cri perçant sur la plage. Il allait bondir, mais la main de Jamie le retint.

– Ce n'est pas elle, chuchota-t-il. Ian va aller voir ce qui se passe. Toi et moi, on va vers la maison.

Ils n'avaient pas le temps de discuter. Des éclats de voix et des bruits de lutte au loin leur parvenaient faiblement, mais Jamie avait raison, ce n'était pas le cri de Brianna. Ian courait déjà vers la plage, ne faisant aucun effort pour demeurer discret.

Après un instant d'hésitation, l'instinct l'ayant poussé à courir derrière Ian, Roger suivit Jamie vers la maison.

* * *

Emmanuel se pencha sur elle. Elle le sentit au-dessus d'elle et se projeta en avant, tel un serpent qui frappe, sa baleine en guise de croc. Elle avait visé la tête, espérant atteindre un œil ou la gorge, mais il était beaucoup plus rapide qu'elle ne l'aurait cru et avait bondi en arrière. Elle frappa de nouveau de toutes ses forces. La pointe de la baleine s'enfonça sous son bras dans un impact caoutchouteux. Il figea, bouche bée, et regarda la tige d'ivoire qui pointait sous son aisselle. Puis il l'arracha et se précipita vers elle avec un rugissement outragé.

Elle s'était déjà relevée et courait vers la forêt. Quelque part au loin, elle entendit encore des cris... un hurlement à vous glacer le sang. Puis un autre, et un autre encore.

Terrifiée, elle continuait de courir, son esprit saisissant vaguement que des mots se trouvaient à l'intérieur des cris.

– *Casteal DHUUUUUUUIN!*

« Papa! » Dans sa stupéfaction, elle buta contre une racine, tomba la tête la première et roula en boule dans un tas désordonné. Elle se redressa tant bien que mal, cherchant une autre arme autour d'elle tout en se disant absurdement : « Tout ça ne doit pas être très bon pour le bébé. »

Ses doigts tremblants refusaient de lui obéir. Puis, avec frénésie, elle fouilla le sol, mais Emmanuel surgit devant elle comme un diable à ressort, lui agrippant le bras avec un « Ah! » triomphal.

Le choc la fit chanceler et brouilla sa vision. Elle entendait encore les cris au loin. Emmanuel lui parlait, le ton de sa voix rempli de satisfaction et de menace, mais elle n'écoutait pas. Quelque chose clochait sur le visage du grand Noir; il semblait devenir flou, puis net, puis flou. Elle secoua la tête, pensant qu'elle n'y voyait plus clair, mais cela ne venait pas d'elle. C'était lui. Ses traits se ramollissaient peu à peu, passant d'une grimace haineuse à la perplexité. Il fronça les sourcils, puis cligna des yeux deux ou trois fois. Il émit un son étranglé, porta une main sur son cœur, puis tomba à genoux, tenant toujours Brianna par le bras.

Il s'effondra en arrière, l'entraînant avec lui. Quand elle tenta de se redresser, ses doigts privés de force la lâchèrent aisément.

Elle se releva, pantelante. Emmanuel était étendu sur le dos, ses jambes repliées sous lui, dans un angle intenable s'il avait été encore en vie. Elle demeura pétrifiée, frémissante, n'osant pas y croire. Mais il était bel et bien mort; son regard vide ne laissant planer aucun doute.

Sonnée, elle hésita, incapable de décider quoi faire.

La décision se prit toute seule l'instant suivant, quand elle aperçut Stephen Bonnet courir vers elle entre les arbres.

* * *

Elle réagit au quart de tour et se mit à détaler à toutes jambes, mais ne parvint à exécuter que six enjambées avant de sentir un bras se replier sur sa gorge, la cueillant en pleine course.

– Tout doux, ma chérie, haleta-t-il dans son oreille.

Il était brûlant et sa barbe râpait sa joue.

– Je ne te veux aucun mal. Je t'abandonnerai saine et sauve sur le rivage, mais, pour le moment, tu es la seule capable d'empêcher tes hommes de me tuer.

Sans prêter la moindre attention au cadavre d'Emmanuel, il lâcha son cou et lui prit le bras, la traînant dans la direction opposée à la plage, sans doute vers le chenal caché de l'autre côté de l'île, où ils avaient débarqué la veille.

– Allez, viens, mon cœur, dépêche-toi.

Elle enfonça ses talons dans la terre, tirant sur son bras prisonnier.

– Lâchez-moi ! Je n'irai nulle part avec vous. AU SECOURS ! À L'AIDE ! ROGER !

Il parut surpris et essuya ses yeux dégoulinant de pluie. Il tenait quelque chose dans la main. Elle aperçut un objet rose-gris sous l'éclat d'un verre. Seigneur ! Il avait emporté son testicule.

– Brianna ! Brianna ! Où es-tu ?

La voix fébrile de Roger la parcourut comme une décharge d'adrénaline, lui donnant la force d'arracher son bras à l'emprise de Bonnet.

– Par ici ! Roger ! Je suis là !

Bonnet se retourna. Les broussailles remuaient. Deux hommes, au moins, couraient vers eux. Il ne perdit pas de temps et s'enfuit à toute vitesse, se baissant pour éviter une branche, puis il disparut dans la végétation.

Presque simultanément, Roger surgit d'un taillis et fondit sur elle, l'étreignant comme un fou.

Il lâcha son couteau, puis s'écarta d'elle, tentant de regarder partout à la fois... son visage, son corps, ses yeux.

– Tu n'as rien ? Il ne t'a pas fait mal ?

– Ça va, répondit-elle un peu étourdie. Roger, je suis...

– Où est-il ?

Son père venait de surgir à son tour, trempé et l'air mauvais, le coutelas à la main.

Elle se tourna pour pointer la direction, mais il était déjà reparti au pas de course. Elle aperçut alors les empreintes de Bonnet dans la boue sablonneuse. Avant qu'elle ait eu le temps de se retourner, Roger avait filé à son tour, courant derrière son père.

– Attendez !

Mais la seule réponse qui lui parvint fut le frémissement des buissons, de plus en plus lointain tandis qu'ils couraient droit devant eux.

Elle demeura longtemps sur place, inspirant avec calme, la tête baissée. La pluie s'était accumulée dans les orbites d'Emmanuel. De l'horizon dégagé perçait la lumière orange du couchant qui illuminait ses yeux ouverts, lui donnant l'allure d'un monstre de série B japonaise.

Il pleuvotait toujours au-dessus d'elle, alors que les dernières lueurs du jour filtraient sous la cime des arbres, les rayons presque horizontaux du soleil remplissant les espaces entre les ombres d'une étrange lueur changeante et vacillante, comme si le monde autour d'elle s'apprêtait à disparaître.

Dans ce décor onirique, elle vit apparaître les deux jumelles peules. Elles tournèrent leur visage de faon vers elle, leurs yeux immenses remplis de terreur, puis s'enfuirent en courant. Elle les appela, mais elles avaient déjà disparu. Profondément lasse, elle partit dans la même direction que les jeunes esclaves.

Elle ne les retrouva pas. D'ailleurs, tout le monde semblait avoir disparu. Le soir tombait, et elle reprit le chemin de la maison en boitillant. Chaque parcelle de son corps élançait, et elle eut l'impression d'être seule au monde. Il ne restait que cette lumière rougeoyante qui pâlissait peu à peu pour revêtir une couleur de cendres.

Puis, elle se souvint du bébé dans son ventre et en fut revigorée. Quoi qu'il advienne, elle ne serait plus seule. Pour ne pas repasser devant le cadavre d'Emmanuel, elle fit un grand détour en décrivant un cercle pour rejoindre la maison, mais elle alla trop loin. Quand elle revint sur ses pas, elle les aperçut ; ils se tenaient sous les arbres, de l'autre côté d'un ruisseau.

Les chevaux sauvages, aussi paisibles que la végétation autour d'eux, les flancs bais et noirs, luisant. Ils redressèrent la tête en sentant son odeur, mais ne s'enfuirent pas. Ils la regardèrent tranquillement avec leurs grands yeux doux.

* * *

Quand elle arriva enfin à la maison, la pluie avait cessé. Ian était installé sur les marches de l'entrée, en train d'essorer ses cheveux trempés.

Elle s'affala à ses côtés.

– Tu as de la boue sur le visage, Ian.

– Ah oui ? Et toi, comment ça va, cousine ?

– Moi ? Je... je crois que je vais bien. Qu'est-ce qui t'est arrivé ?

Elle indiqua sa chemise, tachée de sang délavé. Il avait dû prendre un coup au visage. Son nez était enflé, et il avait une bosse au-dessus du sourcil. En plus, ses vêtements étaient déchirés.

Il soupira, semblant aussi épuisé qu'elle.

– J'ai récupéré la jeune fille noire, Phaedre.

Le nom résonna vaguement dans la tête de Brianna, comme celui d'une personne qu'on a connue, il y a très, très longtemps.

– Phaedre... Elle n'a rien ? Où est-elle ?

– Là-dedans.

Il pointa le pouce vers la demeure derrière lui. Elle se rendit compte que le bruit qu'elle avait pris pour celui de la mer était des pleurs, des sanglots étouffés et incontrôlables.

Elle voulut se lever pour aller la consoler, mais Ian l'arrêta d'un geste.

– Laisse-la seule. Tu ne peux rien faire pour le moment, cousine.

– Mais...

Il la fit taire et glissa une main sous son col. Il ôta un vieux rosaire en bois qu'il portait autour du cou et le lui tendit.

– Tu pourras lui donner ça, plus tard. Ça l'aidera peut-être. Je l'ai ramassé dans le sable, sur la plage.

Pour la première fois depuis son évasion, Brianna sentit la nausée revenir, une sensation de vertige qui menaçait de l'entraîner dans les ténèbres.

739

– Josh…

Il acquiesça.

– Je suis désolé, cousine.

* * *

Il faisait presque nuit quand Roger apparut enfin à la lisière de la forêt. Elle n'avait pas été inquiète, étant dans un état de choc trop profond pour réfléchir aux événements. Toutefois, en l'apercevant, toutes les angoisses qu'elle avait refoulées ressurgirent dans un torrent de larmes, et elle vola vers lui, l'étreignant.

– Papa… sanglota-t-elle dans sa chemise. Il… il n'a rien?

– Non, il va bien. Brianna… tu peux venir avec moi? Tu t'en sens encore la force… juste pour quelques instants?

Hoquetant et essuyant son nez sur sa manche trempée, elle fit un signe de la tête et, se soutenant à son bras, le suivit dans l'obscurité sous les branches.

Bonnet était adossé à un arbre, la tête pendant sur le côté. Il avait du sang sur le visage et la chemise. En le voyant, elle ne ressentit aucun triomphalisme, juste un vague dégoût.

Son père se tenait à côté, silencieux. Quand il la vit, il s'approcha et la prit dans ses bras. Elle ferma les yeux pendant un instant béni, ne désirant rien d'autre que de tout abandonner, de se laisser porter comme une enfant et emmener chez elle. Mais ils l'avaient fait venir ici pour une raison. Avec un effort surhumain, elle redressa la tête et observa Bonnet.

Qu'attendaient-ils? Qu'elle les félicite? Puis elle se souvint de ce que Roger lui avait raconté : son père conduisant sa mère sur le lieu du carnage, l'obligeant à regarder afin qu'elle sache que ses bourreaux étaient morts.

– Bien… C'est bon, j'ai vu. Il… il est mort.

– Euh… pas tout à fait, répondit Roger.

Sa voix était tendue, et elle surprit le regard noir qu'il envoya à son père.

Jamie posa doucement une main sur l'épaule de Brianna.

– Tu le veux mort, ma fille ? C'est ton droit.

– Si je veux…

Paniquée, elle dévisagea les deux hommes, puis se tourna vers Bonnet, prenant soudain conscience que le sang coulait sur son visage. Or, comme sa mère le lui avait souvent expliqué, les morts ne saignaient pas.

Jamie lui raconta qu'ils avaient fini par débusquer son agresseur. Il y avait alors eu un corps à corps brutal, chacun jouant du couteau, puisque la pluie avait rendu leurs pistolets hors d'usage. Sachant qu'il luttait pour sa vie, Bonnet s'était débattu comme un beau diable. Jamie avait une entaille sanglante dans sa manche, Roger, une vilaine écorchure dans son cou, à quelques millimètres de sa jugulaire. Mais le pirate avait avant tout cherché à s'enfuir, pas à tuer, se retranchant dans un espace entre les arbres où on ne pouvait l'attaquer qu'un homme à la fois. Il s'était battu avec Jamie, l'avait fait tomber à la renverse, puis avait détalé.

Roger s'était lancé à ses trousses et, bouillonnant d'adrénaline, s'était jeté sur lui, projetant Bonnet la tête la première contre un arbre, au pied duquel il gisait maintenant.

– J'espérais qu'il s'était brisé le cou, conclut Jamie. Mais nous n'avons pas eu cette chance.

– Il n'est qu'inconscient, ajouta Roger.

Vu l'état de Bonnet, elle comprenait cette bizarrerie de l'honneur mâle. Tuer un homme dans un combat loyal, ou même déloyal, était une chose. Lui trancher la gorge pendant qu'il était inconscient en était une autre.

En fait, elle se trompait complètement. Son père essuya sa lame sur sa cuisse et lui tendit son coutelas par le manche.

– Quoi… moi ?

Elle était trop choquée pour être stupéfaite. L'arme pesait lourd dans sa main.

– Si tu le souhaites, *a nighean*. Autrement, Roger Mac ou moi-même nous en chargerons.

Elle comprit alors le regard lugubre de Roger un peu plus tôt. Ils en avaient discuté avant de venir la chercher. Elle comprenait aussi pourquoi son père lui offrait le choix. Qu'elle opte pour la vengeance ou le pardon, la vie de cet homme reposait entre ses mains.

Roger lui toucha le bras.

– Brianna, tu n'as qu'un mot à dire et je le tuerai, je te le jure.

Elle hocha la tête. Dans la voix de son mari, elle entendait l'appel sauvage. Elle se souvenait aussi comment cette même voix avait tremblé en lui racontant la mort de Boble... ou quand il se réveillait de ses cauchemars, dégoulinant de sueur.

Elle regarda alors son père, à moitié dissimulé dans l'obscurité. Sa mère lui avait rarement parlé des rêves violents qui le hantaient depuis Culloden, mais le peu qu'elle lui en avait dit lui suffisait. Elle ne pouvait lui demander un tel geste pour épargner Roger.

Jamie releva les yeux et soutint son regard. Il n'avait jamais tourné le dos à un combat qu'il estimait le sien..., mais ce n'était pas son combat, et il le savait. Puis elle prit conscience que ce n'était pas celui de Roger non plus, même s'il acceptait sans hésiter de la décharger de ce fardeau et de le porter à sa place.

– Si vous... si nous... si nous ne le tuons pas ici tout de suite, que ferons-nous de lui?

– Nous le conduirons à Wilmington, répondit son père d'une voix neutre. Le comité de sécurité y est puissant et sait que c'est un pirate. Il appliquera la loi, ou ce qui passe pour être la loi ces temps-ci.

Ils le pendraient. Il serait tout aussi mort, mais Roger n'aurait pas son sang sur les mains ni sur le cœur.

La nuit était tombée. Bonnet n'était plus qu'une forme sombre affalée sur le sol. Il pouvait mourir de ses blessures, ce qui arrangerait bien tout le monde. Mais s'ils le conduisaient à Claire, elle se sentirait obligée de le sauver. Elle non plus ne tournait jamais le dos à un combat qu'elle estimait être le sien. À sa surprise, Brianna fut rassérénée par cette pensée.

– Qu'il vive pour être pendu, trancha-t-elle avec calme. Elle prit la main de Roger, ajoutant :

– Pas pour lui. Pour toi et pour moi. Pour ton bébé.

Sur le coup, elle regretta de le lui avoir annoncé au milieu de cette forêt obscure. Elle aurait tant aimé voir l'expression de son visage.

109

Dernières nouvelles

L'OIGNON-INTELLIGENCER, le 25 septembre 1775

Une proclamation royale
Ce 23 août à Londres, Sa Majesté George III a publié une proclamation déclarant les colonies américaines « dans un état de rébellion ouverte et déclarée ».

CE N'EST QU'EN COMPTANT SUR NOS PROPRES MOYENS QUE NOUS SURMONTERONS CETTE MISE À MORT MINISTÉRIELLE ET LA SOUMISSION ABJECTE – *Le Congrès continental réuni à Philadelphie a rejeté les propositions désobligeantes présentées par Lord North en vue d'établir un plan de conciliation. Les délégués du Congrès ont décrété le droit sans équivoque des colonies américaines de voter leur propre budget et d'avoir un droit de regard sur le décaissement de ce dernier. La déclaration des délégués stipule entre autres : « Le Ministère britannique a poursuivi ses intérêts et réprimé les hostilités avec un tel déploiement de force et de cruauté que le monde entier ne peut plus douter de la légitimité de notre décision, ni hésiter à penser que ce n'est qu'en comptant sur nos propres moyens que nous surmonterons cette mise à mort ministérielle et la soumission abjecte. »*

UN FAUCON FOND SUR SA PROIE, MAIS RENTRE BREDOUILLE AU NID – *Le 9 août dernier, le* HMS Falcon, sous le commandement du capitaine John Linzee, a donné la chasse à deux goélettes américaines rentrant des Antilles à Salem, dans le Massachusetts. *L'une des goélettes a été arraisonnée par le capitaine Linzee, qui a ensuite pourchassé la seconde jusque dans le port de Gloucester. Des troupes à terre ont ouvert le feu sur le* Falcon, *qui a riposté avant d'être contraint de battre en retraite, perdant les deux goélettes, deux vedettes et trente-cinq hommes.*

UN PIRATE NOTOIRE CONDAMNÉ – *Stephen Bonnet, pirate notoire et contrebandier, a été jugé devant le comité de sécurité de Wilmington. Après avoir entendu de nombreux témoins, la cour l'a condamné à mort par noyade.*

ÉTAT D'ALERTE – *Une bande de nègres renégats a dévalisé plusieurs fermes dans la région de Wilmington et de Brunswick. Armés de gourdins, les malfaiteurs ont volé du bétail, de la nourriture et quatre tonneaux de rhum.*

LE CONGRÈS CONÇOIT UN PLAN POUR LE REMBOURSEMENT DE LA DETTE – *Outre les deux millions de dollars espagnols sous forme d'instruments de crédit actuellement sous presse, le Congrès a autorisé l'émission d'un million supplémentaire et annoncé un plan de remboursement de la dette. Chaque colonie devra prendre en charge sa part de la dette et rembourser cette dernière en quatre versements, qui seront effectués le dernier jour de novembre des années 1779, 1780, 1781 et 1782...*

110

Le parfum de la lumière

2 octobre 1775

Il n'était pas concevable de ramener Phaedre à River Run, même si, techniquement, elle était toujours la propriété de Duncan Cameron. Après en avoir longuement discuté, nous décidâmes de ne pas dire à Jocasta que l'on avait retrouvé sa camériste. Nous confiâmes une brève lettre à Ian, qui devait se rendre sur la plantation pour chercher Jemmy, missive dans laquelle nous annoncions le retour de Brianna saine et sauve, et regrettions la disparition de Josh, évitant avec soin de rentrer dans les détails.

– Doit-on lui parler de Neil Forbes? avais-je demandé à Jamie.

Il avait fait non de la tête.

– Neil Forbes n'importunera plus jamais aucun membre de ma famille, déclara-t-il fermement. Si nous leur en parlions… Duncan a suffisamment de problèmes sur les bras, mais il se sentirait obligé d'aller demander des explications à Forbes, et il n'a pas besoin d'un souci de plus. Quant à ma tante…

Il n'eut pas besoin d'en dire plus. Les MacKenzie de Leoch étaient du genre rancunier, et je n'aurais pas été surprise si Jocasta invitait Neil Forbes à dîner pour mieux l'empoisonner.

– Cela dit, je doute que Neil Forbes accepte les invitations mondaines ces jours-ci, plaisantai-je. Tu sais ce que Ian a fait de… euh…

746

– Il m'a dit qu'il allait la donner à manger à son chien, mais je n'ai pas compris s'il était sérieux ou pas.

Phaedre ayant été sérieusement traumatisée, tant par ses mésaventures que par la perte de Josh, Brianna insistait pour qu'on l'emmène à Fraser's Ridge en attendant de lui trouver un endroit qui lui convienne.

– Il faut que tante Jocasta l'affranchisse, argua-t-elle.

– Je ne crois pas que ce sera un problème, répondit Jamie. Vu ce qu'on sait désormais. Mais attendons d'abord de la placer quelque part, après quoi, nous nous en chargerons.

Finalement, cette affaire se résolut d'elle-même avec une rapidité stupéfiante.

Un après-midi d'octobre, on frappa à la porte. En allant ouvrir, je découvris trois beaux chevaux et un mulet de charge dans la cour et, sur le perron, Jocasta, Duncan et Ulysse.

Leur présence chez nous était si incongrue que je restai sans voix à les dévisager, jusqu'à ce que Jocasta me lance, acerbe :

– Dites, ma petite, vous comptez nous laisser plantés là jusqu'à ce que nous ayons fondu comme un morceau de sucre dans une tasse de thé ?

En fait, il pleuvait assez fort, et je reculai si précipitamment pour les faire entrer que je marchai sur la patte d'Adso. Son miaulement perçant attira Jamie hors de son bureau, Mme Bug et Amy hors de la cuisine et Phaedre hors de l'infirmerie, où elle était en train de moudre des feuilles pour moi.

– Phaedre !

Ébahi, Duncan fit deux pas vers elle et s'arrêta de justesse avant de la prendre dans ses bras, le visage rayonnant de joie.

– Phaedre ? dit Jocasta estomaquée.

Elle était soudain livide.

Ulysse ne dit rien, mais une lueur horrifiée traversa son regard, aussitôt remplacée par son expression austère habituelle. Toutefois, elle ne m'avait pas échappé, et je le surveillai étroitement du coin de l'œil pendant la confusion d'exclamations et de remarques embarrassées qui s'ensuivit.

Je parvins enfin à les faire évacuer le couloir. Jocasta souffrant d'une migraine diplomatique (quoiqu'à en juger par ses traits tirés, elle n'était peut-être pas entièrement feinte), Amy l'escorta à l'étage et la coucha avec une compresse froide sur le front. Tout excitée, Mme Bug retourna dans la cuisine, revoyant ses plans pour le menu du soir. Phaedre, effrayée, disparut, filant sans doute se réfugier dans la cabane de Brianna pour lui annoncer nos visiteurs imprévus, ce qui signifiait qu'il faudrait compter trois couverts supplémentaires pour le dîner.

Ulysse sortit s'occuper des chevaux, ce qui permit à Duncan, enfin seul, d'expliquer la situation à Jamie dans son bureau.

– Nous émigrons au Canada.

Il ferma les yeux et huma avec béatitude l'arôme du verre de whisky dans sa main. Il semblait en avoir bien besoin. Il avait le visage émacié et presque aussi gris que ses cheveux.

Jamie était aussi surpris que moi.

– Au Canada ? répéta-t-il. Par tous les saints, Duncan, qu'as-tu fait ?

Duncan esquissa un sourire las.

– C'est plutôt ce que je n'ai pas fait, *Mac Dubh*.

Brianna nous avait parlé de la disparition du trésor caché et avait fait allusion à des tractations entre Duncan et Lord Dunsmore en Virginie, mais nous n'en savions pas plus... et pour cause, on l'avait enlevée quelques heures plus tard, et elle n'avait pas eu le temps d'apprendre les détails de l'affaire.

– Je n'aurais jamais imaginé que les choses puissent en arriver là... aussi vite.

Dans la vallée, les loyalistes autrefois majoritaires s'étaient brusquement retrouvés en minorité, persécutés et terrorisés. Certains avaient été littéralement chassés de chez eux, se réfugiant dans les marécages et les forêts ; d'autres avaient été battus et grièvement blessés.

Duncan frotta ses traits épuisés.

– Même Farquard Campbell. Le comité de sécurité l'a convoqué, puis l'a accusé d'être loyal à la Couronne et a menacé de confisquer sa plantation. Il a dû leur verser une caution colossale en garantissant de se tenir tranquille. Ils l'ont laissé partir..., mais il l'a échappé belle.

Cet exemple avait grandement ébranlé Duncan. Le fiasco de la poudre et des armes promises avait sapé toute son influence auprès des loyalistes locaux et l'avait totalement isolé, à la merci de la prochaine vague d'hostilité... et n'importe quel idiot pouvait deviner qu'elle ne tarderait pas.

Il s'était donc arrangé pour vendre River Run à un prix raisonnable avant que la plantation ne soit saisie. Il avait conservé un ou deux entrepôts au bord du fleuve et quelques autres biens, mais s'était débarrassé de tout le reste, esclaves et bétail compris. Puis il avait proposé à son épouse de l'emmener au Canada, comme le faisaient de nombreux autres loyalistes.

– Hamish MacKenzie s'y trouve, expliqua-t-il. Après Culloden, lui et d'autres de Leoch se sont installés en Nouvelle-Écosse. C'est le neveu de Jocasta, et nous avons assez d'argent... (Il jeta un coup d'œil vers le couloir, où Ulysse avait entassé leurs sacoches). Il nous aidera à nous établir quelque part.

Il se força à sourire.

– Et si nos affaires tournent mal... on dit que la pêche est bonne là-haut.

Jamie sourit à son tour et lui versa un autre whisky.

Toutefois, quand il vint me rejoindre plus tard dans l'infirmerie, il paraissait inquiet.

– Ils comptent voyager jusqu'en Virginie et, avec un peu de chance, embarquer sur un navire jusqu'en Nouvelle-Écosse. Ils en trouveront peut-être un à Newport News. C'est un petit port, et le blocus britannique y est moins rigoureux... du moins c'est ce que Duncan espère.

Cela représentait un périple épuisant, et Jocasta n'était plus toute jeune. Il y avait aussi l'état de son œil. Je n'appréciais guère la tante de Jamie, surtout après tout ce que j'avais entendu ces derniers temps, mais de la savoir arrachée à sa maison, forcée à émigrer alors qu'elle était en proie à des douleurs atroces... Au fond, il y avait de quoi s'interroger sur le châtiment divin.

Je baissai la voix, me retournant pour m'assurer que Duncan était bien monté à l'étage.

— Et Phaedre? Ulysse?

— Pour ce qui est de la fille, j'ai demandé à Duncan de me la vendre. Je la libérerai dès que possible, je l'enverrai peut-être à New Bern, chez Fergus. Il a accepté tout de suite et m'a rédigé un acte de vente sur-le-champ. Quant à Ulysse... (Il prit une mine sinistre.) Je crois que cette question va se régler d'elle-même, *Sassenach*.

Mme Bug déboula à cet instant précis pour annoncer que le dîner était servi, m'empêchant de questionner Jamie sur le sens de ses paroles.

* * *

Je pressai un peu de cataplasme à l'hamamélis de Virginie et au piment de la Jamaïque sur ma paume et l'étalai doucement sur les yeux de Jocasta. Pour la douleur, je lui avais déjà fait boire une infusion d'écorce de saule. La compresse ne ferait rien pour son glaucome, mais elle était apaisante, et la patiente comme le médecin étaient soulagés de pouvoir disposer d'un traitement, fut-il palliatif.

Elle s'étira sur le lit, cherchant une position plus confortable.

— Allez donc fouiller dans mes sacoches, ma chère. Vous y trouverez un petit paquet qui, je suis sûre, vous intéressera.

Je le trouvai immédiatement, à l'odeur.

— Où avez-vous déniché ça? m'exclamai-je amusée.

— Grâce à Farquard Campbell. Quand vous m'avez expliqué mon problème d'yeux, j'ai demandé à Fentiman s'il ne connaissait rien susceptible de me soulager. Il m'a répondu qu'il avait entendu dire que le chanvre indien pouvait aider. Farquard Campbell en cultive justement, alors j'ai décidé d'essayer. Le fait est que ça me soulage. Vous voulez bien me le donner, ma nièce ?

Fascinée, je déposai le paquet de chanvre et la liasse de papiers sur la table de chevet à côté d'elle et guidai ses mains. Se tournant avec précaution sur le côté pour ne pas faire tomber son cataplasme, elle prit une bonne pincée d'herbes parfumées, les réduisit en poudre au-dessus d'une feuille de papier et se roula un superbe joint. Je n'en avais jamais vu d'aussi beaux à Boston.

Sans commentaire, j'approchai une bougie ; elle l'alluma et s'enfonça dans son oreiller, tout en inspirant une longue bouffée.

Elle fuma en silence pendant que je mettais un peu d'ordre dans la chambre ; je ne voulais pas la laisser seule de peur qu'elle s'endorme et mette le feu au matelas. Elle était épuisée... et de plus en plus détendue.

L'odeur entêtante du cannabis faisait remonter en moi des souvenirs fragmentaires. À l'hôpital, plusieurs des jeunes internes en fumaient le week-end et arrivaient le lundi matin avec cette odeur imprégnée dans leurs vêtements. Certains des patients amenés aux urgences empestaient la marijuana, et je l'avais parfois sentie sur Brianna, sans jamais poser de questions.

Je n'avais jamais essayé cette herbe moi-même, mais trouvai à présent la fumée parfumée plutôt relaxante. Un peu trop même. Je m'installai près de la fenêtre et l'entrouvris pour respirer un peu d'air frais.

Il avait plu tout au long de la journée, et le soir fleurait bon la résine de pin.

– Vous êtes au courant, n'est-ce pas ?

Je me retournai. Jocasta était toujours allongée sur le lit, telle une gisante. Avec le cataplasme sur ses yeux, elle ressemblait à une allégorie de la Justice*... ce qui n'était pas sans ironie.

---

* La Justice est toujours représentée avec les yeux bandés. *(N.d.T.)*

– Oui, répondis-je sur le même ton calme. Ce n'était pas très gentil pour Duncan, non?

– Non.

Sa réponse s'éleva dans la pièce comme une volute de fumée, presque inaudible. Elle tira paresseusement sur sa cigarette, en faisant rougeoyer le bout. Je restai sur mes gardes, mais elle semblait deviner la longueur des cendres, tapotant le joint au-dessus de la soucoupe du bougeoir juste avant qu'elles ne tombent.

– Il est au courant lui aussi, au sujet de Phaedre, reprit-elle. Je le lui ai enfin avoué afin qu'il cesse de la chercher. Je suis sûre qu'il sait aussi pour Ulysse, même s'il n'en parle pas.

Elle tendit la main et fit de nouveau tomber les cendres dans le bougeoir.

– Je lui ai dit que je comprendrais s'il décidait de me quitter. Il a pleuré, puis, quand il a eu fini, il m'a répondu que nous avions tous les deux juré « pour le meilleur et pour le pire ». Il avait raison. Et nous voilà tous les deux.

Elle haussa un peu les épaules, puis se tut, fumant tranquillement.

Je refis face à la fenêtre et posai mon front contre la vitre. Plus bas, il y eut un soudain éclat de lumière quand la porte de la maison s'ouvrit. Une silhouette sombre sortit d'un pas rapide. La porte se referma, et je perdis l'ombre de vue un instant dans l'obscurité. Puis je la distinguai de nouveau, juste avant qu'elle ne disparaisse sur le sentier menant à l'écurie.

– Il est parti, n'est-ce pas?

Je sursautai, puis me rendis compte qu'elle avait dû entendre la porte.

– Ulysse? Oui, je crois.

Elle resta immobile longtemps, la cigarette se consumant entre ses doigts. Juste au moment où je m'apprêtais à aller la lui prendre, elle la remit à ses lèvres.

– Son vrai nom est Joseph, dit-elle en expirant la fumée. J'ai toujours pensé que c'était si approprié pour un homme qui avait été vendu par son propre peuple.

– Avez-vous jamais vu son visage ?

Elle écrasa son mégot dans le bougeoir.

– Non, mais je le reconnaissais toujours. Il sentait la lumière.

* * *

Jamie Fraser attendait patiemment, assis dans son écurie. Elle était petite, pouvant accueillir tout juste une demi-douzaine de bêtes, mais solidement bâtie. La pluie battait contre le toit, et le vent gémissait comme une *ban-sidhe* contre les murs, toutefois pas une goutte ne filtrait entre les bardeaux, et les bêtes somnolentes réchauffaient l'air à l'intérieur. Même Gideon piquait du nez au-dessus de sa mangeoire, de la paille à moitié mâchée pendant au coin des lèvres.

Il était minuit passé, et il attendait depuis plus de deux heures, son pistolet chargé et armé posé sur son genou.

Enfin, par-dessus le bruit de la pluie, il entendit le grincement des charnières et le grognement d'effort d'un homme poussant la porte, laissant entrer un courant d'air froid qui se mêla aux odeurs de foin et de fumier.

Il ne bougea pas.

Il aperçut une haute silhouette se détacher contre le noir plus clair de la nuit, attendant que ses yeux s'accoutument à l'obscurité, puis s'adosser à la porte pour la refermer.

L'homme avait apporté une lanterne sourde, au cas où il ne pourrait trouver selle et harnais dans le noir. Il remonta le panneau coulissant et promena le faisceau de lumière sur les stalles, l'une après l'autre. Les trois chevaux de Jocasta étaient là mais épuisés. Jamie l'entendit faire claquer ses lèvres, indécis, puis le vit projeter le faisceau de la jument Jerusha à Gideon, en hésitant encore.

Prenant sa décision, Ulysse posa la lanterne au sol et ouvrit la porte du box de Gideon.

– Si vous le choisissez, vous l'aurez cherché, dit Jamie, tranquille.

Le majordome poussa un cri de surprise et fit volte-face, serrant les poings. Il ne pouvait voir Jamie, mais le repéra en se guidant à sa voix. Le reconnaissant, il abaissa les bras avec un soupir de soulagement.

– Monsieur Fraser, vous m'avez surpris.

– C'était bien mon intention. Vous vouliez vous enfuir, je suppose.

Il pouvait voir les pensées défiler dans les yeux brillants du majordome, rapides comme des libellules. Mais Ulysse n'était pas sot et en vint rapidement à la bonne conclusion.

– La fille vous a tout raconté, n'est-ce pas ? Vous comptez me tuer pour venger l'honneur de votre tante ?

S'il avait senti le moindre sarcasme dans sa voix, Jamie aurait peut-être été tenté... Mais cela avait été dit avec une telle simplicité que son doigt sur la gâchette se desserra.

– Si j'avais été plus jeune, je l'aurais peut-être fait, répondit-il.

« Et si je n'avais pas eu une femme et une fille qui connaissaient autrefois un homme noir qu'elles appelaient leur ami. »

Abaissant son pistolet, il ajouta :

– Ces derniers temps, j'évite de tuer quand ce n'est pas strictement nécessaire (« ou jusqu'à ce que cela le devienne »). Allez-vous nier ?

La lumière faisait luire la peau d'Ulysse, et les nuances acajou créées par les contrastes lui donnaient l'air d'avoir été sculpté dans une masse de cinabre. Il ouvrit les mains, montrant ses paumes.

– Non. Je l'aimais. Vous n'avez qu'à me tuer.

Il portait une cape de voyage, avec une gourde et une bourse accrochées à sa taille, mais pas de couteau. Les esclaves, même ceux ayant toute la confiance de leurs maîtres, n'osaient pas se montrer armés.

– Phaedre dit que vous couchiez avec ma tante même avant la mort de son mari, c'est vrai ?

– Oui. Je ne peux pas le justifier. Mais je l'aimais et si je dois mourir pour ça...

Jamie le croyait. Sa sincérité évidente perçait dans sa voix et ses gestes. En outre, connaissant sa tante, il était moins enclin que le reste du monde à blâmer Ulysse. En même temps, il restait sur ses gardes. Le majordome était costaud et vif, et un homme qui n'avait plus rien à faire était toujours très dangereux.

– Où comptez-vous aller ?

Le Noir hésita à peine avant de répondre :

– En Virginie. Lord Dunsmore offre la liberté à tous les esclaves qui s'enrôlent dans son armée.

Il n'avait pas eu l'intention de lui poser la question, même si elle avait été évidente d'emblée dès que Phaedre leur avait raconté son histoire. Il ne put résister à la tentation :

– Pourquoi ne vous a-t-elle pas affranchi ? Une fois Hector Cameron mort ?

– Elle l'a fait.

Le majordome effleura la poche de sa veste.

– Elle a rédigé l'acte il y a près de vingt ans. Elle disait qu'elle ne supportait pas de penser que je venais dans son lit uniquement par obligation. Mais l'Assemblée doit approuver la requête d'affranchissement, et si j'avais été ouvertement libre, je n'aurais pu rester à River Run pour la servir comme je l'ai fait.

En effet, tout esclave affranchi devait quitter la colonie dans les dix jours ou risquait d'être réduit de nouveau en esclavage par le premier homme qui le capturait. La vision de gangs de Noirs libres errant dans la nature terrorisait le Conseil et l'Assemblée.

Le majordome baissa les yeux un instant.

– J'avais le choix entre Jo... et la liberté. Je l'ai choisie, elle.

– Très romantique, rétorqua Jamie caustique.

Pourtant, cette déclaration ne le laissait pas de marbre. Jocasta MacKenzie s'était mariée par devoir, deux fois, et aucune de ses unions ne l'avait sans doute rendue très heureuse, jusqu'à ce qu'elle arrive à une forme d'arrangement satisfaisant avec Duncan. Jamie était choqué par son choix, réprouvait son adultère et était très, très fâché qu'elle ait dupé Duncan ainsi, mais une partie de lui, la part MacKenzie sans doute, ne pouvait s'empêcher d'admirer son audace à s'emparer du bonheur là où elle l'avait trouvé.

La pluie se calmait peu à peu. On n'entendait plus qu'un faible clapotis sur le toit.

– Encore une question.

Ulysse inclina brièvement la tête dans un geste que Jamie avait vu si souvent...

– À votre service, monsieur...

Mais aujourd'hui, le majordome y mit plus d'ironie que dans toutes ses paroles précédentes.

– Où est l'or?

Ulysse sursauta, écarquillant les yeux. Pour la première fois, Jamie fut pris d'un doute.

– Vous croyez que c'est moi qui l'ai volé?

Puis avec une moue résignée, il ajouta :

– Oui, après tout, je vous comprends.

L'air inquiet et malheureux, il se passa une main sous le nez.

Les deux hommes se dévisagèrent en silence, se trouvant dans une impasse. Jamie n'avait pas l'impression que l'autre essayait de le tromper, pourtant, c'était un art dans lequel il excellait.

Enfin, Ulysse haussa les épaules dans un geste d'impuissance.

– Je ne peux pas prouver que ce n'est pas moi. Je ne peux rien vous offrir de plus que ma parole d'honneur... or, je n'ai même pas le droit d'en avoir.

Il ne cachait pas son amertume.

Jamie se sentit soudain très las. Les chevaux et les mules avaient depuis longtemps replongé dans leur somnolence, et il aspirait à retrouver son lit et sa femme. Il voulait aussi qu'Ulysse disparaisse, qu'il soit loin avant que Duncan ne découvre sa perfidie. Or, si Ulysse avait été le mieux placé pour voler l'or, il n'en demeurait pas moins qu'il aurait pu le faire n'importe quand au cours des vingt dernières années, dans des moments beaucoup moins risqués. Pourquoi maintenant?

– Le jurez-vous sur la tête de ma tante?

– Oui, répondit avec calme le majordome. Je le jure.

Jamie allait le congédier quand une autre idée lui vint.

– Vous avez des enfants?

Une lueur d'indécision traversa les traits ciselés d'Ulysse. De la surprise et de la méfiance, teintées d'autre chose.

– Aucun que je puisse revendiquer, répondit-il enfin.

Jamie comprit alors ce que c'était : du dédain et de la honte.

Le majordome redressa le menton, les mâchoires crispées.

– Pourquoi cette question?

Jamie soutint son regard, songeant à Brianna et au petit qu'elle portait.

– Parce que ce sont mes enfants, et leurs enfants après eux, qui me donnent le courage d'accomplir ce que j'ai à accomplir ici.

Ulysse avait repris son visage neutre; il luisait, impassible, dans la lumière de la lanterne.

– … Quand l'avenir n'a pas d'enjeux pour vous, vous n'avez aucune raison d'en pâtir, reprit Jamie. Les enfants que vous avez peut-être…

– Sont des esclaves, nés de mères esclaves. Que peuvent-ils bien être pour moi?

Ulysse serrait les poings, les pressant contre ses cuisses.

Jamie s'écarta et lui indiqua la porte du bout de son pistolet.

– Dans ce cas, partez. Au moins, vous mourrez en homme libre.

111

Le 21 janvier

21 janvier 1776

Le 21 janvier fut le jour le plus froid de l'année. Il avait neigé quelques jours plus tôt, mais l'air était à présent clair comme du cristal et le ciel de l'aube si pâle qu'il paraissait blanc. L'épais tapis de neige crissait sous nos semelles et faisait ployer les arbres. Des stalactites de glace pendaient sous nos avant-toits, et la froidure bleuissait le monde entier. La nuit précédente, on avait rentré les bêtes dans l'étable et la grange, à l'exception de la truie blanche qui était entrée en hibernation sous la maison.

Je jetai un coup d'œil prudent dans le trou fondu dans la croûte de neige, orifice qui marquait l'entrée de son repaire. On entendait des ronflements, et une faible chaleur émanait de l'ouverture.

– Viens, *mo nighean*. La maison lui tombait dessus que ce monstre ne s'en rendrait même pas compte.

Jamie rentrait de l'étable, où il avait nourri les bêtes et s'impatientait derrière moi, battant ses mains gantées de mitaines bleues que Brianna lui avait tricotées.

– Même s'il y a le feu?

Tout en songeant à l'*Essai sur le porc grillé* de Charles Lamb, je le suivis sur le chemin qui longeait la maison, puis, dérapant sur les plaques de glace, avançai plus lentement à travers la clairière, en direction de la cabane de Brianna et de Roger.

– Tu es sûre de bien avoir éteint le feu? demanda Jamie pour la troisième fois.

Son souffle s'enroulait autour de sa tête, tel un voile. Il avait perdu son bonnet de laine en chassant et s'était enveloppé les oreilles dans un cache-col blanc noué sur le crâne, ses deux pans retombant, si bien qu'il ressemblait à un énorme lapin.

– Oui.

Je réprimai mon envie de rire. Son long nez rosi par le froid s'agita, et j'enfouis mon visage dans mon propre cache-col, émettant des petits grognements qui se matérialisaient sous forme de bouffées blanches identiques à celles d'une locomotive à vapeur.

– Et la chandelle de notre chambre? La petite lampe de ton infirmerie?

– Oui et oui.

Mes yeux larmoyaient, mais je ne pouvais pas les essuyer, tenant un gros balluchon sous un bras et un panier couvert dans l'autre main. Ce dernier contenait Adso, arraché de force à la maison et fort mécontent. Il crachait et remuait dans sa cage d'osier, la faisant se balancer et cogner contre ma jambe.

– Et la chandelle à mèche de jonc dans l'office, la bougie dans l'applique de l'entrée, le brasero dans ton bureau, la lampe à huile de poisson que tu utilises pour aller à l'étable... 'j'ai passé toute la maison au peigne fin. Il ne reste absolument rien d'inflammable.

– Tant mieux.

Malgré cela, il ne put s'empêcher de se retourner, inquiet, vers la maison. Je l'imitai. Elle me parut froide et abandonnée, ses bardeaux blancs ayant l'air sales par contraste avec la neige immaculée.

– Ce ne sera pas un accident, déclarai-je. À moins que la truie se mette à jouer avec des allumettes.

Il sourit malgré lui. À vrai dire, la situation me paraissait un peu absurde. Le monde entier était désert, glacé et figé sous le ciel d'hiver. Qu'un cataclysme nous tombe dessus et que le feu détruise notre maison était pour moi un événement des plus improbables. Néanmoins, mieux valait prévenir que guérir. Comme Jamie me l'avait fait remarquer à plusieurs reprises depuis que Roger et Brianna nous avaient apporté des années plus tôt cette sinistre coupure de presse : « Si tu sais que ta maison doit brûler un jour précis, pourquoi te tiendrais-tu dedans ? »

Nous avions demandé à Mme Bug de rester chez elle ; Amy McCallum et ses deux fils se trouvaient déjà chez Brianna, perplexes mais obéissants. Si Monsieur décrétait que personne ne devait poser un orteil dans la maison jusqu'au lendemain à l'aube, qui oserait le contredire ?

Ian s'était levé à la première heure pour couper du bois et le transporter depuis la remise. Tout le monde serait confortablement installé bien au chaud.

Jamie avait veillé toute la nuit, s'occupant des bêtes, déménageant son armurerie (il ne restait plus une particule de poudre dans la maison), arpentant les pièces de long en large, vérifiant les âtres, les chandelles, guettant le moindre bruit pouvant indiquer l'approche d'un ennemi. Si le ciel n'avait pas été dégagé, plein d'étoiles immenses brillant dans l'immensité glacée, il aurait sans doute passé la nuit sur le toit avec des seaux d'eau, à l'affût de la foudre.

Je n'avais pas beaucoup dormi non plus, perturbée par les allées et venues de Jamie et des cauchemars remplis de conflagrations.

Toutefois, la seule fumée en vue était celle, accueillante, de la cheminée de la cabane de Brianna. Quand nous ouvrîmes la porte, un bon feu nous attendait.

Aidan et Orrie, arrachés à leur lit et traînés dans le froid, avaient rapidement grimpé dans celui de Jemmy, et les trois petits garçons étaient profondément endormis, roulés en boule comme des hérissons sous leur couverture. Amy aidait Brianna à préparer le petit-déjeuner, et une délicieuse odeur de porridge et de bacon s'élevait de l'âtre.

Amy se précipita pour me prendre le balluchon, qui renfermait mon coffre de médecine, les herbes les plus rares et précieuses de mon infirmerie et le bocal scellé contenant le phosphore blanc que Lord John avait envoyé à Brianna en guise de cadeau d'adieu.

– Tout va bien, madame?

– Oui.

Je déposai le panier d'Adso sur le sol en bâillant. Après un regard nostalgique vers le lit, j'allai ranger mon coffre dans le garde-manger où les enfants ne pourraient y accéder. Je plaçai le bocal de phosphore sur l'étagère la plus haute, tout au fond, et glissai un gros fromage devant, au cas où.

Jamie s'était débarrassé de sa cape et de ses oreilles de lapin, et tendait à Roger sa carabine, ses boîtes de munition et ses poires à poudre. Puis il frappa le sol du talon pour faire tomber la neige. Je le surpris en train de compter les têtes, puis il poussa un soupir de soulagement et se détendit. Tout le monde était là, hors de danger.

La matinée se déroula paisiblement. Après le petit-déjeuner, Amy, Brianna et moi nous installâmes devant le feu avec une énorme pile de raccommodage. Le poil encore hérissé d'indignation, Adso s'était perché sur une commode, d'où il lançait des regards assassins à Rollo, ce dernier s'étant installé dans le petit lit dès que les garçons l'avaient libéré.

Aidan et Jemmy, tous deux heureux propriétaires de vroums, les faisaient rouler sur les pierres de l'âtre, sous les lits et entre nos pattes, mais, au moins, ils n'étaient pas en train de se chamailler ni d'asticoter Orrie, tranquillement assis sous la table en train de mâchouiller un morceau de pain. Jamie, Roger et Ian sortaient à tour de rôle faire les cent pas au-dehors et surveiller la Grande Maison, seule sous l'épicéa couvert de neige.

Au moment où Roger rentrait de l'une de ces expéditions, Brianna releva brusquement la tête.

Voyant son expression, il lui demanda :

– Que se passe-t-il?

Elle avait figé, son aiguille plantée dans le bas qu'elle était en train de repriser.

– Rien. Juste… juste une idée.

Elle se replongea dans son travail.

Jamie, en train de lire un exemplaire en lambeaux d'*Evelina,* releva la tête à son tour.

– Quel genre d'idée, *a nighean*?

Son radar était aussi bon que celui de Roger.

Elle se mordit la lèvre.

– Eh bien… Et si c'était cette maison-ci qui devait brûler?

Tout le monde s'immobilisa, excepté les garçons qui continuèrent à ramper dans la pièce en vrombissant.

– Mais ce serait possible, non? reprit Brianna. Tout ce que disait la… prophétie (elle jeta un coup d'œil vers Amy McCallum), c'était que la maison de James Fraser brûlerait. Or, au début, cette cabane était à toi. En outre, ce n'est pas comme s'ils avaient donné un nom de rue… Juste celui de Fraser's Ridge…

Tous les regards étaient fixés sur elle. Elle rougit, baissant les yeux vers son ouvrage.

– Ben oui, quoi… ce n'est pas comme si les… euh… prophéties étaient toujours précises. Elles peuvent s'emmêler les pédales dans les détails.

Amy confirma d'un hochement de tête. Apparemment, l'imprécision dans les détails était une caractéristique admise des prophéties.

Roger se racla la gorge. Jamie et Ian se regardèrent, puis se tournèrent comme un seul homme vers la cheminée, les hautes flammes dans l'âtre, la pile de bûches posées à côté, le panier rempli de petit bois… Tout le monde observa Jamie, attendant sa réaction. Son visage était un collage d'émotions conflictuelles.

– Je suppose… qu'on pourrait déménager chez Arch Bug, dit-il enfin.

Je comptai sur mes doigts :

– Toi, moi, Roger, Brianna, Ian, Amy, Aidan, Orrie, Jemmy… plus M. et Mme Bug. Onze personnes dans une seule pièce de deux mètres cinquante sur trois ? Plus personne n'aurait besoin de mettre le feu à la cabane, autant tous nous jeter dans les flammes directement.

– Mmphm. Dans ce cas... la cabane des Christie est vide.

Amy roula des yeux horrifiés, et chacun évita avec soin de croiser le regard des autres.

– Et si on essayait juste d'être très vigilants ? proposai-je.

Après un soupir de soulagement collectif, chacun se replongea dans son activité, sans toutefois ressentir le sentiment de sécurité qui avait précédé.

Le déjeuner se passa normalement, mais, vers le milieu de l'après-midi, on toqua à la porte. Amy poussa un cri, et Brianna laissa tomber dans le feu la chemise qu'elle raccommodait. Ian bondit vers la porte et se précipita à l'extérieur, et Rollo, arraché à son sommeil, bondit derrière lui en rugissant.

Jamie et Roger atteignirent la porte en même temps, se percutèrent, puis trébuchèrent à l'extérieur. Tous les petits garçons se mirent à brailler en même temps et coururent se cacher dans les jupes de leur mère respective, occupées à battre frénétiquement la chemise en feu contre le bord de la cheminée.

J'avais bondi moi aussi, mais me retrouvai plaquée contre le mur par l'agitation d'Amy et de Brianna. Effrayé par le raffut et le fait de me voir surgir à sa hauteur, Adso en profita pour essayer de m'arracher un œil.

Un mélange de jurons dans diverses langues nous parvenait depuis la cour, accompagné des aboiements de Rollo. Tout le monde semblait énervé, mais personne n'avait l'air de se battre. Je parvins à contourner la mêlée de mères et de fils pour aller regarder ce qui se passait dehors.

Le major MacDonald, couvert de neige et de gadoue, était en pleine conversation animée avec Jamie ; Ian tentait de retenir son chien, et Roger, à en juger par son visage rouge, essayait très fort de ne pas éclater de rire.

Jamie se sentit obligé d'inviter le major à l'intérieur tout en l'observant, la mine suspicieuse. La pièce empestait le tissu brûlé, mais le calme était revenu. Vu le manque d'espace, ôter les vêtements trempés du major, les étendre à sécher et lui dénicher une tenue de rechange ne fut pas une mince affaire. Il paraissait perdu, dans la chemise et les culottes de Roger (qui mesurait au moins quinze centimètres de plus que lui).

Après lui avoir offert à manger et du whisky, toute la maisonnée s'assit autour de MacDonald, attendant de savoir ce qui avait pu l'attirer jusque dans nos montagnes en plein cœur de l'hiver.

Jamie me jeta un bref coup d'œil indiquant qu'il s'en doutait. Moi aussi.

Remontant la chemise sur son épaule, le major déclama formellement :

– Je suis venu, monsieur, vous offrir le commandement d'une compagnie de miliciens, sous les ordres du général Hugh MacDonald. Les troupes du général sont en train de se rassembler en ce moment même et entameront leur marche sur Wilmington à la fin du mois.

Mon ventre se noua. J'étais habituée à l'optimisme chronique du major et à sa tendance à en rajouter. Toutefois, pour une fois, il n'exagérait pas. Cela signifiait-il que les troupes irlandaises, l'aide demandée par le gouverneur Martin, accosteraient bientôt pour rejoindre celles du général MacDonald sur le littoral ?

Jamie tisonnait les braises. MacDonald et lui s'étaient assis devant l'âtre, encadrés par Roger et Ian, tels des chenets, pendant que Brianna, Amy et moi étions perchées sur le bord du lit, comme trois poules, suivant leur conversation avec un mélange de curiosité et d'inquiétude. Les garçons, eux, s'étaient retranchés sous la table.

– Les troupes du général… répéta Jamie. À votre avis, il dispose de combien d'hommes, Donald ?

Le major hésita, tiraillé entre la réalité et ses désirs. Il toussota dans le creux de son poing et répondit sur un ton détaché :

– Quand je l'ai quitté, il en avait un peu plus de mille. Mais vous savez comme moi que, une fois que nous nous mettrons en branle, bien d'autres nous rejoindront. Surtout si des gentlemen tels que vous sont au commandement.

Jamie ne répondit pas tout de suite, repoussant un morceau de charbon dans le feu du bout du pied.

– Poudre et munitions ? Armes ?

– Hmm... en effet, sur ce point, les résultats ont été un peu décevants.

Il avala une gorgée de whisky avant d'expliquer :

– Duncan Innes nous avait fait de belles promesses dans ce sens, mais... au bout du compte, il n'a pas tenu parole.

À son expression, je me dis que Duncan avait sans doute eu raison d'émigrer au Canada sans plus attendre.

– Néanmoins, poursuivit-il d'une voix plus joviale, nous ne sommes pas entièrement démunis. Tous ces vaillants gentlemen qui ont rallié notre cause, et qui ne manqueront pas de nous rejoindre, apportent avec eux leurs propres armes ainsi que leur courage. Qui, mieux que vous, saurait apprécier la puissance d'une charge de Highlanders !

Jamie le dévisagea avec gravité quelques secondes avant de répondre :

– Certes, c'est vrai qu'à Culloden vous étiez derrière les canons, Donald, pendant que moi, j'étais devant, l'épée à la main.

Il vida son verre d'un trait et se resservit, laissant à MacDonald une chance de se remettre.

– Touché ! murmura Brianna à mes côtés.

Je ne me souvenais pas d'avoir déjà entendu Jamie évoquer le fait que le major s'était battu du côté du gouvernement lors du soulèvement... mais je n'étais pas surprise qu'il ne l'ait pas oublié.

Après s'être brièvement excusé auprès de la compagnie, Jamie sortit, sous prétexte d'aller aux latrines et de vérifier si la Grande Maison était toujours là, mais sans doute aussi pour donner au major du temps pour souffler.

En bon hôte (et avec l'enthousiasme d'un historien), Roger entretint la conversation en interrogeant MacDonald sur le général et ses activités. Ian, impassible, était assis à ses pieds, caressant Rollo.

– Le général est plutôt âgé pour une telle campagne, vous ne pensez pas ? Surtout en plein hiver.

– Oh, il lui arrive d'être un peu catarrheux, admit le major, mais qui ne l'est pas, dans ce climat ? Et son second, Donald McLeod, est un homme vigoureux. Je vous assure que si le général se trouvait indisposé pour une raison ou une autre, le colonel McLeod serait tout à fait capable de mener les troupes à la victoire !

Il continua longuement à louer les vertus, tant personnelles que physiques, de Donald McLeod, et je cessai d'écouter, mon attention détournée par un mouvement sur l'étagère au-dessus de sa tête. Adso.

La redingote rouge de MacDonald était posée sur le dossier d'une chaise, et sa perruque, humide et ébouriffée par l'assaut de Rollo, suspendue à une patère. Je me levai précipitamment et la décrochai, m'attirant un regard perplexe de la part du major et un autre de fureur noire d'Adso, offusqué que je m'empare de sa proie.

– Je... euh... je vais la mettre en lieu sûr, expliquai-je.

Serrant la masse de crins de cheval mouillés contre moi, je sortis et contournai la cabane jusqu'à l'appentis, où je la coinçai derrière le fromage, près du flacon de phosphore.

En sortant, je tombai sur Jamie qui rentrait de sa ronde d'inspection.

– Tout va bien dans la Grande Maison, m'assura-t-il.

Il leva le nez vers la cheminée de la cabane, d'où s'échappait une épaisse fumée grise.

– Tu ne crois pas que la petite avait raison, hein ?

En dépit de son ton badin, il était sérieux.

– Va savoir. C'est encore loin, l'aube de demain?

– Trop loin.

Il avait les yeux cernés pour n'avoir pas dormi. Et la nuit qui s'annonçait serait sans doute blanche elle aussi. Il me serra contre lui un instant, puis me demanda :

– Tu penses que MacDonald va revenir pour incendier la maison si je lui dis non?

– Comment ça, si tu lui dis non?

Mais il retournait déjà à l'intérieur.

MacDonald se leva quand il entra et attendit qu'il ait repris sa place sur son tabouret avant de se rasseoir à son tour.

– Avez-vous pris le temps de réfléchir à ma proposition, monsieur Fraser? Votre présence serait d'une valeur inestimable et très appréciée par le général MacDonald et le gouverneur, ainsi que moi-même.

Jamie fixa les flammes un moment.

– Cela me peine, Donald, que nous nous retrouvions ainsi dans deux camps opposés. Vous ne pouvez pas ignorer ma position sur la question. Je l'ai déclarée publiquement.

– Je le sais. Mais il n'est pas trop tard pour y remédier. Vous n'avez rien commis d'irrévocable… et tout homme a droit à l'erreur.

Jamie sourit légèrement.

– Certes, Donald. Seriez-vous prêt à admettre votre erreur et à rejoindre la cause de la liberté?

MacDonald se releva brusquement, faisant des efforts visibles pour se maîtriser.

– Vous vous amusez à me taquiner, monsieur Fraser, mais mon offre était sincère.

– Je le sais, major, je m'excuse d'avoir parlé de manière inconsidérée. Ainsi que pour votre déplacement inutile jusqu'ici par ce temps déplorable.

– Vous refusez donc?

Ses joues étaient pommelées de rouge, et ses yeux bleus aussi pâles que le ciel d'hiver.

– Abandonnerez-vous les vôtres ? Votre propre peuple ? Trahirez-vous votre sang ainsi que votre serment ?

Jamie, qui s'apprêtait à répondre, referma la bouche. Je sentis qu'il se passait quelque chose en lui. Le choc devant cette accusation brutale, mais néanmoins exacte ? De l'hésitation ? Il n'avait jamais discuté de la situation en ces termes, mais il en était toutefois très conscient. La plupart des Highlanders de la colonie avaient rejoint les loyalistes, à l'instar de Duncan et de Jocasta, ou ne tarderaient pas à le faire.

Après sa déclaration, de nombreux amis avaient coupé les ponts avec lui, et il risquait fort de s'aliéner le peu de famille qu'il avait dans le nouveau monde. MacDonald lui tendait la pomme de la tentation, l'appel du clan et du sang.

Cependant, il avait eu des années pour y réfléchir et s'y préparer.

– J'ai dit ce que j'avais à dire, Donald. J'ai engagé mon nom et ma maison pour une cause que je crois juste. Je ne peux pas faire autrement.

MacDonald le dévisagea longuement, puis sans un mot, ôta la chemise de Roger par-dessus sa tête. Son torse était pâle et mince, quoique un peu enrobé autour de la taille. Il portait plusieurs cicatrices, des traces de balles et des entailles de sabre.

– Vous n'allez pas repartir par ce temps, major ! Il gèle dehors et il fera bientôt nuit !

Je m'approchai de Jamie. Brianna et Roger s'étaient levés aussi et ajoutèrent leurs protestations aux miennes. Mais têtu, MacDonald secoua la tête et renfila ses vêtements humides, refermant sa redingote avec peine, la boutonnière mouillée s'étant raidie.

Il s'inclina devant moi, déclarant d'une voix basse :

– Je ne peux accepter l'hospitalité d'un traître, madame.

Se redressant, il regarda Jamie en face.

– Nous ne nous reverrons pas en amis, monsieur Fraser. Je le regrette.

– Alors, espérons que nous ne nous reverrons jamais, major. Je le regrette aussi.

MacDonald salua le reste de la maisonnée d'un signe de tête et remit son chapeau. Son expression changea quand il sentit le feutre froid sur sa tête nue.

– Oh, votre perruque ! Un instant, major, je vais vous la chercher.

Je me précipitai à l'extérieur en direction de l'appentis, juste à temps pour entendre un bris de verre à l'intérieur. J'ouvris la porte que j'avais laissée entrebâillée lors de ma dernière visite, et Adso me fila entre les jambes, la perruque du major dans la gueule. Au même instant, un rideau de flammes bleues s'éleva dans la remise.

* * *

Je m'étais demandé comment j'allais rester éveillée toute la nuit. Finalement, je n'eus aucun mal. Après l'incendie, j'étais convaincue que je ne pourrais plus jamais fermer l'œil de ma vie.

Cela aurait pu être pire. Bien qu'il fût désormais notre ennemi juré, le major MacDonald vint noblement à notre aide, battant les flammes avec sa redingote encore mouillée, évitant ainsi la destruction totale du garde-manger... et de la cabane. Cependant, la redingote n'éteignit pas entièrement le feu. Avant d'avoir raison de toutes les flammes qui surgissaient ici et là, il régna une grande confusion. Des courses folles dans tous les sens, au cours desquelles Orrie McCallum s'égara, trottina de son côté et tomba dans la fosse du grand four à canalisations, où Rollo le retrouva, de nombreuses minutes de panique plus tard.

On le repêcha indemne, mais l'émotion et le raffut provoquèrent chez Brianna ce qu'elle crut être un travail prématuré. Heureusement, il ne s'agissait que d'une crise carabinée de hoquets, provoquée par un mélange de tension nerveuse et de consommation excessive de choucroute et de tarte aux pommes sèches, aliments pour lesquels, depuis peu, elle avait développé une obsession.

Jamie contempla les vestiges calcinés du plancher de l'appentis, puis Brianna, qui, en dépit de mes conseils, refusait de s'allonger, était venue voir ce qui pouvait être sauvé.

– Ininflammable qu'elle a dit... je t'en foutrai, de l'ininflammable. C'est un miracle que tu n'aies pas réduit toute la cabane en cendres il y a longtemps, ma fille !

Une main sur son ventre rond, elle le fustigea du regard.

– Moi ? Tu essaies de me... Hic !... mettre ça sur le... Hic !... dos ? C'est moi qui aie... Hic !... mis la perruque du major... Hic !... près du ?...

Roger s'approcha d'elle par derrière.

– BOUH !

Elle fit volte-face et le frappa. Jemmy et Aidan se mirent aussitôt à tournoyer autour d'elle en dansant et chantant tels des petits spectres déments :

– Bouh ! Bouh ! Bouh !

Une lueur dangereuse dans le regard, Brianna ramassa une poignée de neige qu'elle modela en boule et la lança sur son mari avec une précision assassine. Elle l'atteignit entre les deux yeux, la boule explosant en une pluie de cristaux blancs qui restèrent accrochés à ses sourcils.

– Quoi ? s'écria-t-il incrédule. Qu'est-ce que j'ai fait ? Je voulais juste te faire passer... Hé !

Il évita de justesse une autre boule, puis fut mitraillé l'instant suivant à bout portant par Jemmy et Aidan qui, à ce stade, étaient devenus totalement incontrôlables.

Acceptant avec modestie nos remerciements, le major avait finalement accepté l'hospitalité de la cabane, en faisant bien comprendre que c'était Roger et non Jamie qui l'offrait. (Le fait que la nuit s'était installée et qu'il s'était remis à neiger y était sans doute aussi pour quelque chose). Contemplant ses hôtes se rouler dans la neige et se bombarder avec des cris de sauvages et des hoquets, il parut regretter un instant que sa dignité lui interdise d'accepter de dîner avec un traître. Cependant, il nous salua avec raideur quand Jamie et moi prîmes congé, puis il rentra dans la cabane, serrant les lambeaux boueux de sa perruque.

Dans la nature extrêmement calme, nous repartîmes sous la neige vers notre propre maison. Le ciel était d'une couleur lavande rose, et les flocons dansaient dans un silence surnaturel.

La Grande Maison se dressait devant nous, accueillante en dépit de ses fenêtres sombres. La neige formait des tourbillons sous le porche, s'accumulant sur le rebord des fenêtres.

– J'imagine qu'il sera plus difficile de faire démarrer un feu en pleine tempête de neige, tu ne penses pas?

Jamie se pencha pour déverrouiller la porte.

– Sincèrement, je me fiche pas mal que la maison parte en flammes par combustion spontanée, *Sassenach*, tant que j'ai mon dîner avant.

– Tu penses à un dîner froid?

– Certainement pas. J'ai bien l'intention d'allumer un feu de Dieu dans la cuisine, de frire une douzaine d'œufs dans du beurre, de les manger jusqu'au dernier et puis de me coucher sur le tapis devant la cheminée et de te baiser jusqu'à ce que...

Il s'arrêta en voyant mon expression.

– Quoi, ça ne te plaît pas?

Au contraire, le programme de la soirée me fascinait.

– Jusqu'à ce que quoi?

– Jusqu'à ce que tu t'embrases et que tu m'emportes dans les flammes avec toi.

Il me souleva de terre et me porta à l'intérieur de notre maison sombre.

112

Le parjure

2 février 1776

Il les convoqua tous ensemble, et ils vinrent. Les jacobites d'Ardsmuir, les pêcheurs de Thurso, les parias et les opportunistes qui s'étaient installés à Fraser's Ridge au cours des six dernières années. Il avait appelé les hommes, et la plupart arrivèrent seuls, à travers les bois trempés, dérapant sur les rochers moussus et les sentiers boueux. Certaines épouses vinrent aussi, curieuses, méfiantes. Elles restèrent modestement à l'écart et se laissèrent guider par Claire à l'intérieur, une à une.

Les hommes se tenaient dans la cour, ce qu'il regrettait; le souvenir de leur dernier rassemblement dans ce même endroit était encore trop frais dans tous les esprits. Mais il n'avait pas le choix, la maison n'était pas assez grande pour les accueillir tous. En outre, c'était le jour et non la nuit. Il en vit plus d'un lancer des regards vers les grands châtaigniers comme s'ils y apercevaient le spectre de Thomas Christie, prêt une fois de plus à marcher à travers la foule.

Il se signa et récita une brève prière, comme chaque fois qu'il pensait à Tom Christie, puis sortit sur le perron. Les conversations se turent aussitôt.

– J'ai été convoqué à Wilmington, annonça-t-il sans préambule. Je dois aller rejoindre les milices qui s'y trouvent et emmener avec moi ceux qui se porteront volontaires.

Ils le dévisagèrent avec l'air hagard de moutons dérangés dans leur broutement. Il eut une soudaine envie de rire, qui lui passa aussitôt.

– Nous irons en tant que milice, mais personne n'est obligé de venir.

De toute manière, il doutait qu'il y ait plus d'une poignée d'hommes parmi eux qui obéiraient encore à ses ordres. La majorité continuait à le regarder sans comprendre, mais un ou deux commençaient à émerger de leur stupeur.

– Tu t'es déclaré rebelle, *Mac Dubh*?

C'était Murdo, que Dieu le bénisse. Fidèle comme un chien, mais un peu dur à la détente. Il fallait lui présenter les choses dans les termes les plus simples, mais, une fois qu'il avait saisi, il n'y avait pas plus tenace.

– Oui, Murdo, je suis un rebelle. Comme le seront tous ceux qui marcheront avec moi.

Il y eut des murmures et des échanges de regards incertains. Ici et là dans la foule, il entendit le mot « serment » et se prépara à la question évidente. Toutefois, il fut surpris par celui qui la posa. L'austère Arch Bug se redressa de toute sa hauteur.

– Vous avez prêté serment d'allégeance au roi, *Seaumais mac Brian*. Comme nous tous ici.

Un murmure d'approbation circula, et tous les visages se retournèrent vers lui, anxieux et embarrassés. Il sentit son cœur se nouer. Même à présent, sachant ce qu'il savait et conscient de l'immoralité d'un serment prêté sous la contrainte, le briser lui donnait l'impression de poser le pied sur une marche qui n'existait pas.

– C'est vrai, nous l'avons tous prêté. Mais ce serment nous a été imposé en tant que captifs et non en tant qu'hommes d'honneur.

C'était la vérité, mais ce n'en était pas moins un serment, ce que les Highlanders ne prenaient jamais à la légère. « Que je meure et sois enterré loin des miens… » Serment ou pas, ce sort serait sans doute le leur.

Hiram Crombie s'avança, les lèvres pincées.

– Nous avons juré devant Dieu, monsieur. Nous demandez-vous de l'oublier?

Plusieurs presbytériens acquiescèrent, se rapprochant de lui pour montrer leur soutien.

– Je ne demande rien.

Ce qui était faux. Le sachant pertinemment et se sentant un peu piteux sans rien n'en montrer, il se rabattit sur les armes anciennes de la rhétorique et de l'idéalisme.

– J'ai dit que le serment de loyauté au roi nous avait été extorqué et que, par conséquent, il était sans valeur, car aucun homme ne peut jurer librement s'il n'est pas lui-même libre.

Comme personne ne protestait, il poursuivit, faisant porter sa voix, mais sans crier.

– Vous connaissez tous la Déclaration d'Arbroath, n'est-ce pas? Il y a quatre siècles, nos ancêtres ont rédigé ces mots : « Tant qu'au moins cent d'entre nous resterons en vie, nous ne tomberons jamais sous le joug anglais. » (Il marqua une pause pour reprendre son souffle.) « En vérité, nous ne nous battons ni pour la gloire, ni pour les richesses, ni pour les honneurs, mais pour la liberté... pour elle seule, car aucun honnête homme ne peut y renoncer si ce n'est en lui donnant sa vie. »

Il se tut brusquement, non pas en raison de l'effet des mots sur les hommes devant lui, mais parce qu'en les prononçant, il s'était soudain retrouvé face à sa conscience.

Jusque-là, il avait eu des doutes sur la justification de cette révolution et encore plus sur ses objectifs. Il n'avait accepté d'épouser la cause rebelle qu'en raison des récits de Claire, Brianna et Roger. Mais en formulant ces mots anciens, il avait trouvé la conviction qu'il croyait feindre, et il était frappé de constater qu'il se rendait en effet au combat pour une raison allant au-delà du bien-être des siens.

« De toute manière, tu finiras six pieds sous terre, pensa-t-il résigné. Ça ne fera sans doute pas moins mal, si c'est pour une bonne cause, mais sait-on jamais? »

– Je pars dans une semaine, annonça-t-il.

Il tourna les talons, les laissant éberlués.

* * *

Il s'était attendu à ce que ses hommes d'Ardsmuir le suivent, les trois frères Lindsay, Hugh Abernathy, Padraic MacNeill et les autres. En revanche, il n'avait pas pensé voir débarquer Robin McGillivray et son fils Manfred. Il en fut ravi et constata avec un certain amusement qu'Ute McGillivray avait pardonné à ce dernier. Outre Robin et Freddie, quinze hommes des environs de Salem étaient venus, tous des parents de la redoutable *frau*.

Une autre grande surprise fut Hiram Crombie, le seul des pêcheurs à avoir décidé de le suivre.

– J'ai longuement prié, l'informa-t-il en parvenant à paraître encore plus pieusement aigre qu'à l'accoutumée. J'en ai conclu que vous aviez raison au sujet du serment. Vous nous ferez sans doute tous pendre ou brûlés vifs, mais je viens quand même.

Après de nombreux débats agités, ses coreligionnaires avaient préféré s'abstenir. Il ne leur en voulait pas. Après avoir survécu aux persécutions qui avaient suivi Culloden, au périlleux voyage de par l'océan et aux épreuves de l'exil, la dernière chose qu'une personne censée voulait faire était de prendre de nouveau les armes contre le roi.

Mais la plus grande surprise de toutes l'attendait à la sortie de Cooperville, quand sa petite compagnie bifurqua sur la route qui menait vers le sud.

Une quarantaine d'hommes à cheval se tenaient au croisement. Il s'arrêta à une certaine distance, méfiant, et un cavalier se détacha du groupe pour venir à sa rencontre. Richard Brown, pâle et lugubre.

– J'ai entendu dire que vous partiez pour Wilmington, déclara-t-il de but en blanc. Si vous nous acceptez, mes hommes et moi vous accompagnerons.

Il toussota et ajouta :

– Sous votre commandement, naturellement.

Derrière lui, il entendit le « Hmph ! » de Claire et réprima un sourire. Il était très conscient de la tension de tout son groupe. Il croisa le regard de Roger Mac, qui hocha la tête. La guerre favorisait parfois les rapprochements les plus improbables, son gendre le savait aussi. Quant à lui, pendant le soulèvement il avait déjà combattu auprès d'individus bien pires.

Il inclina la tête.

– Soyez les bienvenus, vous et vos hommes.

* * *

Nous rencontrâmes une autre compagnie de miliciens non loin d'un lieu-dit baptisé Moore's Creek et campâmes tous ensemble sous des pins des marais. Il y avait eu une violente tempête de pluie verglacée la veille, et le sol était jonché de branches cassées, certaines aussi grandes que moi. Cela rendait la progression plus difficile, mais présentait aussi des avantages quand le moment arriva de faire un feu de camp.

Je jetai quelques ingrédients dans une casserole pour cuire un ragoût – quelques morceaux de jambon avec les os, des haricots, du riz, des oignons, des carottes, des biscuits rances réduits en miettes – tout en écoutant l'autre commandant de milice, Robert Borthy, décrire à Jamie, avec une ironie considérable, l'état du Régiment des Émigrants highlanders, comme s'appelaient désormais nos opposants.

– Ils ne doivent pas être plus de cinq ou six cents. Le vieux MacDonald et ses aides ont ratissé tout l'arrière-pays pendant des mois, mais, pour le résultat, autant puiser de l'eau avec un tamis !

À une occasion, Alexander McLean, l'un des aides de camp du général, avait lancé un appel à tous les Highlanders irlando-écossais de la région, les attirant en promettant une barrique de whisky. Cinq cents hommes s'étaient présentés au lieu de rendez-vous, mais sitôt l'alcool terminé, ils s'étaient évaporés, laissant le pauvre McLean seul avec sa barrique vide, et totalement perdu.

– Le malheureux a erré pendant deux jours, cherchant la route, avant que quelqu'un le prenne en pitié et le ramène à la civilisation.

Borthy, un solide gaillard venu de la campagne et doté d'une épaisse barbe brune, paraissait ravi de cette anecdote et accepta volontiers un verre de bière avant de poursuivre :

– Dieu sait où sont passés les autres à présent. J'ai entendu dire que la plupart des hommes que MacDonald est parvenu à enrôler sont des émigrants tous frais débarqués d'Écosse. Le gouverneur leur a fait jurer de prendre les armes pour défendre la colonie avant de leur accorder des terres. Les malheureux ne savent même pas distinguer le nord du sud, alors pour savoir où ils sont eux-mêmes !

– Moi, je sais où ils sont, s'ils ne le savent pas eux-mêmes.

Crasseux mais joyeux, Ian s'approcha du feu. Il acheminait des dépêches entre les différentes milices convergeant vers Wilmington, et sa déclaration suscita un grand intérêt.

– Où ?

Richard Brown se pencha en avant, le visage alerte.

– Ils descendent Negro Head Point Road, marchant au pas comme un vrai régiment.

Il se laissa tomber sur un tronc couché avec un grognement de soulagement.

– Il n'y a rien de chaud à boire, ma tante ? Je suis glacé et j'ai la gorge à vif.

Il y avait une mixture infâme, appelée « café » par politesse, réalisée avec des glands grillés et bouillis. Peu convaincue, je lui en versai une tasse, mais il la but avec un plaisir évident tout en racontant son histoire.

– Ils comptaient contourner par l'ouest, mais les hommes du colonel Howe leur ont barré la route. Alors, ils ont coupé à travers champs pour passer le fleuve à gué. Toutefois, le colonel Moore a fait accélérer ses troupes, qui ont marché toute la nuit pour les surprendre.

– Ils n'ont pas tenté d'engager le combat avec Howe ou Moore? s'étonna Jamie.

– Non. D'après le colonel Moore, ils ne veulent pas d'affrontements avant d'avoir rejoint Wilmington... ils comptent y trouver des renforts.

Jamie et moi échangeâmes un regard. Les renforts en question devaient être les troupes régulières britanniques promises par le général Gage. Mais selon un cavalier venu de Brunswick et que nous avions croisé la veille, aucun navire n'était encore arrivé quand il avait quitté la côte, quatre jours plus tôt.

Si des renforts les attendaient vraiment, ce devait être des loyalistes locaux. Or, d'après les nombreux témoignages, ces derniers étaient une planche de salut bien faible sur laquelle s'appuyer.

– Donc, ils sont bloqués de chaque côté et n'ont d'autre choix que de descendre tout droit Negro Head Point Road. Ils devraient être au pont, tard demain dans la journée.

Jamie scruta l'horizon sous les pins des marais. C'étaient de très hauts arbres, et la prairie en dessous était grande ouverte, idéale pour les chevaux.

– C'est loin d'ici, Ian? demanda-t-il.

– Une demi-journée à cheval.

Il se détendit un peu et saisit sa propre tasse de café.

– Parfait, cela nous laisse le temps de prendre une bonne nuit de sommeil.

* * *

Nous atteignîmes le pont de Moore's Creek vers midi, y rejoignant la compagnie commandée par Richard Caswell. Celui-ci accueillit Jamie avec plaisir.

Le régiment des Highlands n'était toujours pas en vue, mais des coursiers arrivaient régulièrement, rapportant des nouvelles de leur avancée sur Negro Head Point Road, une large piste pour carrioles qui menait droit au solide pont en bois enjambant Widow Moore's Creek.

Jamie, Caswell et plusieurs autres commandants longeaient la berge en discutant, montrant du doigt le pont et divers autres endroits, en aval et en amont du cours d'eau. Ce dernier s'écoulait sur un terrain traître et marécageux, bordé de cyprès émergeant de l'eau et de la vase. La rivière devenait plus profonde à mesure qu'elle rétrécissait. Un curieux fit tomber une ligne de plomb depuis le pont et annonça qu'elle mesurait quatre mètres cinquante de profondeur à cet endroit. Le pont était donc le seul passage possible pour une armée de quelque taille que ce soit.

Les mains couvertes de boue et de graisse, Jamie avait aidé à ériger un remblai de l'autre côté de la rivière, ce qui justifiait son silence, mais en partie seulement. Puis suivant mon regard vers ses mains sales, il m'expliqua succinctement :

– Ils ont des canons. Deux petits canons de la ville, mais des canons quand même.

Il jeta un œil vers le pont et fit la grimace.

Je savais ce qu'il pensait... et pourquoi.

« À Culloden, vous étiez derrière les canons, Donald, avait-il dit au major. Moi, j'étais devant, l'épée à la main. » L'épée était l'arme naturelle des Highlanders et, pour la plupart, la seule. D'après tout ce que nous avions entendu, le général MacDonald n'était parvenu à mettre la main que sur un nombre restreint de mousquetons et un peu de poudre. Le gros de ses troupes n'était équipé que de courtes épées à double tranchant et de targes. Et elles marchaient droit sur une embuscade.

– Oh, Seigneur, murmura-t-il. Ces pauvres idiots. Ces pauvres courageux idiots !

* * *

Au crépuscule, la situation fut encore bien pire – ou bien meilleure selon la perspective de chacun. Depuis la tempête, la température avait remonté, mais le sol était encore trempé. Durant la journée, une légère humidité s'en dégageait, mais une fois la nuit tombée, elle se condensait en un brouillard si épais que même nos feux de camp étaient à peine visibles, chacun luisant comme une braise sous les cendres.

Une excitation fébrile se propageait parmi les miliciens, les nouvelles conditions donnant lieu à de nouveaux plans.

Tel un spectre, Ian apparut hors du brouillard aux côtés de Jamie.

– Maintenant, dit-il. Caswell est prêt.

Nos provisions étaient déjà empaquetées et chargées. Portant des fusils, de la poudre et des vivres, huit cents hommes, suivis d'une quantité non comptabilisée d'accompagnateurs comme moi-même, se mirent en route en silence, abandonnant derrière nous les feux allumés.

J'ignorais où se trouvaient les troupes de MacDonald. Peut-être encore sur la piste, à moins qu'elles aient effectué un détour prudent, longeant le marais pour tâter le terrain. Dans ce cas, je ne pouvais que leur souhaiter bonne chance. Mon corps tout entier vibrait de tension quand j'avançai sur le pont. Je marchai sur les orteils, ce qui était absurde, mais je n'arrivais pas à me résoudre à poser fermement le pied sur les planches, l'atmosphère m'imposant un comportement secret et furtif.

Je butai contre une planche mal ajustée et partis en avant, mais Roger me rattrapa de justesse. Je serrai son bras, et il m'adressa un bref sourire, son visage à peine visible dans la brume, bien qu'il soit juste à quelques centimètres de moi.

Il savait aussi bien que Jamie et les autres ce qui nous attendait. Cependant, je sentais son excitation mêlée à l'angoisse. Après tout, ce serait sa première bataille.

De l'autre côté du pont, nous nous dispersâmes pour monter de nouveaux camps sur la colline, au-dessus des remblais circulaires érigés par les hommes à une centaine de mètres de la rivière. Je passai assez près des canons pour voir leurs longues gueules pointer à travers le brouillard. Les hommes les avaient baptisés « Mère Covington et sa fille », je me demandai lequel était qui, et qui était la mère Covington originale. Une dame redoutable, sans doute, à moins que ce ne fût la propriétaire du bordel local.

Il ne fut pas difficile de trouver du bois, la tempête ayant sévi aussi de ce côté de la rivière. Cependant, le temps était toujours aussi humide, et je n'étais pas disposée à rester une heure à genoux avec un foutu briquet à amadou. Heureusement, dans cette purée de pois, personne ne pouvait me voir, et j'en profitai pour sortir de ma poche la boîte en fer blanc contenant des allumettes de Brianna.

Tandis que je soufflais sur les flammèches, j'entendis des crissements déchirants et me relevai d'un coup, regardant vers le pied de la colline. Je ne voyais rien, bien sûr, mais je compris aussitôt que c'était le bruit des clous qui cédaient, tandis que l'on arrachait les planches une à une. Ils étaient en train de démonter le pont.

J'attendis longtemps le retour de Jamie. Quand il arriva, il refusa de manger, mais s'assit au pied d'un arbre et me fit signe de le rejoindre. Je m'installai entre ses jambes et m'adossai à lui, me réchauffant à sa chaleur. La nuit était fraîche, et l'humidité s'immisçait jusque dans les os, glaçant la moelle.

Après un long silence rempli par les nombreux bruits des hommes travaillant en contrebas, je demandai :

— Ils vont quand même s'apercevoir que le pont n'est plus là, non ?

— Pas si le brouillard ne se dissipe pas avant le petit matin, ce qui sera le cas.

Il paraissait résigné, mais plus tranquille. Nous restâmes ainsi sans parler, contemplant la danse des flammes qui miroitaient et se fondaient dans le brouillard, s'étirant toujours plus haut avant de disparaître en volutes blanches.

Jamie me demanda soudain :

— Tu crois aux fantômes, *Sassenach* ?

— Euh… pour être franche, oui.

Il le savait déjà, car je lui avais raconté ma rencontre avec l'Indien au visage peint en noir. Et il y croyait aussi... il était Highlander.

– Pourquoi, tu en as vu un?

Il m'enlaça un peu plus près.

– Je ne peux vraiment dire que je l'ai « vu », mais je veux bien être pendu s'il n'est pas là.

– Qui?

– Murtagh. Depuis que le brouillard s'est levé, j'ai l'étrange impression qu'il se tient tout à côté de moi.

– Vraiment?

C'était fascinant, mais aussi angoissant. Murtagh, le parrain de Jamie, était mort à Culloden et, pour autant que je sache, ne s'était pas manifesté depuis. Je ne doutais pas de sa présence. L'austère Murtagh avait eu une personnalité très forte, et si Jamie disait qu'il était ici, il l'était probablement. Ce qui me troublait était la raison de sa présence.

Je me concentrai, mais ne parvins pas à sentir le petit Écossais coriace. Apparemment, il ne s'intéressait qu'à Jamie, ce qui m'effrayait d'autant plus.

Si l'issue de la bataille du lendemain était jouée d'avance, une bataille était une bataille, et des hommes y perdraient sans doute la vie, y compris dans le camp des vainqueurs. Murtagh avait pris son devoir de parrain très au sérieux. J'espérais sincèrement qu'il n'avait pas été informé de la mort imminente de son filleul et qu'il n'était pas venu pour le mener au ciel. Des visions à l'aube d'un combat étaient relativement courantes dans le folklore des Highlands, mais Jamie avait bien dit qu'il ne l'avait pas « vu ». C'était toujours ça.

– Il... euh... ne t'a rien dit?

– Non. Il est juste... là.

Comme sa présence semblait le réconforter, je tus mes angoisses et mes doutes. Ils me rongeaient néanmoins, et je passai le restant de cette brève nuit accrochée à mon mari, comme pour défier Murtagh ou quiconque d'essayer de me le prendre.

113

Les fantômes de Culloden

À l'aube, Roger se tenait derrière le remblai à côté de son beau-père, mousqueton à la main, tentant de percer le brouillard du regard. Il entendait clairement les bruits de l'autre armée, le martèlement rythmé des pas, le cliquettement du métal et le bruissement des habits. Des voix... sans doute les officiers criant des ordres pour rassembler les troupes.

Ils devaient déjà avoir découvert le camp déserté, de l'autre côté de la rivière. Désormais, ils savaient que l'ennemi les attendait sur l'autre rive.

Il tripotait son fusil depuis des heures, lui semblait-il, pourtant le métal était toujours aussi froid. Il avait les doigts raides.

Une forte odeur de suif flottait dans l'air. Les hommes d'Alexander Lillington avaient graissé les poutres de soutien après avoir retiré les planches du pont.

– Tu as entendu le cri?

Jamie indiqua l'autre rive du menton. Le vent avait tourné. Des bribes de phrases en gaélique s'élevaient derrière les troncs spectraux des cyprès. Je n'y comprenais rien, mais Jamie si.

– Celui qui les mène, je crois que c'est McLeod, veut attaquer par la rivière.

– Mais c'est du suicide! s'écria Roger. Ils doivent savoir... l'un d'eux a dû voir l'état du pont!

– Ce sont des Highlanders, répondit Jamie. Ils suivront l'homme auquel ils ont juré loyauté, même s'ils savent qu'il les conduit à la mort.

Ian se trouvait à ses côtés. Il se tourna vers Roger, puis, en arrière, vers Kenny et Murdo Lindsay, Ronnie Sinclair et les McGillivray. Tous se tenaient en rang serré, la main sur leur mousquet ou leur fusil, guettant les moindres faits et gestes de Jamie.

Ils s'étaient joints aux hommes du colonel Lillington. Ce dernier allait et venait, vérifiant qu'ils étaient prêts.

Soudain, Lillington s'arrêta en apercevant Jamie, et Roger figea. Randall Lillington avait été un cousin germain du colonel.

Alexander Lillington n'était pas homme à cacher ses pensées. Il venait de se rendre compte que ses propres hommes étaient situés à une douzaine de mètres, et ceux de Jamie, entre lui et eux. Il jeta un coup d'œil vers le brouillard ; on y entendait les cris de MacDonald auxquels répondaient des rugissements de Highlanders de plus en plus sonores.

– Que dit-il ?

– Que le courage les portera à la victoire.

Il ajouta doucement en gaélique :

– Que Dieu les protège !

Suspicieux, Lillington lui agrippa alors la manche.

– Mais vous-même, monsieur, n'êtes vous pas un Highlander ?

Son autre main était posée sur la crosse de son pistolet. Roger entendit derrière eux les conversations s'interrompre. Tous les hommes de Jamie les observaient, très intéressés, mais pas vraiment alarmés. De toute évidence, ils estimaient que leur chef parviendrait à s'occuper de Lillington tout seul. Celui-ci questionna de nouveau :

– Je vous le demande, monsieur, à qui revient votre loyauté ?

– De quel côté de la rivière je me tiens, monsieur ? répliqua Jamie.

Quelques hommes sourirent, mais n'osèrent pas rire franchement. La question de la loyauté était encore un sujet brûlant, et personne ne voulait risquer de le voir s'embraser.

Les doigts de Lillington sur le poignet de Jamie se desserrèrent un peu, mais le colonel ne le lâcha pas pour autant.

– Certes, mais comment pouvons-nous être sûrs que vous ne vous retournerez pas contre nous en plein combat ? Car vous êtes bien un Highlander, n'est-ce pas ? Comme tous vos hommes ?

De l'autre côté de l'eau, on entrevoyait parfois des éclats de tartan dans la brume.

– Je suis un Highlander. Et aussi le père d'enfants américains.

Jamie dégagea son bras, puis ajouta :

– Je vous autorise, monsieur, à vous tenir derrière moi et à me transpercer le cœur de votre épée si je me trompais de cible.

Puis, il tourna le dos à Lillington et chargea son arme, enfonçant la balle et la poudre avec une grande précision au bout de son refouloir.

Une voix rugit dans le brouillard, et une centaine de gorges reprirent son cri en gaélique :

– À NOS GLAIVES POUR LE ROI GEORGE !

La dernière charge des Highlanders venait de commencer.

* * *

Ils surgirent de la brume à une centaine de mètres de la rivière, hurlant comme des damnés, et son cœur fit un bond. L'espace d'un instant – un instant seulement – il se sentit fondre avec eux, et le vent de leur course plaqua sa chemise glacée contre son torse.

Il ne bougea pas d'un pouce. À ses côtés, Murtagh contemplait la scène d'un œil cynique. Roger Mac toussota et Jamie leva son fusil, le calant contre son épaule, attendant.

– Feu !

La salve les cueillit juste avant qu'ils n'atteignent le pont démonté. Une demi-douzaine tombèrent, les autres continuèrent. Puis les deux canons perchés sur la colline tirèrent. Il sentit leur détonation, comme une violente poussée dans le dos.

Il avait tiré avec la première salve, visant au-dessus des têtes. Il reposa son fusil à terre et rechargea. Des deux côtés de la rivière, on entendait des cris, les gémissements des blessés et les hurlements des attaquants.

– *A righ! A righ!* Au roi! Au roi!

Touché, MacLeod se tenait à l'entrée du pont. Sa veste était tachée de sang, mais il continuait de brandir son épée et sa targe.

Les canons tonnèrent de nouveau, mais ils visaient trop haut. La plupart des Highlanders s'étaient rassemblés sur la berge, certains déjà dans l'eau, s'accrochant aux piliers du pont. D'autres avançaient sur les poutres, glissant et utilisant leur épée comme un balancier.

– Feu!

Il tira, la fumée de la poudre se fondant dans la brume. Les canons réglèrent leur tir, et leur souffle le propulsa en avant. La plupart des combattants sur le pont étaient tombés à l'eau, d'autres s'étaient jetés à plat ventre sur les poutres et tentaient d'avancer en rampant, offrant une cible facile pour les mousquets, les hommes tirant désormais à volonté depuis leur redoute improvisée.

Il chargea et tira encore.

« Le voilà! » prononça en lui une voix détachée. Il n'aurait su dire si c'était la sienne ou celle de Murtagh.

McLeod venait de tomber. Son cadavre flotta un instant dans la rivière avant d'être englouti par les eaux noires. De nombreux hommes se débattaient dans cette eau profonde et d'un froid mortel. Peu de Highlanders savaient nager.

Il aperçut Allan MacDonald, l'époux de Flora, qui contemplait, livide, la scène sur la rive.

Le major Donald MacDonald pataugeait, le corps à moitié hors de l'eau. Il avait perdu sa perruque, et son crâne nu ruisselait de sang. Il grimaçait, montrant ses dents, sans qu'on puisse dire si c'était de douleur ou de férocité. Une autre balle l'atteignit, et il partit à la renverse, pour se redresser encore, lentement, toujours plus lentement, puis il avança et perdit pied, mais se redressa une nouvelle fois, battant frénétiquement des mains, projetant des éclaboussures et crachant du sang, tentant désespérément de respirer.

« Que ce soit toi, alors », dit la voix détachée.

Jamie leva son fusil et le visa à la gorge. Le major retomba en arrière et coula à pic.

* * *

Tout fut terminé en quelques minutes. Le brouillard était chargé de fumée de poudre, la rivière regorgeait de morts et de mourants.

Contemplant les dégâts, Caswell lâcha d'un ton affligé :

– Nos glaives pour le roi George, hein? Les pauvres bougres.

Sur l'autre rive, ce n'était que confusion. Ceux qui n'étaient pas tombés s'enfuyaient. Déjà, de notre côté, les hommes apportaient des planches pour reconstruire le pont. Les fuyards n'auraient pas le temps d'aller bien loin.

Jamie aurait dû se mettre en mouvement lui aussi, rassembler ses hommes pour s'élancer à la poursuite des Highlanders. Mais il semblait changé en statue de pierre, le vent glacé chantant dans ses oreilles.

* * *

Jack Randall était immobile. Il avait une épée à la main, mais ne fit aucun effort pour la lever. Il se tenait là, avec cet étrange sourire au coin des lèvres, ses yeux noirs sondant ceux de Jamie.

Si seulement il avait pu briser ce regard..., mais il en était incapable. Il perçut uniquement un mouvement flou derrière Randall. Murtagh, courant, bondissant au-dessus des touffes d'herbe, tel un chevreau. Puis l'éclat de la lame de son parrain... l'avait-il vraiment vu ou seulement imaginé ? Peu importait. À l'angle du coude de Murtagh, il avait deviné avant de le voir le coup mortel qui allait transpercer la redingote rouge du capitaine et lui pourfendre les reins.

Mais Randall avait fait volte-face, peut-être averti par un changement dans son regard, par la brève inspiration de Murtagh avant de frapper ou simplement par son instinct de soldat. Trop tard pour esquiver le coup, mais assez tôt pour faire dévier la lame. Randall avait grogné sous l'impact (Seigneur, il l'entendait encore) et, tombant à la renverse, avait saisi le poignet de Murtagh, l'entraînant dans sa chute.

Ils avaient roulé ensemble dans les joncs, dévalant la pente. Il s'était précipité derrière eux, serrant une arme dans son poing... quelle arme, qu'avait-il brandi ?

Il sentit encore son contact contre sa paume, mais ce n'était ni la garde d'une épée ni la crosse d'un pistolet ; puis la sensation passa, ne lui laissant qu'une image :

Murtagh. Murtagh serrant les dents au moment de frapper. Murtagh accourant pour le sauver.

* * *

Il reprit lentement conscience de l'endroit où il se trouvait. Une main était posée sur son épaule. Roger Mac, blême mais sûr de lui.

Ce dernier indiqua la rivière du menton.

– Je vais aller m'occuper d'eux. Ça va ?

– Oui. Oui, bien sûr.

Il avait l'impression de sortir d'un rêve... comme s'il n'était pas lui-même tout à fait réel.

Roger Mac hocha la tête et tourna les talons. Puis il revint soudain sur ses pas et posa de nouveau une main sur le bras de Jamie, en murmurant :

– *Ego te absolvo.*

Après quoi, il s'éloigna pour aller assister les mourants et bénir les morts.

DOUZIÈME PARTIE

L'éternité ne nous appartient pas

114

Amanda

L'OIGNON – INTELLIGENCER, 15 mai 1776

INDÉPENDANCE!

Après la fameuse victoire du pont de Moore's Creek, le quatrième congrès provincial de Caroline du Nord a voté l'adoption des résolutions d'Halifax. Ces dernières autorisent les délégués du Congrès continental à s'accorder avec leurs homologues des autres colonies pour déclarer leur indépendance et former des alliances avec des puissances étrangères, réservant à cette colonie le droit unique et exclusif de rédiger ses propres lois et sa propre constitution. Par l'adoption des résolutions d'Halifax, la Caroline du Nord devient donc la première colonie à se déclarer officiellement indépendante.

LE PREMIER NAVIRE d'une flotte commandée par Sir Peter Parker est arrivé à l'embouchure du fleuve Cape Fear le 18 avril. Cette flotte comprend neuf vaisseaux et transporte des troupes britanniques chargées de pacifier et d'unir la colonie, selon les termes du gouverneur Josiah Martin.

VOL : Des marchandises, d'une valeur totale de vingt-six livres, dix shillings et quatre pences, ont été dérobées dans l'entrepôt de M. Neil Forbes sur Water Street. Les malandrins ont percé un trou à l'arrière du hangar pendant la nuit du 12 mai et ont emporté leur butin dans une carriole. Deux hommes, un Blanc et l'autre Noir, ont été vus s'éloignant à bord d'une voiture tirée par un attelage de mules baies. Toute information concernant ce délit odieux sera généreusement récompensée. S'adresser à M. Jones, aux bons soins du Gull and Oyster, à Market Square.

NAISSANCE : Le capitaine Roger MacKenzie de Fraser's Ridge et son épouse ont la joie d'annoncer la naissance de leur fille, Amanda Claire Hope MacKenzie, née le 21 avril. L'enfant et sa mère sont en bonne santé.

Roger ne fut jamais aussi terrifié que lorsqu'on plaça pour la première fois sa fille dans ses bras. Âgée de quelques minutes, elle était si délicate qu'il craignait de laisser ses empreintes sur sa peau tendre et parfaite d'orchidée. D'un autre côté, elle était si jolie qu'il ne pouvait s'empêcher de la toucher, de promener son pouce sur la courbe parfaite de sa joue dodue, de caresser ses cheveux noirs et fins d'un index incrédule.

– Elle te ressemble.

Échevelée, en nage et dégonflée (mais si belle qu'il osait à peine la regarder), Brianna était enfoncée dans ses oreillers, avec un sourire de Joconde.

– Tu trouves vraiment?

Il étudia le petit visage, totalement absorbé. Non pas pour rechercher un signe de lui, mais parce qu'il n'arrivait pas à quitter sa fille des yeux.

Au fil des mois, réveillé sans cesse par les coups de poing et de pied, Roger avait observé le liquide se déplacer dans le ventre de Brianna, senti la forme du bébé presser contre ses mains ou battre en retraite quand il était couché près de sa femme, lui tenant le ventre et échangeant des plaisanteries. Ainsi, il en était venu à connaître cette enfant intimement.

Mais il l'avait connue sous le nom de « Petit Otto », le surnom secret qu'il lui avait attribué tant qu'elle n'était encore qu'un fœtus. Otto avait eu une personnalité distincte et, l'espace d'un instant, il sentit un regret ridicule en se disant qu'il avait disparu à jamais. Cette créature exquise dans ses bras était un tout autre être.

– Tu crois que c'est une Marjorie?

Brianna venait de relever la tête, essayant d'apercevoir le petit minois dans la couverture. Ils avaient discuté du prénom pendant des mois, rédigeant des listes, se chamaillant, se moquant de leurs propositions respectives, choisissant des noms impossibles comme Montgomery ou Aglaé. Finalement, ils avaient décidé que, si c'était un garçon, ce serait Michael, si c'était une fille, Marjorie, comme la mère de Roger.

Sa fille ouvrit les yeux. Légèrement bridés, ils étaient identiques à ceux de sa mère. Il se demanda s'ils resteraient ainsi. D'un bleu doux, comme le ciel en milieu de matinée, rien de remarquable à première vue, mais si on regardait droit vers lui... vaste, inimitable. Pouvait-elle déjà le voir?

– Non, dit-il doucement. C'est Amanda.

* * *

Au début, je n'avais rien dit. C'était courant chez les nouveau-nés, surtout les prématurés, comme dans le cas d'Amanda. Rien d'inquiétant, donc.

Le canal artériel, ou *ductus arteriosus,* est un vaisseau sanguin qui, chez le fœtus, relie l'aorte à l'artère pulmonaire. Les bébés ont des poumons, naturellement, mais avant la naissance, ils ne les utilisent pas. Ils puisent leur oxygène dans le placenta par l'intermédiaire du cordon ombilical. Par conséquent, le sang n'a pas besoin d'y circuler, hormis pour nourrir les tissus en développement. Autrement dit, le canal artériel court-circuite la circulation pulmonaire.

À la naissance, le bébé prend son premier souffle, et les détecteurs d'oxygène du vaisseau provoquent sa contraction, puis sa fermeture définitive. Le canal artériel fermé, le sang part du cœur aux poumons, se charge d'oxygène, puis revient pour être propulsé dans le reste de l'organisme. Un système propre et élégant... sauf qu'il ne fonctionne pas toujours correctement.

Il arrive que le canal artériel ne se referme pas. Dans ce cas, le sang est quand même acheminé dans les poumons, mais la déviation étant toujours là, il arrive en trop grande quantité, dans certains cas inondant les poumons qui gonflent et se congestionnent. La déviation de la circulation sanguine peut entraîner des problèmes d'oxygénation, parfois aigus.

Je déplaçai mon stéthoscope sur le minuscule thorax, écoutant avec attention. C'était mon meilleur instrument, une invention du XIXe siècle appelée un Pinard, un cône se terminant par un disque plat à une extrémité, surface contre laquelle je pressai mon oreille. J'en possédais un sculpté en bois. Celui-ci était en étain, moulé en sable à mon intention par Brianna.

En fait, le murmure était si clair que j'aurais sans doute pu me passer de stéthoscope. Pas un seul clic ni un battement manqué, pas de pause trop longue ni de sifflement. Un cœur pouvait faire tout un tas de bruits inhabituels, et son auscultation constituait la première étape d'un diagnostic. Les anomalies atriales et ventriculaires, les malformations valvulaires émettent toutes des murmures spécifiques, parfois entre les battements, parfois se confondant avec eux.

Quand le canal artériel ne se referme pas, on le dit « persistant ». La persistance du canal artériel émet un chuintement continu, doux, mais audible si on se concentre, surtout dans les régions supraclaviculaires et cervicales.

Pour la centième fois en deux jours, je me penchai, l'oreille collée à mon Pinard que je déplaçais sur le cou et le torse d'Amanda, espérant que le bruit aurait disparu. Il était toujours là.

– On tourne la tête, chérie, oui, c'est ça…

Je lui tournai délicatement la tête, pressant l'appareil contre son cou dodu, étirant les plis de chair. Le murmure augmenta. Amanda émit un infime bruit de respiration qui ressemblait à un gloussement. Je lui tournai la tête dans l'autre sens, et le son baissa.

– Putain de merde! dis-je à voix basse pour ne pas l'effrayer.

Je reposai le stéthoscope et la pris dans mes bras, la nichant contre mon épaule. Nous étions seules. Brianna était montée faire une sieste dans ma chambre, les autres étaient sortis.

Je m'approchai de la fenêtre. C'était une belle journée de printemps. Les roitelets nichaient de nouveau sous les avant-toits. Je les entendais au-dessus de moi, allant et venant avec des brindilles, discutant avec de clairs gazouillis.

J'approchai mes lèvres de sa minuscule oreille nacrée.

– Oiseau. Oiseau bavard.

Elle s'étira paresseusement et lâcha un pet.

Je souris malgré moi et l'éloignai à peine pour regarder son visage – ravissant, parfait –, mais moins joufflu qu'une semaine plus tôt, à sa naissance.

« Qu'un bébé perde un peu de poids les premiers temps était tout à fait normal », me répétai-je.

La persistance du canal artériel ne présente parfois aucun symptôme, mis à part cet étrange murmure continu. Mais pas toujours. Les cas graves privent l'enfant de l'oxygène dont il a tant besoin. Les symptômes sont alors pulmonaires : une respiration sifflante, rapide et superficielle, une mauvaise mine, un développement bloqué, toute l'énergie étant consacrée à puiser assez d'oxygène.

– Laisse grand-maman écouter encore une fois.

Je la reposai sur la couverture étalée sur mon plan de travail. Elle gargouilla et battit des jambes, pendant que je l'auscultai de nouveau, déplaçant le Pinard sur son cou, son épaule, son bras...

– Seigneur, murmurai-je. Faites que ce ne soit pas grave.

Mais le murmure augmentait de volume, étouffant ma prière.

Quand je me redressai, Brianna se tenait sur le seuil.

* * *

– Je savais bien que quelque chose n'allait pas.

Elle essuyait les fesses de Mandy avec un linge humide avant de la langer.

– Elle ne tète pas comme Jemmy. Elle a l'air d'avoir faim, mais elle boit à peine, et elle s'endort. Puis elle se réveille et réclame encore.

Elle s'assit et donna le sein au bébé, comme pour me faire la démonstration. En effet, Mandy se jeta sur le mamelon, affamée. Pendant qu'elle tétait, je pris son poing et lui dépliai les doigts. Ses ongles minuscules étaient légèrement teintés de bleu.

– Bon, dit Brianna calmement. Que faut-il faire?

– Je ne sais pas.

En vérité, dans la plupart des cas, c'était la réponse habituelle, toujours insatisfaisante, surtout à cet instant.

– Parfois, il n'y a aucun symptôme, ou juste de très légers signes. Si l'ouverture du canal est très grande et que l'enfant présente des symptômes pulmonaires, ce qui est son cas, alors... elle peut peut-être se développer de façon convenable, mais elle ne s'épanouira pas en raison de ses problèmes d'oxygénation. Ou...

Je pris une grande inspiration, rassemblant mon courage.

– ... elle pourrait développer une insuffisance cardiaque. Ou une hypertension pulmonaire... c'est quand la pression s'accumule dans les pou...

– Je sais ce que c'est, m'interrompit Brianna d'une voix tendue. Ou?

– Ou une endocardite infectieuse. Ou... pas.

– Elle mourra?

Elle me fixait droit dans les yeux, les mâchoires crispées, mais à la manière dont elle serrait Amanda contre elle, je savais qu'elle attendait une réponse. Je ne pouvais pas lui cacher la vérité.

– Probablement.

Le mot resta suspendu en l'air entre nous, hideux.

– Je ne peux pas l'affirmer à coup sûr, mais...

– Probablement, répéta-t-elle.

Je détournai les yeux, incapable de soutenir son regard. Sans un équipement moderne tel qu'un échocardiogramme, il m'était impossible de mesurer l'étendue exacte du problème.

Mais, outre ce que mes yeux et mes oreilles me disaient, il y avait ce que j'avais ressenti dans ma chair... cette sensation que quelque chose ne tournait pas rond, cette conviction atroce qui prend parfois... et ne ment pas.

– Tu peux la sauver?

J'entendis le tremblement dans sa voix et l'entourai dans mes bras. Elle avait la tête penchée sur Amanda, et je vis ses larmes tomber, une à une, sur les fines boucles brunes au sommet du crâne de l'enfant.

– Non, murmurai-je.

Le désespoir m'envahit, et je les étreignis toutes les deux comme si je pouvais arrêter le temps et le sang.

– Non, je ne peux pas.

* * *

– Dans ce cas, je ne vois pas trente-six solutions, non? Tu dois partir.

Roger se sentait d'un calme surnaturel. Il reconnaissait cet état comme un état artificiel provoqué par le choc, mais voulait s'y raccrocher le plus longtemps possible.

Brianna le regarda sans répondre, sa main lissant sans cesse la couverture de Mandy endormie sur ses genoux.

Claire lui avait tout expliqué, plusieurs fois, patiemment, se rendant compte qu'il ne comprenait pas. Il n'y croyait toujours pas, mais la vue de ces ongles minuscules qui bleuissaient tandis qu'Amanda essayait désespérément de téter s'était enfoncée en lui comme des serres de rapace.

Claire lui avait dit qu'on pouvait corriger chirurgicalement cette anomalie... dans un bloc opératoire moderne.

– Vous ne pouvez pas...? Avec l'éther?

Elle avait fermé les yeux, l'air aussi malade que lui.

– Non. Je ne peux faire que des opérations simples... des hernies, des appendicites, des amygdalectomies, et même ces dernières présentent des risques. Mais une intervention aussi importante, sur un corps si petit... Non.

Quand elle avait relevé les yeux vers lui, il y avait lu de la résignation.

– Non. Pour qu'elle vive, il faut l'emmener... là-bas.

Ainsi, ils s'étaient mis à discuter de l'impensable. Car il existait des choix et il y avait des décisions à prendre. Et un fait basique et inaltérable était clair : Amanda devait traverser les pierres... si elle le pouvait.

* * *

Jamie Fraser prit la bague en rubis de son père et la tint devant le visage de sa petite-fille. Aussitôt, le regard d'Amanda se fixa dessus, et elle sortit sa langue avec intérêt. Il sourit en dépit de son cœur lourd et la laissa la prendre.

– Elle lui plaît, c'est déjà pas mal.

Il la lui reprit tout doucement, avant qu'elle ne la mette dans sa bouche.

– Essayons avec l'autre.

Claire avait sorti son amulette, la bourse en cuir élimé que lui avait offerte une sage indienne, des années plus tôt. Elle contenait un peu de tout et de n'importe quoi, des herbes sans doute, des plumes et de minuscules os, peut-être ceux d'une chauve-souris. Mais parmi tout cela se trouvait une pierre. Elle ne ressemblait pas à grand-chose, mais c'était une vraie gemme, un saphir brut.

Immédiatement, Amanda tourna la tête vers elle, plus intéressée que par la pierre brillante de la bague. Elle se mit à roucouler et à battre des mains, tentant de saisir la bourse.

Brianna émit un son étranglé. Puis, d'une voix où rivalisaient en parts égales la peur et l'espoir, elle déclara :

– Peut-être... Mais on ne peut pas en avoir la certitude. Et si je... si je passe, mais pas elle ?

Ils se dévisagèrent tous sans un mot, imaginant cette éventualité.

Roger posa une main sur son épaule.

– Dans ce cas, tu reviendras. Tu reviendras tout de suite.

Elle parut se détendre un peu à son contact.

– J'essayerai.

Jamie s'éclaircit la gorge.

– Jemmy est dans les parages?

Naturellement. Ces derniers temps, il n'était jamais loin de sa mère, sentant que quelque chose ne tournait pas rond. Nous le trouvâmes dans le bureau de Jamie où il s'exerçait à lire dans le...

– Bon sang de bonsoir! s'exclama sa grand-mère. Jamie! Comment as-tu pu?

Jamie verdit. L'enfant avait déniché un vieil exemplaire des *Mémoires de Fanny Hill, femme de plaisir,* qu'il avait obtenu d'un colporteur avec un lot de livres d'occasion. Il n'avait pas pris le temps d'examiner les volumes avant de les acquérir, puis en ouvrant le roman notoire... Bref, il n'avait jamais pu se résoudre à jeter un livre, quel qu'il soit.

Jemmy demanda à son père :

– C'est quoi P-H-A-L-L-U-S?

– Un autre mot pour « bite », et tu ne dois pas l'utiliser non plus. Écoute... tu entends un bruit quand tu te concentres sur cette pierre?

Il lui montra la bague de Jamie posée sur la table.

Le visage de l'enfant s'illumina.

– Bien sûr.

– Quoi, de là où tu es? s'étonna Brianna.

Jemmy regarda le cercle de ses parents et grands-parents, surpris par leur intérêt.

– Bien sûr, répéta-t-il. Elle chante.

Le cœur battant, craignant autant un oui qu'un non comme réponse à sa question, Jamie demanda :

– Tu penses que Mandy l'entend chanter, elle aussi?

Jemmy saisit la bague et se pencha sur le couffin, la tenant droit au-dessus de la tête de sa petite sœur. Elle battit des pieds avec énergie et émit toutes sortes de bruits, mais impossible de savoir si c'était à cause de la pierre ou de la vue de son frère. Celui-ci sourit.

– Elle peut l'entendre, annonça-t-il.
– Comment le sais-tu ? questionna Claire, intriguée.
Surpris, Jemmy la dévisagea.
– Ben... parce qu'elle l'a dit !

* * *

Rien n'était fixé. En même temps, tout était dit. Je ne doutais pas de ce que mes doigts et mes oreilles m'indiquaient, l'état d'Amanda s'aggravait lentement. Très lentement... Cela prendrait peut-être une année, deux, avant que les troubles graves apparaissent..., mais ils apparaîtraient.

Jemmy avait peut-être raison, peut-être pas. Toutefois, nous devions partir du principe qu'il avait vu juste.

Il y eut des disputes, des discussions, beaucoup de larmes. Restait encore à savoir qui entreprendrait le voyage à travers les pierres. Brianna et Amanda devaient partir, c'était certain. Mais Roger devait-il les accompagner ? Et Jemmy ?

– Je ne te laisserai pas partir sans moi, déclara Roger entre ses dents.

– Je ne veux pas partir sans toi ! s'écria Brianna, exaspérée. Mais comment pouvons-nous abandonner Jemmy ici ? Et comment pouvons-nous l'emmener ? Un bébé encore... d'après les légendes, c'est possible, mais Jemmy... comment s'en sortira-t-il ? On ne peut pas risquer de le tuer !

Je regardai sur la table le rubis et ma bourse qui contenait le saphir.

– Je crois qu'il nous faut trouver deux autres pierres. Juste au cas où.

C'est ainsi qu'à la fin de juin, nous descendîmes tous de notre montagne, le cœur en émoi.

115

Qui se sent morveux se mouche

4 juillet 1776

On étouffait de chaleur dans la chambre de l'auberge, mais je ne pouvais pas sortir. Amanda s'était enfin endormie à force de pleurer (elle avait les fesses à vif, la pauvre) et était recroquevillée dans son couffin, son pouce dans la bouche. Je dépliai la moustiquaire, un rideau en gaze, et l'étalai sur le panier avant d'ouvrir la fenêtre. L'air au-dehors était aussi chaud, mais au moins, il se déplaçait. J'avais ôté mon bonnet, Mandy adorant jouer avec mes boucles et tirer dessus. Pour une enfant souffrant d'une malformation cardiaque, elle était dotée d'une force surprenante. Pour la énième fois, je me demandai si je ne m'étais pas trompée.

Mais non. Elle dormait à présent, son corps ayant la délicate carnation rose d'un bébé sain. Hélas, dès qu'elle se réveillait et s'agitait, cet éclat se fanait et cédait la place à un teint bleuté sur les lèvres et au bout de ses doigts. Elle était toujours vivace mais menue, alors que Brianna et Roger étaient tous les deux grands. Jemmy avait grossi comme un hippopotame au cours de ses premières années, mais Mandy pesait pratiquement le même poids depuis sa naissance.

Non, je ne me trompais pas. Je déposai le couffin sur la table afin que la brise chaude la caresse et m'assis à côté, posant avec douceur mes doigts sur son torse.

Je le sentais, comme au tout début, mais plus fort à présent que je savais de quoi il retournait. Si j'avais disposé d'un vrai

801

bloc opératoire, de transfusions sanguines, d'une anesthésie précise et calibrée, d'un masque à oxygène, d'infirmières rapides et compétentes… La chirurgie cardiaque n'était jamais bénigne, et opérer un enfant présentait un risque accru…, mais j'aurais pu. Je sentais au bout de mes doigts exactement quoi faire, je voyais dans ma tête le cœur, plus petit que mon poing, le muscle glissant, palpitant, caoutchouteux, et le sang se déversant dans le canal artériel, si petit, ne mesurant pas plus trois millimètres de circonférence. Une infime incision dans le vaisseau axillaire, une ligature rapide du canal avec un fil de soie numéro 8. Le tour était joué.

Je savais. Malheureusement, savoir n'était pas pouvoir. Pas plus que vouloir. Je ne serais pas celle qui sauverait ma précieuse petite-fille.

Quelqu'un d'autre le pourrait-il ? Momentanément, je laissai les idées noires que je refoulais en présence des autres m'envahir. Jemmy pouvait s'être trompé. N'importe quel bébé serait attiré par un objet brillant et coloré comme la bague en rubis…, puis je me souvins de ses gazouillis, de ses tentatives pour attraper la vieille amulette en cuir contenant le saphir.

Je ne voulais pas réfléchir aux dangers du voyage… ni à la certitude d'une séparation définitive, que le passage à travers les pierres se fasse sans encombre ou non.

Des sons arrivaient de dehors. En regardant vers le port, j'aperçus les mâts d'un grand navire au loin. Puis un autre, encore plus loin. Mon ventre se noua.

Il s'agissait de vaisseaux qui traversaient l'océan, pas de goélettes de pêche ni de petits paquebots effectuant la navette le long de la côte. Faisaient-ils partie de la fameuse flotte envoyée pour aider, à sa demande, le gouverneur Martin ? Le premier était arrivé à Cape Fear à la fin d'avril, mais les troupes qu'il transportait s'étaient montrées discrètes, attendant les autres.

J'observai de longues minutes, mais les navires n'approchaient pas. Peut-être attendaient-ils au large d'être rejoints par le reste de la flotte ? À moins que ce soit des vaisseaux américains fuyant le blocus britannique de la Nouvelle-Angleterre ?

Des bruits de pas dans l'escalier, accompagnés de ces éructations hilares typiquement écossaises – généralement mal rendues sur papier par des «Heuch, heuch, heuch» – m'arrachèrent à mes hypothèses.

C'était clairement Jamie et Ian, mais je ne voyais pas ce qui pouvait les amuser autant. La dernière fois que je les avais vus, ils partaient pour les docks avec pour mission d'expédier une cargaison de feuilles de tabac, d'acquérir du poivre, du sel, du sucre, de la cannelle, si possible des aiguilles (plus difficiles à dénicher que la cannelle), ainsi que de nous rapporter un gros poisson (n'importe quelle espèce pourvu qu'elle soit comestible) pour assurer notre dîner.

Ils avaient au moins trouvé le poisson, un gros thazard. Jamie le tenait par la queue. S'il avait été emballé dans du papier, ce dernier avait disparu. La tresse de Jamie était défaite, et de longues mèches rousses retombaient sur les épaules de sa veste, dont une manche était à moitié arrachée, un pli de sa chemise blanche bâillant par la déchirure. Il était couvert de poussière, tout comme le poisson, et avait un œil enflé à demi fermé.

J'enfouis mon visage entre mes mains et l'examinai entre mes doigts entrouverts.

– Oh, Seigneur ! Ne me dis rien. Neil Forbes ?

Il lâcha le poisson sur la table devant moi.

– Non, juste une petite divergence d'opinion avec l'Association des marcheurs et amateurs de soupe aux palourdes de Wilmington.

– «Une divergence d'opinion» ? répétai-je.

– Oui, ils étaient pour nous balancer dans le port, et on était contre.

Il retourna une chaise et s'assit à l'envers, croisant les bras sur son dossier. Le teint rougi par le soleil et le rire, il était d'une gaieté indécente.

– Je ne veux pas savoir, mentis-je.

Je regardai Ian, qui continuait à ricaner dans son coin, et remarquai que, quoique légèrement moins dépenaillé que son oncle, il avait un doigt dans une narine.

– Tu saignes du nez, Ian?

Il pouffa de rire.

– Non, ma tante, mais je ne pourrais pas en dire autant de certains membres de l'Association.

– Alors, que fais-tu avec le doigt dans le nez? Tu as attrapé une tique?

– Non, c'est pour empêcher sa cervelle de se répandre, répondit Jamie avant d'éclater de rire de nouveau.

– Et si vous vous enfonciez les deux doigts dans le nez tous les deux? Au moins, pendant ce temps-là, vous ne feriez pas de bêtises.

Je me penchai pour examiner son œil de plus près.

– Dis-moi la vérité, tu as tapé sur quelqu'un avec ce poisson, n'est-ce pas?

– Gilbert Butler. En plein dans la figure! Il a été projeté à travers le quai et a atterri dans l'eau.

Ian était plié en deux.

– Par sainte Bride, quel plongeon! Oh, c'était une belle bagarre, ma tante! J'ai cru que je m'étais cassé la main contre la mâchoire d'un type, mais ça va mieux maintenant, elle est juste encore un peu engourdie.

Il agita les doigts de sa main libre, grimaçant un peu.

– Ôte donc ce doigt de ton nez, Ian, dis-je agacée. On dirait un débile mental.

Pour une raison quelconque, ils trouvèrent ma remarque à mourir de rire, et il leur fallut un certain temps pour se remettre. Ian se décida enfin à retirer son doigt, très prudemment, comme si, en effet, il craignait que son cerveau suive dans la foulée. Toutefois, il ne sortit rien, pas même les excrétions auxquelles on aurait pu s'attendre.

Ian parut perplexe, puis un peu alarmé. Il renifla, tapota sa narine, puis renfila son doigt dedans, fouillant avec application.

Jamie souriait toujours, mais son amusement passa à mesure que les recherches de Ian devenaient plus frénétiques.

– Quoi? Ne me dis pas que tu l'as perdue?

Ian secoua la tête, fronçant les sourcils.

– Non, je la sens. Mais…

Il arrêta de se triturer le nez, paniqué.

– Elle est coincée, oncle Jamie! Je n'arrive plus à la sortir!

Jamie bondit, lui écarta son doigt et lui renversa la tête en arrière, scrutant l'intérieur de sa narine.

– Apporte-nous une chandelle, *Sassenach,* s'il te plaît.

Il y avait un bougeoir sur la table, mais je savais par expérience que tout ce qu'on obtenait en approchant une flamme d'une narine, c'était de brûler les poils du nez. Je sortis donc ma sacoche de médecine de sous le banc où je l'avais rangée.

– Je m'en occupe.

Avec l'assurance de quelqu'un ayant déjà extrait toutes sortes d'objets des cavités nasales d'enfants, des noyaux de cerises aux insectes vivants, je sortis ma plus longue paire de pinces et fis claquer ses fines lames.

– Quoi que tu te sois fourré là-haut, Ian, ne bouge surtout pas.

Ian roula des yeux affolés, puis implora son oncle du regard. Celui-ci posa une main sur mon bras.

– Attends, j'ai une meilleure idée.

L'instant suivant, il était déjà dans le couloir. Il dévala l'escalier, et j'entendis un brouhaha de rires quand il ouvrit la porte de l'auberge, au rez-de-chaussée. Dès qu'il la tira derrière lui, le vacarme cessa, comme stoppé par une valve.

– Ça va aller, Ian?

Le dessus de sa lèvre inférieure était taché de rouge. À force de se tripoter, il saignait du nez.

– Je l'espère, ma tante. Vous pensez que j'aie pu la pousser jusque dans mon cerveau?

– Ça me paraît très improbable. Mais qu'as-tu bien pu…

La porte en bas s'était de nouveau ouverte et refermée, libérant une nouvelle bouffée de conversations et de rires. Jamie remonta les marches quatre à quatre et réapparut dans la chambre, sentant le pain chaud et la bière et tenant à la main une tabatière.

Ian s'en empara avec gratitude, versa une pincée de grains noirs sur le dos de la main et la prisa très vite.

Pendant quelques minutes, nous restâmes tous les trois en attente…, puis la réaction vint, un éternuement gargantuesque qui le propulsa en arrière sur son tabouret, tandis que sa tête était projetée en avant… Un petit objet dur percuta la table avec un « ping ! », puis rebondit dans l'âtre.

Ian continua d'éternuer dans une pétarade explosive, pendant que Jamie et moi, à genoux, farfouillions dans les cendres.

– Je l'ai… je crois.

Je me rassis sur mes talons, contemplant la poignée de cendres dans ma paume au milieu de laquelle se trouvait une masse ronde couverte de poussière noire.

– Oui, c'est elle.

Jamie saisit mes pinces délaissées sur ma table et cueillit l'objet avec soin, avant de le placer dans mon verre d'eau. Un nuage de cendres et de suie remonta à la surface où il forma une pellicule grise. Au fond, l'objet chatoyait, clair, sa beauté enfin révélée. Une pierre à facettes, couleur de miel doré, aussi grande que le demi-ongle de mon pouce.

– Un chrysobéryl, murmura Jamie.

Une main dans le creux de mon dos, il se tourna vers le couffin de Mandy.

– Tu crois que ça ira ?

Respirant péniblement et larmoyant, Ian pressa un mouchoir contre son appendice malmené et se pencha par-dessus mon épaule.

– Débile mental, hein ? Peuh !

– Où l'avez-vous trouvé ? Ou plutôt, à qui l'avez-vous volé ?

Jamie prit la pierre et la retourna entre ses doigts.

– À Neil Forbes. Les membres de l'Association des amateurs de soupe aux palourdes étaient nettement plus nombreux que nous, et nous avons dû décamper à toute vitesse. On a filé se cacher derrière les entrepôts.

– Je connaissais celui de Forbes, puisque j'y étais déjà allé, ajouta Ian.

Un des pieds de Mandy pointait hors du couffin. Il caressa sa plante du bout d'un doigt et sourit en voyant ses orteils se contracter par réflexe.

– Il y avait un grand trou à l'arrière, quelqu'un avait abattu un morceau du mur. Seule une bâche clouée le recouvrait. Alors, on l'a arrachée un peu, et on est rentrés.

Ils s'étaient retrouvés près d'un box que Forbes utilisait comme bureau et qui, à ce moment-là, était désert.

– Il était dans une boîte sur sa table. Comme s'il nous attendait! Je l'ai juste pris dans ma main pour le regarder, puis on a entendu le gardien approcher. Alors…

Il haussa les épaules avec un sourire.

– Mais, vous ne croyez pas que le gardien dira à Forbes qu'il vous a vus?

À eux deux, ils ne passaient pas inaperçus.

– Oh sans doute, répondit Jamie.

Il se pencha sur le couffin, tenant la pierre entre le pouce et l'index.

– Regarde ce que grand-père et oncle Ian t'ont apporté, *a muirninn*!

– On a décidé qu'il nous devait bien ça, après ce qu'il a fait subir à Brianna, reprit Ian. Selon moi, M. Forbes trouvera ça très raisonnable lui aussi, et sinon…

Il porta la main au couteau accroché à sa ceinture.

– … Il lui reste toujours une oreille, après tout.

Très lentement, un petit poing s'éleva sous la moustiquaire, ses doigts s'ouvrant pour attraper la pierre.

– Elle dort toujours? chuchotai-je.

Jamie acquiesça et éloigna le chrysobéryl.

De l'autre côté de la table, le poisson fixait le plafond avec une totale indifférence.

116

Le neuvième comte d'Ellesmere

9 juillet 1776

– L'eau ne sera pas froide.

Elle avait parlé sans réfléchir.

– Je ne pense pas que cela fera une grande différence.

Un nerf se contracta dans la joue de Roger, et il détourna la tête. Elle posa tout doucement la main sur lui, comme s'il était une bombe susceptible d'exploser au moindre faux mouvement. Il hésita, puis la prit avec un sourire contrit.

– Désolé.

– Je suis désolée aussi.

Ils se tinrent l'un contre l'autre, leurs doigts entrecroisés, observant la marée se retirer sur la plage étroite, millimètre par millimètre.

Dans la lumière du soir, les marais étaient gris et austères, jonchés de galets et souillés par les eaux tourbeuses du fleuve. Quand la mer se retirait, l'eau du port devenait brune et fétide, formant une tache qui s'étendait jusqu'aux navires ancrés dans la baie et presque jusqu'au large. Quand elle revenait, l'eau claire et grise de l'océan se déversait dans Cape Fear, submergeant les vasières.

– Là-bas !

Elle parlait à voix basse bien qu'il n'y eut personne pour les entendre, indiquant un groupe de vieux pieux d'amarrage plantés dans la boue. Un skiff était attaché à l'un d'eux, deux pirogues à quatre rames – les « libellules » qui sillonnaient le port – à un autre.

– Tu es sûre ?

Des petits crabes se précipitaient sur les galets, profitant du retrait de la marée pour glaner.

– Je suis sûre. J'ai entendu des gens en parler au Blue Boar. Un voyageur a demandé où cela se passerait, et Mme Smoots a répondu « les vieux poteaux d'amarrage près des entrepôts ».

Un flet éventré gisait sur les pierres, sa chair blanche exposée. Les pinces des crabes s'activaient et déchiquetaient, leurs minuscules gueules s'ouvraient grand et engloutissaient. Le cœur de Brianna se souleva, et elle déglutit avec difficulté. Peu importait ce qui arriverait ensuite, elle le savait. Mais quand même...

Roger acquiesça d'un air absent. Il mit sa main en visière pour protéger ses yeux du vent venant du port, évaluant les distances.

– Il y aura probablement foule.

Il y avait déjà du monde. La mer ne remonterait pas avant une bonne heure, mais les gens descendaient déjà vers le port par deux, trois ou quatre, se tenant près du magasin de fournitures pour bateaux en fumant la pipe, s'asseyant sur les tonneaux de poissons salés pour faire la causette. Mme Smoots avait dit vrai. Plusieurs d'entre eux pointaient un doigt vers les pieux d'amarrage.

– Il faudra se mettre là-bas, déclara Roger. C'est de là qu'on aura la meilleure vue.

Il tendit le menton vers les trois navires qui se balançaient près du quai principal.

– Depuis un des bateaux, qu'en dis-tu ?

Brianna fouilla dans la poche attachée à sa ceinture et sortit sa petite lunette en laiton. Elle observa les trois navires, fronçant les sourcils. Étaient ancrés une goélette de pêche, le brick de M. Chester et un vaisseau plus gros qui était arrivé au début de l'après-midi, propriété de la flotte britannique.

La tache pâle d'une tête traversa soudain son champ de vision, et elle figea.

– Oh la!... Ça ne peut pas être lui! Mince... mais si, c'est lui!

Une flamme venait de s'allumer en elle, lui réchauffant le cœur.

– C'est lui qui? interrogea Roger.

Il plissait les yeux, essayant de voir au loin sans aide.

– C'est John! Lord John!

– Lord John Grey? Tu es sûre?

– Oui! Sur le pont du brick! Il a dû venir de Virginie. Oh, il est parti... mais c'était lui, je l'ai vu!

Elle se tourna vers Roger, tout excitée, repliant sa lunette et lui prenant le bras.

– Viens! Allons essayer de le trouver. Il nous aidera.

Roger se laissa entraîner, quoique nettement moins enthousiaste.

– Tu vas lui dire? Tu es certaine que c'est sage?

– Non, mais peu importe. Il me connaît.

Il lui jeta un regard torve, puis sa mine sombre fondit, se transformant malgré lui en sourire.

– Tu veux dire par là qu'il sait qu'il est inutile d'essayer de te faire changer d'avis, quand tu t'es mis une idée dans la caboche.

Elle sourit à son tour, le remerciant tacitement. Il n'avait pas été d'accord – en fait, il avait détesté l'idée, et elle ne pouvait le blâmer –, mais il n'essayerait pas de l'en empêcher. Lui aussi, il la connaissait.

– Oui. Viens vite, avant qu'il disparaisse dans la nature!

Parcourir la courbe du port ne fut pas une mince affaire, les quais étant remplis de badauds. Devant le Breakers, la foule devint encore plus compacte. Un groupe de soldats en redingote rouge se tenaient debout ou étaient assis sur les pavés, entourés de sacs et de caisses, trop nombreux pour entrer dans la taverne. Depuis l'intérieur de l'établissement, on passait de main en main des bocks de bière, éclaboussant les têtes de ceux qui se trouvaient en dessous.

Un sergent à l'air harassé mais efficace était adossé au colombage d'une auberge, parcourant des liasses de papier, beuglant des ordres et mangeant une tourte à la viande, tout cela en même temps. Brianna retint son souffle en se frayant un passage entre les bagages et les hommes qui dégageaient une forte odeur de vomi et de crasse.

Quelques passants marmonnaient en voyant les soldats, d'autres les acclamaient et les applaudissaient, recevant en retour des saluts cordiaux. Fraîchement débarqués des entrailles du *Scorpion,* les soldats étaient trop heureux de retrouver leur liberté ainsi que de la nourriture et des boissons fraîches pour se soucier des réactions provoquées par leur arrivée.

Roger marcha devant elle et ouvrit un chemin dans la foule à coups de coudes et d'épaules. Des sifflements appréciatifs et des compliments salaces s'élevèrent sur le passage de la grande rousse, mais elle garda la tête baissée, fixant les talons de Roger devant elle.

Elle soupira de soulagement quand ils émergèrent enfin à l'autre bout du quai. On déchargeait encore les équipements des soldats un peu plus loin, mais il n'y avait pas grand monde devant le brick. Elle s'arrêta et jeta un coup d'œil autour d'elle, cherchant à apercevoir la tête blonde de Lord John.

– Le voilà !

Roger lui tira sur le bras. Elle suivit du regard la direction qu'il pointait et lui rentra dedans quand il recula précipitamment d'un pas.

– Aïe, qu'est-ce qui te… ?

Elle coupa net son invective, ayant la sensation d'avoir reçu un coup de poing dans le ventre.

– Mince ! Qu'est-ce que c'est que ça ?

Lord John se tenait sur le quai, plongé dans une conversation animée avec un des soldats en redingote rouge. C'était un officier ; des galons dorés brillaient sur son épaule, et il portait un tricorne bordé de dentelle sous un bras. Toutefois, ce n'était pas son uniforme qui avait attiré leur attention.

– Oh, bon sang ! souffla-t-elle médusée.

Il était grand – très grand – avec des épaules amples et de longs mollets qui étiraient ses bas blancs, faisant papilloter béatement un groupe de jeunes marchandes d'huîtres. Cependant, ce n'était pas ni sa taille ni sa carrure qui donnait la chair de poule à Brianna, mais plutôt son port, sa silhouette, cette manière d'incliner la tête sur le côté et son air sûr de lui qui l'attirait comme un aimant.

– C'est papa…

Les mots lui échappèrent, même si elle savait que c'était absurde. Si, pour un motif inimaginable, Jamie avait décidé de se déguiser en soldat anglais pour se promener dans le port, cet homme était différent. Il était mince et musclé, comme son père, mais possédait cette sveltesse particulière de la jeunesse. Il était gracieux, comme Jamie, mais avec une légère hésitation dans le geste, vestige de la gaucherie d'une adolescence encore proche.

Il se tourna un peu, éclairé de dos par les reflets de la lumière sur l'eau, et elle sentit ses jambes mollir. Un long nez droit, un front haut… de larges pommettes de Viking…

Roger lui agrippait fermement le bras, aussi fasciné qu'elle.

– Que… je… sois… pendu !

– Qu'on soit pendus tous les deux. Et lui aussi.

– Lui ?

– Lui, lui et lui !

Lord John, le mystérieux jeune soldat et, surtout, son père.

– Viens.

Elle libéra son bras et avança d'un pas rapide sur le quai, se sentant étrangement désincarnée, comme si elle s'observait de loin.

Tel que dans un miroir déformant de fête foraine, elle voyait son visage, sa taille, ses gestes… soudain transposés dans une redingote rouge et des culottes en daim. Il avait les cheveux châtain foncé et non roux, mais ils étaient épais comme les siens, avec la même ondulation, le même épi qui les soulevait sur son front.

Lord John tourna la tête et l'aperçut. Ses yeux sortirent de leurs orbites avec une expression d'horreur absolue. Il fit un geste vague dans sa direction, comme pour l'arrêter, mais autant stopper un raz-de-marée.

– Bonjour ! lança-t-elle gaiement. Quelle surprise de vous trouver ici, Lord John !

Lord John émit un faible couac, comme un canard à qui on aurait marché sur la patte, et le jeune homme lui fit face avec un sourire cordial.

Mon Dieu, il avait même les yeux bleus que son père. Bordés de cils noirs, à peine bridés et si jeunes que la peau tout autour était lisse et tendue. Des yeux de chat. Exactement comme les siens.

Son cœur battait si fort qu'elle était persuadée que tout le monde l'entendait. Toutefois, le jeune officier ne semblait pas s'en rendre compte. Il s'inclina avec courtoisie.

– Votre serviteur, madame.

Puis il regarda Lord John furtivement, attendant que celui-ci les présente.

– Ma chère, quel... plaisir de vous revoir ici. J'ignorais tout à fait que...

« Tu m'étonnes ! » pensa-t-elle. Elle continua néanmoins de sourire aimablement. À ses côtés, Roger hochait la tête et répondait aux salutations de John Grey, s'efforçant de ne pas fixer ouvertement le jeune homme.

– Mon fils, disait Lord John. William, Lord Ellesmere.

D'un regard sévère, il défia Brianna de le contredire.

– William, je te présente monsieur Roger MacKenzie et son épouse.

– Monsieur. Madame MacKenzie.

Avant qu'elle n'ait eu le temps de réagir, Lord Ellesmere s'inclina et lui fit un baisemain. Elle manqua de sursauter en sentant son souffle sur ses doigts et, par réflexe, serra sa main plus fort qu'elle ne l'avait voulu. Il parut déconcerté un instant, mais parvint à se sortir de la situation avec grâce. Il était beaucoup plus jeune qu'elle ne l'avait cru de loin. Mais l'uniforme et son assurance le faisaient paraître plus mûr. Il la dévisageait avec un imperceptible froncement de sourcils.

– Je crois que… commença-t-il. Nous sommes-nous déjà rencontrés, madame MacKenzie?

– Non. Non, je ne pense pas, je m'en souviendrais.

Elle fut surprise d'entendre sa propre voix si normale.

Elle regarda Lord John, visiblement de plus en plus mal en point. Toutefois, ayant été aussi soldat, il se ressaisit avec un effort visible et posa une main sur le bras de William.

– Tu ferais peut-être bien d'aller t'occuper de tes hommes. On dîne ensemble plus tard?

– J'ai déjà accepté l'invitation du colonel, père. Mais je suis sûr qu'il serait ravi que tu te joignes à nous. Cela dit, nous dînerons assez tard. On m'a informé qu'une exécution avait lieu demain matin, et on a demandé à mes troupes de se tenir prêtes, au cas où il y aurait des troubles en ville. Il nous faudra un certain temps pour nous organiser.

Lord John jeta un coup d'œil derrière William.

– Des troubles? Ils s'attendent à un mouvement populaire?

– Je ne sais pas. Il ne s'agit pas d'une question politique, uniquement d'un pirate. Je ne pense pas qu'il y aura de problèmes.

– De nos jours, tout est politique, William, répondit sèchement Lord John. Ne l'oublie pas. Il vaut toujours mieux s'attendre à des troubles que de devoir y faire face sans y être préparé.

Le jeune homme rougit, mais il ne se laissa pas décontenancer.

– Tu as raison, père. Tu es bien plus au fait de la situation locale que je ne le suis. Tes conseils me seront des plus précieux.

Il se détendit et se tourna vers Brianna.

– Enchanté d'avoir fait votre connaissance, madame MacKenzie. Monsieur, votre serviteur.

Il s'inclina vers Roger, puis tourna les talons et s'éloigna sur le quai, ajustant son tricorne et reprenant un air d'autorité.

Brianna expira longuement, espérant trouver les mots justes, le temps que ses poumons se vident. Lord John la prit de vitesse.

– Oui. Il est bien qui vous pensez.

– Ma mère est au courant?

– Jamie est au courant? demanda Roger en même temps.

Elle le regarda surprise, et il lui répondit d'un haussement de sourcils. Oui, un homme pouvait engendrer sans le savoir. Cela lui était arrivé.

William parti, Lord John se calma, et son visage retrouva sa couleur naturelle. Il avait été militaire assez longtemps pour savoir reconnaître l'inévitable.

– Oui, ils sont tous les deux au courant.

– Quel âge a-t-il? poursuivit Roger.

– Dix-huit ans. Pour vous épargner de compter à rebours, il est né en 1758. À Helwater, dans le Lake District.

Brianna retrouva son souffle.

– C'était donc... avant que ma mère... revienne.

– Exactement. De France. Où, je présume, vous êtes née et avez grandi.

Il la fixa d'un regard perçant, sachant pertinemment qu'elle ne baragouinait que quelques mots de français.

Elle sentit le feu lui monter au visage.

– Ce n'est plus le moment de faire des secrets. Si vous avez des questions sur ma mère et moi, je vous dirai tout ce que vous voulez savoir, mais de votre côté, vous allez me parler de lui. (Elle inclina la tête vers la taverne). De mon frère!

Lord John la dévisagea, puis acquiesça.

– De toute façon, je ne vois pas comment je pourrais faire autrement. Mais avant, une chose... vos parents sont-ils ici, à Wilmington?

– Oui, d'ailleurs... (elle leva les yeux vers le ciel, évaluant la position du soleil. Il était suspendu juste au-dessus de la ligne d'horizon, un disque d'or en fusion) nous allions justement les retrouver pour dîner.

– Ici?

– Oui.

Lord John se tourna vers Roger.

– Monsieur MacKenzie, je vous serais infiniment reconnaissant d'aller trouver votre beau-père de ce pas. Informez-le de la présence du neuvième comte d'Ellesmere. Dites-lui que je sais que sa raison lui dictera de quitter Wilmington sur-le-champ.

Roger eut un mouvement de surprise, puis, la curiosité prenant le dessus, questionna :

– Le comte d'Ellesmere ? D'où tient-il ça ?

– Peu importe, s'impatienta Lord John. Voulez-vous bien me rendre ce service ? Jamie doit quitter la ville au plus tôt, avant qu'ils ne se rencontrent par hasard, ou que quelqu'un les voit ensemble et s'interroge à voix haute.

Roger semblait lui aussi se poser des questions sur Lord John.

– Je serais étonné qu'il accepte de partir, répondit-il. En tout cas, pas avant demain.

– Pourquoi pas ?

Le regard de Lord John allait de l'un à l'autre.

– D'ailleurs, que faites-vous tous ici ? Ce n'est pas à cause de l'exécu... Oh, Seigneur ! Non, ne me dites rien.

Il se plaqua une main sur le visage, l'air d'un homme éprouvé au-delà du supportable.

Brianna se mordit la lèvre. En apercevant Lord John plus tôt, elle avait été non seulement ravie, mais aussi soulagée, comptant sur lui pour l'aider dans son plan. Cependant, avec cette nouvelle complication, elle se sentait tiraillée, incapable d'affronter une situation ou l'autre, et encore moins d'y réfléchir de manière cohérente. Elle se tourna vers Roger, l'appelant à l'aide du regard. Il hocha la tête, prenant la décision pour eux.

– Je vais aller trouver Jamie. Reste donc ici à bavarder avec M. Grey, d'accord ?

Il l'embrassa, puis s'éloigna sur le quai, marchant d'un tel pas pressé que la foule s'écartait spontanément sur son passage.

Les yeux fermés, Lord John avait l'air de prier, implorant sans doute le ciel de lui donner de la force. Elle lui prit le bras, le faisant sursauter.

– C'est aussi frappant que je le crois? demanda-t-elle. Lui et moi?

Il examina ses traits, l'un après l'autre.

– Je pense, oui. En tout cas, à mes yeux. Peut-être que pour un observateur qui ne vous connaîtrait pas ce serait moins flagrant. Vous n'avez pas la même couleur de cheveux. Vous n'êtes pas du même sexe. Il y a son uniforme... Mais, ma chère, vous savez que votre allure est déjà très frappante.

Il voulait dire bizarre. Elle comprenait.

– Je sais, j'ai l'habitude que les gens me regardent comme une bête de foire.

Elle baissa son chapeau, le rabattant de manière à cacher ses cheveux et son visage.

– Dans ce cas, nous ferions mieux d'aller dans un endroit où je ne serais pas vue par des gens qui le connaissent.

* * *

Le quai et les rues du marché étaient bondés. Tous les établissements publics de la ville (et quelques lieux privés) seraient bientôt envahis par les soldats. Son père se trouvait avec Jemmy chez Alexander Lillington, sa mère et Mandy chez le docteur Fentiman, deux lieux très fréquentés et où les commérages allaient bon train. En outre, elle ne voulait pas voir ses parents avant de savoir tout ce qu'il y avait à savoir. Lord John estimait que c'était là plus que ce qu'il était disposé à lui dire, mais ce n'était pas le moment de se disputer.

Cela leur laissait le choix entre le cimetière et le champ de courses déserté. Brianna déclara que, vu les circonstances, elle préférait éviter un lieu lui rappelant trop l'imminence de la mort.

Tout en l'aidant à enjamber une grande flaque, il demanda :

– Par ces circonstances funèbres, vous voulez parler de l'exécution de demain? Il s'agit bien de Stephen Bonnet?

– Oui, répondit-elle distraite. Mais laissons ça pour l'instant. Vous n'êtes pas déjà pris pour dîner, n'est-ce pas?

– Non, mais…

Ils se mirent à marcher lentement sur la piste ovale. Elle avançait en observant ses pieds.

– Revenons-en à William. Le neuvième comte d'Ellesmere, vous avez dit ?

– William Clarence Henry George. Vicomte d'Ashness, maître de Helwater, baron Derwent et, en effet, comte d'Ellesmere.

– Ce qui, si je comprends bien, signifie qu'aux yeux du monde, il n'est pas le fils de mon père. Enfin, de Jamie Fraser.

– Il est le fils de feu Ludovic, huitième comte d'Ellesmere. Ce dernier est mort le jour de la naissance de son héritier.

– Mort de quoi ? Du choc ?

Elle était visiblement d'humeur dangereuse. Il remarqua avec intérêt qu'elle possédait la férocité contenue de son père et la langue acérée de sa mère, une combinaison aussi fascinante qu'alarmante. Néanmoins, il n'avait pas l'intention de la laisser lui imposer ses règles.

– Tué par balle, répondit-il sur un ton badin. Votre père l'a abattu.

Elle s'arrêta net.

Faisant mine de ne pas remarquer sa stupeur, il poursuivit :

– Ce n'est pas la version officielle, je vous rassure. Le rapport du médecin légiste indiquait « mort accidentelle », ce qui, je crois savoir, n'est pas tout à fait inexact.

Il lui prit le bras pour l'inciter à se remettre en marche.

– Bien sûr, des bruits ont couru. Mais le seul témoin, outre les grands-parents de William, était un cocher irlandais originaire du comté de Sligo, rapidement renvoyé sur ses terres, peu après l'incident avec une généreuse pension. La mère de l'enfant étant morte le même jour, les commérages se sont principalement bornés à supputer que le comte…

– Sa mère est morte aussi ?

Cette fois, elle continua de marcher, mais tourna vers lui ses yeux bleus profonds et pénétrants. Lord John avait assez

818

d'expérience avec ce regard de félin des Fraser pour ne pas être désarçonné.

– Elle s'appelait Geneva Dunsany. Elle est morte peu après la naissance de William... d'une hémorragie parfaitement naturelle.

– Parfaitement naturelle... marmonna-t-elle. Cette Geneva, elle était mariée au comte, quand mon père et elle...

Les mots s'étranglèrent dans sa gorge. Il pouvait voir le doute et la répugnance lutter avec ses souvenirs du visage irréfutable de William... et ce qu'elle savait du tempérament de son père.

– Il ne m'en a rien dit, et en aucun cas je lui aurais posé la question, répondit-il avec fermeté.

Elle lui adressa un autre de ces regards, et il le lui rendit au quintuple.

– Quelle qu'ait été la nature des relations de Jamie avec Geneva Dunsany, je ne peux concevoir qu'il ait commis un acte aussi déshonorant que celui d'abuser un autre homme dans son mariage.

– Moi non plus, mais... (Elle pinça les lèvres, puis se détendit). Vous croyez qu'il était amoureux d'elle?

Il ne fut pas surpris par la question, mais par le fait qu'il ne se l'était jamais posée lui-même. Pourquoi pas? Il n'avait aucun droit d'être jaloux de Geneva Dunsany et, quand bien même il l'aurait été, une jalousie aussi rétroactive aurait été absurde dans la mesure où il n'avait appris les origines de William que plusieurs années après la mort de la jeune femme.

– Je n'en ai aucune idée.

Les doigts de Brianna pianotaient nerveusement sur son bras. Il posa sa main dessus pour les arrêter.

– Mince! murmura-t-elle.

Puis elle cessa de s'agiter et marcha un moment en silence. Des touffes de mauvaises herbes poussaient sur la piste ovale. Elle donna un coup de pied au passage dans une gerbe de seigle sauvage, projetant un petit nuage de sable. Puis elle poursuivit :

– S'ils s'aimaient, pourquoi ne se sont-ils pas mariés?

Il éclata de rire.

– Se marier ? Mais, ma chère, il était le palefrenier de la famille !

Une lueur perplexe traversa son regard. L'espace d'un instant, il aurait juré qu'elle s'était apprêtée à dire « Et alors ? »

Ce fut son tour de s'immobiliser.

– Mais où diable avez-vous donc été élevée ?

Il pouvait voir des pensées s'agiter dans ses yeux. Elle avait hérité de Jamie la faculté de se cacher derrière un masque, mais il subsistait un peu de la transparence de Claire en elle. Il la vit prendre une décision, une fraction de seconde avant qu'elle n'affiche un sourire satisfait.

– À Boston. Je suis une Américaine. Mais vous saviez déjà que j'étais une Sauvage, n'est-ce pas ?

– Cela explique sans doute vos attitudes républicaines, bougonna-t-il. Toutefois, je vous conjure de dissimuler ces sentiments dangereux, pour le bien de votre famille. Votre père n'a pas besoin de cela pour s'attirer des ennuis, il s'y emploie fort bien tout seul. Cela dit, vous pouvez me croire sur parole, il est tout à fait impossible à la fille d'un baronet d'épouser un palefrenier, si impérieuse que soit la nature de leurs sentiments.

Elle émit un grognement expressif et fort peu féminin. Il reprit la main de Brianna et la coinça sous son bras, poursuivant :

– Sans compter qu'il était un prisonnier en liberté surveillée et un traître jacobite de surcroît. Je peux vous assurer que le mariage ne leur a jamais traversé l'esprit, ni à l'un ni à l'autre.

– Mais c'était dans un autre pays, dit-elle doucement. En outre, la malheureuse est morte.

– Tout à fait.

Ils poursuivirent leur marche en silence dans le sable humide, chacun perdu dans ses pensées.

– Et le comte… reprit-elle soudain. Vous savez pourquoi mon père l'a tué ?

– Votre père ne m'a jamais parlé ni de Geneva, ni du comte, ni même directement de la paternité de William. Mais oui, je sais.

Il lui jeta un regard en biais.

– C'est mon fils, après tout. Dans le sens large du terme, du moins.

Il était beaucoup plus que cela, mais il ne tenait pas à en discuter avec la fille de Jamie.

– Oui, d'ailleurs, comment est-ce arrivé ?

– Comme je vous l'ai dit, les deux parents – officiels – de William sont morts à sa naissance. Son père... enfin, je veux dire le comte, n'avait pas de parent proche, si bien que l'enfant a été confié à son grand-père, Lord Dunsany. La sœur de Geneva, Isobel, l'a élevé comme son fils. Et moi... (Il haussa les épaules, nonchalant), j'ai épousé Isobel. Avec le consentement de Dunsany, je suis devenu le tuteur légal de William, et il me considère comme son beau-père depuis qu'il a l'âge de six ans... C'est mon fils.

– Vous ? Vous êtes marié ?

Elle le regardait avec des yeux ronds. Son incrédulité était offensante.

– Vous avez décidément les notions les plus étranges sur le mariage. J'étais un excellent parti.

– Ah oui ? C'était aussi l'avis de votre femme ?

Quand sa mère lui avait posé la même question, elle l'avait pris de court. Cette fois, il y était préparé.

– C'était un autre monde, répondit-il sèchement. Et Isobel...

Comme il l'avait espéré, cela lui cloua le bec.

Un feu brûlait à une extrémité du champ de courses où des voyageurs avaient monté un camp de fortune. Des gens ayant descendu le fleuve pour assister à l'exécution ? Des hommes venus s'enrôler dans les milices rebelles ? Une silhouette remua, à peine visible derrière le voile de fumée, et il tira sur le bras de Brianna pour lui faire faire demi-tour. Leur conversation était déjà assez difficile sans risquer d'être interrompus.

– Vous m'avez interrogé sur la mort d'Ellesmere. La version de Lord Dunsany au bureau du médecin légiste était que le coup est parti accidentellement pendant qu'il lui montrait un nouveau pistolet. Le genre d'histoire que l'on fabrique généralement pour qu'on ne la croie pas... le but étant de laisser penser que le comte s'était tué lui-même, sans nul doute par désespoir après la mort de sa femme. Mais Dunsany évitait ainsi que l'enfant soit marqué à vie par le scandale du suicide de son père.

– Ce n'est pas ce que j'ai demandé, dit-elle d'une voix glacée. Je veux savoir pourquoi mon père l'a tué.

Il soupira. Les membres de l'Inquisition espagnole auraient adoré cette fille. Elle aurait su mener leurs interrogatoires d'une main de maître.

– J'ai cru comprendre que le comte, apprenant que le nouveau-né n'était pas de son sang, avait eu l'intention de laver la souillure faite à son honneur en précipitant l'enfant par la fenêtre, sur les pavés de la cour, dix mètres plus bas.

Elle pâlit.

– Comment a-t-il su ? Et si papa n'était que palefrenier, que faisait-il là ? Le comte savait-il que... il était responsable ?

Elle imagina une scène où Jamie était convoqué devant le comte afin d'assister à la mise à mort de son rejeton illégitime avant de subir un sort similaire. John n'eut aucun mal à deviner ses pensées, il avait eu cette vision maintes fois lui-même.

– « Responsable », répéta-t-il. Un choix de mot intéressant. Jamie Fraser est « responsable » de plus de choses que n'importe quel autre homme de ma connaissance. Pour ce qui est des détails, je n'en sais pas plus. Je ne sais que ce qu'Isobel m'a raconté. Sa mère était présente, et elle ne lui a sans doute dit que l'essentiel.

Elle donna un coup de pied dans un caillou et l'observa rebondir sur le sable compact.

– Et vous n'avez jamais demandé à papa ?

Le caillou était retombé sur le chemin de Lord John. Il l'envoya rouler quelques mètres devant Brianna.

– Je n'ai jamais parlé à votre père de Geneva, d'Ellesmere ou de William, si ce n'est pour l'informer de mon mariage avec Isobel, et pour l'assurer que je m'acquitterais de mon mieux de mon devoir de tuteur de William.

Elle enfonça le caillou dans le sable du bout du pied et s'arrêta.

– Vous ne lui avez jamais rien dit ? Et lui, que vous a-t-il dit ?

– Rien.

– Pourquoi avez-vous épousé Isobel ?

Il soupira : il était inutile d'essayer de fuir.

– Pour pouvoir veiller sur William.

– Vous voulez dire que vous vous êtes marié et avez bouleversé toute votre vie, rien que pour vous occuper du fils illégitime de Jamie Fraser et, ni l'un ni l'autre n'en avez jamais discuté ?

– Non, dit-il surpris. Bien sûr que non.

Elle secoua la tête.

– Ah, les hommes !…

Elle se tourna vers la ville. L'air était paisible, et la fumée des cheminées formait un voile dense au-dessus des arbres. On ne voyait pas les toits des maisons, et on aurait pu croire qu'un dragon dormait sur le rivage. Toutefois, le grondement sourd n'était pas un ronflement reptilien. De petits groupes de gens n'avaient cessé de passer le long du champ de courses en direction du centre, et les réverbérations des cris de la foule grandissante étaient clairement audibles chaque fois que le vent tournait.

– Il fera bientôt nuit, je dois rentrer, annonça-t-elle.

Elle bifurqua vers l'allée qui menait à la ville et il la suivit, momentanément soulagé, mais sachant que l'inquisition n'était pas terminée.

Toutefois, elle n'avait plus qu'une seule question.

– Quand comptez-vous le lui dire ?

– Dire quoi à qui ?

Elle fronça les sourcils, irritée.

– À lui. À William, mon frère.

Son agacement s'atténua quand elle s'entendit prononcer le mot. Elle était encore pâle, mais une sorte d'excitation commençait à colorer sa peau. Lord John avait l'impression d'avoir mangé un aliment qui ne lui réussissait pas du tout. Une sueur froide perla sur son front, et ses viscères se nouèrent.

– Avez-vous perdu la raison?

Il lui prit le bras, autant pour ne pas trébucher que pour l'obliger à s'arrêter.

– J'imagine qu'il ne sait pas qui est son vrai père, répliqua-t-elle sur un ton âpre. Forcément, si papa et vous n'en avez jamais discuté entre vous, vous n'aviez sans doute aucune raison de le lui dire. Mais il est grand, maintenant. Il a quand même le droit de savoir.

Lord John ferma les yeux, laissant échapper un faible gémissement.

– Vous vous sentez mal? Vous n'avez pas l'air dans votre assiette.

– Asseyez-vous, ordonna-t-il.

Il s'affaissa dans l'herbe, s'adossant à un arbre, et lui tira sur le bras pour qu'elle s'asseye à ses côtés. Les pensées défilaient à toute allure dans sa tête. Elle voulait sûrement plaisanter! Mais son ton cynique lui assura que non. Elle avait un certain sens de l'humour, mais elle ne cherchait visiblement pas être drôle. Elle ne pouvait pas... Il ne pouvait pas la laisser faire. Il était inconcevable qu'elle... Mais comment l'en empêcher? Si elle refusait de l'écouter, peut-être que Jamie ou sa mère...

Une main se posa sur son épaule.

– Je suis désolée. Je n'ai pas réfléchi à ce que je disais.

Il sentit le soulagement l'envahir, et ses entrailles se dénouèrent peu à peu.

– J'aurais dû y penser, continua-t-elle à se reprocher. J'aurais dû comprendre ce que vous ressentez. Vous l'avez dit vous-même, c'est votre fils. Vous l'avez élevé. Je vois bien combien vous l'aimez. Ce doit être terrible pour vous de penser qu'en apprenant la vérité sur papa, il vous en voudra de ne pas le lui avoir révélé.

Tout en parlant, elle lui caressait la clavicule dans un geste qu'il supposa vouloir être réconfortant. Si c'était vraiment son intention, l'effet était plutôt raté.

– Mais... commença-t-il.

Elle prit sa main entre les siennes et la serra, ses yeux bleus scintillant de larmes.

– Ce ne sera pas le cas, je vous l'assure. William ne cessera jamais de vous aimer. Croyez-moi. Il m'est arrivé la même chose quand j'ai appris, au sujet de mon vrai père. Au début, je n'ai pas voulu y croire. J'avais déjà un père, et je l'aimais. Je n'en voulais pas d'autre que lui. Puis j'ai rencontré mon vrai père, et ce fut... ce que ce fut.

Elle essuya ses yeux sur la dentelle de sa manche.

– Mais je n'ai jamais oublié mon autre père. Je ne l'oublierai jamais. Jamais.

Ému malgré lui, Lord John s'éclaircit la gorge.

– Oui, bien... Je suis sûr que vos sentiments sont tout à votre honneur, ma chère. Et si j'espère pouvoir continuer à jouir de l'affection de William à l'avenir comme aujourd'hui, ce n'était pas tout à fait ce dont je voulais parler.

– Ah non ?

Elle se redressa, surprise. Les larmes avaient façonné ses cils en forme de piques noires. Elle était vraiment jolie. Il ressentit un élan de tendresse envers elle.

– Non, répéta-t-il plus doucement. Écoutez, ma chère enfant. Je vous ai dit qui était William... ou qui il croit être.

– Vous voulez dire le vicomte de je ne sais quoi ?

Il poussa un soupir las.

– En effet. Les cinq personnes au monde qui connaissent sa véritable paternité ont déployé des efforts considérables afin que personne, William y compris, n'ait jamais la moindre raison de douter qu'il est vraiment le neuvième comte d'Ellesmere.

Fronçant le front et les lèvres, elle n'avait toujours pas l'air de saisir. Bon sang, il fallait espérer que son mari avait pu trouver Jamie Fraser à temps. Il était la seule personne susceptible de se montrer plus entêtée que sa fille.

– Vous ne comprenez pas, dit-elle enfin.

Quand elle releva les yeux, il y lut qu'elle venait d'arrêter une décision.

– Nous partons. Roger, moi... et les enfants.

– Vraiment? demanda-t-il sur ses gardes.

C'était peut-être une bonne nouvelle, à différents égards.

– Où comptez-vous aller? Vous partez en Angleterre? Ou en Écosse? Si vous vous rendez en Angleterre ou au Canada, j'y ai d'excellentes relations qui pourront...

– Non. Pas là-bas. Nulle part où vous ayez des « relations ».

Elle lui adressa un sourire peiné avant de continuer :

– Donc, vous voyez... nous ne serons plus là. Nous partons... définitivement. Je... je ne crois pas que je vous reverrai un jour.

Elle venait juste d'en prendre conscience ; il le lut sur son visage et, outre son propre serrement de cœur, il fut touché par sa détresse évidente.

– Vous me manquerez beaucoup, Brianna.

Ayant été soldat pendant une longue période de sa vie, puis diplomate, il avait appris à vivre avec les séparations et l'absence, sans parler des amis morts abandonnés derrière lui. Mais l'idée de ne jamais revoir cette fille étrange lui causa un chagrin inattendu. Presque, pensa-t-il surpris, comme s'il s'agissait de sa propre fille.

Mais il avait aussi un fils, et il se tendit de nouveau quand elle reprit la parole, se penchant vers lui avec une détermination que, dans un autre contexte, il aurait trouvé charmante.

– Vous saisissez donc que je dois parler à William, que je lui dise. Nous n'aurons jamais une autre occasion.

Puis son expression changea de nouveau. Elle porta une main à son sein.

– Je dois y aller, déclara-t-elle brusquement. Mandy... Amanda, ma fille... a besoin d'être nourrie.

Là-dessus, elle se releva et partit, courant dans l'allée en soulevant un nuage de sable, avec, dans son sillage, une menace de destruction et de désastre.

117

La justice et la miséricorde
me donneront raison

10 juillet 1776

La marée reflua juste avant cinq heures du matin. Il faisait déjà jour, et le ciel était clair. Les vasières au-delà des quais s'étendaient, grises et luisantes, leur surface lisse perturbée ici et là par des amas d'algues et de chiendent marin, surgissant de la boue comme des touffes de cheveux.

Tout le monde s'était levé à l'aube. La foule sur le quai attendait de voir passer la procession : deux officiers du comité de sécurité de Wilmington, un représentant de l'Association des marchands, un pasteur portant une *Bible* et le prisonnier, une haute silhouette large d'épaules, marchant pieds nus dans la boue nauséabonde. Derrière eux venait un esclave, portant les cordes.

– Je ne supporte pas de regarder ça, dit Brianna entre ses dents.

Elle était blême, les bras croisés sur son ventre.

– Alors, allons-nous-en.

– Non, je dois rester.

Elle redescendit ses bras et se tint droite, tout en observant. Les gens autour d'eux se bousculaient pour mieux voir, huant et sifflant si fort que le vacarme était assourdissant. Cela ne dura pas longtemps. L'esclave, un grand gaillard, secoua les pieux pour tester leur solidité. Puis il recula tandis que les deux officiers ligotaient Stephen Bonnet à un des poteaux, le saucissonnant des genoux à la poitrine. L'ordure n'irait nulle part.

Roger se dit qu'il devrait sonder son cœur pour y trouver de la compassion et prier pour le condamné. Il ne pouvait pas. Il tenta d'implorer le pardon, mais en vain. Un nid de vers grouillait dans son ventre. Il avait l'impression d'être lui-même ligoté à un poteau, attendant d'être noyé.

Le pasteur en manteau noir se pencha vers Bonnet et lui parla. Roger n'eut pas l'impression que le pirate lui répondit, mais il ne pouvait en être sûr. Ensuite, les hommes ôtèrent leur chapeau pendant que le prêtre récitait une prière. Puis ils se recoiffèrent et revinrent vers le rivage, pataugeant dans la vase jusqu'aux chevilles.

Sitôt les représentants officiels partis, des gens coururent dans la boue, des curieux, des enfants bondissants... et un homme tenant un carnet et un crayon. Roger reconnut Amos Crupp, le propriétaire de la *Wilmington Gazette*.

– Tu parles d'un scoop ! marmonna-t-il.

Peu importait ce que dirait Bonnet – ou ne dirait pas –, l'édition du lendemain contiendrait sûrement les confessions scabreuses ou les remords larmoyants du pirate, ou peut-être les deux.

– Non, ça, je ne peux vraiment pas le regarder.

Brianna fit volte-face et lui prit le bras. Elle parvint à parcourir plusieurs pâtés de maisons avant de se retourner, d'enfouir son visage dans la chemise de Roger et de s'effondrer en sanglots.

– Chut, chut, ça va aller.·

Il lui caressa le dos, essayant d'infuser un peu de conviction dans ses paroles, mais lui-même avait dans la gorge un nœud de la taille d'un citron. Il l'écarta un peu de lui pour la fixer dans les yeux.

– Tu n'es pas obligée de le faire, Brianna.

Elle cessa de pleurer, renifla et s'essuya sur sa manche, comme Jemmy. Elle ne parvenait pas à soutenir le regard de Roger.

– Ça va… Il… il ne s'agit pas tant de lui, c'est… tout le reste. M-Mandy… mon frère. Oh, Roger, si je ne le lui dis pas, il ne saura jamais. Je ne le reverrai plus jamais, et Lord John non plus. Ni maman…

Les larmes jaillirent de plus belle.

– Il ne s'agit pas de lui, répéta-t-elle entre deux hoquets.

– Peut-être, mais tu n'es pas obligée de le faire quand même.

– J'aurais dû le tuer sur Ocracoke.

Elle ferma les yeux et repoussa les mèches sorties de son bonnet.

– J'ai été lâche. J'ai cru qu'il serait plus facile de laisser… la justice s'en charger.

Elle rouvrit les yeux et parvint enfin à le regarder en face.

– Je ne peux pas attendre que ça se passe ainsi, même si ce n'était pas mon intention au départ.

Roger le comprenait. Il sentit dans ses os la terreur de la marée approchant, l'inexorable montée des eaux. Elles n'atteindraient pas Bonnet avant au moins neuf heures, vu sa taille.

– Je le ferai, dit-il fermement.

Elle tenta de sourire, puis y renonça.

– Non. Pas toi.

Elle paraissait épuisée. Ni l'un ni l'autre n'avaient beaucoup dormi la nuit précédente. Mais elle était aussi déterminée, et il reconnut en elle le sang opiniâtre de Jamie Fraser.

Après tout, il pouvait lui aussi être aussi têtu.

– Tu te souviens de ce que ton père a dit un jour : « C'est moi qui tue pour elle. » S'il faut que ce soit fait, je le ferai.

Elle commençait à se ressaisir. Elle s'essuya le visage sur un pli de sa jupe et se redressa enfin de toute sa hauteur. Ses yeux étaient d'un bleu profond et vif, plus sombre que le ciel.

– Je sais, tu me l'as raconté. Mais tu m'as aussi dit qu'il avait expliqué à Arch Bug : « Elle a prêté serment. » Elle est médecin, elle ne tue pas les gens.

« Tu parles ! » pensa Roger, mais il se garda bien de le dire à voix haute. Avant qu'il ait pu trouver quelque chose de plus judicieux à répondre, elle reprit, posant les mains à plat sur son torse :

– Toi aussi, tu es tenu par un serment.

– Pas du tout.

– Oh si. Ce n'est peut-être pas encore officiel, mais cela ne change rien. Ton vœu n'a pas besoin d'être formulé avec des mots... il est en toi, et je le sais.

Il ne pouvait le nier et était ému qu'elle l'ait senti aussi. Il mit ses mains sur les siennes et serra ses doigts fins.

– C'est vrai, mais j'ai aussi un serment envers toi. Je t'ai juré que je ne mettrais jamais Dieu avant mon amour pour toi.

L'amour. Il ne pouvait croire qu'il discutait d'un tel acte en termes d'amour. Pourtant, bizarrement, il sentait qu'elle le voyait ainsi.

– Je ne suis pas tenue par ce type de serment, répondit-elle, d'un ton assuré. Et j'ai donné ma parole.

La veille, à la tombée de la nuit, elle était sortie avec Jamie, se rendant au lieu où le pirate était détenu. Roger ignorait à quelle sorte de marchandage ou de corruption ils s'étaient livrés, mais on les avait laissés entrer. Quand ils étaient rentrés, très tard, Brianna, décomposée, avait tendu une liasse de papiers à son père : des déclarations de Stephen Bonnet écrites sous serment concernant ses affaires avec divers marchands de la côte.

Roger avait lancé un regard incendiaire à son beau-père, qui le lui avait retourné. « C'est la guerre, avaient dit ses yeux sombres, et j'utiliserai toutes les armes à ma disposition. » Toutefois, il avait juste dit « Bonne nuit, *a nighean* », avant de caresser les cheveux de sa fille avec tendresse.

Brianna s'était assise avec Mandy sur les genoux pour l'allaiter, refusant de parler. Peu à peu, ses traits s'étaient détendus. Elle avait fait faire son rot au bébé, puis l'avait couché. Quand elle s'était enfin glissée dans leur lit, elle lui avait fait l'amour avec une violence silencieuse qui l'avait surpris. Mais pas autant qu'elle le surprenait à présent.

— Il y a autre chose, déclara-t-elle tristement. Je suis la seule personne au monde pour qui ce ne sera pas un meurtre.

Là-dessus, elle tourna les talons et se remit à marcher d'un pas rapide vers l'auberge où Mandy attendait d'être nourrie. Sur les vasières, il entendait encore les voix excitées des curieux, éraillées comme des cris de mouette.

* * *

À deux heures de l'après-midi, Roger aida sa femme à grimper dans une barque amarrée au quai devant les entrepôts. La marée continuait de monter. Au milieu de l'étendue grise, on apercevait le groupe de pieux et la tête noire du pirate.

Brianna était distante, telle une statue païenne, le visage de marbre. Elle souleva ses jupes pour monter à bord, puis s'assit, le dos droit, la masse lourde dans sa poche cognant avec un bruit sourd contre le banc en bois.

Roger saisit les rames et prit la direction des pieux. Personne ne ferait attention à eux. Des embarcations n'avaient cessé d'aller et venir depuis midi, transportant des curieux voulant voir le visage du condamné, le railler ou découper une mèche de ses cheveux en guise de souvenir.

Il ne pouvait voir où il allait. Brianna le dirigeait sans parler avec des signes du menton.

Puis elle leva soudain sa main gauche, et il souleva une rame pour faire tourner la barque.

Les lèvres de Bonnet étaient gercées, son visage crevassé et incrusté de sel, ses paupières si rouges qu'il pouvait à peine les soulever. Pourtant, il releva la tête à leur approche, et Roger vit un homme détruit, impuissant et redoutant une étreinte imminente... au point qu'il aspirait presque à sa caresse séductrice, abandonnant sa chair à ses doigts glacés et au baiser qui aspirerait son dernier souffle.

— Tu as tardé, ma chérie.

Ses lèvres desséchées esquissèrent un faible sourire qui les fendit, laissant du sang sur ses dents.

– Mais je savais que tu viendrais.

Roger approcha la barque plus près, encore plus près. Quand il se retourna, Brianna avait sorti le pistolet à la crosse dorée de sa poche et l'appuyait contre l'oreille de Bonnet.

– Que Dieu t'accompagne, Stephen, dit-elle clairement en gaélique.

Puis elle appuya sur la gâchette, lança le pistolet dans l'eau et se retourna vers son mari.

– Rentrons.

118

Regrets

En rentrant dans sa chambre d'auberge, Lord John eut la surprise – la stupéfaction, même – de découvrir un visiteur.

– John.

Jamie Fraser se détourna de la fenêtre avec un léger sourire.

– Jamie.

Il lui sourit à son tour, essayant de contrôler sa joie. Il ne l'avait pas appelé par son prénom depuis vingt-cinq ans. Cette intimité était grisante, mais il ne pouvait se permettre de le montrer.

– Voulez-vous que je fasse monter des rafraîchissements?

Jamie se tenait toujours près de la fenêtre. Il jeta un coup d'œil vers l'extérieur avant de répondre :

– Non, merci. Ne sommes-nous pas ennemis?

– Malheureusement, nous nous trouvons actuellement dans deux camps opposés, mais j'espère que ce conflit sera de courte durée.

Une lueur triste traversa le regard de Fraser.

– J'en doute, mais c'est regrettable, c'est vrai.

Lord John se rapprocha de la fenêtre à son tour, veillant à ne pas effleurer son visiteur. Il regarda au-dehors et devina la raison probable de cette visite.

– Ah.

Brianna Fraser MacKenzie se tenait sur la promenade en bois devant l'auberge.

– Oh!

William Clarence Henry George, neuvième comte d'Ellesmere, venait de sortir de l'auberge et la saluait.

Il sentit l'angoisse lui picoter le cuir chevelu.

– Seigneur! Elle va le lui dire?

– Non. Elle me l'a promis.

Lord John se détendit.

– Merci.

Fraser haussa les épaules. Après tout, c'était ce qu'il désirait aussi… du moins Lord John le présumait-il.

Les deux jeunes gens discutaient. William dit quelque chose, et Brianna éclata de rire, rejetant ses cheveux en arrière. Jamie les observait, fasciné. Dieu qu'ils se ressemblaient! Les mêmes expressions, les mêmes attitudes, les mêmes gestes… Cela devait sauter aux yeux de tout un chacun. De fait, un couple passa devant eux, et la femme se retourna avec un sourire, ravie par le spectacle.

– Elle ne lui dira rien, répéta Lord John songeur, mais elle se montre à lui. Il ne va pas… Mais non, probablement pas.

– Je l'espère, dit Jamie sans les quitter des yeux. Mais même si c'était le cas, il ne saura pas. Elle a insisté pour le revoir une fois, c'était le prix de son silence.

Le mari de Brianna approchait, un bébé dans le creux de son bras et tenant leur petit garçon par la main. Ce dernier avait les cheveux aussi flamboyants que sa mère. Brianna prit le nouveau-né et abaissa la couverture pour le montrer à William, qui l'inspecta poliment.

Il se rendit compte que Fraser était tout entier concentré sur la scène au-dehors, chaque parcelle de son corps en éveil. C'était naturel; il n'avait pas revu Willie depuis qu'il avait douze ans. De voir ainsi sa fille et ce fils à qui il ne pourrait jamais adresser la parole, qu'il ne pourrait jamais reconnaître… Il aurait voulu poser une main sur son bras, lui montrer qu'il comprenait et compatissait, mais le fait de connaître l'effet probable qu'aurait un tel contact le retint.

Fraser déclara soudain :

– Je suis venu vous demander une faveur.

– Je suis votre obligé, répondit Lord John.

Il en était ravi, mais jugeait plus prudent de se réfugier derrière la formalité.

– Ce n'est pas pour moi, mais pour ma fille.

– Ce sera d'autant plus volontiers. J'apprécie beaucoup votre fille, en dépit de son tempérament si proche de celui de son père.

Jamie sourit, puis se tourna de nouveau vers la scène au-dehors.

– Je ne peux pas vous expliquer pourquoi, mais il me faut un bijou.

– Un bijou? Quel genre de bijou?

– Peu importe, du moment qu'il comporte une pierre précieuse. Comme celle que je vous ai donnée, un jour.

Un tic nerveux contracta ses lèvres. Il ne lui avait donné le saphir que sous la contrainte, alors qu'il était prisonnier de la Couronne.

– Vous ne l'auriez plus, par hasard?

Il n'avait pas quitté Lord John depuis vingt-cinq ans et se trouvait en ce moment même dans la poche de son gilet.

Il baissa les yeux vers sa main gauche, qui portait une épaisse bague en or incrusté d'un étincelant saphir à facettes. La bague d'Hector. Son premier amour qui la lui avait offerte, à seize ans. Hector était mort à Culloden, le lendemain du jour où John avait rencontré James Fraser, dans le sombre défilé d'une montagne d'Écosse.

Sans hésiter, mais avec une certaine difficulté – elle était à son doigt depuis si longtemps qu'elle s'était enfoncée dans sa chair – il la sortit et la déposa dans la paume de Jamie.

Ce dernier était stupéfait.

– Celle-ci? Vous êtes sûr que…

– Prenez-la.

Il referma les doigts de Fraser autour. Le contact fut fugitif, mais électrique. Il serra le poing, essayant de retenir un peu la sensation.

– Merci, dit doucement Jamie.

– Ce... ce n'est rien.

Sur le quai, Brianna prenait congé, le bébé dans ses bras. Son mari et son fils s'étaient déjà éloignés de quelques pas. William s'inclina, le chapeau à la main, la forme de son crâne châtain étant l'écho parfait de la tête rousse.

Soudain, Lord John trouva intolérable de les voir se séparer. Il aurait lui aussi voulu conserver cette image des deux jeunes gens ensemble. Il ferma les yeux, les mains posées sur le rebord de la fenêtre, sentant la brise sur son visage. Une main caressa son épaule, très brièvement, et il y eut un mouvement dans l'air derrière lui.

Quand il rouvrit les yeux, il était seul dans la pièce. Et le quai était vide.

119

Ne t'en va pas

Septembre 1776

Roger posait la dernière canalisation d'eau quand Jemmy et Aidan surgirent à ses côtés.

— Papa, papa, Bobby est là !

— Quoi, Bobby Higgins ?

Se tenant les reins, il se redressa et se tourna vers la Grande Maison. Il n'y avait pas de cheval dans la cour.

— Où est-il ?

Aidan prit un air important.

— Il est monté au cimetière. Vous croyez qu'il est parti voir le fantôme ?

— J'en doute, répondit Roger imperturbable. Quel fantôme ?

— Celui de Malva Christie, bien sûr ! Elle se promène là-haut. Tout le monde le dit.

En dépit de son air courageux, il serra ses bras autour de lui. Vraisemblablement pas au courant, Jemmy le dévisageait, ahuri.

— Pourquoi elle se promène ? Où elle va ?

— Mais parce qu'elle a été assassinée, andouille ! Les gens assassinés se promènent toujours. Ils cherchent leurs assassins.

En voyant l'expression de son fils, Roger déclara fermement :

— C'est ridicule !

Jemmy savait que Malva était morte. Comme tous les autres enfants de Fraser's Ridge, il avait assisté à son enterrement. Mais Brianna et lui ne lui avaient pas dit comment. D'un autre côté, ils auraient dû se douter qu'il l'entendrait tôt ou tard. Roger espérait juste qu'il n'aurait pas de cauchemars. Priant d'avoir l'air convaincu, il poursuivit :

– Malva ne se promène nulle part. Elle est au ciel avec Jésus, où elle est heureuse et en paix. Quant à son corps... eh bien, quand les gens meurent, ils n'ont plus besoin de leur corps, c'est pourquoi on les met sous la terre, où ils peuvent attendre tranquillement jusqu'au jour du Jugement dernier.

Aidan le regarda, sceptique. Se trémoussant sur la pointe des pieds, il répliqua :

– Joey McLaughlin l'a vue, il y a quinze jours, bondissant dans les bois, toute vêtue de noir et hurlant.

Jemmy devenait franchement inquiet. Roger posa sa pelle et le prit dans ses bras.

– Joey McLaughlin aurait sans doute moins de visions s'il laissait la bouteille de côté. C'est sans doute Rollo qu'il a vu bondir dans les bois en hurlant. Venez, allons chercher Bobby, et vous en profiterez pour voir de vos propres yeux la tombe de Malva.

Il tendit la main à Aidan qui s'en empara aussitôt et qui jacassa comme une pie tout le long du chemin.

Qu'allait devenir le gamin quand ils ne seraient plus là ? se demanda Roger. L'idée du départ, d'abord si soudaine et impensable, s'immisçait de jour en jour un plus loin dans son esprit. Tandis qu'il vaquait à ses tâches habituelles et creusait des tranchées pour les conduits de Brianna, il se répétait : « C'est pour bientôt. » Pourtant, il n'arrivait pas à imaginer qu'un jour il ne serait plus à Fraser's Ridge, qu'il ne pousserait plus la porte de leur cabane pour découvrir Brianna plongée dans quelque nouvelle expérience sur la table de la cuisine, Jemmy et Aidan poussant leurs vroums autour de ses jambes.

Cette sensation d'irréalité était encore plus prononcée quand il prêchait, le dimanche, ou officiait en tant que pasteur pour rendre visite aux malades ou conseiller les angoissés. En regardant tous ces visages tendus vers lui, attentifs, excités, lassés, sévères ou préoccupés, il ne pouvait croire qu'il s'apprêtait à les abandonner de sang-froid. Comment allait-il le leur annoncer? Surtout ceux dont il se sentait le plus responsable, comme Aidan et sa mère.

Il implorait le ciel de lui en donner la force, de le guider.

D'un autre côté... la vision des petits doigts bleus de Mandy, le son de sa respiration sifflante ne le quittaient jamais. Les pierres dressées près du chenal, à Ocracoke, semblaient se rapprocher, plus solides, de jour en jour.

Bobby Higgins se trouvait en effet dans le cimetière, son cheval attaché à un pin. Il était assis près de la tombe de Malva, la tête baissée, méditant. En entendant Roger et les garçons, il se redressa. Il était pâle et lugubre.

– Bonjour, Bobby! Les garçons, allez jouer, d'accord?

Il posa son fils à terre et fut soulagé de constater qu'après un bref regard suspicieux vers la tombe de Malva, décorée d'un bouquet de fleurs sauvages fanées, il partit gaiement avec Aidan chasser les écureuils dans la forêt.

– Je... euh... ne m'attendais pas à vous revoir parmi nous, dit-il un peu gêné.

Bobby baissa les yeux, enlevant les aiguilles de pin de ses culottes.

– Eh bien... monsieur, c'est que... en fait, je suis venu pour rester. Si on veut bien de moi.

– Pour rester? Mais... cela ne posera sûrement aucun problème. Vous... vous n'avez pas eu de problèmes avec Lord John, j'espère?

Bobby parut surpris qu'une telle pensée lui ait traversé l'esprit.

– Oh, non, monsieur! Milord a toujours été très bon pour moi, depuis le jour où il m'a recueilli. (Il hésita, se mordant la lèvre.) Mais c'est que... ces derniers temps, beaucoup de gens viennent lui rendre visite. Des politiciens... et des militaires.

Il toucha inconsciemment la marque sur son visage. Elle avait pâli, mais était encore visible et le resterait toujours. Roger comprenait.

– Vous n'étiez plus à l'aise, n'est-ce pas ?

– C'est ça, monsieur. Autrefois, il n'y avait que milord, Manoke le cuisinier et moi. Il recevait parfois un invité qui restait plusieurs jours, mais tout se passait simplement. Quand il m'envoyait porter des messages ou faire des achats, les gens me regardaient, bien sûr, mais juste les premières fois. Après, ils s'habituaient et n'y faisaient plus attention. Mais à présent...

Il n'eut pas besoin d'en dire plus. Roger imagina la réaction probable des officiers, raides dans leurs uniformes amidonnés et leurs bottes cirées, désapprouvant ouvertement cette tache pendant le service... ou pire, d'une courtoisie glaciale.

– Milord s'en est rendu compte, il sait bien sentir les choses. Il m'a dit combien je lui manquerais, mais que si je souhaitais tenter ma chance ailleurs, il comprendrait et me donnerait dix livres.

Roger émit un sifflement admiratif. Dix livres étaient une somme considérable. Cela ne représentait pas une fortune, mais c'était amplement suffisant pour aider Bobby à s'établir quelque part.

– Il sait que vous voulez vous installer ici ?

– Non, je n'en étais pas sûr moi-même. Autrefois...

Il se tourna vers la tombe de Malva et s'éclaircit la gorge.

– J'ai pensé qu'il valait mieux que j'en parle d'abord à M. Fraser. Il se peut qu'il n'y ait rien pour moi, ici.

Ce n'était pas formulé comme une question, mais celle-ci était néanmoins perceptible. Tout le monde à Fraser's Ridge le connaissait et l'acceptait, là n'était pas le problème. Mais maintenant que Lizzie était mariée et que Malva n'était plus là... Or, Bobby voulait une épouse.

– Je suis sûr que vous vous sentirez chez vous, ici, l'assura Roger.

Il regarda Aidan, suspendu la tête en bas à une branche, pendant que Jemmy le bombardait de pommes de pin. Il ressentit une étrange émotion, mélange de gratitude et de jalousie, et repoussa ce dernier sentiment avec fermeté.

– Aidan ! Jemmy ! cria-t-il. Venez, on rentre !

Se tournant vers Bobby, il ajouta sur un ton détaché :

– Je ne crois pas que vous ayez rencontré la mère d'Aidan, Amy McCallum, une jeune veuve possédant une maison et un peu de terrain. Elle est descendue travailler dans la Grande Maison. Pourquoi ne venez-vous pas dîner ?

* * *

– J'y ai pensé, parfois, admit Jamie. Je me suis demandé : « Si je pouvais, comment ce serait ? »

Il regarda Brianna en souriant, mais la mine un peu triste.

– Qu'en penses-tu, ma fille ? Que deviendrais-je là-bas ?

– Eh bien…

Elle s'interrompit, essayant de l'imaginer derrière le volant d'une voiture, se rendant au bureau dans un costume trois-pièces. C'était si absurde qu'elle se mit à rire. Ou assis dans un cinéma, visionnant un film de Godzilla avec Jemmy et Roger.

– Jamie à l'envers, ça donne quoi ? l'interrogea-t-elle.

– Eimaj, répondit-il intrigué. Pourquoi ?

– Tu t'en sortirais très bien. Non, laisse tomber. Tu pourrais… publier des journaux, par exemple. Les presses sont beaucoup plus grandes et rapides, et il faut beaucoup plus de gens pour recueillir les informations, mais autrement… je ne pense pas que ce soit si différent d'aujourd'hui. Et tu connais déjà le métier.

Il hocha la tête, concentré.

– Oui, sans doute. Je ne pourrais pas être fermier ? Les gens continueront bien de se nourrir ; il leur faudra des cultivateurs.

– Oui, tu pourrais.

Elle regarda autour d'eux les poules qui picoraient dans la cour, les planches rugueuses et décolorées de l'écurie, le monticule de terre retournée près de la tanière de la truie blanche, autant de détails familiers qu'elle semblait redécouvrir.

– Il existe encore des gens qui travaillent comme ici. Des petites exploitations dans les montagnes. C'est une vie rude.

Elle le vit sourire et éclata de nouveau de rire.

– Bon d'accord, pas aussi dure qu'ici…, mais la vie est nettement plus facile en ville.

Elle réfléchit un instant avant d'ajouter :

– Tu n'aurais plus besoin de te battre.

– Ah non? Mais tu m'as raconté qu'il y avait plein de guerres.

– C'est vrai.

Des images douloureuses lui revinrent en mémoire : des champs de pavots, des étendues de croix blanches… un homme en feu, une enfant nue courant sur une route, la peau calcinée, la grimace insupportable d'un homme une seconde avant qu'une balle ne lui brûle le cerveau.

– Mais… ce ne sont que les hommes jeunes qui partent à la guerre. Et pas tous, seulement quelques-uns.

– Mmphm…

Il demeura songeur, puis sonda le regard de sa fille.

– Ton monde, cette Amérique, cette liberté vers laquelle tu vas… Il y aura un prix terrible à payer. Cela en vaut-il vraiment la peine?

Ce fut au tour de Brianna de rester silencieuse et de méditer sur la question. Enfin, elle posa la main sur la sienne, solide, chaude et ferme.

– Il n'y a presque rien qui vaille la peine de te perdre, murmura-t-elle. Sauf peut-être ça.

* * *

À mesure que le monde s'enfonce dans l'hiver et que les nuits deviennent toujours plus longues, on se réveille dans le noir. Rester allongé dans son lit trop longtemps endolorit les membres. Et les rêves qui durent trop longtemps finissent par se recourber sur eux-mêmes, aussi grotesques que des ongles de mandarin. En règle générale, le corps humain n'est pas adapté pour dormir plus de sept ou huit heures d'affilée. Mais que se passe-t-il quand les nuits s'éternisent ?

Cela donne le second sommeil. On s'endort d'épuisement peu après la nuit tombée, puis on se réveille, remontant à la surface des rêves, telle une truite remontant se nourrir. Si le compagnon de lit est lui aussi éveillé (les couples qui dorment ensemble depuis longtemps sentent d'instinct quand l'autre se réveille), on a un petit espace privé à partager, au cœur de la nuit. Un lieu où se lever, s'étirer, aller chercher une pomme juteuse et la partager tranche par tranche, les doigts effleurant les lèvres. Jouir du luxe d'une conversation ininterrompue par les aléas du jour. Faire l'amour lentement à la lueur d'une lune d'automne.

Puis, rester allongés côte à côte et laisser les rêves de l'autre caresser sa peau, tandis que l'on sombre de nouveau sous les vagues de la conscience, savourant l'éloignement de l'aube. C'est le second sommeil.

Alors que je remontai très lentement à la surface de mon premier sommeil, je découvris que le rêve très érotique que je venais de faire avait puisé son inspiration dans le monde réel.

La voix de Jamie chatouilla la chair tendre sous mon oreille :

– Je n'aurais jamais cru que j'étais le genre à abuser d'un cadavre, *Sassenach,* mais, finalement, cela représente plus d'attraits que je ne le pensais.

Je n'avais pas encore assez retrouvé mes esprits pour répondre avec cohérence, mais la façon dont je tendis mes hanches vers lui parut aussi éloquente qu'une invitation imprimée noir sur blanc sur du papier. Il prit une grande inspiration, agrippa mon postérieur et m'amena vers un réveil que l'on pourrait qualifier de brutal.

Je m'agitai comme un ver empalé sur un hameçon, émettant des petits bruits pressants qu'il interpréta avec justesse, me faisant rouler sur le ventre et s'affairant d'une manière qui ne me laissa aucun doute : j'étais non seulement vivante et éveillée, mais aussi en pleine possession de mes moyens.

J'émergeai enfin de mon oreiller, haletante, en nage, toutes mes terminaisons nerveuses encore vibrantes.

– D'où t'est venue cette envie subite ? lançai-je.

Il ne s'était pas retiré. Nous étions encore joints, baignés par la lueur d'une grande demi-lune dorée suspendue au-dessus des châtaigniers. Il émit un gargouillis à demi amusé et à demi consterné.

– Je ne peux pas te regarder dormir sans avoir envie de te réveiller.

Sa main se posa sur mon sein, cette fois, plus en douceur.

– Je suppose que je me sens seul sans toi.

Je perçus une note étrange dans sa voix. Je tournai la tête vers lui, mais ne pouvais le voir dans le noir derrière moi. Tendant une main en arrière, je touchai sa jambe encore enroulée autour de la mienne. Même détendue, elle était dure, le long muscle formant une courbe gracieuse sous mes doigts.

– Je suis là, répondis-je avec tendresse.

Son bras se resserra autour de moi.

* * *

J'entendis un hoquet dans son souffle, et ma main pressa un peu plus fort sa cuisse.

– Que se passe-t-il ?

Il ne répondit pas tout de suite. Il s'écarta et je le sentis fouiller sous l'oreiller. Ensuite, sa main se posa sur la mienne, nos doigts s'entrecroisèrent, et il déposa un objet dur et rond dans ma paume.

Je l'entendis déglutir.

La pierre était tiède. Je la caressai du pouce. Il s'agissait d'une gemme brute, de la taille d'une noisette.

– Jamie...

– Je t'aime, murmura-t-il si bas que je l'entendis à peine.

Je restai immobile, la pierre chauffant dans ma main. Ce devait sûrement être mon imagination, mais je la sentais palpiter en rythme avec mon cœur. Où l'avait-il dégottée?

Puis je me levai, un peu étourdie, mon corps glissant lentement hors du sien, et traversai la chambre. J'ouvris la fenêtre, le souffle froid du vent d'automne caressant ma peau chaude, et lançai la gemme de toutes mes forces dans la nuit.

En revenant me coucher, j'aperçus dans le clair de lune la masse sombre de ses cheveux sur l'oreiller et l'éclat de ses yeux.

– Je t'aime, chuchotai-je en me collant à lui.

J'enroulai mon bras autour de lui et le serrai contre moi. Son corps plus chaud que la pierre, tellement plus chaud. Bientôt, son cœur se mit à battre avec le mien.

– Je ne suis plus aussi courageux qu'avant, tu sais, murmura-t-il. Plus assez courageux pour vivre sans toi.

Mais encore assez pour essayer.

J'attirai sa tête contre moi et caressai ses cheveux, épais et lisses à la fois, vivants sous mes doigts.

– Rendors-toi, mon homme. L'aube est encore loin.

120

Si cela ne tenait qu'à moi...

Le ciel était plat et couleur de plomb. La pluie menaçait et le vent agitait les palmiers nains, faisant s'entrechoquer leurs feuilles comme des sabres. Au cœur de la forêt, les quatre pierres se dressaient près du chenal.

– Je suis la femme du laird de Balnain, chuchota Brianna près de moi. Les fées m'ont enlevée de nouveau.

Les lèvres blanches, elle serrait Mandy contre son sein.

Nous nous fîmes nos adieux. À vrai dire, nous n'avions cessé de les faire depuis le jour où j'avais posé mon stéthoscope sur le torse de Mandy. Puis Brianna se jeta dans les bras de Jamie, l'enfant entre eux. Jamie la serra si fort que je crus que l'un d'eux allait tomber en miettes.

Ensuite, elle se jeta sur moi, un nuage de cape et de cheveux au vent, son visage froid contre le mien, ses larmes et les miennes se mêlant sur ma peau.

– Je t'aime, maman! Je t'aime! s'écria-t-elle entre deux sanglots désespérés.

Alors, elle pivota sur place et, sans se retourner, se mit à suivre le chemin que Donner avait dessiné, récitant les formules entre ses dents. Un cercle vers la droite, entre deux pierres, un cercle vers la gauche, puis de nouveau au centre, puis à la gauche de la pierre la plus grande.

Je m'y étais attendue. Dès qu'elle avait commencé à marcher, j'avais couru dans la direction opposée, m'éloignant des pierres, jusqu'à ce que je pensais être une distance sûre.

Ce n'était pas encore assez. Leur vacarme, un rugissement cette fois et non plus un cri perçant, me transperça comme une décharge de foudre, me coupant le souffle et arrêtant presque mon cœur. Un anneau de douleur enserra ma poitrine, et je tombai à genoux, oscillante et vidée de mes forces.

Elles étaient parties. Je vis Jamie et Roger se précipiter pour vérifier... terrifiés à l'idée de découvrir leurs corps sans vie, à la fois soulagés et affligés de ne pas les trouver. Je ne voyais pas grand-chose, ma vue était brouillée..., mais je n'en avais pas besoin. Je savais qu'elles étaient parties rien qu'au trou béant dans mon cœur.

* * *

– Et de deux, murmura Roger.

Sa voix n'était plus qu'un faible râle, et il se racla la gorge pour pouvoir continuer.

– Jeremiah.

Jemmy renifla et releva les yeux vers lui, impressionné de s'entendre appeler par son nom entier.

– Tu sais ce qu'on est en train de faire, n'est-ce pas?

Il hocha la tête et jeta un coup d'œil effrayé vers la grande pierre où sa mère et sa petite sœur venaient de disparaître. Il se redressa et essuya les larmes sur ses joues.

Roger posa une main sur sa tête.

– Écoute-moi bien, *mo mac*. Sache que je t'aimerai toute ma vie, ne l'oublie jamais. Mais ce que nous allons vivre est terrifiant. Si tu le souhaites, tu peux ne pas venir. Tu peux rester avec ton grand-père et ta grand-mère. Ils veilleront toujours sur toi.

– Et je... et je ne reverrais plus maman?

L'enfant ouvrait des yeux immenses, ne pouvant s'empêcher regarder vers la pierre.

– Je ne sais pas.

Je pouvais voir Roger tenter de retenir ses larmes, je les entendais dans sa voix rauque. Lui-même ignorait s'il retrouverait Brianna et la petite Mandy de l'autre côté.

– Peut-être… Peut-être pas.

Jemmy tenait la main de son grand-père. Son regard passait de Jamie à son père, rempli de confusion, de peur et d'envie.

Jamie s'efforça de prendre un ton badin :

– Au fait, *a bhailach,* si un jour tu rencontres une grande souris qui s'appelle Michael, dis-lui bien que ton grand-père lui envoie ses amitiés.

Il ouvrit la main, lâchant l'enfant, et fit un signe à Roger.

Jemmy resta figé un instant, puis s'élança vers son père et se jeta dans ses bras, s'accrochant à son cou. Roger nous lança un dernier regard, puis marcha vers le cercle, passa derrière la pierre, et ma tête explosa.

Une éternité plus tard, je revins lentement à moi, descendant des nuages par petits morceaux, telle de la grêle. J'étais allongée, la tête sur les genoux de Jamie. Je l'entendis murmurer, sans savoir s'il me parlait ou s'adressait à lui-même :

– Pour toi seule, je continuerai… car si cela ne tenait qu'à moi… je ne pourrais pas.

121

De l'autre côté du gouffre

Trois nuits après, je me réveillai d'un sommeil agité dans une auberge de Wilmington, la gorge aussi sèche que le jambon salé qu'on nous avait servi dans le ragoût du dîner. Me redressant pour boire de l'eau, je m'aperçus que j'étais seule... le faisceau de lune qui pénétrait par la fenêtre éclairait l'oreiller vide à mes côtés.

Je trouvai Jamie à l'extérieur, dans la cour derrière l'auberge, sa chemise de nuit formant une tache pâle dans l'obscurité. Il était assis sur le sol, adossé à une souche, les bras croisés autour des genoux.

Il ne dit rien en m'apercevant, mais me fit un bref signe de tête. Je m'installai derrière lui, et il posa sa nuque contre ma cuisse avec un long soupir.

– Tu n'arrives pas à dormir?

Je le touchai doucement, ramenant ses cheveux en arrière. Il les dénouait avant de se coucher, et ils retombaient en désordre sur ses épaules, emmêlés par l'oreiller.

– Si, si, j'ai dormi.

Il fixait la grosse lune dorée, aux trois quarts pleine au-dessus des trembles, près de l'auberge.

– J'ai fait un rêve.

– Un cauchemar?

Il faisait beaucoup moins de mauvais rêves qu'avant, mais ils revenaient parfois : des souvenirs sanglants de Culloden, de morts gratuites et de massacres ; des rêves de prison, de faim

850

et d'enfermement... et parfois, très rarement, Jack Randall revenait le hanter dans son sommeil avec son amour cruel. Ces cauchemars l'extirpaient toujours de son lit, et il marchait de long en large pendant des heures, jusqu'à ce que l'épuisement le purifie de ces visions. Mais depuis Moore's Creek Bridge, il n'en avait plus eu.

— Non, dit-il surpris. Pas du tout. J'ai rêvé d'elle, de notre fille... et des petits.

Mon cœur fit un bond, un mélange de stupeur et, sans doute, d'une pointe de jalousie.

— Tu as rêvé de Brianna et des enfants? Que faisaient-ils?

Il sourit, le visage tranquille, comme si le songe se déroulait devant lui.

— Tout va bien. Ils sont en sécurité. Je les ai vus dans une ville. Cela ressemblait à Inverness, mais en un peu différent. Ils montaient les marches d'un perron. Roger Mac était avec eux. Ils ont frappé à la porte, et une petite femme brune leur a ouvert. Elle a explosé de joie en les voyant et les a fait entrer. Ils ont suivi un couloir avec d'étranges bols suspendus au plafond. Puis ils étaient dans une pièce remplie de divans et de fauteuils, avec une grande fenêtre qui occupait tout un mur d'un côté. Le soleil de l'après-midi faisait flamboyer les cheveux de Brianna et pleurer la petite Mandy, qui était éblouie.

Mon cœur s'était mis à battre plus vite.

— Est-ce que... l'un d'eux a appelé la femme brune par son prénom?

Il réfléchit quelques instants.

— Oui, il me semble... Ah oui, Roger Mac l'a appelée Fiona.

Cette fois, ma bouche était cent fois plus sèche qu'à mon réveil, et mes mains étaient glacées. Au fil des ans, j'avais raconté beaucoup de choses à Jamie sur mon époque. Je lui avais parlé des trains, des avions, des automobiles, des guerres et des chaudières à mazout dans les maisons. Mais j'étais pratiquement sûre de ne lui avoir jamais décrit le bureau du presbytère où Roger avait grandi avec son père adoptif.

L'atelier avec sa grande verrière où le révérend se consacrait à son passe-temps favori, la peinture. Le long couloir, éclairé par des plafonniers en forme de bols.

Et j'étais certaine de ne lui avoir jamais parlé de la dernière gouvernante du révérend, une fille aux cheveux bruns et bouclés, Fiona.

– Ils étaient heureux?

– Oui. Quelques ombres traversaient le visage de Brianna et de Roger Mac, mais on voyait qu'ils étaient contents d'être là. Ils se sont installés à table pour déjeuner. Brianna et Roger Mac, côte à côte, leurs épaules se touchant. Jemmy se gavait de choux à la crème.

Il sourit.

– Ah... et juste à la fin, avant que je me réveille... Jemmy tripotait tout ce qu'il trouvait à portée de main, comme d'habitude. Il y avait cette... chose... sur une table. Je n'ai pas compris ce que c'était; je n'avais jamais rien vu de pareil.

Hésitant, il plaça ses mains à une quinzaine de centimètres d'écart.

– C'était large comme ça et peut-être un peu plus long. Cela ressemblait à une boîte... mais avec une bosse.

– Une bosse?

– Oui, et dessus était posé un objet bizarre, comme un gourdin se terminant de chaque côté par une boule. Il était attaché à la boîte par une cordelette enroulée sur elle-même comme la queue d'un cochon. Jemmy l'a vu et a tendu la main vers lui en disant : « Je veux parler à grand-père. » C'est là que je me suis réveillé.

Il renversa la tête en arrière pour me regarder.

– Qu'est-ce que ça pouvait bien être, *Sassenach*? Je n'ai jamais rien vu de semblable.

Légère et rapide comme les pas d'un fantôme, une rafale d'automne souleva les feuilles mortes dans la cour. Mes poils se dressèrent sur mes avant-bras.

– Oui, je sais. Je t'en ai déjà parlé.

Toutefois, je ne pensais pas lui en avoir jamais décrit un, si ce n'était en termes généraux. Je m'éclaircis la gorge.

– Ça s'appelle un téléphone.

122

Le gardien

C'était en novembre. Il n'y avait plus de fleurs, mais les houx brillaient d'un vert sombre, et leurs baies commençaient à mûrir. J'en cueillis un bouquet, veillant à ne pas me piquer, ajoutai une branche tendre d'épicéa pour le parfum, puis remontai le sentier escarpé vers le cimetière.

Chaque semaine, j'y allais, déposer un souvenir sur la tombe de Malva et réciter une prière. Elle et son enfant n'avaient pas de cairn, son père ayant refusé une coutume jugée trop païenne, mais les gens venaient y mettre des galets. Les voir me réconfortait. D'autres personnes pensaient à elle.

Je m'arrêtai au début du sentier. Quelqu'un était agenouillé devant la tombe. Un jeune homme. Je distinguai le murmure de sa voix basse. Je m'apprêtai à m'éclipser, mais il releva la tête, le vent ébouriffant ses cheveux courts et dressés sur le crâne comme des plumes de hibou. Allan Christie.

Il me vit et se raidit. Je ne pouvais faire autrement que d'aller lui parler.

– Monsieur Christie.

Prononcer ce nom me procura une sensation étrange. C'était ainsi que j'appelais son père.

– Je suis désolée pour votre perte.

Il me dévisagea de manière inexpressive, puis une lueur de compréhension traversa ses yeux. Des yeux gris, bordés de cils noirs, si semblables à ceux de son père et de sa sœur. Rougis par les larmes et le manque de sommeil, à en juger par ses lourds cernes violacés.

– Oui, ma perte. Oui.

Je le contournai et déposai mon bouquet. Mon sang se glaça en apercevant le pistolet sur le sol devant lui, chargé et armé.

Essayant de paraître la plus naturelle du monde, ce qui était difficile vu les circonstances, je demandai :

– Où étiez-vous passé ? Vous nous avez manqué.

Il haussa les épaules comme si cela n'avait pas la moindre importance, ce qui était peut-être vrai. Il ne me regardait plus, mais fixait la pierre qu'il avait posée à la tête de la tombe.

– Ailleurs. Mais il me fallait revenir.

Il me tourna le dos, m'indiquant qu'il souhaitait mon départ. Retroussant un peu mes jupes, je m'agenouillai à côté de lui. Je pensai qu'il ne se ferait pas sauter la cervelle devant moi, mais je ne savais pas quoi faire, à part lui parler et espérer que quelqu'un viendrait.

– Nous sommes heureux de vous savoir de retour, dis-je, faute de mieux.

– Ah oui, répondit-il, absent. Il fallait que je revienne.

Il tendit la main vers le pistolet, et je la saisis très vite, le faisant sursauter.

– Je sais que vous aimiez beaucoup votre sœur. Je sais que ce fut un choc terrible pour vous.

Quoi dire ? Il y avait forcément des choses à dire à une personne envisageant le suicide, mais quoi ?

« Votre vie est précieuse », avais-je dit à Tom Christie, qui avait répondu simplement : « Si ce n'était pas le cas, cela n'aurait aucun intérêt. » Mais comment en convaincre son fils ?

– Votre père vous aimait tous les deux.

Tout en prononçant ces mots, je me demandai s'il était au courant du geste de son père. Il avait les doigts glacés, et je les serrai entre mes deux mains pour les réchauffer, espérant qu'un contact humain l'aiderait.

– Pas autant que je l'aimais, elle, dit-il sans me regarder. Je l'ai aimée toute sa vie, dès qu'elle est née et qu'on m'a laissé la tenir dans mes bras. Il n'y avait personne d'autre, pour nous deux. Père était en prison, et ma mère... ah, ma mère!

Il parut sur le point de rire, mais aucun son ne sortit de ses lèvres.

– Je suis au courant au sujet de votre mère. Votre père m'a raconté.

Il releva la tête vers moi.

– Vraiment? Il vous a dit qu'on nous a emmenés voir son exécution, Malva et moi?

– Euh... non. Il ne le savait sans doute pas.

– Si. Je le lui ai dit, plus tard, quand il nous a pris avec lui, ici. Il m'a répondu que c'était une bonne chose, que nous avions pu constater de nos propres yeux les conséquences de sa malignité. Il m'a demandé de retenir la leçon... et je l'ai retenue.

– Quel... quel âge aviez-vous? demandai-je horrifiée.

– Dix ans. Malva devait en avoir deux. Elle ne comprenait pas ce qui se passait. Elle s'est mise à hurler « Maman! » quand ils ont fait monter notre mère sur la potence. Elle l'appelait et battait des pieds pour la rejoindre.

Il détourna la tête.

– J'ai voulu la prendre dans mes bras, lui cacher les yeux pour qu'elle ne voie pas, mais ils m'en ont empêché. Ils lui ont tenu la tête pour l'obliger à regarder, pendant que tante Darla lui disait à l'oreille que c'était ce qui arrivait aux sorcières, lui pinçant les jambes pour la faire pleurer. Après ça, on a vécu chez tante Darla pendant encore six ans. Elle n'en était pas ravie, mais disait qu'elle accomplissait son devoir de chrétienne. Cette peau de vache nous donnait à peine à manger. C'est moi qui m'occupais de Malva.

Il se tut longtemps. Je me tus moi aussi, me disant que le mieux que je pouvais lui offrir pour l'instant était la possibilité de vider son cœur. Il dégagea sa main de la mienne et toucha la pierre tombale. Ce n'était qu'une dalle de granit, mais quelqu'un s'était donné la peine de graver son prénom dessus MALVA, rien de plus, en capitales grossières. Cela me rappela les monuments qui jonchaient Culloden, les pierres de clan, chacune portant un seul nom.

Son doigt glissa sur la pierre, effleurant les lettres comme s'il touchait sa peau.

– Elle était parfaite, murmura-t-il. Tellement parfaite. Son sexe était comme un bouton de rose, sa peau si fraîche et si douce…

Un frisson glacé me descendit le long du dos. Voulait-il dire… Mais oui, bien sûr, quoi d'autre? Je sentais grandir en moi un désespoir inexorable.

– Elle était à moi. À moi!

Il s'affaissa, fixant toujours la tombe.

– Le vieux n'a jamais rien su. Il n'imaginait même pas ce que nous étions l'un pour l'autre.

Il n'avait vraiment pas deviné? Tom Christie avait peut-être avoué un crime pour sauver un être qu'il aimait, mais il n'en avait pas aimé qu'un. Ayant perdu une fille, ou plutôt une nièce, n'aurait-il pas tout donné pour sauver un fils qui était le dernier vestige de son sang?

– Vous l'avez tuée, chuchotai-je.

Je n'en doutais plus, et il ne parut même pas surpris.

– Il l'aurait vendue, donnée à un balourd de paysan. J'y pensais tout le temps en la voyant grandir. Parfois, quand j'étais couché près d'elle, cette idée m'était si insupportable que je la giflais de rage. Elle n'y était pour rien, pour rien du tout, mais je la croyais responsable. Ensuite, quand je l'ai surprise avec le soldat, puis avec cette sale petite ordure d'Henderson, je l'ai battue, mais elle me criait qu'elle ne pouvait pas faire autrement, qu'elle était enceinte.

– Votre enfant?

Il hocha la tête, lentement.

– Je n'y pensais jamais. J'aurais dû, bien sûr. Mais ça ne me venait pas à l'esprit. Elle était toujours ma petite Malva. J'ai vu ses seins grossir, c'est vrai, et les poils noircir sa peau si douce et parfaite, mais je n'ai jamais pensé…

Il secoua la tête, incapable de se faire à l'idée, même maintenant.

– Elle a dit qu'elle devait se marier et s'arranger pour que son mari croie que l'enfant était de lui, qui qu'il soit. Si elle ne pouvait épouser le soldat, alors ce serait quelqu'un autre, n'importe qui. Elle a pris tous les amants possibles. J'y ai vite mis un terme, lui criant que je ne le tolérerais pas, que je trouverais une autre solution.

– C'est alors que vous l'avez obligée à raconter que l'enfant était de Jamie.

Mon horreur et ma colère devant son geste n'étaient atténuées que par le chagrin qui m'envahissait. « Oh ! ma pauvre, ma chère petite Malva. Pourquoi ne m'en as-tu rien dit ? » Mais, bien sûr, elle ne m'en aurait jamais parlé. Son seul confident était Allan.

Il acquiesça et toucha de nouveau la pierre. Le bouquet de houx frémit sous un courant d'air glissant entre ses feuilles raides.

– Cela aurait expliqué l'enfant sans qu'elle ait besoin de se marier, vous comprenez ? J'ai pensé que M. Fraser lui donnerait de l'argent pour qu'elle disparaisse, et qu'on partirait tous les deux. On aurait pu aller au Canada ou aux Antilles.

Il était songeur, comme s'il imaginait encore leur vie idyllique, dans un lieu où personne ne saurait.

– Mais pourquoi l'avez-vous tuée ? m'écriai-je soudain. Pourquoi ?

La tristesse et l'absurdité de cette histoire m'écrasaient. Je serrai mes poings dans mon tablier pour me retenir de le frapper.

– Il le fallait. Elle ne voulait plus continuer.

Il battit des paupières, ses yeux se remplissant de larmes.

– Elle a dit... qu'elle vous aimait. Elle ne pouvait plus vous faire du mal. Elle voulait avouer la vérité. J'avais beau la raisonner, elle répétait qu'elle vous aimait et allait tout raconter.

Il ferma les yeux, laissant retomber ses épaules. Deux grosses larmes coulaient sur ses joues. Il serra ses bras contre son torse.

– Pourquoi ? Pourquoi tu m'as poussé à ça ? Tu n'aurais jamais dû aimer quelqu'un d'autre que moi.

Il sanglotait comme un enfant, recroquevillé sur lui-même. Je pleurais aussi, pour la perte, la futilité, le terrible gâchis. Puis je saisis le revolver sur le sol. Les mains tremblantes, j'abaissai l'amorce, secouai l'arme pour faire tomber la balle, puis la glissai dans la poche de mon tablier.

– Allez-vous-en, Allan, murmurai-je d'une voix étranglée. Repartez. Il y a eu trop de morts.

Il ne m'entendait pas. Je le secouai par l'épaule et répétai plus lentement.

– Vous ne pouvez pas vous tuer. Je vous l'interdis, vous m'entendez ?

Il se tourna vers moi, le visage déformé par l'angoisse.

– De quel droit ? Je ne peux pas vivre. Je ne peux pas !

– Il le faut !

Je me redressai sur mes pieds, étourdie, ne sachant pas si mes jambes allaient me soutenir.

– Il le faut !

Il releva vers moi ses yeux baignés de larmes, incapable de parler. J'entendis un léger sifflement, comme un moustique, suivi d'un bruit sourd. Il ne changea pas d'expression, mais son regard mourut doucement. Il resta à genoux quelques instants, puis se pencha en avant telle une fleur au bout de sa tige, et j'aperçus la flèche plantée au milieu de son dos. Il toussa, crachant du sang, puis s'effondra sur le côté, recroquevillé contre la tombe de sa sœur. Ses jambes s'agitèrent dans un spasme, comme une grenouille grotesque. Puis il cessa de bouger.

Je restai plantée là, hébétée, ne prenant que peu à peu conscience de la présence de Ian, qui avait émergé entre les arbres, son arc en bandoulière. Rollo renifla le corps avec curiosité en couinant.

– Il a raison, ma tante, dit-il calmement. Il ne peut pas.

123

Le retour de l'Indien

La vieille Abernathy paraissait avoir au moins cent deux ans, mais refusait d'admettre en avoir plus de quatre-vingt-onze, et encore, sous la pression. Elle était pratiquement aveugle et sourde, tordue comme un bretzel par l'ostéoporose, sa peau si fragile que le moindre heurt la déchirait comme du papier de soie.

Chaque fois que je l'examinais, elle me disait, la tête tremblotante :

– Je ne suis qu'un sac d'os, mais au moins, j'ai encore presque toutes mes dents.

C'était d'ailleurs assez miraculeux, et sans doute la raison pour laquelle elle était encore en vie. Contrairement à la plupart des gens ayant la moitié de son âge, condamnés au porridge, elle pouvait encore manger de la viande et des légumes. Si ce n'était pas une alimentation saine qui la maintenait en vie, ce devait être son opiniâtreté. Elle s'était mariée à un Abernathy, mais elle m'avait confié que son nom de jeune fille était Fraser.

J'achevai de fixer le bandage autour de sa cheville maigre comme une brindille. Ses jambes et ses pieds n'avaient pratiquement plus de chair et étaient froids et durs comme du bois. Elle s'était cogné le tibia contre un pied de table et y avait laissé un lambeau de peau large comme un doigt. Chez une personne jeune, cela n'aurait été qu'une plaie mineure dont personne ne se serait inquiété, mais sa famille veillait attentivement sur elle et m'avait envoyée chercher.

– La cicatrisation sera lente, mais si vous la nettoyez régulièrement, tout se passera bien. Et, je vous en prie, ne la laissez pas l'enduire de graisse de porc !

Mme Abernathy fille, connue sous le surnom de Young Grannie, elle-même septuagénaire, me jeta un regard sceptique. À l'instar de sa belle-mère, elle considérait la graisse de porc et la térébenthine comme des panacées. Sa fille, au prénom romanesque d'Arabella, mais surnommée Grannie Belly, me souriait, dans le dos de Young Grannie. Grannie avait eu moins de chance en matière de dentition – sa bouche présentait de nombreuses lacunes –, mais possédait un tempérament joyeux et accommodant.

Elle ordonna à un petit-fils adolescent :

– Willie B, descends à la cave et remonte un sac de navets pour madame.

J'émis les protestations d'usage, mais chacun connaissait bien son rôle en matière de protocole et, quelques minutes plus tard, je reprenais le chemin de la maison avec mes cinq livres de navets.

Elles tombaient à pic. Je m'étais forcée à retourner dans mon potager au printemps. Je n'avais pas le choix. Les sentiments, c'était bien beau, mais nous devions manger. Toutefois, les vicissitudes de mon existence à la suite de la mort de Malva et mes absences prolongées avaient fait payer un lourd tribut aux récoltes d'automne. En dépit des efforts de Mme Bug, mes navets avaient tous été rongés par les thrips et la pourriture brune des cabosses.

Nos provisions en général étaient maigres. Jamie et Ian n'ayant pas pu participer aux moissons ni chasser, Brianna et Roger étant partis, les récoltes de céréales n'avaient donné que la moitié de leur rendement habituel, et un seul cuissot de chevreuil pendait dans le fumoir. Pratiquement tout notre stock de blé devrait être réservé à notre propre consommation ; nous n'en avions plus à échanger ou à vendre, et il ne restait que quelques sacs d'orge sous une toile, près de la malterie, où il risquait fort de pourrir, puisque personne n'aurait le temps de malter un nouveau lot avant l'arrivée du froid.

Mme Bug reconstruisait peu à peu son élevage de poules après le raid désastreux d'un renard dans le poulailler ; mais cela prenait du temps, et nous n'avions qu'occasionnellement droit à un œuf pour le petit-déjeuner, concédé à contrecœur.

En revanche, côté positif, nous avions du jambon, beaucoup de jambon, ainsi que d'immenses quantités de bacon, de fromage de tête, de côtes de porc, de filet de porc, sans parler de suif, de graisse de rognons et de gras fondu.

Cette pensée me ramena à la graisse de porc, et au petit groupe de cabines douillettes et surpeuplées des Abernathy… et, par contraste, au terrible vide de la Grande Maison.

Dans un lieu comptant tant d'individus, comment l'absence de quatre personnes pouvait-elle créer un tel manque ? Je dus m'arrêter et m'adosser à un arbre, attendant que la vague de chagrin passe sans essayer de la refouler. J'avais appris. « Tu ne peux pas tenir un fantôme à distance, m'avait dit Jamie. Laisse-les entrer. »

Je les laissai entrer, étant incapable d'agir autrement. Je ne trouvais un réconfort qu'en espérant, non, répétai-je aussitôt, qu'en sachant qu'ils n'étaient pas vraiment des fantômes. Ils étaient vivants… simplement ailleurs.

Après plusieurs minutes, la terrible douleur s'atténuait, refluant comme la marée. Parfois, elle abandonnait derrière elle un trésor : des images oubliées du visage de Jemmy, maculé de miel, le rire de Brianna, les mains de Roger sculptant une voiture – la maison en était jonchée – puis piquant au passage un muffin avec la pointe de son couteau. De revoir ces images ravivait des plaies, mais au moins je les avais. Je pouvais les garder dans mon cœur, sachant qu'avec le temps, elles m'apporteraient une consolation.

Puis, le nœud dans ma poitrine et dans ma gorge se desserra. Amanda n'était pas la seule qui pourrait bénéficier de la chirurgie moderne. J'ignorais les possibilités de traitement pour les cordes vocales de Roger, mais peut-être… Toutefois, sa voix s'était nettement améliorée. Elle était résonnante et pleine, quoique rugueuse. Peut-être choisirait-il de la conserver telle quelle.

L'arbre auquel j'étais adossée était un pin, et ses aiguilles se balançaient au-dessus de moi, comme pour donner leur assentiment. Je devais y aller. Il était tard et il commençait à faire froid.

Je m'essuyai les yeux et rabattis ma capuche sur ma tête. Les Abernathy habitaient loin. J'aurais pu m'y rendre sur Clarence, mais il était rentré en boitant, la veille, et j'avais préféré qu'il se repose. Je devais cependant me dépêcher, si je voulais arriver à la maison avant la nuit.

Les nuages formaient un plafond gris uniforme. L'air était froid et chargé d'humidité. À la chute brusque de la température, la nuit prochaine, il risquerait fort de neiger.

Il faisait presque jour quand je passai devant la laiterie et entrai dans la cour. En tout cas, la clarté était suffisante pour me permettre de sentir instantanément que quelque chose clochait. La porte de la cuisine était ouverte.

Cela déclencha aussitôt en moi une sonnette d'alarme, et je pivotai sur mes talons pour m'enfuir. Au même instant, je percutai un homme qui venait de sortir des bois derrière moi. Je reculai avec célérité.

– Qui êtes-vous ?

Il m'agrippa le bras et se mit à crier :

– Hé, Donner ! Je l'ai !

* * *

J'ignorais à quelle occupation Wendigo Donner s'était adonné au cours de l'année précédente, mais cela n'avait pas dû être très rentable. Il n'avait jamais péché par excès d'élégance, mais à présent, il était si dépenaillé que sa veste tombait littéralement en lambeaux, et on apercevait une fesse décharnée à travers un grand accroc dans ses culottes. Ses cheveux graisseux formaient une masse emmêlée et compacte. Il puait.

– Où sont-elles ? demanda-t-il d'une voix rauque.

– Où sont quoi ?

Je me tournai vers son compagnon qui avait l'air un peu en meilleur état.

– Où sont ma servante et ses enfants? questionnai-je à mon tour.

Nous nous trouvions dans la cuisine, et le feu était éteint. Mme Bug n'était pas venue, ce matin, et où que soient Amy et les garçons, ils étaient partis depuis longtemps.

– J'en sais rien, répondit-il indifférent. Quand on est arrivés, il n'y avait personne.

– Où sont les pierres précieuses?

Donner m'attrapa le poignet et me fit pivoter pour lui faire face. Ses yeux étaient enfoncés dans leurs orbites, et sa peau brûlait de fièvre.

– Je n'en ai pas. Vous êtes malade, vous devriez…

– C'est faux! Je sais que vous en avez! Tout le monde le sait!

Les commérages étant ce qu'ils étaient, tout le monde croyait probablement « savoir » que Jamie cachait un trésor en pierres précieuses. Pas étonnant que le bruit soit parvenu jusqu'à ses oreilles crasseuses. Le convaincre du contraire ne serait pas une mince affaire, mais je me devais d'essayer.

– Elles sont parties, dis-je simplement.

Une lueur étrange traversa son regard.

– Comment?

J'arquai un sourcil en direction de son compagnon. Tenait-il vraiment à ce que son compère l'apprenne?

– Va chercher Richie et Jed, ordonna-t-il au voyou, qui s'exécuta sans broncher.

Richie et Jed? Combien étaient-ils? Une fois le premier choc passé, je pris conscience de bruits de pas à l'étage et de claquements de portes impatients dans le couloir.

– Mon infirmerie! Faites-les sortir de là tout de suite!

Je me précipitai vers la porte, mais il me rattrapa par ma cape. Je commençais à en avoir par-dessus la tête de leurs manières et n'avais pas peur de ce misérable déchet humain. Je lui envoyai un bon coup de pied dans le genou pour le lui faire comprendre.

– Lâchez-moi !

Il poussa un cri et me lâcha. Je l'entendis jurer derrière moi, tandis que je courais dans le couloir. Celui-ci était jonché de papiers et de livres provenant du bureau de Jamie, une flaque d'encre s'étalant dessus. L'explication de l'encre me fut fournie la minute suivante en apercevant le voyou dans mon infirmerie. Il avait une grande tache sur le devant de sa chemise, sous laquelle il avait apparemment glissé l'encrier lui-même.

– Qu'êtes-vous en train de faire, pauvre demeuré ?

Le voyou, qui n'avait guère plus de seize ans, me fixa, la bouche ouverte. Il tenait entre ses mains un des globes parfaits de M. Blogweather. Il esquissa un sourire malveillant et le lâcha. Le globe en verre explosa en une éruption de fragments. Un éclat lui entailla la joue, l'ouvrant en deux. Il ne le sentit que lorsque le sang se mit à jaillir. Il porta la main à son visage, fronçant les sourcils, puis hurla de terreur en voyant ses doigts sanglants.

– Merde ! dit Donner derrière moi.

Il me prit par la taille et me tira de nouveau jusque dans la cuisine.

– Il ne m'en faut que deux, insista-t-il. Vous pouvez garder les autres. Une pour payer ces types, l'autre pour voyager.

– Mais puisque je vous dis la vérité ! Nous n'en avons plus. Ma fille et sa famille sont reparties. Ils ont utilisé tout ce que nous avions. Il n'y en a plus.

Il me dévisagea, l'incrédulité se lisant dans ses yeux brûlants.

– Si, vous en avez. Il le faut. Je dois me tirer d'ici !

– Pourquoi ?

– Ça ne vous regarde pas. Je dois m'en aller, et vite.

Il jeta un coup d'œil autour de lui dans la cuisine, comme s'il s'attendait à trouver des pierres posées sur la desserte.

– Où sont-elles ?

Un fracas monstrueux dans mon infirmerie, suivi d'une pluie de jurons, m'empêcha de répondre. J'amorçai un geste vers la porte, mais Donner se planta devant moi.

J'étais furieuse de cette invasion, mais je me mis aussi à avoir peur. Donner ne s'était encore jamais montré violent, mais j'étais moins confiante envers ses amis. Ils finiraient peut-être par capituler et partir en constatant l'absence de gemmes dans la maison, mais ils pouvaient aussi décider de me passer à tabac pour me faire avouer le lieu de leur cachette.

Je resserrai ma cape autour de moi et m'assis sur un banc, essayant de réfléchir avec calme.

– Écoutez, vous avez mis toutes les pièces sens dessus dessous…

Un autre fracas à l'étage me fit sursauter. Seigneur! Ils semblaient avoir renversé la penderie. Je repris :

– Vous avez mis toutes les pièces sens dessus dessous, et vous n'avez rien trouvé. Vous ne croyez pas que, si j'en avais, je vous l'aurais dit pour éviter que vous saccagiez ma maison?

– Non. À votre place, je ne le dirais pas.

Il se passa le dos de la main sur la bouche, l'air éreinté, avant de reprendre :

– Vous savez bien ce qui arrive… la guerre et tout. Je n'imaginais pas que ça se passerait comme ça. Merde… la moitié des gens que je rencontre ne savent plus où ils en sont. Je pensais que ça aurait juste lieu entre soldats et qu'il suffirait de se tenir à l'écart de tout ce qui porte un uniforme, loin des batailles. Mais je n'ai pas encore vu un seul dragon anglais, et les gens… vous savez, les gens ordinaires… ils se tirent dessus pour un rien et incendient les maisons de leurs voisins…

Il ferma les yeux. Ses joues passèrent du rouge vif au blanc en quelques secondes. Il était très malade. Je l'entendais aussi : il émettait un râle humide et chuintant. S'il tournait de l'œil, comment me débarrasser de ses compagnons?

– En tout cas, reprit-il soudain. Je fous le camp. Je rentre chez moi. Et je m'en balance, de savoir comment c'est là-bas, ça sera toujours mieux qu'ici.

– Et les Indiens? Vous les laissez livrés à eux-mêmes?

Le soupçon de sarcasme de mon ton lui échappa totalement.

– Ouais. Pour tout vous dire. Ils commencent à m'emmerder, les Indiens.

Il se frotta le haut du torse, et, à travers sa chemise déchirée, j'aperçus une grande plaie aux bords froncés.

– Merde... qu'est-ce que je ne donnerais pas pour une bonne bière fraîche et un match de base-ball à la télé !

Il sembla soudain se souvenir de ma présence et reprit sur un ton plus pressant :

– Bon, il me faut ces diamants... ou ce que vous avez en pierres précieuses. Donnez-les-moi, et on s'en ira.

Je réfléchissais à plusieurs plans pour les faire partir, mais en vain, et j'étais de plus en plus mal à l'aise. Nous n'avions que très peu d'objets de valeur et, à en juger par l'état de la desserte, ils s'en étaient déjà emparés, y compris, me rendis-je soudain compte, des pistolets et de la poudre. Ils ne tarderaient pas à s'énerver pour de bon.

Quelqu'un risquait de débarquer. Amy et les garçons devaient être dans la cabane de Brianna, en train d'emménager. Ils pouvaient revenir d'un instant à l'autre. On pouvait venir chercher Jamie ou moi, quoique cette perspective parût de moins en moins probable à l'approche de la nuit. Quand bien même quelqu'un viendrait, l'effet serait sans doute désastreux.

Puis, j'entendis des voix sous le porche, ainsi que des pas lourds. Je me levai d'un coup, le cœur dans la gorge.

– Vous n'avez pas bientôt fini de vous agiter comme ça ? s'impatienta Donner. Je vous jure, je n'ai jamais vu une hystérique pareille !

J'avais reconnu une des voix. En effet, la seconde suivante, Jamie entra dans la cuisine, fatigué et échevelé, suivi de deux des voyous qui pointaient un pistolet dans son dos. Il me regarda des pieds à la tête, s'assurant que je n'avais rien.

– Ces crétins croient que nous cachons des pierres précieuses, l'informai-je. Ils les veulent.

– C'est ce qu'on m'a dit.

Il jeta un œil vers les placards grands ouverts et la desserte vandalisée. Même la cloche à gâteaux avait été renversée, les restes d'une tarte aux raisins répandus sur le plancher et écrasés par des pieds.

– Je vois qu'ils ont cherché.

– Écoute, vieux, dit l'un des voyous. Tout ce qu'on veut, c'est le magot. Dis-nous simplement où il est, et on s'en ira. Ni vu ni connu.

Jamie passa un doigt sur son nez, observant celui qui venait de parler.

– Je présume que ma femme vous a déjà dit que nous n'avions pas de pierres ?

– Oui, naturellement. Vous savez comment elles sont, les femmes…

Il semblait convaincu que Jamie étant là, ils pourraient enfin régler cette affaire tranquillement, d'homme à homme.

Jamie s'assit sur le banc en soupirant.

– Qu'est-ce qui vous fait croire que j'en ai ? J'en ai eu, c'est vrai, mais je les ai vendues.

– Dans ce cas où est l'argent ?

– Dépensé. Je suis colonel de milice, ne me dites pas que vous n'êtes pas au courant ? Équiper une compagnie de miliciens coûte cher. Il faut des armes, des provisions, de la poudre, des chaussures… tout cela s'ajoute. Rien que le prix d'une paire de souliers en cuir ! Et je ne vous parle pas de faire ferrer les chevaux ! Il y a aussi les carrioles. Vous n'imaginez pas le prix scandaleux d'une carriole…

L'un des voyous hochait la tête, le front plissé, suivant avec attention cette laborieuse explication. Donner et les autres paraissaient nettement moins intéressés.

– Ne me cassez pas les pieds avec vos carrioles ! explosa Donner.

Il ramassa un des couteaux de Mme Bug sur le sol et reprit, s'efforçant d'avoir l'air menaçant :

– J'en ai marre d'attendre. Si vous ne me dites pas où elles sont, je… je…

Il m'attrapa par l'épaule et me mit la lame sous le menton.

– … je lui tranche la gorge ! Je jure que je le ferai !

Il était évident que Jamie cherchait à gagner du temps, donc qu'il attendait quelque chose. Ou plutôt quelqu'un. C'était rassurant, mais je trouvais néanmoins que sa nonchalance apparente face à mon décès théoriquement imminent était un peu exagérée.

Il se gratta la joue.

– Je ne ferais pas ça à votre place. C'est elle qui sait où sont les pierres.

– Je sais quoi ? m'écriai-je indignée.

– Ah oui ? fit un des voyous revigoré.

– Absolument. La dernière fois que je suis parti avec la milice, elle les a cachées. Elle refuse de me dire où.

– Attendez… vous venez de nous dire que vous les aviez vendues, dit Donner désorienté.

– J'ai menti, répondit Jamie patiemment.

– Ah.

– Mais si vous voulez tuer ma femme, ça change tout.

– Oh, fit Donner l'air plus satisfait. Ouais, exactement !

Jamie tendit la main, déclarant poliment :

– Je crois que nous n'avons pas été présentés, monsieur. Je m'appelle James Fraser. Et vous êtes…

Donner hésita, ne sachant pas trop quoi faire avec le couteau dans sa main droite. Il le passa maladroitement dans la gauche et se pencha en avant, serrant vite la main tendue.

– Wendigo Donner.

Je lâchai une grossièreté qu'une série de bris de verre dans mon infirmerie noya. L'autre vermine devait être en train de vider mes étagères, en jetant tous mes bocaux et mes flacons par terre. Je saisis la main de Donner et éloignai le couteau de ma gorge, puis je bondis, prise d'une folie furieuse assez semblable à celle qui m'avait fait incendier un champ rempli de sauterelles.

Cette fois, ce fut Jamie qui me rattrapa par la taille, tandis que je m'élançais vers la porte, et il me souleva du sol.

– Laisse-moi, je vais le tuer, ce petit con ! m'écriai-je en battant des pieds.

– Attends encore un peu, *Sassenach,* me chuchota-t-il.

Il me traîna vers la table et se rassit, me tenant sur ses genoux les bras fermement enlacés autour de ma taille. D'autres bruits de saccage nous parvenaient depuis le couloir, des coups de hache dans le bois et des morceaux de verre écrasés sous un talon. Apparemment, le jeune butor avait abandonné ses recherches et détruisait pour le plaisir.

Je réprimai le cri de frustration qui me montait dans la gorge.

Donner fronça le nez.

– Pouah ! Qu'est-ce que c'est que cette odeur ? Quelqu'un a pété ?

Il s'était adressé à moi d'un ton accusateur, mais je ne relevai pas son impertinence. C'était l'éther, lourd et d'une douceur écœurante.

Jamie se raidit. Il savait ce que c'était… et ce que ça faisait. Je le vis regarder brièvement le couteau dans la main de Donner. J'entendis aussi ce que son ouïe plus fine avait déjà détecté. Quelqu'un venait.

Il se déplaça en avant sur le rebord de sa chaise, fléchissant ses jambes sous lui pour s'apprêter à bondir. Il me fit un clin d'œil vers l'âtre, où une lourde marmite en fonte était posée sur les cendres froides. J'acquiesçai de façon discrète et, lorsque la porte de service s'ouvrit, je me ruai vers la cheminée.

D'une rapidité inattendue, Donner avança un pied pour me faire un croc-en-jambe. Je m'étalai de tout mon long, glissant sur le plancher pour aller buter la tête la première contre le banc d'en face. Je gémis et restai étourdie quelques instants, les yeux fermés, me disant que j'étais décidément trop vieille pour ce genre d'acrobaties. Je rouvris les yeux à contrecœur et me relevai très laborieusement, pour découvrir que la cuisine s'était remplie de monde.

Le premier acolyte de Donner était revenu avec deux autres voyous, sans doute Richie et Jed, et avec eux, les Bug, Murdina l'air paniqué et Arch, frémissant d'une rage contenue.

Mme Bug se précipita vers moi.

– *A leannan !* Vous êtes-vous fait mal ?

– Non, non… répondis-je encore un peu sonnée. J'ai… juste besoin de m'asseoir un instant.

Donner fixait le sol en fronçant les sourcils, cherchant le couteau qu'il avait lâché en effectuant son croche-pied. Il redressa la tête vers les nouveaux venus.

– Alors, vous avez trouvé ?

Richie et Jed rayonnaient.

– Un peu ! Regarde ça !

L'un d'eux tenait le panier à ouvrage de Mme Bug. Il le retourna au-dessus de la table. Une masse de pelotes et de tricots inachevés tomba avec un « pong ! » sonore, et des mains avides plongèrent dans la laine, en extirpant un lingot d'or long d'une vingtaine de centimètres. Une extrémité avait été rognée, et il était frappé en son centre d'une fleur de lys.

Un silence abasourdi suivit cette découverte. Même Jamie paraissait ahuri.

Le teint de Mme Bug, déjà pâle en entrant, avait viré au crayeux, et ses lèvres avaient complètement disparu. Arch fixait Jamie, sombre et provoquant.

Seul Donner n'était pas impressionné.

– Ouais, c'est bien gentil, mais où sont les pierres ? Hé, les gars, ne perdez pas de vue notre objectif.

Toutefois, ses complices semblaient avoir perdu tout intérêt pour les gemmes et se disputaient déjà pour savoir qui obtiendrait la garde du lingot.

Ma tête tournait à cause du choc contre le banc, de l'apparition soudaine de l'or, de ce qu'il impliquait concernant les Bug et, surtout, des vapeurs d'éther qui s'étaient beaucoup accentuées. Personne dans la cuisine ne paraissait le remarquer, mais on n'entendait plus aucun bruit dans l'infirmerie. Le jeune rustre devait certainement être déjà K.-O.

Presque pleine, la bouteille d'éther pouvait anesthésier une demi-douzaine d'éléphants… ou une maison remplie de monde. Je voyais déjà Donner osciller sur ses jambes. Encore quelques minutes, et tous les voyous sombreraient dans un état de torpeur inoffensive..., mais nous aussi.

L'éther étant plus lourd que l'air, il se répandrait d'abord sur le sol, pour remonter autour de nos genoux. Je me relevai, inspirant un air plus pur. Je devais ouvrir une fenêtre.

Jamie et Arch parlaient en gaélique, beaucoup trop vite pour que je puisse les comprendre, même si mon cerveau avait été en état de fonctionner normalement. Donner les dévisageait, la bouche ouverte, voulant sans doute leur dire d'arrêter, mais ne trouvant plus ses mots.

Je tentai de soulever le loquet des volets intérieurs, étant obligée de me concentrer pour faire obéir mes doigts. Il céda enfin, et j'écartai le pan de bois, pour me retrouver face à face avec la grimace d'un Indien dans le crépuscule, de l'autre côté de la fenêtre.

Je poussai un cri et reculai d'un geste brusque. Puis la porte de service s'ouvrit en grand, et une silhouette trapue et barbue bondit à l'intérieur, hurlant dans une langue incompréhensible, suivie par Ian, suivi lui-même d'un autre Indien qui poussait des cris sauvages et qui brandissait... qu'est-ce que c'était ? Un tomahawk ? Un gourdin ? Ma vision était trop floue pour que je le distingue bien.

Ensuite, ce fut le tohu-bohu général, vu à travers un voile déformant. Je m'agrippai au volet pour ne pas tomber, mais n'eus même pas la présence d'esprit d'ouvrir la maudite fenêtre. Tout le monde se battait ou se débattait, mais au ralenti, rugissant et titubant comme des ivrognes. Tandis que je le regardais, la bouche béante, Jamie extirpa laborieusement le couteau de sous les fesses de Donner, le leva dans un long cercle gracieux, puis le planta sous son sternum.

Quelque chose fusa près de mon oreille et traversa la vitre, fracassant sans doute le dernier morceau de verre encore intact de la maison.

J'inspirai de grandes goulées d'air frais, essayant de m'éclaircir les idées et effectuant de grands gestes des mains signifiant : « Sortez ! Sortez ! »

Mme Bug tentait justement de s'en aller en marchant à quatre pattes vers la porte. Arch percuta le mur et glissa lentement au sol à côté d'elle, le regard vide. Donner était retombé en avant, le front contre la table, une mare de sang s'étalant sous lui. Un autre voyou gisait dans la cheminée, le crâne fracassé. Jamie tenait encore debout, chancelant. Le barbu trapu à ses côtés secouait la tête, d'un air perplexe, les vapeurs l'affectant à son tour. Je l'entendis demander :

– Mais que se passe-t-il ?

La cuisine était désormais plongée dans la pénombre, des silhouettes oscillant telles des algues dans un paysage sous-marin.

Je fermai les yeux un moment et, quand je les rouvris, Ian déclarait :

– Attends, je vais allumer une chandelle.

Il tenait une des boîtes d'allumettes de Brianna dans la main. Je hurlai :

– IAN !

Au même instant, il gratta l'allumette.

Il y eut un « swoush ! » doux, suivi d'un « womp ! » plus fort quand l'éther s'embrasa et, tout à coup, nous nous retrouvâmes dans un puits de flammes. Pendant une fraction de seconde, je ne ressentis rien, puis une chaleur cuisante. Jamie me saisit le bras et me propulsa vers la porte. Je sortis en titubant et m'effondrai dans les mûriers, me roulant dans les branches pour éteindre mes jupes fumantes.

Paniquée et encore étourdie par l'éther, je parvins tant bien que mal à dénouer les lacets de mon tablier et à m'en débarrasser. Mes jupons en lin étaient roussis, mais pas calcinés. Je m'accroupis en pantelant dans la cour, cherchant à retrouver mon souffle. L'odeur de fumée était puissante et âcre.

Mme Bug était à genoux sur le perron, frappant son bonnet en flammes contre les marches.

Des hommes jaillirent par la porte de service, frappant leurs vêtements et leurs cheveux. Dans la cour, Rollo aboyait comme un fou et, de l'autre côté de la maison, les chevaux effrayés hennissaient. Quelqu'un avait sorti Arch Bug. Il était étendu sur l'herbe sèche, ayant perdu le plus gros de ses cheveux et de ses cils, mais toujours en vie.

Mes jambes étaient raides et couvertes d'ampoules, mais je n'avais pas de brûlures graves grâce aux couches de lin et de coton qui se consumaient lentement. Si j'avais porté un tissu moderne tel que la rayonne, j'aurais été transformée en torche vivante.

Je me retournai vers la maison. Il faisait nuit, à présent, et toutes les fenêtres du rez-de-chaussée étaient illuminées. Des flammes dansaient derrière la porte ouverte. On aurait dit une gigantesque lanterne.

– Madame Fraser, je présume ?

Le barbu trapu était penché vers moi, parlant avec un épais accent écossais.

Je repris peu à peu mes esprits.

– Oui, qui êtes-vous et où est Jamie ?

– Ici, *Sassenach*.

Jamie émergea de l'obscurité et se laissa tomber lourdement à mes côtés.

– Je te présente monsieur Alexander Cameron, plus connu sous le nom de Scotchee.

– Votre serviteur, madame.

Je tapotai délicatement mes cheveux. Des touffes avaient roussi, mais j'en avais encore.

Je sentis plus que ne vis Jamie se tourner vers la maison, et je suivis son regard. Une silhouette sombre remuait derrière une fenêtre à l'étage. Elle hurla quelque chose dans une langue absconse et se mit à lancer des objets à l'extérieur.

– Qui est-ce ?

Jamie se frotta le visage.

– Mmm... ce doit être Oie.

– S'il reste là-haut encore un peu, ce sera bientôt une oie rôtie.

J'éclatai de rire. Apparemment, j'étais la seule à me trouver hilarante, car les autres ne bronchèrent pas. Jamie se leva et appela l'homme derrière la fenêtre. Celui-ci agita la main comme si de rien n'était et repartit à l'intérieur de la maison.

– Il y a une échelle dans la grange, dit calmement Jamie à Scotchee.

Ils disparurent dans la nuit.

Pendant un temps, la maison brûla lentement. Au rez-de-chaussée, il n'y avait pas beaucoup d'objets inflammables, hormis les livres et les papiers de Jamie. Une ombre surgit de la porte de service, un bras devant le visage, le devant de sa chemise replié comme un sac. Ian s'arrêta devant moi, tomba à genoux et déversa un tas de menus objets sur le sol.

– C'est tout ce que j'ai pu sauver, tante Claire.

Il toussa, agitant une main devant ses yeux.

– Vous savez ce qui est arrivé?

La chaleur devenait de plus en plus intense, et je me redressai sur les genoux.

– Peu importe. Viens, il faut tirer Arch un peu plus loin.

Les effets de l'éther étaient pratiquement passés, mais j'avais toujours une forte impression d'irréalité. Je ne disposais que de l'eau fraîche du puits pour traiter les brûlures et en aspergeai le cou et les mains d'Arch Bug, brûlés au dernier degré. Les cheveux de Mme Bug étaient aussi roussis que les miens, mais ses épais jupons l'avaient protégée elle aussi.

Ni elle ni Arch ne dirent un mot.

Amy McCallum arriva en courant, la mine défaite. Je lui demandai de conduire les Bug dans la cabane de Brianna, la sienne désormais, et surtout d'empêcher ses enfants d'approcher. Elle acquiesça, et ils repartirent, Mme Bug et elle soutenant la haute silhouette d'Arch.

Personne ne fit l'effort de sortir les corps de Donner et de ses compagnons.

Je voyais le feu commencer à envahir la cage d'escalier. Il y eut soudain une lueur vive à l'étage et, peu après, j'aperçus des flammes au cœur de la maison.

La neige se mit à tomber, épaisse, lourde et silencieuse. Une demi-heure plus tard, le sol, les arbres et les buissons étaient saupoudrés de blanc. Les flammes rouge et or se reflétaient dans la neige dans un doux halo orangé. Le brasier illuminait la clairière tout entière.

Quelque part vers minuit, le toit s'effondra dans un fracas de poutres incandescentes et projeta haut dans le ciel un nuage d'étincelles qui retombèrent en une pluie scintillante. Le spectacle était si beau que tout le monde poussa un « ooooh ! » involontaire.

Le bras de Jamie se resserra autour de mes épaules. Nous ne pouvions détacher notre regard de la scène devant nous.

– Quel jour sommes-nous ? demandai-je soudain.

Il réfléchit un instant avant de répondre :

– Le 21 décembre.

– Et nous sommes toujours vivants. Maudits journaux, on ne peut jamais leur faire confiance !

Pour une raison étrange, il trouva cette remarque hilarante et rit tellement qu'il dut s'asseoir sur le sol.

124

La propriété du roi

Nous passâmes le reste de la nuit à dormir – ou du moins en position horizontale – sur le plancher de la cabane d'Amy, en compagnie des Bug, d'Oie et de son frère Lumière (qui me prirent de court une seconde en se présentant comme les « fils » de Jamie), de Scotchee et de Ian. En route vers le village d'Oiseau, les Indiens – Alexander Cameron était aussi Indien que les autres – avaient croisé Jamie et Ian qui chassaient et avaient accepté l'hospitalité de Jamie.

– On ne s'attendait pas à un accueil aussi chaleureux, Tueur d'ours ! lança Oie en riant.

Ils ne posèrent aucune question sur Donner, ni ne firent la moindre allusion aux corps calcinés dans l'immense bûcher funéraire de notre maison. Ils ne s'intéressèrent qu'à l'éther, écoutant mes explications avec fascination.

Je remarquai que Jamie ne leur demanda pas non plus le but de leur visite chez Oiseau et en déduisis qu'il ne voulait pas entendre parler de la décision de certains Cherokees de soutenir le roi. Il écoutait la conversation sans y prendre part, fouillant dans la pile d'objets sauvés du feu. Il ne restait rien de bien important : quelques pages de mon cahier de médecine, des cuillères en étain, un moule de balle. Quand il s'endormit enfin contre moi, je vis son poing fermé sur quelque chose. Regardant de plus près dans l'obscurité, je distinguai la petite tête du serpent en cerisier pointant entre ses doigts.

En me réveillant juste après l'aube, je découvris Aidan qui m'observait, Adso dans ses bras.

– J'ai trouvé votre petite panthère dans mon lit, chuchota-t-il. Vous la voulez?

J'allais refuser, quand je vis la lueur dangereuse dans le regard du chat. En temps normal, il supportait assez bien les enfants, mais Aidan le tenait comme un paquet de linge sale, les pattes arrière pendues dans le vide.

– Oui, répondis-je la gorge irritée par la fumée.

Je me redressai et attrapai l'animal. Tout le monde dormait encore, enroulé dans une couverture à même le plancher. À deux exceptions près : Jamie et Arch avaient disparu. Je me levai et, empruntant la cape d'Amy accrochée près de la porte, sortis.

La neige avait cessé pendant la nuit, mais au moins cinq centimètres recouvraient le sol. Je déposai Adso sous les avant-toits, là où la terre était sèche, puis, rassemblant mon courage, me dirigeai vers la maison.

De la vapeur s'élevait au-dessus des vestiges calcinés qui formaient une immense tache noire, contraste saisissant avec les arbres blancs derrière. Seule une moitié de la maison avait brûlé tout à fait. Le mur ouest tenait encore debout, tout comme les conduits de cheminée en pierre. Le reste n'était plus qu'un amas de poutres calcinées et de tas de cendres virant déjà au gris. L'étage supérieur avait brûlé complètement. Quant à mon infirmerie…

J'entendis des voix derrière la maison et tournai la tête. Jamie et Arch se trouvaient dans la remise à bois, la porte entrouverte. Je pouvais les voir à l'intérieur, face à face. Jamie m'aperçut et me fit signe de les rejoindre.

– Bonjour, Arch. Comment vous sentez-vous?

Notre ancien régisseur avait d'énormes ampoules sur les mains et le visage, mais plus de cheveux ni de cils. À part cela, il avait l'air en bonne santé. Il toussa et me répondit d'une voix abîmée par la fumée et à peine audible :

– Je me suis déjà senti mieux, *a nighean,* merci.

– Arch s'apprêtait à m'expliquer ceci, *Sassenach*.

Jamie pointa un orteil vers le lingot d'or posé dans la sciure à leurs pieds.

– N'est-ce pas, Arch?

Il parlait sur un ton plaisant, mais je percevais, tout comme Arch, la note d'acier sous-jacente. Toutefois, Bug n'était pas homme à se laisser intimider facilement.

– Je ne vous dois aucune explication, *Seaumais mac Brian*.

– Je ne vous donne pas le choix, mais une chance de vous expliquer.

Cette fois, la tonalité agréable de la voix avait disparu. Il se tourna vers moi et me montra le lingot.

– Tu as déjà vu ça quelque part, *Sassenach*?

– Oui, bien sûr.

La dernière fois que je l'avais vu, il luisait à la lumière d'une lanterne, serré contre ses compagnons, au fond d'un cercueil, dans le mausolée d'Hector Cameron. Sa forme et sa fleur de lys le rendaient reconnaissable entre tous.

– À moins que Louis de France n'ait envoyé à d'autres de vastes quantités d'or, il fait partie du trésor de Jocasta Cameron.

– Ce n'est pas son trésor, et cela ne l'a jamais été, me corrigea Arch, d'une voix ferme.

– Ah non? dit Jamie. À qui appartient-il alors? À vous?

– Non.

Il hésita, mais le besoin de parler était trop fort.

– C'est la propriété du roi.

– Quoi, le roi de... ah!

Je compris avec un temps de retard.

– Ce roi-là!

– *Le roi est mort**, dit doucement Jamie comme s'il se parlait à lui-même.

Arch se redressa d'un mouvement brusque.

---

* En français dans le texte. *(N.d.T.)*

– L'Écosse est-elle morte ?

Jamie resta silencieux plusieurs minutes, puis il m'indiqua une pile de bûches où m'asseoir, puis une autre à Arch, avant de s'asseoir à son tour.

– L'Écosse ne mourra que lorsque son dernier fils sera mort, *a charaid.*

Il fit un geste vers la porte ouverte, indiquant les montagnes et les vallées autour de nous, ainsi que tous ceux qui y vivaient.

– Combien sommes-nous ici ? Combien serons-nous ? L'Écosse vit, mais pas en Italie.

Il voulait dire Rome, où le fils de James Stuart, Charles-Édouard, végétait en exil, noyant ses rêves déçus de Couronne dans le chianti.

Arch plissa les yeux, mais ne répondit pas.

– Le troisième homme, c'était vous, n'est-ce pas ? Quand l'or est arrivé de France. Dougal MacKenzie en a pris un tiers, Hector Cameron un deuxième. J'ignore ce que Dougal a fait de sa part. Il l'a sans doute offerte à Charles Stuart, et que Dieu veille sur son âme si c'est bien le cas. Vous étiez le *tacksman*[*] de Malcolm Grant. Il vous a envoyé, n'est-ce pas ? Vous avez pris le troisième tiers du trésor en son nom. Vous le lui avez donné ?

Arch hocha la tête.

– Il m'a été confié… débuta-t-il.

Il se racla la gorge et cracha une glaire striée de noir.

– … il m'a été confié pour que je le remette à Grant qui, à son tour, devait le restituer au fils du roi.

– Il l'a fait ? questionna Jamie intéressé. Ou a-t-il pensé, comme Hector, qu'il était trop tard ?

---

[*] Dans le système des clans des Highlands, le *tacksman,* souvent un parent du chef, était chargé d'administrer les terres allouées aux métayers, de faire respecter les lois du clan, ainsi que de former les hommes au combat et de les rassembler en temps de guerre. *(N.d.T.)*

À ce stade, la bataille était déjà perdue. L'or n'y aurait rien changé. Arch pinça les lèvres.

– Il a fait ce qu'il pensait devoir faire. Cet argent a été dépensé pour la sauvegarde du clan. Mais Hector Cameron était un traître, et son épouse aussi.

Je compris soudain.

– Lors du *gathering* où vous avez rencontré Jamie, c'est vous qui avez parlé à Jocasta dans sa tente ! Vous étiez venu la chercher, n'est-ce pas ?

Arch parut surpris par mon intervention, puis hocha imperceptiblement la tête. Je me demandai s'il avait accepté l'offre de Jamie de s'installer à Fraser's Ridge uniquement en raison de sa relation avec Jocasta.

Je poussai du pied le lingot d'or.

– Ça, vous l'avez trouvé dans la maison de Jocasta quand vous êtes allé avec Roger chercher les pêcheurs, n'est-ce pas ?

La preuve, s'il en avait encore eu besoin, que Jocasta détenait toujours l'or français.

Comme d'habitude, Jamie se frottait le nez.

– Ce qui m'intrigue, c'est comment vous avez découvert où était le reste et comment vous l'en avez sorti ?

– Ce n'était pas bien sorcier. J'ai vu le sel devant la tombe d'Hector et la manière dont les esclaves noirs évitaient de s'en approcher. Pas étonnant qu'il ne puisse reposer en paix, mais où l'or aurait-il été le plus en sécurité, sinon avec lui ? J'ai un peu connu Cameron. Il n'était pas du genre à se laisser prendre quoi que ce soit, même mort.

En tant que régisseur de notre domaine, Arch se rendait fréquemment à Cross Creek pour acheter et troquer. D'ordinaire, il ne séjournait pas à River Run, mais y allait assez souvent pour bien connaître la propriété. Si quelqu'un apercevait une silhouette près du mausolée… tout le monde savait que le fantôme d'Hector Cameron « errait » dans le périmètre marqué par les lignes de sel. Personne n'oserait approcher pour enquêter.

Il avait donc subtilisé un lingot après l'autre à chaque voyage. Il avait ainsi emporté tout le trésor avant que Duncan ne se rende compte de sa disparition.

– Je savais bien que je n'aurais jamais dû garder ce premier lingot. Au début, j'ai pensé qu'on en aurait peut-être besoin, Murdina et moi. Puis, quand elle a été obligée de tuer Brown…

Jamie redressa brusquement la tête. Nous le dévisageâmes, incrédules. Il toussota.

– Une fois cette fripouille suffisamment remise, elle a commencé à fouiner dans notre cabane, quand Murdina était obligée de s'absenter. Il a découvert ça (il indiqua le lingot) dans son panier à ouvrage. Bien sûr, il ne pouvait pas deviner d'où il venait, mais il savait bien que des pauvres gens comme nous ne gardaient pas d'or chez eux.

Il pinça encore les lèvres, et je me souvins qu'il avait été le premier *tacksman* de Grant du clan Grant, un homme haut placé. Autrefois.

– Il a posé des questions et, bien sûr, elle a refusé de parler. Puis, quand il s'est traîné jusque chez vous, elle a eu peur qu'il raconte ce qu'il avait vu. Alors elle a dû le tuer.

Il parlait calmement. Après tout, que pouvait-elle faire d'autre ? Une fois de plus, je me demandai quels actes les Bug avaient commis, ou avaient été contraints de commettre, les années qui avaient suivi Culloden.

– Au moins, vous avez empêché que l'or ne tombe entre les mains du roi George, dit Jamie, la mine sombre.

Il songeait sans doute à la bataille de Moore's Creek Bridge. Si Hugh MacDonald avait eu l'or de Duncan pour acheter de la poudre et des armes, la bataille sur le pont n'aurait pas été aussi facilement gagnée. D'un autre côté, les Highlanders ne se seraient pas fait massacrer, une fois de plus, chargeant l'épée au poing face à des canons.

Le silence devenant de plus en plus pesant, je finis par demander :

– Arch, que comptiez-vous faire, exactement avec l'or ?

– Au… Au début, je voulais juste vérifier s'il était vrai qu'Hector Cameron avait emporté sa part du trésor et s'en était servi pour ses propres intérêts. Puis, j'ai découvert qu'il était mort, mais vu le train de vie de sa femme, il était clair qu'il l'avait vraiment volé. Je me suis alors demandé s'il en restait un peu.

Il massa sa gorge ridée.

– À vrai dire, madame, je voulais surtout le reprendre à Jocasta Cameron. Mais une fois que ce fut fait…

Sa voix s'érailla. Il marqua une pause, puis se ressaisit :

– Je suis un homme de parole, *Seaumais mac Brian*. J'ai prêté serment d'allégeance à mon chef, et je l'ai respecté jusqu'à sa mort. Puis j'ai prêté serment au roi, de l'autre côté de l'océan (il voulait parler de James Stuart), mais il est mort lui aussi. Après quoi, j'ai juré loyauté à George d'Angleterre en débarquant sur cette côte. Alors, dites-moi, envers qui est mon devoir ?

– Vous m'avez prêté serment à moi aussi, *Archibald mac Donagh*, dit Jamie.

Arch esquissa un sourire, empreint d'ironie certes, mais un sourire quand même.

– C'est grâce à ce serment que vous êtes encore en vie, *Seaumais mac Brian*. J'aurais pu vous tuer dans votre sommeil hier soir et être déjà loin d'ici.

Jamie fit une moue sceptique, mais se garda de le contredire.

– Je vous libère de votre promesse envers moi, déclara-t-il formellement en gaélique.

Il indiqua le lingot au sol.

– Prenez ça et partez.

Arch le fixa un instant sans sourciller. Puis il se pencha, saisit le lingot et sortit.

L'observant s'éloigner vers la cabane pour aller réveiller sa femme, je glissai à Jamie :

– Tu ne lui as pas demandé où était le reste de l'or.

– Parce que tu t'imagines qu'il me l'aurait dit ?

Il se leva, s'étira puis s'ébroua comme un chien. Il posa les mains sur le chambranle de la porte et regarda à l'extérieur. Il s'était remis à neiger. Je vins me placer à ses côtés.

– Je vois que les Fraser se sont pas les seuls à être têtus comme des mules. Pour ça, oui, l'Écosse vit toujours !

Il se mit à rire et me prit par la taille. Je posai ma tête sur son épaule.

– Tes cheveux sentent la fumée, *Sassenach*.

– Tout sent la fumée.

Les vestiges de la maison étaient encore trop chauds pour que la neige tienne, mais cela ne durerait pas. S'il continuait à neiger, elle serait effacée dès demain, se fondant dans le blanc de la terre et des arbres. Nous aussi… un jour ou l'autre.

Je songeai à Jocasta et à Duncan, en sécurité au Canada, accueillis par des parents. Où iraient les Bug ? Rentreraient-ils en Écosse ? L'espace d'un instant, j'eus envie de partir moi aussi. De fuir l'absence et la désolation. La maison.

Puis je me souvins.

– « Tant qu'une centaine d'entre nous seront encore en vie… », citai-je.

Jamie se colla contre moi.

– Et toi, *Sassenach,* quand tu te rends au chevet d'un malade, d'un blessé ou d'une femme sur le point d'accoucher, comment arrives-tu à sortir de ton lit, même quand tu es morte de fatigue, pour partir seule dans le noir ? Comment se fait-il que tu ne les fasses jamais attendre, que tu ne dises jamais non ? Qu'est-ce qui te motive toujours à y aller, même quand tu sais qu'il n'y a aucun espoir ?

– Je ne peux pas.

Je continuai de fixer la ruine, ses cendres refroidissant sous mes yeux. Je savais de quoi il parlait, de cette vérité gênante qu'il voulait me forcer à formuler. Mais cette vérité était en suspens entre nous et devait être dite.

– Je ne peux pas… ne peux pas… admettre… de perdre.

Il saisit mon menton et pencha ma tête en arrière pour m'obliger à le regarder dans les yeux. Ses traits étaient étirés par la fatigue, les rides profondément creusées sous ses yeux et autour de sa bouche, mais son regard était clair, froid et aussi insondable que l'eau d'une source cachée.

– Moi non plus, dit-il.

– Je sais.

– Tu peux au moins me promettre la victoire.

Il y avait une question dans cette affirmation.

Je caressai son visage. La gorge nouée et la vue brouillée.

– Oui. Je peux te la promettre, cette fois.

Je ne mentionnai pas les lacunes dans cette promesse, ce qu'il m'était impossible de garantir. Ni la vie ni la sécurité ; ni un foyer ni une famille ; ni loi ni legs. Rien qu'une chose... ou deux.

– La victoire, repris-je. Et que je serai avec toi jusqu'à la fin.

Il ferma les yeux un instant. Les flocons de neige tombaient sur sa peau, s'accrochant une demi-seconde sur ses cils, blancs sur noir.

– Cela me suffit. Je n'en demande pas plus.

Puis il me prit dans ses bras et me serra contre lui, le souffle de la neige et des cendres tournoyant autour de nous. Il m'embrassa, puis me lâcha, et j'inspirai une grande goulée d'air frais.

J'époussetai un flocon de suie sur ma manche.

– Bien... très bien... Euh... Et à présent, que suggères-tu qu'on fasse ?

Il contempla les ruines noires avec un haussement d'épaules.

– J'ai pensé... qu'on pourrait partir...

Il s'interrompit, fronçant les sourcils.

– Qu'est-ce que... ?

Quelque chose remuait près du flanc de la maison. J'écartai les flocons dansant devant mes yeux et me hissai sur la pointe des pieds pour mieux voir.

– Oh non, je rêve !

Il y eut une puissante projection de neige, de terre et de bois calciné, et la truie blanche émergea de son antre souterrain. Elle se dégagea complètement, agitant son groin rose d'un air agacé, puis se mit à trotter d'un pas décidé vers la forêt. Quelques instants après, sa copie en miniature sortit du trou, puis une autre, et une autre... Huit petits cochons, certains blancs, d'autres tachetés, puis un entièrement noir, s'éloignèrent à la queue leu leu, suivant leur mère.

Je pouffai de rire.

– Longue vie à l'Écosse ! Euh... où disais-tu que nous partions ?

– En Écosse, répondit-il comme si cela coulait de source. Chercher ma presse à imprimerie.

Il regardait toujours la maison, mais ses yeux fixaient un point plus loin, bien au-delà du moment présent. Une chouette hulula dans la forêt. D'abord silencieux, il s'extirpa de sa rêverie et me sourit, déclarant :

– Après quoi, on reviendra se battre.

Il me prit la main et, tournant le dos aux cendres, m'entraîna vers la grange où les chevaux nous attendaient, patientant dans le froid.

Épilogue un

Lallybroch

Le faisceau de la torche électrique se promena lentement sur l'épaisse poutre en chêne, s'arrêta sur un trou suspect, puis poursuivit son exploration. Le grand costaud travaillait en pinçant les lèvres, comme s'il s'attendait à une mauvaise surprise.

À ses côtés, Brianna exécutait la même grimace, contemplant les recoins sombres du plafond de l'entrée. Elle n'aurait su reconnaître une poutre vermoulue ou rongée par les termites à moins qu'elle ne s'effondre sur sa tête, mais il lui paraissait plus poli d'avoir l'air intéressé.

En fait, seule une partie de son cerveau suivait les remarques que l'homme adressait à son sous-fifre, une jeune femme menue dans une salopette trop grande et avec des mèches rose fluo. L'autre partie écoutait les bruits à l'étage, où les enfants jouaient théoriquement à cache-cache parmi les piles de caisses de déménagement. Fiona avait emmené ses trois petits démons, puis les avait habilement abandonnés, filant faire une course en promettant d'être de retour pour l'heure du thé.

Brianna jeta un coup d'œil à sa montre, s'étonnant encore de la voir à son poignet. Encore une demi-heure à attendre. S'ils pouvaient éviter de s'étriper avant le retour de…

Un hurlement perçant la fit tiquer. L'employée, moins aguerrie, laissa tomber son bloc-notes avec un petit cri.

– MAMAN !

Jemmy, sur le point de cafarder.

– QUOI? rugit-elle. Je suis OCCUPÉE!

– Mais maman! Mandy m'a frappé!

En levant la tête, elle pouvait apercevoir le sommet de son crâne roux.

– Elle a fait ça! Mais...

– Avec un bâton!

– Quel genre de...

– Exprès!

– Bon, mais je ne pense pas que...

– ET... (une pause avant le dénouement accablant) ELLE N'A MÊME PAS DEMANDÉ PARDON!

L'entrepreneur et son employée avaient cessé de s'intéresser aux termites et suivaient avec fascination ce récit palpitant. Ils baissèrent tous les deux le regard vers Brianna, attendant son jugement de Salomon.

– Mandy! hurla-t-elle. Demande-lui pardon!

– Nan! répondit une voix haut perchée.

– Si! dit Jemmy.

Il y eut un bruit de pas précipités. Brianna se dirigea vers l'escalier, le regard assassin. Au moment où elle posait le pied sur la première marche, Jemmy hurla :

– Elle m'a MORDU!

– Jeremiah MacKenzie, je te défends de la mordre à ton tour! Arrêtez ça tout de suite, tous les deux!

Jemmy passa une tête hirsute entre les barreaux de la rampe. Il portait du fard à paupières bleu électrique et du rouge à lèvres rose qui s'étirait d'une oreille à l'autre.

L'air grave, il informa les spectateurs du rez-de-chaussée :

– Ce n'est qu'une galopine endêvée. C'est mon grand-père qui l'a dit.

Brianna ne savait pas si elle devait rire, pleurer ou pousser un cri. Elle agita une main vers l'entrepreneur et gravit les marches quatre à quatre pour remettre un peu d'ordre dans la marmaille.

Cela lui prit plus de temps qu'escompté, car elle découvrit que les trois petites filles de Fiona, étrangement discrètes au cours de la récente échauffourée, avaient entrepris, après avoir peinturluré Mandy, Jemmy et elles-mêmes, de dessiner des visages sur les murs de la salle de bain avec le contenu de sa trousse de maquillage toute neuve.

Redescendant un quart d'heure plus tard, elle trouva l'entrepreneur assis tranquillement sur un seau à charbon retourné, prenant son thé, pendant que son employée visitait le rez-de-chaussée, la bouche pleine de scone.

Compatissante, elle arqua vers Brianna un sourcil percé d'un anneau.

– Sont à vous tous ces gosses?

– Non, Dieu merci. Alors, vous pensez qu'il y aura beaucoup de travaux à ce niveau?

– Il y a pas mal de taches d'humidité, répondit l'entrepreneur. Mais il fallait s'y attendre dans une baraque aussi vieille. Elle date de quelle époque, ma petite?

– 1721, idiot, répondit l'employée. T'as pas vu la date, sur le linteau, en entrant?

– Non. Dis donc, ça fait longtemps!

Il parut intéressé, mais pas assez pour se lever.

– Ça va vous coûter une petite fortune pour remettre tout ça en état!

Il pointa le menton vers un mur où la boiserie en chêne était zébrée de traces de sabres et de coups de bottes, noircies par les ans, mais toujours clairement visibles.

– Non, ça, on n'y touche pas, dit Brianna. Cela date du soulèvement jacobite de 1745.

Son oncle lui avait dit : « On le garde tel quel pour ne jamais oublier ce que sont les Anglais. »

– Ah, je vois! C'est historique. Dans ce cas, naturellement... C'est drôle, d'habitude, les Américains se fichent pas mal de l'histoire. Ils veulent tout le confort moderne, des cuisinières électriques, des fichus appareils automatiques qui font ceci ou cela. Le chauffage central!

– Nous nous contenterons de toilettes qui fonctionnent, l'assura Brianna. Et de l'eau chaude. À propos, vous avez jeté un coup d'œil à la chaudière ? Elle se trouve dans la remise, dans la cour. Elle doit bien avoir cinquante ans. Et il faudra aussi remplacer le chauffe-eau dans la salle de bain, au premier.

– Oui, oui.

L'entrepreneur fit tomber des miettes sur sa chemise, reboucha son thermos et se releva péniblement.

– Allez, amène-toi, Angie. On va aller voir ça.

Brianna se tint au pied des marches, écoutant les bruits à l'étage. Tout avait l'air de bien se passer, hormis pour les cubes que l'un d'eux lançait contre un mur. Rien de bien méchant. Elle allait suivre l'entrepreneur quand elle l'aperçut qui s'était arrêté pour contempler le linteau.

– Le soulèvement de 1745, hein ? Tu t'es jamais demandé comment ce serait, si Bonnie Prince Charlie avait gagné ?

– Tu rêves, Stan ! Il aurait jamais pu, cet enfoiré d'Italien !

– Nan, il aurait réussi, si ce n'étaient ces maudits Campbell. Tous des traîtres, jusqu'aux derniers, les hommes comme les femmes !

Il éclata de rire, d'où Brianna déduisit que le patronyme d'Angie devait être Campbell.

Ils s'éloignèrent vers la remise, leur conversation virant à la dispute. Elle attendit, ne voulant pas les rejoindre avant de s'être remise.

« Oh mon Dieu, mon Dieu, faites qu'ils soient en sécurité ! Je vous en supplie, protégez-les ! »

Peu lui importait le ridicule de prier pour la sécurité d'êtres qui étaient – devaient être – morts depuis plus de deux siècles. Elle ne savait pas quoi faire d'autre et répétait sa prière plusieurs fois par jour, chaque fois qu'elle pensait à eux. Beaucoup plus souvent encore depuis qu'ils s'étaient installés à Lallybroch.

Elle essuya ses larmes et aperçut la Mini Cooper de Roger s'avancer dans l'allée. La banquette arrière était pleine de caisses. Il s'était enfin décidé à vider le garage du révérend, ne conservant que ce qu'il estimait pouvoir servir un jour... à savoir une proportion alarmante de la totalité.

Il s'approcha en souriant, une boîte sous le bras. Elle ne s'était toujours pas habituée à ses cheveux courts.

– Tu arrives juste à temps. Encore dix minutes, et je crois que j'allais tuer quelqu'un. À commencer par Fiona.

– Ah oui ?

Il l'embrassa avec enthousiasme, ce qui signifiait qu'il ne l'avait sans doute pas écoutée.

– J'ai trouvé quelque chose.

– Je vois. Qu'est-ce que c'est ?

– Je ne sais pas trop.

La boîte qu'il déposa sur l'ancienne table en chêne était en bois elle aussi. Un coffret assez grand en érable, noirci par le temps, la suie et les manipulations, mais dont la facture était encore déchiffrable pour un œil expert. Elle était superbement fabriquée, avec des assemblages en queue d'aronde impeccables et un couvercle coulissant... qui ne coulissait plus, ayant été scellé avec une épaisse perle en cire fondue.

Toutefois, son détail le plus frappant était l'inscription gravée au fer sur son couvercle : *Jeremiah Alexander Ian Fraser MacKenzie*.

Elle sentit son ventre se nouer et jeta un coup d'œil vers Roger, qui était tendu, réprimant une forte émotion. Elle la sentait vibrer en lui.

– Qu'est-ce que... ? Qui ? chuchota-t-elle.

Roger sortit une enveloppe crasseuse de sa poche.

– C'était collé sur le côté. C'est l'écriture du révérend, une de ces petites notes qu'il accrochait parfois sur les objets pour expliquer leur signification, au cas où. Cela dit, ça n'explique pas grand-chose.

La note était brève, indiquant juste que la boîte provenait d'une banque d'Édimbourg aujourd'hui disparue. Des instructions avaient initialement accompagné le coffret, stipulant qu'il ne devait être ouvert que par celui dont le nom était gravé dessus. Les instructions originales avaient été perdues, mais la personne qui lui avait procuré le coffret avait transmis le message oralement.

– Mais qui ça pouvait être ? demanda-t-elle.

– Aucune idée. Tu as un couteau ?

Elle fouilla dans les poches de son jean, marmonnant :

– Si j'ai un couteau... Tu m'as déjà vue sans un couteau ?

– C'était une question rhétorique, mon cœur.

Il lui baisa la main avant de prendre le canif suisse qu'elle lui tendait.

La cire craqua et tomba en miettes facilement. En revanche, le couvercle, grippé par le temps, refusait de coulisser. Ils durent s'y prendre à deux, l'un tenant le coffret, l'autre tirant sur le couvercle... mais il finit par céder avec un grincement strident.

Le spectre d'un parfum s'éleva ; une odeur indéfinissable, mais d'origine végétale.

– Maman... dit Brianna malgré elle.

Roger la regarda, surpris ; mais elle lui fit signe de continuer. Il plongea prudemment les mains dans le coffret et déposa son contenu sur la table : une liasse de lettres, pliées et cachetées à la cire, deux livres et un petit serpent taillé dans du bois de cerisier, poli par la caresse des doigts.

Elle émit un son étranglé et pressa la première lettre si fort contre sa poitrine que le papier craquela et le sceau tomba en morceaux. L'épais papier doux était tacheté d'ombres pâles qui avaient été autrefois des fleurs.

Les larmes ruisselaient sur ses joues. Roger lui parlait, mais elle n'entendait pas. Les enfants faisaient du vacarme au-dessus de leurs têtes, l'entrepreneur et son employée se disputaient dans la cour, mais elle n'était consciente que d'une chose au monde : des mots fanés sur la page et de l'écriture couchée, les pattes de mouches de sa mère.

Le 31 décembre 1776

Ma chère fille,

   Comme tu pourras le constater si jamais tu lis cette lettre un jour, nous sommes en vie...

Épilogue deux

Le diable se cache dans les détails

– Qu'est-ce que c'est ?

Amos Crupp inspectait la mise en pages dans le marbre de la presse, la lisant à l'envers avec l'aisance de l'expérience.

– « Nous avons la douleur d'annoncer le décès par le feu… » D'où ça vient ?

Sampson, son nouvel apprenti, encra la planche avec un haussement d'épaules.

– Un faire-part envoyé par un lecteur. Parfait pour remplir ce petit espace. La colonne avec le discours du général Washington à ses troupes était trop courte, ça nous laissait un blanc, là.

– Mmphm… oui, sans doute. Toutefois, ça ne date pas d'hier.

Il jeta un coup d'œil à la date.

– Pas franchement une nouvelle fraîche !

– Euh… non, admit l'apprenti.

Il appuya sur le lourd levier qui abaissait la planche sur le marbre. La presse remonta, laissant les lettres noires et luisantes sur le papier. Avec précaution, il décolla la feuille du bout des doigts, la suspendant à sécher.

– D'après l'annonce, ça s'est passé en décembre. Le problème, c'est que j'avais déjà préparé la page en Baskerville douze points et que, dans cette police, il nous manque les lignes-blocs pour novembre et décembre. Il n'y avait pas la place pour des lettres individuelles et ça ne valait pas la peine de refaire toute la mise en pages.

Amos se désintéressait déjà de la question, se replongeant dans la lecture du discours de Washington.

– Mouais… De toute façon, ce n'est pas bien grave. Après tout, ils sont déjà tous morts, non ?

Remerciements

Un IMMENSE MERCI à...

Mes deux merveilleux directeurs littéraires, Jackie Cantor et Bill Massey, pour leur perspicacité, leur soutien, leurs suggestions utiles («Mais que devient donc Marsali?»), leurs réactions enthousiastes («Beurk!») et pour m'avoir comparée (favorablement, je m'empresse de le souligner) à Charles Dickens.

Mes excellents et admirables agents littéraires, Russel Galen et Danny Baror, qui ont tant fait pour susciter l'intérêt pour mes livres, et grâce auxquels j'ai pu payer les frais universitaires de mes enfants.

Bill McCrea, conservateur du Musée d'histoire de la Caroline du Nord, et son équipe, pour les cartes, les données biographiques, les informations générales et un délicieux petit-déjeuner dans le musée. Mmm... ces petites galettes de maïs au fromage!

Au personnel du Centre d'accueil du Champ de bataille de Moore's Creek Bridge, pour leur aimable attention et pour m'avoir fourni une vingtaine de kilos de nouveaux livres passionnants : des ouvrages particulièrement palpitants tels que *Le registre des Patriotes à la bataille de Moore's Creek Bridge* et *Le registre des Loyalistes à la bataille de Moore's Creek Bridge*; ainsi que pour m'avoir expliqué ce qu'était un «verglas massif», parce qu'ils venaient juste d'en essuyer un. Nous n'en avons pas en Arizona, la glace fond tout de suite.

Linda Grimes, pour avoir parié avec moi que je ne saurais pas écrire une scène émouvante sur l'art de se curer le nez. Ce passage est entièrement sa faute.

L'impressionnante et surhumaine Barbara Schnell, qui a traduit le roman en allemand à mesure que je l'écrivais, travaillant presque en simultanée afin de l'achever à temps pour la sortie en Allemagne.

Au docteur Amarilis Iscold, pour avoir été une mine d'informations et de conseils, et pour les nombreux fous rires provoqués par les scènes médicales. Toute liberté ou erreur dans ce domaine relève de ma seule responsabilité.

Au docteur Doug Hamilton, pour son expertise en matière de dentisterie et sur ce qu'on peut faire et ne pas faire avec une paire de pinces, une bouteille de whisky et une lime à dents pour chevaux.

Aux docteurs William Reed et Amy Silverthorn, pour m'avoir permis de continuer à respirer pendant la période du pollen afin de finir ce livre.

Laura Bailey, pour ses commentaires savants (à l'aide de dessins, même!) sur les vêtements d'époque et ses suggestions utiles sur la meilleure manière de poignarder quelqu'un à travers les baleines d'un corset.

Christiane Schreiter, dont les talents de détective (et la bonne volonté des documentalistes de la bibliothèque Braunschweig) nous a permis de trouver la version allemande du poème *Paul Revere's Ride*.

Au révérend Jay McMillan, pour toutes les informations fascinantes sur l'Église presbytérienne dans l'Amérique coloniale, et à Becky Morgan pour m'avoir présenté le révérend.

Rafe Steinberg, pour les renseignements sur le temps, les marées et autres questions marines générales, notamment pour m'avoir appris que la marée change toutes les douze heures. Toutes les erreurs dans ce domaine sont à mettre à mon compte. Et si la marée n'a pas changé à 5 heures du matin le 10 juillet 1776, je ne veux pas le savoir.

Mon assistante Susan Butler, pour s'être dépatouillée avec dix millions de Post-it, pour avoir photocopié un manuscrit de deux mille cinq cents pages et l'avoir expédié par FedEx aux quatre coins du globe en temps et en heure.

L'infatigable et diligente Kathy Lord, qui a révisé la totalité du manuscrit en un temps record, sans y perdre la vue ni son sens de l'humour.

Virginia Morey, la reine de la conception graphique, qui est parvenue une fois de plus à insérer «la chose» entre deux couvertures, la rendant non seulement lisible, mais aussi élégante.

Steven Lopata, pour ses précieux conseils techniques sur les explosions et les incendies criminels.

Arnold Wagner, Lisa Harrison, Kateri van Huytsee, Luz, Suzann Shepherd et Jo Bourne, pour leurs conseils techniques sur comment moudre des pigments, stocker de la peinture et autres détails pittoresques tel que l'obtention du «brun égyptien» avec de la poudre de momie. Je n'ai pas trouvé comment l'intégrer dans le roman, mais je tenais quand même à le partager.

Karen Watson, pour la remarquable citation de son ex-beau-frère sur le calvaire de la crise chronique d'hémorroïdes.

Pamela Patchet, pour son excellente et inspirante description de comment elle s'était enfoncé une écharde de cinq centimètres sous un ongle.

Margaret Campbell, pour son merveilleux exemplaire de *Piedmont Plantation*.

Janet McConnaughey, pour sa vision de Jamie et Brianna jouant au Vantard.

Marte Brengle, Julie Kentner, Joanne Cutting, Carol Spradling, Beth Shope, Cundy R., Kathy Burdette, Sherry et Kathleen Eschenburg, pour leurs conseils utiles et leurs commentaires divertissants sur Dreary Hymns.

Lauri Koblas, Becky Morgan, Linda Allen, Nikki Rowe et Lori Benton pour leurs conseils techniques sur la fabrication du papier.

Kim Laird, Joel Altman, Cara Stockton, Carol Isler, Beth Shope, Jo Murphey, Elise Skidmore, Ron Kenner et beaucoup, beaucoup d'autres usagers du Compuserve Library Forum (désormais rebaptisé le Books and Writers Community – http://community.compuserve.com/books), toujours le même rassemblement éclectique d'excentriques, de puits d'érudition et de sources de «faits vraiment bizarres», pour leurs contributions en liens, faits et articles dont ils pensaient qu'ils me seraient utiles. C'est toujours le cas.

Chris Stuart et Backcountry, pour m'avoir offert les formidables CD *Saints and Strangers* et *Mohave River,* au son desquels j'ai écrit une bonne partie de ce livre.

Gaby Eleby, pour les chaussettes, les biscuits et le soutien moral – et aux dames de Lallybroch, pour leur bonne volonté sans fin, concrétisée sous forme de colis de nourriture, de cartes et d'énormes quantités de savons, tant industriels qu'artisanaux («La lavande de Jack Randall» sent bon, et j'ai bien aimé «Un souffle de neige». Malheureusement, celui appelé «Lèche Jamie dans tous les recoins» était si sucré qu'un de mes chiens l'a mangé).

Bev LaFrance, Carol Krenz, Gilbert Sureau, Laura Bradbury, Julianne et plusieurs charmantes personnes dont j'ai malheureusement oublié de noter les noms, pour leur aide avec les détails français.

Et mon mari, Doug Watkins, qui, cette fois, m'a donné les mots d'ouverture du prologue.

Cet ouvrage a été composé en Times New Roman corps 12/14
et achevé d'imprimer sur les presses de
Quebecor World L'Éclaireur / Saint-Romuald, Canada, en août 2006.